ELLA QUE LLEGÓ A SER EL SOL

ELLA QUE LLEGÓ A SER EL SOL

Shelley Parker-Chan

Traducción de Eva González

UMBRIEL

Argentina – Chile – Colombia – España
Estados Unidos – México – Perú – Uruguay

Título original: *She Who Became the Sun*
Editor original: Tor Books
Traducción: Eva González

1.ª edición: noviembre 2022

Plaza de los Reyes Magos, 8, piso 1.º C y D – 28007 Madrid
www.umbrieleditores.com

ISBN: 978-84-19030-10-8
E-ISBN: 978-84-19251-99-2
Depósito legal: B-16.995-2022

Fotocomposición: Ediciones Urano, S.A.U.

Impreso por: Romanyà Valls, S.A. – Verdaguer, 1 – 08786 Capellades (Barcelona)

Impreso en España – *Printed in Spain*

Monjes, todas las cosas están ardiendo... ¿Y qué las ha prendido? Yo os digo que ha sido el fuego de la pasión, el fuego del odio, el fuego del deseo; y que el nacimiento, la vejez, la muerte, el dolor, la lamentación, la tristeza, la aflicción y la desesperación alimentan sus llamas.

ADITTAPARIYAYA SUTTA: *El sermón del fuego.*

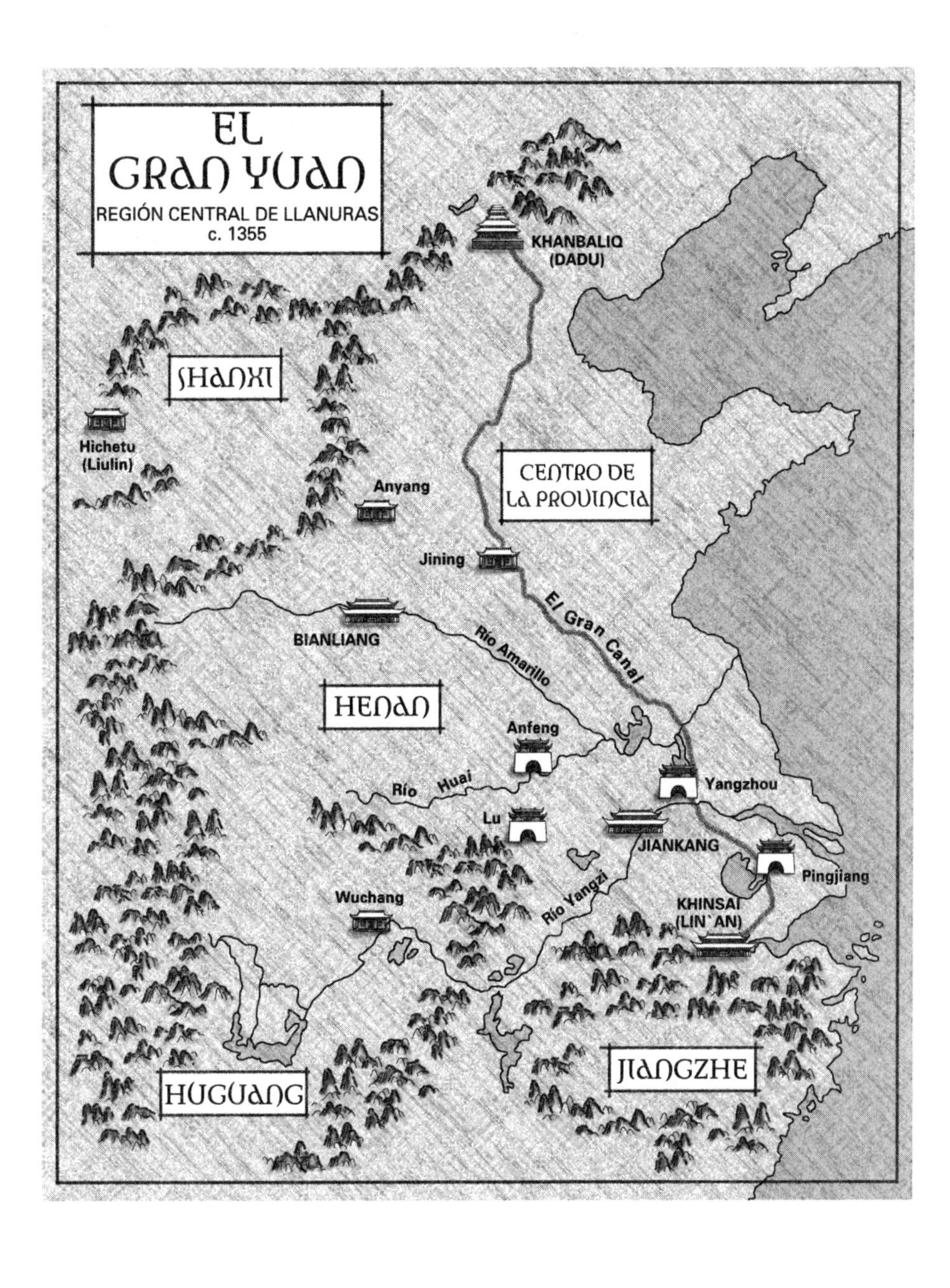

EL GRAN YUAN
REGIÓN CENTRAL DE LLANURAS
c. 1355
KHANBALIQ
(DADU)
SHANXI
Hichetu
(Liulin)
CENTRO DE LA PROVINCIA
Anyang
Jining
El Gran Canal
BIANLIANG
Río Amarillo
HENAN
Anfeng
Yangzhou
Río Huai
Lu
JIANKANG
Pingjiang
Wuchang
Río Yangzi
KHINSAI
(LIN`AN)
JIANGZHE
HUGUANG

PRIMERA PARTE

1345 – 1354

1

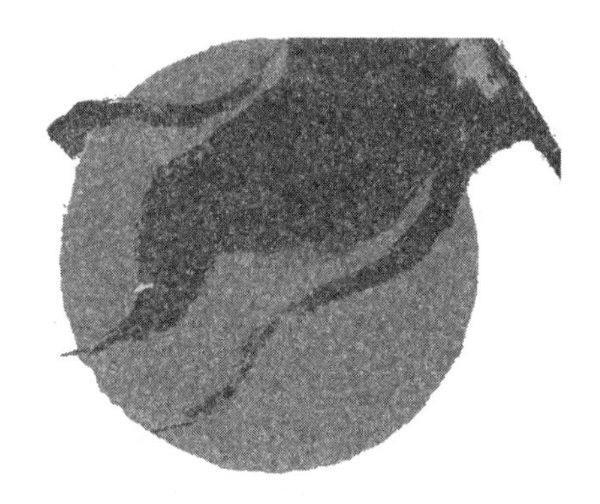

LLANURAS DEL RÍO HUAI, SUR DE HENAN, 1345

La aldea de Zhongli yacía aplastada bajo el sol, como un perro derrotado que se ha rendido y ya no trata de encontrar sombra. A su alrededor no había más que la desnuda tierra amarilla, resquebrajada como el caparazón de una tortuga, y el seco olor a hueso del polvo caliente. Era el cuarto año de sequía. Sabedores de la causa de su sufrimiento, los campesinos maldecían a su emperador bárbaro en su lejana capital del norte. Como siempre que el hilo del qi unía dos cosas parecidas, provocando que las acciones de una influyeran en la otra a pesar de la distancia, la valía de un emperador determinaba el destino de la tierra que gobernaba. El dominio de un regente solvente se veía recompensado con buenas cosechas; el de uno indigno se castigaba con inundaciones, sequías y enfermedades. El actual gobernante del imperio del Gran Yuan no solo era emperador, sino también Gran Kan: era el décimo descendiente del conquistador mongol Khubilai Kan, que setenta años antes había derrotado a la última dinastía nativa. Había ostentado la luz divina del Mandato del Cielo durante once años, y ya había niños de diez años que no habían conocido otra cosa que miseria.

La segunda hija de la familia Zhu, que tenía más o menos diez años en aquel reseco Año del Gallo, estaba pensando en comida mientras seguía a los niños de la aldea hacia el campo del vecino muerto. Con su frente ancha y sin la redondez que hace adorables a los niños, tenía el aspecto mandibular de una cigarra marrón. Como el insecto, la niña pensaba en comida constantemente. No obstante, tras criarse con la monótona dieta del campesino y apenas una sospecha de que existían cosas mejores, su imaginación se limitaba a la dimensión de la cantidad. En aquel momento estaba entretenida pensando en un cuenco de gachas de mijo. Su mente lo había llenado hasta el borde y el líquido temblaba bajo la tensa costra, y mientras caminaba reflexionaba con una voluptuosa y ansiosa ensoñación sobre cómo tomaría la primera cucharada sin derramar una gota. Desde arriba, aunque los lados cederían; o desde un costado, lo que seguramente conduciría al desastre. ¿Con mano firme o con suavidad? Tan concentrada estaba en su comida imaginaria que apenas oyó el chirrido de la pala del enterrador al pasar.

En el campo, la niña fue directa a la hilera de olmos decapitados de su límite más alejado. Los olmos habían sido preciosos, pero la niña los recordaba sin nostalgia. Después de que la cosecha se echara a perder por tercera vez, los campesinos descubrieron que los elegantes olmos podían ser descuartizados y devorados como cualquier otra cosa viva. *Eso* era algo que valía la pena recordar, pensó; la hosca astringencia terrosa de una raíz de olmo hervida por sexta vez, que provocaba una ligera náusea y te dejaba el interior de las mejillas acanalado por el recuerdo de haber comido. Aún mejor: la harina de corteza de olmo mezclada con agua y paja cortada y cocinada a fuego lento con forma de galleta. Pero las partes comestibles de los olmos habían desaparecido hacía mucho, y su único interés para los niños de la aldea estaba en su función como refugio para ratones, saltamontes y otras golosinas.

En cierto momento, aunque ella no podía recordar cuándo exactamente, se había convertido en la única niña de la aldea. Era una idea incómoda, y prefería no pensar en ello. De todos modos, no había necesidad de pensar; ella sabía exactamente qué había pasado. Si una familia tenía un hijo y una hija y dos bocados de comida, ¿quién malgastaría uno en una hija? Quizá solo si esa hija era especialmente útil. La niña sabía que ella no era más útil de lo que lo habían sido las niñas muertas. Tampoco más guapa. Apretó los labios y se agachó junto al primer tocón de olmo. Lo único que la diferenciaba de ellas era que había aprendido a buscar comida sola. Parecía una diferencia muy pequeña como para causar dos destinos opuestos.

Justo entonces, los niños, que habían llegado antes a los mejores sitios, comenzaron a gritar. Habían localizado una presa y, a pesar del historial de fracasos del método, intentaban hacerla salir metiendo palos y dando golpes. La niña aprovechó la distracción para sacar su trampa del escondite. Siempre había sido mañosa y, cuando esas cosas todavía importaban, sus cestas habían sido muy alabadas. Ahora, su trampa de mimbre contenía un premio que cualquiera desearía: un lagarto tan largo como su brazo. Verlo alejó de inmediato las gachas de su cabeza. Golpeó la cabeza del lagarto con una piedra y lo sostuvo entre sus rodillas mientras comprobaba el resto de las trampas. Se detuvo cuando encontró un puñado de grillos. Pensar en su crujiente sabor a nuez le hizo la boca agua. Se contuvo, envolvió los grillos en un trapo y se los guardó en el bolsillo para más tarde.

Después de colocar las trampas de nuevo, se incorporó. Una pluma de loess dorado se estaba alzando sobre la carretera que atravesaba las colinas tras la aldea. Bajo las banderolas azul cerúleo, el mismo color que el del Mandato Celestial del linaje mongol en el gobierno, las armaduras de cuero de los soldados se convertían en un río oscuro que se dirigía al sur a través del polvo. Todos en las llanuras del río Huai conocían al ejército del príncipe de Henan, el noble mongol responsable de sofocar las rebeliones campesinas que llevaban brotando en la región durante más del doble de la vida de la niña. El ejército del príncipe marchaba al sur cada otoño y regresaba a sus acuartelamientos en el norte de Henan con la primavera, tan regulares como el calendario. El ejército nunca se acercaba a Zhongli más que en ese momento. El metal de las armaduras de los soldados atrapaba y devolvía la luz, de modo que el río oscuro destelló al reptar sobre la ladera parda. Era una imagen tan ajena a la vida de la niña que apenas parecía real, como el lastimoso graznido de los gansos que volaban muy lejos sobre su cabeza. Hambrienta y cansada bajo el sol, la niña perdió el interés. Agarrando al lagarto, volvió a casa.

A mediodía, la niña fue al pozo con el cubo y un palo para el hombro y regresó sudando. El cubo era más pesado cada vez, pues cada vez había menos y menos agua y más y más lodo ocre del fondo del pozo. La tierra no les estaba dando comida, pero parecía estarse entregándose a ellos con cada arenoso bocado. La niña recordó que, una vez, algunos aldeanos habían intentado comer pastas hechas de barro. Sintió una punzada de empatía. ¿Quién no haría cualquier cosa para aliviar el dolor de un estómago vacío? Quizá lo habrían intentado algunos más si las extremidades y las barrigas de los aldeanos no se hubieran hinchado. Después se murieron, y el resto de la aldea tomó nota.

La familia Zhu vivía en una choza de madera de una sola habitación que fue construida en una época en la que había más árboles. De eso hacía mucho tiempo, y la niña no lo recordaba. Cuatro años de desecación habían provocado que las planchas de la choza se contrajeran, de modo que dentro había tantas corrientes de aire como fuera. Como nunca llovía, no era un problema. En el pasado, la casa había alojado a una familia entera: abuelos paternos, padre y madre y siete hijos. Pero su número se había reducido con cada año de la sequía, y solo quedaban tres: la niña; el hermano al que seguía en edad, Zhu Chongba; y su padre. Chongba, de once años, siempre había sido muy querido, ya que había nacido el octavo de su generación de primos varones. Ahora que era el único superviviente, estaba aún más claro que en el Cielo lo miraban con buenos ojos.

La niña llevó el cubo hasta la cocina, en la parte de atrás, que era un cobertizo abierto con un estante desvencijado y un gancho en el techo para colgar la cazuela sobre el fuego. En el estante estaba la cazuela y dos jarras de arcilla con alubias amarillas. Una tira de carne vieja colgando de un clavo era lo único que quedaba del búfalo de trabajo de su padre. La niña tomó la tira y frotó con ella el interior de la cazuela, que era algo que su madre había hecho siempre para darle sabor a la sopa. En secreto, la niña creía que aquello era como esperar que una silla de montar hervida supiera a carne. Se desató la falda, la anudó alrededor de la boca de la cazuela y vertió el agua del cubo. Después, raspó el círculo de barro de la falda y volvió a ponérsela. La falda no estaba más sucia que antes, y al menos el agua estaba limpia.

Estaba encendiendo el fuego cuando su padre llegó. Lo observó desde el interior del cobertizo. Era una de esas personas que tenían ojos que parecían ojos, y una nariz que parecía una nariz. Anodino. El hambre había tensado la piel sobre su rostro hasta que solo había un plano desde el pómulo a la barbilla y otro desde una esquina de su barbilla a la otra. La niña siempre se había preguntado si su padre era en realidad joven, o al menos no demasiado viejo. Era difícil saberlo.

Su padre llevaba una calabaza blanca bajo el brazo. Era pequeña, del tamaño de un niño recién nacido, y su granulada piel pálida estaba polvorienta, después de haber pasado casi dos años enterrada. La expresión amable de su padre la sorprendió. Nunca le había visto esa cara, pero sabía qué significaba. Aquella era su última calabaza.

Su padre se agachó junto al tocón plano donde mataban a las gallinas y colocó allí la calabaza, como si fuera una ofrenda a los ancestros. Dudó, con el cuchillo en la mano. La niña sabía qué estaba pensando. Una calabaza abierta no podría guardarse. Sintió una oleada de emociones mezcladas. Durante algunos gloriosos días, tendrían *comida*. Un recuerdo salió a la superficie: sopa con huesos de cerdo y sal, su superficie cubierta de gotitas de aceite dorado. La carne casi gelatinosa de la calabaza, tan transparente como el ojo de un pez, cediendo con dulzor entre sus dientes. Pero, cuando la calabaza se acabara, no les quedaría nada más que las alubias amarillas. Y después de las alubias, no habría nada.

El cuchillo bajó y, después de un instante, el padre de la niña entró. Cuando le entregó el trozo de calabaza, su expresión amable había desaparecido.

—Cocínala —le ordenó con sequedad, y se marchó.

La niña peló la calabaza y cortó la dura carne blanca en trozos. Había olvidado el olor de la calabaza: a cera de vela y un verdor de olmo. Por un momento, se vio apresada por el deseo de metérsela en la boca: carne, semillas, incluso la dura piel, todo ello estimulando cada centímetro de su lengua con el éxtasis glorioso de la *comida*. Tragó saliva. Sabía cuánto valía ella a los ojos de su padre, y a qué se arriesgaría robando. No todas las niñas habían muerto de hambre. Apesadumbrada, puso la calabaza en la cazuela con un puñado de alubias amarillas. La cocinó hasta que se acabó la madera, y después tomó los trozos de corteza doblada que usaba para sostener la olla y llevó la comida al interior de la casa.

Chongba levantó la mirada; estaba sentado en el suelo, junto a su padre. A diferencia de este, su rostro provocaba comentarios. Tenía una mandíbula belicosa y una frente tan abultada como una nuez. Estos rasgos lo hacían tan asombrosamente feo que quienes lo miraban se descubrían atrapados por una involuntaria fascinación. Chongba tomó la cuchara y sirvió a su padre.

—*Ba*, come, por favor. —Después se sirvió él, y por último a la niña.

La niña examinó su cuenco y encontró en él solo judías y agua. Miró en silencio a su hermano. Ya estaba comiendo, y no lo notó. Lo vio meterse un trozo de calabaza en la boca. No había crueldad en su rostro; solo ciega y dichosa satisfacción, la de alguien que solo se preocupa por sí mismo. La niña sabía que padres e hijos formaban el tejido de la familia, como la familia formaba el tejido del universo, y a pesar de sus ilusiones, nunca había esperado que le permitieran probar la calabaza. Aun así, le dolió. Tomó una cucharada de sopa. Entró en su cuerpo tan caliente como un carbón.

—*Ba*, hoy casi hemos pillado una rata, pero se escapó —dijo Chongba, con la boca llena.

La niña recordó a los niños golpeando el tocón y pensó con desdén: *Casi*.

Chongba se giró para mirarla. Pero, si esperaba que dijera algo, podía seguir esperando. Después de un momento, le dijo:

—Sé que tú atrapaste algo. Dámelo.

Sin apartar la mirada de su cuenco, la niña sacó el crispado paquete de grillos de su bolsillo. Se lo entregó. El carbón caliente se hizo más grande.

—¿Eso es todo, niña inútil?

Levantó la cabeza con tanta brusquedad que él retrocedió. Había empezado a llamarla así hacía poco, imitando a su padre. La niña tenía el estómago tan tenso como un puño cerrado. Se permitió pensar en el lagarto escondido en la cocina. Lo secaría y se lo comería ella sola en secreto. Y eso sería suficiente. Tendría que serlo.

Terminaron en silencio. Mientras la niña lamía su cuenco hasta dejarlo limpio, su padre colocó dos semillas de calabaza en su tosco altar familiar: una para alimentar a sus ancestros y la otra para apaciguar a los fantasmas hambrientos que carecían de descendientes que los recordaran.

Después de un momento, el padre de la niña abandonó su tensa reverencia ante el altar. Se dirigió a los niños y dijo, con callada ferocidad:

—Pronto nuestros ancestros intervendrán para poner fin a este sufrimiento. Lo *harán*.

La niña sabía que tenía razón. Su padre era mayor que ella y sabía más. Pero cuando intentó imaginar el futuro, no lo consiguió. No había nada en su imaginación que reemplazara los días informes e inmutables de la inanición. Se aferraba a la vida porque parecía tener valor, aunque solo lo creyera ella. Pero, si lo pensaba, no tenía ni idea de por qué.

La niña y Chongba estaban sentados en la puerta, mirando apáticamente el exterior. Una comida al día no era suficiente para matar el tiempo. El calor era casi insoportable a última hora de la tarde, cuando el sol acuchillaba la aldea desde atrás, tan rojo como el Mandato Celestial de los últimos emperadores nativos. Después del ocaso, las noches eran impresionantes. En la parte de la aldea donde vivía la familia Zhu, las casas estaban separadas unas de otras y unidas por un amplio camino de tierra. En el creciente crepúsculo no había actividad en la carretera ni en ningún otro sitio. Chongba jugaba con su amuleto budista y pateaba la tierra, y la niña miraba la luna creciente sobre la sombra de las distantes montañas.

Ambos niños se sorprendieron cuando su padre apareció en el lateral de la casa. Llevaba un trozo de calabaza en la mano. La niña pudo oler el inicio de la putrefacción en ella, aunque la habían cortado aquella mañana.

—¿Sabes qué día es? —le preguntó a Chongba.

Habían pasado años desde que los campesinos dejaron de celebrar las festividades que señalizaba el calendario. Después de un instante, Chongba se aventuró:

—¿El festival del Medio Otoño?

La niña resopló para sus adentros. ¿Es que no tenía ojos para ver la luna?

—El segundo día del noveno mes —dijo su padre—. Este es el día en el que tú naciste, Zhu Chongba, el Año del Cerdo. —Se giró y comenzó a caminar—. Ven.

Chongba se arrastró tras él. Después de un instante, la niña los siguió. Las casas a lo largo del camino eran formas oscuras sobre el terreno. Solía darle miedo caminar por aquella carretera por la noche debido a los perros salvajes, pero ya no quedaba nada. Solo fantasmas, decían los aldeanos que quedaban, aunque como los fantasmas eran tan invisibles como el aliento o como el qi, no había manera de saber si estaban allí o no. En la opinión de la niña, eso los hacía menos peligrosos: a ella solo le asustaban las cosas que podía ver.

Abandonaron la carretera principal y vieron un punto de luz más adelante, no más brillante que un destello aleatorio tras los párpados. Era la casa del adivino. Cuando entraron, la niña se dio cuenta de por qué había cortado su padre la calabaza.

Lo primero que vio fue la vela. Eran tan inusuales en Zhongli que su resplandor parecía mágico. Su llama se alzaba hasta la altura de una mano, y se balanceaba en su extremo como la cola de una anguila: hermosa, aunque perturbadora. En su casa sin luz, la niña nunca era consciente de la oscuridad del exterior. Allí estaban en una burbuja rodeada de oscuridad, y la vela le robaba la capacidad de ver lo que había más allá de la luz.

Hasta entonces, solo había visto al adivino de lejos. Al acercarse, supo de inmediato que su padre no era viejo. El adivino era quizá lo bastante viejo para recordar la época anterior a los emperadores bárbaros. De la verruga de su mejilla arrugada brotaba un largo pelo negro, dos veces más largo que la tiesa barba blanca de su barbilla. La niña lo miró fijamente.

—Honorable tío. —Su padre hizo una reverencia ante el adivino y le entregó la calabaza—. Te he traído al octavo hijo de la familia Zhu, Zhu Chongba, bajo las estrellas de su nacimiento. ¿Puedes decirnos su destino? —Empujó a Chongba hacia adelante, y el niño se acercó con entusiasmo.

El adivino tomó el rostro de Chongba entre sus viejas manos y lo giró hacia un lado y hacia el otro. Presionó la frente y las mejillas del niño con los pulgares, midió las cuencas de sus ojos y su nariz, y tanteó la forma de su cráneo. Después, le tomó la muñeca y buscó su pulso. Cerró los párpados y su expresión se volvió severa y concentrada, como si estuviera interpretando un mensaje lejano. La frente se le llenó de sudor.

El momento se prolongó. La vela ardía y la oscuridad del exterior parecía empujarlos. Mientras esperaba, a la niña se le puso la piel de gallina.

Todos se sobresaltaron cuando el adivino soltó el brazo de Chongba.

—Dinos, honorable tío —insistió el padre de la niña.

El adivino levantó la mirada, sorprendido. Temblando, dijo:

—Hay grandeza en el interior de este niño. Oh, ¡con cuánta claridad lo he visto! Sus hazañas llevarán un centenar de generaciones de orgullo a tu familia. —Para asombro de la niña, se levantó y corrió a arrodillarse a los pies de su padre—. Si has sido recompensado con un hijo con un destino así, debiste ser muy virtuoso en tus vidas pasadas. Señor, es un honor que hayas venido a verme.

El padre de la niña miró al anciano, desconcertado. Después de un momento, dijo:

—Recuerdo el día en el que este niño nació. Estaba demasiado débil para succionar, así que caminé hasta el monasterio de Wuhuang para hacer una ofrenda por su supervivencia, un saco de veinte jin de alubias amarillas y tres calabazas. Incluso les prometí a los monjes que, si sobrevivía, cuando cumpliera doce años lo ingresaría en el monasterio. —Se le rompió la voz, desesperado y dichoso al mismo tiempo—. Todos me dijeron que era un tonto.

Grandeza. Era el tipo de palabra que no parecía encajar en Zhongli. La niña solo la había oído en las historias de su padre sobre el pasado, relatos de la época dorada y trágica antes de la llegada de los bárbaros. Una época de emperadores y reyes y generales; de guerra y traición y triunfo. Y ahora, su ordinario hermano, Zhu Chongba, iba a ser grande. Cuando miró a Chongba, su feo rostro estaba radiante. El amuleto budista de madera que rodeaba su cuello atrapó la luz de las velas y destelló, dorado, convirtiéndolo en un rey.

Cuando se marcharon, la niña se detuvo en el umbral de la oscuridad. Un impulso provocó que mirara atrás, al anciano en su estanque de luz. Después, retrocedió y se postró ante él, plegándose sobre sí misma, hasta que se hizo muy pequeña y su cabeza rozó la tierra y sus fosas nasales se llenaron de su marchito olor a tiza.

—Honorable tío, ¿me dirás mi destino?

Temía levantar la mirada. El impulso que la había conducido hasta allí, ese carbón encendido en su estómago, la había abandonado. Su pulso correteaba, el pulso que contenía el patrón de su destino. Pensó en Chongba, en el gran destino que guardaba en su interior. ¿Cómo sería portar esa semilla de potencial? Por un momento, se preguntó si ella también tendría una semilla de potencial en su interior y nunca había sabido verla, nunca había sabido nombrarla.

El adivino se quedó en silencio. La niña sintió un escalofrío atravesándola. Se le erizó la piel de todo el cuerpo y se postró más, intentando alejarse de los oscuros dedos del miedo. La llama de la vela se agitó.

Después, como desde lejos, oyó que el adivino decía:

—Nada.

La niña sintió un dolor sordo, profundo. Aquella era la semilla de su interior, su destino, y se dio cuenta de que siempre lo había sabido.

Los días siguieron adelante. Las alubias amarillas de la familia Zhu estaban acabándose, el agua cada vez era menos bebible y las trampas de la niña cada vez atrapaban menos presas. Muchos de los aldeanos que quedaban partieron por el camino de montaña que conducía al monasterio y más allá, aunque todos sabían que solo estaban cambiando la muerte por inanición por una muerte a manos de los forajidos. Solo el padre de la niña parecía haber encontrado una nueva fuerza. Cada mañana se detenía bajo la cúpula rosada del inmaculado cielo y decía, como una oración:

—La lluvia vendrá. Lo único que necesitamos es tener paciencia y confiar en que el Cielo nos traerá el gran destino de Zhu Chongba.

Una mañana, la niña, que dormía en una hondonada que Chongba y ella se habían excavado junto a la casa, despertó con un sonido. Fue sorprendente; casi había olvidado cómo sonaba la vida. Cuando ambos niños se acercaron a la carretera, vieron algo incluso más sorprendente. *Movimiento.* Antes de que pudieran pensar, pasaron acompañados de un atronador sonido: hombres sobre caballos sucios que levantaban el polvo con la violencia de su avance.

Cuando se alejaron, Chongba dijo, pequeño y asustado:

—¿El ejército?

La niña se quedó en silencio. No creía que aquellos hombres procedieran del oscuro río, hermoso pero siempre distante.

A su espalda, su padre contestó:

—Bandoleros.

Aquella tarde, tres de los forajidos se detuvieron bajo el hundido dintel de la familia Zhu. A la niña, agazapada sobre la cama con su hermano, le pareció que llenaban la habitación con su tamaño y su mal olor. Llevaban las ropas ajironadas y el cabello suelto y apelmazado. Eran las primeras personas con botas que la niña veía.

Su padre se había preparado para aquello. Se levantó y se acercó a los bandoleros sosteniendo una jarra de arcilla. Intentaba ocultar sus emociones.

—Honorables invitados. Es de la peor calidad y tenemos muy poco, pero por favor, aceptadlo.

Uno de los forajidos tomó la jarra y miró el interior. Resopló.

—Compadre, ¿por qué huele tan mal? Esto no puede ser todo lo que tienes.

Su padre se tensó.

—Os lo juro. ¡Comprobad vosotros mismos que mis niños no tienen más carne que un perro enfermo! Llevamos mucho tiempo comiendo piedras, amigo.

El bandido se rio.

—Venga, no digas tonterías. ¿Cómo podrían ser piedras si todos seguís vivos? —Con la perezosa crueldad de un gato, empujó al padre de la niña y lo hizo tambalearse—. Todos los campesinos sois iguales. ¡Nos ofrecéis un pollo y esperáis que no veamos el cerdo gordo de la despensa! Ve a por el resto, imbécil.

El padre de la niña se recompuso. Algo cambió en su rostro. Con un movimiento sorprendentemente veloz, se lanzó sobre los niños y tomó a la pequeña del brazo. Ella gritó, sobresaltada, mientras la sacaba de la cama. La agarraba con fuerza; estaba haciéndole daño.

Sobre su cabeza, su padre dijo:

—Llevaos a la niña.

Por un momento, las palabras no tuvieron sentido. Después, sí. A pesar de todas las veces que su familia la había llamado «inútil», su padre le había encontrado por fin el mejor uso: podía utilizarla para beneficio de aquellos que importaban. La niña miró a los bandoleros, aterrada. ¿Para qué podrían quererla?

Repitiendo sus pensamientos, el forajido dijo, con desdén:

—¿Ese pequeño grillo negro? Mejor danos una cinco años mayor, y más guapa… —Entonces, al comprenderlo, se detuvo y se echó a reír—. ¡Oh, compadre! Así que es cierto, lo que los campesinos hacéis cuando estáis *realmente* desesperados.

Mareada por la incredulidad, la niña recordó lo que los niños de la aldea disfrutaban susurrándose unos a otros. Que en otras aldeas, donde las cosas iban peor, los vecinos intercambiaban a sus niños más pequeños para comérselos. Los niños habían disfrutado de la historia de miedo, pero ninguno la había creído en realidad. Era solo un cuento.

Pero en ese momento, al ver cómo su padre evitaba su mirada, se dio cuenta de que no era solo un cuento. Dejándose llevar por el pánico, comenzó a forcejear y notó que las manos de su padre se clavaban con más fuerza en su carne. Entonces se echó a llorar, tanto que no podía respirar. En ese terrible momento supo qué significaba la *nada* de su destino. Había creído que se refería a que era insignificante, a que ella nunca sería nada ni haría nada importante. Pero no era así.

Era la muerte.

Mientras se retorcía y lloraba y gritaba, el bandolero se acercó y se la arrebató a su padre. La niña gritó aún más, y después golpeó la cama con tanta fuerza que se quedó sin respiración. El forajido la había lanzado allí.

—Quiero comer, pero no voy a tocar esa basura —dijo, asqueado, y le dio un puñetazo a su padre en el estómago; él se encorvó con un gemido húmedo. La niña abrió la boca, en silencio. A su lado, Chongba gritó.

—¡Hay más aquí! —gritó uno de los bandoleros desde la cocina—. Lo había enterrado.

Su padre se derrumbó. El bandido le dio una patada bajo las costillas.

—¿Crees que puedes engañarnos, sanguijuela mentirosa? Apuesto a que tienes más, escondido por todas partes. —Le dio otra patada, y otra—. ¿Dónde está?

La niña se dio cuenta de que había recuperado la respiración; Chongba y ella estaban chillándole al bandido que se detuviera. Cada golpe de las botas sobre la carne hacía que la atravesara la angustia, un dolor tan intenso como si fuera su propio cuerpo. A pesar de que su padre le había demostrado lo poco que significaba para él, seguía siendo su *padre*. La deuda que los niños tenían con sus padres era incalculable; nunca podía pagarse.

—¡No hay más! Por favor, para. No hay. *No hay*...

El bandido le dio un par de patadas más a su padre y se detuvo. De algún modo, la niña supo que no había tenido nada que ver con sus súplicas. Su padre estaba inmóvil en el suelo. El bandolero se agachó y le levantó la cabeza por el pelo de la coronilla, revelando la espuma sanguinolenta de sus labios y la palidez de su rostro. Emitió un sonido de disgusto y la dejó caer.

Los otros dos bandidos regresaron con el segundo bote de judías.

—Jefe, parece que esto es todo.

—Joder, ¿dos botes? Supongo que de verdad iban a morirse de hambre. —Después de un instante, el líder se encogió de hombros y salió. Los otros dos lo siguieron.

La niña y Chongba, abrazados, aterrados y cansados, miraron a su padre, que yacía sobre la tierra revuelta. Su cuerpo ensangrentado estaba tan acurrucado como un niño en el vientre de su madre: había dejado el mundo ya preparado para su reencarnación.

La noche fue larga y estuvo cargada de pesadillas. Despertar fue peor. La niña se quedó sobre la cama, mirando el cuerpo de su padre. Su destino no era nada, y habría sido su padre quien habría hecho que así fuera, pero ahora era él quien no era nada. Aunque la culpa la hizo estremecerse, sabía que aquello no cambiaba nada. Sin su padre, sin comida, la nada seguía aguardándola en su destino.

Miró a Chongba y se sobresaltó. Tenía los ojos abiertos, pero fijos y sin ver en el tejado de paja. Apenas parecía respirar. Por un horrible instante, la niña pensó que él también había muerto, pero entonces lo sacudió y el niño emitió un pequeño jadeo y parpadeó. La niña recordó entonces que él no podía morirse, ya que, si lo hacía, difícilmente llegaría a ser grande. Aun sabiéndolo, estar en aquella habitación con los caparazones de dos personas, una viva y la otra muerta, era lo más aterrador y solitario que había experimentado nunca. Llevaba toda su vida rodeada de gente. Nunca había imaginado cómo sería estar sola.

Debería haber sido Chongba quien llevara a cabo su último deber filial. En lugar de eso, la niña tomó las manos muertas de su padre y arrastró el cuerpo al exterior. Estaba tan delgado que pudo hacerlo. Lo tumbó sobre la tierra amarilla detrás de la casa, tomó su azada y cavó.

El sol se alzó y horneó la tierra y a la niña y todo lo demás que había debajo. El trabajo con la pala no era más que el lento rasguño corrosivo de las capas de polvo, como la acción de un río en el transcurso de los siglos. Las sombras se acortaron y alargaron de nuevo; la tumba se profundizó con infinitesimal lentitud. La niña se dio cuenta, gradualmente, del hambre y la sed que tenía. Dejó la tumba y encontró un poco de agua lodosa en el cubo. La tomó con las manos y bebió. Se comió la carne para frotar la cazuela, haciendo una mueca ante su oscuro sabor, y después entró en la casa y miró durante mucho tiempo las dos semillas secas de calabaza del altar ancestral. Recordó lo que la gente decía que ocurría si te comías la ofrenda para los fantasmas: los fantasmas iban a por ti y su furia te hacía enfermar y morir. Pero ¿sería cierto? La niña nunca había oído que eso le hubiera ocurrido a alguien de la aldea; y, si nadie podía ver a los fantasmas, ¿cómo podían estar seguros de qué hacían estos? Se detuvo allí, en una agonía de indecisión. Al final, dejó las semillas donde estaban y salió, para escarbar en el parche de tierra donde el año anterior habían sembrado cacahuetes y donde encontró algunos brotes leñosos.

Después de haberse comido la mitad de los brotes, miró la otra mitad y pensó si debía entregárselos a Chongba o confiar en que el Cielo lo aprovisionara. Al final, el remordimiento la llevó a agitar los brotes de cacahuete sobre su rostro. Algo en él se iluminó al verlos. Por un momento, lo vio intentando regresar a la vida, indignado con ella porque debería habérselos dado todos. Después, la chispa murió. La niña vio cómo sus ojos perdían el foco. No sabía qué significaba, por qué estaba allí tumbado, sin comer ni beber. Salió de nuevo y siguió cavando.

Cuando el sol se puso, la tumba solo le llegaba hasta la rodilla, del mismo color amarillo claro tanto arriba como abajo. La niña pensó que sería así hasta el hogar de los espíritus en los Manantiales Amarillos. Se subió a la cama, junto a la rígida forma de Chongba, y se durmió. Por la mañana, los ojos de su hermano seguían abiertos. No estaba segura de si se había dormido y había despertado temprano o si llevaba así toda la noche. Esta vez, cuando lo sacudió, el niño respiró con mayor rapidez. Pero incluso eso parecía un reflejo.

Cavó de nuevo todo aquel día, deteniéndose solo para beber agua y comer brotes de cacahuete. Y Chongba siguió tumbado allí, y no mostró ningún interés cuando ella le llevó agua.

La niña despertó antes del alba la mañana del tercer día. Una sensación de soledad la apresó, más grande que nada que hubiera sentido antes. A su lado, la cama estaba vacía; Chongba se había marchado.

Lo encontró fuera. Bajo la luz de la luna, era un borrón pálido junto al bulto que había sido su padre. Al principio creyó que estaba dormido. Aun después de arrodillarse y tocarlo, tardó mucho tiempo en darse cuenta de lo que había pasado, porque no tenía sentido. Chongba iba a ser grande; iba a llevar orgullo a su familia. Pero estaba muerto.

A la niña la sorprendió su propio enfado. El Cielo le había prometido a Chongba vida suficiente para alcanzar la grandeza, y él había renunciado a esa vida tan fácilmente como respirar. Había *decidido* convertirse en nada. La niña quería gritarle. Su destino siempre había sido la nada. Ella nunca había tenido opción.

Llevaba allí arrodillada mucho tiempo cuando vio el destello en el cuello de Chongba. El amuleto budista. La niña recordó la historia de cómo su padre había acudido al monasterio de Wuhuang para rezar por la supervivencia de Chongba, y la promesa que había hecho: que, si el niño sobrevivía, acudiría al monasterio para ser monje.

Un monasterio. Donde habría comida y refugio y protección.

Sintió una agitación ante la idea, una conciencia de su propia vida, de esa cosa frágil y misteriosamente valiosa a la que, a pesar de todo, se había aferrado con obstinación. No se imaginaba rindiéndose, no entendía por qué esa opción le había parecido a Chongba más soportable que continuar. Convertirse en nada era lo más aterrador que se le ocurría, peor incluso que el miedo al hambre, o al dolor o a cualquier otro sufrimiento que pudiera arrojarle la vida.

Extendió la mano y tocó el amuleto. Chongba se había convertido en nada. *Si él eligió mi destino y murió… Entonces quizá yo pueda tomar el suyo, y vivir.*

Su peor miedo era convertirse en nada, pero eso no evitaba que temiera lo que la esperaba. Le temblaban tanto las manos que tardó mucho tiempo en desvestir el cadáver. Se quitó su falda y se puso la túnica hasta las rodillas y los pantalones de Chongba; se deshizo los moños para que su cabello cayera suelto, como el de un niño; y por último le quitó el amuleto del cuello y se lo aseguró alrededor del suyo.

Cuando terminó, se levantó y arrastró los dos cuerpos hasta la tumba. El padre abrazaría a su hijo hasta el final. Fue duro cubrirlos; la tierra amarilla flotaba sobre la tumba y formaba nubes brillantes bajo la luna. La niña soltó la azada. Se irguió… Y retrocedió horrorizada cuando sus ojos se detuvieron en las dos figuras inmóviles al otro lado de la tumba cubierta.

Podrían haber sido ellos, vivos de nuevo, su padre y su hermano bajo la luz de la luna. Pero tan instintivamente como un pájaro recién nacido conoce a un zorro, ella reconoció la terrible presencia de algo que no pertenecía, de algo que *no podía* pertenecer al mundo ordinario de los humanos. Se encogió, inundada por el miedo, al ver a los muertos.

Los fantasmas de su padre y de su hermano no eran como habían sido en vida. Sus pieles oscuras estaban pálidas y empolvadas, como si estuvieran cubiertas de ceniza, e iban vestidos con jirones de un tono hueso. En lugar de llevar el cabello recogido alto, su padre lo tenía enredado sobre los hombros. Los fantasmas no se movieron. Sus pies no tocaban el suelo. Sus ojos vacíos miraban la nada. Un murmullo sin palabras, incomprensible, atravesó sus labios inmóviles.

La niña los miró, paralizada por el terror. Había sido un día caluroso, pero toda su calidez, su vida, parecía estar abandonándola en respuesta al frío que emanaban los fantasmas. Recordó los dedos oscuros y helados de la nada, que había sentido al escuchar su destino. Se estremeció y le castañetearon los dientes. ¿Qué significaba aquello? ¿Por qué de repente podía ver a los muertos? ¿Era un recordatorio celestial de que nada era todo lo que debía ser?

Se estremeció al apartar los ojos de los fantasmas para mirar la carretera que ocultaba la sombra de las montañas. Nunca se había imaginado abandonando Zhongli, pero el destino de Zhu Chongba era marcharse. Su destino era sobrevivir.

El aire se hizo más frío. La niña se sorprendió al notar algo gélido pero real, una suave y dócil caricia en su piel, una sensación que había olvidado hacía mucho y que solo reconocía con la imprecisión de un sueño.

Dejó a los fantasmas de ojos vacíos murmurando bajo la lluvia y echó a andar.

La niña llegó al monasterio de Wuhuang una mañana lluviosa. Encontró una ciudad de piedra flotando en las nubes cuyos tejados de azulejos verdes y vidriosas curvas atrapaban la luz, muy arriba. Sus puertas estaban cerradas. Fue entonces cuando la niña descubrió que la antigua promesa de un campesino no significaba nada. Ella era solo una más de una inundación de niños desesperados reunidos ante la puerta del monasterio, suplicando y llorando para que los aceptaran. Aquella mañana, los monjes de túnicas grises emergieron y les gritaron que se marcharan. Los niños que habían pasado allí la noche, y los que ya se habían dado cuenta de que era inútil esperar, se alejaron tambaleándose. Los monjes retrocedieron, llevándose los cuerpos de los que habían muerto, y las puertas se cerraron a su espalda.

Solo se quedó la niña, con la frente apoyada contra la fría piedra del monasterio. Una noche, después dos y después tres, a pesar de la lluvia y del frío cada vez mayor. Iba a la deriva. De vez en cuando, cuando no estaba segura de estar despierta o soñando, creía ver pies blancuzcos y descalzos en los límites de su visión. En los momentos más lúcidos, cuando el sufrimiento era peor, pensaba en su hermano. Si hubiera vivido, Chongba hubiera ido a Wuhuang; habría esperado, como ella estaba esperando. Y, si aquella era una prueba a la que Chongba habría sobrevivido (el débil y llorica Chongba, que se había rendido ante el primer revés de la vida), entonces ella también lo haría.

Los monjes, al notar que persistía, redoblaron su campaña contra ella. Cuando sus gritos resultaron inútiles, la maldijeron; cuando sus maldiciones fracasaron, la golpearon. Ella lo aguantó todo. Su cuerpo se había convertido en el caparazón de un percebe, anclándola a la piedra, a la vida. Se mantuvo allí. Era lo único que podía hacer.

La cuarta tarde, un nuevo monje salió y se detuvo ante la niña. Este monje llevaba una túnica roja con bordados dorados en los dobladillos, y tenía un aire de autoridad. Aunque no era viejo, le caían los carrillos. No había benevolencia en su mirada abrupta, pero había otra cosa que la niña reconoció vagamente: interés.

—Maldita sea, pequeño hermano, eres testarudo —dijo el monje en un tono de reacia admiración—. ¿Quién eres?

La niña se había arrodillado allí durante cuatro días, sin comer nada y bebiendo solo el agua de la lluvia. Recurrió a sus últimas fuerzas. Y el niño que había sido la segunda hija de la familia Zhu, con la claridad suficiente para que el Cielo lo oyera, dijo:

—Me llamo Zhu Chongba.

2

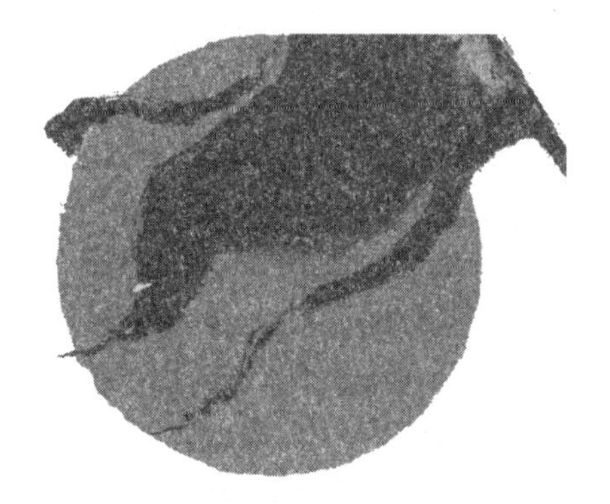

El nuevo monje novicio, Zhu Chongba, despertó al oír un ruido sordo tan fuerte que creyó que procedía del interior de su cuerpo. Se sobresaltó y lo oyó de nuevo, y a continuación un tono claro en respuesta a tal volumen que resonó en sus huesos. La luz destelló al otro lado de la ventana de papel del dormitorio. A su alrededor, los cuerpos se pusieron en movimiento: los niños, ya en pantalones y camiseta interior, se estaban poniendo unas túnicas como las que suelen llevar los campesinos, y sobre estas, los ropajes monásticos grises de amplias mangas, antes de correr hacia la puerta. Sus sandalias de paja golpearon el suelo cuando salieron en grupo de la habitación como un cardumen de peces rapados. Zhu corrió tras ellos, con su túnica gris enredándose entre sus piernas. Para ser Chongba, tendría que correr tan rápido como él habría corrido, pensar más rápido de lo que él habría pensado, tener el aspecto que él habría tenido. Era más pequeña que los niños, pero idéntica en todo lo demás gracias al uniforme. Se tocó la cabeza recién afeitada. La habían rasurado tanto que ni siquiera tenía pelusilla; era tan desagradable para sus dedos como un cepillo de cerdas.

Mientras corrían, sus respiraciones jadeantes y sus pisotones añadían su propia música al retumbar del tambor. Zhu los siguió, boquiabierta, pensando que si hubiera ascendido al reino celestial del Emperador de Jade no le habría parecido más inusual. Estaban cruzando un oscuro patio. Ante ellos se alzaba un elevado salón con vigas negras cuyas lámparas proyectaban su luz bajo los aleros dorados. Detrás, las escaleras subían hacia la oscuridad. Sin la claridad del día, el monasterio parecía un mundo sin fin, que subía para siempre adentrándose en la sombra de la montaña.

Los niños se unieron a una sinuosa hilera de monjes que ascendía hacia el salón. Zhu no tuvo tiempo de mirar a su alrededor mientras entraban: los monjes se dividieron a la izquierda y a la derecha en la parte delantera de la hilera, cada uno encontrando su espacio y sentándose con las piernas cruzadas. Zhu, que llegó la última, vio el salón lleno ante ella: hilera tras hilera de monjes, tan pulcramente espaciados e inmóviles como estatuas en una tumba antigua.

El tambor dejó de sonar. La campana tocó una vez más, y después se quedó en silencio. La transición del movimiento apresurado a la inmovilidad resultaba más discordante que todo lo anterior. El silencio era tal que, cuando una voz resonó por fin, era extraña e incomprensible. Era el monje de túnica roja que había dejado entrar a Zhu, y estaba cantando. Las bolsas de sus ojos eran tan redondas como alas de escarabajo, y tenía las mejillas caídas. Debería haber sido un rostro anodino; en lugar de eso, su pesadez se reunía a su alrededor, con el potencial de una roca colocada muy alta. Zhu, fascinada, apenas respiró. Después de un instante, el monje dejó de cantar y otras voces se alzaron, un resonante murmullo masculino que llenaba incluso aquel enorme salón. Y entonces golpearon una tabla y la campana resonó; los monjes y novicios se pusieron en pie y salieron corriendo del pasillo a la vez, con Zhu trastabillando detrás.

El olor le anunció la siguiente parada antes de verla. Aunque era una niña, Zhu era campesina; no tenía sensibilidades que ofender. Aun así, ver a todos los monjes orinando y cagando a la vez era impactante. Retrocedió hasta la pared y esperó hasta que el último de ellos se marchó antes de aliviarse, y después corrió a buscarlos.

La última túnica gris desapareció a través de una puerta. El olor también anunciaba aquel destino, aunque era infinitamente más agradable. *Comida*. Resuelta, Zhu corrió al interior... Solo para que la agarraran del cuello de la túnica y tiraran de ella hacia atrás.

—¡Novicio! ¿No has oído la campana? Llegas tarde. —El monje le mostró una vara de bambú y a Zhu se le abatió el corazón. En la larga habitación, podía ver a los otros monjes y novicios sentados sobre cojines delante de mesas individuales bajas. Otro monje estaba repartiendo cuencos. Le dolía el estómago. Por un momento, pensó que no iba a comer y la sensación fue tan terrible que eclipsó incluso el miedo.

—Debes ser nuevo. Acepta el castigo, o no comas —le espetó el monje—. ¿Qué eliges?

Zhu lo miró fijamente. Era la pregunta más estúpida que había oído nunca.

—¿Y bien?

Extendió las manos y el monje se las golpeó con la vara; después corrió al interior, jadeando, y se lanzó a una mesa vacía junto al novicio más cercano. Le pusieron un cuenco delante. Se abalanzó sobre él. Era la mejor comida que había tomado nunca, una de la que creía que nunca se cansaría: fibrosa cebada, hojas agrias de mostaza y rábano estofado con una salsa dulce de judías fermentadas. Cada bocado era una revelación. Tan pronto como terminó, el monje que servía le puso agua en el cuenco. Siguiendo el ejemplo de los demás novicios, Zhu se tragó el agua y limpió el cuenco con el dobladillo de su túnica. El monje se acercó de nuevo para llevarse los cuencos. Todo el proceso de comer y limpiar le había llevado menos tiempo de lo que tardaba en hervir una cazuela de agua para el té. Después, los monjes adultos se levantaron y se marcharon apresuradamente a algún sitio, con toda seguridad para sentarse en silencio de nuevo.

Cuando se levantó con el resto de los novicios, Zhu se dio cuenta de que le dolía el estómago de un modo distinto. Tardó un par de segundos en comprender qué era. *Estoy llena,* pensó, asombrada. Y, por primera vez desde que se había marchado de la aldea de Zhongli, por primera vez desde que su padre la había ofrecido a los bandoleros y había descubierto lo que la nada significaba en realidad, creyó que sobreviviría.

Los novicios, entre los que había desde niños pequeños a hombres adultos de casi veinte años, se dividieron en grupos por edades. Zhu subió corriendo tramo tras tramo de peldaños de piedra tras los novicios más jóvenes. Su aliento se elevó contra el nítido amanecer azul. La enmarañada pendiente verde de la montaña subía con ellos. Zhu notó su sabor en la boca: una rica y suntuosa efervescencia de vida y putrefacción que no se parecía a nada que hubiera conocido.

Desde muy lejos les llegó un rítmico golpeteo de madera, y después el tañido de la campana. Ahora que había luz suficiente para ver, Zhu descubrió que el monasterio era una serie de terrazas excavadas en la ladera, abarrotadas de edificios de madera de tejados verdes y de patios con un laberinto de estrechos senderos entre ellos. El incienso escapaba a través de los huecos oscuros. En uno de ellos captó un atisbo de un montón de fruta brillante rodeada por una multitud de siluetas blancas. *Más monjes.* Pero, al pensarlo, sintió una fría caricia sobre su cráneo rapado.

El corazón le amartillaba el pecho y echó a correr antes de darse cuenta, hacia arriba, lejos de ese lugar oscuro. Para su alivio, un momento después, los novicios llegaron a su destino en una de las terrazas más altas. Se quitaron las sandalias y entraron en una larga y espaciosa habitación. Las ventanas con celosías estaban abiertas a lo largo de una pared para dejar ver el valle labrado de abajo. En el interior habían dispuesto una docena de mesas bajas sobre el oscuro suelo de madera, pulida por tantos siglos de uso que lo único que Zhu sentía contra sus plantas descalzas era una frialdad líquida.

Ocupó una mesa vacía y sintió que su miedo se desvanecía mientras tocaba las cosas curiosas que había sobre ella. Un pincel hecho de algún tipo de suave pelo oscuro y un cuadrado blanco de algo parecido a la tela. *Papel.* Un platillo de piedra con un charco de agua en su extremo cóncavo. Un palillo negro y corto que dejaba los dedos tiznados. El resto de los niños ya había tomado sus palillos para frotarlos en los platos. Zhu los imitó, y observó con creciente deleite cómo el agua de su plato se volvía tan oscura como un ojo. *Tinta.* Se preguntó si era la primera persona de Zhongli en ver aquellos artículos casi mágicos de los que hablaban las historias.

Justo entonces entró un monje, golpeándose la mano con una vara de bambú. Dividido por el centro, las dos mitades del palo traquetearon tan violentamente que Zhu se sobresaltó. Era el movimiento equivocado. El monje clavó los ojos en ella.

—Bueno, bueno. Nuestro recién llegado —dijo, con desagrado—. Espero que tu única virtud no sea ser tan persistente como las hormigas sobre un hueso.

El monje se acercó a la mesa de Zhu. La niña lo miró, asustada, olvidando su deleite anterior. A diferencia de los bronceados y sucios campesinos de Zhongli, el monje estaba tan pálido y arrugado como la piel del tofu. Cada arruga estaba sesgada hacia abajo por el desprecio y la amargura, y sus ojos la miraban desde dos oscuros huecos. Golpeó un objeto, haciéndola sobresaltarse por segunda vez.

—Lee.

Zhu miró el objeto con el acechante e incipiente temor que reconocía de las pesadillas. *Un libro.* Lentamente, lo abrió y miró las formas que bajaban por las páginas. Cada una era tan única como una hoja. Y, para Zhu, tan incomprensible como las hojas; no podía leerlas.

—Por supuesto —dijo el monje, con mordacidad—. Un apestoso y analfabeto campesino, ¡y de algún modo se espera que yo lo convierta en un monje educado! Si el abad quería un milagro, debería haber elegido a un bodhisattva como maestro de los novicios… —Golpeó la mano de Zhu con la vara y ella la retiró con un gemido. Después, le dio la vuelta al libro para que mirara al otro lado—. ¡Qué distinta es la instrucción de los novicios hoy en día! Cuando yo era novicio, los monjes nos enseñaban gritándonos órdenes día y noche. Trabajábamos hasta desmayarnos y nos golpeaban hasta que volvíamos en nosotros, y cada día tomábamos solo una comida y dormíamos tres horas. Seguíamos así hasta que dejábamos de pensar, hasta que perdíamos la voluntad, el ego. Hasta que solo éramos continentes vacíos, conscientes solo del ahora. *Esa* es la enseñanza adecuada de los novicios. ¿Para qué necesita un bodhisattva, un iluminado, el conocimiento terrenal, mientras pueda transmitir el dharma? Pero este abad… —Apretó los labios—. Tiene ideas distintas. Insiste en educar a sus monjes. Quiere que sepan leer y escribir, y usar el ábaco. ¡Como si nuestro monasterio no fuera nada más que un pequeño negocio interesado solo en arriendos y beneficios! Pero… a pesar de lo que yo opine, por desgracia, la tarea de vuestra educación recae sobre mí.

La miró con desagrado.

—No sé qué estaba pensando cuando te dejó entrar. ¡Mira tu tamaño! Un grillo sería más grande. ¿En qué año naciste?

Zhu se encorvó sobre su mesa ignorando el olor dulce del libro, que ponía en su estómago una punzada de interés.

—El Año del… —Tenía la voz ronca, por la falta de uso. Se aclaró la garganta y terminó—: El Año del Cerdo.

—¡Once años! Cuando la edad habitual de admisión es doce. —La voz del monje asumió una nueva nota de rencor—. Supongo que contar con el favor del abad te hace pensar que eres especial, novicio Zhu.

Ya habría sido bastante malo que la rechazaran por sus deficiencias. Con una sensación de abatimiento, Zhu se dio cuenta de que aquello era peor: era la personificación del abad entrometiéndose en lo que el maestro de los novicios consideraba sus asuntos.

—No —murmuró. Esperaba que notara su sinceridad. *Déjame ser normal. Déjame sobrevivir.*

—La formulación correcta es: «No, prefecto Fang» —le espetó—. Aunque el abad te haya dejado entrar, estos son *mis* dominios. Como maestro de los novicios, soy yo quien decide si cumples mis expectativas. Está claro que no voy a darte un trato especial por ser un año más pequeño. Así que prepárate para ponerte al día con las clases y el trabajo, ¡o ahórrame el tiempo y márchate ahora!

Márchate. El terror la atravesó. ¿Cómo iba a marcharse, cuando lo único que había fuera del monasterio era el destino que había dejado atrás? Pero, al mismo tiempo, era dolorosamente consciente de que no era solo un año más pequeña que los novicios más jóvenes. *Chongba* había sido un año más pequeño. Ella había nacido en el Año de la Rata, un año antes. Era dos años más pequeña: ¿conseguiría seguir el ritmo?

El rostro de su hermano flotó ante sus ojos, regio y arrogante. *Niña inútil.*

Una nueva dureza en su interior contestó: *Seré mejor siendo tú de lo que tú fuiste nunca.*

Mirando a la mesa, dijo con premura:

—¡Este novicio indigno se pondrá al día!

Sintió los ojos del prefecto Fang quemándole el cuero cabelludo rapado. Después de un momento, su vara apareció para erguirla. El maestro tomó su pincel y escribió con rapidez tres caracteres que descendían desde la esquina superior derecha del papel.

—*Zhu Chongba*. El afortunado doble ocho. Dicen que hay verdad en los nombres, y tú sin duda has tenido suerte. Aunque, en mi experiencia, la gente afortunada suele ser la más perezosa. —Curvó el labio en una mueca—. Bueno, veremos si funciona. Aprende tu nombre y los primeros cien caracteres de esa cartilla. Te haré un examen mañana.

Su expresión agria hizo que Zhu se estremeciera. Sabía lo que significaba. Estaría vigilándola, esperando que se quedara atrás o que cometiera un error. Y, con ella, no sería tolerante.

No puedo marcharme.

Miró los caracteres secándose en la página. En su vida nunca había tenido suerte, y nunca había sido perezosa. Si tenía que aprender para sobrevivir, entonces aprendería. Tomó el pincel y comenzó a escribir. *Zhu Chongba.*

Zhu no había estado tan cansada en toda su vida. A diferencia del dolor del hambre, que al menos se atenuaba hasta convertirse en algo abstracto después de un tiempo, el cansancio era al parecer un tormento que se volvía más agonizante a medida que pasaban las horas. Le dolía la mente, del implacable asalto de toda la información nueva. Al principio tuvo que aprenderse el canto con el que enseñaban los mil caracteres de la cartilla de lectura que le entregó el prefecto Fang. Después de eso, asistió a una clase incomprensible con el maestro del dharma en la que tuvo que memorizar el inicio de un sutra. Después tuvo una clase de ábaco con un monje jorobado de la secretaría del monasterio. El único descanso fue el almuerzo. *Dos comidas al día.* Era tanta abundancia que Zhu apenas podía creérselo. Pero, después del almuerzo, la esperaban aún más clases: poemas, la historia de las dinastías pasadas y los nombres de los lugares que estaban aún más lejos que la sede del distrito de Haozhou, a dos días enteros caminando de la aldea de Zhongli y el lugar más lejano que Zhu podía imaginar. Al final de las clases del día, entendió el punto de vista del prefecto Fang: aparte de los sutras, no entendía para qué necesitaba saber un monje todo aquello.

A última hora de la tarde y primera de la noche, los novicios hacían sus tareas. Mientras Zhu subía la montaña bajo la chirriante vara cargada de cubos de agua del río que llevaba sobre los hombros, se habría reído si no estuviera tan cansada. Allí estaba ella, en aquel extraño nuevo mundo, y volvía a cargar con agua. El esfuerzo de mantener todo lo que había aprendido en su cabeza la hacía sentirse asfixiada, asustada, pero aquello… Aquello podía hacerlo.

Había dado solo tres pasos más cuando uno de los cubos se soltó de repente de la vara. El peso desequilibrado del otro la hizo golpearse las rodillas contra el camino rocoso. Por un momento, ni siquiera se alegró de que los cubos no se hubieran derramado o caído montaña abajo; solo siseó, dolorida. Después de un rato, el dolor remitió hasta convertirse en una palpitación y examinó la vara, cansada. La cuerda que sostenía el cubo izquierdo se había roto y deshecho. Era poco más que un puñado de fibras, lo que significaba que no podría atar el cubo de nuevo.

Otro novicio que portaba agua apareció a su espalda mientras miraba el desastre.

—Ah, qué mala suerte —dijo con voz clara y agradable.

Era un niño mayor, de trece o catorce años, que a los ojos hambrientos de Zhu parecía increíblemente robusto, casi demasiado alto y saludable para ser real. Sus rasgos eran tan armoniosos como si los hubiera colocado allí una deidad compasiva, en lugar de habérselos tirado desde el Cielo como parecía haber ocurrido con todos los demás a los que Zhu había conocido. Lo miró como si fuera otra maravilla arquitectónica más de aquel extraño nuevo mundo.

—Esa vara seguramente no se ha usado desde que el novicio Pan se marchó —le explicó—. La cuerda se habrá podrido. Tendrás que llevarla a Mantenimiento para que la arreglen…

—¿Por qué? —le preguntó Zhu. Miró la fibra que tenía en la mano, preguntándose si se estaría perdiendo algo, pero seguía siendo lo mismo que antes: un montón enredado que podía volver a trenzar en una cuerda con apenas unos minutos de esfuerzo.

Él la miró con extrañeza.

—¿Quién más podría arreglarla?

Zhu sintió una oleada de vértigo, como si el mundo acabara de reorientarse. Había asumido que todos sabían tejer, porque para ella era tan natural como respirar. Era una cosa que había hecho durante toda su vida, pero era una habilidad *femenina*. Y entonces lo supo, con un destello de comprensión tan doloroso que supo que debía ser cierto: no podía hacer nada que Chongba no hubiera hecho. No solo tenía que esconder sus destrezas anómalas ante aquel novicio, sino ante los ojos del mismo Cielo. Si el Cielo descubría quién se había apropiado de la vida de Chongba…

Su mente se negó a terminar el pensamiento. *Si quiero quedarme con la vida de Chongba, tengo que ser él. En pensamiento, en palabra, en actos…*

Soltó la cuerda, sintiéndose enferma por lo cerca que había estado del desastre, y después desató el otro cubo y levantó ambos por las asas. Tuvo que contener un gemido. Sin la vara, parecían el doble de pesados. Tendría que regresar a por la vara…

Pero, para su sorpresa, el otro novicio recogió la vara y se la pasó sobre los hombros, junto a la suya.

—Vamos. Tenemos que seguir adelante. Cuando dejemos los cubos, te enseñaré dónde está Mantenimiento —le dijo con alegría. Y, mientras subían, añadió—: Por cierto, soy Xu Da.

A Zhu, las asas de los cubos le cortaron las manos. Su espalda gritó en protesta.

—Yo soy…

—Zhu Chongba —dijo el muchacho con tranquilidad—. El niño que aguardó durante cuatro días. ¿Quién no lo sabe ya? Después del tercer día, todos esperábamos que te dejaran entrar. Nadie había estado ni la mitad de ese tiempo. Puede que seas pequeño, hermanito, pero eres tozudo como un burro.

No había sido tozudez, pensó Zhu. Solo desesperación.

—¿Qué le pasó al novicio Pan? —le preguntó, jadeando.

—Ah. —Xu Da parecía triste—. Es posible que te hayas dado cuenta de que el prefecto Fang no dedica demasiado tiempo a la gente que considera estúpida o inútil. El novicio Pan estuvo condenado desde el primer día. Era un niño pequeño y enfermizo, y el prefecto Fang lo expulsó después de un par de semanas. —Notando la preocupación de Zhu, añadió con rapidez—: Tú no te pareces en nada a él. Ya estás poniéndote al día. ¿Sabes? Cuando llegan, la mayoría de los niños no podrían cargar con agua ni aunque sus vidas dependieran de ello. Deberías oírlos quejarse: *Esto es trabajo de mujeres, ¿por qué tenemos que hacerlo?* Como si no se dieran cuenta de que están viviendo en un monasterio.

El niño se rio.

Trabajo de mujeres. Zhu le echó una mirada brusca, con una punzada de alarma en el vientre, pero el rostro del muchacho estaba tan tranquilo como una estatua de Buda. No sospechaba nada.

Después de pasar por Mantenimiento, donde Zhu recibió un golpe en las pantorrillas por su descuido, Xu Da la llevó de nuevo al dormitorio. Al fijarse en él por primera vez, Zhu vio una larga y escueta habitación con una hilera de catres sencillos a cada lado, y en la pared opuesta, una estatua dorada de sesenta centímetros de altura con un millar de manos y un millar de ojos. Zhu la miró, inquieta. A pesar de la imposibilidad anatómica, nunca había visto nada tan realista.

—Nos vigila para evitar que hagamos travesuras —le dijo Xu Da con una sonrisa. El resto de los niños estaban ya doblando sus ropas y colocándolas pulcramente a los pies de sus camastros, a los que subían en parejas para meterse bajo las sencillas mantas grises. Cuando Xu Da vio que Zhu estaba buscando una cama vacía, le dijo con despreocupación—: Puedes compartir la mía. La compartía con el novicio Li, pero las ordenaciones de otoño fueron hace poco y ahora es monje.

Zhu dudó, pero solo un instante; el dormitorio estaba helado, y todavía no era ni siquiera invierno. Se tumbó junto a Xu Da, dándole la espalda. Un novicio mayor apareció para apagar las lámparas. Las del pasillo interior iluminaban la ventana de papel del dormitorio desde fuera, convirtiéndola en una larga franja dorada en la oscuridad. Los demás novicios susurraron y se movieron a su alrededor. Zhu temblaba de cansancio, pero no podía dormirse antes de aprender los caracteres que el prefecto Fang le había enseñado. Murmuró las palabras del primer canto, trazando con cuidado la forma de cada carácter en las tablas del suelo con el dedo. *Cielo y tierra, oscuridad y amarillo.* Dormitaba y despertaba sobresaltada. Era una tortura, pero si aquel era el precio a pagar, lo pagaría. *Puedo hacerlo. Puedo aprender. Puedo sobrevivir.*

Estaba con la última línea de cuatro caracteres cuando la luz que atravesaba el papel de la ventana se atenuó y cambió de ángulo, como si una brisa hubiera rozado y perturbado las llamas de la lámpara. Pero la noche era tranquila. Una punzada de miedo le erizó la piel bajo su nueva ropa, aunque no sabía por qué. Entonces, proyectadas contra el iluminado papel de la ventana, aparecieron unas sombras: gente, deslizándose en fila por el pasillo. Llevaban el cabello largo y enredado, y Zhu oyó sus voces al pasar, un solitario e ininteligible murmullo que le resultaba familiar y la hizo estremecerse.

Los días después de su partida de Zhongli, Zhu se había convencido de que la aparición de los fantasmas de su padre y su hermano no había sido más que una pesadilla provocada por la conmoción y el hambre. En ese momento, al ver la sobrenatural procesión, se volvió real de nuevo. Sintió miedo. *No es lo que parece*, pensó con desespero. ¿Qué sabía ella sobre monasterios? Habría alguna explicación ordinaria. *Tenía* que haberla.

—Novicio Xu —dijo con urgencia. Se sentía avergonzada por el temblor de su voz—. Hermano mayor, ¿a dónde van?

—¿Quiénes?

Estaba medio dormido. Su cuerpo caliente, junto al suyo, tembloroso, resultaba reconfortante.

—La gente del pasillo.

El niño echó una mirada somnolienta a la ventana de papel.

—Hum. ¿El supervisor nocturno? Es el único que se queda fuera tras el toque de queda. Hace la ronda toda la noche.

El miedo se enroscó en el hígado de Zhu. La procesión siguió avanzando mientras Xu Da hablaba. Sus sombras eran tan claras tras la ventana de papel como los árboles contra el ocaso. *Pero él no los ve*. Recordó las formas vestidas de blanco que había visto en aquel hueco oscuro, agrupadas alrededor de las ofrendas. Aquel espacio estaba oscuro, y ahora era de noche, y ella sabía por las historias que la esencia del mundo de los espíritus era el yin: sus criaturas pertenecían a la oscuridad, a la humedad y a la luz de la luna. *Puedo ver fantasmas*, pensó, aterrada, y se dio cuenta de que estaba tan tensa que le dolían los músculos. ¿Cómo dormiría ahora? Pero, mientras su miedo crecía, el desfile llegó a su fin. El último fantasma desapareció y la luz se detuvo y un cansancio ordinario volvió a ella a una velocidad que la hizo suspirar.

Su respiración en la oreja de Xu Da lo despertó.

—Buda nos protege, hermanito —murmuró con alegría—. El prefecto Fang tenía razón en una cosa sobre ti. *Apestas*. Me alegro de que el día del baño sea pronto…

Zhu estaba de repente muy despierta, y se había olvidado de los fantasmas.

—¿El día del baño?

—Te perdiste el verano, cuando nos bañábamos una vez a la semana. Ahora solo nos bañaremos una vez al mes hasta que vuelva a hacer calor. —Continuó, soñador—: Los días del baño son los mejores. No hay rezos por la mañana. No hay tareas, no hay clases. Los novicios tenemos que calentar el agua del baño, pero mientras nos sentamos en la cocina y bebemos té…

Pensando en la letrina comunitaria, Zhu tuvo una horrible sensación sobre a dónde se dirigía aquello.

—¿Hacemos turnos?

—Somos cuatrocientos monjes. ¿Cuánto tardaríamos entonces? Solo el abad se baña solo. Él es el primero, los novicios somos los últimos. El agua está turbia para entonces, pero al menos nos dejan quedarnos todo el tiempo que queremos.

Zhu se imaginó desnuda delante de varias docenas de novicios.

—A mí no me gustan los baños —dijo con terquedad.

Una figura sin duda humana apareció en el pasillo y golpeó la puerta del dormitorio con una vara de bambú.

—¡Silencio!

Cuando el supervisor nocturno se alejó, Zhu miró la oscuridad y se sintió enferma. Había creído que, para ser Chongba, sería suficiente con hacer lo que Chongba habría hecho. Pero ahora, con retraso, recordó que el adivino había leído el destino de Zhu Chongba en su pulso. Su destino había estado en su cuerpo. Y a pesar de todo lo que había dejado atrás en Zhongli, ella seguía en su propio cuerpo: su cuerpo, destinado a la nada de la que ahora veía espectrales recordatorios por todas partes. La luz del pasillo se reflejaba tenuemente en la estatua dorada y en sus miles de ojos vigilantes. ¿Cómo se había atrevido a pensar que podría engañar al Cielo?

En su mente, vio los tres caracteres del nombre de su hermano en la letra brusca del prefecto Fang, y su propia y temblorosa versión debajo. Ella no lo había escrito, como hizo el prefecto Fang, solo lo había dibujado. Una imitación que carecía de realidad.

El día del baño no llegaría hasta el final de la semana, lo que, en cierto sentido, era peor: era como ver que la ladera de la montaña se había venido abajo sobre la carretera, y no poder detenerse. Como Zhu descubrió rápidamente, en la vida monacal no había pausa. Clases, tareas y más clases, y cada noche había nuevos caracteres que aprender, y los del día anterior para recordar. Ni siquiera la idea de compartir la noche con fantasmas era suficiente para evitar que se quedara dormida en cuanto sucumbía al agotamiento, y en lo que parecía un instante llegaban de nuevo los rezos de la mañana. De un modo peculiar, la vida en el monasterio era tan rutinaria como lo había sido en la aldea de Zhongli.

Esa mañana, Xu Da y ella estaban arrodillados en un abrevadero de piedra lleno de agua helada y sábanas sucias; en lugar de las clases, era el día de colada del monasterio, que se hacía dos veces al mes. De vez en cuando, otro novicio les llevaba una sartén llena de los viscosos frutos hervidos de la gleditsia y los añadían al agua. Otros novicios enjuagaban y estrujaban y almidonaban y planchaban. Los ginkgos del patio se habían vuelto amarillos y lanzaban sus frutos sobre las losas, lo que añadía un desagradable olor a vómito de bebé a los procedimientos.

Zhu frotaba, preocupada. Aun sabiendo que su cuerpo la anclaba a una nada predestinada, se negaba a aceptar la idea de que debía simplemente rendirse y dejar que el Cielo la condujera de nuevo a ese destino. Tenía que haber un modo de seguir haciéndose pasar por Zhu Chongba... Si no permanentemente, al menos durante un día, un mes, un año más. Pero, para su desesperación, cuanto mejor comprendía las rutinas diarias, menos oportunidades veía. En un monasterio, cada momento de cada día estaba supervisado. No había ningún sitio donde esconderse.

—Si nos lavamos menos porque hace frío, ya podrían ahorrarnos también algunos días de colada —se quejó Xu Da. Ambos tenían las manos de un rojo brillante por el agua helada, y les dolían con ferocidad—. Incluso el arado de primavera es mejor que esto.

—Es casi la hora del almuerzo —dijo Zhu, momentáneamente distraída por la idea. Las comidas seguían siendo lo mejor de cada día.

—Solo alguien que se ha criado en una hambruna podría estar tan entusiasmado por la comida del refectorio. Y te he visto mirando el jabón. ¡No puedes comerte esos frutos!

—¿Por qué estás tan seguro? —le preguntó Zhu—. Parecen alubias. Tal vez sean deliciosos.

Ahora que había dominado el tono travieso y fraternal de las interacciones entre novicios, disfrutaba de aquellas conversaciones. No recordaba haber hablado nunca *con* Chongba.

—Es jabón —dijo Xu Da—. Eructarías burbujas. Supongo que podría ser peor. Este es solo un día de colada normal. Esa vez en la que el príncipe de Henan nos visitó, tuvimos que lavar las sábanas y también frotar y almidonar las túnicas de todos los monjes. ¡Deberías haberlas oído después, cómo crujían! Era como meditar en un bosque. Los rebeldes también nos visitan, pero son gente normal; no son una molestia. —Al ver la mirada inexpresiva de Zhu, añadió—: De la rebelión campesina. Es la más importante desde antes de que naciéramos. El abad recibe a sus líderes cuando están por la zona. Dice que, hasta que uno de ellos venza, nos irá bien si tenemos buena relación con ambos bandos.

Zhu pensó que era una pena que ella no consiguiera tener buena relación con el prefecto Fang. Su pesimismo regresó con fuerza, más intenso que nunca.

—Hermano mayor, ¿los novicios siempre son expulsados por cometer un error? ¿O hay veces en las que solo los castigan? —le preguntó, con tristeza.

—Si el prefecto Fang pudiera librarse de todos los novicios, seguramente lo haría —le contestó Xu Da con seguridad—. Solo se molesta en castigarte si lo has enfadado de verdad y quiere verte sufrir. —Juntos, elevaron una sábana y la dejaron en la tina para los escurridores—. A mí me castigó una vez, cuando todavía era nuevo. Estábamos fermentando la cosecha de alubias negras y me hizo remover las vasijas. Me puso tan nervioso que, cuando vino a supervisarme, le volqué encima una vasija entera. —Negó con la cabeza y se rio—. ¿Sabes lo mal que huelen las alubias fermentadas? Los otros monjes lo llamaron Tufarada Fang, y se negaron a sentarse a su lado durante los rezos o en el salón de meditaciones hasta el siguiente día de colada. Estaba *furioso.*

Se escuchó un traqueteo a lo lejos: el primer aviso del supervisor para el almuerzo.

—Después de eso fue el festival del Medio Otoño. Normalmente los novicios suben la montaña para ver el monasterio iluminado por las lámparas, pero el prefecto Fang me obligó a limpiar la letrina. Dijo que lo adecuado era que fuera yo el apestoso. Y quedaban siglos hasta el siguiente día del baño. —Xu Da salió del lavadero y comenzó a secarse—. Pero ¿por qué te preocupas? Ni siquiera el prefecto Fang puede expulsar a alguien sin una buena razón. No estarás planeando hacer algo malo, ¿verdad? —Sonrió a Zhu mientras la campana sonaba, y subió saltando los peldaños hacia el refectorio—. ¡Vamos! Hemos trabajado tanto que hasta yo espero con ansia las verduras en salmuera.

Zhu lo siguió, pensativa. La historia de Xu Da le había dado una idea. Independientemente de las probabilidades de éxito, tener una idea la llenaba de una esperanza obstinada que parecía más auténtica que cualquier desesperación.

Pero a pesar de que se dijo a sí misma que funcionaría, el miedo seguía haciendo latir su corazón con tanta fuerza como si hubiera subido corriendo todas las escaleras del monasterio.

Para el resto de los novicios, el día del baño era tan excitante como lo había sido el Año Nuevo en sus vidas laicas. Por el contrario, Zhu despertó con una sensación de temerosa anticipación que persistió durante la recompensa de quedarse en la cama hasta que el sol saliera, de tomar el desayuno en la cocina en lugar de en el refectorio y de disfrutar de infinitas tazas de té mientras alimentaban el fuego bajo los enormes calderos de agua para el baño.

—¡Novicio! —El supervisor del fuego de las cocinas le lanzó una vara de hombro—. El abad casi debe haber terminado. Lleva un par de cubos de agua caliente para calentar el agua para los jefes de departamento.

Cuando Zhu tomó la vara, su sentido del mundo se estrechó hasta un punto de adusta concentración. *Si este es el camino, entonces está en mi mano hacerlo. Y puedo hacerlo.* Tengo *que hacerlo.*

Absorta en sus pensamientos, se sobresaltó cuando Xu Da se acercó y tomó uno de los cubos. Seguramente había notado su reticencia y la había confundido con cansancio.

—Deja que te ayude. Tú podrás ayudarme en mi turno.

—Eso solo significa que ambos tendremos que hacer dos viajes más fáciles, en lugar de un viaje duro cada uno —señaló Zhu. Su voz sonó extraña—. ¿No preferirías terminar de una vez?

—¿Qué tiene de divertido sufrir solo? —dijo Xu Da con su amabilidad habitual. Sorprendida, Zhu se dio cuenta de que seguramente era su amigo. Nunca antes había tenido un amigo. Pero no estaba segura de que el sufrimiento pudiera ser compartido, ni siquiera con un amigo. Ver a su padre morir, cavar su tumba, arrodillarse durante cuatro días delante del monasterio... todos aquellos habían sido actos de exquisita soledad. Sabía que, cuando llegaba el momento, sobrevivías y morías sola.

Pero quizá hubiera un consuelo en tener a alguien a tu lado mientras ocurría.

—¡Habéis tardado mucho! —exclamó el prefecto Fang cuando Zhu y Xu Da llegaron al baño. Él y los otros dos jefes de departamento ya se habían quitado las túnicas y estaban sentados en el lateral de la tina. Tenían los cuerpos tan arrugados como dátiles secos esperando la sopa; incluso sus partes pudendas parecían haber encogido hasta parecer el órgano retraído de Buda. El vapor que los rodeaba se disipó con la corriente que creó la puerta al cerrarse, y Zhu hizo una mueca cuando vio qué más ocupaba aquel espacio húmedo y cerrado: había fantasmas bordeando las paredes. Pendían inmóviles, aunque el vapor que atravesaba sus siluetas blancas hacía que pareciera que se movían y balanceaban. Sus ojos vacíos estaban clavados sin enfocar en algún punto a media distancia. No prestaban atención a Zhu o los monjes desnudos. Zhu los miró y se obligó a respirar. La apariencia de los fantasmas, alterada por la muerte, era perturbadora de un modo tan fundamental que le creaba un nudo en el estómago, pero no parecían... peligrosos. «Solo forman parte de este sitio —se dijo, sintiendo que la atravesaba un involuntario temblor—. No son distintos del vapor».

—¿Qué estás mirando? —le espetó el prefecto Fang, y de repente Zhu recordó su propósito. Su pulso volvió a empujarla hacia la conciencia—. ¡Daos prisa en llenarla y marchaos!

Xu Da vació su cubo en la bañera. Zhu se dispuso a hacer lo mismo. Por el rabillo del ojo, vio el nacimiento del horror en el rostro de Xu Da y su brazo extendido mientras se lanzaba hacia ella, pero llegó demasiado tarde: ya había permitido que ocurriera. El resbaladizo suelo de bambú le arrebató las sandalias, agitó los brazos, el pesado cubo saltó a la tina y ella se vio arrastrada detrás.

Por un momento, se quedó suspendida en una burbuja de cálido silencio. Deseó quedarse debajo del agua, en aquel momento seguro en el que no había sido un éxito ni un fracaso. Pero ya había actuado, y la sorprendió descubrir que la acción iba acompañada de su propia valentía: no podía hacer otra cosa que continuar, sin importar cuánto la asustara. Salió a la superficie y se levantó.

Xu Da y los tres dátiles secos estaban mirándola con la boca abierta. La túnica de Zhu se infló a su alrededor como una flotante hoja de loto. Una corona de suciedad la abandonó y se extendió, imparable, en la limpia agua del baño.

—Prefecto Fang —dijo el maestro del Dharma represivamente—, ¿por qué está tu novicio mancillando nuestro baño?

El prefecto Fang estaba tan rojo que la parrilla de marcas de ordenación en su cuero cabelludo resaltaba en un blanco severo. Se puso en movimiento, agitando todas las solapas arrugadas de su cuerpo, y en un instante había levantado a Zhu por la oreja. La niña aulló de dolor.

La lanzó al otro lado de la habitación, a través de los fantasmas, y después le tiró el cubo. Este la golpeó e hizo que cayera al suelo.

—De acuerdo —dijo el prefecto, temblando de rabia—. *Arrodíllate.*

El roce de las insustanciales formas de los fantasmas era como ser atravesada por un millar de agujas de hielo. Zhu se lanzó de rodillas, atenuando un gemido. Le hormigueaba la piel, por los fantasmas; le dolía la cabeza, tras golpear el suelo. Miró al prefecto Fang, mareada, mientras este decidía qué hacer con ella. Y no solo estaba mirándola el prefecto

Fang. Para su terror, podía sentir al propio Cielo inspeccionando el cascarón de Zhu Chongba, como si notara una irregularidad en su interior. Una fría nada le rozó la nuca, y a pesar de la calidez del baño, tembló hasta que le castañetearon los dientes.

—*Pequeño mojón de perro* —gruñó al final el prefecto Fang. Agarró el cubo y se lo lanzó al pecho—. Sostenlo sobre tu cabeza hasta que suene la campana de la noche, y cada vez que se te caiga te daré un golpe con el bambú. —Su pecho arrugado se agitaba furiosamente—. En cuanto al respeto a tus mayores, y a la atención a tu trabajo, podrás meditar sobre estos principios cuando estés frotándote con la fría agua del pozo. *El día del baño es un privilegio.* Si alguna vez te veo, u oigo decir que has vuelto a poner un pie en este baño, haré que te expulsen.

La miró con sádica satisfacción. Sabía muy bien cuánto disfrutaban los novicios del día del baño, y lo que creía que estaba arrebatándole. Y, si hubiera sido cualquier otro novicio, seguramente habría sido terrible: la inacabable rutina de la vida monacal, sin nada bueno que esperar.

Zhu tomó el cubo, temblando. Era de madera y pesado. Sabía que se le caería un centenar de veces antes de que sonara la campana de la noche, horas de agonía y cientos de golpes después. Era un castigo tan terrible que cualquier otro habría llorado de miedo y humillación. Pero, mientras levantaba el cubo sobre su cabeza, con los brazos temblando ya por el esfuerzo, sintió que su brío y su miedo se disipaban con un alivio tan radiante que parecía alegría. Había conseguido lo imposible.

Había escapado a su destino.

3

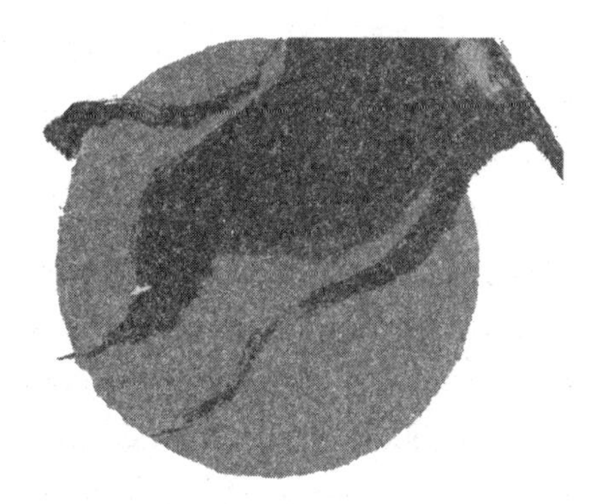

1347, SEGUNDO MES

Zhu y Xu Da estaban sentados a horcajadas en el tejado del Salón del Dharma, reemplazando las tejas dañadas del invierno. Era un sitio de ensueño donde estar, suspendido entre el cielo cubierto de nubes y un mar de resplandecientes tejas verdes cuyos remates dorados se curvaban hacia arriba como las olas. Más allá del caos de patios, más allá incluso del valle, podía verse una franja de la luminosa llanura de Huai. Como cosas conectadas, la forma de las nubes les decía el aspecto que tenía la distante tierra. Allí donde las nubes parecían escamas de pez, había lagos y ríos; donde las nubes tenían forma de arbustos, estaban las montañas. Y, bajo las flores de polvo amarillo, las tropas.

Hacía calor y Xu Da se había quitado la camiseta y la túnica para trabajar medio desnudo, solo con los pantalones. A los dieciséis años, el trabajo duro ya le había dado el cuerpo de un hombre.

—Estás suplicando que te maten, yendo por ahí así —dijo Zhu, un poco brusca.

El prefecto Fang no dudaba en usar su vara de bambú con los novicios que violaban las reglas del decoroso hábito monacal. Ella, que a sus doce años sentía un escalofrío existencial siempre que se veía obligada a reconocer que su cuerpo era poco femenino, aunque sin duda nada masculino, apreciaba la severidad del prefecto Fang más de lo que nadie sabía.

—¿Crees que eres tan guapo que todos quieren verte?

—Esas chicas querían —dijo Xu Da con una sonrisa arrogante, refiriéndose a las muchachas de la aldea que habían acudido antes, entre risitas, a hacer sus ofrendas.

—Chicas, siempre chicas. —Zhu puso los ojos en blanco. Como era más joven y todavía no era presa de las compulsiones de la pubertad, la obsesión de Xu Da le parecía tediosa. En su mejor imitación del maestro del dharma, dijo—: El deseo es la causa de todo sufrimiento.

—¿Intentas convencerme de que tú serías feliz uniéndote a esas papayas resecas que se pasan la vida en el salón de meditación? —Xu Da sonrió con complicidad—. *Ellos* no desean. Pero tú… No te creo ni por un momento. Puede que todavía no sean las chicas, pero todos los que recuerdan tu llegada al monasterio saben que tú sabes bien qué es desear algo.

Sorprendida, Zhu recordó la desesperada necesidad animal de sobrevivir que la había conducido a reclamar la vida de Zhu Chongba. Incluso ahora podía sentirla en su interior. Nunca antes la había relacionado con el deseo que era tema de los sermones del maestro del dharma. Por un momento, notó el calor del viejo carbón del resentimiento. No parecía justo que, mientras que otros se ganaban su sufrimiento a través del placer, ella debiera ganarse el suyo solo por querer sobrevivir.

Bajo ellos se produjo un repentino torrente de ruido, luz y color. Docenas de soldados estaban entrando en el patio principal; los abanderados elevaban sus banderines de color azul celeste. La armadura de los soldados brillaba, esparciendo la luz como si fuera agua. Un recuerdo destelló en la mente de Zhu: el oscuro y centelleante río que fluía por la polvorienta colina de Zhongli, hacía toda una vida. El abad, vestido con su túnica roja, había aparecido en los peldaños del gran salón del santuario y estaba esperando con las manos plácidamente entrelazadas ante él.

—El príncipe de Henan y sus hijos han decidido detenerse en su camino a casa para el verano —dijo Xu Da, sentándose junto a Zhu en el borde del tejado. Como era mayor, normalmente conocía los mejores cotilleos del monasterio—. ¿Sabías que los hu no pueden guerrear en verano porque son de sangre fría, como las serpientes?

Usó el término que la mayor parte de los nanren (la gente del sur, la más baja de las cuatro castas del Gran Yuan) usaba para referirse a sus señores mongoles. *Bárbaros.*

—¿A las serpientes no les gusta el calor? —replicó Zhu—. ¿Cuándo fue la última vez que viste una serpiente en la nieve?

—Bueno, eso es lo que dicen los monjes.

El viento levantó las capas de los soldados y las lanzó hacia atrás, sobre sus brillantes hombros. Las hileras de rostros de mejillas redondas miraban hacia delante impasiblemente. Comparados con los débiles monjes, los mongoles parecían una raza distinta. No eran los monstruos con cabeza de caballo que Zhu había imaginado hacía mucho, al oír las historias de su padre, ni los conquistadores brutales de los relatos de los eruditos nanren, pero eran tan brillantes e inhumanos como la prole de los dragones.

Sonó una nota de flauta. El príncipe de Henan atravesó el patio y subió los peldaños del gran salón del santuario. El frondoso pelo de su capa se agitaba y erizaba como un animal vivo. Un penacho de crin de caballo blanco coronaba su casco. Lo seguían tres jóvenes radiantes. Con las cabezas desnudas, sus extrañas trenzas se agitaban en el viento. Dos llevaban armadura, y el tercero lucía una túnica de un púrpura como el de una magnolia, tan gloriosamente brillante que la primera idea de Zhu fue que estaba hecha de alas de mariposa.

—Ese debe ser el heredero del príncipe, el señor Esen —dijo Xu Da, hablando del joven con armadura más alto—. Así que el de púrpura es el señor Wang, el hijo menor.

Príncipes y señores: la gente que poblaba la historia, hecha realidad. Representantes del mundo que había más allá del monasterio, en los que hasta entonces Zhu había pensado como en los nombres de un mapa. *Un mundo en el que existe la grandeza,* pensó de repente. Cuando robó el nombre de Chongba y ocupó el caparazón desechado de su vida, su única consideración había sido la certeza de que él habría sobrevivido. Tras asegurarse esa supervivencia, se había olvidado por completo del destino que Chongba debía alcanzar en aquella vida. *Grandeza*. En el contexto de Chongba, la palabra seguía siendo tan absurda como cuando Zhu la oyó por primera vez a la luz de la vela del adivino. Pero ahora, mientras miraba aquellas majestuosas figuras con la palabra «grandeza» en su lengua, Zhu se sintió sorprendida por una oleada de algo que se desvaneció en cuanto lo reconoció: la vertiginosa curiosidad que despiertan las alturas en la gente, y la inquietud sobre cómo sería saltar.

Abajo, el abad señaló el gran salón al príncipe y a sus dos hijos. El abad fue todo sonrisas hasta que sus ojos se posaron en su acompañante, el tercer joven. Retrocedió, disgustado, y dijo algo que ella no oyó. Zhu y Xu Da observaron con interés la discusión que se inició entre el joven Esen y él. Después de un instante, el príncipe, insatisfecho, ladró una orden, y acompañados por el abad, sus hijos y él entraron en las oscuras fauces del salón. Las puertas se cerraron. Su acompañante se quedó fuera, dando la espalda a las hileras de soldados a la espera. Allí, solo en un resplandeciente mar de pálida piedra, con su armadura destellando bajo el sol, parecía tan frío y remoto como la luna. Cuando por fin le dio la espalda al salón, en un movimiento arrogante y orgulloso, Zhu contuvo el aliento.

El guerrero era una mujer. Su rostro, tan brillante y delicado como el caparazón pulido del abulón, daba vida a todas las descripciones de belleza que Zhu había leído en los poemas. Y aun así, mientras examinaba su belleza, notó la ausencia de algo que el ojo buscaba. No había femineidad alguna en aquel rostro adorable. En lugar de eso, solo había una dura y altanera superioridad que era de algún modo la de un hombre joven. Zhu la miró, confundida, intentando encontrar algo comprensible en aquel semblante que no era una cosa ni la otra.

A su lado, Xu Da dijo en un tono de mezclada fascinación y repulsión:

—Los monjes dicen que el señor Esen posee un eunuco al que valora aún más que a su hermano. Debe ser él.

Zhu recordó las antiguas historias, doradas por la pátina del mito. Aún más que los reyes guerreros, los nobles y traidores eunucos le habían parecido criaturas de otra época. No se le había ocurrido que todavía existieran. Pero en ese momento, ante sus ojos, tenía a uno en carne y hueso. Mientras lo miraba, notó una vibración peculiar en su hígado que se extendió hacia afuera, como si fuera una cuerda resonando en respuesta a su gemela, tañida en otro lugar de la estancia. Lo supo tan instintivamente como se conoce la sensación de calor, de presión, de caída. Era la sensación de dos sustancias iguales que han entrado en contacto.

Y, tan pronto como la reconoció, sintió un frío desasosiego. Que resonara como un eunuco, cuya sustancia no era masculina ni femenina, no era más que un recordatorio del mundo de lo que había intentado negar con tanta fuerza: que ella no estaba hecha de la misma sustancia masculina que Zhu Chongba. Ella tenía una sustancia diferente. *Un destino diferente.* Se estremeció.

—¿Te imaginas? —le estaba diciendo Xu Da—. He oído que no tienen esa cosa. —Se agarró su propio órgano a través de los pantalones, como si quisiera asegurarse de que siguiera allí—. Los hu no tienen muchos, no tantos como solían tener nuestras antiguas dinastías. Odian la idea de la mutilación. Para ellos es un castigo, uno de los peores que pueden recibirse.

Los monjes encontraban la mutilación igualmente aborrecible. Los días en los que el gran salón del santuario estaba abierto al público, sus peldaños estaban siempre abarrotados por los impuros que habían sido excluidos: mendigos con los rostros carcomidos por la enfermedad, hombres a los que les faltan las manos, niños deformes, mujeres en los días de sangrado. Como en el caso de las mujeres, la descalificación de los jóvenes eunucos estaba oculta, pero su rostro portaba la imborrable estampa de su vergüenza.

—Puede que al abad le guste estar de buenas con todos —apuntó Xu Da—, pero yo creo que también le gusta recordarles que tiene poder. Incluso los líderes rebeldes y los príncipes hu tienen que respetar los monasterios, a menos que quieran regresar como hormigas en sus próximas vidas.

Zhu miró el rostro frío y hermoso del eunuco. Sin tener idea de cómo lo sabía, dijo:

—No creo que le guste demasiado que se lo recuerden.

Un movimiento captó su atención. Para su sorpresa, los fantasmas estaban atravesando las filas inmóviles de los soldados mongoles. Se le erizó el vello; se sentía inquieta. Desde su llegada al monasterio se había acostumbrado a los fantasmas, aunque no se sentía *cómoda* cuando estaban cerca, pero los fantasmas eran yin. Pertenecían a la noche y a los lugares oscuros del monasterio, no a la luz del día, cuando el yang era más fuerte. Verlos desubicados era perturbador. Bajo la clara luz del sol de la montaña, sus siluetas blancas parecían traslúcidas. Como el agua en su punto más bajo, los fantasmas se movieron con soltura por el patio, subieron los peldaños del gran salón del santuario y rodearon al joven eunuco. Él no mostró señal alguna de saber que estaban allí.

Fue una de las cosas más espeluznantes que Zhu había visto nunca. Sus observaciones del mundo espiritual le habían enseñado que los fantasmas hambrientos vagaban sin rumbo y sin interactuar con los vivos, y que solo se movían con intención si les ofrecían comida. No seguían a la gente. Nunca había visto a tantos fantasmas juntos en un mismo lugar. Y siguieron llegando, hasta que el eunuco estuvo rodeado.

Lo observó durante mucho tiempo, solo entre aquella multitud invisible, con la cabeza alta.

1352, SÉPTIMO MES

—¿Por qué nunca consigo hacerlo bien? —le preguntó Xu Da a Zhu—. ¡Ayúdame!

Sonrosado y riéndose, estaba forcejeando con una linterna a medio hacer que parecía más una cebolla que la flor de loto que se suponía que era. Ya tenía veintiún años, y había madurado hasta convertirse en un joven robusto cuya cabeza afeitada destacaba los planos limpios de su rostro. Su ordenación el otoño anterior era aún lo bastante reciente para que a Zhu le resultara extraño verlo con las cicatrices propias de la ceremonia y la túnica completa de monje, con siete paneles, en lugar de las túnicas sencillas de los novicios. Él y algunos otros monjes jóvenes se habían invitado al dormitorio de los novicios, presumiblemente para ayudar a construir las lámparas de loto que se lanzarían al río para guiar a los espíritus de vuelta al inframundo después de su tiempo en la Tierra durante el Mes de los Fantasmas. En realidad, la visita de los jóvenes monjes tenía más que ver con el vino que Zhu había elaborado a escondidas con las ciruelas caídas y que estaban pasándose entre risas culpables.

Después de un rato, Xu Da se rindió y se apoyó en el hombro de Zhu. Mirando su colección de linternas terminadas, dijo con fingido desánimo:

—Todas las tuyas parecen flores.

—No comprendo por qué se te sigue dando tan mal después de todos estos años. ¿Cómo es posible que no mejores ni un poquito? —le preguntó

Zhu con cariño. Intercambió su vaso de vino por la triste lámpara de cebolla de Xu y comenzó a reorganizarle los pétalos.

—Nadie se convierte en monje para cumplir algún tipo de sueño artístico —dijo Xu Da.

—¿Alguien se convierte en monje porque sueñe con no dejar de estudiar y trabajar nunca?

—El prefecto Fang, quizá. La dicha que obtiene del trabajo físico...

—Viendo a *otras* personas hacer trabajos físicos —lo corrigió Zhu. Le devolvió la linterna arreglada—. Me sorprende que no esté aquí en este momento, contando las linternas que hemos hecho.

—Contándonos *a nosotros*, para asegurarse de que ninguno se haya marchado a hacer algo escandaloso con las monjas.

Las monjas se quedaban en el monasterio durante las ordenaciones de otoño, en todos los festivales importantes y durante el séptimo mes entero, para los rituales y las reuniones del dharma para los espíritus de los muertos. Se hospedaban en los alojamientos de los invitados, que estaban estrictamente prohibidos para los monjes, y el prefecto Fang patrullaba sus límites con una diligencia que rayaba la obsesión.

—Teniendo en cuenta cuánto le gusta pensar que bebemos y fornicamos, apuesto a que está teniendo más pensamientos impuros que todos nosotros juntos —dijo Zhu. En un tono bastante poco budista, añadió—: Se va a provocar un infarto.

—¡Ja! El prefecto Fang tiene la vida bien agarrada. No se morirá nunca. Se resecará cada vez más y atormentará con alegría a todas las generaciones de novicios hasta la reencarnación del Príncipe de la Luz.

Según el maestro del dharma, la reaparición del Príncipe de la Luz (la encarnación material de la luz) señalaría el inicio de una nueva era de paz y estabilidad que culminaría con el descenso del Cielo del Buda que está por llegar.

—Entonces será mejor que tengas cuidado con él —dijo Zhu—. Si alguien va a meterse en líos con las monjas, serás tú.

—¿Por qué querría este monje a una monja, uno de esos pececillos que son solo raspa? —se rio Xu Da—. Este monje tiene a todas las chicas que quiere cuando va a las aldeas.

A veces, por costumbre, Xu Da usaba el tono autocrítico que utilizaban los monjes en el mundo exterior. Después de su ordenación, lo habían asignado a la secretaría con el trabajo de recaudar los alquileres de las aldeas arrendatarias, y aquellos días pasaba la mayor parte del tiempo fuera del monasterio. A Zhu, que había compartido camastro con él durante casi seis años, le sorprendió descubrir que lo echaba de menos.

Volviendo a su tono normal, Xu Da dijo con arrogancia:

—De todos modos, ahora soy monje. ¿Qué podría hacerme el prefecto Fang? Los únicos que tenéis que preocuparos sois los novicios.

La puerta se abrió, provocando que todo el mundo se metiera los vasos en las mangas, pero solo era otro de los novicios.

—¿Habéis terminado ya? Los que queráis, deberíais venir al río. El maestro del dharma está pidiendo las linternas.

Para la mayoría de los novicios, el Mes de los Fantasmas era la mejor época del año. El monasterio estaba siempre lleno de comida, por las ofrendas de la gente; los largos días del verano calentaban los fríos pasillos, e incluso las ceremonias solemnes, como el lanzamiento de las linternas, daban a los novicios la oportunidad de jugar en el río cuando los monjes regresaban al monasterio. Era distinto para Zhu, que de verdad podía ver a los habitantes del mundo espiritual. Durante el Mes de los Fantasmas, el monasterio se *abarrotaba* de muertos. Los fantasmas deambulaban por todos los patios sombríos, bajo cada árbol, tras cada estatua. El frío que emitían la atravesaba hasta que solo podía pensar en salir para abrasarse bajo la luz del sol, y el constante movimiento en el rabillo de sus ojos la ponía nerviosa. La ceremonia del lanzamiento de las linternas no era obligatoria, pero el primer año de Zhu como novicio había ido por curiosidad. Ver a decenas de miles de fantasmas de ojos vacíos flotando por el río había sido suficiente para disuadirla de por vida… y eso fue antes de descubrir que, para jugar en el agua tras la ceremonia, tenía que quitarse más ropa de la que consideraba segura.

De algún modo, pensó Zhu con un suspiro, siempre terminaba perdiéndose las partes divertidas de la vida en el monasterio.

—¿No vienes? —le preguntó uno de los novicios, acercándose para reunir las linternas.

Xu Da levantó la mirada con una sonrisa.

—¿Qué? ¿No sabes que el novicio Zhu le tiene miedo al agua? Él *dice* que se baña, pero yo tengo mis dudas… Se puso en pie de un salto, lanzó a Zhu al suelo y fingió mirar tras sus orejas—. ¡Ah, lo sabía! Más sucio que un campesino.

Mientras estaba sobre ella, sonriendo, Zhu recordó su incómoda sospecha de que Xu Da sabía más de ella de lo que dejaba ver. Siempre intentaba alejar al resto de los novicios del dormitorio cuando ella necesitaba privacidad.

Negándose a investigar más esa idea, Zhu lo apartó de un empujón.

—¡Estás aplastando las linternas, vaca torpe!

Xu Da rodó por el suelo, riéndose, mientras los demás los miraban con permisividad: todos estaban familiarizados con sus riñas fraternales. Acompañando a los novicios al exterior, dijo sobre su hombro:

—Al menos el prefecto Fang no tendrá que preocuparse por si *tú* te metes en líos con las monjas. Te olerían una vez y saldrían huyendo…

—¿Que huirían de mí? —replicó Zhu, ofendida—. Acabamos de ver lo torpes que tienes las manos. ¡Cualquier mujer sensata pasaría por alto un poco de sudor en alguien que de verdad pudiera darle satisfacción!

Xu Da se detuvo en la puerta y la miró con expresión traicionada.

—¡Pásalo bien! —exclamó Zhu con mezquindad.

Zhu se rascó el descamado cuero cabelludo mientras terminaba las linternas. Xu Da no se había equivocado del todo: los meses de verano sudaba tanto como los demás, y su prohibición de ir a la terma implicaba que tenía menos oportunidades de hacer algo al respecto. En aquel momento, al menos la mitad de los monjes estaban en el río, y los que no seguramente se encontraban en el altar de Buda rezando una última oración por los espíritus. Era un día caluroso. Sería agradable lavarse, para variar.

Años antes, Zhu se había apropiado de un pequeño almacén abandonado en una de las terrazas inferiores para sus poco frecuentes baños. Su única ventana, encastrada alta, daba al patio adyacente al nivel del tobillo. Cuando Zhu encontró la estancia, le faltaba el papel de la ventana, pero tras reemplazarlo consiguió toda la intimidad que necesitaba.

Llevó la rebosante palangana al almacén; se topó con un par de monjas que subían las escaleras hacia los alojamientos de invitados y sintió una punzada de desagrado. Mientras se desnudaba para lavarse, pensó con desconcierto que seguramente tenía más de una similitud con aquellas mujeres calvas. Ya desarrollada, a sus dieciséis años, era bajita para ser un hombre; además, bajo la túnica sin forma, su cuerpo había cambiado y le habían crecido unos pequeños senos que se veía obligada a aplanar. El año anterior, su cuerpo había comenzado a sangrar cada mes. Puede que fuera el monje novicio Zhu Chongba, pero su cuerpo llevaba la cuenta de los años de acuerdo a su propio e inviolable mecanismo, un recordatorio siempre presente del hecho de que la persona que vivía aquella vida no era quien el Cielo creía que era.

Mientras se frotaba, incómoda, escuchó ladridos. Era la manada de perros que merodeaba por el monasterio, cuyo número iba siempre en aumento debido a que el precepto de no matar de los monjes implicaba que no podían librarse de ellos del modo más efectivo. Zhu no estaba segura de que los animales pudieran *ver* a los fantasmas, pero podían sentirlos: los perros siempre estaban muy nerviosos durante el Mes de los Fantasmas, y de vez en cuando, durante el resto del año, veía a un perro ladrando alegremente a un fantasma errante. Fuera, la manada entró en el patio. Se produjo un estallido de entusiastas aullidos; unas patas resbalaron sobre los adoquines y después un perro atravesó la ventana de papel y cayó justo sobre ella.

Zhu aulló y se sacudió. El perro hizo lo mismo y detuvo su caída arañando con las patas el cuerpo en movimiento que tenía debajo. Gritando con renovada energía, Zhu se quitó el perro de encima, corrió hacia la puerta y la abrió, y cuando el perro se lanzó en su dirección, le dio una patada que lo envió haciendo carambolas a través de la puerta, todavía aullando. Cerró la puerta, jadeando y furiosamente consciente de que olía incluso peor que antes: a barro y a pelo y a lo que seguramente era orina de perro.

Y entonces la luz se atenuó y levantó la mirada para ver al prefecto Fang agachado y mirando a través de la ventana rota con una expresión de furia incrédula en la cara.

El prefecto Fang desapareció. Zhu, con la respiración y el corazón acelerados, reunió su ropa con las manos entumecidas por el frío y se ató la túnica exterior justo cuando el hombre dobló la esquina y abrió la puerta con tal ferocidad que golpeó sus bisagras como un trueno. Mientras la arrastraba fuera por la oreja, Zhu reconoció los espantosos dedos del destino del que había estado huyendo, y sintió que el miedo se la tragaba entera. Su mente corrió frenéticamente. Si huía del monasterio, no tendría nada más que lo que tenía a la espalda. Y sin las marcas de la ordenación o una túnica de monje para demostrar que lo era, nunca la aceptarían en otro monasterio… Eso si sobrevivía al viaje hasta allí.

El prefecto Fang le tiró de la oreja. Los monjes viejos no temían tratar a los novicios con dureza; nunca se detenían a pensar en lo que un muchacho podía soportar. Arrastró a Zhu por el pasillo de almacenes, abriendo cada puerta al pasar, con una violenta preocupación hinchando sus rasgos. Cuando llegaron al final del pasillo y ya no quedaron más puertas, presionó la cara contra la de Zhu y le gritó:

—¿Dónde está?

Zhu lo miró, perpleja.

—¿Qué? ¿Quién? —Intentó zafarse de él y casi se cayó cuando la soltó. El dolor estalló en su cabeza.

—¡La monja! ¡Sé que estabas con una de las monjas! —le espetó el prefecto Fang—. La vi *desnuda*. ¡Estabas en ese almacén con ella! Violando desvergonzadamente los preceptos… ¡Teniendo contacto sexual! ¿Quién era, novicio Zhu? Haré que os expulsen a ambos…

De inmediato, el miedo de Zhu se vio atravesado por una oleada salvaje que reconoció como la prima lejana de una carcajada. Casi no se lo podía creer. El prefecto Fang había visto lo que había estado tan obsesionado con ver. Había visto el cuerpo de Zhu, y había creído que era una monja. Y, aun así, a pesar de ese golpe de suerte, era nauseabundamente consciente de que no había conseguido librarse del problema. Porque, si negaba la acusación de violación de los preceptos, ¿quién habría sido la mujer desnuda?

—¿No respondes? —Al prefecto Fang le brillaron los ojos; el mezquino ejercicio del poder era el único placer que sentía su cuerpo reseco—. No importa. Jamás llegarás a ser ordenado después de esto, novicio Zhu. Cuando le cuente al abad lo que has hecho, no serás *nada*.

Le agarró el brazo y comenzó a arrastrarla por las escaleras en dirección a la terraza superior donde estaba la sacristía y el despacho del abad. Mientras trastabillaba a su lado, Zhu empezó a ser consciente de una emoción que había sentido por última vez, en su forma más pura, aquel largo día en el que se arrodilló sobre el cuerpo de su hermano en Zhongli.

Furia.

Esa creciente sensación era tan visceral que habría aturdido a los monjes más que cualquier deseo carnal. Se suponía que los monjes aspiraban al desapego, pero eso siempre había sido imposible para Zhu: ella estaba más apegada a la vida de lo que ninguno de ellos habría entendido. En ese momento, después de todo lo que había sufrido para vivir la vida de Zhu Chongba, no iba a ser un viejo, amargado y reseco maestro de novicios quien la retuviera para que el destino que la convertiría en nada pudiera atraparla. *No serás tú quien me convierta en nada.* Su determinación estaba tan clara y firme en su interior como el sonido de una campana de bronce. *Me niego.*

Algunos fantasmas indiferentes merodeaban bajo los árboles de magnolia que bordeaban las escaleras. Sus ropas blancas y su largo cabello blanco parecían zonas alternas de luz y de sombra en el crepúsculo. Mientras Zhu seguía al prefecto Fang por las empinadas y estrechas escaleras, se le ocurrió de repente que, en aquel momento concreto, el prefecto Fang era el único que sabía de aquel incidente. Contuvo el aliento. ¿Quién la cuestionaría si tuviera un accidente? Los monjes ancianos se caían por las escaleras continuamente. El prefecto Fang era mucho más corpulento que ella, pero ella era joven y fuerte. Si él nunca había tenido la oportunidad de forcejear…

Pero, a pesar de su furia, Zhu dudó. Ella y el resto de los novicios quebrantaban los preceptos todo el tiempo, pero cualquier persona razonable comprendería que había una diferencia entre los pecados menores como beber o mantener relaciones sexuales, y el asesinato.

Seguía dudando mientras atravesaban una terraza a media altura donde el aroma de las ciruelas maduradas por el sol no conseguía enmascarar un olor menos agradable. El edificio de la letrina había sido decorado con oscilantes lámparas de loto; sin duda algún novicio al que no le había importado demasiado complacer a los patrocinadores que habían pagado bien por poner los nombres de sus ancestros en las lámparas para que sus espíritus recibieran el crédito. No era el único comportamiento indigno que aquel patio en concreto había visto de un novicio. Aquellos ciruelos eran el origen del vino casero de Zhu, y también donde escondía su pequeño alijo. La letrina olía tan mal que nadie se detenía allí para descubrir el grupo de jarras de vino que había reemplazado a las ciruelas caídas.

En cuanto Zhu vio los árboles, se dio cuenta de qué otra cosa podía hacer. Oh, con eso se saltaría los preceptos. Pero no *ese* precepto. No del todo.

Clavó los talones tan fuerte que casi tiró al prefecto Fang.

—Déjame ir a la letrina.

El prefecto Fang le echó una mirada incrédula.

—Aguántate.

—No para orinar —le aclaró Zhu—. Por supuesto, *tú* no lo sabes. Pero después de tener… esto… *contacto sexual* con una mujer, puede ser beneficioso lavarse… —Hizo un ademán descriptivo sobre el área relevante. Después, asumiendo su expresión más beata, dijo, con pesar—: No querrás ofender al abad presentándome ante él mientras estoy *contaminado*…

El prefecto Fang hizo una mueca, le soltó el brazo como si estuviera ardiendo y se frotó la mano en su túnica. Zhu lo miró con una sensación de amarga ironía. Si pensar en las secreciones contaminantes de una mujer lo perturbaba tanto, imagina si supiera qué cuerpo había tocado en realidad.

—Ve a lavarte… *asqueroso* —gruñó el prefecto Fang. Bajo su actuación de desagrado y virtuosa ira, Zhu notó una hirviente lascivia. Mientras entraba en la letrina, pensó con frialdad que era mejor ser un monje con defectos y desear honestamente, como hacía Xu Da. Negar el deseo solo te hacía vulnerable frente a los que eran lo bastante listos para ver lo que tú mismo eras incapaz de reconocer.

4

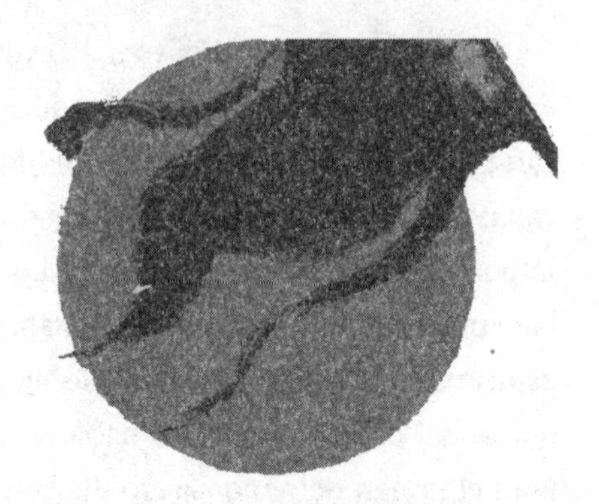

En el interior de la letrina, Zhu pasó con cuidado sobre los listones salpicados de excremento y miró el hueco de la ventilación entre el tejado y la pared. Era aún más pequeño de lo que recordaba. Antes de dudar de lo que iba a hacer, saltó. Sus dedos extendidos agarraron el borde; sus sandalias escarbaron para encontrar apoyo en la áspera pared enyesada; y después subió. Si el esfuerzo no la hubiera dejado sin aliento, se habría reído. De todos los novicios mayores, solo ella con su cuerpo flaco y poco masculino era lo bastante estrecha de hombros para entrar por ese hueco. Un momento después, se había arrastrado a través y caído de cabeza al suave terreno bajo los ciruelos. Se puso en pie de un salto y, tan silenciosamente como puso, rompió una rama baja del árbol más cercano. El corazón se le aceleró. ¿Lo habría oído el prefecto Fang? Para su alivio, el chasquido quedó enmascarado por los sonidos del divertimento que llegaban de las otras terrazas. Los monjes que habían acudido a la ceremonia de lanzamiento de las linternas habían terminado la recitación de sus sutras y estaban divirtiéndose. Zhu pensó que el prefecto Fang sin duda lo desaprobaría.

Tomó una de las jarras de vino que había debajo de los árboles y, con la rama en la otra mano, corrió hacia las escaleras. Demasiado pronto, oyó un grito furioso: el prefecto Fang había descubierto su huida y estaba persiguiéndola. Zhu perdió el control de sus pensamientos. Era una presa ante el depredador, y aquello era supervivencia pura. Le ardían los pulmones; le dolían las pantorrillas. Los jadeos, resuellos y golpes de su esforzado cuerpo atronaron en sus orejas. Corrió con la urgencia de saber que su vida dependía de ello. *No me marcharé del monasterio. No lo haré.*

El sonido de la persecución se desvaneció, pero no era un indulto. El prefecto Fang sabía que estaba corriendo hacia el despacho del abad para suplicarle piedad. Habría tomado una ruta distinta para intentar llegar antes que ella. Y si hubieran estado corriendo, sin duda habría ganado ella. El prefecto Fang era más lento, pero llevaba atravesando el laberinto de patios del monasterio el doble del tiempo que Zhu llevaba viva. Conocía todas las escaleras secretas y todos los atajos. Pero Zhu no tenía que ganar la carrera hasta el despacho del abad. Solo tenía que conseguir llegar a una terraza en concreto antes que él.

Un último tramo de escalera, y Zhu se lanzó a la terraza con un grito contenido. Un instante después oyó el golpear de las sandalias subiendo la escalera al otro lado de la terraza. A pesar de toda su ventaja previa, Zhu apenas tuvo el tiempo suficiente para lanzarse a las sombras sobre las escaleras. Se preparó y levantó la rama, y en el instante en el que la cabeza calva y ahuevada del prefecto Fang emergió de la penumbra inferior, la golpeó.

La rama conectó con un crujido. El prefecto Fang se derrumbó. A Zhu se le constriñó el pecho. ¿Habría calculado bien? Tenía que golpearlo con fuerza; si no caía, la vería y sabría lo que había hecho. Ese sería el peor resultado posible. Pero si lo golpeaba con demasiada fuerza…

Se agachó junto a su cabeza y fue un alivio sentir su aliento contra su mano. *No está muerto.* Miró su rostro flácido, su piel de tofu, y deseó que despertara. El primer hormigueo de pánico se inició en sus palmas. Cuanto más tardara en despertar, más probabilidades tendría de que la pillaran donde no debía estar.

Después de un insoportable intervalo, el prefecto Fang gimió por fin. Zhu nunca se había alegrado tanto de oírlo. Con cuidado de mantenerse lejos de su vista, lo ayudó a sentarse.

—¿Qué ha pasado? —graznó. El prefecto se tocó la cabeza, inseguro, como si hubiera olvidado por qué estaba corriendo. Zhu vio su mano temblando por el dolor y la confusión y notó que su determinación destellaba, brillante y dura en su interior. Podía funcionar. *Funcionaría.*

—Vaya, creo que te has hecho daño —dijo, con una voz tan aguda y parecida al registro de una mujer como pudo conseguir. Con suerte, eso evitaría que la reconociera—. ¿A dónde ibas con tanta prisa, querido monje? Te has caído. No creo que sea grave. Toma esta medicina, te sentirás mejor.

Le ofreció la jarra desde atrás. El hombre la tomó a ciegas y bebió; tosió un poco cuando el sabor desconocido golpeó su garganta.

—Eso es —dijo Zhu, alentadoramente—. No hay nada mejor para el dolor de cabeza.

Lo dejó bebiendo de la jarra y atravesó el patio hasta el dormitorio que bordeaba la terraza. La aceitada superficie de la ventana de papel brillaba desde el interior; se oían voces y murmullos. El corazón de Zhu latió más fuerte, con anticipación. Tomó aliento profundamente y gritó tan alto y fuerte como pudo:

—¡Intruso!

Ya estaba a medio camino escaleras abajo cuando los gritos comenzaron. Las monjas salieron corriendo de los aposentos de los invitados, chillando acusaciones a tal volumen que Zhu pudo oírlas con tanta claridad como si siguiera en el patio. ¡Un *monje*, tan borracho que no se tiene en pie! Violó el espacio privado con la lascivia más repugnante en sus pensamientos; se burló de sus votos y era un falso seguidor del dharma…

Bajando las escaleras con un brinco en su paso, Zhu pensó con satisfacción: *Mira quién ha quebrantado ahora los preceptos.*

Zhu y Xu Da estaban en la terraza más alta cuando el prefecto Fang salió del despacho del abad. Zhu vio a un anciano con la túnica corta de un campesino, tan distinto en apariencia de su antiguo maestro como un desgreñado fantasma hambriento de sí mismo cuando estaba vivo. Después de que el prefecto Fang fuera descubierto borracho en el patio de las monjas, la abadesa había acudido al abad, furiosa, y Fang fue inmediatamente expulsado. El prefecto se detuvo allí un momento, inseguro. Después, bajó la cabeza y descendió las escaleras hacia la puerta del monasterio.

Era inocente, y Zhu le había hecho aquello. Suponía que había sido mejor cuando lo pensó. Y sin duda era el resultado que había querido. Examinó sus sentimientos y encontró lástima, pero no arrepentimiento.

Lo haría de nuevo. Ahora esta es mi vida, y haré lo que sea necesario para conservarla, pensó con ferocidad, y sintió que la atravesaba una oleada de algo parecido a la euforia.

A su lado, Xu Da dijo en voz baja:

—Lo descubrió, ¿no? Por eso has ido tan lejos.

Zhu se giró para mirarlo, horrorizada. Por un instante, tuvo la terrible idea de que tenía que hacerle a Xu Da lo que acababa de hacerle al prefecto Fang. Pero después vio su rostro, tan inmóvil como el de un bodhisattva tallado... Y, como el de esas estatuas, lleno de compasión y comprensión. Temblando de alivio, se dio cuenta de que, en lo más profundo de su interior, siempre había sabido que él lo sabía.

—¿Desde cuándo...?

Xu Da mantuvo su expresión seria, aunque pareció necesitar un esfuerzo heroico.

—Hermanito, hemos compartido cama durante seis años. Puede que los otros monjes no tengan ni idea de cómo es el cuerpo de una mujer, pero yo sí.

—Nunca has dicho nada —dijo Zhu, inquisitiva. Sintió una nostalgia lacerante por todas las veces que él la había protegido mientras ella fingía no darse cuenta.

Xu Da se encogió de hombros.

—¿Qué diferencia hay para mí? Eres mi hermano. Me da igual lo que haya bajo tu ropa.

Zhu miró aquel rostro que conocía mejor que el suyo. Cuando te conviertes en monje, se supone que debes dejar atrás la idea de familia. Era curioso, que hubiera terminado en un monasterio y por primera vez comprendiera el significado de ese concepto.

Se oyó una tos a su espalda. Era uno de los monjes de la secretaría, los asistentes personales del abad. Hizo una pequeña reverencia ante Xu Da y dijo:

—Monje Xu, disculpa la interrupción. —A continuación, se dirigió a Zhu con severidad—: Novicio Zhu, el abad me envía a buscarte.

—¿Qué? —Zhu se sintió apresada por la incredulidad—. ¿Por qué?

Por supuesto, el prefecto Fang se habría proclamado inocente ante el abad, y habría tratado de culpar a Zhu. Pero ¿qué credibilidad podía atribuirse a las alegaciones de un monje repudiado? El abad no lo habría creído. Sintiendo la primera oleada de pánico, Zhu repasó sus actos en la letrina y en el patio de las monjas. No conseguía encontrar el error. *Debería haber funcionado.* Se lo dijo con tanta vehemencia que creyó pensarlo de verdad. *Funcionó. Se trata de otra cosa…*

—Seguramente no es nada serio —se apresuró Xu Da, viendo la expresión de Zhu. Pero parecía tan angustiado como ella se sentía. Ambos sabían la verdad: en todos los años que habían pasado en el monasterio, no se había producido ninguna reunión entre un novicio y un abad que no terminara en expulsión.

Antes de separarse, Xu Da le agarró el brazo en muda camaradería. Mientras Zhu bajaba los peldaños, sintió remordimientos. *He cometido un error. Debería haberlo matado,* pensó amargamente.

Zhu nunca antes había estado en la secretaría, y mucho menos en el despacho del abad. Sus pies temblorosos se hundieron en la alfombra estampada; el brillo pulido de las mesas auxiliares de palo santo captó su atención. Las puertas estaban abiertas para mostrar las vistas de los mirtos de crepé del patio de la secretaría, con sus tallos esbeltos destellando dorados bajo la luz. Sentado ante su mesa, el abad parecía más grande de lo que a Zhu le había parecido de lejos en las devociones matinales, pero al mismo tiempo también más pequeño. Porque, superpuesto en el millar de recuerdos mundanos, estaba la primera vez que lo vio, cerniéndose sobre ella como un Rey Juez del infierno mientras esperaba medio congelada ante la puerta del monasterio. Fue en su respuesta a él cuando reclamó la vida de Zhu Chongba por primera vez.

En ese momento, el peso de su poder la aplastó contra la alfombra, donde se presionó la frente contra el grueso tejido.

—Ah, novicio Zhu. —Lo oyó levantarse—. ¿Por qué he oído hablar tanto de ti?

Zhu se imaginó su mano detenida fríamente sobre ella, lista para despojarla de la vida de Zhu Chongba que él mismo le había concedido. Una oleada de puro rechazo la obligó a levantar la cabeza, y entonces hizo lo que ningún novicio se había atrevido nunca a hacer: miró directamente al abad. El esfuerzo de aquel pequeño desafío fue aplastante. Cuando sus ojos se encontraron, creyó que a él le sería posible no ver el deseo que emanaba. Su poco monacal apego a la vida... Su deseo de sobrevivir.

—El asunto con el prefecto Fang ha sido muy desafortunado —dijo el abad, ni ofendido ni impresionado, al parecer, por su audacia—. Me duele tener que ocuparme de estas cosas a mi edad. ¡Y cómo difamó tu nombre antes de marcharse, novicio Zhu! Compartió conmigo una historia de lo más sórdida. ¿Qué puedes decirme?

El corazón de Zhu, que se había encerrado en un puño en el instante en el que oyó el nombre del prefecto Fang, se liberó con alivio. Si lo único que el abad quería era que negara las acusaciones del prefecto Fang...

—¡Estimado abad! —gritó, postrándose sobre la alfombra de nuevo. La voz le temblaba con una emoción sincera que, en ausencia de la verdad, era lo único que podía ofrecer—. Este novicio indigno jura por las cuatro reliquias que nunca hizo nada para ganarse las imprecaciones del prefecto Fang. ¡No merezco nada, pero siempre he obedecido!

Vio los inmaculados pies cubiertos por calcetines rodeando el escritorio, encuadrados por el oscilante dobladillo dorado de su túnica.

—¿Siempre? ¿No eres humano, novicio Zhu? ¿O quizá has alcanzado ya la iluminación? —Se detuvo ante ella, que pudo sentir su mirada en la coronilla. El hombre continuó en voz baja—: Es interesante. Si las pruebas no hubieran contradicho con tanta claridad mi opinión sobre el asunto... habría creído que el prefecto Fang no había tomado una sola gota de vino en su vida.

Había conocimiento en su voz. Esto envió un escalofrío al bazo de Zhu.

—¿Apreciado abad...?

—Lo provocaste tú, ¿no es cierto? —Esperando una respuesta, el abad empujó a Zhu con los dedos de los pies—. Siéntate.

Y Zhu, al ponerse de rodillas, vio con horror lo que el abad tenía en las manos.

Dos jarras de vino. La que Zhu le había dejado al prefecto Fang... y su gemela idéntica, que vio por última vez entre el jolgorio del dormitorio de los novatos. El abad observó las jarras.

—Es curioso que los novicios rompan los preceptos exactamente del mismo modo, generación tras generación. —Por un momento hubo diversión en su voz. Después desapareció, y dijo con brusquedad—: No me gusta que me conviertan en una marioneta que haga el trabajo sucio de otro, novicio Zhu.

La prueba de que había quebrantado los preceptos estaba en las manos del abad. Apresada por el miedo, Zhu apenas podía comprender cómo se había atrevido a unirse a los otros novicios para romper las reglas menores, creyendo que era como ellos. Creyendo que era en realidad Zhu Chongba. *Quizá siempre fue así como el destino me atraparía, hiciera lo que hiciere,* pensó agónicamente.

Pero ni siquiera entonces lo creyó. *No podía* creerlo.

—¡Apreciado abad! —exclamó, postrándose de nuevo—. Se trata de un malentendido…

—Qué curioso. Eso fue lo mismo que dijo el prefecto Fang.

En el abad, el desagrado era elemental, poco más que una promesa de aniquilación. En la pausa que siguió, Zhu escuchó la ausencia de sonido de los árboles del patio y sintió que esa nada reptaba a su interior, poco a poco, a pesar de todo lo que había luchado y llorado y rabiado.

Sobre su cabeza, el abad emitió un sonido tan inesperado que al principio Zhu no tuvo ni idea de qué era.

—Oh, ¡levántate! —exclamó, y cuando Zhu le echó una mirada, no pudo más que mirarlo con incredulidad: se estaba *riendo*—. Nunca me cayó bien el prefecto Fang, esa vieja papaya reseca. Siempre me tuvo manía; pensaba que el abad debía ser el monje más piadoso de todos. —El abad levantó una de las jarras de vino y, mirando a Zhu sobre el borde, dio un trago largo—. Ciruelas verdes, ¿no?

El *abad*, violando los preceptos. Zhu se quedó boquiabierta.

El hombre se rio ante su expresión.

—Ah, novicio Zhu. Un hombre beato sería un mal abad en estos tiempos difíciles que vivimos. ¿Crees que el monasterio de Wuhuang ha sobrevivido tanto tiempo en mitad de la rebelión nanren y de las represalias mongolas solo gracias al sonriente favor del Cielo? ¡Claro que no! Sé lo que debo hacer para mantenernos a salvo, y lo hago sin pensar si eso es lo que un monje debería hacer. Oh, sé que sufriré por ello en mis siguientes vidas. Pero cuando me pregunto si merece la pena sufrir en el futuro por la vida que tengo ahora, siempre me respondo que sí.

Se agachó y miró a Zhu a los ojos mientras ella seguía arrodillada. Su piel flácida estaba tensa, conteniendo un pulso vibrante: la feroz e irreverente alegría de un hombre que ha abandonado por voluntad propia el camino del nirvana debido a su apego a la vida. Y Zhu, mirándolo aturdida, vio en él un reflejo de sí misma.

—Te recuerdo, ¿sabes? Tú fuiste el que esperó fuera del monasterio. ¡Cuatro días sin comer, en el frío! Así que siempre supe que tenías fuerza de voluntad. Pero lo inusual en ti es que la gente con fuerza de voluntad no suele comprender que solo esta voluntad no es suficiente para garantizar su supervivencia. No se da cuenta de que la supervivencia depende, más que de la voluntad, de una comprensión de la gente y del poder. ¡Al prefecto Fang no le faltaba voluntad! Pero fuiste tú quien se dio cuenta de que era posible volver contra él un poder mayor, y lo hiciste sin vacilar. Tú sabes cómo funciona el mundo, novicio Zhu, y eso… eso me interesa.

Estaba mirándola con más atención de lo que nadie la había mirado nunca. Se estremeció; su miedo estaba tan presente como la sombra de un halcón. Aunque su interés parecía ofrecerle una alternativa a la expulsión, le parecía muy peligroso que alguien la *viera*, que alguien descubriera la única parte de Zhu Chongba que siempre había sido solo suya: la determinación de vivir.

—Fuera de nuestros muros, el caos y la violencia se están incrementando —dijo el abad, de manera reflexiva—. A medida que pasa el tiempo, cada vez nos es más difícil mantener nuestra posición entre los rebeldes y los mongoles. ¿Por qué crees que estoy tan decidido a que mis monjes estén educados? No será la fuerza, sino el conocimiento, nuestra mejor arma para sobrevivir a los tiempos difíciles que se avecinan. Nuestra tarea será asegurar nuestra riqueza y nuestra posición en el mundo. Para eso, necesito monjes que tengan intelecto y el deseo de comprender cómo funciona el mundo, y la disposición para manipularlo a nuestro beneficio. Monjes que puedan hacer lo que haya que hacer.

Se irguió y la miró.

—Pocos monjes tienen ese carácter. Pero tú, novicio Zhu, tú tienes potencial. ¿Por qué no vienes a trabajar para mí después de tu ordenación?

Te enseñaré todo lo que no podrás aprender del devoto monje al que elija para reemplazar al prefecto Fang. Aprende de mí cómo funciona el mundo en realidad. —Una sonrisa cómplice arrugó los rasgos del abad—. Si es eso lo que quieres.

La voluntad no es suficiente para garantizar la supervivencia. Con el miedo existencial de su encuentro con el prefecto Fang todavía en sus huesos, Zhu no tuvo que pensarse dos veces la respuesta.

Esta vez no se humilló, y tampoco le tembló la voz. Mirando al abad, exclamó:

—¡Este novicio indigno agradece al abad todo el conocimiento que tenga a bien otorgarme, y promete hacer lo que haya que hacer!

El abad se rio y regresó a su mesa.

—Ah, novicio Zhu. No prometas nada todavía, antes de saber de qué podría tratarse.

1354, NOVENO MES

Todavía estaba oscuro, aunque no era más tarde de la hora del Tigre, cuando Zhu despertó al oír una llamada vacilante a la puerta de su pequeña habitación en la secretaría. Después de un momento, Xu Da entró y se sentó en el borde de su camastro.

—No puedo creer que te dejen dormir la noche antes de tu ordenación —dijo con severidad—. A nosotros, el prefecto Fang nos obligó a meditar toda la noche.

Zhu se sentó y se rio.

—Bueno, el prefecto Fang no está. ¿Y por qué hablas siempre como si hubiera pasado *mucho tiempo* de tu ordenación? ¡Solo tienes veintitrés años!

Técnicamente, Zhu tenía diecinueve, todavía un año antes de la edad de ordenación, pero como ocurría con la mayor parte de las diferencias entre ella y el Zhu Chongba que habría tenido veinte, evitaba pensar demasiado en eso. Más de dos años de tranquilidad después del incidente con el prefecto Fang, todavía creía que cualquier reconocimiento de la diferencia, incluso en su propia mente, sería suficiente para alertar al Cielo de que no todo era como debería ser. Después de un momento, los ojos de Zhu se adaptaron a la oscuridad y distinguió el sombrero de paja y el chal de viaje de Xu Da.

—¿Ya te vas? No has estado aquí mucho tiempo.

Su sonrisa era una luna creciente en la oscuridad.

—Ha surgido un asunto. El prefecto Wen está ocupado con las ordenaciones, así que me ha pedido que me ocupase. En realidad, ¿te puedo pedir tu opinión? Los habitantes de una de las aldeas arrendadas se niegan a pagar los alquileres. Dicen que los rebeldes les han cobrado un impuesto para apoyar la rebelión, así que tienen poco para vivir. ¿Deberíamos insistir en el pago, o renunciar a él?

Xu Da, como el resto de los monjes, sabía que la cercanía de Zhu con el abad la convertía en una guía sobre los intereses del monasterio tan buena como la del propio abad.

—En realidad, no pueden haber sido los rebeldes —le indicó Zhu—. Se están enfrentando a las tropas del Gran Yuan desde principios de mes. Es un buen año de cosecha, así que no entiendo por qué se niegan a pagar de repente, pero seguramente ocurrió algo. Quizá fueron unos bandidos, fingiendo ser rebeldes. —La palabra «bandidos» tiró de su memoria, pero lo ignoró—. Ofrécete a posponer el pago hasta la siguiente cosecha. Debería quedarles suficiente para plantar en primavera, si no los desproveemos ahora. Cóbrales interés, pero la mitad de la tarifa habitual. No podemos esperar que se enfrenten a un ejército rebelde, pero si tuvieran algunos milicianos, podrían defenderse de los bandoleros. Cobrarles un interés los motivará a idear algo.

—Tendrían que ser más valientes que yo para enfrentarse a los bandoleros —dijo Xu Da amargamente—. Pobres tipos. Pero eso tiene sentido. Gracias. —La abrazó afectuosamente antes de levantarse para marcharse—. Me da pena perderme tu ordenación. ¡Buena suerte! Cuando volvamos a vernos, ambos seremos monjes.

Cuando se marchó, Zhu encendió la vela de la lámpara del pasillo e hizo sus abluciones. Su dormitorio, normalmente reservado para el monje ordenado que ocupaba el puesto del secretario personal del abad, era contiguo al de este. Zhu llamó con suavidad a su puerta y, tras oír su respuesta, entró.

El abad estaba junto a las puertas abiertas de la terraza.

—Novicio Zhu —la saludó—. Todavía es temprano. ¿No has podido dormir?

—El monje Xu me despertó antes de marcharse.

—Ah. Es una pena que no pueda estar aquí en tu gran día.

Había más luz. Los pájaros trinaban y la fría exhalación del otoño entraba a través de la terraza, cargada del argénteo aroma del rocío sobre los árboles. Más allá del oscuro valle, una hilera de nubes avanzaba como una ola. A lo lejos, una mancha oscura mancillaba la llanura.

—Este año, el señor Esen está adentrándose en el territorio rebelde —observó Zhu. Habían pasado un par de años desde que el anciano príncipe de Henan había transferido el mando del ejército a su hijo mayor—. ¿Por qué está tan ansioso?

El abad miró pensativamente el lejano ejército.

—No te lo he contado todavía; acabo de descubrirlo. Supongo que el Gran Yuan está reaccionando al rumor de que han encontrado al Príncipe de la Luz. Los rebeldes —añadió—. Los Turbantes Rojos. Así es como se llaman ahora.

Zhu lo miró, asombrada. El Príncipe de la Luz, el heraldo del inicio de una nueva era. Su llegada anunciaba un cambio, algo tan importante que transformaría el mundo. En la habitación del abad, las velas titilaron bajo la influencia de algo que ni siquiera ella podía ver, y se estremeció.

—Es solo un niño —dijo el abad—. Pero hay testigos que estuvieron presentes cuando eligió los artículos que pertenecieron a su última encarnación, así que su identidad no se cuestiona. No es de extrañar que los mongoles tengan miedo. ¿Qué otra cosa podría significar su presencia, más que el final del Gran Yuan? Según los informes, el Mandato del Cielo del emperador no brilla más que la llama de una lámpara que se está apagando, y eso fue la última vez que se atrevió a mostrarlo en público. A estas alturas, ya podría haberlo perdido por completo. Pero, aunque ya no tenga el Mandato, no será fácil que renuncie al poder. Ordenará que el príncipe de Henan haga todo lo posible para extinguir la rebelión este año. Y ahora que los Turbantes Rojos están envalentonados por el descubrimiento del Príncipe de la Luz… el caos en el exterior seguramente empeorará antes de mejorar. —La creciente luz del alba iluminó sus rasgos con fuerza desde atrás. Era un hombre enfrentándose a un futuro difícil sin desesperar, con la optimista confianza de alguien que ha lidiado con todo lo anterior, y ha sobrevivido—. El caos será peligroso, sin duda. Pero también habrá oportunidades. Después de todo, es gracias al caos que vivimos en un momento en el que incluso los hombres ordinarios pueden aspirar a la grandeza. ¿Qué son los líderes de los Turbantes Rojos, sino hombres ordinarios? Pero creen que pueden desafiar a los príncipes y a los señores... Y ahora, por primera vez en siglos, es cierto.

Grandeza. La palabra avivó los recuerdos marchitos de Zhu. Se sintió abrumada por una sensación caliente y viva: la emoción y el asombro de su primer atisbo de grandeza en las majestuosas figuras del príncipe de Henan y sus hijos, diminutos a sus pies en el patio del monasterio. Y de un recuerdo aún más antiguo, el recuerdo de una habitación iluminada por las velas en una aldea que se había esforzado mucho por olvidar, el recuerdo de su confusión y su tristeza al oír la palabra «grandeza» por primera vez y saber que pertenecía a un mundo de emperadores y reyes y generales al que ella nunca accedería.

Aquel era el mundo de la grandeza, el que estaba allí fuera, en aquella llanura lejana. Mientras la miraba, Zhu notó un tirón en su torso. Era distinto de lo que había sentido cuando era una niña de doce años, la abstracta curiosidad sobre qué se sentiría al saltar. Aquella era la sensación de *haber* saltado. Después del salto, pero antes de la caída: el momento en el que el mundo apresaba tu cuerpo y se preparaba para llevarlo de vuelta adonde pertenecía. Era la sensación de una fuerza que no podía superarse con la voluntad, que pertenecía al propio mundo. *El destino,* pensó Zhu abruptamente. Tenía la incómoda sensación de haberse encontrado algo que no conseguiría interpretar. Era la fuerza de atracción de un destino que estaba en el mundo exterior, donde existía la grandeza.

—¡Todos los monjes jóvenes estáis ansiosos de aventura! —exclamó el abad, notando la intensidad de su mirada—. Por mucho que odie perder tu ayuda, seguramente podría darte un año o dos de libertad. Pero creo que encontraremos un trabajo más adecuado para tus habilidades que el que hace tu hermano, el monje Xu. ¿Qué te parece si, después de tu ordenación, te nombro el primer embajador del monasterio de Wuhuang en el mundo exterior?

La atracción se volvió más fuerte; estaba filtrándose pesadamente en su vientre. ¿Era posible que, tras vivir como Zhu Chongba durante tantos años, tras asumir todas sus diferencias y que incluso el Cielo creyera que era la misma persona, su destino hubiera cambiado? Pero, mientras lo pensaba, Zhu sabía que se equivocaba. Aquella pesadumbre era una promesa de lo inevitable… Y lo que provocó en ella no fue esperanza sino miedo. Miró desde las alturas del monasterio aquel mundo lejano donde el caos y la violencia ardían bajo los pulcros patrones verdes y marrones y supo que, si bien aquel mundo contenía la promesa de la grandeza, también contenía la promesa de la nada.

—Apreciado abad, ¿por qué quieres maldecirme con una vida interesante? —le preguntó con una falsa despreocupación, esperando con todas sus fuerzas que el Cielo no estuviera escuchándola—. No necesito aventura. Si odias la idea de dejarme marchar, ¿por qué no me mantienes a tu lado en la secretaría, donde podría ser de mayor utilidad?

El abad sonrió, complacido.

—Ah, por eso eres mi favorito, novicio Zhu. ¡No temas que una vida en esta montaña vaya a decepcionarte! Juntos capearemos los cambios y guiaremos este monasterio hasta la era del Príncipe de la Luz, y después disfrutaremos de los placeres de la paz y la prosperidad. —Y añadió, despreocupadamente—: Y, cuando mi tiempo haya pasado, haré que me sucedas como abad del monasterio de Wuhuang.

Zhu contuvo el aliento. Aquella era una promesa. En su mente, vio el microcosmos del monasterio: los monjes de administración caminando hacia la secretaría, el gran rebaño de monjes meditando y arrastrando sus sandalias, los sonrientes novicios en los campos recién labrados del valle. Los altos tejados verdes y la montaña inclinada, todo contenido bajo la cúpula del cielo dorado. Un mundo pequeño, seguro. No era tanto algo que deseara como una huida de lo que temía. Pero era algo que conocía, que podía controlar y de donde nunca tendría que marcharse.

Echó una última mirada al mundo exterior. El sol blanco se había elevado oblicuamente, cubriendo la tierra bajo su brillo uniforme y cegador. Mientras se giraba, con la luz todavía danzando en sus ojos, pensó: *Si saltas, te mueres.*

Las cuatro enormes estatuas del Salón de los Reyes Guardianes miraban la hilera de novicios arrodillados. Tras ellos, los monjes murmuraban los doscientos cincuenta preceptos de los votos monacales. La niebla de incienso que oscurecía el ya tenue salón apuñaló las fosas nasales de Zhu, y el dolor explotó en sus rodillas; llevaban horas arrodillados. Sonidos atenuados de un tipo distinto de dolor llegaron hasta ella por la hilera de novicios, cuando unos tras otros fueron ordenados.

Después el abad apareció ante ella, con una complicidad especial en su expresión.

—Novicio Zhu.

Posó unas manos frías y restrictivas a cada lado de su rostro mientras los otros monjes colocaban los doce conos de incienso sobre su cabeza. El humo cayó en cascada sobre su rostro, su fragancia familiar mezclada con algo nuevo: el olor de su propia carne quemada. El dolor fue como ser coronada con estrellas ardientes. Una parrilla de luz, marcada en su cerebro. Al mantenerse, el dolor cambió y se convirtió en un medio de transporte. Se sentía como si estuviera planeando en un vacío en el centro del mundo; cada escalofrío de su cuerpo llegaba hasta ella a través de una enorme distancia.

—Zhu Chongba, siempre diferente. Ni siquiera has gritado. —El abad la miró con gesto divertido mientras los monjes la ayudaban a levantarse y la sujetaban cuando se le doblaron las piernas. La agonía estalló en su cerebro. Llevaba solo su túnica interior y sus pantalones, y el abad le colocó la túnica de siete paneles sobre los hombros. Era más pesada que la ropa de los novicios; su peso la convirtió en otra persona—. Monje Zhu…

—¡Estimado abad! —Todos se sobresaltaron cuando un joven monje irrumpió, sudando. El abad se giró con expresión incrédula y el monje hizo una reverencia apresurada—. Mil disculpas, pero… ¡el general de las tropas del príncipe de Henan ha llegado!

El abad frunció el ceño.

—¿Qué? ¿Por qué no nos informaron de esta visita por adelantado? ¿Dónde está?

El joven monje abrió la boca, pero entonces se oyó una voz ligera y ronca:

—Ha pasado mucho tiempo, querido abad.

La luz se atenuó cuando el general atravesó las grandes puertas del Salón de los Reyes Guardianes, y los monjes lo miraron, asombrados y horrorizados. Se alejaron de su deshonrosa presencia con temor, enfado y desagrado, porque el general del Yuan era el eunuco que Zhu había visto desde el tejado del Salón del Dharma hacía años. Entonces era joven, seguramente más de lo que Zhu lo era ahora. Aquellos años deberían haber convertido al joven en un hombre, pero Zhu tuvo la impresión de estar viendo un eco encarnado: seguía siendo tan ligero y hermoso como en el pasado. Solo su rostro femenino había perdido su belleza pura para convertirse en algo más inquietante: una beldad dura, perturbadora, tan tensa como el acero templado.

En lugar de la armadura de un soldado normal, el general portaba una de metal. La coraza circular de su pecho era un brillante espejo oscuro. Llevaba el cabello trenzado a cada lado de la cabeza, con los finos bucles de un guerrero mongol. Cuando se acercó, Zhu vio que en realidad tenía sangre nanren. Pero eso tenía sentido: ningún mongol habría soportado la humillación de un castigo así, ni habría permitido que se lo infligieran a los suyos.

—No puedes entrar aquí, general —dijo el abad, poco diplomático debido al asombro. Allí, en sus dominios, era el rey… Y la descarada ofensa a su poder, delante de sus monjes reunidos, endureció su voz—. Permite que te recuerde que incluso el príncipe debe someterse a nuestras normas cuando pone un pie en este recinto. No tienes permiso para entrar en este lugar.

—Ah, esa regla. La había olvidado —dijo el general eunuco mientras se acercaba. Su rostro era tan inexpresivo que daba la impresión de que no había vida en su interior—. Lo siento.

Hablaba han'er, la lengua del norte que a menudo usaban los visitantes del monasterio, con un acento discordante que Zhu nunca había oído. Mongol. A su espalda, la luz de las lámparas disminuyó y después rebotó con una llamarada cuando los fantasmas atravesaron el umbral. Tal como él había permanecido igual, lo habían hecho ellos. A Zhu se le erizó la piel. Si acaso, la visión de sus formas pálidas reuniéndose a su alrededor fue incluso más extraña que la primera vez. En los años que habían pasado, a pesar de toda la gente a la que había conocido, nunca había visto nada igual.

Mientras miraba al eunuco, rodeado por sus fantasmas, notó el tañido casi olvidado de una cuerda en lo más profundo de su ser. *Un igual conectando con su igual.* La abrasadora conciencia de la diferencia entre lo que era y lo que se suponía que era la atravesó. Pero a pesar de hacer una mueca, a pesar de rechazar esa conexión, notó que la comprensión la inundaba. *Los iguales se reconocen.* Recordó la humillación a la que el abad había sometido al eunuco en el pasado y supo de inmediato que su inexpresividad ocultaba una burla. Sabía perfectamente que su presencia perturbaba e insultaba a los monjes. Estaba vengándose, devolviendo dolor por dolor; no lo había olvidado.

La mirada del eunuco abandonó al abad para dirigirse a la hilera de novicios ordenados.

—Pero veo que estoy interrumpiendo, así que seré breve. Debido a los recientes y preocupantes acontecimientos, el Gran Kan ha ordenado que los defensores del imperio redoblen sus acciones contra sus enemigos. El príncipe de Henan desea que los monasterios le aseguren su apoyo en su empeño de devolver la estabilidad al sur. —Habló con tanta neutralidad que Zhu pensó que era la única que había oído la emoción salvaje que escondía su voz cuando añadió—: Estoy seguro de que este monasterio, leal súbdito del Yuan, no dudará en cooperar en todo lo posible.

Los recientes y preocupantes acontecimientos: el descubrimiento de los rebeldes del Turbante Rojo del Príncipe de la Luz. El Gran Yuan, viendo que el Mandato Celestial se le escapaba de las manos, sin duda estaba tan asustado como para intentar que los monasterios no sintieran la tentación de poner su riqueza y su influencia a disposición de los rebeldes nanren.

El eunuco miró el salón, deteniéndose en la delicada carpintería de las vigas y columnas, en las estatuas doradas y en los incensarios de porcelana.

—Cuánto ha prosperado este monasterio desde la última vez que estuve aquí. ¡Salones de oro y tejados de jade! Sin duda el Cielo os sonríe. —Devolviendo su atención al abad, dijo—: El príncipe de Henan me pide que os informe que este monasterio debe entregar al administrador provincial dos tercios de las ganancias anuales de sus tierras y recursos para que el príncipe pueda usarlos en sus esfuerzos contra los rebeldes. —Y enseguida añadió, en voz baja—: Ya que el propósito de los monjes es renunciar a todas las comodidades terrenales, estoy seguro de que no os será difícil.

Dos tercios. Zhu vio cómo la enormidad de esa cifra golpeaba al abad, y el nacimiento de su furia, una ira desprovista de cortesía. Alarmada, supo que el abad, cuya mayor baza había sido siempre el conocimiento, no tenía ni idea de que el eunuco le guardaba rencor por aquella humillación pasada. Lo único que veía era la hermosa superficie, tan opaca como el jade blanco.

Zhu dio un paso adelante y el movimiento provocó una explosión de agonía en su cabeza y en sus rodillas. En el interior de la agonía había otro dolor más pequeño: el latido de su conexión con el eunuco. Él se giró para mirarla y una leve perplejidad mancilló la fría perfección de su rostro. *Los iguales se reconocen,* pensó, perturbada.

—Estimado abad… —dijo con urgencia.

Pero el abad no la oyó. Se irguió, concentrado en el general del Yuan. Era un hombre alto y pesado, y estaba tan enfadado que se cernió sobre el ligero eunuco.

—¡Dos tercios! —bramó. Sabía tan bien como Zhu que eso los arruinaría—. ¡Que el príncipe de Henan deba enviar a su criatura para insultarme así!

—¿Te niegas? —le preguntó el eunuco, con un aterrador arrebato de interés.

—Sabes bien, general, que todo lo que un monasterio posee va acorde a la voluntad del Cielo. Exigir que os entreguemos lo que es nuestro es dar la espalda a la bendición del Buda. Conociendo las consecuencias, ¿seguirás avanzando por ese camino?

Zhu sabía lo que significaba la dureza y seguridad de la voz del abad. ¿Y por qué no debería negarse? Era imposible derrotar la mayor defensa de un monasterio: que cualquier daño que recibiera sería devuelto a su perpetrador en forma de sufrimiento, en la vida tras la vida.

Pero, para horror de los monjes, el eunuco se rio. Fue un sonido terrible, la profanación de todo lo que era sagrado.

—Querido abad, ¿estás intentando asustarme? No dudo de que esa amenaza habría funcionado bien con el príncipe de Henan, o incluso con mi señor, Esen. Pero ¿por qué crees que me han enviado a mí? —Su voz asumió una oscura ronquera, una crueldad dirigida tanto a sí mismo como al abad—. ¿Crees que alguien como yo tiene algún miedo al sufrimiento, en esta vida o en la siguiente?

Y entonces, Zhu vio su interior tan claramente como si su rostro fuera de hielo transparente. Vio la vergüenza y la furia hirviendo bajo la inexpresividad, y con un destello de terrible percepción, supo que el eunuco nunca había deseado que el abad cediera. Había querido que se negara, para tener la satisfacción de obligarlo a sentir su poder. Había acudido allí con sed de venganza.

—¡Adelante! —exclamó el general eunuco.

Repiqueteando y crujiendo, el oscuro río de sus soldados inundó el salón. Sus cuerpos solaparon los de los fantasmas, como la oscuridad reemplazando la luz. Era el mundo exterior penetrando en lo que había sido un santuario, y Zhu contuvo el aliento ante la repentina agonía de ser *extraída*. Con una oleada de dolor, se dio cuenta de la inevitabilidad de lo que estaba ocurriendo. Nunca habría podido quedarse en el monasterio para siempre; siempre había estado destinada a ser expulsada a aquel mundo de caos y violencia, de grandeza y de nada.

Nada. Había huido de ella durante nueve años, y no iba a dejar de hacerlo entonces. *Siempre hay un modo de escapar*. Y, en el instante en el que lo pensó, supo cuál era el camino. Si el mundo exterior contenía la grandeza tanto como contenía la nada, la única escapatoria para huir de una sería convertirse en la otra. Zhu Chongba había estado destinado a la grandeza. Si ella tenía que salir al mundo exterior, entonces, mientras estuviera allí, sería Zhu Chongba tan total y completamente que alcanzaría su destino, y sobreviviría.

El deseo es la causa de todo sufrimiento. Lo único que Zhu había deseado siempre era vivir. En ese momento sintió la fuerza pura de ese deseo en su interior, tan inseparable como su aliento o el qi, y supo que sufriría por ello. Ni siquiera podía comenzar a imaginar la horrible magnitud del sufrimiento que aceptaría para alcanzar la grandeza en el caótico y violento mundo exterior.

Pero el general eunuco no era el único que no temía al sufrimiento.

Puede que hayas terminado con esto, pero no has terminado conmigo. Nadie terminará nunca conmigo. Seré tan grande que nadie podrá tocarme, ni acercarse a mí, por miedo a convertirse en nada, pensó con ferocidad, mirándolo, y sintió esa verdad brillando con su interior con tanta ferocidad que parecía capaz de incendiar todo lo que tocara.

El eunuco no pareció notar sus pensamientos. Le dio la espalda a los monjes y atravesó las puertas; el incesante flujo de soldados se apartó a su alrededor como un arroyo con una roca.

—Quemadlo hasta los cimientos —les ordenó.

SEGUNDA PARTE

1354-1355

5

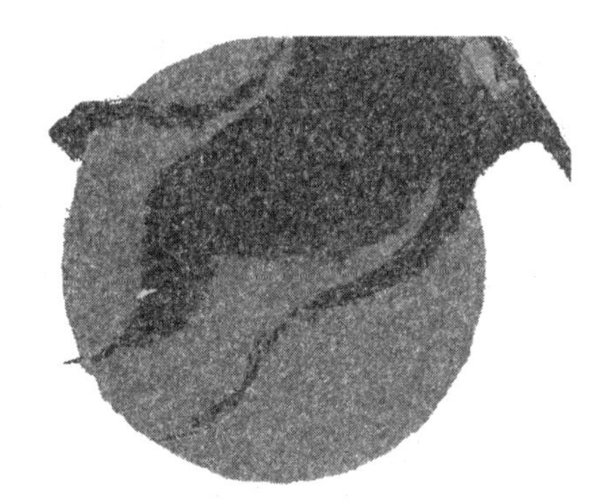

LLANURAS DEL RÍO HUAI, DÉCIMO MES

Las mañanas de otoño en la llanura eran frías y oscuras. Bajo la tapadera del humo de estiércol, el campamento del ejército del príncipe de Henan bullía de actividad. El general eunuco Ouyang y su mano derecha, el comandante Shao Ge, cabalgaron hacia los batallones de infantería. El campamento era tan grande que esa habría sido una larga caminata. Tras dejar atrás el centro donde los líderes tenían sus redondos ger de fieltro, pasaron junto a las tiendas de los extranjeros semu que proporcionaban al ejército su experiencia en ingeniería y armamento de asedio, después junto a las carretas de provisiones y los rebaños del ganado, y solo entonces llegaron a la periferia y la infantería: casi sesenta mil reclutas y voluntarios de las clases sociales más bajas del Yuan. Estos hombres, nanren según el nombre oficial de su casta, eran los antiguos súbditos de los emperadores derrotados del sur. Los mongoles los llamaban a menudo *manji*. Bárbaros.

—Traicionó al Gran Yuan para unirse a los rebeldes —dijo Ouyang mientras cabalgaban—. Era un buen general; no sé por qué lo hizo. Debió saber cómo terminaría.

Hasta la semana anterior, los recién nombrados Turbantes Rojos de las llanuras del Huai habían estado dirigidos por el general Ma, un curtido emperador del Yuan que había desertado algunos años antes. Ahora estaba muerto. Ouyang, que había matado a muchos hombres en su carrera, descubrió que el rostro del antiguo general se le había quedado grabado más de lo habitual. La última expresión de Ma había sido el desesperado descubrimiento de lo inevitable. Por mucho que a Ouyang le hubiera gustado convencerse de que él había sido lo inevitable, sospechaba que Ma estaba pensando en otra cosa.

—Fue una buena victoria —dijo Shao en han'er. Como eran los inusuales líderes nanren en un ejército mongol, Shao se había acostumbrado a usar han'er cuando estaban solos. Se trataba de una familiaridad que a Ouyang no le gustaba—. Creí que tendríamos mala suerte después de que hubieras arrasado ese monasterio, pero parece que el Cielo todavía no se ha decidido a cobrártelo en amargura. Debe estar reservándotelo para más tarde. —Dedicó a Ouyang una artera sonrisa torcida.

Ouyang recordó que no solo le disgustaba la familiaridad de Shao, sino el propio Shao. Por desgracia, a veces era necesario tolerar lo que a uno le desagradaba. Era algo a lo que Ouyang estaba muy acostumbrado. Hablando intencionadamente en mongol, replicó:

—Fue más fácil de lo que esperaba.

Extrañamente fácil, teniendo en cuenta lo lento que había sido su avance contra los Turbantes Rojos durante las estaciones previas. El general Ma no era un incompetente.

Shao parecía resentido; había captado la amonestación.

—Será incluso más fácil sin el general Ma. Deberíamos cruzar el Huai y tomar Anfeng antes del invierno —contestó en mongol. Anfeng, una pequeña ciudad con muralla de adobe acurrucada en un recodo del río Huai, era la base de los Turbantes Rojos, aunque a los rebeldes les gustaba llamarla «capital»—. Y cuando el Príncipe de la Luz haya desaparecido, será su final.

Ouyang gruñó, evasivo. El Príncipe de la Luz se había ganado el apoyo popular como ningún otro líder antes, pero se habían producido rebeliones antes de su llegada y sin duda las habría después. Ouyang pensaba que habría rebeliones mientras hubiera campesinos. Y si había algo de lo que el sur nunca andaba escaso, era de campesinos.

Llegaron al acuartelamiento del batallón de infantería del comandante Altan-Baatar, junto al río, en la frontera sur del campamento. Estaban entrenando. Un subcomandante, a la cabeza de cada regimiento de mil hombres, gritaba los pasos. El movimiento de miles de pies sobre la tierra hacía que su capa superior se elevara en cortinas de polvo amarillo. Los soldados nanren, indistinguibles en sus armaduras iguales, giraban a través de estas como una bandada de pájaros.

Altan se acercó a caballo.

—Saludos, primer general del Yuan —dijo, con sorna en la voz. Su descaro rozaba la grosería porque era pariente del príncipe de Henan y el hijo de un adinerado gobernador militar de Shanxi, porque su hermana era la emperatriz, y porque tenía diecisiete años.

—Continúa —replicó Ouyang, ignorando el tono de Altan. El chico solo era ligeramente menos sutil que sus mayores al mostrar su creencia de que un general debía tener otras cualificaciones aparte del cuerpo y la sangre. Pero, a diferencia de aquellos hombres curtidos, Altan se mostraba aún demasiado ansioso por mostrar su habilidad ante sus superiores. Como cualquier otro joven privilegiado, esperaba hacerlo bien, obtener reconocimiento y alcanzar su legítimo lugar en la cima del mundo. Ouyang miró la nuez de la garganta de Altan, salpicada de folículos erizados a través de los que brotaba la barba nueva, y sintió asco.

Los hombres completaron el ejercicio. Era útil. El resto de los batallones de infantería también lo hacía.

—Deficiente. Otra vez —dijo Ouyang.

Qué transparente era Altan, exponiendo todas aquellas expectativas sin saber que sería odiado por ellas. Ouyang observó las emociones atravesando el rostro del muchacho como nubes: sorpresa, incredulidad, resentimiento. El resentimiento fue especialmente satisfactorio.

Los subcomandantes estaban observándolos. Frunciendo el ceño con timidez, Altan le dio la espalda a Ouyang para repetir la orden.

El entrenamiento tuvo lugar una vez más.

—Otra vez —dijo Ouyang. Miró a los hombres, ignorando deliberadamente la expresión de furia pura de Altan—. Y seguiréis haciéndolo hasta que lo hagáis bien.

—¡Quizá podrías decirme qué quieres exactamente, general! —A Altan le temblaba la voz por el enfado. Ouyang sabía que se sentía traicionado. Según el acuerdo tácito entre la élite mongola, los esfuerzos de un joven comandante debían ser recompensados.

Ouyang lo miró con desdén. Creía que él nunca había sido tan joven.

—Ya que este ejercicio es demasiado difícil para tu competencia actual, quizá deberíamos probar con otro. —Miró el río—. Lleva a tu batallón al otro lado.

Altan lo miró fijamente. El río tenía una anchura de al menos la mitad del vuelo de una flecha; en el centro, sus aguas cubrirían el pecho de un hombre, y el día era muy frío.

—¿Qué?

—Me has oído bien. —Dejó que la furia del muchacho fermentara un instante más antes de añadir—: Y átales las manos delante, para probar su equilibrio.

—Habrá bajas —dijo Altan con tensión, después de un largo silencio.

—Habría menos si hubieran entrenado bien. Adelante.

El muchacho tragó saliva antes de girar su caballo hacia los subcomandantes a la espera. Tras recibir las instrucciones, uno o dos hombres miraron el lugar desde donde los observaban Ouyang y Shao. Desde lejos, era imposible distinguir sus expresiones.

El ejercicio era cruel. Ouyang había pretendido que lo fuera. Apremiados por los gritos de los subcomandantes, encogiéndose bajo las fustas, los regimientos se adentraron en el río. Quizás en un día más cálido habría sido más fácil, pero los hombres estaban helados y aterrados. En el punto más profundo del río, más de uno se vio atrapado por el pánico, tropezó y se hundió. Los mejores subcomandantes, los que habían acompañado a sus hombres a las aguas, los sacaron y levantaron con palabras de ánimo. Los peores gritaron desde la orilla. Altan, con su caballo hasta la pechera en el agua, cabalgaba de un lado a otro entre las filas. Tenía el rostro encendido por la ira.

Ouyang y Shao cruzaron el río a caballo, manteniéndose a una distancia segura del tumulto. Cuando todos los hombres se les unieron en la orilla opuesta y los desafortunados fueron pescados y reanimados, Ouyang dijo:

—Demasiado lento. Otra vez.

Cuando regresaron a la primera orilla:

—Y otra vez.

La resistencia de los hombres comenzó a flaquear en el tercer cruce; al estar agotados, asumieron cierta docilidad mecánica. Los que tenían tendencia a entrar en pánico ya lo habían hecho y se habían retirado, y en cuanto al resto, la aterradora novedad de la inmersión se había convertido en algo simplemente desagradable.

—Otra vez.

A mediodía, detuvo el ejercicio. Ante sus subcomandantes, Altan miró a Ouyang con furia. La mayor parte de los subcomandantes estaban salpicados de barro; un número menor seguía seco. Ouyang miró a estos últimos.

—Tú —dijo a un mongol especialmente altivo—. El desempeño de tu regimiento ha sido muy pobre y has perdido a varios hombres. ¿Por qué?

El subcomandante se cuadró.

—¡General! Los hombres no están acostumbrados a estos ejercicios. El miedo los vuelve lentos. Los manji son el problema. Los manji son cobardes por naturaleza. Me apena no haber tenido todavía la oportunidad de curarles esta deficiencia.

Ouyang emitió un sonido alentador.

—Temen el agua fría y el trabajo duro —continuó el subcomandante.

Ouyang adoptó una expresión evaluadora.

—Subcomandante, he notado que tú has permanecido a caballo todo el tiempo.

—¡General...! —exclamó el hombre, aturdido.

—Criticas que teman el agua fría y el trabajo duro, pero no he visto evidencia de lo contrario en tus actos. Has conseguido mantenerte sorprendentemente seco mientras varios de tus hombres se ahogaban. ¿Viste que tenían problemas y no pensaste en moverte para salvarlos? —A pesar de su control, parte de sus emociones se filtraron en su tono; oyó la frialdad en su propia voz—. ¿Estos cobardes valen demasiado poco?

El subcomandante abrió la boca, pero Altan lo interrumpió:

—General, acabo de ascenderlo. Es nuevo en su puesto.

—Seguramente se trató de un ascenso debido a las destrezas que ya poseía. De lo contrario, me pregunto por qué lo hiciste. —Ouyang sonrió a Altan, como una espada deslizándose bajo la armadura—. No, creo que no tiene madera de líder. —Se dirigió a Shao—: Reemplázalo.

—¡No puedes reemplazar a mis oficiales! —casi gritó Altan.

—Claro que puedo. —Ouyang sintió una oleada de cruel satisfacción. Sabía que era mezquino, algo que la gente consideraba una característica de los eunucos, pero a veces era difícil no darse el gusto—. Reúne a los muertos. Haz lo necesario para que tu batallón esté preparado. ¡Dentro de dos días debéis estar listos para cabalgar a las órdenes del señor Esen!

Oyó las maldiciones que Altan murmuró mientras se marchaba, pero no eran nada nuevo.

¡Malditas sean dieciocho generaciones de los ancestros de ese perro bastardo! ¿Cómo se atreve a actuar así, cuando no es más que una *cosa*?

El ger que pertenecía a Esen-Temur, el heredero del príncipe de Henan y líder de las tropas del Gran Yuan en el sur, destacaba en el centro del campamento como un barco por la noche. Las risas escapaban de sus paredes redondas. Ouyang no había esperado otra cosa: su señor era sociable por naturaleza, siempre disfrutaba más de la compañía que de sus propios pensamientos. Asintió brevemente a los guardias y atravesó la solapa de la puerta.

Esen levantó la mirada, recostado en el centro de un grupo de comandantes. Alto y musculoso, con una boca pulcra y bien formada bajo su barba, era un ejemplo tan perfecto del guerrero mongol que se parecía a los retratos hagiográficos de los grandes kanes incluso más que los hombres reales que los habían inspirado.

—¡Ya era hora! —exclamó, e indicó a los demás que se marcharan.

—¿Mi señor? —Ouyang elevó las cejas y se sentó. Como siempre, sus movimientos provocaron una ráfaga de aire que alejó de él las llamas de la fogata central. Hacía mucho tiempo, un médico lo había atribuido a que Ouyang tenía un exceso de energía yin, oscura, húmeda y femenina, aunque era un diagnóstico que hasta el más tonto podría haber hecho de un eunuco—. ¿Me habías llamado?

Cuando alargó la mano para tomar el airag de leche fermentada que había junto a Esen, este se lo pasó, sonriendo.

—Las llamadas son adecuadas para los esbirros que se dirigen a mí por el título. Pero esperaba tener el placer de la compañía de un amigo.

La discusión sobre el trato informal era antigua entre ellos. Durante el ascenso de Ouyang de esclavo a guardaespaldas y después a general y mejor amigo de Esen, este había intentado cambiar el lenguaje entre ellos, algo a lo que Ouyang se había resistido con fuerza aduciendo que no era apropiado. Esen al final se había rendido, pero seguía usando el asunto como munición siempre que le era posible.

—¿Lo esperabas? —le preguntó Ouyang—. Podría haberte decepcionado. Podría haber ido a refrescarme, en lugar de haber pasado a saludarte. O podríamos haber hablado mañana, lo que habría evitado que interrumpiera tu reunión.

—No me arrepiento; tu compañía es un placer tres veces mayor.

—¿Debería esperar ser tres veces recompensado por proporcionártelo?

—Cualquier cosa que quieras —dijo Esen perezosamente—. Sé que estás tan unido a tu armadura que dormirías con ella si pudieras, pero apesta. Te proporcionaré una nueva.

Ouyang era vanidoso en lo que se refería a la armadura: las placas de espejo que le gustaban eran especialmente reconocibles, una llamativa declaración de su estatus como temido general del Yuan.

—Siento haber ofendido la delicada sensibilidad de mi señor —dijo con brusquedad—. Parece que habrías preferido que me cambiara.

—¡Ja! Llevarías tanta ropa que seguramente tus capas serían tan buena protección contra las flechas como una armadura de verdad. Apiádate de mí y quítate el casco; tengo calor solo mirándote.

Ouyang hizo una mueca y se lo quitó. Era cierto que, cuando no llevaba armadura, le gustaba vestir varias capas. La razón más fácil era que se enfriaba con facilidad, ya que no tenía ancestros que procedieran de alguna miserable estepa helada. En la otra razón prefería no pensar.

Esen estaba recién aseado. Su profundo bronceado escondía su complexión esteparia de piel clara y naturalmente rubicunda, pero su pecho, visible a través de la abertura de su túnica, brillaba marfileño a la luz del fuego. Estaba cómodamente tumbado en los cojines tirados sobre las alfombras que cubrían el suelo de fieltro. Ouyang se sentó a su lado, erguido y menos cómodo. No era posible tumbarse con armadura; al menos, no dignamente.

—He oído que le has dado un buen susto a Altan esta mañana.

—¿Ha hablado contigo?

—Sabe que no tiene sentido quejarse ante mí, si es que hay algo sobre lo que quejarse. ¿Lo hubo?

Ouyang sonrió ligeramente, recordando el enfado de Altan.

—El ejercicio tenía un propósito. Se produjeron algunas muertes, hombres de Shanxi. ¿Será un problema para tu padre?

—No te preocupes por eso. Es una pena que estuviera ocupado; me habría gustado verlo.

—Fue tedioso.

—¿Qué parte?

—Todo. No, solo las partes relacionadas con Altan. La mayoría.

Riéndose. Esen tomó la bolsa de airag. El movimiento torció su túnica y Ouyang captó un breve atisbo de la sombra entre sus muslos. Sintió su habitual fascinación morbosa ante la visión: un perfecto cuerpo masculino, habitado despreocupadamente; su propietario nunca se había detenido a pensar en su integridad. Intentó no hacer comparaciones entre ese y su propio caparazón mutilado.

Sin notar la distracción de Ouyang, Esen sirvió bebida para ambos.

—¿Y el resto de los batallones?

Ouyang le entregó su informe. Con el transcurso de los años, habían desarrollado un formato que había evolucionado en algo más parecido a un ritual. Disfrutaba de la perezosa y satisfecha atención de Esen, de su imagen familiar, jugando con las perlas de su cabello mientras lo escuchaba.

—Gracias —le dijo Esen cuando terminó—. ¿Cómo podría hacerlo sin ti?

—Si le pidieras opinión a Altan, te diría que muy bien.

Esen gruñó.

—No puedo librarme de él. Su padre es demasiado importante.

—No es idiota. Dentro de diez años seguramente habrás conseguido convertirlo en mi sustituto. Quince años.

—No lo soportaría —dijo Esen dramáticamente. Su sonrisa permaneció en sus ojos; la luz del fuego brillaba sobre sus labios, apenas separados—. No me dejes.

—¿Qué otro me querría?

—Es una promesa. Te obligaré a cumplirla.

—¿Alguna vez bromeo?

—¡Ja! Nadie te acusaría nunca de ello. —Después, mientras Ouyang se levantaba para marcharse, añadió—: ¿No te quedarás un rato más para charlar? No comprendo por qué has tenido que instalar ese horrible ger tuyo tan lejos. ¿Cómo puedes disfrutar estando solo todo el tiempo?

Esen no comprendía que Ouyang eligiera mantenerse apartado, o por qué vivía con una austeridad que bordeaba el monacato. La mayor parte de los que habían tenido una infancia dramática disfrutaban del lujo, y Ouyang sabía que Esen le daría de buena gana todo lo que quisiera. Pero ¿qué necesitaba un soldado eunuco, además de armas y una armadura? Ouyang pensó en el desprecio del abad, en las maldiciones de Altan. *Criatura. Cosa.* Era una herramienta que no necesitaba nada, que no tenía deseos propios.

Esen lo estaba mirando con esperanza. El atractivo y encantador Esen, al que nadie le negaba nunca nada. A Ouyang se le revolvió el estómago. Pero era solo la bebida; no toleraba bien el licor fuerte.

—Es tarde, mi señor.

Se tragó la sensación de culpa ante la decepción de Esen. Pero saldrían a la carretera al día siguiente, y Esen tenía razón: su armadura, y él por extensión, apestaban. Después de aquella noche, no tendría más oportunidades de asearse hasta llegar a Anfeng, hasta la victoria.

Los tambores resonaron. Mientras Ouyang encabezaba la vanguardia del ejército reunido, Esen salió de su ger con su armadura ceremonial. Su capa era de pelo plateado, que favorecía su piel bronceada. Se había recortado la barba, de modo que la columna de su cuello estaba limpia y suave. Avanzó como un novio el día de su boda, teñido de rojo por la luz del amanecer. Una brisa cálida y propicia, inusual en aquella época del año, portaba en ella el olor del metal y de los caballos.

Ouyang esperó, con sesenta mil hombres a su espalda. Su armadura de espejo había sido pulida hasta resultar cegadora bajo el cielo encapotado: el faro que los hombres buscaban en el campo de batalla, o del que huían aterrados.

Cuando Esen se acercó, Ouyang se postró de rodillas. Las botas de Esen se detuvieron junto a su cabeza.

—¡Bendiciones para mi señor, el hijo del príncipe de Henan! —gritó Ouyang, con la cabeza baja sobre el empeine del noble.

—¡Bendiciones para el hijo del príncipe de Henan! —exclamaron los demás.

—¡Señor! Tu ejército está preparado.

Notó que Esen se erguía, observando el enorme ejército. Mientras Ouyang seguía arrodillado, unos débiles crujidos y sonidos metálicos llegaron hasta él. Incluso un ejército perfecto hace ruido. Podía verlo en su mente: las columnas de hombres cubriendo la llanura; las decenas de miles de soldados idénticos, desvaneciéndose hasta convertirse en una masa indistinguible de oscuro metal. Un bosque de picas, y sobre ellas las infinitas hileras de estandartes, del azul puro de una llama o del despejado cielo estepario, que anunciaban el poder del imperio mongol del Gran Yuan.

—Levántate, mi general. —Al incorporarse, la sonrisa de Esen iluminó a Ouyang—. Tu ejército me satisface. Como me satisface recompensarte por ello. —Esen hizo una señal a un ayudante. Con el regalo en la mano, su sonrisa se llenó de arrogancia. Una sonrisa cómplice y satisfecha, burlona—. Tan pronto como la vi, supe de inmediato que era adecuada.

El regalo era una yegua negra, con el cuello casi tan grueso como el de un semental. Viró las orejas hacia Ouyang y resopló con el extraño saludo que emitían los animales cuando lo veían por primera vez. Era fea y poderosa y magnífica… Y para un pueblo para el que los caballos eran el bien más preciado y valorado, un regalo de reyes. Ouyang la observó con una punzada de tristeza. Siempre era Esen el único que creía que merecía una recompensa. Se negaba a ver lo que todos los demás veían.

Sus manos desnudas se rozaron al intercambiar las riendas.

—Cabalga a mi lado, mi general. —Esen montó su caballo y levantó la mirada. Con voz resonante, exclamó—: ¡Gran ejército del Yuan! ¡Tropas del príncipe de Henan! ¡Adelante!

Ouyang dio la orden; fue recogida y repetida por cada comandante de diez mil hombres, por cada subcomandante de mil hombres, por cada líder de un centenar. Sus voces formaron un coro que se agrupó y movió como una canción resonando en un desfiladero. De inmediato, el poderoso ejército comenzó a avanzar. Las columnas se tragaron la luz y fluyeron sobre la tierra; el metal aplastó la hierba y elevó una vaharada de polvo. Y los estandartes inquietos volaron sobre ellos, el señor Esen y el general Ouyang, lado a lado a la cabeza del ejército del Gran Yuan en su marcha contra los Turbantes Rojos y Anfeng.

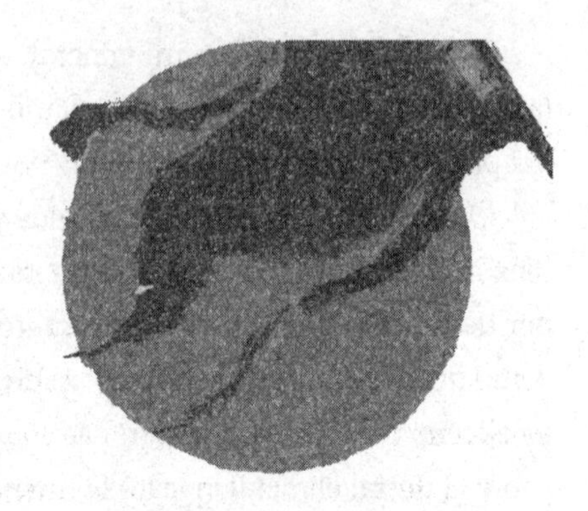

6

ANFENG, SUR DE HENAN, DECIMOPRIMER MES

Anfeng, la capital de los rebeldes Turbantes Rojos, era un lugar miserable bajo la lluvia. La joven Ma Xiuying caminaba sin paraguas sobre el barro en dirección al palacio del primer ministro Liu. Era una llamada que todo el mundo había estado esperando: el primer ministro iba a elegir por fin al nuevo general de los Turbantes Rojos. Ma sintió una oleada de náusea ante la idea. Su padre, el general Ma, había conducido a los rebeldes a tantas victorias en las ciudades al sur del Yuan que todos habían llegado a considerarlo infalible. Y entonces, de repente, no solo fue derrotado sino asesinado. De algún modo, pensó Ma amargamente, ninguno de sus hombres de confianza había estado allí cuando los necesitó. Imaginó a su padre, enfrentándose cara a cara al general eunuco del príncipe de Henan y descubriéndose solo. *Traicionado.* Sabía sin necesidad de saberlo que había sido culpa del primer ministro. Desde que halló al Príncipe de la Luz, el primer ministro Liu había cambiado. La promesa de victoria del Príncipe de la Luz sobre el Yuan lo había vuelto paranoico. Cuanto mayor era la grandeza del poder con el que soñaba, más aspiraciones a este poder veía en todos los demás. El general Ma había discutido con el primer ministro dos días antes de partir para enfrentarse a las tropas del príncipe de Henan. Y ahora estaba muerto.

Mientras Ma doblaba la esquina, captó una alta silueta que le resultaba familiar caminando ante ella bajo la llovizna. No era alguien que le fuera a animar el espíritu, pero la familiaridad era agradable.

—¡Guo Tianxu! —lo llamó, reuniendo su falda para correr—. Deja que camine contigo.

—Ve sola —replicó su prometido, acelerando el paso. El comandante Guo tenía solo veintidós años, pero la acción constante de sus cejas sobre su nariz ya había dibujado en su frente tres líneas verticales, como la palabra «río». En Anfeng era conocido como Pequeño Guo, cosa que odiaba. Su padre, el ministro derecho del gobierno de los Turbantes Rojos, tenía el privilegio de ser el Guo original—. Eres demasiado lenta.

—Si te preocupa llegar tarde ante el primer ministro, quizá deberías haber salido antes —dijo Ma, molesta.

—¿Quién está preocupado? —El Pequeño Guo se detuvo de mala gana—. Es que no soporto caminar con gente bajita. Y, aunque llegara tarde, ¿crees que el primer ministro comenzaría la reunión sin mí? Que espere.

Ma miró a su alrededor apresuradamente para ver si alguien más lo había oído.

—¿Estás loco? No puedes hablar del primer ministro con tan poco respeto.

—Yo digo lo que quiero. Y tú no vas a decirme qué puedo decir.

Como Ma había entrado al cuidado de la familia Guo hacía muchos años, su relación con el Pequeño Guo se parecía menos a un compromiso que a las interacciones hostiles entre hermanos de esposas distintas. Caminando de nuevo con premura, el Pequeño Guo dijo:

—Es una pena lo del general Ma, pero hacía mucho tiempo que teníamos nuevas ideas sobre cómo hacer avanzar esta rebelión. Esta es mi oportunidad de ponerlas en acción.

—¿Vas...? ¿Tú vas a ser el próximo general? —le preguntó Ma con lentitud. Tenía sentido, y no lo tenía. El Pequeño Guo no era el comandante de los Turbantes Rojos más experimentado ni más dotado, y todos lo sabían menos él.

—¿Quién más podría ser? El primer ministro ya se lo había prometido a mi padre. —Se giró hacia Ma—. ¿Qué pasa? ¿No me crees capaz?

—No es eso. Es solo que el primer ministro tiene sus propias ideas sobre estrategia. Si llegas con la intención de hacer que tus ideas prevalezcan... —Recordando a su padre, Ma se sintió enferma de nuevo—. No seas demasiado ambicioso, Guo Tianxu.

—El primer ministro seguramente no estaba de acuerdo con la idea de tu padre porque sabía que no funcionaría. ¡Y no lo hizo! Pero reconoce una buena idea cuando la oye. Y, de todos modos, ahora tenemos al Príncipe de la Luz. Mientras mostremos al Cielo que somos merecedores de su Mandato, ¿cómo podríamos perder?

—Teníamos al Príncipe de la Luz cuando mi padre fue derrotado —dijo Ma con tristeza. Sabía que la presencia del Príncipe de la Luz sobre la tierra prometía el inicio de una nueva era, quizás incluso una mejor. Pero si la muerte de su padre era una indicación del tipo de cambio que sería necesario para llevarlos allí, todos deberían estar aterrados.

Un estrépito los sorprendió. Se había reunido una multitud en mitad de la calle, rodeando con interés a una figura alzada hasta la altura del hombro. Después, la multitud se alejó rápidamente y la silueta avanzó: no sobre hombros, sino a caballo. Resultaba incongruente, pero tenía la cabeza afeitada y la ropa gris de un monje. El caballo trotó sin control por la calle, topándose con los puestos y provocando una oleada de maldiciones; el interés de la multitud se volvió frenético, y después el caballo escarbó con las patas y depositó su carga en un charco de barro. La gente se rio a carcajadas.

El caballo, disgustado, trotó hacia Ma. Ella extendió la mano y tomó su brida.

—¡Eh! —gritó el Pequeño Guo, acercándose—. ¡Tú, huevo de tortuga inútil! —Al ver a su comandante, la gente se sumió en un silencio culpable—. ¡Tú! Sí, tú. Tráeme a ese… *personaje* aquí.

Pescaron al monje del charco y lo colocaron, no sin brusquedad, delante del Pequeño Guo. Era joven y enjuto, con un rostro memorable: demasiado ancho por arriba y demasiado afilado por debajo. Parecía un grillo o una mantis religiosa.

—Que el Buda bendiga a nuestro comandante Guo —dijo en voz baja, haciendo una reverencia.

—Tú —replicó el Pequeño Guo con brusquedad—. ¿Cuál es tu propósito en Anfeng?

—Este monje no es más que un monje de nubes y agua. —Un monje errante, que no pertenecía a ningún monasterio o templo concreto—. Solo estoy de paso. Es agradable ver gente de nuevo, después de la campiña.

—Los ojos del monje sonreían—. ¿Has notado que, hoy en día, la gente de la campiña no es la que querrías encontrarte?

—¿Me tomas por idiota? ¿Esperas que crea que eres un monje de verdad? —El Pequeño Guo miró el caballo—. Te han pillado con las manos en una propiedad de los Turbantes Rojos. Supongo que eso te convierte en un ladrón.

—Si este monje hubiera conseguido usar las manos, seguramente se habría mantenido más tiempo sobre esa silla.

—Un *mal* ladrón, entonces.

—Era una apuesta —dijo el monje, y la sonrisa de sus ojos se intensificó. Hablaba con la dicción educada y cohibida que se esperaría de un monje... Lo que solo incrementaba la probabilidad de que no lo fuera—. Resulta que este monje ha ganado.

—Haciendo trampas, supongo. Lo que te convierte... Oh, en un ladrón.

—Este monje cree que solo tuvo suerte —dijo el monje, con tristeza.

—Deja que te recuerde qué hacemos aquí con los ladrones. —El Pequeño Guo señaló el muro de adobe de Anfeng con la cabeza—. *Eso.*

El monje miró la hilera de cabezas en picas. Abrió mucho los ojos.

—Ah. Pero este monje *es* de verdad un monje.

Entonces cayó de rodillas. Ma creyó que estaba rogando por su vida, o quizá llorando, pero entonces oyó las palabras. Estaba rezando.

—Oh, por... —dijo el Pequeño Guo. La irritación arrugaba su rostro. Echó mano a su espada, pero antes de que pudiera desenvainarla, Ma se adelantó y lo agarró por el codo.

—¡Es un monje! ¡Escucha!

El Pequeño Guo le echó una mirada venenosa y se zafó de su brazo.

—Son ventosidades lo que expulsa su boca.

—Ventosidades... ¡Es el Sutra del Corazón! —siseó Ma—. ¿Cómo es posible que no lo sepas? *Piensa,* Guo Tianxu. Si el Príncipe de la Luz es una señal de que contamos con el favor del Cielo, ¿crees que seguirá siendo así si vas por ahí ejecutando monjes?

—*Tú* conoces los sutras y no eres un monje —replicó el Pequeño Guo con desagrado.

—¡Mira su túnica! ¿Y crees que se ha marcado la cabeza por diversión?

Ambos miraron al monje, que seguía declamando. En su cabeza había una hilera de cicatrices redondas, como si alguien le hubiera colocado un salvamanteles de cuentas al rojo vivo. Su rostro juvenil estaba iluminado por la concentración y la tensión. Por un instante, Ma pensó que la tensión era miedo, hasta que sus ojos oscuros se encontraron con los de ella. Aquella mirada valiente la sorprendió. Fue entonces cuando identificó la tensión como lo que era en realidad. Era certeza, la consumidora y casi religiosa concentración de alguien que se niega a creer que el resultado puede ser otro que el que desea.

El Pequeño Guo, al observar las expresiones crédulas de los reunidos que miraban al monje, se sumió en una lucha visible: el deseo de ganar contra la preocupación por sus vidas futuras.

—De acuerdo —dijo. Ma hizo una mueca al oír su tono; el Pequeño Guo era el proverbial testarudo que no lloraría hasta ver el ataúd, y que se revolvía cuando se sentía acorralado. Se dirigió al monje—: ¿Crees que este es lugar para un inútil? Somos un ejército; aquí todos luchan. Espero que tus *votos monásticos* no te lo prohíban.

El monje dejó su oración.

—¿Y si lo hacen?

El Pequeño Guo lo observó durante un instante antes de caminar hacia el líder de unidad más cercano, tomar su espada y lanzársela al monje. Este intentó atraparla, pero enseguida cayó en el charco.

—¡Si insiste en quedarse, ponedlo en la vanguardia! —exclamó el Pequeño Guo con amarga satisfacción, y se marchó.

Aquella era su venganza, por supuesto. La vanguardia, formada por los reclutas menos valiosos, solo existía para absorber la lluvia de flechas mongolas que iniciaba cualquier confrontación. Era una muerte segura para el monje, y ni siquiera el Cielo podría culpar al Pequeño Guo de *eso*.

La multitud se dispersó, dejando al monje quitándose el barro de la ropa. Ma vio que no era más alto que ella, y tan delgado como una caña de bambú. Era extraño darse cuenta de que apenas era más que un niño; eso no encajaba con lo que había visto en él.

—Estimado monje —dijo, entregándole las riendas—, quizá la próxima vez deberías aprender a montar antes de ganar un caballo.

El monje levantó la mirada. Ma sintió una segunda sacudida. Su expresión era tan pura y luminosa que se dio cuenta de que antes se había equivocado. No había intensidad en él; ni siquiera parecía saber que había evitado una muerte para recibir otra.

—¿Es una oferta de ayuda? —le preguntó, al parecer encantado—. O... ¿Pero tú sabes montar? —Evaluó el rostro con forma de torta de Ma, y después sus grandes pies—. ¡Oh! Tú no eres nanren. Eres una de esas nómadas semu, claro que sabes.

Ma estaba sorprendida. Por supuesto, era semu: su padre había sido general del Yuan, y los generales eran mongoles o de la casta semu de nómadas esteparios y pueblos del oeste. En todo el Gran Yuan, solo había un general nanren, y todos sabían *quién* era. Así que el monje tenía razón, pero se había dado cuenta a simple vista.

La miraba con una sonrisa.

—El nombre de este humilde estudiante es Zhu, estimada maestra. Por favor, ¡enséñame!

El descaro de la petición hizo que ella se riera.

—¡Qué audaz! Vaya, son demasiados problemas. Deja que te diga algo, maestro Zhu. Toma tu caballo y márchate. ¿No te parece que así te mantendrás con vida más tiempo?

La joven negó con la cabeza, le dio al caballo una palmadita, y se alejó antes de que este intentara morderla.

A su espalda se escuchó un graznido: el monje al ser arrastrado por el caballo. Sintió una breve punzada de lástima. Ya fuera en la vanguardia de los Turbantes Rojos o vagando por la campiña llena de bandoleros, ¿qué probabilidades tenía un inocente monje de nubes y agua de sobrevivir? Pero, claro... En el conflicto de los rebeldes contra el imperio que era lo único que Ma había conocido, la supervivencia nunca estaba garantizada.

Ma se detuvo al fondo de la sala del trono del primer ministro, acunando una tetera. Como Anfeng nunca había sido capital antes de que los Turbantes

Rojos la ocuparan, no era una auténtica sala del trono… Y sin duda no se encontraba en un palacio auténtico. Cuando los rebeldes que se convertirían en los Turbantes Rojos tomaron Anfeng, hacía años, gran parte se quemó, incluyendo la residencia de su gobernador. Como resultado, el primer ministro Liu Futong dirigía el movimiento desde una casa de madera de dos plantas con varios patios, grande pero en ruinas. La sala del trono había sido en su origen el altar de los ancestros, y todavía olía a incienso y a piel de mandarina seca. Un moho blanco florecía en las paredes oscuras. En el estrado, el primer ministro estaba sentado en el más pequeño de dos tronos. Sobre el cuello deshilachado de su túnica, su barba blanca y sus ojos nerviosos le daban el aspecto paranoico y cruel de un armiño de invierno. A su lado se sentaba el Príncipe de la Luz.

En comparación con el primer ministro, la encarnación material de la luz y el fuego brillaba tan resplandeciente como una moneda recién acuñada en la mano de un mendigo: un niño pequeño de siete u ocho años y apariencia eterna, vestido con una túnica rubí que parecía brillar desde el interior. Su mirada, que llegaba hasta ellos desde atrás de las muchas ristras de cuentas de jade que colgaban de su sombrero, era luminosa; su sonrisa, tan elegante e inflexible como la de una estatua. Ma sabía que era un niño de verdad, que respiraba, pero en los muchos meses que el pequeño había pasado con los Turbantes Rojos, nunca había oído siquiera el repiqueteo de aquellas cuentas. Su semblante sereno, inmutable pero prometiendo un cambio, hacía que notara hormigas correteando por su cuero cabelludo. ¿Qué pensaría mientras estaba allí sentado? ¿O no pensaría nada y estaría vacío, solo un continente para la voluntad del Cielo? Se estremeció y la tapa de la tetera traqueteó.

Los líderes de los Turbantes Rojos se arrodillaron ante los tronos. En la primera fila, el ministro derecho Guo Zixing y el ministro izquierdo Chen Youliang mantenían posturas idénticas de respeto, con las cabezas presionadas contra el suelo. En la segunda fila estaban dos de los tres jóvenes comandantes de los Turbantes Rojos: el Pequeño Guo y su amigo íntimo, Sun Meng. El tercero, el comandante Wu, estaba ausente; había partido con la poco envidiable tarea de mantener su posición, en gradual retirada, contra el general eunuco.

La única otra ausencia era la del general Ma. A pesar de cuánto lo había llorado Ma, era una sensación abstracta. Llevaba viviendo con la familia Guo desde que tenía catorce años, y antes de su muerte, su padre apenas la saludaba al pasar, como si fueran desconocidos. Para entonces, ella ya había servido a su propósito: cimentar la alianza entre el general y el ministro derecho Guo.

—Levantaos —dijo el primer ministro, descendiendo del trono y acercándose a la mesa de arena que usaban para planificar. Indicó a Ma que sirviera el té. Cuando los otros líderes de los Turbantes Rojos se unieron a él, los examinó con una furia controlada—. Ha llegado el momento de que elijamos a nuestro nuevo general. No alguien que solo pueda ganar escaramuzas insignificantes, sino un verdadero líder que nos conduzca a nuestra victoria final sobre los hu. Y no os equivoquéis: será alguien que anteponga la misión de los Turbantes Rojos a sus propias ambiciones. El general Ma… —Cerró la boca, pero Ma se estremeció ante su dura expresión de intolerancia. Si alguna vez había tenido alguna duda, aquella expresión la eliminó: el primer ministro había entendido las discrepancias con su padre como deslealtad. Y, para castigarlo, había estado dispuesto a arriesgar todo lo que los Turbantes Rojos habían conseguido.

Los dos ministros intercambiaron una mirada hostil. No había aprecio entre Chen y Guo. En el interior de la asfixiante atmósfera de paranoia y secretos que cultivaba el primer ministro, eran dos hombres codiciosos intentando esconder sus ambiciones mientras competían por el poder. Guo era el seguidor más antiguo del primer ministro, pero ahora que su aliado, el general Ma, ya no estaba, su posición era menos segura que antes.

—Excelencia, si este siervo puede hacer una humilde sugerencia —dijo Chen—, creo que el comandante Wu tiene la capacidad necesaria.

A sus cuarenta años, Chen era casi diez años más joven que su rival. Tenía un rostro pequeño y pulcro con una profunda arruga vertical en cada mejilla que recordaba al rostro rayado de un tigre, visto demasiado de cerca. Ni su túnica ni su birrete negro de erudito ofrecían alguna ilusión de que fuera a ocupar aquel agradable puesto. Antes de unirse al primer ministro, había sido un jefe militar conocido por su brutalidad. Fue él quien tomó Anfeng, lo que era la razón por la que pocas estructuras originales (y ninguno de sus habitantes originales) permanecían allí.

—El comandante Wu lo está haciendo bien y ha demostrado ser leal, pero ni siquiera tiene veinte años —dijo Guo—. ¿Cómo podría un hombre tan joven dirigir las tropas de todo nuestro movimiento? No sería decoroso. —Como el resto de los presentes, Guo sabía que el comandante Wu era el protegido de Chen—. Excelencia, el comandante Guo es la opción más apropiada. Tiene varios años más de experiencia que Wu, e inspira devoción y entusiasmo en los hombres. Podéis confiar totalmente en sus habilidades contra los hu.

El primer ministro posó su dura mirada en el Pequeño Guo. Al parecer, el Pequeño Guo había tenido razón y el asunto se había decidido de antemano, ya que, después de un instante, el primer ministro dijo tajantemente:

—Guo Tianxu. ¿Eres tú quien nos conducirá al triunfo sobre los hu, algo en lo que fracasó el traidor general Ma?

El Pequeño Guo parecía tan satisfecho como si ya lo hubiera conseguido. Se golpeó el pecho con el puño.

—¡Lo soy!

Mientras Ma se inclinaba entre Chen y el Pequeño Guo para servir el té, vio que una emoción más ligera que la decepción titilaba en el rostro de Chen. No había esperado ganar. *Lo que significaba que su intención era otra.*

—Muy bien, general Guo —dijo el primer ministro—. Entonces demuestra que eres merecedor del título. Lleva al resto de nuestras tropas como refuerzos para que el comandante Wu mantenga su posición ante el Yuan. Nuestra estrategia debería ser la postergación; resistir sin demasiadas bajas y después retirarnos. El objetivo es asegurarnos de que la campaña termine antes de que consigan llegar a Anfeng. Recuperaremos terreno durante el verano.

Era un plan conservador. Incluso el primer ministro reconocía que el sacrificio del general Ma había debilitado su posición, sobre todo ahora que el Yuan estaba nuevamente decidido a presionar en su ataque.

—Estoy de acuerdo, excelencia —murmuró el ministro derecho Guo.

Chen se dirigió al Pequeño Guo y le dijo con tacto:

—General, comparte con nosotros tu opinión sobre la situación.

Ma vio que el Pequeño Guo abría la boca. Con temor, se dio cuenta de cuál era el plan de Chen. ¿Por qué enfrentarse al curtido y astuto ministro derecho Guo cuando podía atacar al eslabón más débil de su facción? El tonto, arrogante y ambicioso Pequeño Guo.

Apresada por el horror ante lo que iba a salir de la boca de Guo, Ma sacudió el pitorro de la tetera en su mano. Habría funcionado si una mano de hierro no le hubiera apresado la muñeca en ese mismo momento. El té cayó en la mesa y Ma se tragó un grito de dolor. Chen le apretó la muñeca hasta que sus ojos se llenaron de lágrimas.

—Querida Yingzi, si escaldas a tu futuro marido cada vez que vaya a abrir la boca, ¿cómo oiremos su valiosa aportación? —le preguntó, en voz baja y agradable.

El ministro derecho Guo aprovechó la pausa para decir rápidamente:

—Excelencia, sugiero que le demos al general Guo la oportunidad de revisar los informes de situación del comandante Wu. Después nos reuniremos de nuevo.

—Estoy seguro de que el general Guo entiende la situación a la perfección. Suplico al ministro derecho la indulgencia de oír su opinión. —Chen soltó a Ma sin mirarla de nuevo—. General, continúa, por favor.

El Pequeño Guo se hinchó de orgullo; le encantaba el sonido de su propia voz. Ma podría haber gritado. No tenía ni una pizca de sensatez. Ella se lo había *dicho*. ¿Cómo era posible que no entendiera lo que le había pasado a su padre, lo fina que era para el primer ministro la línea entre un esfuerzo razonable para tener éxito y una ambición castigable? Le dolía la muñeca, y vio la expresión arrogante de Chen.

—¿Por qué entregar hombres y territorio a los hu a cambio de nada? —replicó el Pequeño Guo—. Y, cuando hayan avanzado lo bastante para ver Anfeng, ¿de verdad se darán la vuelta y regresarán a casa, aunque el tiempo sea demasiado cálido para sus gustos? Seguramente cruzarán el Huai con la esperanza de tomar la ciudad rápidamente. ¿Por qué deberíamos dejar que ellos fijasen los términos del combate? Su siguiente obstáculo importante será el río Yao; tendremos ventaja si los desafiamos allí. ¡Seamos valientes y plantemos batalla, y yo los enviaré arrastrándose derrotados hasta su príncipe!

—Efectivamente, ¿por qué no ser valientes? —ronroneó Chen—. Si confiamos en nuestro triunfo ante los hu, ¿no deberíamos también confiar en que el Cielo otorgará la victoria a nuestro *verdadero* líder?

—Guo Tianxu —dijo el ministro derecho Guo, con expresión contenida—. Quizás un acercamiento más conservador…

—¡Conservador! —exclamó el Pequeño Guo, que no estaba de acuerdo con el dicho de que la verdad rara vez se encuentra en la voz más alta—. ¿Seremos conservadores hasta que muramos tras un millar de cortes? Por supuesto, su ejército es mayor, pero ¿no derrotó Zhuge Liang a cien mil con una fuerza de solo tres mil?

Y así era el Pequeño Guo, en resumidas cuentas. No le daba vergüenza compararse con el mejor estratega de la historia.

Un cubo debajo de una gotera del tejado tocó una melodía aleatoria mientras el agua caía. Después de un momento, el primer ministro dijo, con pesimismo:

—Si esa es tu opinión, general Guo, adelante, guíanos a la batalla en el río Yao. ¡Que el Príncipe de la Luz bendiga nuestros esfuerzos y nos traiga la victoria!

El Príncipe de la Luz los miró con su sonrisa benigna. Si conocía la voluntad del Cielo sobre el resultado de la confrontación que se avecinaba, no mostró señal alguna. Ma notó un sudor frío y ansioso. Si el Pequeño Guo no conseguía la victoria, su diferencia de opinión se convertiría en un asunto de lealtad. Y para un primer ministro para quien la lealtad lo era todo, sabía que no había posición más peligrosa.

Miró a Chen. Las comisuras de su pequeña boca estaban curvadas hacia arriba, una expresión que denotaba todo el placer de una sonrisa sin nada de su calidez.

En el interior de sus murallas, las colinas de Anfeng se ondulaban suavemente bajo los extensos campamentos de tiendas y chozas en los que vivían los hombres de los Turbantes Rojos. Lo único que quedaba de la ciudad original eran fantasmas y un puñado de mansiones de dos plantas, cuyas iluminadas ventanas superiores se elevaban de la penumbra azul como barcazas en el río por la noche. Zhu se detuvo con su caballo e inhaló profundamente el aire frío y el humo de las piras de estiércol. Había conseguido llegar a Anfeng, donde quería estar. Pero, ahora que estaba allí, veía con asombrosa claridad los peligros que la esperaban en el camino que había elegido. El peso de la espada que portaba era un recordatorio del más acuciante de esos peligros. Nunca antes había empuñado una espada. No tenía ni idea de cómo usarla y ni siquiera sabía montar a caballo, como Xu Da. Había aprendido mucho en el monasterio, pero nada de ello parecía aplicable al problema de cómo sobrevivir en el campo de batalla. La idea envió una temerosa anticipación a su interior, tan concentrada e intensa que casi parecía placer. *Siempre hay un camino,* pensó.

—Eres un monje con suerte —dijo alguien.

Zhu se giró y vio el rostro de un muchacho flotando a su lado en el crepúsculo. A pesar de estar cargado por una nariz tan grande como la estela de un templo, tenía una vivacidad calculadora. Su rostro estaba enmarcado por su cabello suelto. Como era sin duda lo bastante mayor para recogérselo como un hombre, Zhu supuso que lo llevaba así en un intento por esconder unas orejas tan grandes como su nariz.

—¿No te parece? —El muchacho le dedicó una sonrisa encantadora.

—Este monje reconoce que es un monje. ¿Y tú eres...? —replicó Zhu, divertida.

—He conocido a otros monjes falsos. Saben que la gente les dará comida. —Y, tras pensarlo, añadió—: Chang Yuchun.

—Mi joven amigo Chang Yuchun, deja que te ofrezca información privilegiada: en realidad hay muy poca comida gratis —dijo Zhu, pensando en su larga y hambrienta caminata hasta Anfeng. Inclinó la cabeza para que pudiera ver las cicatrices de su ordenación—. Este monje está deseando apostar contigo que nadie finge ser un monje más de tres días.

Yuchun inspeccionó las cicatrices con lúbrica curiosidad.

—Bueno, monje afortunado, vas a necesitar esa suerte. He oído que el Pequeño Guo te quiere tanto que te ha enviado a la vanguardia. —Echó a Zhu una mirada de arriba abajo, deteniéndose en su espada—. Supongo que no tienes ni idea de cómo usar esa cosa. Tampoco es que importe, porque vas a llevarte un flechazo en los primeros cinco minutos.

—*Hay* monjes guerreros —dijo Zhu—, aunque nunca he querido serlo hasta ahora. Pero, hermanito, ¡qué bien pareces conocer Anfeng! Por favor, dale algún consejo valioso a este monje.

Sin perder un instante, Yuchun le dijo:

—Vende el caballo.

—Es mi mejor baza —protestó Zhu—. Es mi única baza.

—*Si* sabes cabalgar. —La miró con desdén—. Eres un monje que no sabe montar, que no sabe luchar, y que no quiere vender su caballo. ¿Sabes hacer *algo*?

—Este monje sabe rezar. La gente dice que a veces es útil. —Comenzó a caminar, tirando del caballo—. ¿Por aquí se va a la vanguardia?

—¡Cuidado! —El muchacho la desvió alrededor de un bache—. Oye, monje afortunado, este es mi consejo de verdad: márchate. ¿Crees que una oración puede detener a una flecha hu?

—¿Por qué no dejáis de decirme que me *marche*? No hay nada para este monje ahí fuera.

Hablaba despreocupadamente, pero ante la idea de abandonar Anfeng sintió una oleada de fría nada, tan fugaz como el roce de la sombra de un halcón. Fueran cuales fueren las incertidumbres y los desafíos de su camino, solo habría un final.

—¿Qué crees que conseguirás si te quedas? De todos modos, la vanguardia está por allí. —Yuchun señaló un grupo de hogueras en un claro—. Pero yo me marcho por aquí. Nos vemos, monje afortunado.

Zhu continuó caminando, disfrutando de su anticipación. Solo había avanzado un pequeño trecho cuando vio un destello por el rabillo del ojo. El caballo se encabritó, rápido como una serpiente.

—¡Culo de tortuga! —Yuchun esquivó el caballo y la abordó—. ¡Devuélvemelo!

—¿Qué...? —El monedero, lanzado con cierta fuerza, le golpeó el pecho—. ¡Ay!

—¿Y por qué te ha dolido? —le espetó—. Porque está *lleno de putas piedras*.

—Y eso es culpa de este monje porque...

—¡Porque he terminado con *un monedero lleno de piedras* y el mío ha desaparecido!

Zhu no pudo evitarlo. Se rio. Los chicos de esa edad se tomaban a sí mismos demasiado en serio. Era peor en aquellos que tenían que sobrevivir por su propio ingenio y creían que el mundo era su bufón. Las risas de Zhu enfadaron a Yuchun aún más.

—¡Eres falso! Los monjes no se ríen y no roban. Lo *sabía*.

—No, no. —Zhu controló su sonrisa—. Este monje es de verdad un monje. Quizá debas conocer a algunos más para saber cómo somos en realidad. —Sacó su monedero del interior de su túnica y lo examinó—. ¡Vaya, hermanito! Esto es impresionante. —Además de las monedas de cobre y de los casi inútiles billetes, había seis taeles de plata—. ¿Cómo te han tolerado tanto tiempo, robando estas cantidades?

—¿Crees que vivirás lo suficiente para contárselo a alguien? —Yuchun frunció el ceño—. Devuélvemelo.

—¿Vas a apuñalarme? —le preguntó Zhu con interés.

—¡Debería! ¿Y si le dices a todo el mundo que soy un ladrón?

—Todo el mundo sabe ya que eres un ladrón. —Por un momento, Zhu dejó de jugar y le mostró su ser más profundo. Yuchun parpadeó, incómodo, y apartó la mirada—. No les preocupa que un niño se lleve un par de monedas de vez en cuando. Pero tú ya no eres un niño. Pronto, un día, robarás algo. Seguramente ni siquiera será algo importante. Pero será por eso por lo que te matarán, y tu cabeza acabará en el muro.

Hubo un destello de miedo en el rostro de Yuchun, que enmascaró rápidamente. Le arrebató el monedero.

—¡Hablas de mi destino como si fueras adivino! ¿Por qué debería creer a un inútil con cerebro de arroz como tú? Ahórrate tu preocupación para ti mismo. Eres tú quien irá a la *vanguardia*. —Con una mueca, echó a Zhu una mirada calculadora—. Pero, monje, ¿no crees que necesitas a alguien que te enseñe a desenvolverte? Casi te has roto una pierna solo caminando por la calle. Si sigues así, ¿crees que conseguirás llegar al campo de batalla?

—¿Te estás ofreciendo? —le preguntó. Le gustaba el oportunismo y el espíritu desafiante del chico, e incluso su rostro feo. Le recordaba a ella.

—Te costará el caballo. —Y añadió—: Me lo cobraré cuando hayas muerto.

—Esa es la oferta más generosa que este monje ha recibido en todo el día. —La calle se había oscurecido; a lo lejos, la llamaban las fogatas de la vanguardia. Sonrió—. Bueno, hermanito. ¿Por qué no empiezas ayudando a este monje a encontrar el sitio al que tiene que ir?

Zhu siguió a Yuchun a través del abarrotado laberinto de tiendas y fogatas en el claro. Cada pocos pasos, tenía que rodear un montón de basura o esquivar a un grupo de hombres apostando con grillos. Sus sentidos sufrían por el hedor y el ruido. Recordó que los centenares de monjes del monasterio lo habían hecho parecer una ciudad. Aquello era cien veces eso. Nunca había visto a tanta gente en un mismo lugar.

La ciudad de tiendas de repente se abrió a un claro en cuyo centro se había instalado una plataforma elevada. Iluminada por antorchas en sus límites, flotaba en la oscuridad como un barco iluminado sobre el mar de hombres que se empujaban debajo.

—¿Qué está pasando?

—La ceremonia de bendición —dijo Yuchun—. Comenzará pronto. ¿No quieres que el Príncipe de la Luz te bendiga antes de partir hacia una muerte segura? Deberías ponerte en primera fila.

Zhu, mirando el gentío del que dependía su futuro, vio a un grupo diverso de recios y jóvenes campesinos con armaduras birladas y los característicos trapos rojos del movimiento en la cabeza. En una tierra donde no había oportunidades para los que poseían sangre nanren, un movimiento rebelde atraía a mucha gente. Pero Zhu recordó el rostro hermoso y frío del general eunuco, y sus soldados inundando el monasterio con sus idénticas armaduras oscuras, y sintió un escalofrío.

El Río del Cielo se alzaba sobre sus cabezas, amenazando con aplastarlos contra la piel de la tierra con su inmensidad. Los tambores sonaban tan fuertes que Zhu tenía la sensación de que intentaban obligar a su corazón a que latiera a su ritmo. Se reunió más gente, y los hombres comenzaron a aullar y a gritar. Y después, por fin, una figura vestida de rojo apareció en el escenario. Su pequeño tamaño hacía que pareciera que estaba muy lejos, como si se cerniera en algún lugar entre el Cielo y la tierra. Un niño.

El Príncipe de la Luz avanzó. Portaba una sonrisa serena y tenía las manos extendidas con benevolencia. Sobre su cabeza, el viento golpeaba y agitaba las banderas contra sus astas. Los gritos de los hombres adquirieron un nuevo tono.

Y entonces, de repente, el niño mostró una llama en su mano. A Zhu se le erizó la piel, sorprendida. El niño no había señalado, ni hecho ningún otro movimiento. La llama solo había *aparecido.* Una llama roja, tan escalofriantemente luminosa como una luna de sangre. Cuando la multitud bramó, la llama creció. Subió por el brazo del Príncipe de la Luz y por sus hombros y sobre su coronilla, hasta que él se detuvo ante ellos envuelto en un profundo fuego rojo que, en lugar de repeler la oscuridad, la convirtió en algo tan exuberante como el azabache.

Zhu se quedó paralizada y sobrecogida. *El Mandato del Cielo.* Como todos los demás, conocía las historias sobre la luz divina del emperador, la manifestación física del derecho a gobernar concedida por el Hijo del Cielo. La luz de los gobernantes mongoles ardía azul; era por eso por lo que la bandera del Gran Yuan era de ese color. Los monjes de nubes y agua que pasaban por el monasterio le habían hablado a veces de Dadu, la capital que los mongoles llamaban Khanbaliq, en la que el emperador había invocado la luz azul con un chasqueo de sus dedos durante sus primeros días de gobierno. Zhu nunca había tenido la intención de abandonar el monasterio y sabía que, de todos modos, el emperador ya no mostraba su poder en público, así que nunca había esperado ver el Mandato en persona. Pero allí estaba, la llama roja como el sol poniente, del color de los desaparecidos emperadores de la dinastía Song, los últimos que gobernaron antes de que llegaran los bárbaros.

De repente, tenía sentido que los rebeldes hubieran elegido el color rojo, y por qué se habían llamado así. Zhu levantó los ojos para mirar la resplandeciente figura y sintió un hormigueo sobre la capa superior de su piel, como en respuesta al aire cargado antes de una tormenta. El Príncipe de la Luz anunciaba un cambio. Su deseo la apresó, tan fuerte y caliente como había sido cuando la expulsaron del monasterio. *Aquí es donde comienza.*

—No te dejes impresionar —le gritó Yuchun en la oreja—. Es solo una luz; no sirve de nada.

—Entonces, ¿por qué está todo el mundo tan excitado? —replicó Zhu. Pero, a pesar del cinismo de Yuchun, creía que lo comprendía. Ver el poder del Cielo la llenaba de una energía salvaje que parecía el viento en su espalda mientras corría tan rápido como podía hacia el futuro.

La primera fila empujó hacia delante, extendiendo las manos hacia la luz roja.

—Si tocas la luz, obtienes la bendición. Aunque todos mueren, de todos modos. Yo lo he visto. —Una segunda figura subió al escenario—. Ese es el primer ministro.

Cuando el primer ministro se acercó, el Príncipe de la Luz extendió la mano e hizo que las llamas se arquearan entre ellos. El fuego cubrió los hombros del primer ministro, y cuando este levantó los brazos se derramó sobre los reunidos como si fuera líquido.

—Sed testigos del Mandato del Cielo que corrió por la sangre de nuestros últimos emperadores. La luz que extinguirá la oscuridad de los hu... ¡La luz de la nueva era del Príncipe de la Luz! —exclamó, y los hombres se rieron y lloraron histéricamente en respuesta. Eran jóvenes; no creían que pudieran morir. Y mientras estaban allí, bajo aquella mágica luz roja, por un momento pareció imposible.

Mientras Zhu observaba el regocijo de los reunidos, se descubrió dudando. Supuestamente, el Mandato del Príncipe de la Luz significaba que el Gran Yuan *por fin* caería. Pero Zhu era un monje; había leído las historias dinásticas. La historia se retorcía y enroscaba como una serpiente. ¿Cómo podrías saber en qué dirección giraría a continuación? No había nada en el Mandato que prometiera a los rebeldes aquella victoria concreta... De hecho, ninguna victoria en absoluto.

Y solo ella, de entre toda la multitud, sabía a qué se enfrentaban exactamente. A *quién* se enfrentaban. A través de la extraña conexión que había sentido con el general eunuco del Yuan, había visto bajo la máscara tallada en jade su vergüenza, su odio a sí mismo y su ira. Tenía el corazón herido, y eso lo convertía en un oponente más peligroso de lo que ellos creían. Acababa de derrotar al líder más experimentado de los Turbantes

Rojos, y ahora estaría decidido a hacer con los rebeldes lo que había hecho con el monasterio de Wuhuang.

Y eso, pensó Zhu con tristeza, sería inoportuno. En momentos como aquel, el único camino a la grandeza era el ejército, y los Turbantes Rojos eran la única milicia que tenía cerca. Sin ellos, Zhu no sería nada.

7

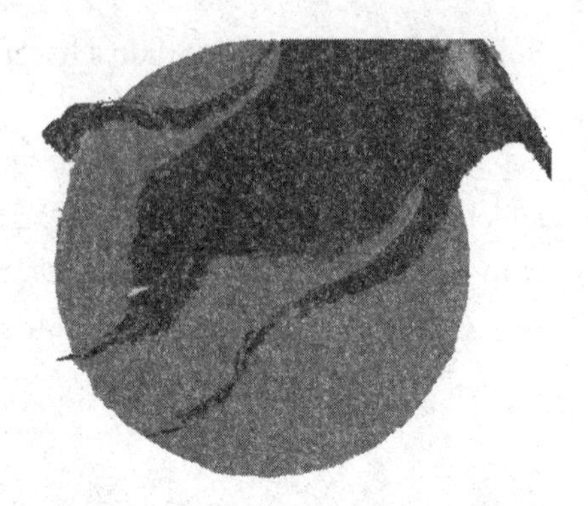

RÍO YAO

Zhu se sentó con Yuchun, el ladrón, ante el pequeño fuego para cocinar que había delante de la tienda que compartía con los cuatro miembros de su escuadrón. Por una vez no estaba lloviendo, así que era el primer día seco en dos semanas seguidas. Primero había llovido durante toda la marcha de una semana desde Anfeng al río Yao, y después había llovido durante otra miserable semana mientras esperaban en el Yao la llegada del ejército del Yuan. Ahora que por fin *había* llegado al otro lado del Yao, Zhu deseó seguir esperando. A pesar de su desconcierto sobre el enfrentamiento que se avecinaba, todavía tenía que encontrar una solución a ambas partes de su problema: su inmediata supervivencia en la vanguardia y la probable aniquilación de los Turbantes Rojos a manos del general eunuco del Yuan. Era frustrante, pero las medias medidas serían inútiles: si resolvía una parte sin la otra, terminaría muerta o sin un ejército y sin camino a la grandeza, lo que al final sería lo mismo. *Tenía* que haber una solución, pero hasta entonces su pensamiento cíclico solo le había provocado un dolor de cabeza y una funesta sensación de creciente temor.

Zhu removió el burbujeante cazo de alubias amarillas que tenían al fuego. Como era el miembro más reciente del escuadrón, la habían puesto a cargo de convertir sus escasas raciones en algo comestible. Yuchun, que no era miembro de los Turbantes Rojos y no recibía raciones, les alquilaba el cazo (seguramente robado) a cambio de un cuenco de lo que cocinaran en él. Humo y alubias almidonadas: era el olor de una vida de la que creía haber escapado para siempre.

—Solo nos falta un lagarto —dijo con ironía.

Yuchun la miró con asco.

—Argh, ¿para qué?

—Ah, hermanito, no has debido pasar mucha hambre. Eres afortunado.

—¡Afortunado, ja! Soy lo bastante listo para evitar ponerme en una situación en la que tenga que comerme un *lagarto* para sobrevivir —dijo Yuchun—. No me digas que sabe a pollo.

—¿Cómo podría saberlo este monje? —señaló Zhu—. No hay pollos en las hambrunas, y los monjes son vegetarianos.

—El cerdo es mejor —dijo Yuchun—. Pero no les digas a mis ancestros que he dicho eso; eran hui. —El rechazo que los hui mostraban hacia el cerdo por motivos religiosos los convertía en una rareza en el sur obsesionado con su carne—. ¿Sabes? Creo que podría permitirme un cerdo, o tres. ¿Qué te parece, monje afortunado? Cuando los Yuan os maten mañana a todos, ¿debería llevarme tu caballo a la costa y abrir allí un restaurante?

—Si ese es tu plan, deberías ser tú quien cocinase —le dijo Zhu. Probó una alubia e hizo una mueca—. ¿Crees que perderemos?

—Espero que perdáis —la corrigió—. A los soldados del Yuan no les interesan vuestras cosas cutres, y eso significa que me las llevaré yo. La otra opción no es tan buena.

—Así es —dijo Zhu, en voz baja. A pesar de la ansiosa anticipación que la llegada del Yuan había producido en casi todos los miembros del campamento de los Turbantes Rojos, ella cada vez estaba más segura del resultado que los esperaba si no intervenía.

El Yao, que corría de norte a sur, se vertía en el gran sistema de lagos represados del río Huai, más grande, que corría de este a oeste. Juntos, los dos ríos formaban un ángulo protector a lo largo de los accesos norte y este de Anfeng. Un puente de piedra de la era Tang salvaba el Yao bajando el río desde el dique. Bajo el puente, el Yao se extendía y se convertía en el delta pantanoso donde se unía con el Huai. Como el Yao era demasiado ancho para que un ejército lo cruzara río abajo, y el lago estaba subiendo la corriente, el puente era el único modo en el que el ejército del Yuan podía cruzar. Los Turbantes Rojos habían llegado primero y tomaron el control de la cabeza del puente, así que tenían ventaja. Pero, al mirar la oscura orilla opuesta, Zhu vio el pálido humo de las fogatas del Yuan alzándose como líneas de texto en una lápida. Allí estaría el general eunuco, quizá mirando en su dirección. Y algo le decía que, en lugar de esperar la batalla como los jóvenes Turbantes Rojos, estaba sintiendo la misma fría certeza que ella de que aquello terminaría a su favor.

—Las alubias tardarán seguramente otra hora. Quizá podrías echarles un ojo mientras este monje va a rezar —dijo Zhu, usando su excusa habitual para alejarse del campamento y buscar un poco de intimidad para hacer sus necesidades. En los últimos años que había pasado en el monasterio había tenido su propia habitación, y apenas había tenido que pensar en sus diferencias físicas. Ahora, obligada a encontrar un modo de mantener esas diferencias ocultas, odiaba tanto la molestia como el recordatorio del destino que la esperaba si no alcanzaba la grandeza.

Yuchun tomó el palo para remover el cazo de mala gana. A pesar de su perenne presencia en el escuadrón, se consideraba un visitante y odiaba que le mandaran hacer tareas domésticas.

—Si algún hu está rezando para que su flecha te hiera, y tú rezas con la misma fuerza para que no lo haga, ¿no crees que ambos rezos se cancelarán?

Zhu levantó las cejas.

—¿Y entonces qué ocurrirá?

—Que te golpeará la flecha de otro —dijo Yuchun con rapidez.

—Si ese es el caso, entonces este monje rezará para que no lo hiera *ninguna* flecha. Ni espada. Ni lanza. —Hizo una pausa—. ¿De qué otro modo se puede morir en batalla?

—Ja, ¿crees que puedes encontrar un argumento que el Cielo no pueda disputar? —le preguntó Yuchun—. No podrás esquivar tu destino rezando, monje.

Zhu se marchó, intentando despojarse de la oscuridad del comentario de Yuchun. Ella era Zhu Chongba e iba a alcanzar la grandeza, y en lo único en lo que tenía que concentrarse en aquel momento era en hacer que ocurriera. Salió del campamento, se alivió y después siguió la ribera hacia el dique y subió hasta el lago.

Desde la vertiginosa pendiente al otro lado del lago, un campo de enormes estatuas de bodhisattvas, cada una de ellas con tres veces la altura de un hombre, clavó en ella su serena mirada. *El Cielo me está mirando*, pensó Zhu, inquieta. Según una leyenda local, las estatuas habían pertenecido a un antiguo templo que se deslizó colina abajo en un corrimiento de tierras y se hundió en las profundidades del lago, donde se convirtió en el hogar de zorros y otros espíritus inhumanos. Zhu, que nunca había visto un espíritu que no fuera humano, siempre había tenido dudas sobre su existencia. Pero había algo en aquella superficie oscura e inmóvil que hacía que la idea fuera menos imposible.

Se sentó con las piernas cruzadas sobre el terreno mojado y pensó de nuevo en su problema. La mejor solución sería una que evitara que los dos ejércitos se encontraran. Quizá, si pudiera destruir el puente... Pero era más fácil decirlo que hacerlo. Sería necesario un terremoto para echar abajo un puente de piedra Tang, y aquel seguramente había sobrevivido cinco siglos. ¿Qué podría ella hacer contra él?

Miró las estatuas lejanas. Por primera vez, se dio cuenta de que estaban inclinadas hacia adelante, como si intentaran entregar un mensaje importante. ¿Habían estado así el día anterior? Mientras lo pensaba, fue consciente de algo más: un murmullo profundo en el interior de la tierra, tan grave que era más una sensación que un sonido, como si los huesos de la tierra chirriaran. Y cuando se dio cuenta de qué era aquel sonido, su mente se aquietó con el terrible alivio de haber encontrado la solución.

Todos aquellos años había hecho todo lo posible por esquivar la atención del Cielo, por miedo a que la descubriera viviendo la vida de Zhu Chongba. Sentirse segura era sentirse escondida, como si fuera un cangrejo en el interior de un caparazón prestado. Pero aquello había sido en el pequeño y ordenado mundo del monasterio. En ese momento fue consciente, terriblemente consciente, de que alcanzar la grandeza en el mundo exterior estaba más allá del control de las personas. Le sería imposible conseguirlo sin la voluntad del Cielo. Para tener éxito, tenía que clamar al Cielo y conseguir que respondiera, no a ella, sino a *Zhu Chongba*, la persona destinada a la grandeza.

Apenas podía respirar. Atrayendo deliberadamente la atención del Cielo, lo arriesgaría todo. Había vivido mucho tiempo como Zhu Chongba, haciendo todo lo posible por no reconocer sus diferencias ni siquiera ante sí misma, pero ahora tenía que ser él. Tenía que creerlo tan profundamente que, cuando el Cielo la mirara, solo viera a una persona. Un destino.

Sería la mayor apuesta de su vida. Pero si quería grandeza… iba a tener que ponerse en pie y reclamarla.

Como el Cielo estaba muy lejos, necesitaba cierto equipo para atraer su atención. Siguiendo las instrucciones de Yuchun, Zhu condujo su caballo hasta el extremo opuesto del campamento, donde tenían sus tiendas los Turbantes Rojos más veteranos. Al final, le fue fácil encontrar a quien estaba buscando. Fuera de una tienda, habían colocado un montón de cubos que goteaban y caían unos sobre otros. Para sorpresa de Zhu, sobre uno de los cubos había una caja abierta de la que caía una cuenta que bajaba por un alambre hasta un montón de otras cuencas. Era un reloj de agua. Aunque había leído sobre tales instrumentos, nunca antes había visto uno. Parecía mágico.

El propietario del reloj salió y frunció el ceño al verla. Jiao Yu, el ingeniero de los Turbantes Rojos, tenía la barba rala de un erudito confuciano y la expresión crítica de quien se cree rodeado de idiotas.

—¿Eres un monje de verdad? —le preguntó con hosquedad.

—¿Por qué todo el mundo me pregunta lo mismo?

—Supongo que asumen que los monjes hacen algún tipo de voto monástico que les impide matar —dijo Jiao, pasando junto a ella—. Tú llevas una espada.

—Fue el general Guo quien obligó a este monje a tomarla —dijo Zhu, siguiendo a Jiao mientras trasteaba en una carreta tirada por un burro y llena de trozos de madera y metal—. Dijo que, si no lo hacía, pondría mi cabeza en el muro.

—Suena propio del general Guo —gruñó Jiao—. Ha hecho cosas más estúpidas que decapitar a un monje. Como traernos aquí para que nos enfrentemos directamente a un ejército hu que es el doble de grande y cinco veces mejor que nosotros.

—Todos los demás parecen creer que mañana ganaremos —observó Zhu.

—Todos los demás son unos idiotas de ojos blancos —dijo Jiao sucintamente—. Contar con el Mandato está muy bien, pero cuando se trata de asuntos prácticos, preferiría poner mi confianza en una buena estrategia y en la ventaja numérica en lugar de en la posibilidad de que el Cielo nos envíe un milagro.

Zhu se rio.

—Es una pena que no tengamos más pensadores prácticos en nuestras filas. Bueno, ingeniero Jiao, si estás preocupado por lo de mañana, tengo una oferta para ti. ¿No crees que tus posibilidades de sobrevivir serían mejores si tuvieras un caballo a mano? Supongo que estarás aquí, en el campamento, mientras los cerebros de arroz como yo salimos en la vanguardia. Pero si el Yuan vence... —Zhu levantó las cejas—, necesitarás una estrategia de huida.

Jiao entornó los ojos. Zhu lo había leído correctamente: no tenía intención de estar allí al día siguiente, cuando todo se viniera abajo a su alrededor. Miró el caballo, antes de echarle una segunda mirada más larga.

—¿Dónde has encontrado a un caballo de guerra hu?

—Estoy seguro de que a él le dará igual dirigirse a la batalla o alejarse de ella —dijo Zhu—. No sé montar. Pero me parece que tú eres un hombre educado y seguramente de una buena familia, así que estoy seguro de que sabes. No obstante, necesito que hagas algo a cambio por mí.

Cuando oyó las indicaciones de Zhu, Jiao se rio con sorna.

—Justo el tipo de cosa inútil que pediría un monje. Puedo hacerlo. Pero ¿estás seguro de que eso es lo que quieres? Yo, en tu lugar, preferiría un arma.

—Ya tengo una espada que no sé usar —dijo Zhu. Le entregó las riendas del caballo—. Pero, si hay una cosa que los monjes saben hacer, es rezar para que el Cielo los oiga.

Mientras se alejaba, oyó la voz arrogante de Yuchun en su cabeza: *No podrás esquivar tu destino rezando.*

Pero quizá, pensó con tristeza, podría rezar para reclamar otro.

Cuando los hombres de Ouyang terminaron de montar su campamento, estaba oscuro. El general se reunió con Esen en su ger y juntos cabalgaron hasta la cabeza del puente para examinar a sus oponentes. En la orilla opuesta, las fogatas de los Turbantes Rojos ardían en largas hileras sobre las colinas, como fuegos fatuos. La luz de ambos campamentos se reflejaba en las nubes y plateaba las crestas de las agitadas aguas negras bajo el puente.

—Así que esto es lo que le gusta a su nuevo general —dijo Esen—. La confrontación directa. Todo o nada. —Su boca nunca se movía demasiado cuando sonreía, pero unas diminutas lunas crecientes aparecieron a cada lado. Por alguna razón, Ouyang siempre las notaba—. Ese hombre es como yo.

—No te insultes —replicó Ouyang, que ya había recibido información sobre la persona en cuestión—. Su principal cualificación es ser hijo del llamado ministro derecho. Se llama Guo Tianxu; tiene veintidós años y, según todos los informes, es un idiota arrogante.

—Ah, bueno, en ese caso… —dijo Esen, riéndose—. Pero tiene cerebro suficiente para haber elegido este punto para el enfrentamiento. Es una buena posición para ellos. Obligándonos a cruzar el puente, perderemos la ventaja numérica y de la caballería. No los derrotaremos en un día, eso está claro.

—Ganaríamos, aunque lo hiciéramos así —afirmó Ouyang. Ante ellos, los arcos de piedra pálida del puente parecían flotar en la oscuridad, dando la impresión de continuar para siempre. Incluso una persona de mente práctica como Ouyang reconocía que era uno de los mayores logros de la dinastía nativa que había desaparecido hacía mucho. Un lento hormigueo subió y bajó por su columna. Quizá su sangre nanren reconociera la historia de aquel lugar. Se preguntó si lo habría cruzado en una vida pasada, o si incluso lo habría construido con sus propias manos. Era tentador pensar que sus vidas pasadas debieron ser mejores que aquella, pero suponía que eso no era cierto; debió hacer algo en ellas para ganarse aquella vida, aquel destino.

—Entonces, ¿irás por el otro lado?

—Si mi señor está de acuerdo. —Pensar en el puente había hecho que Ouyang perdiera su último y tibio entusiasmo por el tipo de encuentro prolongado que querían los rebeldes—. Los exploradores han encontrado una sección firme de orilla a una docena de li río abajo. Deberíamos poder enviar a un par de batallones sin convertirlo en un lodazal.

Los Turbantes Rojos sin duda creían que el Yao era imposible de cruzar más abajo. Era ancho, y tan profundo como un hombre en el centro. Pero los rebeldes eran nanren; procedían de pueblos sedentarios. Si tuvieran mongoles entre los suyos habrían sabido que cualquier río es franqueable con la suficiente determinación. O con la suficiente despreocupación sobre cuántos reclutas se perderán en el esfuerzo.

—Las condiciones no son las ideales —dijo Esen, refiriéndose a las lluvias que habían hecho que el río corriera más alto y rápido—. ¿Cuánto tiempo tardarán en cruzar y ocupar su posición las tropas que crucen el río?

Ouyang lo consideró. De no haber sido por la lluvia, habría hecho que los hombres cruzaran por la noche.

—Ordenaré que comiencen a cruzar con la primera luz; de lo contrario, las bajas no compensarían. Podrían estar posicionados al inicio de la hora de la Serpiente. —A medio camino entre el alba y el mediodía—. Para entonces, ya estaremos luchando, pero el enfrentamiento no durará mucho más.

—Sabes que no me importa un poco de mano a mano —dijo Esen. Se subestimaba; le encantaba la batalla. Entornó los ojos—. Nos divertiremos hasta que las tropas de flanqueo hayan terminado de cruzar el río, y entonces los aniquilaremos. Ah, ¡es casi una pena que vaya a terminar tan rápido! Será mejor que disfrutemos de cada momento.

Aunque los rasgos de Esen eran tan suaves y constantes como los de una escultura, sus pasiones eran demasiado intensas para la serenidad. Ouyang siempre sentía una punzada al verlo así: resplandeciente por la anticipación del placer, inundado por la sangre de sus ancestros, guerreros esteparios. Había una pizca de pureza en ello que Ouyang envidiaba. Nunca había sido capaz de vivir un momento de placer tan sencillo y puro como los de Esen. Solo saber que sería fugaz, que cualquier momento se vería despojado de su dulzura y viveza cuando se convirtiera en un recuerdo, hacía que fuera agridulce para él incluso mientras ocurría.

Sintiendo una puñalada bajo el esternón, dijo:

—Sí, mi señor.

Los comandantes despertaron a Zhu y al resto de los Turbantes Rojos antes del amanecer con la orden de colocarse en posición en la cabeza del puente. El muchacho, Yuchun, ya había desaparecido sin una palabra de despedida, y Zhu asumía que Jiao había hecho lo mismo. A pesar de la fe de los hombres en el Príncipe de la Luz y en su Mandato, la excitación del día anterior se había atenuado hasta convertirse en una ansiosa anticipación. Frente a ellos, el arco del puente se elevaba sobre el agua negra y caía en la oscuridad.

Zhu esperó; el vaho de su respiración se estremecía ante ella. La luz pálida del invierno reptó hacia el cielo sobre el alto lago e hizo retroceder la oscuridad al otro lado del puente. La entrada opuesta apareció, y detrás, hilera tras hilera de soldados. Con cada instante, la luz se incrementaba y otra hilera emergía tras la última, hasta que toda la orilla estuvo cubierta por filas idénticas de hombres con armaduras oscuras.

Ante el descomunal ejército, una figura esperaba a caballo. Su armadura se tragaba la luz, que solo resplandecía en sus abruptos bordes. Sus trenzas retorcidas eran como las alas abiertas de una polilla. Y tras él, los fantasmas, interponiéndose entre su cuerpo y la vanguardia como un ejército de muertos. *El general eunuco.*

Una vibración de conexión atravesó a Zhu con tanta claridad que el dolor la hizo contener el aliento. Después, tambaleándose, apartó el dolor y la conexión con una oleada de rabia. Ella no era como él. No lo era en ese momento y no lo sería nunca, porque ella era Zhu Chongba.

Los otros Turbantes Rojos, que en sus encuentros previos siempre se habían retirado para sobrevivir y seguir luchando otro día, se dieron cuenta de repente de que estaban a punto de adentrarse en una batalla que se prolongaría hasta que un bando ganara. Y, en ese instante, al ver el ejército del Yuan, supieron que no serían ellos.

Zhu notó el momento en el que se rompió su confianza. Mientras un gemido atravesaba a los hombres que la rodeaban, levantó la mirada hacia el lago, donde los rostros sombríos y sonrientes de las estatuas de los bodhisattvas miraban a los dos ejércitos. Entonces atravesó las filas de su lado y subió al puente.

Se oyó un único aullido truncado, del capitán de su unidad. El frío de la piedra atravesó sus sandalias de paja. Notó el peso amarrado a su espalda, y el leve y penetrante dolor en sus pulmones y fosas nasales al inhalar el aire frío. El silencio parecía frágil. O tal vez era ella la que era frágil, suspendida en la pausa. Cada paso era una prueba para su valor para ser Zhu Chongba, y para su deseo de ese destino de grandeza. *Lo quiero,* pensó, y la fuerza de su deseo bombeó su sangre con tanta fuerza que le pareció un milagro que la nariz no le sangrara. La presión aumentó, casi insoportable, aplastando sus miedos y sus dudas hasta hacerlos pequeños y tan calientes que prendieron en una fe pura y abrasadora. *Soy Zhu Chongba, y la grandeza es mi destino.*

Llegó al centro del puente y se sentó. Después, cerró los ojos y comenzó a rezar.

Su voz se elevó sobre ella con claridad. Las palabras conocidas se reunieron en una panoplia de ecos, hasta que resonó como un millar de monjes cantando. Mientras las capas se construían, sintió un extraño escalofrío en el aire que era como el miedo manifestado fuera del cuerpo. Se le puso de gallina la piel de los brazos.

Había pedido, y el Cielo estaba escuchando.

Se levantó y se descolgó el gong de la espalda. Lo golpeó y el sonido resonó en el alto lago. ¿Estaban las estatuas inclinándose hacia ella para oírlo?

—¡Alabad al Príncipe de la Luz! —gritó, y golpeó el gong por segunda vez—. ¡Que su reinado sea de diez mil años!

La tercera vez que golpeó el gong, los Turbantes Rojos salieron de su estupor. Bramaron y apisonaron la tierra como habían hecho ante el propio Príncipe de la Luz, con tanta fuerza que el puente tembló y el barranco bramó en respuesta.

La única respuesta del general eunuco fue elevar el brazo. A su espalda, los arqueros del Yuan extrajeron sus arcos. Zhu lo vio como si fuera un sueño. En su interior solo estaba el resplandor perfecto y sin adornos de la fe y el deseo. *El deseo es la causa de todo sufrimiento.* Cuanto mayor era el deseo, mayor era el sufrimiento, y ella deseaba la grandeza. Con toda su voluntad, dirigió esa idea al Cielo y a las estatuas que los observaban: *Soportaré todo el sufrimiento que sea necesario.*

Como en respuesta, el temblor del aire se hizo más denso. Los Turbantes Rojos se quedaron en silencio, y los hombres del Yuan se movieron y sus flechas preparadas temblaron como un bosque en la brisa.

Y entonces la ladera bajo las estatuas cedió, cargada por el agua de las abundantes lluvias, desestabilizada por las vibraciones de las pisadas y de los gritos de alabanza de los Turbantes Rojos y liberada por el Cielo en respuesta a la petición de Zhu Chongba. Con un largo y suave estruendo, los árboles, las rocas, las estatuas y la tierra se deslizaron sobre el lago igual que el antiguo templo había hecho. Las aguas negras se cerraron sobre todo ello y se detuvieron. Y, por un momento, no ocurrió nada.

La primera persona en darse cuenta emitió un grito estrangulado. La escala era tan enorme que parecía estar ocurriendo con lentitud: la superficie del lago estaba elevándose como una gran ola negra, en apariencia inmóvil excepto por el hecho de que el cielo sobre ella estaba reduciéndose y perdiendo su luz a medida que el agua trepaba entre los estrechos confines de la ladera cortada y de la escarpada colina al otro lado. Su sombra fría cayó sobre ellos y Zhu oyó su sonido: un rugido de pura y elemental ira que hizo temblar el suelo mientras la ola inundaba la presa, se alzaba y rompía.

Por un instante suspendido en el tiempo, mientras el rugido del agua borraba el resto de los sonidos del mundo, Ouyang y el monje se miraron el uno al otro. Ouyang sintió un dolor lacerante, una vibración que lo paralizó en el sitio, como una lanza temblando en un cadáver. *Terror,* pensó como desde lejos. Fue un puro terror sin filtro lo que sintió al darse cuenta de lo que el monje había hecho, y con una agonizante vergüenza, supo que el monje podía ver hasta el último atisbo de él en su rostro.

Con un gemido contenido, se liberó de la sensación, hizo girar a su caballo y *corrió.*

A cada lado, sus hombres huían para salvar sus vidas, alejándose de la orilla mientras la enorme ola bajaba retumbando desde el lago. Ouyang y su caballo subieron con dificultad la revuelta pendiente. En la cima, se giró. Incluso teniendo cierta idea de qué esperar, durante mucho tiempo solo pudo mirar con estupefacción. La destrucción había sido absoluta. Donde antes había un puente, ahora no había más que una corriente marrón dos veces más alta de lo que había sido la ribera. Río abajo, diez mil miembros de la infantería y la caballería de Ouyang habían estado cruzando ese mismo río o reunidos en el terreno bajo esperando su turno. Ahora, lo supo sin duda, estaban muertos.

Desprecio, vergüenza e ira lo atravesaron como una creciente serie de temperaturas internas. La ira, cuando por fin llegó, fue un alivio. Era la emoción más limpia y caliente; lo abrasó, despojándolo de todo lo demás que pudiera haber quedado.

Seguía mirando el río cuando Shao se acercó a caballo.

—General. Aquí la situación está bajo control. Con respecto a los demás… —Su rostro, bajo su casco, estaba pálido—. Podría haber algunos supervivientes, los que consiguieran llegar al otro lado antes del corrimiento de tierras.

—¿Qué podríamos hacer ahora por ellos? El puente ha desaparecido —replicó Ouyang con brusquedad—. Será mejor que se ahoguen y se lleven sus caballos y sus armas con ellos antes de que los rebeldes los encuentren.

La pérdida de diez mil hombres en un instante era la peor derrota que el ejército del príncipe de Henan había sufrido en toda una generación, o más. La mente de Ouyang se adelantó al asombro y a la decepción de Esen, y a la furia del príncipe de Henan. Pero, en lugar de producirle inquietud, el ejercicio hizo que su propia furia ardiera más fuerte. Le había dicho al abad del monasterio de Wuhuang que su destino era tan horrible que nada podría empeorar su futuro; y aunque ese era el mayor fracaso de su carrera y sabía que sería castigado por ello, lo que había dicho seguía siendo cierto.

Emitió un sonido involuntario, más parecido a un gruñido que a una carcajada. Mientras giraba su caballo, dijo con los dientes apretados:

—Tengo que encontrar al señor Esen. Reúne a los comandantes y da la orden de retirada.

8

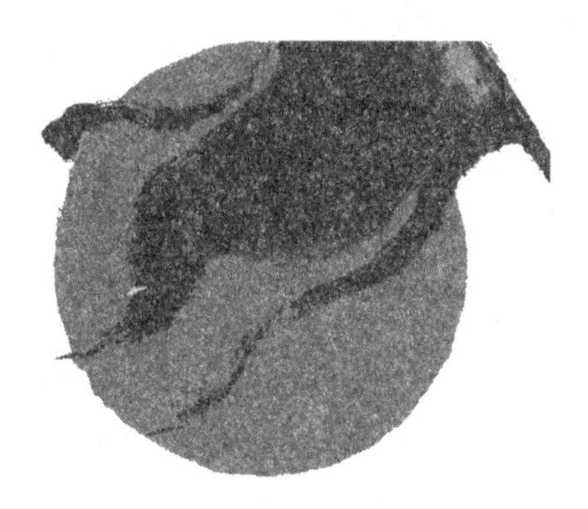

ANYANG, NORTE DE HENAN, DECIMOSEGUNDO MES

Ouyang cabalgó en silencio junto a Esen mientras se aproximaban al palacio del príncipe de Henan. En invierno, normalmente estarían fuera, en campaña, y la campiña parecía extraña bajo la capa de nieve. Ubicado en el extremo norte de la provincia de Henan, el infantado del príncipe de Henan se extendía sobre las fértiles llanuras que rodeaban a la antigua ciudad de Anyang. Granjas, acuartelamientos y yeguadas militares formaban un conjunto de retales hasta las montañas que señalizaban la frontera entre Henan y su vecino del oeste, Shanxi. El infantado había sido un regalo de uno de los primeros kanes del Gran Yuan para el bisabuelo de Esen. Tras convertirse en el repentino propietario de un palacio, aquel viejo guerrero mongol había insistido en vivir en un ger tradicional instalado en los jardines. Pero, en cierto momento, el abuelo de Esen se había trasladado al interior, y desde entonces los mongoles habían vivido de un modo casi indistinguible de los sedentarios nanren a los que despreciaban.

Su llegada a la puerta fue recibida con una explosión de actividad. Los criados del palacio corrieron hacia ellos con el contenido vigor de una bandada de palomas recién liberadas. Sobre sus cabezas, Ouyang vio una silueta en el patio con las manos meticulosamente metidas en las mangas. Un coágulo de quietud entre el caos, observando. Como era su costumbre, el otro se había apartado: su recargado vestido de seda era tan llamativo como un caqui en una rama nevada. En lugar de las trenzas de los mongoles, llevaba un recogido alto. Su única concesión a la adecuada estética mongol era una capa de marta, y quizás incluso eso fuera solo una concesión al frío.

Mientras Ouyang y Esen desmontaban y entraban en el patio, el segundo hijo del príncipe de Henan dedicó a su hermano una de sus sonrisas lentas y felinas. La sangre corría extraña en los mestizos. A pesar de sus estrechos ojos mongoles, el señor Wang Baoxiang tenía el rostro delgado y la nariz larga de los desaparecidos aristócratas de Khinsai, la ciudad imperial del sur que en el pasado se llamó Lin'an. Por supuesto, el segundo hijo del príncipe de Henan no era en realidad su hijo, sino el hijo de su hermana, cuyo padre estaba muerto y habría sido olvidado hacía mucho de no haber sido por el nombre que llevaba su hijo.

—Bienvenido, hermano. Te hemos echado de menos —dijo Wang Baoxiang a Esen. Mientras se erguía tras su superficial genuflexión, Ouyang vio que en su sonrisa de gato había un toque de satisfacción. En una cultura bélica que menospreciaba a los eruditos, era natural que los eruditos disfrutaran cuando los guerreros volvían a casa derrotados y humillados. Con un gesto desganado que parecía ideado para molestar, Wang Baoxiang sacó un documento doblado de su manga y se lo ofreció a Esen.

—Baoxiang —lo saludó Esen, cansado. Su rostro se había afinado durante el viaje de regreso. La derrota le había pasado factura, y Ouyang sabía que temía su próximo encuentro con el príncipe de Henan... Aunque quizá no tanto como él mismo—. Tienes buen aspecto. ¿Qué es esto?

Su hermano habló perezosamente, aunque sus ojos no eran perezosos en absoluto:

—Un recuento.

—¿Qué?

—Un recuento de los hombres, el equipo y el material que tu querido general ha perdido en esta campaña, y el coste que supondrá. —Wang echó a Ouyang una mirada poco amistosa. Desde la infancia, había estado celoso de la posición privilegiada que Ouyang había tenido en las atenciones de Esen—. Tu belicismo se está volviendo caro, querido hermano. Teniendo en cuenta la situación, no estoy seguro de cuánto más podremos permitírnoslo. ¿Has pensado en pasar más tiempo con la cetrería?

—¿Cómo puedes tener ya un recuento? —le preguntó Esen, exasperado. Wang era el administrador provincial, un papel que había asumido algunos años antes. Todos sabían que lo había hecho a pesar del príncipe de Henan, que despreciaba todo lo relacionado con la burocracia, pero nadie podía acusarlo de no implicarse en las minucias de la administración—. ¡Ni siquiera yo he recibido un informe completo todavía! ¿Es que tienes a tus malditos pasacuentas por todas partes?

—Parece que varios de ellos murieron al cruzar un río, bajo una presa notablemente inestable, después de semanas de fuertes lluvias —replicó el señor Wang con frialdad—. No se me ocurre qué los pudo motivar a intentarlo.

—¡Si no estuvieras siempre haciendo pasar a tus hombres por soldados míos, no habrían muerto!

Su hermano le echó una mirada de desdén.

—Si la pérdida de recursos solo se registrara cuando tú volvieras a casa, no sería lo bastante precisa para ser útil. Y si todo el mundo supiera quiénes son los responsables del informe, ¿no sobornarían a los contables? Antes siquiera de que comenzara la batalla, el armamento estaría vendido, y los beneficios, en los bolsillos. Es posible que tú luches por la gloria de nuestro Gran Yuan, pero te aseguro que tus hombres prefieren la ganancia. Este método es más eficiente.

—Colocar espías —dijo Esen—. En mi ejército.

—Sí —replicó Wang—. Cuando hayas hecho tu propio recuento, hazme saber cualquier discrepancia con el mío. —Se detuvo y, por un instante, Ouyang vio una grieta en aquella película de satisfacción—. Pero, antes de hacerlo, nuestro padre, el príncipe de Henan, ha avisado que nos verá a todos en su despacho a la hora del Mono. Vaya, ¡será la primera vez que lo vea en meses! Normalmente nunca tengo el placer. Me alegro mucho de que hayas vuelto antes, hermano, de verdad.

Se alejó, con la capa agitándose a su espalda.

Cuando Ouyang entró en el despacho del príncipe de Henan, encontró a Esen y al señor Wang detenidos rígidamente ante su padre mientras este los miraba desde su butaca elevada.

El príncipe de Henan, Chaghan-Temur, era un viejo guerrero, rechoncho y con mejillas de rana cuya barba y trenzas ya se habían vuelto del ferroso gris de su nombre. Era el segundo en la jerarquía militar del Gran Yuan, detrás solo del Gran Canciller, el comandante de los ejércitos de la capital. Chaghan había pasado la mayor parte de su vida dirigiendo personalmente la lucha contra las rebeliones del sur, y tenía tanto espíritu bélico como cualquier mongol nacido en la estepa. Incluso retirado, se mantenía firme en la silla de montar y cazaba con el vigor de un hombre décadas más joven. Para los fracasados, los débiles y los nanren, no tenía más que desprecio.

La mirada colérica del príncipe de Henan cayó sobre Ouyang. Sus labios estaban descoloridos por la furia. Ouyang hizo una reverencia y dijo, con tensión:

—Mis respetos, honorable príncipe.

—¡Así que este es el pago de una criatura despreciable a la familia que ha hecho tanto por ella! ¿Te atreves a presentarte ante mí y a *levantarte* tras hacerme perder diez mil hombres y las ganancias de toda una estación? ¡Póstrate, o será mi bota sobre tu cabeza la que lo haga por ti!

El corazón de Ouyang latía con más fuerza que nunca en la batalla. Le sudaban las palmas y su cuerpo estaba inundado por la nerviosa anticipación de una pelea, aunque tenía la garganta cerrada por el esfuerzo de controlarse. Se sentía como si se estuviera ahogando por la presión. Tras un momento de vacilación, se postró y apoyó la cabeza contra el suelo. En los dieciséis años que había servido a la familia del príncipe de Henan, Ouyang nunca había olvidado lo que esta había hecho por él; era un recuerdo que lo acompañaba siempre, tan cercano a él como su piel mutilada. Lo recordaba con cada latido de su corazón.

—Cuando mi hijo vino y me pidió que te nombrara su general, dejé que el tonto afecto de un joven me influyera, a pesar de mi mejor juicio. —Chaghan se levantó y se detuvo ante Ouyang—. General Ouyang, último del linaje traidor de los Ouyang: ¡me desconcierta que mi hijo, que por lo demás es sensato, haya creído que podía obtener algo bueno u honorable de un eunuco! Alguien que ha demostrado estar dispuesto a hacer cualquier cosa, por humillante o cobarde que sea, por conservar su propia y miserable vida. —Durante un instante, el único sonido de la estancia fue la abrupta respiración del anciano—. Pero Esen era joven cuando te hice. Quizá haya olvidado los detalles. Yo no.

La sangre latió en la cabeza de Ouyang. Parecía haber una llamarada luminosa a su alrededor, una curvatura simultánea de la luz de las lámparas que hizo que la habitación se balanceara, como si lo hubiera apresado una delirante fiebre. Casi se alegraba de estar arrodillado, ya que no podía caerse.

—Lo recuerdas, ¿no? Que el traidor de tu padre se atrevió a blandir su espada para rebelarse contra nuestro Gran Yuan y que fue llevado a Khanbaliq, donde el propio Gran Kan lo ejecutó. Que, después de eso, el Gran Kan decretó que todos los hombres de la familia Ouyang hasta el noveno grado debían morir, y las mujeres y las niñas ser vendidas como esclavas. Como tu familia era de Henan, fui yo quien tuvo que ejecutar el castigo. Os trajeron a todos ante mí: niños con el cabello aún recogido; ancianos a los que apenas les quedaban tres exhalaciones. Y todos se enfrentaron a su destino con honor. *Todos excepto tú*. Tú, que temías tanto a la muerte que estuviste dispuesto a deshonrar la memoria de tus ancestros a pesar de que las cabezas de tus hermanos, de tus tíos y tus primos estaban en el suelo a tu lado. Oh, ¡cómo lloraste y suplicaste por tu vida! Y yo... Yo fui compasivo. Te dejé vivir.

Chaghan puso la bota bajo la barbilla de Ouyang y se la levantó. Al mirar su aborrecible rostro, recordó la compasión de Chaghan, una compasión tan cruel que cualquier otro se habría matado antes de tener que soportarla. Pero eso era lo que Ouyang había elegido. Incluso de niño, mientras lloraba sobre la sangre de su familia, había sabido qué tipo de vida le proporcionaría su decisión. Era cierto que había suplicado que le perdonaran la vida, pero no había sido por miedo a la muerte. Ouyang era el último de su familia; era el último que llevaría su nombre. Profanado y humillado, vivía y respiraba con un único propósito.

La venganza.

Durante dieciséis años, había mantenido ese propósito en su interior, esperando el momento adecuado. Siempre había creído que sería algo que llegaría tras una larga consideración. Pero, en aquel momento, arrodillado a los pies de Chaghan, lo supo sin más. *Este es el momento en el que todo comienza.* Y con la extraña claridad que se tiene en los sueños, vio el resto de su vida reproduciéndose ante él, siguiendo un propósito que estaba tan fijado como la posición de las estrellas. Aquel sería el viaje en el que reclamaría su honor, y la anticipación de su final fue a la vez la sensación más dulce y terrible que había sentido nunca. La terrible satisfacción llegó acompañada por un autodesprecio tan profundo que se sintió salir de sí mismo, y por un momento solo pudo ver lo que los demás veían: no un humano sino un cascarón despreciable, incapaz de generar nada en el mundo excepto dolor.

Chaghan bajó el pie, pero Ouyang no bajó la cabeza. Miró al viejo a los ojos.

—Mi compasión se ha agotado, general —dijo Chaghan, lento y peligroso—. Vivir humillado y deshonrar a tus ancestros es una cosa, pero ultrajar al Gran Yuan es un fracaso de escala distinta. Por ello, ¿no crees que deberías disculparte con tu vida?

Otro cuerpo se interpuso de repente entre ellos, rompiendo la tensión con tanta fuerza que Ouyang se sacudió como si lo hubieran abofeteado.

—Como él es mi general, es *mi* fracaso —dijo Esen, furioso y decidido. Se arrodilló. Mientras presionaba la cabeza contra el suelo a los pies de Chaghan, su nuca entre sus trenzas parecía tan vulnerable que invitaba a que una mano se posara con ternura en ella—. Padre, soy yo quien merece una sanción. *Castígame.*

—Consentí, Esen, que eligieras a tu general. Así que… sí, asume la responsabilidad —replicó Chaghan con una furia controlada—. ¿Y qué castigo sería adecuado? ¿Debería seguir el ejemplo de tus ancestros y alejarte del clan para que vagases por la estepa hasta que murieses, solo y repudiado?

Ouyang notaba la tensión en Esen. Era algo que ocurría pocas veces en la cultura mongol, pero ocurría: que una familia matara a uno de los suyos por la deshonra que había llevado al clan. Para Ouyang, que había soportado su vida entera con el propósito de vengar a los suyos, era una práctica tan ajena como incomprensible. No sabía qué haría si Chaghan mataba a Esen.

Y entonces la tormenta pasó. Lo notaron incluso antes de que Chaghan hablara de nuevo. En tono más suave, dijo:

—Si hubieras sido cualquier otro, lo habría hecho. Me has traído preocupación y vergüenza, Esen.

—Sí, padre —dijo Esen con rapidez y sumisión.

—Entonces podemos hablar de qué tiene que ocurrir para que reparemos este desastre. —Chaghan echó a Ouyang una mirada de desagrado—. Tú, vete.

A pesar de que había puesto la vida de Ouyang del revés, de que había puesto su futuro en movimiento, para él no había sido nada. No tenía más idea del estado interior de Ouyang de la que tendría sobre un perro o un caballo.

Ouyang se marchó. Tenía las manos y los pies sudorosos, y se sentía más cansado que después de una batalla. El cuerpo se acostumbraba al ejercicio, a sonidos y sensaciones concretas, incluso al dolor físico. Pero era extraño, que nunca llegaras a acostumbrarte a la humillación: cada vez dolía tanto como la primera.

Esen, todavía postrado en el suelo, oyó que Ouyang se marchaba. La imagen se grabó dolorosamente en su mente: su orgulloso general con la cabeza contra el suelo, y las manos a cada lado blancas por la presión. A pesar de las afirmaciones de su padre, Esen lo recordaba; solo era que, en su memoria, le había ocurrido a otra persona. Ouyang había sido un elemento tan constante en su vida que parecía desprovisto de cualquier pasado que no fuera el que ambos compartían. Solo entonces se vio obligado a reconocer aquel recuerdo como cierto, a reconocer que Ouyang y aquel niño eran el mismo.

Sobre su cabeza, su padre suspiró.

—Levántate. ¿Qué tenemos que hacer para asegurarnos la victoria sobre los rebeldes en la siguiente estación?

Esen se levantó. Debería haberse dejado puesta la armadura. Ouyang lo había hecho, sin duda porque quería tener tanto metal como fuera posible entre su cuerpo y la ira del príncipe de Henan. Y quizá ni siquiera eso lo habría ayudado. Pensar en la expresión vacía de Ouyang lo hacía sentirse profundamente herido, como si la humillación de su general fuera la suya.

—Solo se vieron afectadas por el desastre las unidades de combate. La caballería pesada sigue intacta. Un tercio de la caballería ligera se ha perdido, pero si la reforzamos con al menos un millar más de hombres y monturas, podría funcionar a tamaño reducido. Los tres batallones de infantería podrían reorganizarse en dos. Debería ser suficiente para vencer a los Turbantes Rojos en la próxima estación.

—Así que un millar de soldados de caballería, adiestrados y equipados. ¿Y los comandantes?

—Hemos perdido a tres: dos de infantería y uno de caballería ligera.

Chaghan meditó en aquello, y dirigió una mirada de desagrado a Baoxiang. Esen casi había olvidado que estaba allí. En ese momento, su hermano dijo con voz tensa:

—No me lo pidas a mí, padre.

—¡Te atreves a hablarme así! He sido indulgente contigo durante demasiado tiempo, dejando que perdieras el tiempo en cosas inútiles. Ya es hora de que cumplas con tu deber como hijo de esta familia. Te lo digo ahora: cuando el ejército de tu hermano cabalgue de nuevo, te unirás a ellos como comandante de un batallón.

—No.

Se produjo un silencio peligroso.

—¿No?

Baoxiang resopló.

—Además de que es ridículo que todos los líderes deban tener sangre mongol, yo soy el *administrador provincial*. No puedo marcharme. ¿O prefieres que tu infantado y toda esta provincia caigan en manos de incompetentes y corruptos? Eso sin duda atraería la atención del Gran Kan. Por no mencionar otra derrota, ya que por supuesto tus hombres no tendrán caballos que montar, ni grano para sus familias…

—¡Basta! —Chaghan se giró hacia él—. ¡Wang Baoxiang, hijo de esta casa! ¿Dejarás que tu hermano cabalgue solo mientras tú cuentas impuestos en tu despacho como el perro cobarde de un manji? Aunque el general fracasado de tu hermano es un animal castrado, ¡al menos lucha como un hombre! Pero tú rechazas tus responsabilidades más básicas. —Se detuvo allí, respirando trabajosamente—. Me decepcionas.

Baoxiang curvó los labios.

—¿Cuándo no lo he hecho?

Por un momento, Esen creyó que Chaghan iba a golpear a Baoxiang. Después se recompuso y gritó lo bastante alto para que lo oyeran los criados del pasillo:

—¡Llamad al hijo del gobernador militar Bolud!

Altan entró de inmediato, todavía con su armadura. Su expresión se iluminó al captar la tensión de la estancia.

—Mis respetos, estimado príncipe de Henan.

Chaghan lo miró con severidad.

—Altan, hijo de Bolud-Temur. Tu padre, el gobernador militar de Shanxi, se unió a nosotros hace mucho tiempo contra las rebeliones que desestabilizan al Gran Yuan.

—Así es, apreciado príncipe.

—Debido a nuestra reciente derrota, necesito que tu padre nos envíe mil hombres adecuados para la caballería ligera, con sus monturas y equitación. Yo me aseguraré de que reciba todo el mérito que merece ante la corte del Gran Kan cuando derrotemos a los rebeldes la próxima estación.

Altan bajó la cabeza.

—Los hombres serán tuyos.

—Mi familia te lo agradece. Sé que tu padre no necesita más riquezas, pero me complace recompensar el servicio que me prestáis con un símbolo de nuestra estima, una tierra donada de mi propio territorio. Os entrego todas las tierras y propiedades que hay entre Anyang y el río del norte, para que hagáis con ellas lo que os plazca.

Que aquellas tierras eran parte del patrimonio de Baoxiang era un hecho que no se le escapaba a nadie.

La sorpresa y la satisfacción transformaron el rostro de Altan.

—El príncipe de Henan es muy generoso.

—Puedes marcharte. —La voz de Chaghan sonó agria—. Todos vosotros.

Esen, Altan y Baoxiang se marcharon en un amargo silencio. Esen llegó a la mitad de la escalera de la residencia de su padre antes de darse cuenta de que Altan y Baoxiang ya no iban tras él. Miró a su espalda y vio a Baoxiang contemplando con repulsión la mano de Altan sobre su brazo. Intentó apartarse, pero Altan, sonriendo, lo sujetó con fuerza para mantenerlo allí.

—Primo Baobao, ¿no me dejarás darte las gracias por este magnífico regalo? —Su voz se detuvo burlonamente en el apodo infantil en han'er, y continuó con deleite—: Pero qué extraño es pensar que prefieres renunciar a tus tierras antes que cumplir con el deber de un hombre. ¡Vas a tener que vender tus libros para pagar a tus criados! Esperaba que esa perspectiva fuera suficiente para superar tu renuencia, pero veo que no. Debe ser cierto que has olvidado cómo se usa el arco. O tu madre no te enseñó como es debido, pues estaba demasiado ocupada siendo la puta de un manji...

Otro hombre se hubiera enfrentado a él tras el insulto. Incluso Esen, cuya madre no había sido insultada, se descubrió abriendo la boca para replicar. Pero Baoxiang liberó su brazo, echó a Altan y a Esen una mirada de desprecio y se alejó.

Esen dejó pasar varios días, los suficientes para que los ánimos se templaran, antes de volver a buscar a su hermano. Ubicada en un ala exterior del palacio, la residencia de Baoxiang era también la oficina de la administración provincial. Una larga cola de campesinos esperaba fuera para presentar sus distintas quejas. En el interior, los funcionarios ordinarios, casi todos ellos semu, caminaban con decisión por los patios adoquinados con sus sellos de latón y plata oscilando en sus cinturones.

Los sirvientes lo condujeron a un despacho alejado. Era una estancia perfecta para el gusto de su hermano, que no se parecía en nada al de Esen. Paisajes, algunos pintados por la mano de su propio hermano, tapizaban las paredes. El escritorio estaba cubierto por una masa de caligrafía secándose, parte en su propia lengua mongol y el resto en los innecesariamente complicados caracteres nativos que Esen nunca se había molestado en aprender.

Su hermano estaba sentado en el centro de la habitación con un par de mercaderes manji. La mesa entre ellos albergaba los restos de una fructuosa conversación: tazas, cáscaras de frutos secos y migas. Hablaban la lengua suave de la costa que Esen no comprendía. Cuando lo vieron, se detuvieron educadamente.

—Nuestros respetos, señor Esen —dijeron en han'er. Tras hacer una reverencia, se levantaron y se excusaron.

Esen los observó marcharse.

—¿Por qué pierdes tu tiempo con mercaderes? —le preguntó en mongol—. Seguramente podría ocuparse de ello alguno de tus funcionarios.

Baoxiang levantó sus gruesas y rectas cejas. La piel delicada bajo sus ojos parecía amoratada. Aunque el ambiente del despacho era cálido, llevaba múltiples capas: tela de un brillante tono metálico en las interiores, resplandeciente contra el suntuoso color ciruela del exterior. El color daba a su tez una calidez artificial.

—Y esa es la razón por la que no sabes nada sobre tus propios partidarios, excepto que acuden cuando los llamas. ¿Todavía crees que los Zhang no son más que comerciantes de sal? Su general es muy competente. Hace poco tomó otro gran trecho de tierra de labranza, así que ahora los Zhang no solo controlan la sal y la seda, las vías fluviales y marítimas, sino cada vez más grano... Todo para beneficio del Gran Yuan. —Señaló con una mano el bonito mobiliario lacado en amarillo de la habitación—. Incluso la silla en la que estás sentado es de Yangzhou, hermano. Cualquier poder tan extenso debería ser comprendido. Sobre todo, si está de nuestro lado.

Esen se encogió de hombros.

—Hay grano en Shanxi, y sal en Goryeo. Y, según se dice, Zhang Shicheng es un cerebro de arroz, un inútil que se pasa el día comiendo pan y azúcar y las noches con las prostitutas de Yangzhou.

—Bueno, eso es cierto. Y sería relevante si fuera él quien tomara las decisiones, pero he oído que es a la señora Zhang a quien tenemos que considerar.

—¡Una mujer! —exclamó Esen, creyendo que era una buena historia, y negando con la cabeza.

Los sirvientes limpiaron la mesa y les llevaron comida. A pesar del castigo del príncipe de Henan, todavía no había rastro de ello en las circunstancias de Baoxiang. Había sopa de pescado de agua dulce, sabrosa por los champiñones y el jamón; bollos de trigo y mijo en grano; más guarniciones de verdura de las que Esen podía contar; y rosadas tiras de cordero adobado y ahumado, al estilo del este de Henan. Esen tomó un trozo con los dedos antes incluso de que soltaran el plato. Su hermano se rio, ligeramente desagradable.

—Nadie te está disputando el derecho a comer, glotón.

Baoxiang siempre comía con palillos, zambulléndose sobre los bocados con una floritura extravagante que recordaba al cortejo de las golondrinas.

Esen observó las obras de arte mientras comían.

—Hermano, si pasaras entrenando con la espada la mitad del tiempo que pasas con los libros y la caligrafía, serías un guerrero competente. ¿Por qué insistes en lidiar esta guerra con nuestro padre? ¿No puedes intentar darle las cosas que comprende?

A cambio, recibió una mirada cortante.

—¿Te refieres a las cosas que *tú* comprendes? Si alguna vez te hubieras esforzado por aprender los caracteres, sabrías que hay cosas de utilidad en los libros.

—¡Él no está en tu contra! Mientras le muestres suficiente respeto para intentarlo de buena fe, te aceptará.

—¿Tú crees?

—¡Así es!

—Entonces el tonto eres tú por pensarlo. El entrenamiento, por mucho que me esforzara, nunca me llevaría a tu nivel, mi querido y perfecto hermano. Ante los ojos de nuestro padre, yo siempre seré el fracasado. Pero, por extraño que parezca, a pesar de ser un *manji cobarde,* sigo prefiriendo fracasar con mis propios términos.

—Hermano…

—Sabes que es verdad —siseó Baoxiang—. Lo único que podría hacer para parecerme aún menos al hijo que quiere es buscarme un amante guapo y que todo el palacio se enterase de que me toma por las noches.

Esen hizo una mueca. Aunque no era inusual entre los manji, había pocas cosas peores para la reputación de un mongol.

—A tu edad, la mayor parte de los hombres están ya casados —le dijo, incómodo.

—¿Te ha entrado agua en el cerebro? No estoy interesado en los hombres. Desde luego menos que tú, que pasas meses con esos guerreros que quieren ser héroes. Hombres a los que has entrenado personalmente, a los que has dado forma para satisfacer tus *necesidades*. Solo tienes que pedirlo, y de buena gana se corromperán por ti. —La voz de Baoxiang era cruel—. ¿O ni siquiera tienes que pedirlo? Ah, y todavía no tienes ningún hijo. ¿Has estado tan ocupado «batallando» que tus esposas se han olvidado de ti? Y, oh, ese general tuyo *es* guapísimo. ¿Estás seguro de que tu afecto por él es solo el de un soldado hacia su compañero? Jamás te he visto arrodillarte más rápido que cuando nuestro padre se mostró decidido a desollarlo...

—¡Basta! —gritó Esen. Se arrepintió de ello de inmediato; aquel era solo el juego de siempre de su hermano. Sentía que se avecinaba un dolor de cabeza—. Estás enfadado con nuestro padre, no conmigo.

Baoxiang le mostró una sonrisa frágil.

—¿Sí?

Mientras Esen se marchaba, oyó a su hermano riéndose.

Ouyang entró en la oficina de administración provincial buscando al señor Wang, con el puño cerrado alrededor de una pila de libros de contabilidad. De inmediato se vio asaltado por el burocrático hedor a tinta, a papel mohoso y a aceite de lámpara. El sitio era un laberinto claustrofóbico de estanterías y mesas, y sin importar por cuántos pequeños cubículos pasara, siempre había otro funcionario más encorvado sobre su montón de papel. Ouyang odiaba todo en aquel sitio. En los últimos años, bajo la dirección del señor Wang, la oficina había expandido su autoridad y los funcionarios se habían multiplicado como conejos. Ahora nada era posible sin al menos tres sellos, sin consultar los ábacos como si fueran hexagramas de I Ching y sin que se anotara todo en los libros de cuentas. Había que dar una explicación por cada caballo inutilizado y cada arco perdido, y conseguir un reemplazo era un proceso lo bastante arduo para hacer llorar a un duro guerrero. Y cuando habías perdido a diez mil hombres y la mitad de esa cifra en caballos y todo el armamento que portaban, era insoportable pensar en ello.

A pesar de que Wang era el administrador provincial y un miembro de la aristocracia, su mesa no era más grande que las de sus funcionarios. Ouyang se detuvo ante ella y esperó a que lo atendiera. Wang hundió su pincel en tinta y lo ignoró. Incluso allí, en su despacho, los gestos del señor eran tan artificiales como los de una bailarina. Era solo una actuación. Ouyang lo reconoció porque él también actuaba. Tenía un cuerpo pequeño y rostro de mujer, pero llevaba armadura, agravaba su voz y se movía con brusquedad; aunque la gente notaba la diferencia, respondía a su actuación y a su posición. Pero la representación del señor Wang hacía ostentación de su diferencia: invitaba al escrutinio, al desprecio. *Como si le gustara sufrir daño.*

Wang levantó la mirada por fin.

—General.

Ouyang hizo la reverencia más ligera que podía considerarse aceptable y le entregó los libros de contabilidad. Ver las pérdidas en el papel había sido duro. Con una oleada de rabia, pensó en el monje rebelde. Causándole aquella derrota y la humillación ante Chaghan, el monje había desencadenado el inicio de su viaje hacia su propósito. No conseguía sentirse agradecido; le parecía una violación, el robo de algo que no había estado listo para entregar. No la inocencia, no exactamente, sino el limbo en el que todavía podía engañarse pensando que otros futuros eran posibles.

Para sorpresa de Ouyang, el señor Wang dejó los libros de contabilidad a un lado y siguió escribiendo.

—Puedes marcharte.

Como Ouyang conocía el carácter del administrador, se había preparado para un enfrentamiento. En contraste con los encuentros con el príncipe de Henan, ser menospreciado por Wang solo era ligeramente molesto. A aquellas alturas, había incluso una naturaleza ritual en sus interacciones, como si fueran papeles en una obra de teatro que ambos se veían obligados a interpretar.

Hizo una reverencia y se giró para marcharse. Justo en ese momento, el señor Wang dijo:

—Después de tantos años de anhelo, por fin has conseguido que Esen se arrodillase por ti. ¿Eso hizo que te sintieras bien?

Allí estaba. Era como si no se pudiera resistir. Aunque Ouyang comprendía los celos que había detrás, tuvo la enfermiza y cruda sensación de que habían lanzado al aire frío para que se marchitara algo privado que apenas podía reconocerse a sí mismo. El señor Wang, que disfrutaba de su propio dolor, siempre sabía cómo herir a los demás.

Como Ouyang no respondió, Wang continuó, con una amarga comprensión.

—Es fácil encariñarse con mi hermano. El mundo entero lo ama y él ama el mundo, porque todo lo que hay en él ha sido siempre indulgente.

Ouyang pensó en Esen, generoso y de corazón puro y valiente, y supo que lo que Wang decía era cierto. Esen nunca había sido traicionado, nunca lo habían herido ni humillado por lo que era… y esa era la razón por la que ellos lo querían. Wang y él, cada uno a su manera. Se comprendían el uno al otro a través de esa conexión, dos personas vulgares y rotas que admiraban a alguien que nunca podrían ser ni tener: el noble y perfecto Esen.

—Nació en el momento adecuado; es un guerrero en un mundo de guerreros —dijo el señor Wang—. Tú y yo, general, nacimos demasiado tarde. Hace trescientos años, quizá habríamos sido respetados por lo que somos. Tú como manji. Yo como alguien que cree que la civilización es algo valioso, no solo pasto que conquistar y destruir. Pero, ante los ojos de nuestra sociedad, no somos nada. —La burocracia resonaba a su alrededor, incesante—. Tú y Esen sois distintos. No te engañes pensando que alguna vez conseguirá entenderte.

Ouyang se habría reído. Siempre había sabido que Esen, como todo lo que había deseado en su vida, estaba fuera de su alcance.

—¿Y tú me comprendes? —le preguntó con amargura.

—Sé lo que se siente al ser humillado —replicó Wang.

Era un atributo de la envidia que solo podías sentir por la gente que era como tú. Ouyang no podría haber sentido más envidia por Esen que la que podría sentir por el sol. Pero Ouyang y Wang Baoxiang eran iguales. Por un momento se quedaron allí, en amarga sintonía, sintiendo esa semejanza resonando en el espacio que los separaba. Uno denigrado por no ser un hombre; el otro, por no actuar como tal.

Ouyang salió del despacho del señor Wang y atravesó el laberinto de mesas sintiéndose desnudo.

—¿...ha llegado la invitación para la cacería de primavera? Nos los quitaremos de encima un tiempo...

Los dos funcionarios semu se detuvieron e hicieron una reverencia cuando Ouyang pasó, pero había oído suficiente. La cacería de primavera. El retiro anual para cazar del Gran Kan que se celebraba en el norte, en un lugar de la meseta de Shanxi llamado Hichetu. Se trataba de la invitación más prestigiosa del calendario. Cientos de los miembros más notables del Gran Yuan se reunían para cazar, jugar y divertirse. Era una de las pocas oportunidades para que los nobles provinciales, como el príncipe de Henan, se relacionaran con los miembros de la corte imperial de Khanbaliq. Ouyang había asistido una vez, cuando tenía veinte años y era el comandante de la guardia personal de Esen. Pero al año siguiente el príncipe de Henan abandonó las campañas, y desde entonces Esen y Ouyang siempre habían estado en el sur durante la cacería de primavera. Aquella sería la primera vez en siete años que Esen estaría disponible para acompañar al príncipe de Henan a Hichetu. Y todo gracias a la derrota de Ouyang.

De inmediato supo, con un profundo desagrado, que no era una coincidencia. Su derrota a manos del monje, su humillación a manos de Chaghan. Todo ello no había sido más que el movimiento mecánico de las estrellas para proporcionarle una oportunidad: el camino a su destino. Y, cuando comenzara a transitarlo, no habría vuelta atrás.

Era una oportunidad que quería y al mismo tiempo era lo último que deseaba; era un futuro demasiado horrible para soportarlo. Pero, incluso mientras agonizaba y pensaba en postergarlo, mientras se estremecía al pensarlo, sabía que no había otra opción posible. Era su destino, lo único a lo que un hombre no puede negarse.

9

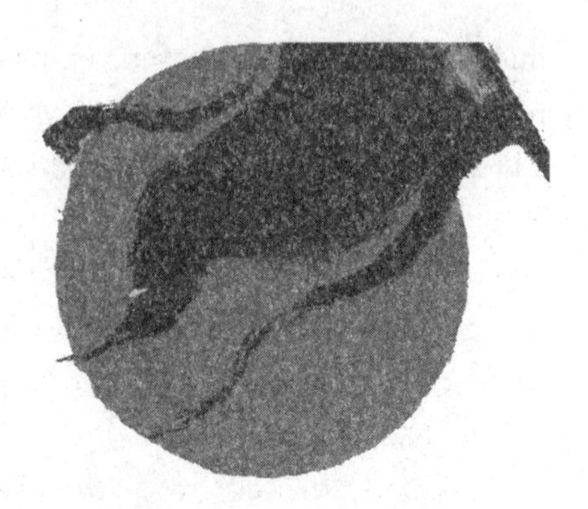

ANFENG, AÑO NUEVO, 1355

Zhu se arrodilló ante el primer ministro. Después de los sorprendentes sucesos del río Yao, le habían concedido una audiencia especial con los líderes de los Turbantes Rojos. Fuera, los días se habían iluminado por la proximidad del Año Nuevo, pero la sala del trono del primer ministro seguía tan húmeda como una cueva que ha abandonado un oso. Las velas rojas humeaban y se desangraban.

—¡Una victoria decretada por el mismo Cielo! —graznó el primer ministro—. El general eunuco es más audaz de lo que pensábamos. Si no fuera por la intervención del Cielo, su plan de cruzar el río más abajo habría tenido éxito. ¡Nos habrían aniquilado! Pero, con este milagro, ¿qué otra prueba necesitamos de que los mongoles han perdido el Mandato para gobernar?

Había sido un milagro, pero no el mismo que Zhu había planeado y por el que había rezado. Cuando se le ocurrió provocar el corrimiento de tierras, lo único que pretendía era destruir el puente para que los Turbantes Rojos eludieran la aniquilación. Pero, en lugar de eso, el Cielo le había proporcionado una victoria que ni ella ni ningún otro habría creído posible. Se había alzado como Zhu Chongba y había reclamado la grandeza, y el Cielo lo había validado. En un instante, diez mil hombres del general eunuco se habían convertido en nada. Se estremeció, sobrecogida por el deseo febril de algo que nunca había creído anhelar: su destino.

—El monje debe ser recompensado —dijo el primer ministro—. Ahora que Guo Tianxu es general, hay un puesto libre de comandante. Dejemos que el monje lo ocupe.

—¿Su excelencia quiere que el monje sea... comandante? —preguntó el ministro derecho Guo. Zhu lo miró desde donde estaba postrada y lo vio fruncir el ceño—. Entiendo que nos ha prestado un buen servicio, pero seguramente...

—¡A ese monje no le debemos nada! —estalló el Pequeño Guo, indignado—. Puede que haya rezado, pero fue mi decisión que nos enfrentáramos al Yuan en el río Yao. Si el Cielo decretó que ganáramos, ¿no lo convierte eso en mi victoria?

—Guo Tianxu —lo reprendió su padre. Sus ojos se posaron en el primer ministro. Sabía muy bien que, si Zhu no hubiera estado en el río Yao, el Pequeño Guo se estaría enfrentando a la ira del primer ministro.

Zhu no era la única que los contemplaba. El ministro izquierdo Chen estaba mirando a los dos Guo y no había nada pasivo en su atención. Como un arma desenvainada, prometía violencia. Chen, al sentir su mirada en él, la miró también; sus ojos se encontraron. En su semblante no había calidez ni hostilidad. Las arrugas verticales de sus mejillas se profundizaron, lo que podía significar cualquier cosa.

—La intervención de *ese monje* fue necesaria para tu éxito —le dijo el primer ministro al Pequeño Guo con frialdad.

—Excelencia —lo interrumpió el ministro derecho Guo—. No es que no fuera un gran logro, pero...

—¡A pesar de lo que ocurrió, ni siquiera luchó! —exclamó el Pequeño Guo—. *Ni siquiera sabe sostener una espada*. ¿Cómo puede ser comandante sin tener experiencia militar? ¿Por qué no lo dejáis aquí, en la sala del trono, asistiendo al Príncipe de la Luz? ¿No sería eso más adecuado para un monje?

Chen se aclaró la garganta. En un tono de eminente sensatez, dijo:

—Si no me equivoco, ni el primer ministro ni el ministro derecho tenían experiencia bélica antes de convertirse en líderes. Tuvieron éxito gracias a su talento natural. ¿Por qué debería tener experiencia el monje, si ellos no la necesitaron?

En el brillo de los ojos de Chen, Zhu vio cuál sería su papel: se convertiría en la palanca que necesitaba interponer entre el primer ministro y el ministro derecho Guo. Había sabido que al ascender tendría que elegir entre Chen y los Guo en su conflicto ante el primer ministro. Ahora, un bando la había elegido a ella, pero creía que era el bando que habría escogido de todos modos.

El Pequeño Guo le echó una mirada venenosa.

—Cualquier idiota puede tener éxito una o dos veces. Si tiene un talento natural para rezar y creemos que funciona, ¿por qué no le pedís que tome Lu para nosotros?

Lu, una ciudad amurallada no demasiado lejos al sur de Anfeng, era una de las más fuertes de la zona. En todas las décadas de conflictos, era la única ciudad de la región que nunca se había sometido a los rebeldes. A Zhu se le tensó el estómago con una repentina y ominosa sensación.

Chen contempló a Zhu con la expresión de alguien dispuesto a apostar, siempre que fuera con el dinero de otro.

—Los Turbantes Rojos han fracasado en la toma de esa ciudad durante una década, general Guo.

—Entonces será una buena prueba. Si consigue la victoria rezando, convertidlo en comandante. Y si fracasa... Bueno, entonces sabremos cuál es su utilidad.

Maldiciendo al Pequeño Guo en su interior, Zhu presionó la frente de nuevo contra las baldosas agrietadas de la sala del trono.

—Aunque este monje indigno no es más que una mota de polvo, de buena gana pondrá su escaso talento al servicio de la voluntad de su excelencia. ¡Con el respaldo del Cielo, conseguiremos que los hu caigan y veremos al Príncipe de la Luz en su lugar legítimo, el trono de nuestro imperio!

—El monje habla bien —dijo el primer ministro, apaciguado—. Dejad que se vaya y que regrese con la fortuna y la bendición del Buda. —Se levantó y se marchó, seguido por sus dos ministros: uno molesto, y el otro con una fría expresión de reflexión que enmascaraba quién sabía qué.

Zhu se levantó y se topó con el Pequeño Guo en su camino. En su rostro había una mueca de satisfacción.

—Eres incluso más idiota de lo que creía, si piensas que podrás apoderarte de una ciudad amurallada rezando. ¿Por qué no huyes y dejas la guerra a la gente que sabe lucharla?

Era tan alto que Zhu tenía que hacer un esfuerzo para mirarlo. Le dedicó su mejor imitación de la sonrisa tranquila del maestro del dharma.

—El Buda nos dice: *Comenzad por lo irremediable*. Solo cuando nos rendimos a la imposibilidad del momento actual, empieza a disolverse el sufrimiento...

—Puede que el primer ministro te apoye —replicó el Pequeño Guo con crueldad—, pero vas a fracasar. Y, cuando lo hagas, ¿no crees que preferirá matarte por ser un monje falso a creer que el Cielo ha deseado su derrota?

—El cielo no deseará *mi* derrota —dijo Zhu con dureza.

Cuando Ma entró en la habitación que en el pasado había sido la biblioteca de la mansión de los Guo, encontró al comandante Sun Meng intentando apaciguar al Pequeño Guo.

—¿De verdad importa quién se lleve el mérito de la victoria? El primer ministro está contento y ha puesto a Chen Youliang en su lugar. Sabes que esperaba que fracasaras para desafiar a tu padre.

Los dos jóvenes estaban sentados en el suelo ante una mesa baja, tomando la cena que Ma les había llevado antes: tofu cocido con jamón y castañas, rebañadas de raíz de loto y mijo. Estaban rodeados de estantes llenos de coles envueltas en papel. Solo Ma, que como hija de un general había recibido más educación de lo habitual, añoraba los libros. Las coles daban a la fría habitación un olor a vegetal húmedo, como un campo después de la lluvia de invierno.

Al ver a Ma allí, Sun dio una palmadita al espacio a su lado.

—Yingzi, ¿has comido? Aquí queda un poco.

Sun era tan menudo como el Pequeño Guo era alto, y tan amable como su amigo era amargo. Tenía un rostro animado y bonito coronado por una mata de cabello ondulado y rojizo que siempre escapaba de su recogido. A pesar de su aspecto juvenil, era de hecho el mejor, con diferencia, de los tres jóvenes líderes de los Turbantes Rojos.

Mientras Ma sonreía y se sentaba, Sun le preguntó:

—¿Qué opinas de nuestra victoria?

—Creo que tuvisteis mucha suerte, fuera cual fuere la causa. —Tomó prestado el cuenco y la cuchara de Sun y echó mano al tofu—. Y creo que se os ha llenado el cerebro de agua si creéis que esto ha puesto a Chen Youliang en su lugar. Guo Tianxu, ¿de verdad has desafiado a ese monje a tomar la ciudad de Lu? ¿A estas alturas todavía no has aprendido que, al mostrar tu resentimiento, das a Chen Youliang algo que usar en tu contra?

—¿Cómo te atreves a criticarme? —El rostro del Pequeño Guo enrojeció. Tomó el cuenco de arcilla bajo la mano de Ma y vació el tofu en su propio cuenco—. ¿Qué sabes tú, Ma Xiuying? Creíste que no conseguiría vencer en el Yao. Bueno, pues lo hice. Y, si hubiera seguido el plan del primer ministro, todavía estaríamos en esa llanura, perdiendo cien hombres al día, esperando a que ese perro eunuco viniera a por nosotros cruzando el Huai. ¿Este es el respeto que me otorga mi victoria?

—No se trata de respeto —dijo Ma, airada—. Solo digo que, mientras Chen Youliang te observe, deberías tener más cuidado...

—Mientras todos observen, *tú* deberías aprender a no criticar...

Sun se interpuso entre ellos.

—Yo le pedí su opinión, Xu'er. Vaya, vosotros dos no hacéis buena pareja. ¿No podéis tener una sola conversación sin discutir?

—Eras tú quien quería la opinión inútil de una mujer, así que escúchala. —Fulminándolos con la mirada, el Pequeño Guo se terminó la copa y se levantó—. Me marcho.

No se molestó en cerrar la puerta a su espalda.

Sun la miró y suspiró.

—Hablaré con él más tarde. Vamos, Yingzi, acompáñame a la salida.

El joven le rodeó los hombros con el brazo de modo amistoso mientras caminaban. Era una de las peculiaridades de Guo que, a pesar de su naturaleza mezquina, la amistad de la muchacha con Sun no le molestara. Era como si no contemplara la posibilidad de que una mujer pudiera hallar el aspecto amanerado de Sun más atractivo que el suyo. *E incluso en eso se equivoca,* pensó Ma amargamente. Si pudiera elegir, por supuesto que escogería al afeminado de mejillas tan suaves y tersas como las de una chica. Pero, por supuesto, ella no podía elegir.

—¿Crees que lo ocurrido fue de verdad cosa de ese monje? —le preguntó.

—No tengo ni idea. Lo único que sé es que necesitábamos un milagro, y que lo recibimos.

Detenerse en un puente entre dos ejércitos: era una acción difícil de entender. ¿Qué era más fácil creer? ¿Que el monje fuera un tonto inocente con una extraordinaria cantidad de suerte, o un bodhisattva iluminado al que no le preocupaba su propia piel? Ma recordó su penetrante mirada cuando se conocieron y pensó: *No es tonto*. Pero no estaba segura de que la otra opción fuera correcta.

—¿Qué te preocupa ahora? —le preguntó Sun, que conocía sus estados de ánimo—. Tenemos el Mandato del Cielo y hemos disfrutado de nuestra mayor victoria en años. El Yuan se ha retirado hasta el próximo otoño, así que contamos con seis meses para recuperar terreno y fortalecer nuestra posición. —Le dio un suave apretón—. Este es el momento en el que todo cambiará, Yingzi. ¡Ya lo verás! Dentro de diez años, cuando el Príncipe de la Luz se siente en el trono de nuestro imperio, recordaremos este momento y sonreiremos.

El titilante sol de finales de invierno había secado el lodo de Anfeng. Zhu caminó por la sombra fresca entre los puestos del mercado. Estaba más abarrotado de lo habitual, casi animado. Desde la retumbante derrota del Yuan en el río Yao, la ciudad tenía un aire de renovado entusiasmo. Esperanza, uno podría pensar.

—¡Eh, abuela!

Bueno, unos estaban más esperanzados que otros. Mientras observaba el drama humano que se estaba desarrollando, Zhu sintió una oleada de incomodidad: el recuerdo de algo de lo que había sido testigo hacía tanto tiempo que podría haber ocurrido en una vida pasada.

—¡Te estoy hablando, abuela! —El grupo de hombres rodeó a una anciana sentada detrás de un montón de verdura—. Vas a darnos algo por mantener alejados a los alborotadores, ¿verdad? ¡Anfeng es un sitio muy peligroso! Será mejor que nos agradezcas nuestra ayuda…

—¿Ayuda, huevos de tortuga podridos?

Alguien se abrió camino a codazos, con furia; a Zhu le sorprendió descubrir que era la muchacha semu que la había salvado del Pequeño Guo, la hija del general Ma.

—No les des nada —ordenó a la anciana de cabeza gacha.

—Tú cierra la boca —le espetó el líder de los hombres.

—¿Cómo te atreves a hablarme así? ¿No sabes quién soy?

Después de una pausa, uno de ellos indicó:

—¿No es la mujer del Pequeño Guo?

El líder examinó a la joven, sonriendo con arrogancia.

—¿Ese frasco de vinagre medio vacío, ese arrogante ignorante que se llama a sí mismo «general»? ¿Crees que me importa?

Ma se negó a ceder.

—¡Perdeos! —les dijo con una mirada furiosa.

—¿O qué? —Mientras sus hombres descendían sobre la verdura de la anciana, el líder agarró a la muchacha y la lanzó sin dificultad a la calle. Ella gritó al aterrizar sobre sus manos y rodillas. Él se rio—. Vuelve al coño de tu madre, puta.

Después de que los hombres se marcharan, Zhu se acercó y se agachó junto a Ma.

—Bueno, no ha ido mal.

Ella le contestó con una mirada airada. Incluso con esa expresión, la joven era impresionante. El suave tono dorado de su piel resultaba más luminoso en contraste con el pequeño lunar oscuro de su frente. Su cabello caía tan liso y brillante como las nubes negras. Quizá su aspecto no fuera el de la belleza clásica nanren, pero en su rostro había una emoción tan profunda e inocente que los ojos de Zhu se sentían atraídos hacia él como si fuera la escena de un accidente.

—¿Qué debería haber hecho? ¿Ignorarlo? —le preguntó Ma, frunciendo el ceño. Se frotó las palmas ensangrentadas en la falda.

—Estás molesta —observó Zhu.

Ma la miró con fiereza.

—¡Sí, estoy molesta! Oh, lo sé, pasa continuamente. La anciana está acostumbrada. *Todo el mundo* está acostumbrado. Es solo que…

—Duele.

A Zhu la sorprendió la empatía de la muchacha. Si ella había tenido alguna vez una parte tan amable, capaz de una ternura sin más base que la humanidad compartida, no estaba segura de que siguiera allí.

—Por supuesto.

—¿Por supuesto? —repitió Zhu, divertida—. No lo des por sentado. Casi nadie es así. —Se levantó, compró un vaso de leche de soja de un tenderete cercano y se lo ofreció a Ma.

La joven lo aceptó con expresión escéptica.

—Pensaba que eras un monje de nubes y agua sin dos monedas juntas.

—Este monje no tiene nada más que la generosidad con la que otros lo bendicen —dijo Zhu, piadosamente. En realidad tenía más de dos monedas, ya que le había devuelto el gong a Jiao (que había regresado tras la victoria) a cambio del caballo y de algunas ristras de monedas de cobre. Tenía sentido que hubiera obtenido un beneficio; después de todo, era el gong con el que se podía llamar al Cielo.

Zhu notó que Ma la examinaba bajo sus pestañas mientras se bebía la leche. Era una mirada perpleja, como si estuviera convencida de que había algo más tras la monacal ingenuidad de Zhu, pero no supiera qué era. Aun así, era la primera persona de los Turbantes Rojos que veía tanto. Zhu suponía que, si el general Ma había sido tan competente como todo el mundo decía, tenía sentido que su hija fuera más lista que la mayor parte de los líderes actuales de la facción.

—El caballo —dijo Zhu, con curiosidad por conocer mejor a la chica.

—¿Qué?

—El caballo de este monje. Lo recuerdas. Como el general Guo ha encargado a este monje la modesta tarea de conquistar una ciudad, estaba pensando que preferiría cabalgar durante la refriega. Eso haría que mi supervivencia no dependiera tanto de los milagros. —Echó a Ma una mirada tentadora—. ¿Conoces a algún instructor de monta?

—¿Otra vez con eso? ¿Por qué estás tan seguro de que sé montar?

—Tu nombre significa «caballo», ¿no es así? —le preguntó Zhu, bromeando—. Los nombres no mienten.

—Oh, ¡por favor! —exclamó con desdén—. Si eso fuera cierto, todos los borrachos que se llamaran Wang serían reyes. Y tú serías… —Se detuvo.

—¿Rojo? —se burló Zhu—. Como… ¿un Turbante Rojo?

—¡Es un tipo de rojo distinto! ¿Cuál es el resto de tu nombre, de todos modos?

Cuando Zhu se lo dijo, ella negó con la cabeza y se rio, exasperada.

—¿Rojo *y* doble ocho afortunado? Tus padres debieron alegrarse mucho de tenerte.

Imágenes de una infancia (no la de Zhu Chongba) pasaron por su mente como destellos vistos a través del papel rasgado de una ventana. Pero ella era Zhu Chongba, y si su destino era ahora suyo, también lo era su pasado.

—Ah, es cierto. Aunque nunca me mostré demasiado prometedor, los padres de este monje siempre creyeron que conseguiría grandes cosas. —Levantó las cejas—. ¡Y ahora mira! Aquí estoy: un monje educado en lugar de un campesino. ¿Qué más podrían pedir unos granjeros?

Zhu creyó que había hablado con despreocupación, pero cuando Ma le echó una mirada inquisitiva, se preguntó qué verdad inadvertida se habría mostrado en su rostro.

—Es un placer conocerte, señor Zhu el increíblemente afortunado.

—Vaya, ¡qué formal! Será mejor que este monje te llame «maestra Ma», ya que vas a darle clases.

—¿Quién va a darte clases?

—Oh, si no vas a hacerlo, ¿debería llamarte «hermana mayor Ying»?

—¡No te tomes tantas confianzas! —exclamó Ma. Le echó a Zhu una mirada perspicaz y dijo—: Además, ¿quién es mayor? Si eres monje, debes tener *al menos* veinte años.

Zhu sonrió de oreja a oreja. Era cierto que Ma no podía tener más de diecisiete.

—Entonces que sea «maestra Ma», ya que no toleras que este monje te llame de otro modo.

—¿*Ese* es tu argumento?

Zhu puso su mejor expresión expectante en su rostro. La muchacha la miró fijamente, al parecer dividida entre la ira y la exasperación, y después suspiró.

—¡De acuerdo! Una clase. *Una*.

—Este monje aprende rápido. Pero el caballo... ¿quién sabe? —dijo Zhu, sintiéndose animada por su éxito. Le gustaba la idea de ver los ojos rasgados de Ma de nuevo, y de burlarse de ella fingiendo ser un monje ingenuo—. Quizá podrías darle algunas clases por separado, si este monje es demasiado dolor de cabeza para ti.

—Sí, ¡eres un dolor de cabeza! Ahora márchate.

Pero, cuando Zhu miró atrás, vio que Ma estaba sonriendo.

Zhu miró Anfeng desde su posición en los peldaños del templo y observó el colorido tráfico de Año Nuevo fluyendo a través de las calles estrechas, tan denso como los ríos y los dragones. El templo al este de Anfeng había sido una sucia ruina cuando Zhu lo descubrió. Reconociendo una oportunidad cuando la veía, de inmediato se mudó allí. La acompañaron los doscientos reclutas que el Pequeño Guo le había entregado de mala gana con el propósito de tomar Lu. La visión de todas aquellas tiendas esparcidas por los terrenos del templo la hacía sentir que tenía su propio ejército. Pero, aunque fuera un ejército, era todavía demasiado pequeño. Zhu estaba preocupada por lo de Lu. Cuanto más descubría sobre la ciudad, más comprendía que el Pequeño Guo la había sometido a un desafío imposible. ¿Cómo iba a tomar una ciudad amurallada con doscientos hombres?

Pero en ese momento, al ver a la poderosa figura vestida de negro subiendo los peldaños hacia ella, pensó: *Aquí viene una oportunidad.*

—Saludos, maestro Zhu —dijo el ministro izquierdo Chen. Una sonrisa irónica jugó en su boca. Su presencia se tragó a Zhu como la sombra de una montaña.

Zhu sintió una oleada de excitación que era en parte la conciencia del peligro, y en parte la emoción del subterfugio. Sabía por instinto que Chen, el líder más astuto y ambicioso de los Turbantes Rojos, sería algún día un desafío mayor que el Pequeño Guo. Pero, por el momento, él desconocía su intención y ella tenía ventaja. Hizo una reverencia, incluso más pronunciada de lo que se esperaba de un joven monje al recibir a un invitado importante.

—¡Ministro! Este monje indigno es demasiado pobre para recibir tu estimada persona en este templo humilde.

Zhu entrelazó las manos bajo su mirada baja y dejó que le temblaran las mangas. Sin duda Chen se sentiría halagado al pensar que le había robado una estampa de su carácter, en lugar de creer que aquello era un regalo que ella le hacía.

—¿Humilde? Por una vez hay algo de verdad en esa palabra —dijo Chen, examinando la desmoronada estructura y su batiburrillo de tiendas. Su atención, en realidad, no se había desviado: Zhu la sentía sobre ella, tan afilada como un punzón—. Al menos te has deshecho de los perros callejeros.

—A pesar de todas las tareas que se confían a este monje, su primer deber es con Buda y sus embajadores terrenales. El único pesar de este monje es que tiene muy pocos recursos para reformar el templo y convertirlo en un lugar adecuado para la oración.

Los ojos oscuros de Chen se clavaron en ella, imposibles de leer.

—Una actitud encomiable, maestro Zhu. Tus oraciones sin duda marcaron una diferencia en el río Yao. Pero me pregunto si un logro así puede replicarse contra Lu. Descubrirás que una ciudad es un desafío más difícil.

—Cualquier cosa es posible con la bendición del Buda —murmuró Zhu—. Solo podemos tener fe.

Chen le dedicó otra de sus ligeras sonrisas.

—Así es. Ah, qué refrescante es encontrar a un joven con tal confianza en nuestro propósito. Ojalá el general Guo siguiera tu ejemplo. —La expresión irónica había regresado. A Zhu le pareció que no se creía del todo su imagen de monje ingenuo, aunque tampoco recelaba de ella… Todavía. Mientras la observaba con atención, añadió—: ¿No crees que incluso el esfuerzo de la fe es más seguro con la añadidura de hombres y armas, maestro Zhu?

Aquella era su oportunidad. Abrió mucho los ojos, en su mejor imitación de perplejidad.

—¿Ministro…?

—Supongo que tendrás pocas posibilidades más allá de lo que yo pueda hacer —musitó—, pero me siento obligado a mejorar tus opciones. He ordenado al comandante Wu que te entregase quinientos hombres antes de tu partida. ¿Cuántos tendrás entonces? ¿Setecientos, más o menos? —Su carcajada sonó como un trozo de carne golpeando la tabla del carnicero—. ¡Setecientos hombres contra una ciudad! Yo no lo intentaría. Pero deja que haga lo que pueda por ti después: si consigues vencer en Lu, convenceré al primer ministro para que te permita quedarte lo que obtengas de ella. Entonces tendrás fondos suficientes para tu nuevo templo. —Sus ojos negros destellaron—. O para lo que quieras hacer.

Setecientos hombres era mejor que nada, aunque ambos sabían que estaba muy lejos del mínimo necesario para tener una oportunidad razonable de éxito. E, incluso si tenía éxito, el precio sería convertirse en un peón de Chen en la batalla que estaba librando con los Guo. Pero no tenía sentido preocuparse por eso todavía. *Cada problema a su tiempo.*

Chen estaba esperando su respuesta, aunque sabía perfectamente que solo podía darle una. Zhu se postró tres veces: humilde, agradecida.

—¡Este monje indigno agradece al ministro su generosa ayuda! Aunque carezco de habilidades para la guerra y el liderazgo, haré todo lo posible por llevar honor y éxito a los Turbantes Rojos...

Los dientes de Chen brillaron como los de un depredador que podría devorarla sin escupir los huesos siquiera. Los primeros fuegos artificiales del Año Nuevo florecieron en el cielo del ocaso a su espalda.

—Entonces usa toda la habilidad que tengas, maestro Zhu, y reza mucho.

Durante la primera guardia, Ma se escabulló por la puerta delantera de la mansión de los Guo. Solo era discreta por costumbre; durante las dos semanas entre el Año Nuevo y el Festival de las Linternas, todos en Anfeng merodeaban por sus calles a todas horas, disfrutando de los tenderetes de comida y puestos para beber, de los acróbatas y músicos y peleas de grillos, de los lectores de rostros y los vendedores de buñuelos de pescado.

Encontró al monje Zhu esperándola con su caballo y un sombrero de viaje de paja, triangular, inclinado sobre la cara. Lo único que podía ver bajo la sombra del sombrero eran sus finos labios, curvados en una sonrisa.

El efecto dramático duró hasta el instante en el que la vio y estalló en carcajadas. Cubriéndose la boca con la mano, dijo, con voz amortiguada:

—¿Eso… es un disfraz?

—¿Qué? No. Cállate. —Para montar mejor, Ma se había puesto una túnica corta de hombre, pantalones anudados en las rodillas y botas—. ¿Debería haberme puesto pantalones debajo de la falda?

—¿Por qué no? De todos modos, nadie va a pensar que eres un hombre.

Ma lo fulminó con la mirada, aunque era cierto que la ropa masculina no escondía su silueta femenina. Con sus muslos anchos y sus caderas redondeadas, nadie le compondría nunca un poema comparándola con un esbelto sauce, o con una elegante y delgada brizna de hierba.

El monje estaba mirándola.

—Tienes los pies más grandes que los de este monje. Mira. —Los comparó.

—Tú… ¡Oye! —Había sido *grosero.*

—No te preocupes, a este monje no le gustan los pies vendados. Las mujeres deberían poder correr durante una rebelión —le explicó.

—¿A quién le importa lo que a ti te guste? ¡Eres monje!

Zhu se rio mientras caminaban hacia la puerta oeste.

—No es que los monjes no vean a las mujeres. La gente siempre acude al monasterio con ofrendas. A veces, las chicas que querían aprender más sobre el dharma se quedaban para estudiar los textos con los novicios que estaban especialmente… avanzados. No sé si sabes a qué me refiero. —El sombrero se le ladeó; Ma vio un destello de dientes y, sorprendentemente, un hoyuelo—. ¿Lo sabes?

—Estoy segura de que no lo sé —le dijo, ultrajada—. Y si era así como se comportaban los monjes del monasterio de Wuhuang, no me extraña que ese eunuco lo quemara sin recibir mal karma a cambio.

—¡Has investigado a este monje! —exclamó, con deleite—. Wuhuang era un buen sitio. Aprendí mucho allí. —Su tono se llenó de tristeza, tiznado de un genuino dolor—. Después de la aparición del Príncipe de la Luz, el Gran Yuan intentó limitar el poder de los monasterios y nuestro abad se negó. Siempre fue testarudo.

—La gente lista sabe cuándo ceder —dijo Ma amargamente, pensando en el Pequeño Guo.

Juntas pasaron bajo las almenas de adobe de la puerta al oeste de Anfeng. Al otro lado había un prado desnudo, tosco a la luz de la luna, y más allá la resplandeciente curva negra del Huai. Mirando a su alrededor, el monje fingió estremecerse.

—¡Ah, está muy oscuro! ¿No te asusta pensar que este es exactamente el tipo de sitio al que acudirán los fantasmas cuando los rituales del Año Nuevo los expulsen de la ciudad?

—Si nos vemos abordados por los fantasmas hambrientos, me llevaré el caballo y dejaré que te coman a ti —dijo Ma, poco impresionada.

—Ah, así que es este monje quien debería estar asustado —replicó, riéndose.

—¡Sube al caballo de una vez!

—¿Cómo...? —Montó a horcajadas—. ¡Ja! No ha sido tan...

Ma le dio una palmada a la grupa del caballo. Este salió disparado; el monje, separado en el aire de su sombrero, cayó como un saco de gravilla de río. Cuando la muchacha se acercó, estaba tumbado sobre su espalda, sonriendo.

—La verdad es que este monje no sabe montar.

Después de una hora de instrucción, Ma todavía no sabía si eso era cierto o no. Si realmente era un principiante, no había exagerado al decir que aprendía rápido. Observándolo mientras trotaba relajadamente, con su ropa oscura bajo la luz de la luna y el rostro oculto bajo el sombrero, se descubrió pensando que no parecía un monje en absoluto.

Zhu se detuvo y desmontó, sonriendo.

—Piensa en lo rápido que este monje habría conseguido llegar a Anfeng si hubiera podido montar.

—¿Crees que te echábamos de menos? —resopló Ma.

—¿Crees que los milagros suceden sin oraciones? —replicó con una sonrisa—. Es útil tener a un monje cerca.

Milagro. Ma notó que una idea intentaba salir a la superficie. Estaba relacionada con la sensación que había tenido la última vez que se vieron: una sospecha de que su sonrisa traviesa escondía más de lo que revelaba. Recordó la extraña oleada que sintió cuando lo vio arrodillado ante el Pequeño Guo el día que llegó a Anfeng. Que, solo por un instante, le pareció alguien que sabía exactamente qué estaba apostando, y por qué.

Y entonces lo supo. Contuvo el aliento.

—El corrimiento de tierras en el río Yao no fue obra del Cielo. Lo hiciste *tú*. Sabías que te matarían si se libraba esa batalla. Hiciste que todos gritaran con todas sus fuerzas, sabiendo que eso provocaría un derrumbe que inundaría la presa y destruiría el puente. —Añadió, acusatoriamente—: ¡Las oraciones no tuvieron nada que ver con ello!

La había sorprendido. Después de una pausa asombrada, le contestó:

—Confía en mí. Este monje rezó.

—Por *tu* vida, quizá. ¡No por la victoria que el primer ministro te acredita!

—¿Qué tipo de monje rezaría por la muerte de diez mil hombres? —le preguntó, y ella pensó que eso, al menos, era cierto—. Sería una violación de los preceptos. Este monje no sabía que el Yuan estaba enviando a los flancos al otro lado del río. Fue decisión del Cielo habernos dado lo que necesitábamos para ganar.

—Supongo que no importa cómo —dijo Ma, incómoda—. Sobreviviste y conseguiste la victoria. Ahora te diriges a Lu y el primer ministro cree que puedes abrirte paso rezando hasta otro triunfo. Pero no puedes, ¿verdad?

—¿Crees que no fueron las oraciones de este monje las que provocaron que el ministro izquierdo Chen le entregara otros quinientos hombres? —Su voz se aligeró y adquirió un tono burlón—. Este monje se siente conmovido por tu preocupación, maestra Ma, pero la situación no es tan mala como tú crees. Puede que gane.

Era tan resbaladizo como un bagre; Ma no sabía si el monje creía lo que decía o no.

—¡Espero que tus hombres luchen mejor que tú! ¿No te das cuenta de que Chen Youliang te está utilizando para debilitar la facción de los Guo?

—Lo cierto es que el general Guo no provoca que otros deseen su éxito —dijo con amargura.

A pesar de que Ma estaba muy familiarizada con los defectos del Pequeño Guo, la crítica metió el dedo en la llaga.

—Eres muy audaz al pensar que puedes jugar a los juegos del ministro izquierdo —replicó. Recordó los dedos de Chen triturándole los huesos—. Su tutela nunca termina bien para nadie excepto para él mismo. Seguramente lo sabes.

Los ojos del monje se posaron en su muñeca, que se había tocado sin darse cuenta.

—Los seglares creéis que los monasterios son lugares tranquilos donde nadie desea otra cosa que el nirvana. Pero yo te aseguro que algunos monjes que se consideraban piadosos eran tan crueles y egoístas como Chen Youliang.

La sorprendió oír que dijera *yo*. Fue como buscar la mejilla de alguien en la oscuridad y encontrar en lugar de eso la íntima humedad de su boca abierta.

—Entonces lo sabes —le dijo Ma, inquieta—. Si te unes a su bando, te arrepentirás.

—¿Esa es la lección que crees que he aprendido? —El monje entornó los párpados y, por un momento, el rostro de grillo bajo el sombrero se vio ensombrecido por algo de lo que Ma se descubrió retrocediendo—. Como sea, los monjes no se unen a ningún bando. El ministro izquierdo Chen puede pensar lo que quiera, pero este monje solo sirve a Buda y a su embajador en la Tierra, el Príncipe de la Luz.

Al mirarlo, Ma vio a los diez mil hombres muertos del general eunuco.

—A veces, eso podría parecerse mucho a servirte a ti mismo.

Zhu levantó la mirada, tan afilada como un garfio. Pero, después de un instante, solo dijo:

—Maestra Ma, como este monje partirá pronto hacia Lu, ¿no tienes para él algún sabio consejo?

Su respuesta quedó interrumpida por el fuego rojo que floreció sobre Anfeng. Destellantes hilos de luz cayeron con la forma de una medusa.

—¿Eso es un fuego artificial? Nunca había visto ninguno así.

—Es obra de Jiao Yu. Tiene mucho talento con la pólvora.

Después de un momento de observación, el monje añadió:

—Es exactamente del mismo color que el Mandato.

O del color de las velas del templo, pensó Ma, observando la luz desangrándose en el cielo. Del color de la piedad y de las oraciones a los ancestros. A su difunto padre. De repente, sintió una violenta oleada de frustración por todo: por el Yuan, por la rebelión, por el egoísmo de los hombres mayores que competían por el poder. Por el mismo Cielo, por sus crípticas señales que parecían señalar en la dirección que quisieras.

—Qué poco valen las vidas en esta guerra —dijo con amargura—. Las suyas y las nuestras, ambas.

—Hay muchos sentimientos en tu interior, Ma Xiuying.

—No lo confundas con preocupación por tu vida o tu muerte, monje. —Pero era demasiado tarde: ya le preocupaba. *Lo único que ha necesitado ha sido pedirme ayuda.* Continuó de mala gana—: Sabes que mi padre era uno de los generales del Yuan. Casi al final de esa época, conoció al hombre que más tarde llegó a ser gobernador de Lu. Era semu, como mi familia. Ese hombre no era muy popular en Dadu, porque en su madurez se casó con una muchacha nanren por amor y la gente lo usó en su contra. Pero mi padre respetaba mucho su talento. Más tarde, cuando mi padre se unió a los Turbantes Rojos, siempre se negó a atacar Lu; decía que, con ese hombre como gobernador, era demasiado fuerte. Pero murió hace poco más de un mes. El Yuan enviará un reemplazo para Dadu. ¿Quién sabe cómo será? No obstante, si consigues llegar allí antes que él... podrías tener una oportunidad. —Se corrigió—. Parte de una oportunidad.

No sabía si había asustado a Zhu o si le había dado esperanza. Después de un momento de reflexión, el monje dijo:

—Eso es útil. Esta noche has enseñado bien a este monje, maestra Ma. —Volvió a montar y dijo, con voz totalmente normal, como si no hubieran estado hablando de su inevitable muerte—: Pero ¿por qué estamos aquí fuera cuando los fuegos artificiales son mucho mejores de cerca? Vamos. Llegaremos antes si ambos montamos.

El monje le tomó la mano a Ma y la ayudó a montar ante él. Su fuerza y seguridad la sorprendió. Había creído que los monjes se pasaban todo el día sentados con los ojos cerrados. Intentando no parecer impresionada, dijo:

—Soy yo quien sabe montar. ¿No debería tomar las riendas?

Lo *sintió* reírse en el interior del círculo de sus brazos.

—¿Este monje no sabe montar? Como solo me ofreciste una clase, pensaba que ya estaba preparado.

—¡*Preparado* para caer al primer disparo!

La muchacha se inclinó hacia delante y chasqueó los dedos junto a la oreja del caballo. Este viró a la izquierda, sorprendido, y Zhu se cayó de la grupa.

Cuando Ma detuvo al caballo y dio la vuelta, Zhu ya había recuperado el aliento y fingía admirar las estrellas.

—Bueno. Es posible que a este monje le viniera bien otra clase.

Ma resopló.

—Una clase ya te ha hecho mejor que a la mayoría de los que tienen un caballo. —Tiró de él para que subiera a su espalda; era más ligero de lo que esperaba.

—Si vamos a ir rápido y no quieres que me caiga, voy a tener que agarrarme a algo —dijo, sonriendo. Pero se sujetó a ella solo con las puntas de los dedos, casto. Por alguna razón, Ma era demasiado consciente de esa ligera presión, y de la calidez de su cuerpo contra el suyo.

Seguramente no volvería a verlo. Sintió una sorprendente punzada ante la idea. No era solo compasión.

Seis días después del Festival de las Linternas, en mitad del primer mes, el niño ladrón, Chan Yuchun, marchó con los setecientos hombres del monje Zhu a través de la llanura salpicada de lagos entre Anfeng y la ciudad amurallada de Lu. Los ánimos estaban bajos, aunque alguien (seguramente el propio Zhu) había comenzado a extender una historia del antiguo periodo de los Tres Reinos en la que los ochocientos miembros de la caballería del general Zhang Liao de Wei habían derrotado a todo el ejército del reino de Wu, formado por no menos de doscientos mil hombres, justo a las afueras de Lu. Yuchung, al que nunca le habían contado historias en su infancia, se negó a creerla por principios.

Ya habían dado el día por terminado, en la hora del Mono de aquella tarde, y estaban acampando. Yuchun descansaba junto a la tienda de la adición más reciente a las tropas de Zhu, y preguntó con genuina curiosidad:

—Bueno, ¿en qué momento crees que empezarás a arrepentirte de haber abandonado las tropas del comandante Sun para partir en la misión suicida de un monje incompetente?

Jiao Yu sostenía una barra metálica de treinta centímetros de largo. Un extremo bulboso se estrechaba en una angosta boca en el otro. Mientras

Yuchun observaba con interés, el ingeniero acercó un palillo encendido al agujero en el extremo bulboso y apuntó a un árbol a unos veinte pasos de distancia. Un momento después, se produjo una asombrosa réplica que los dejó a ambos asfixiándose en una nube de humo.

—¿Se suponía que debía pasarle algo al árbol? —preguntó Yuchun, tambaleándose.

—No es un incompetente —dijo Jiao al final. Golpeó el suelo con el arma hasta que un puñado de diminutas bolitas metálicas y trozos de cerámica cayeron por el extremo abierto, y después miró el interior murmurando para sí mismo.

—No es demasiado tarde para huir. Yo, en tu lugar, estaría considerándolo seriamente. Digo yo una cosa... —Yuchun tomó una de las bolas metálicas. Parecía demasiado pequeña para causar algún tipo de daño—. ¿Qué *es* eso?

—Un cañón de mano. —Jiao le quitó la bola—. El monje me pidió que ideara algún arma de pólvora. El problema es la fiabilidad...

Yuchun miró el árbol, totalmente intacto.

—Supongo que sería más fiable si lo usaras para golpearle la cabeza a alguien. ¿Y cómo que no es un incompetente? Ni siquiera sabe blandir una espada. ¿Crees que va a conseguir tomar una ciudad sin luchar?

—*Conseguir una centuria de victorias en una centuria de batallas no es el pináculo de la destreza. Someter al enemigo sin combatir es el pináculo de la destreza.*

—¿Centuria? ¿Pináculo? ¿Qué dices? —dijo Yuchun, lidiando con el lenguaje clásico.

—Ese monje sabe exactamente lo que quiere. La noche antes de la batalla en el río Yao me pidió que le fabricara ese gong. Lo hice, lo usó y ganó —le contó Jiao—. Ya he conocido a gente como él antes. O llegan lejos, o mueren pronto. Y, en cualquier caso, suelen causar daños colaterales a la gente normal. —Levantó las cejas, mirando a Yuchun—. ¿Tú eres especial, hermanito? Porque, si no lo eres, yo que tú tendría cuidado.

—Yo... —comenzó Yuchun, y se detuvo al ver movimiento—. ¿Qué...?

—¡Bandoleros! —se oyó el grito.

El campamento se disolvió en el caos. Mientras los centenares de montañeses a caballo, desertores del Yuan y antiguos campesinos, caían sobre ellos, los hombres de Zhu agarraron sus armas y se defendieron cada uno como pudo. Yuchun, que siempre se había enorgullecido de evitar las partes violentas de la rebelión, se encontró de repente en mitad de una batalla. Olvidando a Jiao y casi ciego de pánico, se tambaleó a través del embrollo protegiéndose la cabeza inútilmente con los brazos.

Cuando casi colisionó con un caballo, levantó la mirada y vio una silueta triangular que reconocía. Bajo aquel sombrero, el monje Zhu tenía la expresión paralizada de alguien incapaz de evitar que un terror del pasado lo sobreviniera de nuevo. Era la primera vez que Yuchun lo veía perder la compostura. Yuchun lo miró, al hombre que los dirigía y que era un *monje budista,* y sintió una descarnada punzada de intensa claridad: *Voy a morir.*

Un bandido intentó golpearlo al pasar y Yuchun lo esquivó, pero cuando se levantó había otro aún más alto ante su cara. Retrocedió, trastabillando... Pero en lugar de ir tras él, el bandolero alto se detuvo en seco al ver al monje Zhu.

—¡Parad! —gritó el forajido, levantando una mano autoritaria—. ¡Parad!

La refriega se desvaneció en los últimos choques del acero y los elevados murmullos de los hombres. Nadie gritaba, y los pocos que estaban en el suelo se pusieron en pie despacio, agarrándose las heridas superficiales. Por extraño que pareciera, apenas habían pasado unos segundos. Los Turbantes Rojos y los bandidos se miraron unos a otros, con la sangre erizada.

Los ojos del bandido alto estaban clavados en el monje Zhu. Bajo sus harapos, su cuerpo sólido parecía construido para la violencia. Incluso su cabello parecía haber sido rapado en un arrebato de furia contra sus ancestros. Le temblaba la espada en la mano.

—Baja de ese caballo —ordenó al monje Zhu con tranquila intensidad.

Después de un momento, el monje desmontó. Allí de pie, desarmado y sin armadura, parecía patéticamente pequeño. De todos los Turbantes Rojos, Yuchun era el que tenía la apuesta más antigua contra la supervivencia del monje. En ese momento, al ver su mano ganadora, sintió un peculiar vacío. Ya podía verlo: la cabeza afeitada del monje golpeando el suelo; el arco brillante de la sangre sobre su rostro. Así era como terminaba siempre.

El bandido alto se abalanzó sobre el monje Zhu. Yuchun, que cerró los ojos en el último momento, los abrió y miró con asombro dos cuerpos atrapados no por la violencia, sino en un feroz abrazo. El rostro del monje Zhu brillaba de alegría mientras tomaba con su palma la nuca del bandolero alto, un gesto posesivo que no encajaba al comparar sus tamaños.

—*Hermano mayor.*

—¿Ves? —Yuchun se sobresaltó; era Jiao. Mientras miraba al monje y al bandolero, continuó—: No tenía que luchar para ganar. No lo subestimes porque sea un monje. Lo que alguien es no significa nada. La verdad está en los actos. Y, si tenemos en cuenta los actos, ese monje mató a diez mil hombres en un instante. Así que, ¿en qué lo convierte eso?

Antes de que Yuchun consiguiera encontrar su voz, Jiao respondió a su propia pregunta:

—En alguien de quien tener cuidado.

10

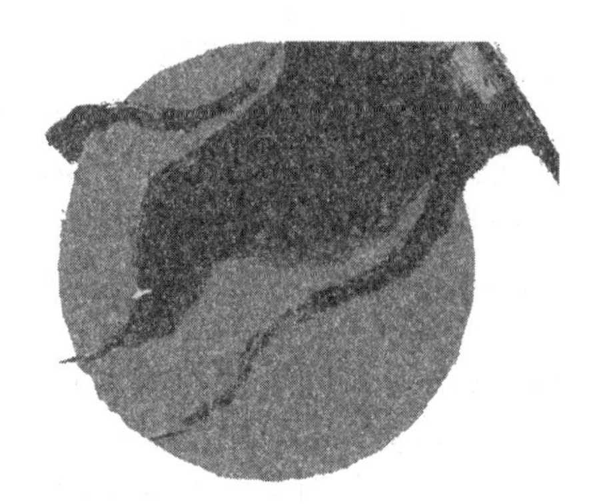

ANYANG, PRIMER MES

Este es el momento en el que todo empieza, se dijo Ouyang mientras abandonaba sus aposentos en la tranquila ala exterior de la residencia de Esen. Una tormenta se estaba reuniendo fuera y las lámparas hacían poco por ahuyentar la penumbra en el pasillo. El frío olor negro de la lluvia atravesó la ventana de papel.

—General —lo llamaron los criados cuando entró en los aposentos de Esen—. El señor Esen ha salido al campo de entrenamiento, pero con este tiempo sin duda regresará pronto. Quizá desees esperar. —Y se retiraron corriendo. Ouyang se sentó y se levantó, y se sentó de nuevo. Quería que Esen llegara, y era lo último que deseaba.

Parte de su inquietud debió mostrarse en su rostro, porque cuando Esen llegó, le echó una mirada asombrada y exclamó:

—¿Qué pasa?

Despidió a los criados, que habían entrado de nuevo en la estancia para quitarle la armadura, y comenzó a hacerlo él mismo. Estaba colorado por el ejercicio, y el cabello suelto de sus trenzas estaba humedecido en su cuello. Ouyang sentía el olor de la empapada piel de ante de su armadura, mezclado con el metal y el suave aroma de su caliente cuerpo de hombre: una combinación tan íntima como el interior de una tienda.

—Nada importante, mi señor. Vengo a hacerte una petición menor.

Viendo que Esen estaba forcejeando con la lazada bajo su brazo, Ouyang se acercó para deshacerle el nudo. Solo después de comenzar, se dio cuenta de lo que estaba haciendo.

Esen se rio, sorprendido.

—¡Que un general del Yuan se rebaje así!

—¿No lo he hecho antes muchas veces?

—Eso fue hace mucho tiempo. Eras solo un niño.

Hacía dieciséis años. Más de la mitad de sus vidas.

—Tú también.

Dejó la armadura de Esen en la mesa auxiliar y tomó la muda limpia del perchero mientras él terminaba de desnudarse. Se le acercó por la espalda para acomodar la túnica sobre sus hombros. Cuando sus manos los tocaron, la familiaridad de ese antiguo gesto lo aturdió. Tras dejar atrás la época como esclavo y sirviente, Ouyang solo había desnudado a Esen una vez durante su largo ascenso de guardia a comandante y a general. Recordó ese momento en imágenes: la sorpresa de Esen cuando bajó la mirada y vio su armadura y su carne abierta por la lanza; la sangre que le cubrió las manos mientras intentaba quitarle la armadura en el ger del médico, sin confiar en que otro lo hiciera. Recordó su desesperada urgencia por aliviar el dolor de su señor, tan intensa como si fuera su propio cuerpo el que sangrara. E incluso entonces, en el momento en el que sus cuerpos se unieron en aquella hermandad de sufrimiento, una pequeña parte de Ouyang había recordado su destino.

Alisó la tela sobre los hombros de Esen y retrocedió.

Esen se quedó inmóvil un momento, como si el peso de los recuerdos también lo detuviera a él. Después, se recompuso y dijo:

—Come conmigo, mi general. Necesito compañía.

Mientras los criados entraban con la comida del mediodía, una ráfaga de aire golpeó la celosía de la galería exterior, inmediatamente seguida por la amartillante lluvia. Ouyang oyó los gritos de las mujeres de la residencia, un sonido inquietantemente descarnado y atrapado por el viento. Frente a él, en la mesa redonda, Esen comía con una expresión ausente poco habitual en él. Aunque era un señor, en Anyang siempre parecía estar fuera de lugar, como una planta silvestre arrancada de la estepa y puesta en una maceta para placer de otros.

—¡Cuánto odio sus jueguecitos y exigencias! —estalló de repente.

Ouyang mojó un trozo de gelatinosa carrillera de cerdo en vinagre oscuro y dijo, con neutralidad:

—¿Tus esposas?

—Oh, Ouyang. ¡Las mujeres son terribles! Las *intrigas*. —Gimió—. Considérate afortunado porque nunca tendrás que sufrir este tipo de tormento.

Esen nunca pretendía hacerle daño, y Ouyang siempre ponía un gran cuidado en fingir una despreocupada aceptación de su exclusión de la vida familiar. ¿Por qué debería culpar a Esen por no ser capaz de leerle la mente y ver allí su furia y su dolor? Pero la verdad era que sí lo culpaba. Lo culpaba incluso más que si fuera un desconocido, porque le dolía más que alguien a quien quería tanto no viera la verdad en él. Y se culpaba y odiaba a sí mismo por ocultar esa verdad.

—Antes me topé con la señora Borte —le dijo con desagrado—. Te envía saludos, y me ha preguntado cuándo podría tener el privilegio de recibirte de nuevo.

En opinión de Ouyang, las cuatro esposas de Esen andaban escasas de belleza y personalidad, y la presencia de cualquiera de ellas le erizaba la piel. Odiaba sus rostros inexpresivos bajo su espeso maquillaje blanco, sus pasos diminutos que hacían que tardaran siglos en llegar de un lugar a otro y las bobas columnas de sus tocados, que se alzaban tanto sobre sus cabezas que Ouyang no podría alcanzarlos con la mano. Incluso su olor era repulsivo: un aroma a flor pasada que se aferraba a él durante horas después de sus visitas. Ouyang, que conocía a Esen mejor que nadie, no comprendía qué atractivo encontraba en esas mujeres. Imaginarse a Esen follando con una de ellas le provocaba el mismo horror visceral que la idea de una cópula interespecie.

—Si al menos una de ellas tuviera un hijo, eso crearía un orden —se quejó Esen— Pero en este momento todas creen que tienen la posibilidad de estar en la cima. Es una pesadilla. Cuando estoy aquí, me tratan como si no fuera más que un semental. —Y añadió, indignado—: ¡Ni siquiera me sirven el té primero!

La incapacidad para tener hijos de Esen era tema de preocupación y diversión entre los criados; sus esposas estaban preocupadas pero sin duda el tema no las divertía; y últimamente el propio Esen había estado considerando la adopción, aunque ante Ouyang admitía que la sugerencia había puesto furioso al príncipe de Henan, que se arrepentía de haber adoptado a Wang Baoxiang.

Incluso con las puertas cerradas, la fuerza de la tormenta era suficiente para que las llamas de las lámparas se movieran con mayor frenesí del que provocaba la presencia de Ouyang. Era el tipo de tormenta que los nanren consideraban un mal augurio para el futuro del Gran Yuan. Pero, aunque Ouyang fuera un general del Yuan, él no luchaba por el imperio. Sus esfuerzos habían sido siempre solo por Esen. De repente sintió un profundo deseo de retomar la campaña. La campaña era su mundo, donde lo único que importaba era el orgullo de mostrarse honorable en la batalla, y el aprecio y la confianza entre los guerreros. Era el único sitio donde Ouyang era siempre feliz.

Pero ¿qué importancia tenía la felicidad en cómo debía vivirse la vida?

—Mi señor, el asunto por el que he venido… —comenzó, dolorosamente—. He oído que ha llegado la invitación para la cacería de primavera. ¿Asistirás este año?

Esen hizo una mueca.

—Preferiría no hacerlo, pero mi padre ya me ha dicho que espera que lo acompañe.

—Deberías hacerlo. Cuando el príncipe de Henan no esté, tú heredarás sus títulos. Es importante que la corte y el Gran Kan sepan algo de ti, además de que eres el hijo de tu padre. Este año es tu oportunidad de impresionarlos.

—Supongo que tienes razón —dijo Esen, sin entusiasmo—. Pero la idea de estar separado de ti durante tanto tiempo me resulta extraña. Tengo la sensación de que apenas te he visto desde que regresamos. Desde…

Tuvo la elegancia de detenerse antes de decir: *ese momento con el príncipe de Henan*.

Ouyang se dio cuenta de que tenía los palillos agarrados con fuerza. Los soltó y dijo:

—Si ese es el caso… Mi señor, ¿por qué no le preguntas al príncipe de Henan si puedo ir contigo a la cacería de primavera?

Esen levantó la mirada, deleitado.

—¿De verdad? Lo haré de buena gana. La única razón por la que no lo he hecho ya es porque creí que no querrías venir. Sé cuánto odias sonreír y dar conversación.

—Supongo que debería seguir mi propio consejo. Si el Gran Kan conoce tu nombre, quizá también debería conocer el mío.

—Esto me complace. De verdad. —Esen atacó el pollo con ginseng al vapor con renovado vigor y una sonrisa.

Las puertas de la residencia se abrieron dando un golpe, como atravesadas por fantasmas furiosos, y Ouyang sintió los ojos de sus ancestros sobre él mientras comía con el hijo del asesino de su familia, la persona a la que más quería en todo el mundo.

Las capas de Ouyang y de Shao aletearon con el viento mientras atravesaban los terrenos del palacio. La tormenta había convertido la primavera de nuevo en invierno, y las flores caídas en los patios se habían vuelto marrones. Ouyang se sentía mal; siempre sufría con el frío.

—Acompañaré al príncipe de Henan, al señor Esen y al señor Wang a la cacería de primavera del Gran Kan. Ese será el principio. Necesito que lo prepares todo en mi ausencia.

—Así que el momento ha llegado. ¿Podrás hacerlo?

La fría expresión que Shao le echó estaba mal, viniendo de un inferior, pero a Ouyang no le importaba si a Shao le caía bien o no, o si estaba enfadado con él o no: solo que hiciera lo que fuera necesario.

Antes de que pudiera contestar, doblaron una esquina y vieron a Wang dirigiéndose rápidamente hacia ellos por el patio.

—Saludos, señor Wang. —Ouyang y Shao hicieron sus reverencias al unísono.

—General —dijo el señor, inclinando la cabeza mínimamente—. Un encuentro afortunado. La lluvia de anoche ha inundado y destruido un sinfín de aldeas. Enviadme dos batallones de hombres de inmediato para reconstruir las carreteras y los desagües. —Pasó de largo.

—Mi señor. —Ouyang hizo una reverencia en respuesta y siguió con su camino, con una recordada punzada de empatía atenuando su habitual desagrado por el señor.

Shao se apresuró tras Ouyang y dijo:

—¿De verdad harás que nuestros soldados pospongan sus preparativos para cavar zanjas?

—¿Preferirías su enemistad durante toda la temporada de solaz? No deseo rellenar cinco páginas de papeleo por cada flecha que necesite. —Ouyang negó con la cabeza, impaciente—. Démosle los batallones; tenemos tiempo de sobra.

—Asumes su irreverencia con demasiada tranquilidad. Eres un general, y él es un hombre que ni siquiera quiere asumir el papel de un hombre. ¿Por qué permites que te menosprecie como si fueras un sirviente?

Ouyang creía que Wang lo respetaba más que Shao.

—¿Por qué debería afectarme el trato que me dispensa el señor Wang? Solo lo hace porque sabe que no es importante. Incluso su padre lo odia y humilla.

—¿Y el señor Esen?

—Esen no odia a nadie —dijo Ouyang, sintiendo una oleada de un dolor que conocía bien—. Pero debería. Esa adopción fue el error de un idiota. Chaghan debería haber sido más listo. Las raíces son imposibles de erradicar. ¿Cómo podría el señor Wang llevar honor a la familia de Chaghan? Tiene la sangre de su padre.

—Nuestra sangre —replicó Shao.

Sangre. La sangre de su padre en sus venas. La sangre de sus ancestros. Oírlo decir en voz alta lo desconcertó tanto como la caída de un rayo cercano.

—No dejes que nadie te oiga decir eso —le espetó—. Cuando me haya marchado, tú estarás al mando. Tu lealtad está con el Gran Yuan; eso es lo único que debe verse. ¿Lo comprendes?

—Sí, general —dijo Shao, y se golpeó el pecho con el puño. Pero había una sonrisa contumaz bajo el gesto. Algo en ella hizo que Ouyang se estremeciera: el roce espectral de la sangre, de la traición y del destino.

11

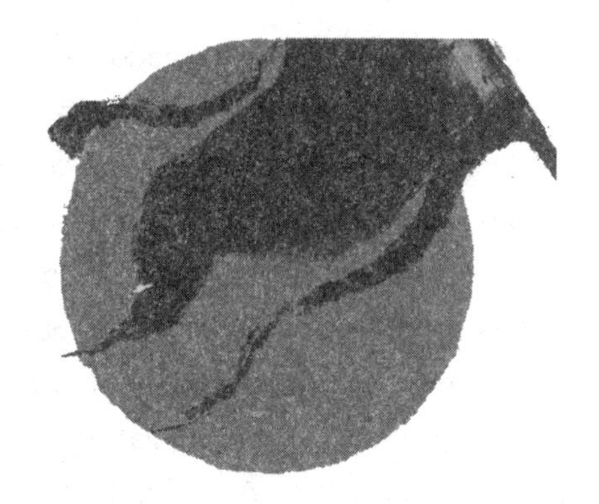

AFUERAS DE LU, SEGUNDO MES

Zhu estaba sentada junto a Xu Da ante su fogata mientras los hombres montaban el campamento, catalogando todos los cambios que su conocido y atractivo rostro había sufrido. Sus pómulos eran más pronunciados, y había una nueva sombra en sus ojos. Su cabello crecido se elevaba sobre su cabeza como el pelaje del perro de un templo tibetano. Sin el uniforme gris, que era como siempre lo había visto Zhu, parecía una persona distinta. Una persona peligrosa y desconocida. *Un bandido.*

—Míranos ahora —dijo Xu Da en voz baja—. Una encomiable pareja de monjes, ¿no te parece? —La sombra de sus ojos también estaba en su voz. Siempre había sido el monje más campechano y sonriente, pero en ese momento se dio cuenta de que las recientes experiencias lo habían herido—. Nunca tuve la intención de… Ya sabes. Romper mis votos.

Era sorprendente viniendo de él, que nunca había sido especialmente devoto. Se había acostado por primera vez con una chica cuando tenía trece años, y por lo que Zhu sabía, nunca había sentido remordimientos por las muchas mujeres que la siguieron.

Como si supiera qué estaba pensando, Xu Da añadió:

—No ese voto. Ese no significa nada. Nunca tuve la intención de matar. —Las sombras de su rostro se profundizaron: arrepentimiento, amargura—. Al principio.

El agua siseó en los troncos verdes de la fogata. Zhu observó las burbujas que se reunían en los extremos cortados como la saliva en la boca de un hombre muerto, y la sobrecogió el extraño recuerdo entrelazado de los bandidos que habían asesinado a su padre, como si lo viera simultáneamente desde la perspectiva de dos personas distintas: un niño y una niña. Se preguntó si su padre sería uno de los fantasmas abandonados que vagaban justo más allá del círculo de la luz de la hoguera.

—Cuando me enteré de lo del monasterio, permanecí en una de las aldeas arrendadas —le contó Xu Da—. Dejé que se quedaran el dinero del alquiler, ya que, ¿a quién iba a entregárselo? Así que me toleraron un tiempo. Pero después llegaron los bandoleros. Sabían que ya no contaban con la protección del monasterio. Cuando acudieron a la casa en la que me alojaba, se rieron al verme. ¡Un monje! Inofensivo, ¿verdad? Pero, cuando uno de ellos me agarró, lo golpeé. Había una roca a su espalda, y cuando cayó, le golpeé la cabeza. —Se quedó en silencio un momento—. Quería vivir, así que arrebaté una vida. Y después de eso me uní a los bandoleros, y ellos empezaron a seguirme... Quité más vidas. Deliberadamente. Aunque sabía que renacería para sufrir, vida tras vida.

Zhu miró su rostro apesadumbrado, bruñido y demacrado por la luz del fuego. Recordó su rezo en el puente, y la respuesta del Cielo a su oración que había matado a diez mil hombres. Ella no había rezado pidiendo aquellas muertes, pero habían sucedido por su culpa y las había agradecido. Ella también había roto sus votos porque lo había deseado.

Rodeó los amplios hombros de Xu Da con el brazo y tiró de él hacia ella. Sus músculos se movieron bajo su piel como un caballo inquieto. Con la otra mano le giró la cara hacia la suya, tan cerca que sus frentes se rozaron, y le dijo con ferocidad:

—Eso significa que tenemos que hacer que esta vida merezca la pena.

Él la miró. Zhu vio el momento en el que llegó el alivio, porque la había encontrado y podía seguirla. Las sombras de su rostro ya se estaban disipando. A través de las grietas, vio de nuevo al chico que había en él.

—¿En quién te convertiste tú cuando nos separamos? —le preguntó.

Ella sonrió.

—En la persona que siempre se supuso que era. —Y mientras siguiera siendo esa persona, a ojos del Cielo e incluso en su mente, mantendría aquella valiosa y nueva sensación: la del destino arrastrándola hacia adelante, hacia el futuro. *Hacia la vida*—. Y un día, seré grande.

El fuego crepitó, haciendo que la humedad de su ropa y de la camisa y los pantalones manchados de Xu Da se evaporara.

—¿Recuerdas que siempre decía que tú no te convertirías en una de esas papayas resecas del salón de meditación? Incluso de niño, tu deseo siempre fue más fuerte que el de nadie que yo haya conocido. —Su mejilla se movió contra la mano de Zhu mientras hablaba y su despreocupada intimidad resurgió como una enredadera—. Si me lo hubiera dicho cualquier otro, pensaría que solo estaba fanfarroneando. Ni siquiera sé qué significa *ser grande*. Pero viniendo de ti... me lo creo.

La gente decía que un solo día sin un amigo querido podía parecer tres otoños. Por primera vez desde la destrucción del monasterio, Zhu se permitió sentir cuán largos habían sido los meses sin él, y el alivio por su reunión. Se echó hacia atrás y lo miró con cariño.

—Voy a necesitar tu ayuda para conseguirlo, hermano mayor. Justo ahora, me enfrento a un desafío. Tengo que tomar Lu.

—¿Lu? *¿La ciudad?* —Xu Da la miró fijamente—. Y tus líderes te han dado... ¿cuántos hombres para hacerlo? ¿Ni siquiera un millar? *Tiene una muralla*.

—He dicho que era un desafío, ¿no? No te sorprenderá, pero a uno de esos líderes le encantaría verme fracasar. Pero creo que un asalto podría funcionar si Lu no tuviera a nadie al mando. —Le informó lo que Ma le había contado—. La población seguramente entrará en pánico y se rendirá sin ponernos a prueba siquiera. Pero, antes de hacer nada, deberíamos descubrir a qué nos enfrentamos exactamente.

Xu Da le echó una mirada entornada. Las sombras estaban desprendiéndose, y una pizca de su antigua vivacidad regresó a su expresión.

—Deberíamos entrar —le aclaró Zhu, animada por su entusiasmo.

—¡Ya sé a qué te refieres! Ah, Zhu Chongba, no has cambiado ni un poco. ¿Sabes lo que hacen en la ciudad con la gente a la que confunden con ladrones? ¿Cómo crees que recibirán a un rebelde y a un bandido?

—Sé muy bien qué hacen con los ladrones; en Anfeng intentaron hacérmelo a mí —dijo Zhu—. Pero en mi experiencia, mientras puedas demostrar que eres *otra* cosa en lugar de un ladrón...

Tomó un puñado de ramitas largas y flexibles del montón de la leña que tenían al lado, con la intención de tejer una cesta, pero se detuvo cuando se le erizó la nuca. Tenía la ominosa sensación de que el Cielo la estaba mirando. Después de un momento, el sentimiento remitió y comenzó a tejer todavía con inquietud. Ella era Zhu Chongba, pero si usaba habilidades que él nunca habría tenido...

Cuantas más cosas haga que él no pudo hacer o no habría hecho, más me arriesgo a perder el destino de grandeza.

Apretó el tejido con las manos. *Tengo que ser él. Soy él.*

—Hermano mayor...

Xu Da estaba mirando los ágiles movimientos de sus manos, fascinado. *Me está viendo hacer un trabajo de mujer.* Alejando un escalofrío, dijo, tan animada como pudo:

—¿Podrías encontrarme un par de ratas?

—¿Cuál es el propósito de vuestra visita? —les preguntó el guardia de Lu, medio aburrido y medio receloso. Sobre ellos, las murallas de Lu se alzaban con la altura de una pagoda de seis plantas: piedra pulida de un pálido gris, tan bien encajada que parecían las colinas de piedra caliza sobre el monasterio de Wuhuang.

—Somos exterminadores de plagas —dijo Xu Da, que fingía los balbuceos de los campesinos mejor que Zhu. También su aspecto encajaba mejor con el de un exterminador: grande y robusto, y tan sucio como un bandolero. Dando verisimilitud a su historia, aunque no lo habían planeado, le sangraba la mano por un mordisco de rata.

—Ajá —dijo el guardia, inclinándose para inspeccionar la trampa que sostenía Zhu y sobresaltándose cuando se topó cara a cara con una de las ratas—. Si las extermináis, ¿por qué cargáis con ellas todavía vivas? Deberíais soltarlas. *Fuera* de la ciudad.

—¿Soltarlas? —replicó Xu Da—. ¿Por qué haríamos eso? Las vendemos. En la campiña.

—¿Las vendéis?

—Ya sabes. Para comer.

Echándoles una mirada de disgusto, el guardia les indicó que pasaran.

—Argh. Adelante, adelante. Debéis marcharos antes de la noche, y manteneos alejados de la procesión…

—¿La procesión…? —le preguntó Zhu, casi colisionando con Xu Da, que se detuvo repentinamente—. Oh. *Esa* procesión.

Ante ellos, un grupo de sirvientes portaba un palanquín de madera lacada suntuosamente tallado. Borlas de color rojo fresa se agitaban en la longitud de su techo abovedado, y las ventanas con celosías tenían las cortinas corridas.

—El nuevo gobernador, que ha llegado de Dadu justo esta mañana —respondió un espectador a la pregunta de Zhu.

Zhu intercambió una tensa mirada irritada con Xu Da mientras se movían con la multitud en la estela del palanquín. Haber perdido su oportunidad por cuestión de horas le parecía peor que haberla perdido por días.

—Tendremos que hacerlo mientras se esté asentando —murmuró Xu Da mientras caminaban—. Cuanto más esperemos, más difícil será.

Un asalto con pocos recursos a una ciudad amurallada había sido mala idea antes, pero ahora parecía tan suicida como el Pequeño Guo creía. *Al menos, lo hemos descubierto antes de intentarlo.*

Se estaban acercando a la residencia del gobernador. Zhu y Xu Da se habían criado en el monasterio más rico de la región, pero ver el complejo palaciego los hizo abrir los ojos con sorpresa incluso a ellos. Sobre el encalado murete exterior, Zhu podía ver que el edificio principal tenía al menos treinta columnas de ancho, cada una tallada y pintada y tan gruesa que no podría haberla rodeado con los brazos. El resto de los edificios era casi igual de grande, dispuestos alrededor de patios en los que había alcanfores y parasoles plantados. Sobre sus copas, los tejados con forma de montaña tenían tejas turquesas con esmaltados tan gruesos que rompían la luz como el agua. Pináculos de carpas pintadas de dorado saltaban en el veteado cielo de primavera.

Zhu y Xu Da se abrieron camino entre la multitud y vieron que el palanquín se detenía ante la puerta de la residencia, delante del grupo que salió del interior para darle la bienvenida. Eran parte de los esperados viejos consejeros, y una mujer con blanco traje de luto: la esposa del difunto gobernador nanren. La brisa de primavera elevaba la túnica exterior de gasa de su vestido, de modo que se agitaba como pétalos de cerezo. Su rostro pálido tenía una desencajada intensidad. Aun sin poder ver demasiados detalles desde lejos, la tensión de su porte hacía imposible creer que no estuviera temblando.

El gobernador Tolochu bajó del palanquín. El semu, de mediana edad y aspecto severo, observó al pequeño grupo con las manos entrelazadas a la espalda y una mirada descontenta.

—La señora Rui, supongo. ¿Qué haces aquí todavía?

La tensión en aquella silueta envuelta en gasa era como la de un cañón preparado antes de la explosión.

—Presento mis respetos al honorable gobernador —dijo la señora Rui, con un filo en la voz—. A esta mujer indigna se le prometió que se le permitiría quedarse aquí, en esta residencia, tras la muerte de su marido.

El gobernador Tolochu resopló.

—¿Se le prometió? ¿Quién hizo una promesa así?

—No hay sitio para mí en Khanbaliq…

—¡Aquí tampoco hay sitio para ti! ¿Es que no tienes vergüenza y quieres ser una carga en mi casa? —El gobernador era obviamente el tipo de persona que obtenía una gran satisfacción espiritual al reprender a otros, como hace un hombre frío con un cuenco de sopa—. No, no lo creo. A Khanbaliq o a otro sitio; poco me importa. Yo no soy responsable de las deudas ni de las pertenencias de mi predecesor. Ni siquiera sé en qué estaba pensando cuando trajo a su esposa a este puesto. Debió ser un hombre autocomplaciente. Tendré mucho que corregir de su trabajo aquí.

Zhu observó el rostro duro de la señora Rui mientras recibía la diatriba del gobernador Tolochu. Si acaso, parecía estar endureciéndose todavía más. Zhu tenía la impresión de que estaba apretando los puños en el interior de sus mangas. Cuando el gobernador terminó, miró a la señora Rui un instante y después pasó de largo y entró en la residencia. Tan pronto como se hubo marchado, la señora Rui se irguió. No era una mujer guapa, pero la expresión de su rostro atrajo la atención de Zhu como una herida: reflexiva y pavorosa.

—Un hombre duro —dijo Xu Da, frunciendo el ceño—. No tardará mucho en controlar al ejército. Quizá si lo hiciéramos esta noche…

Zhu seguía mirando a la mujer nanren. No sabía qué era, pero había algo…

Entonces lo supo, aunque no tenía ni idea de cómo lo sabía, dada la ausencia de algo obvio como un vientre abultado. Una docena de pequeñas observaciones, todas uniéndose en una única conclusión. Con una sacudida vertiginosa, se dio cuenta de que aquello era algo que la persona que se suponía que era nunca habría notado. Pero ella no podía no ver lo que era evidente: el potencial explosivo que podía terminar con una mujer y que, para una viuda, se traducía en un destino de penurias y miseria.

Al ver lo que no debería haber visto, Zhu atisbó una terrible oportunidad. Todos sus instintos gritaron, alarmados, y retrocedió ante la idea, disgustada. Y aun así, con una muralla y un gobernador fuerte interponiéndose entre sus setecientos hombres y el éxito, era la única oportunidad que se le ocurría.

Los sirvientes del gobernador Tolochu entraron en el complejo, cargados de cajas y muebles; una procesión que había parecido interminable en las calles de la ciudad, pero que en ese momento disminuía con rapidez. Mientras Zhu los veía atravesar la puerta, su mente corría. Su corazón latía con un vertiginoso contrapunto. Supo por instinto que, haciendo aquello, se arriesgaría a un futuro catastrófico. Pero era un riesgo que tendría que asumir para mejorar sus opciones de éxito en el presente. Su única opción de éxito.

El riesgo es solo riesgo. Nada lo convierte en una certeza. No, si nunca vuelvo a hacer algo así…

—Esta noche, no —interrumpió a Xu Da—. Espera hasta mañana, y después hazlo.

—¿Hazlo? ¿Yo? —Abrió los ojos como platos—. ¿Dónde estarás tú?

—Yo tengo que hablar con la señora Rui. Rápido: suelta las ratas, distrae a la multitud para que pueda unirme a esos criados. Ahora, ¡antes de que todos hayan entrado!

Xu Da le agarró el brazo mientras se apresuraba hacia la procesión, elevando la voz, lleno de pánico.

—Espera. ¿Qué estás haciendo? Entrarás, ¿y después qué? La señora Rui estará en los aposentos de las mujeres, rodeada de doncellas… No podrás acercarte a ella, ¡y menos hablarle!

—*Tú* no podrías hacerlo —dijo Zhu, con seriedad—. Yo lo haré.

La señora Rui estaba sentada delante del espejo de bronce con una expresión sombría y taciturna. Tenía la parte delantera del vestido abierta, mostrando las venas verdes que se bifurcaban sobre la pendiente de sus senos. Cuando vio a Zhu entrando a su espalda, levantó la mirada; sus ojos se encontraron en el metal, borrosos como a través de un velo.

—No te necesito en este momento. Déjame. —Habló con la contundencia segura de alguien acostumbrado a mandar a los criados.

Zhu se acercó. El aire que la rodeaba era denso y dulce, como un huerto en el día más caluroso de la primavera. Era el aroma del santuario privado de una mujer, tan ajeno a Zhu como un país extranjero. La amplia falda susurró alrededor de sus piernas, y el pañuelo que llevaba en la cabeza se agitó. La ropa de mujer le otorgaba una nueva dimensión, como si se moviera a través del espacio como otra persona. El disfraz robado había hecho su trabajo: nadie la había mirado dos veces mientras atravesaba el complejo hasta las estancias de las mujeres. Pero, con cada segundo, su sensación de sofocante imposibilidad crecía. Una violenta letanía se repetía en el interior de su cabeza: *Esta no soy yo.*

La señora Rui se tensó.

—¡Tú...! ¡He dicho que te marchases! —Como Zhu siguió acercándose, se giró y le abofeteó la cara con la mano abierta—. ¿Estás sorda, perra inútil?

Zhu giró la cara para evitar lo peor del impacto. El pañuelo se deslizó hasta el suelo. Sintió una oleada de alivio al despojarse de él. Su cabeza afeitada con las cicatrices de su ordenación, lo único que la diferenciaba de todas las demás criaturas con ropa de mujer, era la marca indeleble de su verdadera identidad: su yo monje. *Está bien. Mira quién soy en realidad,* pensó mientras se giraba para mirar a la señora Rui.

Al ver la cabeza rapada de Zhu, la señora Rui contuvo un grito y se cubrió con las ropas. Antes de que pudiera gritar, Zhu le tapó la boca con la mano.

—Shh.

El brazo de la señora Rui encontró una tetera sobre la mesa auxiliar y golpeó con fuerza la sien de Zhu.

Zhu se tambaleó, cegada por un estallido de dolor, y sintió una oleada de líquido caliente empapándole el cuello. Se recuperó justo a tiempo de apresar el brazo de la señora Rui mientras se lanzaba sobre ella con el fragmento de tetera como si este fuera un cuchillo. Le apretó la muñeca hasta que soltó el arma improvisada. Sus ojos destellaron en silencio, desde detrás de la mano que la silenciaba.

—¡Bien! —dijo Zhu, mareada—. Sabía que tenías espíritu.

Pero había sido justo lo contrario a algo bueno. El dolor del golpe era tan frío como el roce de una sombra conocida: la nada que pertenecía a un cuerpo de mujer. Solo pensar en ello la inundó de pánico. Soltó a la señora Rui y se tiró de la blusa y de la falda en un paroxismo de terror.

La señora Rui la observó. Su primer miedo había quedado reemplazado por el frágil desprecio de alguien que ha visto un futuro peor al que Zhu podría representar. Mientras ella se despojaba del resto de la ropa de mujer y se alisaba la ropa arrugada, la señora Rui dijo, con cierta hostilidad:

—A menos que también hayas robado esa ropa, supongo que eres un monje. Pero, dime, querido, ¿qué asuntos exigen que vayas tan lejos para buscar una audiencia? ¿O es solo que quieres comerte el tofu de otra persona? Creía que los monjes evitaban los placeres carnales… —Hizo una mueca—. Pero, claro. Los hombres son hombres.

Ve a un monje, no a una mujer. Zhu podría haber gritado de alivio. Seguía siendo Zhu Chongba, y aunque se había desviado de su camino, apenas había sido un momento.

—Saludos, señora Rui —dijo, haciendo una mueca ante el dolor de su cráneo—. Normalmente, este monje te pediría perdón por la falta de respeto, pero ya te has vengado bien. Te aseguro que este monje no pretende hacerte mal… Solo te traigo un mensaje.

—¿Un mensaje? ¿De quién? —La señora Rui endureció su expresión—. Ah. Los Turbantes Rojos. ¿Ahora tienen incluso a los monasterios de su lado? —Su expresión amarga regresó—. Pero nada de eso tiene que ver conmigo. Eso es problema del nuevo gobernador.

—Puede que los problemas del gobernador Tolochu no sean tuyos, pero perdóname, señora Rui: no he podido evitar notar que él mismo parece ser un problema para ti —dijo Zhu—. Eres una joven viuda esperando un hijo y él planea enviarte con tu familia, para quien no serás más que una vergüenza y una carga. No puede ser eso lo que quieras. ¿Lo aceptarás, sin más?

Aunque había sido la intensidad de la señora Rui lo que había despertado el interés de Zhu, la fuerza de su reacción seguía siendo impresionante. Su rostro de pétalos de cerezo se oscureció con furia y humillación, y parecía muy dispuesta a arriesgar sus vidas futuras abofeteando a un monje.

—¿Es asunto tuyo y por eso te atreves a comentarlo? Aunque yo no lo *quiera,* ¿qué otra opción tengo? —Zhu abrió la boca, pero la señora Rui la detuvo con crueldad—. No. ¿Quién eres tú, un *monje,* para venir y hablar de mi situación, cuando eres incapaz de comprender lo más básico sobre lo que una mujer puede y no puede hacer?

Un recuerdo involuntario la sobrevino: el carbón caliente de la resentida sumisión que cierta niña había sentido hacía mucho tiempo. Zhu lo *comprendía,* y ese hecho envió un escalofrío de peligro por su columna.

—A veces es necesario que alguien ajeno a la situación nos ayude a ver con claridad —dijo con cautela—. Señora Rui, ¿y si este monje pudiera proporcionarte otra opción, una que nos beneficiase a ambos? El gobernador Tolochu no es más que un burócrata de Dadu. No tiene ningún conocimiento de esta ciudad que lo cualifique para gobernar. Así que ¿por qué dejar que lo haga, cuando hay alguien mejor preparado, alguien que ya conoce el sistema y el puesto y el carácter de los hombres a los que tiene que mandar?

—¿Quién? —preguntó la señora Rui, frunciendo el ceño.

—Tú —contestó Zhu.

El enérgico aroma de los crisantemos se elevó desde el incensario que había sobre la mesa entre ellos. Después de un momento, la señora Rui dijo, sin emoción:

—¿Estás loco?

—¿Por qué no? —Como no tenía nada concreto que ofrecer, lo único que Zhu podía hacer era abrir los ojos y dejar que la señora Rui viera la profundidad de su sinceridad. *Lo comprendo.* Aún más que el acto de vestir ropa de mujer, el reconocimiento del pasado de esa niña fue un momento de vulnerabilidad tan aterrador que sintió que se había abierto la piel para mostrar los órganos que había debajo—. ¿Por qué es tan absurdo? Toma el poder. Recurre a los hombres que todavía son leales a tu marido. Entrega Lu a los Turbantes Rojos; con nuestro apoyo, ni siquiera el Yuan podrá quitártela.

—*Estás* loco —dijo, pero Zhu captó en ella un parpadeo de desconcierto—. Las mujeres no pueden gobernar. El Hijo del Cielo gobierna el imperio, como los hombres gobiernan las ciudades y los padres dirigen la familia. Ese es el patrón del mundo. ¿Quién se atrevería a romperlo poniendo una sustancia en un lugar opuesto a su naturaleza? Es la inclinación de los hombres asumir riesgos y liderar, no la de las mujeres.

—¿De verdad lo crees? ¿Eres más débil que el gobernador Tolochu, solo por virtud de tu sustancia? Este monje no lo cree. ¿No estás arriesgando tu vida ahora mismo para engendrar y criar a un niño? Una mujer lo apuesta todo, cuerpo y futuro, cuando se casa. Eso es más valiente que el riesgo que asume un burócrata cuando solo pone en juego su reputación o su riqueza.

La madre de Zhu había hecho aquella apuesta hacía muchos años. Había muerto por ella. Ahora, la única persona del mundo que sabía dónde estaba enterrada era alguien que ya no era una hija, pero que recordaba, reacia, un poco de lo que era ser mujer.

—¿Crees que seré capaz de gobernar *porque* soy mujer? —le preguntó la señora Rui, incrédula.

—Si este monje sabe tan poco del gobernador Tolochu como de ti, ¿por qué no debería elegirte a ti? Una mujer embarazada tiene más en juego que cualquier hombre. Sabe lo que es temer y sufrir. —Zhu abandonó su tono de monje y dijo, con brusquedad y urgencia—: Puede que no te conozca, pero sé lo que eres.

Lo reconozco.

La mujer se quedó en silencio.

—Deja que te ayude. —Zhu tomó la media tetera del suelo y la presionó contra la mano pálida y laxa de la señora Rui—. Deja que te ofrezca un modo de sobrevivir.

La señora Rui apretó el asa con los dedos. La sangre brillaba en el borde dentado; la sangre de Zhu.

—¿Y el gobernador?

—Si estás dispuesta a dar un paso adelante…

—Mátalo —dijo la señora Rui de repente. Abrió los ojos y apuñaló con ellos a Zhu, que retrocedió ante la violencia de su expresión. Desatada, aquella delicada mujer, con su gasa blanca, tenía toda la sutileza de un fundíbulo en movimiento.

El corazón de Zhu trastabilló. Recordó el rostro de Xu Da: *Yo no pretendía matar. Al principio.*

—En realidad, a lo que me refería era a…

—Has dicho que deseo sobrevivir. Bueno, tienes razón: lo deseo. —La señora Rui tenía la mandíbula apretada con la misma intensidad que Zhu había atisbado antes, una ira comprimida que tenía su centro en el deseo femenino de sobrevivir a todo lo que pretendía convertirla en nada—. Y como tú estás tan decidido a creer que puedo asumir un riesgo, confía en que este es el riesgo que estoy asumiendo. —Se giró para mirarse de nuevo al espejo—. Mátalo. Después de eso, hablaremos. —Miró a Zhu fríamente desde el metal, con los ojos entornados—. Y no vuelvas a entrar en mis aposentos.

—Adelante —dijo el gobernador Tolochu desde adentro de su despacho. Zhu, con una lámpara de aceite de pescado en una mano y un documento para sellar en la otra, atravesó el umbral elevado y entró en la estancia. Sintió una peculiar sacudida interna que no era inquietud ni anticipación. Le sudaban las manos. Aunque aquel era el modo adecuado, la culminación de la oportunidad que se le había presentado en la forma de la señora Rui, Zhu era anormalmente consciente de su intención. Las doce cicatrices de su ordenación le ardían en la coronilla, un recordatorio de sus votos monásticos, de los que el primer precepto era: *Abstente de matar a ninguna criatura viva.*

Tolochu levantó la mirada mientras Zhu entraba. Su lujoso despacho estaba bordeado de estanterías. Un perímetro de velas emitía su conocido olor a cera vegetal en la sala, recordándole a Zhu cuando se arrodillaba ante los altares del monasterio. Un escalofrío se extendió por sus hombros. Se preguntó si sería la mirada pesarosa de los bodhisattvas ante lo que estaba a punto de hacer.

—¿Un monje? —dijo Tolochu, tomando el documento—. No te he visto antes. ¿Tanto temía mi predecesor a sus vidas futuras que sentía la necesidad de una guía constante? —Levantó su sello, y se detuvo de repente con expresión asqueada—. Qué…

Apartó los dedos de su ropaje, pringados de aceite. Echó una mirada asesina a Zhu.

—¡Incompetente!

—Perdóname, gobernador —dijo Zhu—. Parece que esta lámpara pierde aceite.

Los bodhisattvas estaban perforando un agujero en su nuca, o quizá fuera solo el dolor de cabeza tras el golpe de la señora Rui. Mientras Tolochu se quedaba boquiabierto por el asombro ante el descaro de su tono, Zhu dio un paso adelante y de un único golpe tiró las velas de su soporte, que cayeron al suelo en una lluvia ardiente.

Podría haberse esperado un sonido, pero en ese primer momento no hubo ninguno. La muda ola de fuego se extendió por el suelo empapado en aceite y apresó el dobladillo de la túnica de Tolochu. En un instante, era una vela humana. El velo del fuego se extendió hasta los límites de la estancia y cubrió con sus dedos los libros de los estantes. Y entonces tuvo sonido. Un susurro que se convirtió en un rugido gutural, como el viento a través de los pinos, aunque se trataba de un viento vertical. Mientras soplaba, el humo negro se elevó aún más rápido, enroscándose al encontrarse con el techo hasta que arriba no hubo más que una descendente negrura.

Zhu observó, paralizada. Por un momento, se olvidó de Tolochu y de su voto roto y de la grandeza y el sufrimiento que la esperaban. Lo único que podía ver era la velocidad y el poder de la destrucción del fuego. El monasterio se había quemado, pero no así, como algo aterrador y real, casi vivo. Solo cuando el calor se volvió opresivo, se dio cuenta de que llevaba allí demasiado tiempo y se giró para marcharse.

Se produjo movimiento en el rabillo de su ojo. Se volvió, demasiado tarde, mientras una figura llameante colisionaba contra ella y los arrastraba a ambos al suelo. Zhu forcejeó mientras el gobernador Tolochu se cernía sobre ella. Su rostro era una agrietada máscara negra con burbujas rojas. Su cabello era una columna de fuego que derretía la grasa de su cuero cabelludo hasta que bajaba por sus mejillas como si fueran lágrimas. Sus dientes parecían haberse alargado y resaltaban, de un blanco duro, en esa boca sin labios que estaba abierta y gritaba sin un sonido. Pero todavía había fuerza en sus manos cuando se cerraron alrededor de la garganta de Zhu.

La muchacha luchó como un gato, pero no conseguía zafarse de él. Pataleando, ahogándose, su mano encontró algo en el suelo que la marcó al agarrarlo, y con la fuerza de la desesperación golpeó la cara de Tolochu.

Él retrocedió, con un pincel de escritura clavado en el ojo. Después se lanzó de nuevo sobre ella y ambos rodaron por el suelo. Giraron de nuevo mientras Tolochu proseguía con su grito resollante y mudo. Esta vez, Zhu cayó encima. Una parte animal de ella supo qué hacer. Se inclinó hacia adelante y le presionó la garganta con el antebrazo, sintiéndolo resbalar sobre la sangre y el fluido. Tolochu se sacudió bajo su peso. Zhu siguió presionando, tosiendo y sufriendo arcadas por el humo. Bajo ella, Tolochu abría y cerraba la boca como un pez. Después, por fin, se detuvo.

Zhu se apartó del cadáver y se dirigió a la puerta. Cada respiración parecía quemarla desde dentro, y tuvo la aterradora idea de que estaba arrugándose y enroscándose como un trozo de carne asada. La sala era un horno de brillantes llamas cubiertas por el plomizo techo de humo. Cayó de rodillas y reptó, y por fin consiguió salir.

Se quedó jadeando sobre la piedra fría, mirando el cielo negro. Buda dijo: *Vive la vida como si tu cabeza estuviera en llamas*. Si hubiera tenido fuerzas, se habría reído y estremecido al mismo tiempo. Tolochu y ella habían estado en llamas: había sentido la naturaleza frágil de sus vidas. Pero, en lugar de elevarse, iluminados, habían caído. La presión de su mortalidad había alejado de ellos todos sus pensamientos humanos excepto la determinación por sobrevivir. Y Zhu, que había alimentado ese deseo desde su infancia, había sido la más fuerte y había tomado la vida de Tolochu. Había sentido la vida del gobernador menguando bajo sus manos, y el momento en el que se detuvo. Había matado a diez mil soldados del Yuan, pero aquello era diferente. Ella lo había querido.

Recordó el pesar de Xu Da por sus actos. No había redención para el asesinato.

El mundo estaba girando, y sintió que se ladeaba lentamente hacia su centro. Se estaba cayendo, pero en lugar de hacia la nada, estaba cayendo a un humo que se elevaba sobre unas llamas muy, muy abajo.

Zhu despertó con un ataque de tos. Además de un dolor de cabeza amartillante, de un cuerpo compuesto solo por dolores y pesares y de unos pulmones llenos de flema negra, estaba en la cárcel. Una cárcel fría, húmeda, oscura y subterránea con fantasmas en cada esquina. Pero, aunque no era su lugar favorito, lo importante era que seguía viva. Con la claridad de una pesadilla, recordó la caliente y desfragmentada sensación de la carne de Tolochu mientras le presionaba la garganta. *Lo maté para poder vivir.* Al imaginar el acto, había creído que obtendría una funesta satisfacción... Que, a pesar de lo demás, al menos eso demostraría que era capaz de hacer lo que fuera necesario.

Ahora lo sabía: *era* capaz. Pero no había satisfacción en ello, solo una sensación enfermiza que aún perduraba.

Después de un rato en el que podría haberse bebido cinco o seis ollas de té, una puerta hizo un sonido metálico. Pasos ligeros descendieron. De inmediato, la señora Rui apareció ante la celda de Zhu y la observó a través de los barrotes. Zhu, tosiendo, se sintió perturbada al ver una poderosa introspección en ella: algo nuevo y evasivo.

—Casi quemaste la residencia entera. Eso sin duda habría hecho pensar a la gente que fue un accidente. Como no ha sido así, habría sido mejor que murieras con él.

—Soy un *monje,* no un asesino —replicó con voz ronca. Se preguntaba a dónde se dirigía la conversación—. Has conseguido lo que querías, ¿no?

—Así es —dijo la mujer. Su rostro era tan inexpresivo como un huevo.

—Entonces tenemos un trato.

—¿Que yo me convierta en gobernadora y entregue la lealtad de esta ciudad a los Turbantes Rojos?

—Exacto —asintió Zhu. Cada palabra de su destrozada garganta era una agonía. Sin duda, el espíritu del gobernador Tolochu estaría complacido por la idea de haber marcado a su asesino con un collar de huellas dactilares.

La señora Rui se acercó y puso una mano blanca sobre el candado. La gasa de su vestido la hacía parecer tan insustancial como los fantasmas que merodeaban por las celdas vacías.

—Ocurrió justo como tú dijiste. Dirigí mis órdenes a aquellos que habían sido leales a mi marido y los hombres me siguieron. Ahora tengo una ciudad amurallada que es mía. Tengo mi propio ejército. Eso me hace pensar… que quizá no necesite el apoyo del Yuan ni de los Turbantes Rojos. —Su compostura parecía la encarnación del frío subterráneo—. Me has abierto los ojos, estimado monje. Hay muchas más opciones ante mí de las que había pensado.

En otras circunstancias, Zhu habría admirado su cambio.

—Y crees que, dejándome aquí, tendrás aún más opciones.

—Efectivamente —dijo—. En cierto sentido, supongo que es una pena. Admito que siento cierta curiosidad por ti. Viste algo en mí que ni siquiera yo misma conocía. Me parece extraño. ¿Qué tipo de hombre se molesta en ver potencial en una mujer, y la anima a pesar de sus propias dudas? Al principio, creí que se debía a que eras monje. Pero qué monje tan extraño, que acudió a mí vestido de mujer. Eso me hizo preguntarme… —Se detuvo, antes de continuar—: ¿Por eso me ayudaste? ¿Porque tú también eres una mujer?

El corazón de Zhu latió con fuerza una vez, y después pareció detenerse.

—*No lo soy* —dijo con violencia. Salió rasgando su maltrecha garganta antes de saber siquiera que iba a decirlo, como la sangre de una herida. En una oleada de claridad, vio lo que se avecinaba por el error de haber comprendido el dolor de una mujer: presentarse ante el Cielo, para que este la despojara de su nombre y de su destino de grandeza.

No, pensó con una furia cada vez mayor. La señora Rui no tenía ese poder sobre ella. Solo estaba especulando; no lo sabía. Y aunque tuviera opciones, ella tampoco había agotado las suyas todavía. Su corazón siguió latiendo, letalmente vivo.

—Soy Zhu Chongba, de los Turbantes Rojos —dijo con un gélido control—. Y te aseguro que la única razón por la que te ayudé fue porque eso me acerca a lo que yo mismo quiero.

Mientras se fulminaban con la mirada, se oyó un repiqueteo repentino y voces elevadas. Un guardia bajó las escaleras gritando:

—¡Señora Rui, atacan la ciudad!

Ante eso, la fachada de la señora Rui se quebró y miró a Zhu con una sorpresa cruda. Tras recomponerse, dijo:

—Entiendo. Tú tampoco confiabas en mí. ¿Amigos tuyos?

—Sería mejor que también fueran los tuyos, ¿no te parece? —replicó Zhu. Su alivio era afilado, tan cruel como la venganza—. A menos que quieras poner tu nuevo control a prueba en este momento. ¿Te gustaría descubrir quién es mejor líder para esos hombres?

Era casi un farol. Ni siquiera la férrea determinación de Zhu podía cambiar el hecho de que eran setecientos hombres contra una ciudad. Pero dejó que la señora Rui la mirara a los ojos, que viera su confianza en la grandeza de su futuro... E incluso antes de que la mujer se sacara la llave de la manga, Zhu supo que había ganado.

La señora Rui abrió la puerta con expresión amarga.

—Parece que todavía tengo algo que aprender. Ve, maestro Zhu, y diles a tus hombres que entren en paz. —Había algo en el modo en el que dijo *maestro Zhu* que hizo que tuviera la desagradable sensación de que estaba correspondiéndola con una comprensión femenina similar a la que ella le había mostrado antes—. Tenemos un trato. Los Turbantes Rojos protegerán Lu, y yo os daré todo lo que necesitéis. Te doy mi palabra.

Zhu salió de la celda.

—Que las bendiciones de Buda te ayuden a gobernar, mi señora —dijo. Cuando le dio la espalda, se sintió alarmada al sentir, por primera vez en su vida, la extraña y muda punzada de la hermandad. Intranquila, la empujó hasta el mismo y profundo lugar donde mantenía la verdad de su cuerpo apalizado y subió las escaleras corriendo hacia la puerta que conducía al exterior de Zhu. *Mi ciudad. Mi éxito.* Había tentado al destino usando unas herramientas que Zhu Chongba no habría tenido y había roto su voto monástico arrebatando una vida humana con sus propias manos… Pero a pesar de aquellas acciones y del sufrimiento futuro que estas pudieran acarrear, habían sido las decisiones adecuadas. *Porque, al final, he conseguido lo que quería.*

La idea la hizo detenerse en la oscura escalera. Oyó un eco de la voz de Xu Da. *Ni siquiera sé qué significa ser grande.* Incluso antes de unirse a los Turbantes Rojos había sabido que necesitaba poder. Había sabido que la grandeza necesitaba un ejército detrás. Pero la idea de la grandeza, en sí misma, había sido abstracta, como si persiguiera algo que solo reconocería cuando lo tuviera. No obstante, con una oleada de comprensión, supo qué había arriesgado en su encuentro con la señora Rui. Por qué había matado.

Vacilante, extendió el puño derecho. La oscuridad debería haber hecho que el gesto fuera ridículo, pero en lugar de eso lo sentía adusto y real. Recordó la llama roja del Príncipe de la Luz, cerniéndose sobre la palma de su mano. Y entonces, *creyó*. Creyó en lo que quería con tanta fuerza que pudo ver cómo sería. El sabor ácido del poder le llenó la boca. *El poder del derecho divino a gobernar.* Tomó aliento y abrió la mano.

Y su fe era tan fuerte que, en un primer momento, creyó *ver* esa llama roja, exactamente como la había imaginado. Solo se dio cuenta un segundo después.

No había nada.

Se le revolvió el estómago y se sintió más enferma que nunca. Ni siquiera podía decirse que hubiera sido una broma. Lo había *creído*: que tendría el Mandato, porque era su destino. Pero no lo tenía. ¿Significaba eso que matar al gobernador Tolochu era solo el principio de lo que tendría que hacer para conseguir lo que quería? O… ¿había hecho ya tantas cosas que Zhu Chongba no habría hecho que había perdido la oportunidad de ese destino para siempre?

No. Apartó esa idea con un violento rechazo. No significaba que no fuera a tenerlo; solo era que no lo tenía todavía. Poniendo toda su determinación tras el pensamiento, se dijo a sí misma: *Si sigo avanzando hacia mi destino de grandeza, si continúo haciendo lo que hay que hacer, algún día lo tendré.*

En algún lugar de su cabeza, la señora Rui murmuró: *El Hijo del Cielo gobierna el imperio…*

Zhu apretó el puño y sintió que las uñas le mordían la palma. Después abrió de un empujón la pesada puerta de la mazmorra y salió a la cegadora luz del sol de la ciudad amurallada de Lu.

Ma Xiuying, sobre las desmoronadas almenas de Anfeng, los vio regresar de Lu: una extraña mezcla de Turbantes Rojos, bandoleros y dos mil ordenados y bien equipados soldados de la ciudad marchando con sus armaduras de cuero. Tras ellos venían las carretas, llenas de grano, sal y rollos de seda. Y cabalgando sobre su obstinado caballo mongol, a la cabeza de la procesión, iba el propio Zhu. Una discreta y pequeña silueta con túnica, en lugar de armadura. Desde la perspectiva elevada de Ma, su sombrero de paja circular lo hacía parecer un tocón talado. Era difícil creer que alguien así hubiera conseguido lo imposible. Pero, incluso mientras lo pensaba, Ma lo recordó diciendo «yo». No había sido el discurso de un monje desapegado de las preocupaciones terrenales, sino el de alguien muy consciente de sus propios intereses. *Alguien con ambición.*

El monje Zhu y su procesión atravesaron las puertas y se dirigieron al escenario que se había instalado para recibirlos. El Príncipe de la Luz y el primer ministro estaban sentados en tronos que brillaban bajo el cielo nublado. El resto de los líderes de los Turbantes Rojos esperaban a los pies de la plataforma. Incluso desde lejos, Ma reconoció la postura humillada e incrédula del Pequeño Guo. Su padre y él habían apostado contra Chen... Y de algún modo, gracias al monje, habían perdido. El monje en cuestión desmontó y se arrodilló ante el estrado. Ma vio el fino tallo marrón de su cuello bajo el sombrero inclinado. Esto la desorientó: que alguien que parecía incapaz de fracasar se alojara en aquel cuerpo pequeño y vulnerable.

El ministro izquierdo Chen se acercó a Zhu.

—Excelencia, vuestra confianza en el monje nos ha traído un millar de fortunas. Y esto no es más que el comienzo de lo que el Cielo nos ha prometido. Desde este momento, nuestras victorias serán cada vez más numerosas, hasta el descenso del propio Buda bendito.

El primer ministro, que miraba con devoción al monje arrodillado, se puso en pie de un salto.

—¡Así es! Nuestras mayores alabanzas para este monje, que llevó la llama del Príncipe de la Luz a la ciudad de Lu y que nos ha proporcionado la fe y la fuerza necesarias para derrotar a la oscuridad que se cierne ante nosotros. ¡Alabado sea el monje! ¡Alabado sea el nuevo comandante de los batallones de los Turbantes Rojos!

Zhu se puso en pie y gritó:

—¡Alabados sean el primer ministro y el Príncipe de la Luz! ¡Que su gobierno se prolongue diez mil años!

El poder de su voz ligera desconcertó por completo a Ma. Resonó sobre la polvorienta Anfeng como una campana, y en respuesta, los hombres se pusieron de rodillas e hicieron sus reverencias ante el primer ministro y gritaron su lealtad hacia él y hacia la sagrada misión de los Turbantes Rojos.

En el escenario, sobre aquellos hombres que se incorporaban y se arrodillaban, y luego se incorporaban de nuevo como olas rompiendo, el Príncipe de la Luz miraba tras sus ristras de cuentas de jade. Por el ángulo de su sombrero, Ma sabía que estaba observando al monje Zhu. Cuando Zhu terminó sus reverencias y levantó la mirada hacia el estrado, Ma vio que el Príncipe de la Luz echaba la cabeza hacia atrás con brusquedad. Las ristras de su sombrero se agitaron.

—¡Que los líderes de los Turbantes Rojos gobiernen diez mil años! —gritó la multitud con tanta fuerza que Ma sintió las vibraciones en su pecho, y un tenue temblor en el gran muro bajo sus pies.

El Príncipe de la Luz elevó su pequeña cabeza al cielo. El gentío se acalló al verlo. Con la cabeza hacia atrás, las cuentas que rodeaban su rostro se separaron y todos vieron que estaba sonriendo. Mientras estaba allí, el color carmesí de su túnica se intensificó, como si un único rayo de sol hubiera atravesado las nubes y estuviera iluminándolo. Y después la luz escapó de sus límites y lo rodeó con un aura oscura y destellante. No con la llama ahogada de los emperadores mongoles, sino con un fuego consumidor que llenó el espacio entero entre el Cielo y la Tierra con su inquietante luz roja.

El Príncipe de la Luz dijo algo que Ma no pudo oír. La gente lo repitió hasta que el murmullo se convirtió en un grito que le puso el vello de los brazos de punta: *La luz de nuestro imperio restaurado brillará durante diez mil años.*

El mundo estaba empapado de rojo, tan intenso que parecía más oscuridad que luz. Por un momento, Ma se sintió tan oprimida que no podía respirar. ¿No debería ser más brillante la luz? A pesar de que el rojo era el color de la fortuna, de la prosperidad… No consiguió despojarse de la idea de que su nueva era estaba empapada de sangre.

Dos días después, Ma se abrió camino entre el tropel de hombres, caballos y tiendas en el recinto del templo en ruinas y entró. Había esperado que el interior estuviera igualmente concurrido, pero el salón principal estaba vacío. Solo había una escultura de madera sin pintar al fondo, sentada serenamente entre los haces de luz que atravesaban el tejado desmoronado. A sus pies había un cuenco de ceniza y grano con un par de humeantes varillas de incienso.

Ma acababa de sentarse en una viga caída cuando el monje Zhu entró. Atisbó un anexo sin tejado a través de la puerta a su espalda. Un camastro sencillo de bambú partido estaba extendido bajo un árbol que había crecido por entre las piedras rotas del suelo.

—Tus oraciones no serán oídas así. ¿Incienso? —Le ofreció un puñado de varillas.

En lugar de tomar una, Ma examinó su rostro. Zhu soportó su escrutinio con tolerancia. Todavía llevaba la misma ropa raída. Su expresión también era la misma: de ligero interés. Pero ¿qué parte de ella era solo una representación?

—¿Cómo lo hiciste? ¿Cómo apartaste al gobernador del Yuan y pusiste a una *mujer* en su lugar?

El monje sonrió.

—Yo no hice demasiado. Solo me di cuenta de lo que ella quería.

Seguía usando *yo*. Algo en la fría intimidad del templo lo hizo parecer profundo, como una promesa para el futuro.

—Lo reconociste porque tú también quieres algo. Nadie más lo sabe, ¿verdad?

—¿Qué?

Su rostro titiló y, durante un irracional momento, Ma sintió miedo.

—No terminaste en Anfeng por accidente —dijo, menos segura—. *Viniste* aquí.

Su tensión se disipó, y se rio.

—¿Crees que vine aquí deliberadamente? —Se sentó a su lado—. Vaya, ¿por qué iba a hacer eso? Anfeng no recibió con los brazos abiertos a este monje de nubes y agua. ¿No recuerdas que tu prometido casi me cortó la cabeza cuando me vio?

Otra actuación, pensó, segura de nuevo.

—¡No finjas! Viniste aquí y desde el principio esperabas obtener un puesto de mando en los Turbantes Rojos, ¿no?

En voz alta sonaba absurdo. Se suponía que los monjes no tenían anhelos. Se suponía que no tenían *ambición*. Y aun así...

—¿Sabes qué otra cosa no sabe nadie? —dijo Zhu, después de un momento.

—¿Qué?

Sus ojos le sonrieron. Unos ojos ordinarios en un rostro poco atractivo; era extraño, cómo la atraparon.

—Que tú eres más lista que todos ellos juntos. Tienes razón. Vine porque quise venir.

Oír de su boca la absurda afirmación, descubrir que era cierta, fue más desconcertante que validador.

—Pero... ¿por qué los Turbantes Rojos? Si querías un puesto de mando, podrías haberte convertido en un bandido, como tu amigo el monje. ¿Por qué probar suerte en Lu, con una posibilidad contra mil?

—¿Qué son los bandoleros, sino chusma? —dijo Zhu en voz baja—. ¿Por qué querría ser su líder?

Al mirarlo en la penumbra, Ma sintió un escalofrío.

—Entonces, ¿qué es lo que quieres?

No podía comprender cómo alguien podía desear algo tanto como para enfrentarse a lo imposible por ello. No era que se creyera infalible, pensó. Eso sería estúpido, y por mucho que fingiera ingenuidad, no era estúpido. Era casi como si su deseo fuera tan fundamental para él que la idea de abandonarlo fuera más aterradora que el riesgo de conseguirlo. A Ma le parecía inquietante. Si tu deseo fuera lo más importante del mundo, ¿qué no harías para conseguirlo?

El monje estaba en silencio. Ma creyó que no contestaría, pero después dijo:

—Mi destino.

No lo había esperado. Frunció el ceño.

—¿Qué sentido tiene desear tu destino? Ocurrirá lo quieras o no.

Su mirada se había posado en la escultura de madera al fondo del templo. Visto de perfil, el contorno de su mejilla brillaba tan imperfecto y oscuro como el de una estatua. Pero, bajo la quietud, había una agitación que Ma no conseguía comprender. ¿Duda? No tenía más sentido dudar de la inevitabilidad del destino que hacerlo del color del cielo.

—No creo que alguna vez hayas querido algo de verdad, Ma Xiuying —le dijo el monje al final.

Aquella verdad la pilló desprevenida. Pero si todo en tu vida está tan predeterminado como el destino, ¿qué sentido quiere desear? Su padre la había entregado a la familia Guo, se casaría con el Pequeño Guo, daría a luz a sus hijos y, un día, entregaría a sus hijas a otros hombres. Así ocurriría. Ese era el patrón del mundo.

—Pensaba que a los monjes os enseñaban que el deseo es la causa de todo sufrimiento —dijo con brusquedad.

—Así es —replicó Zhu—. Pero ¿sabes qué es peor que sufrir? No sufrir porque ya no estás vivo.

Una ráfaga agitó el aire, emborronando las finas líneas del humo del incienso. Zhu la miró y Ma se sobresaltó. *Me ve,* pensó, y esa peculiar intensidad hizo que se sintiera como si se estuvieran viendo por primera vez. Como si estuviera vertiendo un secreto profundo en la intimidad que habían creado, el monje dijo, en voz baja:

—Aprende a desear algo para ti misma, Ma Xiuying. No lo que los demás dicen que debes desear. No lo que tú crees que deberías desear. No vivas pensando solo en el deber. Si lo único que tenemos son los breves intervalos entre nuestras inexistencias, ¿por qué no aprovechar al máximo la vida que estamos viviendo ahora? El precio merece la pena.

Ella lo miró fijamente, con el vello de los brazos erizado. Durante un momento, vio el largo pergamino del tiempo del mundo, con cada una de sus vidas poco más brillantes o largas que el destello de una luciérnaga en la oscuridad. Supo por instinto que él no estaba actuando: aquello era algo en lo que creía. Pero en el mismo instante en el que fue testigo de esta cruda verdad, se dio cuenta de que era de eso de lo que se trataba: de algo que era cierto para él. Un hombre podía desear cualquier cosa de las que el mundo ofrecía y tener una oportunidad de conseguirla, por pequeña que fuera. Aunque él la consideraba capaz de desear, no veía su realidad: que era una mujer atrapada en los estrechos confines de la vida de una mujer, y que todo lo que podía desear era igualmente imposible.

Se levantó para marcharse.

—Puede que lo que deseas compense *tu* sufrimiento —dijo amargamente—, pero no compensaría el mío.

12

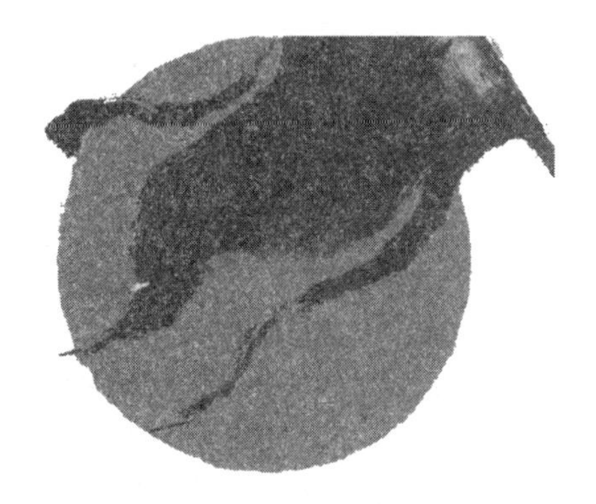

HICHETU, SHANXI, TERCER MES

La visión de las extensas llanuras de Hichetu, donde el viento atusaba la hierba hacia el oeste en infinitas olas verdes y amarillas, siempre ponía un profundo y ancestral anhelo en el corazón de Esen. El asentamiento de caza del Gran Kan era a un campamento nómada estepario lo que una ciudad era a una aldea. En lugar de fieltro, los ger eran del astracán más delicado; a sus puertas, las alfombras se extendían bajo los titilantes toldos satinados. Vagando de alfombra en alfombra, estaban todos los que eran importantes en el Gran Yuan: ministros y generales, señores y princesas imperiales, gobernadores provinciales y príncipes rehenes de los estados vasallos. Y los miles de criados, doncellas, cocineros, médicos, guardias, mozos, maestros de caza, sacerdotes y cómicos que se requerían para atender a sus señores. Los invitados bebían vino de uva y airag, comían carne preparada al estilo exótico de los kanatos del oeste y usaban la mejor porcelana de Jingdezhen. Sus caballos y rebaños devoraban la hierba hasta que estaba tan pelada como la cabeza de un monje, esparcidos junto a los brillantes ger que destellaban bajo el constante sol de la meseta.

En el centro estaba el ger del Gran Kan. Sus paredes de inmaculada seda blanca habían sido bordadas con tal densidad de hilo dorado que se arrugaban cuando el viento soplaba. En el interior, el Gran Kan estaba sentado en una plataforma elevada. Esen, postrado en la alfombra en una hilera con su padre y su hermano, exclamó con ellos:

—¡Diez mil años para el Gran Kan, diez mil años!

El Gran Kan, el décimo emperador del Gran Yuan, dijo:

—Levantaos.

Esen había luchado toda su vida por el concepto abstracto del Gran Yuan. En ese momento, en la presencia de su misma encarnación, se sintió abrumado por una embriagadora sensación de propósito. Se apoyó en sus talones y se atrevió a echar un primer vistazo al Hijo del Cielo. El Gran Kan vestía una túnica del color de un tael dorado; dragones se esbozaban en su interior, como las nubes en una sopa clara. Su rostro era sorprendentemente ordinario: redondo y carnoso, con las mejillas rojas y los ojos encapotados. Había una lasitud en su expresión que sorprendió a Esen y lo hizo sentirse incómodo. Aunque sabía que no era así, una parte de él siempre había creído que los grandes kanes seguían siendo guerreros.

—Bienvenido, príncipe de Henan —dijo el Gran Kan—. Esperamos que tu viaje hasta aquí haya sido tranquilo, y que tu familia y rebaños gocen de buena salud.

—Ha sido un año muy largo desde la última vez que este indigno te presentó sus respetos, Gran Kan —contestó Chaghan—. Agradecemos la oportunidad de disfrutar de tu hospitalidad, antes de regresar para ejecutar tu voluntad contra los rebeldes.

La mirada del Gran Kan pasó sobre Baoxiang y se posó en Esen.

—Hemos oído hablar mucho de ese hijo tuyo que dirige tu ejército. Si lo hubieras traído antes, lo habríamos reconocido. ¿Es este?

El cuerpo de Esen se inundó de anticipación. Se postró de nuevo.

—Este siervo indigno presenta sus respetos ante el Gran Kan. Soy Esen-Temur, primogénito del príncipe de Henan. Será un honor presentar mi informe de la situación contra los rebeldes del sur.

—Hum —dijo el Gran Kan. Mientras Esen se incorporaba, su anticipación se convirtió en confusión: el Gran Kan ya había perdido el interés—. El gran consejero recibirá tus informes.

Esen se había pasado los dos últimos días preparándose para aquel encuentro. Se había preparado para el castigo, y esperado al menos alguna alabanza. Sabía lo importantes que eran sus campañas contra los rebeldes para la seguridad del Gran Yuan. En ese momento, sorprendido por el más descarado desinterés, dijo con incertidumbre:

—¿Gran Kan?

—Gran Kan.

Un oficial apareció detrás del trono. A diferencia del Gran Kan, cuya apariencia era decepcionante, el gran consejero hablaba con toda la compostura y autoridad que se esperaba del comandante supremo del ejército del Yuan. Observó a los tres hombres con expresión inescrutable.

—De hecho, me he mantenido bien informado sobre los logros de las tropas del príncipe de Henan. El pasado año vimos de nuevo sus magníficas victorias contra los enemigos del Gran Yuan en el sur. La derrota aplastante del movimiento de los Turbantes Rojos está próxima. Gran Kan, por favor, ¡recompénselos!

La omisión del gran consejero de la derrota hizo que Esen se sintiera agradecido y, al mismo tiempo, perturbado. Parecía un asunto importante para eludirlo. No le gustaba la idea de que sus éxitos y fracasos, tan duramente batallados en el campo, no fueran más que armas en las peleas internas de la corte.

El Gran Kan sonrió levemente a Chaghan.

—El príncipe de Henan ha sido siempre el súbdito más leal del Gran Yuan, y se merece nuestras mayores alabanzas —dijo—. Será recompensado. Pero, ahora, príncipe, ve a comer y beber y deja que vea a tus hijos en la competición de mañana. Nos place ver el futuro del Gran Yuan en el campo.

Mientras se levantaban y se alejaban del trono, Esen pensó con tristeza en sus destrozadas expectativas para la reunión. Se suponía que el Gran Kan era la personificación de la cultura y del imperio que Esen valoraba y cuya protección había convertido en el motor de su vida. Descubrir que no era más que un...

Ni siquiera se atrevía a pensarlo.

Al salir, se toparon con el siguiente grupo de nobles que esperaban para presentarse ante el Gran Kan.

—¡Vaya, Chaghan! —exclamó el gobernador militar de Shanxi, Bolud-Temur, con voz atronadora—. Me alegro de verte bien. Confío en que tu familia y tus rebaños gocen de buena salud.

A su lado, Altan les echó su acostumbrada mirada de oleosa satisfacción. A diferencia del austero príncipe de Henan, el gobernador militar de Shanxi era un hombre que se excedía con los placeres. Su ostentoso atuendo de montar bordado, completado con una falda plisada al estilo actual de la corte imperial, era de un tono aguamarina tan llamativo que a Esen le sorprendía que no atrajera a todos los insectos alados en cinco li. Bolud, que ya era padre de la emperatriz, conseguía de algún modo comportarse como alguien que esperaba favores imperiales aún más altos.

—Debo decir que fue una sorpresa recibir tu petición de tropas adicionales —continuó Bolud—. No habría imaginado que una derrota así fuera posible contra esos campesinos. ¿Con qué luchan, con palas? Menos mal que me tenías para apoyar tu retirada, ¿eh? Como sea, este debe ser tu primogénito, Esen-Temur. Ha pasado tanto tiempo desde la última vez que te vi aquí, Esen, que no puedo evitar pensar en ti como si todavía fueras un niño. Bueno, estoy seguro de que habrás aprendido una lección o dos de los recientes sucesos. Si *yo* tuviera un general que ha perdido a diez mil hombres en una sola noche, lo envolvería en una alfombra y lo tiraría al río. Aunque antes le pasaría por encima, y ahora entiendo por qué tú no lo has hecho. Por el Cielo, ¡es muy guapo! Deberías venderlo como si fuera una mujer y conseguirías el triple que por un general fracasado... —Se burló—. ¡Y aquí está Wang Baoxiang! Cuando Altan me dijo que todavía no diriges un batallón, no podía creérmelo. ¡A tu edad! Y cada año te niegas a participar en estas competiciones. Seguramente no será porque no sabes usar el arco, pero...

La arquería era una destreza innata de los mongoles; no había hombre ni mujer que se llamara «mongol» y no supiera usar un arco. Mientras Bolud miraba con intención las suaves manos de Baoxiang, Esen notó que le hervía la sangre por su hermano. No era la primera vez que se arrepentía de su dependencia de Bolud.

—Quizás este año me decida a participar, estimado gobernador militar —dijo Baoxiang, mucho más educado de lo que Esen esperaba—. Estoy seguro de que eso complacerá a mi padre.

—¡Bueno, estupendo! —dijo Bolud con entusiasmo, como si no acabara de insultar a todos los presentes casi en una única exhalación—. Estoy deseando ver tu actuación.

Baoxiang hizo una reverencia, pero Esen notó que su mirada calculadora examinaba a los nobles de Shanxi que hacían cola ante el ger del Gran Kan.

Para desagrado de Ouyang, las competiciones del Gran Kan se extendían desde la salida hasta la puesta del sol de los largos días de primavera. Hombres, e incluso algunas mujeres, participaban en todas las muestras de destreza bajo el sol. Arquería, equitación y volteo, hacerse con la cabra y soplar pieles de vaca, cetrería y polo y lanzamiento de cuchillos y todo tipo de combate armado y desarmado de todas las tierras de los cuatro kanatos. Tanto Esen como él, que estaban acostumbrados a gastar su energía en batallas productivas, lo encontraban rocambolesco. En Hichetu se alababan las actuaciones, no los resultados; incluso un perdedor con un estilo llamativo era agasajado.

—¿Qué esperabas, que el mérito fuera la base para la prosperidad en la corte? —había dicho el señor Wang con dureza cuando Esen se lo señaló, paseando bajo su parasol con una bebida en la mano.

Ouyang, de pie en el centro del campo de la competición con el duro sol de la meseta golpeando su casco, pensó que, por una vez, Wang tenía la actividad más envidiable. En el perímetro del campo, los nobles de la corte estaban acomodados en pabellones de seda, haciendo apuestas entre risas mientras los asistía una bandada de criados que les llevaban todo tipo de aperitivos demasiado peculiares para los gustos de Ouyang: calamar seco, dulce y especiado y cocinado con almendras; dátiles rojos fritos y rellenos de arroz con sirope de osmanto; té salado con mantequilla de yak; cestas de frutas tropicales de aspecto llamativo del lejano sur. Se sentía sudoroso e irritado. Llevaba compitiendo con la espada toda la mañana, y todos sus encuentros habían resultado del mismo modo. Sus oponentes, asumiendo que se enfrentaban a alguien con la fuerza de un muchacho joven (o peor, de una muchacha), cargaban y recibían su correctivo. El estilo de Ouyang no era elegante ni artístico, lo que desagradaba al público. Era, no obstante, extremadamente efectivo.

—¡El general Zhang Shide de Yangzhou se enfrentará en el siguiente combate al general Ouyang de Henan! —bramó un heraldo, y el próximo oponente de Ouyang se acercó a él sobre la hierba. Vio un nanren cuyo atractivo no parecía relacionado con sus rasgos, que eran ordinarios. Tenía la línea del nacimiento del cabello cuadrada y una frente fuerte; el resto parecía preocupado. Pero había una emoción profundamente sentida en el modo en el que las sombras caían tras sus ojos y alrededor de las comisuras de su boca, como un millar de expresiones futuras esperando formarse.

—¿Esta es de verdad la primera vez que nos encontramos? —le preguntó Ouyang, hablando han'er. La familia Zhang, cuyo imperio mercantil controlaba la costa y el gran canal que proporcionaba a Khanbaliq su sal y su grano, era de tal importancia para el Gran Yuan que Ouyang conocía desde hacía mucho el nombre y la personalidad del general Zhang. Era extraño darse cuenta de que el conocimiento no estaba basado en una relación real.

Por un instante, los ojos del general Zhang destellaron con algo parecido a la sorpresa, pero la expresión desapareció mientras sonreía con calidez para saludarlo.

—Es extraña, ¿verdad? Esta sensación de que ya nos conocíamos. Cuando me dijeron que estarías aquí, en Liulin... —Usó el nombre han'er para Hichetu—, descubrí que esperaba este encuentro como si fueras un viejo amigo. —Echó una mirada irónica a la audiencia—. Aunque estas no eran *exactamente* las circunstancias que tenía en mente.

—Nunca subestimes el gusto de los mongoles por la competición —dijo Ouyang—. Da a dos hombres un trozo de carne para cada uno, y competirán a ver cuál se la termina primero.

—¿Y compartes ese gusto? —le preguntó Zhang, divertido.

Ouyang sonrió ligeramente.

—Puedes estar seguro de que no disfruto perdiendo.

—Eso no es exclusivo de los mongoles. Cuando el emperador me pidió que compitiera, ¿sabes que me pareció que estaba por debajo de mi estatus? Pensé en dejarme ganar en uno de los combates, para así marcharme antes. Pero, por desgracia, mi orgullo se negó a dejarme perder. Así que ahora aquí estamos ambos. Los poderosos defensores del Yuan, a punto de darse caza a mediodía para entretenimiento de las masas.

Hicieron sus genuflexiones ante el pabellón imperial y se giraron para mirarse.

—Puede que esto sea bueno —dijo Ouyang—. Aunque ahora apenas nos conozcamos, estoy seguro de que lo haremos muy bien después.

—Habríamos conseguido lo mismo con una buena comida.

—¿Viendo cuál de los dos terminaba primero?

Zhang se rio.

—Ah, tienes el nombre y el rostro de uno de nosotros, pero veo que en realidad eres mongol. Aparte del amor por las competiciones de comida, tu acento cuando hablas han'er te delata. ¿Comenzamos?

Aunque solo era de constitución media, Zhang era más grande que Ouyang y tenía la ventaja de la experiencia. En su primer ataque, reveló un estilo cálido y apasionado; tenía la sensibilidad y la habilidad de las que Ouyang carecía. La multitud los aclamó, recibiendo por fin el espectáculo que Ouyang les había negado.

Deteniendo el contrataque de Ouyang, Zhang dijo:

—¿De verdad estás tan desesperado por ganar y enfrentarte al tercer príncipe?

—¿El tercer príncipe?

El único príncipe real que había sobrevivido a la infancia, el tercer príncipe, era hijo de la concubina favorita y más poderosa del Gran Kan. Ya tenía diecinueve años y todavía no mostraba señales de haber recibido el Mandato del Cielo que era requisito para ser señalado príncipe heredero. Como era raro que los príncipes recibieran el Mandato en su edad adulta, muchos nobles mongoles creían que un príncipe más adecuado nacería algún día para heredar el Mandato y el trono.

—¿No prestaste atención a los otros combates? Al final será el vencedor de esta competición, aunque tengo que decir que su habilidad es la que se esperaría de alguien a quien nunca se le ha permitido perder.

—Una victoria fácil, entonces —dijo Ouyang, mientras se separaban para reubicarse.

Zhang, que había perdido el atletismo del principio, estaba jadeando un poco.

—Es posible, pero el ganador seguramente debería estar preocupado por su carrera. ¿Tanto te importan los premios?

En el futuro de Ouyang había mucho más por lo que preocuparse que su carrera. Aun en ese momento, era preternaturalmente consciente del pabellón imperial, que lo llamaba como el borde de un acantilado. Sabía que no era el momento adecuado para hurgar en aquella herida concreta. Pero, aun así, sabía que de todos modos lo haría.

—¿Significa eso que vas a rendirte? —le preguntó, fingiendo despreocupación.

—Para nada —replicó Zhang, sonriendo—. Me alegraré de enfrentarme al tercer príncipe. No me vendrá mal que conozca mi rostro. Pero me dejaré vencer cuando esté ahí. Con elegancia, por supuesto. A un hombre joven le gusta que dejen en buen lugar sus habilidades.

—Un hombre joven debería saber con honestidad cómo son sus habilidades comparadas con las de otros —resopló Ouyang.

—¿De verdad has llegado tan lejos en tu carrera sin necesidad de halagos?

—Con la destreza suficiente, no hay necesidad de adulación. —*Ojalá el mundo entero funcionara así.*

—Vaya, me alegro de que hayas terminado en el ejército. Tú y yo somos hombres sencillos. La política acabaría con nosotros...

Justo en ese momento, Ouyang vio una grieta en su defensa y golpeó, enviando al otro general hacia atrás.

Zhang se quitó el polvo de encima. Ouyang sabía que estaba pensando en darle un consejo. Pero, al final, lo único que dijo fue:

—Buena suerte, general. —Y abandonó el campo con una sonrisa de despedida.

—¡El tercer príncipe! —gritó el heraldo mientras un joven mongol de rostro ancho y atractivo aparecía en el campo. Las cuentas de sus trenzas eran de lapislázuli y plata, a juego con sus pendientes y armadura.

—General Ouyang —lo saludó el tercer príncipe. A pesar de estar en la cúspide de la edad adulta y de tener una constitución de guerrero muy parecida a la de Esen, había una vulnerabilidad mal escondida en su porte que hizo que a Ouyang le pareciera alguien mucho más joven. El tercer príncipe lo examinó con perverso interés, como si lo excitara su propia repulsión por el encuentro con algo nuevo y antinatural—. ¿Te gustaría descansar un momento antes de nuestro encuentro?

Ouyang sintió un hormigueo al saberse examinado. Intentó no bajar la mirada, de modo que, cuando la evaluación del tercer príncipe llegó a su rostro, pudo ver su sorpresa. Ouyang conocía ese asombro: era el de alguien que había olvidado que su rostro escondía a un hombre, con la mente y la experiencia de un hombre.

—Alteza. Es un honor para este siervo indigno competir contra ti. Por favor, continuemos.

El tercer príncipe elevó su espada. Puede que se pareciera a Esen físicamente, pero su porte no era igual: era tan bonito como inútil.

—Entonces comencemos.

Ouyang atacó. Un golpe rápido e irritado, como el que daría a una mosca. El tercer príncipe golpeó la tierra. Incluso mientras estaba allí, despatarrado, Ouyang ya lo había olvidado. El tercer príncipe no era nada, ni una amenaza ni una oportunidad, igual que aquella victoria no era nada más que una ocasión que no debería haber aprovechado. Una sensación misteriosa empezaba a formarse en su interior. Su corazón latía con su fuerza; su dolor lo puso en acción. *Quiero ver el rostro de mi destino.* La multitud retumbó.

—¡El vencedor se aproximará al Gran Kan!

Ouyang se acercó al pabellón imperial y se arrodilló. Se tensó ante aquella terrible y misteriosa sensación. Quizá fuera su vida entera, condensada en una única emoción. Apoyó la frente sobre la hierba aplastada tres veces. Después, por fin, levantó los ojos para mirar al Gran Kan. Contempló la figura dorada en el trono y el mundo se detuvo. Allí, a menos de veinte pasos de distancia, estaba el que había asesinado a su padre. El que había ordenado al príncipe de Henan que matara a todos los hombres de la familia Ouyang hasta el noveno grado, quien había terminado con la estirpe de los Ouyang para siempre. Ouyang miró ese rostro ordinario y vio su destino, y sintió que aquella emoción opaca se acrecentaba hasta que en su interior no quedó nada más. El Gran Kan era su destino y su final. Pensar en ese final le provocó una oleada de alivio. Después de todo, ese sería el momento en el que todo acabaría.

Puntos negros reptaron por su visión. Se recompuso, jadeando; en todo aquel tiempo no había respirado. Estaba temblando. ¿Qué pensaría el Gran Kan de él, al verlo temblar a sus pies? ¿Lo miraría y sentiría su destino, como Ouyang sentía el suyo?

No sabía si debía hablar, pero lo hizo.

—¡Diez mil años para el Gran Kan!

Se produjo un largo silencio. Mucho más largo de lo que Ouyang habría esperado, hasta que resultó perturbador. La multitud murmuró.

—Levántate —dijo el Gran Kan. Cuando Ouyang se apoyó en sus talones, lo inquietó descubrir que el Gran Kan estaba mirando fijamente un punto a su espalda. Por un momento, Ouyang se sintió poseído por la demencial idea de que, si se giraba con la rapidez suficiente, *vería* algo: la miasma de sus emociones, proyectando una marchitante sombra sobre la hierba. Tras librarse, al parecer, de lo que lo había transpuesto, el Gran Kan dijo con voz distante:

—Nos gustaría conocer el honorable nombre de este general.

Ouyang descubrió que ya no estaba temblando, como si hubiera entrado en las últimas fases de la muerte por congelación.

—Gran Kan, el apellido familiar de este siervo indigno es Ouyang.

El Gran Kan se sobresaltó y miró a Ouyang por primera vez.

—¿Un Ouyang de Henan?

El gobernante apretó el reposabrazos de su silla y una débil llama azul brotó entre sus dedos. Pareció totalmente involuntario. ¿Solo estaba recordando, o había algo más que lo perturbaba? De repente, Ouyang tuvo la terrible sensación de que había algo en juego que estaba más allá de su comprensión. De que, de algún modo, había cometido un error terrible...

Pero entonces el Gran Kan se despojó de lo que lo acosaba.

—La destreza de este general es excepcional —dijo con contundencia—. Has llevado el mayor de los honores a tu señor, el príncipe de Henan. Por favor, sigue sirviéndolo con lealtad. —Señaló a un criado—. ¡Recompensadlo!

Los criados se acercaron con cajas posadas sobre cojines suntuosamente bordados. Era una riqueza equivalente al botín de una campaña exitosa. Dos, incluso.

El paso brusco del inminente desastre al éxito hizo que Ouyang se sintiera eufórico. Mientras apoyaba la frente contra la hierba, ya veía contra sus párpados la próxima vez que se encontraran.

—El Gran Kan es generoso. ¡Diez mil años para el Gran Kan! ¡Diez mil años!

Todavía podía sentir al Gran Kan mirándolo mientras retrocedía.

Las competiciones del día dieron paso a los entretenimientos de la noche. El banquete y la bebida había comenzado hacía horas, y el aire estaba engrasado por el aroma del cordero asado a la piedra. Cientos de mesas se habían instalado sobre la hierba, y sus ornamentos e incrustaciones de perlas destellaban a la luz de las diminutas lámparas. Sobre estas, las carpas de seda se hinchaban con el aire nocturno, mientras sus vientres captaban el brillo de las enormes linternas colocadas sobre trípodes en el espacio. Ouyang estaba sentado junto al general Zhang, con varias jarras de vino vacías entre ellos, observando la hilera de dignatarios que llevaban regalos hasta la mesa elevada donde estaba sentado el Gran Kan con la emperatriz, el tercer príncipe y el gran consejero.

—Una de las cortes del infierno debe estar reservada para este tipo de aburrimiento —observó Zhang. Sin pretenderlo, su túnica de decadentes bordados de Pingjiang lo hacía parecer muy masculino. A medida que la noche avanzaba, su elegante recogido había comenzado a soltarse.

—Bebe más.

Ouyang le sirvió otra copa. Cuanto más se emborrachaba, más lo sorprendía el sonido de su propia y distante voz hablando han'er. Era como darse cuenta de que había alguien en el interior de su cuerpo que hablaba y pensaba en un idioma distinto.

—Los mongoles bebéis más de lo que habría creído.

Ouyang resopló.

—Esto no es nada. Toda la semana que viene se beberá mucho; es mejor que estés preparado.

—Solo puedo prepararme para soportarlo —dijo Zhang con tristeza. Ouyang se preguntó si sus mejillas tendrían el mismo rubor agitado que las de Zhang. Comparados con los mongoles, los nanren eran conocidos por no tolerar bien el vino. Zhang miró el trono y le preguntó:

—¿Fue duro conocer al emperador?

Ouyang estaba tan entumecido que ni siquiera tuvo que reprimir un estremecimiento.

—¿Por qué? ¿Debido a mis lamentables orígenes? —Se terminó la bebida y esperó a que Zhang le sirviera otra—. Eso es parte del pasado. Nunca pienso en ello.

Zhang lo miró. La inestable luz de la linterna hacía que el broche dorado de su cabello fuera más impresionante que las cuentas de oro en el pelo del Gran Kan, y proyectaba sombras profundas sobre las nobles arrugas de su frente. ¿Qué era aquella expresión? Puede que Ouyang estuviera borracho, pero sabía por experiencia que podía estar al borde de la inconsciencia y mantener su fachada inexpresiva intacta. No obstante, en ese momento tuvo la descarnada sensación de que Zhang sabía, de algún modo muy concreto, que estaba mintiendo. Pero quizá Zhang hubiera decidido apiadarse de él, porque al final lo único que dijo fue:

—¿Y el tercer príncipe? ¿No te preocupa que te guarde rencor?

Ouyang se relajó. Aquel era un territorio más seguro.

—Que me lo guarde. No me importa.

—No solo a ti, sino al príncipe de Henan y a tu señor Esen. ¿Qué ocurrirá cuando quieran prosperar y trasladarse a la corte de Dadu?

El desconocido nombre han'er para Khanbaliq provocó en Ouyang una sensación desconcertante, como si Zhang y él fueran ciudadanos de mundos distintos que se habían topado por azar en el insólito espacio entre medias.

—Esen nunca se adaptaría a la corte —dijo, sintiendo una tristeza profética.

—Sin duda tampoco lo harías tú. ¿Y si vuelves a encontrarte con el tercer príncipe el año que viene?

El siguiente grupo de nobles se acercó al trono, hizo sus reverencias y presentó sus regalos. Ouyang se sentía acalorado por el vino. A pesar del constante apremio de Esen, normalmente moderaba su ingesta. Aquella noche, sin embargo, se sentía apresado por la conciencia de lo que ocurriría al día siguiente. Pensó, confundido: *Debería sufrir.*

—Esta es la primera vez en siete años que asisto a una de estas cosas —dijo—. En primavera siempre estamos de campaña. No espero que vuelva a suceder.

—¿Nunca? Algún día aplastareis a los rebeldes. Terminaréis esta guerra.

—¿Tú crees? ¿Que algún día no tendremos trabajo porque habrá paz?

Ouyang podía imaginar la muerte del Gran Kan, pero no conseguía imaginar el final de un imperio. Tampoco imaginaba del todo su regreso a la estabilidad. La imaginación estaba, después de todo, impulsada por la inversión propia en el resultado.

—*Tú* podrías quedarte sin trabajo —le dijo Zhang—. Pero ¿qué es la paz para los mercaderes? Como la fuerza motora del comercio es siempre expandirse, el trabajo de este general no terminará nunca. Serviré a la ambición de mi señor hasta que muera.

—¿Y tus hermanos?

—Ah, pensaba que nos conocías muy bien. ¿No te fías de los informes que recibes sobre mi hermano? Él no tiene ambición. Ven a visitarnos algún día y lo verás. Pero decir que no tenemos ambición también sería equivocado.

—Ah —dijo Ouyang lentamente—. La señora Zhang.

Zhang sonrió.

—¿No crees que una mujer pueda liderar un proyecto comercial?

Esen a menudo atribuía una competencia a sus esposas de la que Ouyang nunca había sido testigo y en cuya existencia en realidad no creía. Los hombres completos tenían prejuicios sobre las mujeres, aunque siempre insistían en que lo que veían eran hechos objetivos.

—Eres demasiado modesto —dijo Ouyang con diplomacia—. Infravaloras tus contribuciones.

—En absoluto. Soy un general, como tú. Tú ejecutas las órdenes de tu señor, Esen; yo ejecuto las órdenes del mío. Conozco mi talento en mi campo, pero también sé que tengo poca visión comercial. Es la ambición de ella a la que servimos, y es por decisión suya por lo que disfrutas de nuestra lealtad. Los que la subestiman, suelen arrepentirse de ello.

Había un tono concreto en su voz cuando hablaba de la señora Zhang, pero descifrarlo parecía requerir demasiado esfuerzo. En lugar de eso, Ouyang rellenó las copas.

—Entonces nuestro acuerdo es sólido. Que nuestros empeños comerciales tengan éxito en el extenso Gran Yuan.

Zhang levantó su copa. Durante un instante, sus ojos pasaron sobre Ouyang, interesados en el espacio vacío entre las mesas. Esta vez, Ouyang reconoció la mirada. Era la misma expresión distante que había mostrado el Gran Kan, y en cuanto la reconoció, se sintió apresado por el horror frío y preciso de ser observado desde atrás. Se le erizó el vello de la nuca. A pesar de que *sabía* que no había nada allí, de repente se estremeció con la necesidad de girarse y luchar.

Y entonces la luz cambió y el temor se disipó. Desde el otro lado de la mesa, Zhang estaba sonriéndole.

—Brindemos.

Bebieron, viendo cómo se acercaba a la mesa del Gran Kan el gobernador militar de Shanxi, Bolud. Lo seguían sus hijos. Altan, que era el más joven, iba el último.

—Parece que ese chico quiere causar una buena impresión —dijo Zhang, refiriéndose a la majestuosa caja cubierta que llevaban cuatro criados a su lado.

—Sería mejor que concentrase esos esfuerzos en complacer a su general —dijo Ouyang. Era consciente de estar evidenciando una molestia bastante impropia de un general hacia un inferior, pero le resultaba difícil que le importara—. No lo soporto. Por desgracia, el príncipe de Henan cree que necesitamos el apoyo de Bolud para sofocar con éxito a los Turbantes Rojos. ¡Pero lo único que Bolud nos proporciona son números! Y los números pueden encontrarse en cualquier parte, ¿no?

—Y ahora que ha perdido el favor de la emperatriz, Bolud ya no es importante —dijo Zhang, considerándolo.

Cuando se detuvieron ante la alta mesa, Altan hizo un gesto a sus criados y estos descubrieron la caja. Incluso en el agitado espacio lleno de borrachos, la revelación de su contenido produjo silencio y una repentina inhalación.

La caja era una jaula que contenía un majestuoso guepardo de caza, uno de los regalos más inusuales y apreciados, cuya adquisición era difícil y lenta. Su coste era inestimable.

Estaba muerto.

El Gran Kan hizo una mueca. Con el ceño muy fruncido, se levantó y bramó:

—¿Qué significa este insulto?

Todos los presentes conocían el insulto: un animal muerto no deseaba más que lo mismo para el Gran Kan. Era la traición más brutal.

Altan, que había estado mirando la jaula con la boca abierta y el rostro gris, cayó de rodillas y empezó a gritar su inocencia. Su padre y sus hermanos se lanzaron a su lado, gritando unos sobre otros. El Gran Kan se cernió sobre ellos, mirándolos con una ira letal.

—Eso no me lo esperaba —dijo Zhang.

Ouyang se descubrió riéndose. Incluso a sí mismo, su risa le sonó histérica. Una parte distante de él, la parte que nunca dejaba salir por mucho que bebiera, se dio cuenta de que acababa de recibir un regalo inesperado.

—Ah, ese bastardo tiene mi respeto —dijo en voz alta.

—¿Qué?

—No soy el único que no soporta a Altan.

El Gran Kan gritó de nuevo.

—¿Quién es el responsable de esto?

Bolud, que se había arrastrado hasta que su cabeza estuvo casi sobre el empeine del Gran Kan, gritó:

—¡Perdóname, Gran Kan! No he tenido nada que ver en esto. ¡Yo no sabía nada!

—¿Cómo puede la culpa del hijo no ser también la culpa del padre?

La emperatriz se levantó de repente y sus ornamentos rojos y dorados destellaron y se balancearon. De todas las mujeres del Gran Kan, ella era la única que llevaba el sombrero mongol tradicional. Su larga columna se alzó bajo la luz de las linternas y las danzantes sombras que proyectaban.

—¡Gran Kan! —exclamó—. Esta mujer inútil te suplica que perdones a mi padre. Por favor, cree que él no ha tenido nada que ver con esto. La culpa es del chico. ¡Por favor, castígalo solo a él!

Arrodillándose y temblando a los pies del Gran Kan, Altan parecía pequeño y patético: un niño abandonado por su familia.

El tercer príncipe estaba mirando a la emperatriz con una ligera sonrisa. Por supuesto, no sentía cariño por la mujer que podía engendrar a un hijo favorecido por el Cielo que lo desplazara.

Al ver la mirada del tercer príncipe, Zhang dijo:

—¿Él?

Ouyang apoyó la cabeza en el respaldo de su silla. Su placer ante la utilidad de lo que acababa de pasar se vio emborronada por una terrible tristeza. El espacio de la carpa brillaba y vibraba a su alrededor. Un mundo del que él no era parte, uno que solo estaba atravesando de camino a su oscuro destino.

—No.

—¡Lleváoslo! —rugió el Gran Kan, y los dos guardaespaldas se apresuraron y levantaron a Altan por los codos—. ¡Por el insulto más grave al Hijo del Cielo, te sentenciamos al exilio!

Se llevaron a Altan a rastras, sin fuerzas debido al asombro.

Al otro lado de las brillantes mesas, Ouyang vio al señor Wang observando la escena con satisfacción y diversión en sus perezosos ojos felinos.

—¡Esto! —gritó Chaghan—. ¡Esto ha sido cosa tuya, Wang Baoxiang!

Incluso en el interior del ger de su padre, Esen podía oír el bramido de la gente yendo de ger en ger para hablar de los sucesos de la noche. Mientras cruzaba el campamento, vio que la familia de Bolud ya había recogido y desaparecido: lo único que quedaba de sus ger eran los círculos aplastados sobre la hierba.

Chaghan se cernió sobre Baoxiang y las linternas se agitaron como movidas por la fuerza de su enfado. El príncipe tenía la misma altura que su hijo adoptivo, pero por su anchura, su barba erizada y sus trenzas, parecía mucho más grande.

Esen hizo una mueca mientras Baoxiang miraba a su padre insolentemente a los ojos. Como Chaghan, Esen había sabido de inmediato quién había sido el causante de la ruina del contingente de Shanxi. Al menos, Baoxiang había respondido al insulto como lo haría un hombre. Por otra parte, había sido un ataque deshonroso, la respuesta de un cobarde. Esen sintió una oleada de frustración que conocía bien. ¿Por qué no podía Baoxiang ponérselo a todos más fácil y hacer lo que se esperaba de él? Esen era adecuado para su puesto, pero no era que nunca hubiera tenido problemas o que nunca hubiera hecho sacrificios personales para cumplir con las expectativas de su padre. Eso era lo que hacía un hijo, pero Baoxiang se negaba. Era egoísta y difícil, y Esen no conseguía comprender por qué.

—¿Tienes alguna razón para creer que fui yo, padre? —replicó Baoxiang.

—Dime que no lo hiciste.

Baoxiang sonrió. No obstante, bajo su arrogancia había algo de aspecto dolido.

—¡Eres un egoísta! ¿Cómo te atreves a poner tu mezquina venganza por encima de los intereses de todos los de esta familia? Si Bolud lo descubre…

—¡Deberías darme las gracias! ¡Si te molestaras en pensar un momento, quizá te darías cuenta de que ahora Bolud ha perdido el favor de la corte y de que tú tienes por fin la posibilidad de ascender!

—¿Darte las gracias? ¿Cómo puedes decir que has hecho esto por *nosotros* sin que se te caiga la cara de vergüenza? ¡Sin el apoyo de Bolud, perderemos todo por lo que hemos luchado! ¡Nuestra familia estará arruinada! ¿Con tanta facilidad escupes en las tumbas de tus ancestros?

—¡No necesitas a Bolud! —gritó Baoxiang—. ¿No he hecho todo lo necesario para ayudarte a que te libraras de tu dependencia? ¡Deja de pensar que necesitas a ese bufón y ten el valor de tomar el poder! ¿Crees que vendrá a ti si te quedas esperando?

—¿Tú me has ayudado? —La voz de Chaghan podría haber fundido una espada de acero.

Baoxiang emitió una frágil carcajada.

—Ah. Sorpresa. No tienes ni idea de lo que he estado haciendo por ti todo este tiempo. ¡Ni siquiera te importa lo suficiente para interesarte! ¿No te das cuenta de que yo soy la única razón por la que todavía tienes una región? Sin las carreteras y el riego y las recaudaciones de impuestos, ¿crees que tendrías fondos para seguir sirviendo al Gran Kan? Tú único valor para él yace en tu ejército, y *ni siquiera tendrías un ejército*. ¡No serías más que un irrelevante pueblerino cuyas tierras se las están tragando los rebeldes por un lado y Bolud por el otro!

Esen sintió una punzada de vergüenza ajena por Baoxiang. ¿No se daba cuenta de lo mal que quedaba intentando presentar el papeleo en el que ocupaba sus días con el trabajo que hacían Esen y Ouyang, y el que Chaghan había hecho antes que ellos?

—Óyete. *Riego.* —le espetó Chaghan—. ¡Somos mongoles! No *cultivamos.* No cavamos zanjas. Nuestros ejércitos son el brazo del Gran Kan en el sur, y mientras el Gran Yuan exista, nuestra familia lo defenderá con honor y gloria.

—¿De verdad crees las idioteces que salen de tu boca? —se burló Baoxiang—. Quizá no he hablado con la suficiente claridad. Sin mí, Henan ya habría caído, con o sin el apoyo de Bolud. Las rebeliones prometen a sus seguidores todo lo que nosotros no conseguimos proporcionarles. Así que, si tus campesinos se mueren de hambre, si tus soldados no cobran, no pienses que te serán leales, ni a ti, ni a los mongoles, ni al Gran Yuan. Se unirán a los rebeldes sin pensarlo un segundo. La única razón por la que no lo hacen es porque *yo* gobierno, porque yo cobro impuestos y los administro. Yo les pago sus sueldos y rescato a sus familias de la miseria. *Yo soy el Yuan.* Yo lo sostengo más de lo que vosotros podríais hacerlo nunca con la fuerza bruta de vuestras espadas. Pero, en vuestros corazones, ¿no me consideráis todavía un inútil?

—¿Cómo te atreves siquiera a insinuar que el Gran Yuan podría caer?

—Todos los imperios caen. Y, si el nuestro lo hace, ¿qué será de ti, padre, como mongol?

—¿Y tú? ¿De qué lado estarás? ¿Eres un manji o un mongol? He malgastado mi aliento criándote como uno de nosotros, pero tú nos traicionarías para unirte al pueblo del bastardo de tu padre.

Baoxiang hizo una mueca.

—¿El bastardo de mi padre? —siseó—. ¿Mi padre de sangre? Tus palabras te traicionan, *Chaghan.* Tú nunca me has criado como uno de vosotros. Nunca me aceptaste como soy, ni siquiera has visto todo lo que he hecho por ti, ¡y todo porque no soy como mi hermano!

—¡Tú, escoria manji con la sangre de los perros! Cobarde y débil. Nadie te quiere. *Yo* no te quiero.

Chaghan atravesó la tienda y abofeteó a Baoxiang con el dorso de la mano. Baoxiang cayó. Después de un instante, se puso lentamente de rodillas, rozándose la comisura de la boca. Chaghan tomó su espada del estante y la desenvainó.

El instinto guerrero de Esen supo cuál era la intención de Chaghan. A pesar de cuánto lo frustraba, no concebía que su enloquecedor, imposible y cabezota hermano fuera aniquilado.

—¡Padre! —gritó.

Chaghan lo ignoró. Apresado por una furia tal que la espada desnuda temblaba a la luz de la lámpara, dijo a Baoxiang:

—Te cortaré tu cabeza de traidor. La muerte de un auténtico mongol es demasiado buena para ti.

Baoxiang levantó la mirada desde el suelo. Tenía sangre en la boca; su rostro estaba contorsionado por el odio.

—Entonces hazlo. ¡Hazlo!

Chaghan gruñó. La hoja destelló, pero no descendió; Esen atravesó el ger y agarró la muñeca de su padre.

—¿Cómo te atreves? —dijo Chaghan, intentando liberarse de Esen.

—¡Padre! —exclamó Esen de nuevo, aplicando tanta fuerza como se atrevió. Sabía que, en el momento en el que lo soltara, Baoxiang estaría muerto. Podría haber aullado por la frustración. Incluso al resistirse a la muerte, Baoxiang estaba causando problemas—. Te lo suplico, perdónale la vida.

Los huesos de la muñeca de su padre crujieron bajo su mano, hasta que, con un jadeo, Chaghan soltó la espada.

Al hacerlo, la mirada de furia pura de Chaghan pasó sobre Esen y aterrizó con decisión en Baoxiang. Por un momento, pareció incapaz de hablar. Después dijo, con una ominosa y estrangulada serenidad:

—Maldigo el día en el que te adopté. Tú, bastardo manji de dieciocho generaciones de ancestros malditos… ¡No vuelvas a presentarte ante mi vista jamás!

Baoxiang no relajó los puños hasta que su padre se marchó. Con su intencionalidad ocultada tras un ligero temblor, sacó un pañuelo de la manga y se limpió la boca. Cuando terminó, levantó la mirada y echó a Esen una amarga sonrisa.

Esen descubrió que no tenía nada que decir. Hasta aquel momento había creído de verdad que, si Baoxiang lo intentaba, todavía podría ser el hijo que Chaghan quería. Pero ahora sabía que siempre había sido imposible.

Como si le leyera la mente, Baoxiang dijo:

—¿Ves?

Los ger brillaban plateados bajo la luz de la luna. El humo de sus cúspides se alzaba como ríos celestiales. Ouyang atravesó el campamento hasta donde los caballos del príncipe de Henan estaban atados, con largos ronzales, a una cuerda que se extendía sobre su cabeza entre dos altos pilares. Una única silueta se alzaba en mitad de la cuerda, con las grandes sombras de los caballos agrupados a su lado.

Esen no se giró para mirarlo cuando se acercó. Estaba acariciando el hocico de su caballo favorito, un alazán alto que parecía negro bajo la luz de la luna. El caballo agitó las orejas con reconocimiento, pero no en la dirección de Ouyang. No hacia él, pensó con incomodidad, sino hacia lo que lo seguía, invisible. Su propia yegua estaba amarrada tras un par de caballos. Cuando lo vio, arrastró su ronzal por la cuerda, uniéndose al resto en un embrollo por el que los mozos lo maldecirían a la mañana siguiente, y lo empujó con el morro.

Los hombros de Esen estaban tensos por la tristeza. Era fácil saber qué tipo de encuentro acababan de tener Wang y él con Chaghan. Mientras miraba el noble perfil de Esen, durante un momento, lo único que Ouyang quiso hacer fue aliviar su infelicidad. Sintió su propio dolor al ver a Esen sufriendo, e intentó imaginárselo multiplicado por cien, por mil, por diez mil. No podía. *Todavía estoy borracho,* pensó.

—Tu padre y el señor Wang. ¿Cómo ha ido?

Esen suspiró. La audacia lo había abandonado. Eso hizo que Ouyang pensara en ese momento en el que acudes a la fogata por la mañana y en lugar de brasas solo encuentras la fría piedra gris. Lo llenó de tristeza.

—Así que lo sabes. Bueno, claro que lo sabes. ¿Acaso lo sabe todo el mundo?

—No lo saben, pero lo sospechan. ¿Podrían estar equivocados?

Esen le dio la espalda.

—¿Qué nombre le pusiste? —preguntó, mirando la yegua de Ouyang.

—No le he puesto nombre. —Ouyang frotó el hocico de la yegua—. ¿Haría eso que me sirviera de un modo distinto?

Esen se rio con tristeza.

—¿No te parece demasiado frío?

—¿Tú le pones nombre a tu espada? Los hombres se sienten demasiado unidos a sus caballos. Estamos en guerra; morirán antes o después.

—Ya veo cuánto valoras mi regalo —dijo Esen con amargura.

A pesar de sus preocupaciones, Ouyang sonrió.

—Es un buen regalo. Valoro más a quien me lo regaló.

—Es normal que la gente se sienta unida a su caballo. Y a otra gente. —Esen suspiró de nuevo—. Pero tú no. Tú siempre alejas a los demás. ¿Qué encuentras en ello, en la soledad? Yo no lo soportaría. —El cálido aroma de los animales se elevó entre ellos. Después de un instante, continuó—: Mi padre lo habría matado si yo no hubiera estado allí.

Ouyang sabía que era cierto, como sabía que no existía ningún mundo en el que Esen hubiera permitido que eso ocurriera. La idea lo atravesó con una sensación de mezclada dulzura, anhelo y dolor.

—No lo creía —dijo Esen—. Antes. Pensaba... pensaba que quizá tenían sus diferencias. Creía que podrían reconciliarse.

Esa era la pureza que Ouyang quería proteger para siempre, el enorme corazón de Esen y su sencilla y confiada fe en todo el mundo.

—Tienes que tener cuidado con Wang Baoxiang —se obligó a decir.

Esen se tensó.

—¿Incluso tú piensas lo mismo de él?

—Acaba de destruir al hermano de la emperatriz. ¿Por qué? ¿Por un par de insultos? ¿Por el puñado de propiedades que tu padre le quitó? Te hace preguntarte de qué más es capaz. —Ouyang tenía la dolorosa sensación de que Esen era como una mascota, que miraría a su propietario con amor y confianza e intentaría lamer y mover la cola incluso mientras lo colgaban del cuello—. Confías demasiado. Te admiro por ello. Que prefieras acercarte a la gente, en lugar de alejarla. Pero eso te hará daño. ¿Acercarías a un zorro herido a tu pecho y esperarías que no te mordiera? La peor herida que puedes hacerle a un hombre es humillarlo. Nunca lo olvidará. Y Wang Baoxiang ha sido humillado.

—¡Baoxiang es mi hermano!

Ouyang siguió rascando con lentitud los bultos de la muda de la capa de invierno en el cuello de su caballo.

—Es mi hermano —repitió Esen, en voz más baja.

Se quedaron mucho tiempo bajo la luna sin hablar, mientras sus sombras se extendían sobre el mar de hierba plateada.

El día de la cacería amaneció caluroso y soleado. Nubes de un pálido amarillo veteaban el cielo como banderolas. Asistentes a pie atravesaban las altas hierbas, haciendo sonar tambores para hacer salir a las presas. Los nobles los seguían. La visión de cientos de hombres y mujeres a caballo cubriendo la llanura de todos los colores de un campo de flores era uno de los mayores espectáculos del imperio. Debería haber sido suficiente para elevar el estado de ánimo de cualquiera, pero Ouyang se sentía irremisiblemente sombrío. La resaca parecía un acto de justicia. Al mismo tiempo, la situación le parecía irreal. Después de tanto tiempo, le costaba creer que el momento hubiera llegado.

Esen cabalgaba con una expresión de forzada alegría. Su ave favorita, un águila dorada hembra con unas garras tan grandes como los puños de Ouyang, estaba posada en el borrén de su silla. Esen le acarició el lomo sin pensar. La apreciaba más que a cualquiera de sus hijas, y Ouyang creía que era el único ser vivo del palacio que Esen echaba de menos mientras estaban en campaña.

—¿Por qué tan serio, mi general? Hoy cabalgamos por placer. ¿No es una rareza que deberíamos disfrutar?

Sus criados habían sido descuidados con sus trenzas; ya se estaban deshaciendo y los mechones volaban con la brisa. Ouyang sabía que había decidido no pensar en el conflicto entre el príncipe de Henan y el señor Wang, y que casi estaba consiguiéndolo. A Esen siempre se le dio bien la compartimentación. Era un talento que Ouyang parecía haber perdido. Después de toda una vida manteniendo las distintas partes de su ser separadas, ahora sangraban unas sobre otras en una irrefrenable hemorragia.

El grupo personal del Gran Kan estaba a cierta distancia, dirigiéndose hacia las colinas rocosas donde podían encontrarse los tigres. Ouyang podía distinguir al Gran Kan, resplandeciente con su piel de leopardo de las nieves. Chaghan, beneficiándose de la ausencia de Bolud, cabalgaba a su lado. Como correspondía a la ocasión, el príncipe de Henan llevaba el atuendo extravagante de la corte que normalmente despreciaba, y cabalgaba un magnífico caballo joven. A diferencia de los recios caballos mongoles que eran entrenados para tolerar las cacerías de lobos, osos y tigres que los mongoles preferían, el nuevo corcel de Chaghan era de la valiosa raza oriental conocida como caballos dragón, por su velocidad y belleza. Delicados y temperamentales, eran una mala elección para una cacería, pero Ouyang comprendía el razonamiento de Chaghan: había sido parte de la recompensa del Gran Kan por sus esfuerzos contra los rebeldes. Con él pretendía alabar el gusto de su soberano.

Las colinas estaban secas y quebradas. Los caminos se retorcían en los límites de los barrancos y corrían bajo pendientes verticales. Árboles encorvados como pinzas de cangrejo colgaban de las grietas de las rocas del tamaño de una casa, adornadas aquí y allá con las cintas de las oraciones para pedir buena suerte de los grupos de caza de años anteriores. La enorme masa del contingente de caza se diluyó cuando las parejas y grupos se separaron para perseguir a sus presas favoritas. Ouyang, que tenía a su propia presa en mente, dijo:

—Mi señor, he visto un íbice. Iré por aquí.

Era la primera vez que mentía a Esen.

—¿Estás seguro? —dijo Esen, sorprendido—. Yo no lo he visto. Pero, si estás seguro, vayamos a atraparlo, rápido. Después nos reuniremos con el Gran Kan para la caza del tigre.

Ouyang negó con la cabeza.

—No pierdas tu tiempo conmigo. Será mejor que te reúnas con el Gran Kan y dejes que vea tu destreza. —Consiguió mostrarle una sonrisa amarga—. Los demás están acostumbrados a disparar a objetivos fijos, así que estoy seguro de que lo harás bien. Me encontraré contigo en la cima, cuando paremos a almorzar.

Apresuró a su yegua antes de que Esen pudiera discutir. Tan pronto como estuvo fuera de su vista, se detuvo y aflojó las riendas. El pequeño gesto parecía cargado de anticipación, como el momento después de insultar a un oponente, esperando su respuesta. No tenía ninguna duda de que el destino respondería. El destino daba forma al mundo, y Ouyang no era más que un hilo en su tejido, uniéndose a un principio y a un final.

Por un momento, su yegua se quedó allí. Después, movió las orejas con reconocimiento, como solía hacer, y comenzó a avanzar por el sendero hacia el terreno alto que prefería su presa. *Como si lo condujera.* A Ouyang se le erizó la piel al pensar en las guías invisibles que podría estar siguiendo. Hizo el camino en silencio, excepto por los cascos de su yegua sobre el suelo duro y el canto de las oropéndolas. El olor de la roca caliente y de la tierra se elevaba a su alrededor, atravesado por la intensidad del pino y del enebro. Se sentía como si estuviera en dos lugares a la vez, pero apenas presente. Allí, más libre y solitario que nunca, y también en el futuro, viendo lo que ocurriría.

Al ganar altura, los árboles se hicieron más escasos. Puso a su yegua a paseo y examinó lo que lo rodeaba. Vio sin sorpresa que era la ubicación perfecta para encontrar un lobo. Y entonces, al atisbar el conocido atuendo cereza justo en una bifurcación más baja del sendero, como una diana perfecta para todos los depredadores de la zona, añadió mentalmente: *O donde un lobo podría encontrarte.* El señor Wang estaba sentado en una roca con vistas, leyendo, con su caballo amarrado a su lado. Por su aire concentrado, Ouyang suponía que llevaba allí un tiempo: debió abandonar la cacería y acudir allí buscando cierta soledad.

Un escalofrío recorrió el paisaje. Era una ausencia: las oropéndolas habían dejado de cantar. La yegua de Ouyang también se estremeció y agitó las orejas, aunque estaba demasiado bien entrenada para emitir un sonido. Era justo lo que Ouyang había esperado, aunque eso solo lo llenó de amargura. Todo era perfecto; le habían puesto en bandeja todo lo que necesitaba. Era perfecto porque su destino era ineludible y ocurriría sin importar qué pensara, sintiera o hiciera.

Wang Baoxiang, ajeno a todo, seguía leyendo. Ouyang sintió una perversa curiosidad por saber cuánto tiempo tardaría en darse cuenta del peligro en el que se encontraba. *Si era que llegaba a darse cuenta.*

Al final, fue el caballo de Wang el que lo notó. Se soltó de su atadura, rechinando, y trotó por el sendero. El señor levantó la mirada, sobresaltado, y después se puso en pie. Unos cuerpos sinuosos inundaron el suelo pedregoso como sombras de nubes, emergiendo de detrás de las rocas y de los barrancos, y cubriendo el camino tras el caballo. Lobos.

Un lobo se separó de la manada y se acercó al señor Wang con sus largas patas. Sus movimientos eran lentos y deliberados: un depredador seguro de su éxito. Wang hizo un gesto que detuvo en seco y Ouyang vio el horror atravesando su rostro al darse cuenta de que su arco estaba atado a su silla de montar. Una mirada rápida a su espalda le mostró lo que él ya sabía, que no había ningún sitio al que retirarse. La hermosa vista que había elegido lo había atrapado.

—¡Inténtalo, si quieres! —le gritó Wang al lobo. Su voz sonó una octava más alta por el miedo—. ¿Crees que no puedo contigo?

A pesar de su tristeza, Ouyang casi se rio cuando Wang le lanzó el libro al lobo. El animal lo esquivó con agilidad y avanzó, con la cola baja y los músculos de los hombros en movimiento. Ouyang descolgó su arco.

El lobo saltó; un borrón precipitándose, azotando el aire, que cayó en la tierra casi a los pies del señor Wang con la flecha de Ouyang enterrada en su costado.

Wang levantó la mirada abruptamente. La humillación puso una expresión frágil y cruel en su rostro pálido.

—General Ouyang, ¿no podrías haber hecho eso antes?

—¿No debería mi señor sentirse agradecido porque no me haya quedado de brazos cruzados? —replicó Ouyang, sintiéndose temerario por el fatalismo. Desmontó y bajó la pendiente hasta donde estaba el señor Wang. Lo ignoró y recuperó el cadáver, sorprendentemente pesado, antes de regresar con dificultad y colocarlo sobre la cruz de su yegua. Esta aplanó las orejas y le mostró el blanco de los ojos, pero con la valentía de los mejores caballos mongoles, se mantuvo inmóvil mientras él volvía a montar.

Ouyang le ofreció la mano a Wang.

—¿Por qué no te llevo de vuelta con el príncipe? Puedes tomar uno de los caballos de sobra de su séquito.

—¿No crees que mi padre preferiría que me comieran los lobos? —le espetó Wang. Ouyang sabía que estaba sopesando las muchas horas que tardaría en regresar caminando contra la humillación de que todos supieran que lo había rescatado el eunuco de su hermano.

Ouyang esperó y no sintió ni una pizca de sorpresa cuando el señor dijo por fin:

—*De acuerdo.* —Ignoró la mano de Ouyang y saltó a la grupa—. ¿A qué estás esperando? Terminemos con esto.

El grupo del Gran Kan había tomado su almuerzo en una cumbre calva y redondeada con unas vistas inmejorables de las rugosas montañas y de los prados más allá. Cuando Ouyang y el señor Wang llegaron, tras viajar lentamente debido al peso doble, todos estaban ya preparándose para marcharse. Ouyang pudo ver a Chaghan, fácilmente identificable de púrpura, frenando a su danzante caballo dragón, con la cola tan frondosa como un estandarte, mientras conversaba con un grupo de nobles a caballo. Ouyang guio a su yegua con cuidado mientras subían el último tramo. El suelo caía abruptamente alrededor de la cima y en los límites de los senderos, y había sido general durante el tiempo suficiente para haber perdido a más de un hombre en un terreno similar.

Los mozos y asistentes del príncipe de Henan estaban agrupados en un terreno en pendiente a cierta distancia de los nobles. Mientras Ouyang y el señor Wang cabalgaban, los caballos de repuesto se encabritaron y relincharon ante el aroma del lobo muerto. Los mozos no eran lo bastante descarados para mirar directamente a un general, y menos aún para mirarlo mal, pero Ouyang sabía que estaban maldiciéndolo: serían sus vidas las que peligrarían si un caballo caía por el borde.

—Tú —dijo el señor Wang al mozo más cercano, desmontando con la actitud de alguien que para nada había estado a punto de ser devorado por un lobo—. Tráeme uno de esos caballos.

El mozo se quedó paralizado. Su expresión era la de alguien a quien acaban de pedirle que elija entre morir apaleado o morir escaldado.

—Señor Wang… —tartamudeó.

—¿Y bien? —replicó Wang con impaciencia.

—Mi señor —dijo el mozo con una mueca—. Este sirviente indigno te ofrece sus más humildes disculpas, pero… eso no es posible.

—¿Qué?

—Por orden expresa del príncipe de Henan —susurró el desafortunado.

—¿El príncipe de Henan… ha *ordenado*… que no se me permita tomar un caballo? —Wang elevó la voz—. ¿Y qué más voy a descubrir que no se me permite tener? ¿Tendré que suplicarle que me dé comida o leña?

El mozo vio algo sobre el hombro del señor Wang y puso cara de querer enroscarse como un pangolín. Chaghan se estaba acercando a ellos con expresión oscura, como un nubarrón púrpura prometiendo tormenta. Mientras se aproximaba, su nervioso caballo captó el aroma del lobo y dio un respingo. Chaghan lo refrenó con demasiada brusquedad y fulminó a su hijo con la mirada.

Wang lo miró a los ojos, pálido y desafiante.

—Acabo de descubrir por casualidad, de boca de los *criados*, que mi propio padre reniega de mí.

—¿Tu padre? Creí haber dejado claro que has perdido el derecho a usar ese nombre. ¡Ojalá mi hermana hubiera muerto antes de tenerte! Sal de mi vista. ¡Márchate!

El caballo de Chaghan giró los ojos y lanzó su hermosa cabeza de lado a lado. Chaghan era un jinete experto y en circunstancias normales habría controlado incluso al caballo más rebelde, a pesar de su creciente inquietud por el olor del lobo. Pero estaba distraído y de un humor poco adecuado para ser paciente. Sorprendido y molesto, tiró de la cabeza del caballo.

—Hijo podrido de una tortuga…

Los mozos y sirvientes se dispersaron. Solo Ouyang se movió hacia la pareja. Su movimiento planeado fue como una danza coreografiada, pero una que solo él estaba mirando. Su yegua pasó junto al caballo de Chaghan, sin encontrarse, y el pelaje del lobo muerto le rozó el cuello. Con las fosas nasales ya llenas del olor del depredador, su roce fue demasiado para el pobre animal. Dio un brinco tremendo, aterrizó mal sobre sus patas delicadas y se derrumbó sobre el hombro con un relincho. Milagrosamente, Chaghan consiguió lanzarse antes de ser aplastado. Golpeó el suelo y rodó. Por un momento pareció que eso sería todo… Pero entonces la pendiente lo atrapó. Sus extremidades marcaron un frenético tamborileo mientras rodaba, cada vez más rápido, y después caía por el borde y desaparecía.

—¡Padre!

La voz del señor Wang sonó estridente y horrorizada mientras se lanzaba a la tierra del borde, sin cuidado por la seda de su atuendo. Ouyang, estirando el cuello para ver mejor, descubrió con sorpresa que Chaghan en realidad no se había caído. De algún modo, el príncipe se había agarrado a un saliente con una mano y estaba intentando tomar la mano de Wang con la otra. Debería haber sido preocupante, pero Ouyang sintió la misma fría certeza que había albergado cuando disparó su flecha al lobo. Los sucesos se estaban desarrollando como decretados por el destino; solo podían tomar una dirección.

Vio cómo se tomaron las manos. Los cordones del cuello del señor Wang sobresalieron por el esfuerzo mientras gritaba:

—¡General, ayuda!

Ouyang desmontó y alguien gritó. Podría haber sido Wang, pero seguramente fue Chaghan. Después se oyó un golpe suave, no más fuerte que el de los melocotones cayendo en el huerto. Ouyang se acercó sin prisas al lugar donde Wang estaba consternado, con la mano todavía extendida, y miró hacia abajo. Muy abajo, la seda púrpura de Chaghan estaba esparcida como una jacaranda solitaria floreciendo en la tierra. *Muerto. Muerto como mis hermanos, como mis primos, como mis tíos. Muerto como el linaje de los Ouyang,* pensó Ouyang.

Esperó la deseada sensación de alivio. Pero, para su alarma, no llegó. Había creído que aquella venganza parcial aliviaría al menos el dolor que lo impulsaba. Debería haber hecho que la vergüenza mereciera la pena. En lugar de alivio, solo sintió una creciente decepción, tan pesada que su carga amenazó con rasgarle el fondo del estómago. Mientras estaba allí, mirando el cuerpo destrozado del príncipe de Henan, se dio cuenta de que siempre había creído que la venganza cambiaría algo. Solo al ejecutarla comprendió que, lo que se había perdido, seguiría perdido para siempre; que nada de lo que pudiera hacer borraría la deshonra de su propia existencia. Al mirar el futuro, lo único que pudo ver fue dolor.

El sonido de un jinete que se acercaba llegó hasta ellos. Al principio con paso casual; después, al notar que algo iba mal, fue ganando velocidad sobre el terreno rocoso.

Esen se detuvo y bajó de su caballo. Tenía la mirada fija en Wang, con la expresión de una tragedia ya conocida.

Ouyang lo interceptó y lo agarró del brazo. Era algo que nunca antes había hecho.

—Esen, no.

Esen se giró hacia Ouyang con la expresión ausente de alguien que no acaba de asimilar un obstáculo, y se apartó. Caminó hasta el borde del barranco y se quedó paralizado mientras miraba el cuerpo de su padre. Después de un largo momento, clavó la mirada en su hermano. Wang Baoxiang se había puesto de rodillas y tenía el rostro descolorido por la conmoción. Una de sus mangas, desordenada, mostraba su mano enrojecida.

Mientras miraba a su hermano, arrodillado a su lado en la tierra, el rostro de Esen cambió. Al darse cuenta de lo que había ocurrido, se llenó con lentitud de una mezcla de angustia y odio.

13

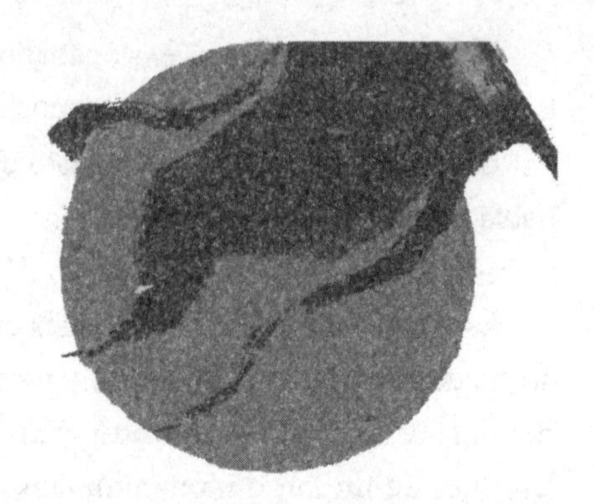

ANFENG, VERANO

Tras el regreso del monje Zhu con las riquezas y la lealtad de Lu, Chang Yuchun notó que las cosas estaban cambiando en Anfeng. En la superficie, los cambios eran los que cualquiera esperaría de un monje: reformó el templo, hizo que arreglaran el tejado y llevó el salón con las nuevas esculturas del Príncipe de la Luz y del Buda que estaba por llegar. Pero, al mismo tiempo, el templo adquirió un campo de entrenamiento de arena blanca y unos barracones para alojar a los hombres. El caos de las tiendas desapareció, y una forja, una armería y los establos ocuparon su lugar. Campesinos voluntarios llegados de la campiña fueron alojados e incluidos en los entrenamientos que se iniciaron en el campo bajo la supervisión del amigo bandido del monje, Xu Da. Mientras marchaban por el interior del recinto con sus armaduras iguales y las nuevas armas, los bandidos, los Turbantes Rojos y los hombres de Lu del monje Zhu ya no parecían un grupo dispar de gente: parecían un ejército. Y, de algún modo, el propio Yuchun se había convertido en uno de sus miembros.

Aquella membresía, que iba acompañada de ventajas como comida y alojamiento y una ausencia de gente deseando su muerte, tenía sus propios inconvenientes. El primero de ellos era que el monje lo sacaba de la cama cada mañana a la maldita hora del Conejo para que un viejo instructor de espada les enseñara lo básico.

—Necesito un compañero de práctica —le había explicado Zhu con alegría—. Tú estás a mi nivel, pues no sabes absolutamente nada. ¡Bueno! Te gustará. Aprender nuevas habilidades es divertido.

Mientras sufría durante los entrenamientos, Yuchun pensaba que aquello era una descarada mentira... Hasta que, para su sorpresa, se convirtió en una verdad. El viejo instructor enseñaba bien y Yuchun, al recibir las primeras alabanzas y atenciones de su corta vida, descubrió que las ansiaba; nunca se había sentido tan dispuesto a complacer.

Después de entrenar, el monje Zhu se marchaba corriendo. Además de organizar su inexperto ejército y de hacer campañas simuladas en la campiña cercana, siempre lo llamaban al palacio del primer ministro para que oficiara las distintas ceremonias relacionadas con el Príncipe de la Luz, para que otorgara alguna bendición o para que rezara un sutra por alguien que había muerto. De algún modo, el monje Zhu se mantenía alegre a pesar de aquel horario imposible. Durante la sesión de esa mañana, en la que las ojeras de Zhu parecían especialmente grandes, Yuchun le dijo, creyendo que era de cajón:

—No estarías tan ocupado si no tuvieras que correr al palacio cada vez que el primer ministro quiere oír un sutra. ¿No te parece demasiado que espere que seas monje además de comandante? ¡Eso son dos trabajos!

Al ver la expresión del monje, Yuchun se dio cuenta de que había cometido un error.

—Nunca, *jamás* critiques al primer ministro —dijo Zhu, engañosamente suave—. Lo servimos sin cuestionarlo.

Yuchun se pasó el resto del día arrodillado en mitad del campo de entrenamiento como castigo. Solo por decir la *verdad*, pensó amargamente. Incluso más humillante fue que después todos los soldados de Zhu parecían saber qué había hecho mal. El maldito monje estaba utilizándolo para dar *ejemplo*. Había pensado que aquel sería el final de sus sesiones matinales, pero a la mañana siguiente Zhu lo arrastró de la cama como siempre, y después de nuevo al día siguiente, y al tercer día a Yuchun le resultó más fácil olvidar su malhumor. Para entonces, ya había entendido que Zhu normalmente tenía sus razones.

Y puede que el monje se hubiera dado cuenta de que era imposible que lo hiciera todo solo, porque a finales de mes apareció en el entrenamiento y dijo:

—Tengo cosas que hacer, así que tendrás que seguir aprendiendo solo un tiempo. Ahora que sabes lo básico, te he encontrado un nuevo maestro. Creo que te vendrá bien.

Al ver a la persona en cuestión, Yuchun aulló:

—¿Qué va a enseñarme él? ¡Es un *monje*!

Sinceramente, dos monjes ya eran más de lo que cualquier ejército necesitaba, y ahora eran tres. Tuvo una breve y horrible visión de sí mismo rezando sutras.

—Es un tipo de monje distinto —dijo Zhu, sonriendo—. Creo que disfrutarás de sus clases. Ya me contarás.

¿Quién habría pensado que había distintos tipos de monjes? Al parecer, aquel procedía de un famoso monasterio marcial del que Yuchun nunca había oído hablar. El viejo maestro Li golpeaba a Yuchun sin piedad con lanzas y varas y con sus manos de anciano duras como rocas, hasta que después de un tiempo se les unieron algunos otros y afortunadamente diversificó su atención. Aunados por el dolor, corrían alrededor de las murallas de Anfeng, se llevaban unos a otros a la espalda y saltaban sin cesar por las escaleras del templo. Luchaban hasta estar cubiertos de magulladuras, hasta que les sangraban los callos.

De vez en cuando, Zhu todavía encontraba tiempo para dejarse caer y luchar con uno u otro por la mañana.

—Tengo que seguir practicando —dijo, sonriendo. Y después, mirando a Yuchun con pesar desde la tierra, añadía—: Me preocupa estar quedándome atrás, pero creo que tú estás mejorando mucho. —Se puso en pie de un salto y corrió a su próxima cita, gritando sobre su hombro—: ¡Sigue trabajando así, hermanito! Un día, muy pronto, haremos esto de verdad…

Entonces, el viejo maestro Li apareció de nuevo y los hizo trabajar hasta que la mitad vomitó y Yuchun creyó que de verdad iba a morir antes de conseguir llegar a una batalla. El verano entero fue de miseria tras miseria, y solo después se dio cuenta de que sus cuerpos se habían endurecido y de que sus mentes se habían convertido en las de unos guerreros.

—Maestro Zhu.

Era Chen, llamando a Zhu mientras se dirigía por el pasillo a la sala del trono del primer ministro. A pesar del calor, el ministro izquierdo llevaba su habitual sombrero y su túnica de erudito. Sus mangas negras, oscilando debido al peso de los bordados, se movieron bajo sus manos entrelazadas mientras echaba a Zhu una mirada que parecía de interés casual.

Zhu, que sabía que el interés de Chen rara vez era casual, dijo con amabilidad:

—Este monje saluda al honorable ministro izquierdo Chen.

—Por casualidad he pasado junto al templo esta mañana. ¡Qué sorpresa ha sido ver cuánto ha cambiado! Para ser monje, pareces estar gestionando bien vuestros recursos. Pillas las cosas rápido, ¿verdad? —Habló despreocupadamente, como si estuviera diciendo algo que se le acabara de ocurrir.

Pero a Zhu no lo engañaba. Un hormigueo reptó por su columna: la sensación de ser observada por un depredador.

—Este monje indigno no tiene una inteligencia especial, ministro —dijo con cautela—. Su único atributo destacable es la disposición para trabajar todo lo posible y cumplir con los deseos del primer ministro y del Príncipe de la Luz.

—Destacable, sin duda. —A diferencia de otros hombres, Chen rara vez gesticulaba al hablar. La quietud le otorgaba una naturaleza monumental, atrayendo la atención tan poderosamente como la montaña más grande en un paisaje—. Ojalá tuviera nuestro movimiento un centenar de monjes así a nuestra disposición. ¿En qué monasterio fuiste ordenado?

—En el monasterio de Wuhuang, ministro.

—Ah, ¿en Wuhuang? Fue una pena lo que ocurrió. —La expresión de Chen no cambió, pero su interés parecía haberse redoblado—. ¿Sabes que conocí a vuestro abad? Me cayó bien. Era en hombre sorprendentemente pragmático, para ser monje. Hacía lo que fuera necesario para mantener su monasterio aprovisionado. Y siempre lo hizo bien, por lo que he oído, hasta el error que cometió al final.

Sé lo que debo hacer, y lo hago. ¿Habría matado el abad alguna vez? Zhu se recordó a los dieciséis años, ansiosa por ser como él. Ahora, suponía que lo era. Había asesinado a un hombre con sus propias manos para conseguir lo que deseaba. Mientras miraba el sonriente rostro de tigre de Chen, reconoció el pragmatismo llevado a su extremo natural: la persona que escalaba según su deseo, sin pensar en lo que tuviera que hacer para llegar allí. Zhu se sintió sorprendida al sentir, en lugar de una atracción empática, una pizca de repulsión. ¿En aquello la convertiría la búsqueda de la grandeza?

Por alguna razón, Zhu se descubrió pensando en la chica, Ma, dando un paso adelante para evitar una crueldad que ella se habría quedado mirando. Había sido un acto de amabilidad respondido con violencia que, al final, no había marcado ninguna diferencia. Era justo lo contrario al pragmatismo. El recuerdo le provocó una extraña punzada. El gesto había sido inútil pero hermoso, de algún modo; en él había estado la tierna esperanza de Ma por el mundo que debería ser, y no por el que existía. O por el que crearían los pragmáticos egoístas como Chen o ella misma.

Zhu bajó la cabeza e hizo todo lo posible por mostrarse humilde.

—Este monje nunca ha tenido potencial suficiente para recibir la atención personal del abad, pero incluso el más ordinario de los monjes de Wuhuang aprendió de sus errores.

—Sin duda. Debió ser doloroso descubrir que la verdadera sabiduría yace en la obediencia. —La mirada de Chen le arrancó algunas capas. Justo entonces oyeron voces acercándose y la presión de sus ojos disminuyó, como si el tigre hubiera decidido enfundar sus garras por el momento—. Avísame si necesitas algo más para equipar a tus hombres, maestro Zhu. Pero ahora ven; escuchemos al primer ministro.

Zhu hizo una reverencia y dejó que Chen entrara primero en la sala del trono. Su enorme estructura se desplazaba con ligereza, envuelta en aquella túnica negra tan pesada que apenas se movía a su alrededor. Era la quietud del poder.

—Lo siguiente tendría que ser tomar Jiankang —insistió el Pequeño Guo.

En su trono, el primer ministro Liu tenía una expresión irritada. Ahora que el calor del verano estaba sobre ellos, el interior de la sala del trono era sofocante y soporífero.

Aunque al menos no iba a enfrentarse al general eunuco, Zhu habría preferido una prueba más amable para sus nuevas tropas. Jiankang, bajando el río Yangzi, era la puerta de entrada principal al litoral desde el este y la ciudad más poderosa del sur. Desde la época de la dinastía Wu, ochocientos años antes, había tenido una docena de nombres diferentes bajo los reyes y emperadores que la habían convertido en su capital. Incluso gobernada por los mongoles, la industria de la ciudad había prosperado. Era tan rica y poderosa que el gobernador de la ciudad se había envalentonado lo suficiente para nombrarse duque de Wu. Los oficiales del Gran Yuan no se atrevían a castigarlo, por miedo a perderlo.

Los ojos oscuros de Chen se posaron, pensativos, en el Pequeño Guo.

—¿Jiankang? Ambicioso.

—¿No deberíamos serlo? —Los ojos del Pequeño Guo destellaron—. Fuerte o no, solo está a cuatrocientos li de distancia. ¿Seguiremos tragándonos nuestro orgullo y dejando que siga dominada por el Yuan? Quien ocupe Jiankang será el verdadero contendiente para el Yuan. Es rica, su ubicación es estratégica y fue el trono de los antiguos reyes Wu. Yo estaría satisfecho con eso.

—*Tú* estarías satisfecho con eso —repitió el primer ministro. Zhu oyó su tono amargo y venenoso y se estremeció un poco, a pesar del calor del día.

—Excelencia, Jiankang sería un recurso importante —dijo el ministro derecho Guo con cautela.

—El reino de Wu es historia antigua —replicó el primer ministro con impaciencia—. Si tomamos Bianliang, pondremos al Príncipe de la Luz en el trono del linaje que portaba el Mandato del Cielo de la dinastía Song. Fue el trono en el norte de nuestros últimos emperadores nativos antes de que los hu llegaran. Ese sería un desafío para el Yuan. —Miró la estancia a su alrededor.

El viejo trono en el norte de la dinastía Song es también historia antigua, pensó Zhu, con la misma impaciencia. Bianliang, la doblemente amurallada capital de los emperadores Song en el río Amarillo y en el pasado la ciudad más grande, impresionante y hermosa del mundo, había caído doscientos años antes frente a sus invasores yurchen, los bárbaros derrotados por los mongoles. Aparte del modesto asentamiento del Yuan ubicado en la muralla interior, el resto de Bianliang no era más que un páramo salpicado de ruinas. Los viejos como el primer ministro todavía conservaban la idea de esa antigua ciudad en sus corazones, como si el recuerdo ancestral de su humillación estuviera unido a su identidad nanren. Estaban obsesionados con recuperar lo que habían perdido. Pero Zhu, que había perdido su pasado muchas veces, no sentía esa nostalgia. Parecía evidente que lo mejor sería sentar al Príncipe de la Luz en un trono (cualquier trono) en una ciudad que fuera de verdad útil. *¿Por qué insistir en perseguir la sombra de algo perdido, cuando podían construir algo nuevo y mejor?*

Como si repitiera sus pensamientos, el Pequeño Guo dijo, con patente frustración:

—¿Qué tendría de bueno una victoria simbólica? Si lo retamos, el Yuan responderá. Deberíamos hacerlo por una buena razón.

El rostro arrugado del primer ministro se tensó.

—Excelencia —murmuró Chen. En el anquilosante calor, su enorme quietud resultaba asfixiante—. Si este oficial indigno puede ofrecer su opinión, el plan del general Guo de tomar Jiankang tiene mérito: podemos apoderarnos de ella con rapidez, si el ataque está bien organizado. Eso debería dejarnos tiempo para tomar también Bianliang antes de que las tropas del príncipe de Henan se movilicen en otoño. —Chen echó al Pequeño Guo una mirada de fría consideración—. ¿Crees que serás capaz, general Guo?

El Pequeño Guo levantó la barbilla.

—Por supuesto.

El ministro derecho Guo miró a Chen con mala cara. A pesar de su alivio porque la situación se hubiera resuelto a favor del Pequeño Guo, parecía pensar que Chen había sobrepasado su autoridad.

La expresión amarga del primer ministro tampoco se había evaporado.

—Entonces actúa con rapidez, general Guo —dijo de mal humor—. Consígueme tanto Jiankang como Bianliang antes de que los hu vuelvan al sur. —Todos lo oyeron, aunque no lo pronunció: *O de lo contrario…*

Zhu se marchó con los demás, preocupada. Su ejército era aún demasiado pequeño, y un número de bajas que no haría parpadear al comandante Sun aniquilaría sus tropas por completo. Y aparte de eso, era obvio que Chen planeaba algo contra la facción de Guo, pero ¿qué?

Frente a ella, en el pasillo, oyó al Pequeño Guo alardeando con Sun:

—¡Por fin! Ese viejo huevo de tortuga no entra en razón ni aunque tengas que sacársela a palos. Ah, el duque de Wu... Suena bien.

—Todavía mejor sería el rey de Wu —se rio el comandante Sun—. Te quedaría bien, ya que tienes la frente tan grande como la de un rey.

Entonces fue cuando la montañosa silueta negra de Chen apareció tras los dos jóvenes comandantes, y hubo algo en la postura de sus hombros que hizo que Zhu pensara que se estaba riendo.

Las velas de la noche ya se habían agotado. Ma estaba en su dormitorio, leyendo uno de los diarios que había encontrado recientemente escondidos bajo los tablones del suelo del despacho de la mansión de los Guo. Se preguntó si el propietario original de la casa habría creído que los Turbantes Rojos al final se marcharían y podría volver, o si había sido incapaz de soportar la idea de destruirlos.

—Ma Xiuying. —Era el Pequeño Guo, apareciendo como si fuera el propietario de aquel sitio.

Al pasar la página, Ma sintió la impronta de las palabras del autor en las puntas de sus dedos. Era el último rastro físico de alguien que había muerto hacía mucho.

—Espero que haya tenido descendientes que lo recuerden —murmuró Ma para sí misma.

—¿Qué? Nunca entiendo de qué estás hablando. —El Pequeño Guo se lanzó sobre la cama. Ni siquiera se había quitado los zapatos—. ¿No puedes recibirme como es debido?

Ma suspiró.

—¿Sí, Guo Tianxu?

—Tráeme un poco de agua. Quiero lavarme.

Cuando ella volvió con la palangana, él se sentó y se quitó deliberadamente la túnica y la camisa interior. *Como si yo no fuera más que una doncella, y él un rey.* Casi había conseguido sacarse de la mente su extraña última conversación con el monje Zhu, pero de repente regresó rugiendo, tan poco bienvenida como siempre. Recordó al monje mirándola con esos penetrantes ojos negros y hablándole no solo como si ella fuera una persona capaz de desear, sino como a alguien que debería desear. En toda su vida nunca había oído nada tan absurdo. *Esta es la vida que tengo. Es así como es,* se recordó.

Pero en lugar de su habitual sensación de aceptación, lo que llegó fue tristeza. Fue autocompasión, pero por alguna razón parecía dolor. Tenía ganas de llorar. *Así será, durante esta vida y todas las vidas después.*

El Pequeño Guo no se había dado cuenta de nada. Mientras se frotaba, dijo, muy animado:

—¡A continuación marcharemos sobre Jiankang! Ya era hora. ¿Qué mejor ubicación para nuestra capital? Estoy harto de esta mohosa y vieja ciudad; es demasiado pobre para nuestras ambiciones. —Sus ojos destellaron bajo unas cejas impacientes—. Pero Jiankang no servirá como nombre. Necesitaremos algo distinto, algo que sea adecuado para un nuevo linaje de emperadores. Algo relacionado con el Cielo, con la capital.

—¿Jiankang? —replicó Ma, sorprendida por su abatimiento—. Creía que el primer ministro quería que Bianliang fuera nuestra nueva capital.

Con desánimo, se dio cuenta de que había cometido un error al perderse la reunión de aquella tarde. *Aunque no es que mis esfuerzos previos para salvar al Pequeño Guo de sí mismo hayan servido de algo.*

—La tomaré después —dijo el Pequeño Guo con desdén—. Incluso Chen Youliang se ha mostrado de acuerdo.

—¿Por qué te apoyaría?

La alarma inundó el cuerpo de Ma. En Chen no había altruismo, ni siquiera un compromiso para alcanzar objetivos mutuos; siempre iba en la dirección que más le convenía.

—Reconoce el sentido común cuando lo ve —replicó el Pequeño Guo.

—¡O quiere que pierdas! No seas melón: ¿qué es más probable, que Chen Youliang apoye tu éxito o que espere tu error?

—¿Qué error? ¿Tanto me infravaloras que mis derrotas te parecen inevitables? —El Pequeño Guo alzó la voz—. ¡Qué falta de respeto, Ma Xiuying!

Mientras la muchacha miraba su rostro atractivo y sonrojado por la indignación, de repente sintió lástima. Los que no lo conocían podían pensar que su aspecto era poderoso, pero a Ma le parecía tan frágil como un jarrón de nefrita. Había muy poca gente dispuesta a tratarlo con ternura, para que no se rompiera.

—No he querido decir eso.

—Da igual. —El Pequeño Guo lanzó la toalla a la palangana, salpicándole el vestido—. Deja de dar tu opinión sobre cosas que no son de tu incumbencia. Entiende cuál es tu lugar y *quédate en él*.

Le echó a Ma una mirada rencorosa, como si fuera una irritación que estuviera deseando quitarse de encima, y después agarró su ropa y se marchó.

Ma estaba saliendo de los aposentos del primer ministro con una bandeja cuando alguien dobló la esquina. Se movió hacia la izquierda para esquivarlo; la otra persona se movió hacia la derecha y colisionaron con un golpe y un grito. Cuando descubrió la fuente del grito, una descarga de cruda emoción corrió de su cabeza a sus pies. El monje estaba mirándola, agachado; de algún modo, había atrapado la bandeja antes de que se cayera. Las tazas traquetearon. Un pastelillo se tambaleó, y después fue a parar al suelo.

—¿Los has hecho tú? —El monje Zhu se irguió y empujó a la temblorosa víctima con el pie—. ¡Los favoritos del primer ministro! ¿Estás preocupada por algo?

—¿Quién dice que esté preocupada? —replicó Ma represivamente. Zhu había estado ocupado desde su regreso de Lu; lo único que había visto de él desde su incómoda conversación habían sido atisbos de su pequeña silueta con sombrero corriendo por la ciudad de una cita a otra. Ahora, al encontrarse con él de nuevo, se sintió perturbada por un escalofrío de extraña y nueva conciencia. Por alguna razón, la había hecho partícipe de algunas verdades sobre sí mismo que ella no había podido olvidar: la antinatural y escalofriante inmensidad de su deseo. No la comprendía ni confiaba en ella, pero saber que existía la llenaba de la fascinación que una polilla sentía hacia una llama. No podía apartar la mirada.

Zhu se rio.

—¿Quién se molestaría en hacer un postre tan complicado sin una buena razón? Es evidente que intentas poner al primer ministro de buen humor. —De repente, dejó de actuar. Era un hombre bajo, así que se estaban mirando a los ojos; esto le dio al momento una desconcertante intimidad, como si algo de su interior estuviera rozándola. Continuó con seriedad—: Te estás esforzando mucho para ayudar al Pequeño Guo. ¿Él lo sabe, al menos?

¿Por qué la veía él como alguien que actuaba por voluntad propia, cuando para todos los demás no era más que un objeto realizando su función? Esto la llenó de una rabia repentina. La vida la entristecía más que antes, y todo era culpa de aquel monje que había conjurado en ella la fantasía imposible de un mundo en el que tendría la libertad de desear.

Le arrebató la bandeja, aunque el gesto careció de la violencia necesaria para ser realmente gratificante.

—¡Como si tú supieras cuánto esfuerzo se requiere!

Un instante antes de que reanudara su actuación, Ma creyó ver compasión en su pequeña y oscura cara de cigarra. No podía ser real (era absurdo pensar que un hombre pudiera sentir lástima por una mujer), pero de algún modo fue suficiente para que una marea de dolor disipara su enfado. Le dolió tanto que contuvo el aliento. *Deja de hacerme esto. No me hagas querer desear,* pensó, angustiada, mientras se giraba y huía.

Había atravesado la mitad del pasillo cuando alguien tiró de ella al doblar una esquina. Para su alivio, era solo Sun Meng, con un destello casi serio en su mirada.

—Se te ve muy cómoda con ese monje, hermana. Recuerda que está del lado de Chen Youliang.

—Él no es como Chen Youliang —dijo Ma, reflexiva.

Sun le echó una mirada de soslayo.

—¿Tú crees? Sea como fuere, no sería nada sin el ministro izquierdo. Tenlo en cuenta. —Tomó un pastel y murmuró—: Creo que le gustas.

—¿Qué? No seas idiota. —Ma se sonrojó mientras su memoria le servía la hormigueante fascinación de saber que Zhu *deseaba*. Contra su voluntad, él le había dado una nueva sensación con la que experimentar el mundo, una conciencia del deseo, y su incapacidad para reprimirla la llenaba de vergüenza y desesperación—. Es un monje.

—No es un monje normal, eso está claro —dijo Sun, masticando con energía—. Lo vi entrenando el otro día. Lucha como un hombre, ¿quién puede decir que no piensa como uno? Ah, bueno. No te preocupes. No se lo diré al Pequeño Guo.

—¡No he hecho nada para que Guo Tianxu piense mal de mí!

—Ah, Yingzi, cálmate. Solo estoy bromeando. —Sun se rio y le rodeó los hombros con el brazo—. Guo no es celoso. Mírame, siempre te estoy tocando. Pero a él nunca le ha importado, ¿verdad?

—Solo porque eres tan guapo que piensa en ti como en una hermana —replicó Ma con brusquedad.

—¿Qué? ¿Quieres decir que he malgastado la sangre del juramento de hermanos que hicimos? —La mueca falsa de Sun desapareció tan rápido como llegó—. Oye, Yingzi, ¿sabes que los hermanos lo comparten *todo*? Cuando estés casada... —Movió las cejas.

—¿Quién va a casarse?

Qué absurdo.

—¿Qué? ¿La novia no lo sabe? El Pequeño Guo me dijo que os casaréis después de que tomemos Jiankang. El periodo de luto por el general Ma habrá terminado para entonces. Pensé que habíais hablado de ello anoche.

—No —dijo Ma. Una terrible pesadez le llenó los huesos—. Anoche intenté darle un consejo.

No conseguía imaginar cómo sobreviviría bajo aquel peso durante el resto de su vida. Intentó decirse que se acostumbraría, que aquello era solo la conmoción de pasar de una fase a la siguiente. Pero, en ese momento, al enfrentarse a la realidad, se parecía a un tipo de muerte más que a ninguna otra cosa.

—¿A qué viene esa cara? —le preguntó Sun con sorpresa—. ¿Te preocupa no poder darle un hijo? Se te da bien todo lo demás, seguro que tendrás uno de inmediato. Él te tratará bien si consigues tener un par; ya sabes que, para un general, lo adecuado es tener montones de hijos.

Con qué despreocupación lo expuso, el propósito de la vida de Ma ante los ojos de los demás. La belleza etérea de Sun a veces la engañaba y la hacía pensar que él la comprendía mejor que el Pequeño Guo. Pero, a pesar de su aspecto, era tan hombre como su prometido, y todos los hombres eran iguales.

Excepto el monje Zhu, le susurró una parte traidora de sí misma. Pero era tan absurdo como el resto de sus pensamientos.

Siguió a Sun fuera y se sentó con él en un banco junto a un tocón en el centro del patio. De su única rama restante habían brotado algunas hojas. ¿El último resuello de un árbol moribundo, o una nueva vida? Ma no lo sabía.

—Hermano mayor…

—¿Mmm?

—Tengo un mal presentimiento sobre Jiankang. ¿No podrías conseguir que el Pequeño Guo cambiara de idea?

Sun resopló.

—¿En qué vida sería eso posible? Ni siquiera yo tengo ese poder. Pero ¿no te estás preocupando demasiado últimamente?

—No me fío de Chen Youliang.

—¿Y quién sí? Tendrías más suerte metiendo el dedo en la boca de una tortuga lagarto. En realidad, estoy de acuerdo con el Pequeño Guo en esto. La victoria en el río Yao nos ha otorgado un verano más largo de lo normal. Esta es nuestra oportunidad, así que deberíamos dirigir nuestros esfuerzos a un objetivo estratégico. Tiene sentido que sea Jiankang.

Ninguno de ellos *escuchaba.*

—¡Chen Youliang quiere que fracaséis!

Sun parecía sorprendido por su vehemencia.

—Entonces tendremos que conseguir la victoria, ¿no? Quería que fracasáramos en el río Yao, y mira cómo salió. —Le dio un golpecito afectuoso en la frente—. No te preocupes. Todo saldrá bien.

Al parecer, intentar que cambiaran de idea era tan absurdo como desear algo distinto para su propia vida. Ma miró la caja azul del Cielo, encuadrada por las cuatro alas de madera oscura de la mansión de los Guo, e intentó convencerse de que se preocupaba por nada. Pero no consiguió despojarse de la sensación de que estaba caminando por una larga carretera en la noche; los demás charlaban alegremente y ella era la única que podía ver los ojos hambrientos que acechaban en la oscuridad, esperando.

En Anfeng resonaron los sonidos de la partida. Miles de antorchas en las calles las volvieron casi tan luminosas como si fuera de día, y en un par de horas más, las piras se encenderían. Mientras Zhu atravesaba el umbral elevado de la puerta principal de la mansión Guo, recordó el aspecto que había tenido Anfeng la noche antes de que marcharan al río Yao: cubierta por una inquietante cúpula de luz roja que se extendía de muro a muro, como una ciudad consumida por el fuego.

A pesar de que los días eran calurosos, el interior de la mansión exhalaba la fría fragancia del ahumado té del sur. Sus paredes, suelos y techos de madera oscura se tragaban la luz de las lámparas del pasillo. Mientras caminaba, Zhu miró a su alrededor con curiosidad; como pertenecía al bando de Chen, era la primera vez que entraba en la mansión de los Guo. Había estancias vacías a cada lado del pasillo. En la que en el pasado había sido el despacho de un erudito, vio dos fantasmas suspendidos en la luz filtrada que atravesaba la ventana de papel, con sus formas inmóviles no más sustanciales que motas de polvo. ¿Los habrían asesinado cuando Chen tomó Anfeng, o serían incluso más antiguos? Sus ojos ausentes estaban fijos en la nada. Zhu se preguntó si, en aquel extraño intervalo entre vidas, serían conscientes del paso del tiempo, o si para ellos no era más que un largo e inquieto sueño.

La joven dejó el pasillo y salió a un patio interno rodeado por un sombrío balcón superior. Un titilante cuadrado de luz permitía ver parte del interior. Al verlo, Zhu sintió una oleada de una emoción que no supo identificar. Ya llegaba tarde a la reunión con el Pequeño Guo, pero antes de pensárselo dos veces, subió las rechinantes escaleras y entró en el dormitorio de Ma.

Ma estaba sentada en el suelo con las piernas cruzadas y la cabeza bajada por la concentración, en el centro de una constelación de pequeñas piezas de cuero rectangulares. Zhu tardó un momento en darse cuenta de que el objeto que Ma tenía en el regazo era la armadura del Pequeño Guo, desprovista de todas sus lamelas. Ma las había ordenado en la misma posición que ocupaban en la armadura, lo que le dio a Zhu la perturbadora impresión de estar viendo un cuerpo descuartizado extendido para su estudio. Mientras la observaba desde la puerta, la chica tomó el libro que tenía a su lado, leyó una página con expresión triste, y después la arrancó y la cosió con pulcritud en la armadura desnuda. A continuación, tomó un puñado de lamelas y las cosió una a una sobre el refuerzo de papel. Sostenía la armadura con tanto cuidado como si fuera el conocido cuerpo de su amante. Esto maravilló a Zhu. Ma no estaba reforzando la armadura del Pequeño Guo contra las flechas por deber, sino por un deseo genuino de protegerlo del daño. ¿Cómo podía alguien ir por ahí con tanta franqueza? ¿Dejando que una parte de sí misma se apegara a los demás con tanto amor y cuidado, sin importar si estos le gustaban más o menos o si se lo merecían? Zhu no lo comprendía.

Ma levantó la mirada y se sobresaltó.

—¿Maestro Zhu?

—El general Guo ha llamado a los comandantes para discutir el orden en el que saldremos mañana —le dijo Zhu, lo que explicaba por qué estaba en la mansión de los Guo, pero no por qué estaba en la habitación de Ma. Zhu tampoco lo tenía demasiado claro. Entró, fijándose en que la habitación no tenía más mobiliario que una cama sencilla. Nadie vivía con lujo en Anfeng, pero aquello era sencillo incluso allí, como si Ma no fuera más importante para la familia Guo que un criado. Una montaña de cajas de lino atadas con cordeles ocupaba una esquina—. Eh, ¿todo eso es comida para Guo Tianxu? ¡No necesitará comida casera cada noche! ¿No te parece que es demasiado?

Ma frunció el ceño y dijo con intención:

—Un general debe estar bien alimentado. ¿De qué estaría orgulloso un líder tan delgado y feo como una gallina flaca?

—Ah, eso es cierto —dijo Zhu, riéndose—. Este monje creció durante la hambruna y, a pesar de sus años de fervorosas oraciones sobre el tema, parece que no va a crecer más. Ni a hacerse más guapo, por cierto. Pero cada uno trabaja con lo que tiene. —Se agachó junto a Ma y le entregó la siguiente lamela—. He oído que te casarás después de Jiankang. No puedo evitar pensar que debería ofrecerte mis condolencias. —Mantuvo el tono ligero, pero la idea de que Ma no llegara a encontrar nada que deseara para sí misma la ponía extrañamente furiosa.

Las manos de Ma apretaron la armadura del Pequeño Guo. Su cabello cayó sobre su rostro, escondiendo su expresión.

—Maestro Zhu, ¿no estás preocupado? —le preguntó al final.

Zhu tenía un montón de preocupaciones.

—¿Por qué?

—Jiankang. Chen Youliang convenció al primer ministro para que apoyara el ataque, aunque fue idea del Pequeño Guo. ¿No resulta extraño?

Cuando Ma levantó la mirada, su rostro luminoso estaba cargado de angustia. Era tan pura que Zhu sintió una inesperada punzada de la especial combinación de devoción y lástima que se siente al ver las frágiles flores de peral bajo la lluvia.

—¿No deberías mencionarle esto al comandante Sun? —le preguntó Zhu.

—¡No me escucha! Ninguno de ellos me escucha…

El Pequeño Guo y Sun Meng no la escuchaban, pero de algún modo Zhu le había dado razones para pensar que ella sí lo haría. Sintió un repentino escalofrío de inquietud. *Zhu Chongba nunca le habría prestado atención*, pensó sin proponérselo.

—Puede que Chen Youliang planee algo contra el Pequeño Guo —dijo después de un momento—. Seguramente sea así, aunque no conozco los detalles. No me ha pedido que hiciera nada, pero sabes que eso no importa. ¿Cómo podrías saber que te estoy diciendo la verdad? Y aunque sea cierto que no sé nada, eso no significa que Chen no vaya a *hacer* nada. Puede que no confíe en mí, o que no me necesite.

—¿Y si te pido ayuda? —le preguntó Ma con una repentina ferocidad.

Zhu la miró. Qué desesperada debía estar para pedírselo. Por un momento, se sintió abrumada por una oleada de ternura.

—Esto es lo que me gusta de ti, Ma Xiuying —le dijo con sinceridad—. Que abres tu corazón, aunque eso signifique que te harán daño. No hay mucha gente así.

Era un carácter inusual, para empezar, ¿y cuántos de los que nacían así conseguían llegar lejos? Quizá solo aquellos con alguien que los protegiera. Alguien implacable, que supiera cómo sobrevivir.

Para su sorpresa, Zhu la tomó de la mano. La intimidad de la piel contra la piel la hizo repentina e inesperadamente consciente de la fina línea entre sí misma y el mundo exterior. A diferencia de Xu Da, que había sido tan descarado con las chicas de la aldea que visitaban el monasterio como un perro perdido, Zhu nunca había tomado de la mano a otra mujer. Nunca lo había anhelado ni había soñado con ello, como el resto de los novicios. Ella solo había deseado una cosa, y ese deseo había sido tan enorme que había ocupado todo el espacio de su interior. En ese momento, un estremecimiento desconocido subió por su brazo: el temblor del latido de otro corazón en su propio cuerpo.

—Maestro Zhu, por favor —dijo Ma.

La idea de ver la chispa de Ma aplastada por el Pequeño Guo o por Chen o por cualquier otro era irracionalmente inquietante. Zhu se dio cuenta de que quería mantener esa feroz empatía en el mundo. No porque la comprendiera, sino porque no lo hacía y por esa razón le parecía valiosa. *Algo que merece la pena proteger.* La idea creció, aunque no lo bastante como para que olvidara la realidad: en una batalla contra Chen, el Pequeño Guo no tenía posibilidades de ganar.

No respondió con la rapidez suficiente. Sonrojada por la vergüenza, Ma apartó la mano.

—¡Olvídalo! Olvida que te lo he pedido. Vete.

Zhu flexionó la mano, notando el fantasma de su roce.

—El Pequeño Guo no me cae bien —le dijo en voz baja—. Y él sería idiota si confiara en mí.

Ma bajó la cabeza; la cortina de su cabello se cerró. Sus hombros temblaron ligeramente y, con un estallido de rabia, Zhu se dio cuenta de que la chica estaba llorando por una persona que no había pensado en ella ni una sola vez en toda su vida.

—Ma Xiuying —le dijo. Sintió que escapaba de ella—. No sé si podré hacer algo, y aunque pueda, no sé si saldrá bien. Pero lo intentaré.

No era una promesa, y Ma debía saberlo. Después de un instante, dijo, lenta y sincera:

—Gracias.

Quizá, pensó Zhu al marcharse, Ma le había dado las gracias solo por haberla escuchado. Recordó que le había dicho que aprendiera a desear. Parecía que Ma había aprendido a hacer lo contrario. A pesar de negárselo incluso a sí misma, en cierto momento durante aquella conversación Ma se había dado cuenta de que *no* deseaba la vida a la que la estaban obligando.

Zhu sintió una punzada de una compasión que era inusual. *No desear es también un deseo; produce tanto sufrimiento como anhelo.*

14

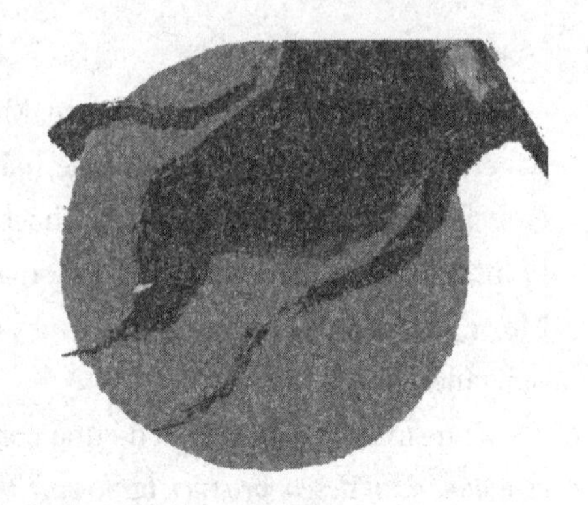

SURESTE DE HENAN, VERANO

—¿Qué pasa? Estás taciturno.

Zhu miró a Xu Da cuando este se reunió con ella a la cabeza de la columna; el joven había estado cabalgando por su longitud durante toda la mañana, haciendo que todo el mundo avanzara de una manera ordenada a pesar de la excitación de su primera salida real. Aquella mañana, todas las tropas de los Turbantes Rojos habían abandonado Lu y habían comenzado su marcha hacia el este sobre la llanura que conducía a Jiankang. Los mil lagos de la región destellaban a su alrededor bajo el cielo abrasador. Esa era la razón por la que los mongoles nunca luchaban en verano: ni ellos ni sus caballos toleraban el calor del sur. Los Turbantes Rojos, que eran nanren y sobre todo infantería, avanzaban. Las columnas del Pequeño Guo y del resto de los comandantes se extendían más adelante. El polvo que levantaban cubría el cielo de una película opalescente, como el interior del caparazón de un abulón.

—¿No lo sabes? —replicó Zhu con una sonrisa amarga. Se alegraba de tenerlo a su lado de nuevo. Incluso tanto tiempo después de su reencuentro, todavía sentía una punzada siempre que lo veía, como un músculo tenso al relajarse.

—Claro que sí. Lo he sabido toda tu vida —dijo Xu Da con tranquilidad—. Conozco al menos tres cuartos de tus secretos.

Eso hizo que Zhu se riera.

—Más que nadie, eso seguro. —Se puso seria—. Esto podría ponerse feo.

—Con muralla o sin muralla, en una ciudad de este tamaño habrá bajas.

—Eso también. —Había estado dándole vueltas a la situación desde que salieron de Lu—. Hermano mayor, ¿qué crees que tiene en mente el ministro izquierdo Chen para el Pequeño Guo?

—¿Estás seguro de que planea algo? El Pequeño Guo es totalmente capaz de cagarla solo. No necesita un complot.

—A Chen Youliang le gusta el control. —Esa presencia poderosa e inmóvil llenó su mente—. Creo que no dejaría el asunto librado al azar. Querrá usar su poder, saber que lo que ocurre lo hace él.

—Pero, si planeara algo durante esta campaña, ¿no lo sabríamos ya?

El polvo hacía que pareciera que la llanura se extendía sin límites en todas direcciones, aunque Zhu sabía que su frontera sur eran las montañas Huangshan. Recordó haberlas mirado desde el monasterio y que la asombrara lo lejos que estaban. El mundo se estaba achicando, volviéndose abarcable.

—Todavía no confía en mí del todo. Habrá dado sus instrucciones al comandante Wu.

—¿Para que traicione al Pequeño Guo? Sun Meng se vengaría, y tú sabes lo fuerte que es. Chen Youliang no se arriesgaría a perder al comandante Wu por eso.

—No. Podría tener también un plan para Sun Meng.

Zhu pensó de nuevo. Como en el río Yao, era una de esas situaciones en las que tendría que aguardar con la esperanza de que apareciera nueva información. Sabía que, si Chen le hubiera dado alguna orden a ella contra el Pequeño Guo, negarse a cumplirla habría sido el equivalente a sumarse al bando perdedor. Eso no era algo que estuviera dispuesta a hacer. Pero si solo se veía indirectamente involucrada, quizá podría actuar en favor de Ma. Se descubrió esperando que ese fuera el caso. Suspiró.

—Supongo que tendremos que mantener los ojos abiertos.

—Habría esperado que fueras el último en llorar cuando el Pequeño Guo se encontrara con su destino. ¿Por qué no nos sentamos a mirar?

—Le dije a Ma Xiuying que intentaría protegerlo —reconoció, con cierta reluctancia.

—¿A quién? ¿A la mujer del Pequeño Guo? —Después, al entenderlo, Xu Da puso toda su capacidad para la insinuación en sus cejas—. Que Buda me guarde, hermanito, pero nunca creí que lo vería. ¿Te gusta?

—Es una buena persona —dijo Zhu a la defensiva. Pensó en el rostro hermoso y ancho de la chica, con sus ojos de fénix llenos de cariño y tristeza. Hacia el Pequeño Guo, hacia todo el mundo. Aquel nuevo instinto de protección en su interior era tan sensible como una magulladura. Aunque su lado práctico la advertía de la inevitabilidad, no le gustaba la idea de ver sufrir a Ma, o de sentirse miserable sin permitirse admitirlo siquiera.

—Así que ahora vas a salvar al Pequeño Guo de sí mismo. —Xu Da se rio—. Y yo que pensaba que era el único al que manipulaban las chicas guapas. Ni siquiera *yo* voy a por las casadas.

Zhu lo fulminó con la mirada.

—Todavía no está casada.

Se mantuvieron vigilantes mientras cruzaban el río Yangzi y se acercaban a Jiankang. Pero, al final, no ocurrió nada. El Pequeño Guo dirigió un asalto ineficiente y brutal que produjo demasiadas bajas en el bando de los Turbantes Rojos: fueron una ola de carne contra los defensores de Jiankang. En una ciudad amurallada como Lu, habría sido inútil, pero contra la no fortificada Jiankang, el asalto del Pequeño Guo surtió efecto. El lento y dificultoso avance de los Turbantes Rojos fue gradualmente compensado por un derrame de ciudadanos a la huida, y para la hora del Caballo del décimo día, Jiankang había caído.

Los hermosos terrenos del palacio del duque de Wu (ahora difunto) estaban envueltos en humo, como el resto de la ciudad. No con el olor habitual a caracolas y huesos de fruta quemados, sino con el de las antiguas mansiones de Jiankang: su mobiliario lacado y sus majestuosas escaleras convertidas en nada más que ceniza. Flotando sobre la bruma, el sol de la tarde resplandecía como un loto rojo.

En el centro de la plaza de armas del palacio había una hilera de mujeres con la ropa interior sin teñir. Era las esposas, hijas y doncellas del duque de Wu. Zhu y el resto de los comandantes esperaron, observando al Pequeño Guo que avanzaba ante la hilera. La luz roja daba a su frente y a su nariz aguileña un halo heroico. Su sonrisa portaba la profunda satisfacción de alguien que ha conseguido, a pesar de la mala voluntad de los escépticos, algo de lo que siempre se ha considerado capaz.

Al pasar junto a una mujer temblorosa con una mirada evaluadora, el Pequeño Guo pronunció: «Esclava». A la siguiente: «Concubina». Zhu lo vio mirar a la siguiente con mayor apreciación, tomándole el brazo para ver la delicada textura de su piel y levantándole el rostro para ver su forma.

—Concubina.

—¿Todas estas son para ti? —le dijo Sun con tono burlón—. ¿No te parece que Ma Xiuying será suficiente?

—Puede que una mujer sea suficiente *para ti*. —Se rio el Pequeño Guo—. Yo la tendré a ella, y también algunas concubinas. Un hombre de mi posición debe tenerlas.

Mientras avanzaba por la hilera, las mujeres temblaban con los brazos cruzados. Debido a su cabello enmarañado y a la ropa blanca, Zhu podría haberlas confundido con fantasmas. A todas excepto a una. Se mantenía erguida, con los brazos en los costados, sin avergonzarse de la forma de su cuerpo. Tenía las manos escondidas en las mangas. Miró al Pequeño Guo con una intensidad tan afilada que él se sobresaltó un poco.

—Esclava.

La muchacha sonrió, una sonrisa frenética y amarga. En el momento en el que Zhu vio su expresión, llena de odio hacia el Pequeño Guo y hacia todo lo que representaba, comprendió lo que planeaba hacer. Mientras la mujer se abalanzaba sobre el general, con un cuchillo hacia su cuello, Zhu se apresuró y lo golpeó con el hombro. Este se tambaleó, gritando, y el cuchillo resbaló sobre su armadura. La mujer gritó de frustración e intentó apuñalar a Zhu, y entonces Xu Da apareció entre ellos y le retorció el brazo hasta que el cuchillo resonó sobre la piedra.

Zhu se levantó. Se sentía extrañamente agitada. Incluso después de lo ocurrido, el resto de los comandantes seguían sin creer que una mujer hubiera sido una amenaza... Una que apenas estaba vestida, además. Pero, en el instante en el que Zhu la miró, captó su intención, la *comprendió*. Más aún: por un momento compartió la necesidad de la mujer de ver la sorpresa en el rostro del Pequeño Guo cuando el cuchillo se hundiera en su carne. De disfrutar de su incredulidad ante una muerte sin gloria, cuando siempre había creído que el futuro no le deparaba más que lo mejor.

Zhu sintió un espasmo de frío miedo. No podía engañarse pensando que aquella era una reacción que Zhu Chongba habría mostrado. Peor fue darse cuenta de que esos instantes parecían suceder cada vez con mayor frecuencia, cuanto más vivía en el mundo fuera del monasterio. Le había ocurrido con la señora Rui, con Ma, y ahora con aquella mujer. Había algo ominoso en ello, como si cada vez que ocurría perdiera una fracción de su capacidad para ser Zhu Chongba. Su miedo se intensificó al recordar su mano, vacía y extendida en la oscuridad del calabozo de la señora Rui. *¿Cuánto más puedo perder, antes de que ya no pueda ser él?*

El Pequeño Guo se recuperó de su asombro y se giró hacia Zhu. Su vergüenza ya se había convertido en ira.

—¡Tú…! —Le echó una mirada de odio antes de apartarla de un empujón para arrebatarle la mujer a Xu Da—. ¡Puta! ¿Quieres morir? —Le abofeteó la cara con tanta fuerza que se la volvió—. ¡Puta!

La golpeó hasta que cayó al suelo y después la pateó. Zhu, recordando involuntariamente el momento de su pasado en el que alguien había sido pateado hasta la muerte, sintió que se le revolvía el estómago.

Sun se interpuso con rapidez. Tenía una sonrisa forzada, pero sus ojos eran serios.

—Oye, ¿este es el comportamiento del próximo duque de Wu? General Guo, ¿por qué te rebajas a mancharte las manos así? Deja que otra persona se ocupe de esta basura.

El Pequeño Guo lo miró fijamente. Sun parecía estar conteniendo el aliento. Zhu se dio cuenta de que ella también lo contenía. Entonces, después de un largo momento, el Pequeño Guo hizo una mueca.

—¿Duque? ¿No te dije que sería rey?

—¡Rey de Wu, entonces! —exclamó Sun, haciendo un valeroso esfuerzo—. Nadie podría negártelo. Este es el mayor de tus logros, el primer ministro estará fuera de sí. Esta es la capital del sur, y ahora es *tuya*. ¡Deja que los hu vengan a por nosotros ahora! Les enseñaremos… —Sin dejar de hablar, se llevó al Pequeño Guo de allí.

—¿Un buen resultado? —preguntó Xu Da con amargura, acercándose—. Pero esto fue... ¿Lo planeó Chen Youliang?

Zhu observó a la mujer que jadeaba en el suelo, con la marca de las botas del Pequeño Guo en su vestido blanco.

—No lo creo. Creo que ella estaba furiosa.

—El Pequeño Guo suele tener ese efecto en la gente. Y supongo que este no es el estilo de Chen Youliang. ¿Dónde está el espectáculo en una puñalada por la espalda, si esta es literal?

—Entonces todavía no ha sucedido. —Zhu suspiró—. Bueno, dejemos que el Pequeño Guo disfrute de su momento.

—Lo está disfrutando, sin duda —dijo Xu Da—. De camino, lo oí decirle a Sun Meng que quiere cambiarle el nombre a la ciudad. Quiere algo más adecuado para una capital, como Yingtian. —*En respuesta al Cielo.*

Zhu levantó las cejas.

—¿Yingtian? ¿Quién habría pensado que tenía capacidad para inventarse algo tan bueno? Pero es ambicioso. Al primer ministro no le gustará. Creo que él se reserva el derecho a poner los nombres.

—¿Por qué debería importarle el nombre?

Zhu negó con la cabeza por instinto.

—Los nombres importan.

Ella sabía mejor que ningún otro Turbante Rojo que los nombres pueden crear su propia realidad ante los ojos de los hombres o del Cielo. Y, con esa idea, sintió el oscuro inicio de una idea sobre lo que Chen había planeado para el Pequeño Guo.

—¡Por fin! —exclamó Xu Da cuando los conocidos muros de adobe de Anfeng aparecieron ante su vista. El viaje de regreso había durado más debido a la opresiva humedad de finales de verano, y todos estaban hartos de cabalgar. Pensar en la victoriosa llegada era un bálsamo para el ánimo de todos. Un grupo de bienvenida ya había salido de la puerta sur, y avanzaba hacia ellos bajo las oscilantes banderolas escarlata del Príncipe de la Luz.

En el momento en el que los vio, la idea sombría y vaga de Zhu se volvió tan nítida como la tinta sobre una página. La acción que Xu Da y ella habían estado esperando ya había ocurrido. Chen no la había necesitado; no había nada que ella pudiera haber hecho para detenerlo. Mientras apresuraba su caballo por la longitud de su columna, con Xu Da a su espalda, supo que era demasiado tarde. *Lo siento, Ma Xiuying,* pensó con verdadero pesar.

Frente a ella, los estandartes se habían detenido delante de la columna en cabeza.

—¿Qué es esto? —preguntó el Pequeño Guo con desagrado.

Zhu y Xu Da se acercaron y bajaron de los caballos, y vieron lo que él veía.

—¿No son los hombres que dejamos en Jiankang? —preguntó Xu Da, inquieto.

—¿Os atrevéis a desobedecer la orden de vuestro general? —exigió saber el Pequeño Guo—. ¿Quién ordenó vuestro regreso? ¡Hablad!

Sun llegó a galope y desmontó. Se detuvo en seco junto a Zhu, confundido.

Fue un hombre llamado Yi Jinkai quien se apartó del grupo de bienvenida para dirigirse al Pequeño Guo. A pesar de su escaso bigote, tenía el tipo de rostro ordinario en el que nadie pensaría dos veces. Zhu sin duda no lo había hecho, en las semanas que habían pasado desde que lo dejaron a cargo de Jiankang. Pero, en ese momento, Yi exudaba poder. Poder *prestado*: era el placer vicario de ejecutar la voluntad de otro. Estaba claro que Chen no la había necesitado, pensó Zhu con fría claridad. Su lealtad era demasiado reciente; ¿para qué iba a pedírselo a ella, cuando había otros dispuestos a cumplir su voluntad?

—General Guo, el primer ministro ha convocado una audiencia —dijo Yi imperiosamente.

—¡Tú...! —exclamó Sun, airado.

El pequeño Guo miró fijamente a Yi. Aquella no era la bienvenida aduladora que había esperado. Confusión, decepción e ira batallaban en su rostro, y a Zhu no le sorprendió que ganara la ira.

—De acuerdo —dijo—. Has entregado tu mensaje. Dile al primer ministro que me reuniré con él cuando lleguemos a Anfeng.

Yi tomó las riendas del caballo del Pequeño Guo.

—El primer ministro nos ha ordenado que te escoltásemos.

Sun se adelantó con un gruñido. Se detuvo en seco, con la hoja de Yi en la garganta. Detrás de Yi, el resto de los miembros del grupo habían desenvainado sus espadas.

—Órdenes del primer ministro —repitió Yi.

Volvieron a montar y partieron, flanqueando al Pequeño Guo como a un prisionero. El general cabalgó, erguido, dibujando una máscara amarga con sus cejas. Seguramente le preocupaba encontrar a su padre muerto... desde hacía semanas. Se estaría preguntando si habría sido un accidente o un asesinato evidente, y si su padre habría sufrido. Quizá, aunque Zhu lo dudaba, empezaba a darse cuenta de que la chica, Ma Xiuying, había tenido razón sobre el peligro que representaba Chen.

Sun estaba maldiciendo a Yi.

—Ese hijo de puta. ¡Malditas sean dieciocho generaciones de sus ancestros!

Mientras Zhu observaba al grupo en su camino hacia Anfeng, recordó los últimos momentos del prefecto Fang en el monasterio. Pero el prefecto Fang había conocido el destino que lo esperaba. El Pequeño Guo creía que el peligro ya había pasado; no se daba cuenta de que todavía estaba por llegar.

—Comandante Sun —dijo, montando de nuevo—. Vamos. Deprisa.

Sun le echó una mirada cruel y acusatoria. Pero él tampoco se daba cuenta de lo que estaba ocurriendo.

Mientras Zhu veía el futuro que el resto todavía no comprendía, sintió algo inusual. Con asombro, lo identificó como la tristeza de otro, pero en el interior de su propio pecho, como si surgiera de su propio corazón. Era el dolor por el sufrimiento de otra persona.

Ma Xiuying, pensó.

Anfeng estaba tan vacía como una aldea abandonada debido a la peste. Era mediodía, así que ni siquiera había fantasmas. Los cascos de sus caballos repiqueteaban; el terreno se había secado en su ausencia y estaba tan duro como la piedra. Mientras cabalgaban, Zhu comenzó a notar una creciente energía. Era más una vibración que un sonido, y la sentía en las entrañas, como una inquietud instintiva.

Llegaron al centro de la ciudad y vieron la escena ante ellos. Sobre las mudas cabezas de la multitud se había levantado un escenario como para una representación. Los estandartes escarlatas volaban con el viento. El Príncipe de la Luz estaba sentado en su trono, bajo un parasol bordeado de flecos de seda que resplandecían como gotas de sangre cuando el viento los agitaba. El primer ministro caminaba de un lado a otro ante él. Bajo el escenario, arrodillado en la tierra, estaba el Pequeño Guo. Su cabello y su armadura seguían limpios. Aunque Zhu sabía que no sería así, por un momento incluso ella tuvo la impresión de que iba a recibir honores.

El primer ministro dejó de caminar y la represión de su agitación fue incluso más terrible: era el estremecimiento de un nido de avispas, o una serpiente a punto de atacar. Miró al Pequeño Guo y exclamó, con voz terrible:

—¡Dime por qué tomaste Jiankang, Guo Tianxu!

El Pequeño Guo parecía totalmente desorientado.

—Todos estuvimos de acuerdo en que Jiankang era el lugar más…

—¡Yo te diré por qué! —La voz del primer ministro llegaba con claridad hasta donde se encontraban Zhu, Xu Da y Sun, todavía a caballo. La multitud se agitó—. Jiankang es el lugar donde se sientan los reyes y emperadores, ¿no? Oh, tú mismo lo dijiste muchas veces. Guo Tianxu, ¡conozco tus intenciones! ¿De verdad creías que podías tomar esa ciudad para ti mismo, regresar aquí y decirme que no te sentaste en su trono y te declaraste rey?

—No, yo…

—No finjas que alguna vez has sido un súbdito leal del Príncipe de la Luz —le espetó el primer ministro—. Siempre fuiste ambicioso. ¡Has traicionado la voluntad del Cielo por tus propias razones egoístas!

Una alta figura vestida de negro estaba junto a Yi, a los pies del escenario. Incluso desde aquella distancia, Zhu sabía que Chen estaba sonriendo. Por supuesto, el Pequeño Guo había sido tan tonto como para anunciar sus deseos en voz alta, y Yi había informado a Chen. ¿Y había alguien en los Turbantes Rojos que tuviera más experiencia que Chen alimentando la paranoia del primer ministro?

—No —dijo el Pequeño Guo, alarmado. Su voz era la de alguien que comienza a darse cuenta de la gravedad de su situación—. No es eso lo que...

—¿Te atreviste a tomar esa ciudad y a llamarla Yingtian? ¿Te atreviste a pedirle al Cielo el derecho a gobernar? ¿A pesar de que nuestro gobernante es el Príncipe de la Luz, y de que solo él posee el Mandato del Cielo? —Se inclinó sobre el borde del escenario, con el rostro enrojecido y distorsionado por la furia—. *Traidor.* Oh, yo lo sé todo. Planeabas venir aquí y matarnos a ambos para poder sentarte en el trono. ¡Eres un traidor y un usurpador!

—¡Excelencia! —gritó el Pequeño Guo, horrorizado al comprenderlo por fin.

—*Ahora* me llamas así —siseó el primer ministro—. ¡Después de haberte burlado y haber conjurado a nuestras espaldas todo este tiempo!

Se produjo un alboroto; el ministro derecho Guo se estaba abriendo paso a través de la multitud. Tenía la ropa desaliñada, y su rostro pastoso solidificado por la conmoción.

—¡Excelencia, detente! —gritó—. ¡Te lo ruega este siervo!

El primer ministro se giró hacia él.

—Ah, aparece el padre del traidor. Harías bien al recordar que, bajo las antiguas leyes, la familia de un traidor era ejecutada hasta el noveno grado. ¿Es eso lo que quieres, Guo Zixing? —Miró al otro anciano como si le pidiera que lo dejara hacerlo realidad—. Si no, deberías estar de rodillas y dándome las gracias por perdonarte la vida.

El ministro derecho Guo se lanzó hacia su hijo, pero lo detuvieron y retuvieron. A pesar de la inutilidad, el anciano siguió forcejeando.

—¡Excelencia, te suplico piedad! —gritó.

Al parecer, el Pequeño Guo había creído que la llegada de su padre resolvería el malentendido. En ese momento, dejándose llevar por el pánico, gritó:

—¡Excelencia, yo podría mantener Jiankang para ti...!

—¡A Jiankang pueden quedársela los lobos! ¿A quién le importa Jiankang? El trono legítimo del Príncipe de la Luz y de nuestra restaurada dinastía Song es Bianliang. Jiankang no es nada. Tú fuiste solo un farsante, Guo Tianxu. Te sentaste en un trono falso.

El ministro derecho Guo, tras conseguir liberarse con la fuerza sobrenatural de un padre que ve a su hijo en peligro, se lanzó sobre la tierra bajo el primer ministro.

—¡Excelencia, perdónalo! ¡Perdónanos! ¡Excelencia!

Zhu se imaginó el brillo maníaco en los ojos del primer ministro mientras miraba al humillado padre. Entonces retrocedió.

—En el nombre del Príncipe de la Luz, el traidor y farsante Guo Tianxu es condenado a muerte.

Sobre su trono, la sonrisa grácil del Príncipe de la Luz no desfalleció. Reflejada en la parte inferior de su parasol, su luz se derramó sobre el escenario y sobre las figuras de abajo, hasta que quedaron ahogados en un mar carmesí. En ese momento, su ser infantil parecía consumido por completo. Era inhumano, la emanación del oscuro resplandor que era la voluntad del Cielo.

Al oír su sentencia, el Pequeño Guo se puso en pie y salió corriendo. Consiguió dar algunos pasos antes de que lo detuvieran y arrastraran de nuevo al escenario, sangrando por un corte de la frente.

—¡Padre! —gritó, con miedo e incomprensión. Pero, en lugar de consolarlo, el ministro derecho Guo parecía paralizado por el horror. Miró sin expresión cómo el primer ministro hacía un gesto desde el escenario y los hombres se acercaban con los caballos. Habían estado esperando allí. *Este siempre fue el destino del Pequeño Guo. Nunca tuvo escapatoria,* pensó Zhu.

Desde el principio había sido consciente de la presencia de Ma Xiuying. En ese momento, la vio en la multitud. Había espacio a su alrededor, como si su asociación con el traidor fuera suficiente para que la gente se apartara de ella. Tenía el rostro ceroso por la conmoción. A pesar de que la chica se había temido lo peor, Zhu sabía que nunca había sabido qué ocurriría si se hacía realidad. Sintiendo una punzada de aquella extraña y nueva ternura, Zhu pensó: *Nunca ha visto una vida arrebatada con intención*. A pesar de la inevitabilidad, por alguna razón se descubrió sufriendo por la pérdida de la inocencia de Ma.

El Pequeño Guo gritó y se resistió mientras los hombres lo ataban a los cinco caballos y después se hacían a un lado. El primer ministro, observando con la alegre satisfacción de un paranoico que ve cómo se hace justicia, supo que estaban preparados. Levantó el brazo y lo dejó caer. Las fustas restallaron.

Zhu, que estaba mirando a Ma con un dolor extraño en el corazón, vio que la muchacha se giraba en el momento crítico. No había nadie que la consolara. Se encorvó sobre sí misma en el centro de aquella burbuja vacía entre la gente, llorando. Zhu sintió que aquel fuerte instinto de protección crecía en su interior. Alarmada, se dio cuenta de que era un nuevo deseo, ya arraigado junto al otro deseo que definía todo lo que era y hacía. Le parecía tan peligroso como una flecha alojada en su cuerpo, como si en cualquier momento pudiera profundizarse y causarle una herida mortal.

El primer ministro miró a la multitud; su cuerpo delgado parecía vibrar. El ministro izquierdo Chen, sonriendo, subió la escalera hacia el escenario. Hizo una profunda reverencia ante el primer ministro y le dijo:

—Bien hecho, excelencia.

Ma irrumpió en el templo y encontró a Zhu sentado en el camastro de su anexo con el tejado reparado, leyendo. En un día normal, lo habría considerado un momento privado. Parecía introspectivo y, cuando ella apareció, se sobresaltó. Debía ser una imagen aterradora: con el cabello suelto como un fantasma, el rostro pálido y el vestido manchado y rasgado. Aquello no era decoroso. No le importaba.

—¡Te pedí que lo protegieras!

Zhu cerró su libro. Ma se dio cuenta con retraso de que solo llevaba la camisa interior y los pantalones.

—Quizá podría haberlo hecho si Chen Youliang hubiera elegido otro modo —dijo, sonando inusualmente cansado. Las velas junto a su catre emitían tenues chasquidos cuando el polvo y los pequeños insectos entraban en las llamas—. Supongo que le pareció demasiado arriesgado atacar al ministro derecho Guo directamente, así que usó la paranoia del primer ministro como arma. ¿No le dijiste tú misma al Pequeño Guo que nunca dijera nada contra el primer ministro? Pero él afirmó que Jiankang era suya. Al final, eso fue lo único que Chen Youliang necesitó.

—¿Sabías que esto iba a ocurrir? —Se le rompió la voz—. Estás del lado de Chen Youliang. ¡Debías saberlo!

—No lo sabía —contestó.

—¿Esperas que te crea?

—Cree lo que quieras. —Zhu se encogió de hombros, cansado—. ¿Confía en mí Chen Youliang? No del todo, creo. Pero, sea como fuere, no me necesitaba. Ya tenía a Yi Jinkai preparado.

Ma lloraba, con sollozos bruscos e hipidos. Se sentía como si llevara días llorando.

—¿Por qué tenemos que jugar a estos juegos horribles? ¿Para *qué*?

Por un momento, la cambiante luz de las velas hizo que pareciera que Zhu se estremecía, como si su pequeño cuerpo fuera solo un contenedor de algo más terrible.

—¿Qué quiere todo el mundo, además de estar en la cima y ser intocable?

—¡Yo no quiero eso!

—No —replicó Zhu. Había tristeza en sus ojos negros—. Tú, no. Pero otros, sí, y es por ellos por los que este juego continuará hasta que haya terminado. ¿Quién se interpone a continuación entre Chen Youliang y la cima? El ministro derecho Guo. Así que el siguiente movimiento de Chen Youliang será contra él. —Después de un breve silencio, añadió con gravedad—: Deberías pensar en ti, Ma Xiuying. Si Chen Youliang destruye a la familia Guo, te convertirás en una recompensa útil para el comandante al que más valore.

Quizá se habría mostrado horrorizada si aquello fuera una sorpresa. Pero, incluso al oír las palabras, lo supo: aquella era solo otra parte del patrón que daba forma a la vida de una mujer. Todavía le dolía, pero en lugar de un dolor nuevo era la misma insoportable gravedad que había sentido al descubrir que iba a casarse con el Pequeño Guo. Y aunque había sufrido al ser testigo de su muerte, esta no había cambiado nada.

La expresión del monje era solemne, como si supiera lo que ella estaba pensando.

—¿Dejarás que eso ocurra o por fin te permitirás desear algo diferente?

—¡No puedo! —Su propio grito la sorprendió—. ¿Quién te crees que soy, para pensar que soy la dueña de algo de mi propia vida? Soy una *mujer.* Mi vida estaba en las manos de mi padre, después en las del Pequeño Guo, y ahora en las de otro. ¡Deja de hablar como si pudiera desear algo diferente! Es imposible...

¿Por qué parecía que él lo comprendía, cuando sin duda era imposible? Para su mortificación, se le escapó un sollozo.

—Sé que no quieres esa vida —le dijo Zhu después de un momento—. Una distinta no es imposible.

—¿Cómo? —gritó.

—Únete a mí.

Ma lo fulminó con la mirada.

—¿Que me una a tu bando? Te refieres al bando de *Chen Youliang.*

—No a él —le dijo Zhu con firmeza—. A mí.

Tardó un instante en darse cuenta de a qué se refería. Cuando lo hizo, la traición la golpeó tan fuerte como una bofetada.

—Que me una a ti —contestó con los dientes apretados—. Que me *case* contigo.

Tuvo una visión de aquel horrible patrón, tan rígido como un ataúd: matrimonio, hijos, deber. ¿Qué espacio había allí para sus propios deseos? Había creído que Zhu era diferente (había *querido* creerlo), pero era igual que los demás. La muerte del Pequeño Guo simplemente le había dado la oportunidad de tomar algo que quería. Asqueada, recordó a Sun Meng: *Te mira como un hombre.* La crueldad le arrebató el aliento. Zhu tenía deseos, y había hablado con Ma como si eso fuera algo que ella también pudiera hacer, pero nunca lo había creído de verdad.

Y, oh, en aquel momento deseaba. Deseaba hacerle *daño.*

Zhu captó su expresión furiosa. Pero, para su asombro, en lugar de provocar un estallido de la habitual rabia masculina, su rostro se suavizó.

—Sí. Cásate conmigo. Pero no como habría sido con el Pequeño Guo. Yo quiero escucharte, Ma Xiuying. Tú tienes algo de lo que yo carezco: sentimientos por los demás, incluso por aquellos que no te gustan. —Un destello de autocastigo atravesó su rostro, casi demasiado rápido para verlo—. La gente que juega a este juego hará lo que sea necesario para llegar a la cima, sin pensar en los demás. Toda mi vida he creído que tenía que ser así para conseguir lo que quiero. Y quiero mi destino. Lo deseo más que nada. Pero ¿qué tipo de mundo tendremos si todos los que están en él son como Chen Youliang? ¿Un mundo de terror y crueldad? Tampoco quiero eso, no si hay otro modo, pero no puedo ver ese otro modo yo solo. Así que únete a mí, Ma Xiuying. *Enséñamelo* tú.

El enfado de Ma se vio salpicado por su inesperada honestidad. *O lo que parece honestidad.* Con un destello de dolor se dio cuenta de que quería creerlo. *Quería* creer que él era distinto, que era el tipo de hombre que veía sus propios defectos y que la necesitaba a ella tanto como ella lo necesitaba a él.

—Quieres que crea que eres diferente —le dijo, y para su vergüenza se le rompió la voz—. Que puedes ofrecerme algo diferente. Pero ¿cómo podría confiar en ello? No *podría*.

Para su sorpresa, una expresión desgarradora atravesó el rostro de Zhu. Había vulnerabilidad y una sombra de miedo, algo que Ma nunca había visto antes en él, y eso la desató más que ninguna otra cosa que hubiera pasado entre ellos.

—Entiendo que te será difícil confiar —le dijo Zhu. Su voz volvía a tener esa extraña inflexión, y Ma no tenía absolutamente ninguna idea de qué significaba.

Zhu apartó el libro y se levantó, y comenzó a abrirse la camisa. Fue tan inusual que Ma se descubrió mirándolo con una sensación flotante que parecía en parte parálisis y en parte aceptación, como si estuviera soñando y dejándose llevar por la extrañeza del sueño. Cuando los hombros desnudos de Zhu aparecieron ante su vista, volvió en sí con una oleada de vergüenza. Apartó la cara. No era el primer hombre al que veía, pero por alguna razón le ardían las mejillas. Oyó caer su ropa.

Después, Zhu le puso los dedos fríos en la cara y se la volvió.

—Mira —dijo.

Sus cuerpos estaban muy cerca, uno vestido y otro sin vestir. Con la misma sensación de onírica aceptación, Ma vio en el otro cuerpo su propio reflejo, tan tembloroso como en un cuenco de agua.

Zhu la observó mientras miraba. Su rostro tenía una vulnerabilidad fustigada, algo tan crudo y terrible que Ma se estremeció al verlo. La hizo pensar en alguien que estaba mostrando una herida mortal que no se atrevía a mirar él mismo, por miedo a que su realidad lo destruyera en un instante.

Zhu habló con tranquilidad, pero bajo la superficie Ma sintió un escalofriante temor.

—Ma Xiuying. ¿Ves algo que desees?

Soy una mujer, le había gritado a Zhu, desesperada. En ese momento, mientras contemplaba a la persona que estaba ante ella, con un cuerpo como el suyo, vio a alguien que no parecía hombre ni mujer, sino de otra sustancia: alguien completo y poderoso en sí mismo. Era la promesa de la diferencia hecha realidad. Con una sensación de vertiginoso terror, Ma sintió el rígido patrón de su futuro desmoronándose, hasta que lo único que quedó fue un abismo de pura posibilidad.

Tomó la pequeña y callosa mano de Zhu y sintió cómo su calidez fluía en ella hasta que el espacio vacío de su pecho ardió con todo lo que jamás se había permitido sentir. Estaba rindiéndose a ello, dejándose consumir por ello, y fue lo más hermoso y aterrador que jamás había sentido. *Deseaba*. Deseaba todo lo que Zhu estaba ofreciéndole con aquella promesa de diferencia. Libertad y anhelo y que su vida fuera suya. Y si el precio de todo eso era sufrimiento, ¿qué importaría? Sufriría, eligiera lo que eligiere.

—Sí —contestó.

15

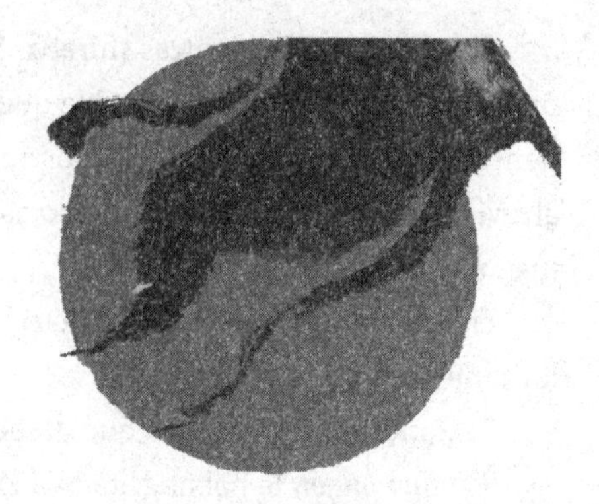

ANYANG, VERANO

Anyang seguía inmóvil y gris a su regreso de Hichetu. Los largos pasillos estaban vacíos, los patios estaban desiertos. Atravesar aquellos espacios resonantes hacía que Esen tuviera la sensación de ser la única persona que quedaba en el mundo. Incluso Ouyang se mantenía demasiado alejado para ser de consuelo, una sombra que, de algún modo, se había liberado de su cuerpo. Esen llegó a la residencia de su padre, se detuvo en la entrada del patio y la vio allí, a toda la gente de su familia, sus esposas y sus hijas, los oficiales y criados todos con uniformes blancos, haciendo una reverencia muda al unísono. Mientras caminaba entre ellos, sus incesantes oleadas de movimiento eran como un millar de orquídeas de invierno abriéndose y cerrándose. Sus ropajes de luto suspiraban. Esen quería gritar que se detuvieran, que se marcharan, que aquel no era su lugar y no era el suyo, que su padre no estaba muerto. Pero no lo hizo. No podía. Subió los peldaños de la residencia de su padre y se giró para mirarlos, y cuando lo hizo, una única voz se alzó:

—¡Alabad al príncipe de Henan!

—¡Alabado sea el príncipe de Henan!

Y entonces supo que todo era diferente, que nunca volvería a ser igual.

Los siguientes días, largos y calurosos, estuvieron llenos de ceremonias. Vestido con su ropa de luto de cáñamo, Esen entró en los fríos salones del templo familiar. Su madera oscura olía a ceniza e incienso. Las estatuas se cernían sobre él en su interior. Tuvo la repentina e inquietante visión de alguien haciendo aquello por él en el futuro, de sus hijos, y después sus nietos haciéndolo por sus hijos. Su linaje ancestral, con sus muertos acumulándose: siempre eran más los difuntos que los que quedaban vivos para llorarlos.

Se arrodilló delante del Buda y posó las manos sobre la caja dorada de sutras. Intentó recordar a su padre mientras rezaba: un guerrero, un auténtico mongol, el más leal al Gran Kan. Pero el olor rancio del templo lo distrajo. No podía concentrarse en las oraciones, no parecía capaz de vivirlas adecuadamente para darles significado. En la boca tenía palabras vacías que no harían nada por el espíritu de su padre mientras esperaba su reencarnación en el oscuro inframundo.

A su espalda se abrió una puerta. Una sombra atravesó el cuadrado de la luz proyectada. Esen sintió la presencia de su hermano como un fierro. Su brillante insinceridad; la representación vacía. Un insulto expresado con su propia existencia. Con el paso de los días después de que Baoxiang soltara a Chaghan, dejándolo morir, las emociones que Esen sentía hacia su hermano se habían afilado. En ese momento pensó que quizá fuera lo único que tenía sentido: la claridad de ese odio.

—He dicho que no entrase nadie —dijo abruptamente al asistente del templo.

—Señor… —replicó el asistente, vacilando—. Quiero decir, estimado príncipe, es…

—¡Sé quién es! Acompáñalo fuera.

Intentó concentrarse en las postraciones rituales, en las arrugas de las láminas de sutras cuando las desplegaba, pero siguió atendiendo al susurro del criado, a la retirada de la sombra y a la disminución de la luz cuando las puertas se cerraron. Sus oraciones eran peores que vacías: palabras inútiles, arruinadas, no mejores que el discurso superficial de los traidores que movían la boca sin contener nada en sus corazones.

Se levantó abruptamente, tirando los sutras al suelo, un repiqueteo sacrílego que rompió las recitaciones del monje principal. Sintió la conmoción de los asistentes como una presión externa, como si todos ellos desearan que se sometiera a los rituales, que terminara.

—Esta no es una auténtica conmemoración de mi padre —dijo—. Estas palabras. —El corazón le latía con fuerza; podía sentir esa verdad atravesándolo tan furiosamente como la sangre—. Lo recordaré y honraré como él habría querido. Como él se merece.

Caminó hacia las puertas y las abrió para salir a la difusa luz del caluroso cielo perlado. El patio vacío resonó con el recuerdo de aquellos cientos de personas de blanco. Pero aquel día solo había una persona allí. Desde lejos, la elaborada túnica blanca de Wang Baoxiang y su rostro pálido tenían toda la humanidad de un trozo de jade tallado.

Ouyang se acercó desde donde había estado esperando y Esen consiguió apartar los ojos de su hermano. La presencia de Ouyang era tan consoladora como agonizante la de Baoxiang: era todo el orden y la justicia del mundo.

Esen sintió que su confusión interior se detenía.

—Ojalá hubieras podido entrar conmigo. No habría tenido que hacerlo solo.

Una sombra cruzó el rostro de Ouyang. Cuando habló, había una distancia inusual en su voz.

—Es el papel del hijo honrar a su padre y a sus ancestros. El espíritu de tu padre solo necesita tus devociones.

—Deja que haga una ofrenda en tu nombre.

—Confundes la opinión que tienes sobre mí con la de tu padre. No creo que su espíritu tenga ningún interés en saber de mí.

—Pensaba bien de ti —dijo Esen, testarudo—. Mi padre no aguantaba a los idiotas. ¿Por qué te habría aceptado, cuando te elegí como general, si no hubiera creído en tu capacidad? La reputación de las tropas de Henan no sería nada sin ti. Claro que quiere tus respetos. —Entonces se dio cuenta—: Mi padre era un guerrero. Si queremos honrarlo y llevar mérito a su espíritu, no será en un templo.

Ouyang levantó las cejas.

—Ganaremos la guerra. Tú y yo juntos, mi general. Las tropas de Henan devolverán la fuerza al Gran Yuan; será el reinado más longevo que esta tierra entre los cuatro océanos haya conocido nunca. Nuestra familia será recordada para siempre como la defensora del imperio. ¿No sería ese el mayor honor que mi padre podría pedir?

La esquina de la boca de Ouyang se movió, más frágil que una sonrisa. La sombra que cruzó su rostro era demasiado transparente para enmascarar el dolor. *A él también lo entristece su muerte,* pensó Esen.

—Lo que más deseó tu padre en este mundo siempre fue tu éxito, y el orgullo que llevas al linaje ancestral.

Esen pensó en su padre y, por primera vez, sintió algo alegre sobre el dolor. No era suficiente para hacer que la tristeza remitiera, sino la semilla de algo que crecería. *Soy el príncipe de Henan, el defensor del Gran Yuan, como mi padre y el padre de mi padre lo fueron antes que yo.* Era un propósito y un destino, que resonó en su interior con tanta claridad como la nota aguda de un qin. Esen miró el rostro de Ouyang y supo que lo sentía con la misma fuerza que él. Lo animó saber que, a pesar de todo, siempre lo tendría a él.

La flecha de Ouyang golpeó el objetivo con un ruido sordo. Después de su traición en Hichetu, el plan había sido mantenerse alejado de Esen. El dolor y la ira de su señor eran insoportables: provocaban en él un insistente pesar que era como frotar cada parte suave de su cuerpo con arpillera. Con lo que no había contado era con el deseo de Esen de mantenerlo a su lado, más cerca aún que cuando era su esclavo. Era comprensible; suponía que debería haberlo anticipado. *Se ha quedado huérfano. Maldice el nombre de su hermano. Yo soy lo único que tiene…*

Su siguiente flecha voló muy desviada.

A su lado, Esen disparó a su vez.

—Tomar Jiankang solo para abandonarla…

Su flecha se clavó en la diana con pulcritud. A pesar de estar ocupado en el papel de príncipe de Henan, había adoptado el nuevo hábito de practicar arquería por las mañanas, antes de sentarse en su escritorio… Lo que invariablemente significaba que Ouyang tenía que acompañarlo.

—Luchas internas —dijo Ouyang, recomponiéndose. Su siguiente flecha se clavó a un dedo de la de Esen—. Según los espías, tienen dos facciones disputándose el control del movimiento. Los informes más recientes sugieren que Liu Futong podría haber condenado a muerte al joven general Guo. Deberíamos tener la confirmación en un par de días.

—¡Ja! ¿Cuando no estamos disponibles para matar a sus generales se sienten obligados a hacerlo ellos mismos?

Los altos cipreses proyectaban sus aromáticas sombras azules sobre el cuidado jardín en el que estaban practicando. En los jardines adyacentes, los lotos ruborizaban los estanques. La glicina púrpura caía sobre los entrecruzados senderos y por los muros de piedra del perímetro. La creciente calidez del día ya había aquietado los trinos de los pájaros, e incluso las abejas parecían perezosas. A pesar del mínimo ejercicio, ambos estaban sudando: Esen debido a que estaba mal preparado para soportar el calor, y Ouyang porque llevaba demasiadas capas. Se sentía ahogado. En circunstancias normales, los movimientos rítmicos de la arquería habrían sido consoladores, pero ahora solo lo constreñían más.

Un criado se acercó con dos tazas de té helado de cebada cubiertas de condensación y fragrantes toallas frías para la cara y las manos. Ouyang bebió de buena gana y se presionó una toalla contra la nuca.

—Mi señor, deberíamos pensar en adelantar nuestra partida un par de semanas, para abordarlos antes de que resuelvan sus conflictos. Podríamos aprovechar su distracción.

—¿Sería posible?

—Logísticamente, sí. Solo necesitaríamos más fondos…

Ouyang no dijo de quién sería necesario el permiso para la liberación de esos fondos. Desde Hichetu, el señor Wang se había mantenido en su despacho y en sus habitaciones, y rara vez lo veían. Ouyang solo se había topado con él una vez, en el patio; Wang le echó una mirada amarga y penetrante que lo hizo erguirse y lo paralizó. Pensar en aquella mirada le provocó una punzada de inquietud.

Esen apretó los labios.

—Comienza con los preparativos. Yo me aseguraré de conseguir el dinero. ¿Tienes idea de dónde atacarán los rebeldes a continuación?

Ouyang sintió una punzada. Nunca había experimentado tantos tipos distintos de dolor, en capas superpuestas. Aunque el dolor de su primera traición no había sanado, ya sentía la dolorosa anticipación de la siguiente. Oh, sabía muy bien a dónde irían los rebeldes a continuación. Tras abandonar el objetivo estratégico de Jiankang, buscarían una victoria simbólica. Y si su objetivo era poner en duda el derecho a gobernar del Gran Yuan, intentarían recuperar una antigua capital ubicada en el centro de Henan... en el mismo corazón del imperio. Querrían el último trono de la última gran dinastía que había gobernado antes de que llegaran los bárbaros.

Cualquier nanren lo sabría. Y aunque los mongoles lo hubieran reclamado como suyo, Ouyang era nanren. *Bianliang,* pensó.

—No, mi señor —dijo en voz alta.

—No importa —replicó Esen—. Sin importar lo que decidan, no creo que corramos el peligro de perder. Levantó su arco de nuevo y disparó—. Aunque, esta vez, no cruzaremos ningún río.

Parecía haber pasado una vida desde que el monje rebelde les lanzó una torre de agua y ahogó a diez mil de sus hombres. Aquello había sido el principio de todo. Lo habían humillado y obligado a arrodillarse; había mirado a su destino a los ojos; había traicionado y matado. Y ahora no quedaba nada para él excepto dolor. Sintió una oleada de odio hacia el monje. Quizá su destino estuviera fijado, pero había sido ese maldito monje quien había provocado que sucediera *ya;* había sido él quien lo había puesto todo en movimiento. Sin él, ¿cuánto tiempo más habría tenido con Esen? Lo apuñaló un anhelo tan intenso que se quedó sin respiración. El placer tranquilo de su compañía durante las campañas, la pura dulzura de luchar a su lado: todo eso pertenecía al pasado, cuando todavía se merecía la confianza de su señor.

Como si le leyera la mente, Esen dijo con frustración:

—No sé cómo voy a soportarlo, tener que quedarme aquí. Y todo porque ahora soy el príncipe y todavía no tengo un heredero.

Su flecha golpeó el centro de la diana. Ouyang era normalmente el mejor tirando con arco, pero desde Hichetu, una nueva agresividad había tomado el porte de Esen. En el campo de tiro, al menos, era impresionante.

—Si te pasara algo... —dijo Ouyang.

—Lo sé —replicó Esen con amargura—. El linaje terminaría conmigo. Ah, ¡cómo maldigo a estas mujeres mías! ¿No pueden hacer bien lo único para lo que valen?

Se alejaron para recuperar sus flechas. Las de Esen estaban tan profundamente clavadas que tuvo que usar su cuchillo para liberarlas.

—Gana por mí, Ouyang —le pidió con brusquedad—. Por mi padre.

Ouyang lo observó apuñalar la madera. Las emociones oscuras parecían no encajar en los suaves rasgos clásicos de Esen. La imagen le hizo sentir que había roto algo hermoso y perfecto. La muerte de Chaghan había sido inevitable: se escribió en el destino del mundo en el momento en el que mató a la familia de Ouyang. En ese sentido, matar a Chaghan no había sido un pecado.

Pero destrozar a Esen se parecía a ello.

Esen se sentó en el escritorio de su padre. Lo odiaba. Como mandaba la tradición, después de asumir el título, sus esposas, el servicio y él se habían mudado a la residencia de Chaghan. Quizá algún otro habría disfrutado de la cercanía de su memoria, pero a Esen los recuerdos le parecían invariablemente desagradables: lo abordaban inesperadamente, como si lo abofetearan. Su único consuelo era que había conseguido obligar a Ouyang a que viviera allí. La insistencia de Ouyang de vivir aislado, por debajo de lo que le correspondía, siempre lo había desconcertado y le había provocado cierto resentimiento. Le parecía injusto que la persona que más cerca estaba de su corazón insistiera en *elegir* la soledad, y que al hacerlo lo obligara a sentirla también. Pero siempre había habido algo intocable en Ouyang. Siempre se alejaba, aunque Esen quisiera retenerlo a su lado.

La puerta se abrió y un oficial semu entró delante de un criado con un montón de papeles. A Esen, todos los funcionarios le parecían iguales, pero los inquietantes ojos del color del hielo de aquel eran característicos. Su ánimo se agrió de inmediato: era el secretario de su hermano.

El semu se acercó con descaro e hizo una reverencia. Señalando el montón de papeles, dijo:

—Este funcionario indigno ruega al honorable príncipe de Henan que selle los siguientes…

Esen se tragó su irritación y tomó el sello de su padre de su caja de madera de paulonia. La cara para sellar sangraba tinta bermellón. Verla lo llenó de desesperación. No concebía pasarse la vida sentado, sellando documentos. Tomó el pliego superior y se detuvo. Estaba lleno de caracteres nativos. Con creciente furia, le arrebató el montón al criado y vio que estaban todos iguales. Esen siempre se había sentido orgulloso de sus capacidades pero, a diferencia de su hermano o incluso de su padre, solo había aprendido mongol. Eso nunca había importado antes. Ahora, su deficiencia le provocó una oleada de caliente vergüenza. Se giró hacia el semu y dijo con brusquedad:

—¿Por qué escribís en este idioma inútil?

El secretario de su hermano se atrevió a levantar una ceja.

—Estimado príncipe, tu padre...

Esen vio el rostro altanero de su hermano tras aquella impertinencia y sintió una ráfaga de pura rabia.

—¡Te atreves a replicar! —le espetó—. ¡Póstrate!

El hombre dudó, y después se agachó y colocó la cabeza en el suelo. Las brillantes mangas y faldas de su túnica se esparcieron a su alrededor sobre la madera oscura del suelo. Iba vestido de púrpura y, por un desconcertante momento, lo único que Esen pudo ver fue a su padre, después de la caída.

—Este sirviente indigno suplica el perdón del príncipe —murmuró el secretario de su hermano, no totalmente arrepentido.

Esen arrugó el papel en su puño.

—¿Puede un simple funcionario ser tan atrevido solo porque tiene el respaldo del perro de mi hermano? ¿Me has tomado por su marioneta? ¿Crees que voy a firmar todo lo que me entregue aunque no pueda leerlo? Esto es el Gran Yuan. Nosotros somos el Gran Yuan, y nuestro idioma es el mongol. ¡Cámbialo!

—Estimado príncipe, no hay suficientes... —El secretario de su hermano emitió un satisfactorio grito cuando Esen rodeó su mesa, airado, y le dio una patada—. ¡Ah, príncipe! Piedad...

—¡Díselo a mi hermano! —gritó Esen—. Dile que no me importa si tiene que reemplazarte a ti y a todos sus malditos esbirros; que busque a otros que puedan trabajar en mongol. *Díselo.*

Dejó caer sobre él los documentos arrugados. El secretario de su hermano hizo una mueca, se recogió la túnica y se escabulló.

Esen se quedó allí, respirando rápido. *Baoxiang se ríe de mí en mi propia casa.* La idea era inexorable. La sentía girando a su alrededor, y el mecanismo del odio y de la rabia cada vez se tensaba más. Desde que regresaron a Anyang, había hecho todo lo posible por fingir ante sí mismo que su hermano ya no existía. Había esperado que borrar a Wang Baoxiang de su mente borrara de algún modo el dolor de la traición y la pérdida. Pero, pensó con crueldad, eso no había funcionado.

—¡Llama al señor Wang! —gritó al criado más cercano.

Pasó más de una hora antes de que Baoxiang fuera anunciado. Sus rasgos manji de huesos delicados parecían más prominentes, y había ojeras bajo sus ojos. Detrás de su sonrisa frágil de siempre había algo tan pálido y reservado como un champiñón. Se detuvo en su lugar habitual ante la mesa de su padre. Esen, sentado en la posición del príncipe al otro lado, se sintió desagradablemente desorientado.

—Me has hecho esperar —dijo con dureza.

—Mis más humildes disculpas, *estimado príncipe.* Me han dicho que mi secretario te ha ofendido. —Baoxiang llevaba una túnica sencilla en gris topo, pero cuando se inclinó, los hilos plateados que había en ella captaron la luz de la lámpara y destellaron como las vetas ocultas en una roca—. Asumo la responsabilidad en el asunto. Haré que lo golpeen veinte veces con una vara de bambú.

Era todo una actuación; era todo fachada. Con un destello de ira, Esen supo que su hermano no lo sentía en absoluto.

—¿Y el otro asunto? El del idioma.

—Si el príncipe lo ordena, lo cambiaré —dijo Baoxiang con tacto.

Su afabilidad provocó que Esen quisiera hacerle daño… Retorcerlo hasta obtener un poco de sinceridad.

—Entonces cámbialo. Y otra cosa, Wang. Puede que no sepas que hace poco le ordené al general Ouyang que adelantara la fecha de su partida para la siguiente campaña al sur. Comprendo que para eso será necesario que tu oficina firme una entrega de fondos adicionales. Haré que los proporciones lo antes posible.

Baoxiang entornó sus ojos de gato.

—El momento no es ideal.

—Hablas como si te hubiera hecho una petición.

—Tengo varios proyectos grandes en marcha que se verán afectados si se retiran fondos en este momento crítico.

—¿Qué proyectos grandes? —replicó Esen con desdén—. ¿Más carreteras? ¿Zanjas? —Sintió una hosca oleada de placer al pensar en aplastar todo lo que le importaba, en devolverle dolor por dolor—. ¿Qué es más importante, una carretera o esta guerra? No me importa de dónde lo saques, pero los fondos deben estar disponibles.

Baoxiang hizo una mueca.

—¿De verdad estás dispuesto a deshacer todos mis esfuerzos y a llevar este señorío a la ruina por un único intento contra los rebeldes? —A su espalda, en el muro, las banderolas de loto de cola de caballo se agitaron: una por su bisabuelo, otra por su abuelo y la última por Chaghan—. ¿Alguna vez has pensado en lo que ocurrirá si no ganas, hermano? ¿Te humillarás ante la corte y les dirás que no tienes recursos suficientes para continuar con tu defensa del Gran Yuan? La única razón por la que les importamos es por nuestra capacidad de mantener un ejército. ¿Echarás por tierra esa capacidad por una oportunidad de gloria?

—¡Una oportunidad! —exclamó Esen con incredulidad—. ¡No creerás que vamos a perder!

—Oh, ¿y la pasada estación no perdiste a diez mil hombres? ¡Podría ocurrir de nuevo, Esen! ¿O eres tan tonto como para creer que tus sueños se cumplirán en el futuro, sea cual fuere la realidad de la situación? En ese caso, eres peor que nuestro padre.

Esen volcó su silla hacia atrás.

—¡Te atreves a hablar de él conmigo!

—¿Y por qué no? —replicó Baoxiang, avanzando. Alzó la voz—. ¿Por qué no puedo hablar de nuestro padre? Dime, ¿es por algo que crees que he hecho?

Las palabras escaparon de Esen.

—¡Tú sabes qué hiciste!

—¿Yo? —El rostro de Baoxiang siguió siendo una fría máscara de desdén, pero su pecho se alzaba y caía con rapidez—. ¿Por qué no lo aclaramos de una vez? Dime qué piensas exactamente. —Se inclinó sobre la mesa e insistió—. Dímelo.

—¿Por qué debería decírtelo? —le gritó Esen. El corazón le latía con tanta fuerza como si cabalgaran hacia la batalla. Un sudor frío había cubierto todo su cuerpo—. ¿No deberías ser tú quien me suplicara perdón?

Baoxiang sonrió. Podría haber sido una mueca de desdén.

—Perdón. ¿Alguna vez me perdonarías? ¿Debería arrodillarme y aceptar tu castigo de buena gana, y suplicar y humillarme pidiendo más, solo para oír cómo me rechazas? ¿Por qué debería?

—Solo admite…

—¡No admitiré nada! ¡No tengo que hacerlo! *Tú ya estás decidido.* —Baoxiang agarró la mesa y se aferró a ella como si fuera una cubierta hundiéndose en el mar; sus dedos pálidos se tiñeron de blanco por la presión. Sus ojos entornados destellaron con tal intensidad que Esen lo sintió como un golpe físico—. No es posible razonar con los idiotas que se niegan a ver lo razonable. ¡Nuestro padre era un tonto, y tú eres incluso más tonto que él, Esen! No importa lo que yo diga, no importa lo que yo haga, ambos sabemos que tú pensarás lo peor de mí.

Esen sintió que la presión se elevaba; sintió que hacía vibrar todo su ser.

—Cierra la boca.

—¿Y qué debo hacer? ¿Desaparecer? ¿Quedarme callado para siempre? Oh, te encantaría librarte de mí, ¿verdad? Para no tener que volver a verme la cara. Qué pena que *nuestro padre* decidiera adoptarme legalmente, y que solo el Gran Kan pueda despojar a un noble de sus títulos. —Alzó la voz con burla—. Bueno, ¿qué vas a hacer conmigo, *hermano*?

Esen golpeó la mesa con tal ferocidad que la vibración llegó hasta Baoxiang e hizo que se tambaleara. Se irguió y miró a Esen con una furia que competía con la suya. Esa mirada, llena de la sinceridad que Esen había estado buscando, los separó con la rotundidad de la hoja de un hacha al caer.

Esen oyó la fealdad en su voz: era el tono de su padre.

—Él tenía razón sobre ti. Eres un inútil. Peor que eso: eres una maldición. ¡Lamento el día en el que esta familia te acogió! Aunque no tenga la autoridad del Gran Kan, al menos mis ancestros serán testigos de mis palabras al despojarte de tu apellido. ¡Sal de aquí!

En las mejillas incoloras de Baoxiang resaltaban dos puntos brillantes. Le temblaba el cuerpo en el interior de su rígida túnica; tenía los puños apretados. Miró a Esen durante un largo momento, con una mueca en los labios, y después se marchó sin decir nada más.

—¿General? —Uno de los criados llamó desde el otro lado de la puerta con la intención de ayudar a Ouyang con su baño.

—Espera —dijo con brusquedad, saliendo y poniéndose la ropa interior. Aquel acto de autonomía provocó un confuso silencio; los criados todavía no se habían acostumbrado a las peculiaridades de un señor eunuco. Se habían quedado allí tras la mudanza de Esen, resultado de la insistencia de este en que Ouyang mantuviera una plantilla acorde al estatus de la residencia. La generosidad había resultado incómoda, ya que varios de ellos habían conocido a Ouyang durante sus días de esclavo y tuvo que despedirlos.

Tras salir del baño y permitir que le peinara el cabello, dijo:

—Llévate los espejos del baño.

—Sí, general.

Miró al frente mientras el criado trabajaba. A su alrededor, en el suelo descolorido estaban marcados los rectángulos oscuros donde habían estado los muebles, como una casa cuyo propietario ha muerto y del que los familiares se han llevado todas las cosas. Era desagradable ocupar un espacio que había sido de otra persona durante tanto tiempo. Siempre estaba captando restos de una presencia desaparecida: el aceite que a Esen le gustaba para sus bridas de piel de cabrito; la mezcla de jabón y fragancias que sus criados usaban en sus ropas.

Fuera, un criado anunció:

—El príncipe de Henan.

Ouyang levantó la mirada, sorprendido, mientras Esen entraba. Era él quien visitaba a Esen en sus aposentos, y no al revés.

Al examinar el espacio vacío, Esen se rio. Arrastraba las palabras; había estado bebiendo.

—Te he dado tanto espacio que podrías vivir como un señor, y aquí estás, todavía viviendo como un pobre soldado. ¿Por qué nunca necesitas nada? Yo te lo daría.

—No dudo de tu generosidad, mi príncipe. Pero tengo pocas necesidades.

Condujo a Esen a la mesa, miró a uno de los criados y le indicó que les trajera vino. Esen solía ser un bebedor alegre, pero ahora parecía que el alcohol estaba dando rienda suelta su miseria: se hinchaba a su alrededor, inestable y peligrosa. Ouyang deseó haber tenido tiempo para prepararse. Sin sus habituales capas múltiples para protegerse y con el cabello suelto sobre los hombros, se sentía incómodo y vulnerable. Demasiado cerca de la superficie; demasiado expuesto a la tristeza de Esen.

Esen se sentó en silencio ante la mesa mientras esperaban a que se calentara el vino. Todavía llevaba la túnica blanca de luto por las noches. Ouyang podía ver un atisbo de un llamativo color a través de la abertura de la parte inferior, como una herida. Exudaba olor a vino, junto al olor floral de las mujeres. Debía haber ido a verlo justo después de estar con una de sus mujeres. Era ya la segunda guardia; seguramente había comido y bebido con ella desde aquella tarde. La idea provocó en Ouyang una sensación de agrio desagrado.

—Dame eso.

Esen tomó el vino que le entregó el criado y lo despidió. Como no confiaba en él, Ouyang le quitó el vino y los sirvió a ambos. Esen tomó el vaso que le ofrecía y lo miró, negando con la cabeza despacio. Las cuentas de jade de su cabello repiquetearon. Después de mucho rato, dijo:

—Todo el mundo me lo advirtió. Tú me lo advertiste. Pero, de algún modo… nunca creí que pudiera ocurrir algo así. —Había incredulidad en su voz—. Mi propio *hermano.*

Ouyang aplastó sus sentimientos hasta que estuvieron tan apelmazados como una pasta de té.

—No es tu hermano. No tiene la sangre de tu padre.

—¿Qué diferencia habría? Mi padre lo adoptó y yo pensaba en él como en un hermano, nos criamos juntos. Nunca lo menosprecié, aunque no fuera un guerrero. Teníamos nuestras diferencias, pero… —Pareció hundirse en sus recuerdos un instante, y después exhaló con un escalofrío.

Destruir lo que otra persona apreciaba nunca te hacía recuperar lo que habías perdido. Lo único que conseguía era extender el dolor, como un contagio. Mientras observaba a Esen, Ouyang sintió que sus dolores se mezclaban. No parecían tener principio ni final, como si no pudieran ser otra cosa.

—Hay gente que dice que la fuerza de una tristeza es equivalente a su valor. Y que no hay nada que valga más que un padre.

—¿Cuánto tiempo más durará?

Ouyang recordó que en el pasado había creído que ese dolor debía tener un final, como el resto de las emociones. Entre ellos, sobre la mesa, la llama de la lámpara se elevó y cayó, como si su crecido dolor fuera una nube capaz de extinguir todo lo que tocara.

—No lo sé.

Esen gruñó.

—Ah, qué fácil sería la vida sin la familia. Qué limpia. Sin ninguna de estas inquietudes, preocupaciones e impedimentos.

Embriagado, Esen se esforzaba demasiado por pronunciar. Ouyang, viéndolo sufrir, recordó lo que siempre había sabido: que su señor había olvidado que él mismo había tenido también una familia; que, en el pasado, él también había sido hijo, hermano.

—Mejor me iría siendo como tú, sintiendo afecto solo por mi espada, sin este... *este*...

Esen se bebió el vino.

Una corona de insectos diminutos rodeaba la agonizante llama de la lámpara; sus cuerpos despedían el olor a quemado de las noches de verano. Esen estaba concentrado en su vaso, sin darse cuenta y sin que le importara que Ouyang no lo acompañara bebiendo. El patrullero nocturno pasó por fuera.

Ouyang le rellenó el vaso, pero cuando se lo ofreció, Esen le agarró el brazo y dijo, con arrastrada vehemencia:

—*Tú*. Tú eres el único en el que confío, cuando ni siquiera puedo confiar en mi propio hermano.

La caricia envió una oleada a través del control que tanto le había costado ganarse. La calidez y la presión de la mano de Esen solo estaba atemperada por la única y fina capa de su camisa interior. Al sentir que se tensaba, Esen negó con la cabeza y dijo, irritado:

—¿Por qué eres siempre tan formal? ¿No hemos pasado por suficientes cosas juntos como para tratarnos con familiaridad?

Ouyang fue abruptamente consciente de la corporeidad de Esen, de lo sólido y masculino que era. Aun cansado y borracho, su carisma era poderoso. Cerró los dedos alrededor de la muñeca de Ouyang. Este podría haberse zafado en un instante. No lo hizo. Miró el rostro de Esen, inusualmente arrugado por el dolor que él mismo le había provocado. Vio la suavidad donde la barba de su labio superior no conseguía unirse a la de abajo, su cuello fuerte con el aleteo de su latido. Los labios generosos y bien formados. La realidad de su cuerpo, mucho más grande que el suyo. Aunque estaba triste y borracho, en él todo parecía la encarnación de algún ideal. Atractivo, fuerte, honorable. Ouyang fue débilmente consciente de una vibración, de un cosquilleo distante: el patrullero nocturno dando la hora. No podía apartar la mirada.

—Baoxiang nunca se expondría por mí, ni por nadie más. Pero tú... Tú harías cualquier cosa por mí, ¿verdad? —le preguntó con una ferocidad ebria.

Por dentro, Ouyang se estremeció ante la imagen: la maestría de Esen y su propia humillación, como si no fuera más que un perro jadeando a los pies de su señor, buscando su aprobación y su afecto. *No un hombre, sino una cosa.* Y aun así... Esen estaba mirándolo con una intensidad tosca, con un crudo interés, y no apartó la mirada. Sin desviar la suya, Esen levantó lentamente la mano y le apartó el cabello de la cara. Ouyang notó la extraña y lenta caricia de las callosas puntas de sus dedos, de la frente hasta la mejilla. No se apoyó en ella; solo dejó que ocurriera. La mano de Esen sobre su brazo, la otra elevada y cerca, en un abrazo incompleto. El aire entre ellos parecía haberse cargado de una presión que lo mantenía donde estaba. La cercanía del cuerpo de Esen perturbaba una complacencia en su interior que le parecía profundamente inquietante. Sabía que su rostro seguía tan inexpresivo como siempre, pero era vagamente consciente de que su respiración era más superficial, de que su pulso corría como animado por el ejercicio o el miedo.

La voz de Esen adquirió una nota que Ouyang nunca había oído antes, grave y ronca y cargada de potencial.

—Eres de verdad tan hermoso como una mujer.

Más tarde, Ouyang pensó que Esen ni siquiera se había dado cuenta del momento en el que la parálisis de la anticipación se convirtió en la parálisis de la vergüenza, tan rápidamente como una vela extinguida. Se le heló la sangre; le ardía el cuerpo. Era la sensación de una daga deslizada con cuidado en su corazón. Se apartó. Esen siguió inclinado hacia adelante un instante, pero despacio se enderezó y levantó su vaso de nuevo.

Ouyang se sirvió un vaso con las manos temblorosas y lo vació. Sus emociones comprimidas habían explotado en un enjambre de aguijoneantes avispas. Había traicionado a Esen, pero ahora Esen lo había traicionado a él. No comprendía cómo, a pesar de todo por lo que habían pasado juntos, todavía podía pensar que se sentiría halagado por una comparación así. ¿Cómo podía ignorar de tal manera la humillación que era el núcleo de su ser? Ardiendo con una emoción que parecía contener la agonía tanto del amor como del odio, Ouyang pensó con furia: *Ha decidido no saberlo.*

Frente a él, Esen ya tenía la mirada perdida. Era como si nada hubiera pasado. Ouyang se dio cuenta amargamente de que, para Esen, quizá había sido así. Poseía todo lo que veían sus ojos, y eso lo incluía a él. Solo había intentado tomar algo precioso, confundiéndolo con otra de sus valiosas cosas, y cuando el objeto de su leve deseo se escapó, ni siquiera recordaba que lo hubiera tenido en la mano.

—Así que lo hiciste —dijo Shao, refiriéndose a Chaghan. Estaban sentados en los aposentos privados de Ouyang. El general vio que Shao estaba mirando las pocas mesas y sillas, que parecían ancladas a los espacios vacíos como botes en un lago. Había algo en Shao que siempre parecía avaricioso e inmoral. Ouyang odiaba que fuera él quien conociera sus inquietudes privadas, y que las usara para sus propios y mezquinos intereses.

—Sí —dijo Ouyang amargamente—. ¿Acaso lo dudabas?

Shao se encogió de hombros, como para expresar que sus dudas eran asunto suyo.

—El príncipe de Henan nos ha ordenado adelantar la partida —dijo Ouyang. El caos de papel manuscrito sobre la mesa que había entre ellos contenía el recuento de su ejército: los hombres y el equipo y los colosales recursos necesarios para llevarlos adonde tenían que ir—. Ahora que han liberado los fondos, coordinaremos la logística con rapidez.

—¿Qué hay del reemplazo de Altan? Tenemos que tomar una decisión sobre ese batallón. Jurgaghan espera el puesto. —Era un joven mongol, familiar de la tercera esposa de Esen.

En opinión de Ouyang, no había ninguna diferencia entre Jurgaghan y Altan; ellos y los que eran como ellos eran jóvenes con títulos que nunca se habían sentido decepcionados.

—Dáselo a Zhao Man.

Hablaban en voz baja, ya que el papel de las ventanas hacía poco por contener las voces. No obstante, mantenía el calor dentro, y el ambiente en la habitación era sofocante. Shao se hizo aire con un abanico de papel redondo que parecía haber tomado prestado de una mujer. Un par de patos mandarines, rebosando amor y matrimonio, guiñaban a Ouyang desde la parte de atrás. Suponía que incluso Shao debía tener esposa. Nunca le había preguntado.

—¿No crees que el príncipe se resistirá a tener a otro nanren al mando?

—Déjame el príncipe a mí —dijo Ouyang. Sentía una presión sorda y apresurada, la imparable corriente que lo conduciría hacia su fin.

Shao arqueó las cejas de un modo que hizo que a Ouyang le hirviera la sangre, pero solo dijo:

—¿Y a dónde se dirigirán los rebeldes esta temporada?

—¿No lo sabes? —replicó Ouyang—. Adivina.

Shao lo miró con expresión oscura e inescrutable.

—Bianliang.

—Exacto. —Ouyang le devolvió una sonrisa sin humor.

—La pregunta es: ¿vas a decírselo a los mongoles?

—Tú sabes lo que quiero —dijo Ouyang con brusquedad.

—Ah, el destino que nadie más querría. —La voz de Shao se llenó de crueldad. El aire de su abanico parecía una serie de caricias indeseables que Ouyang empezaba a encontrar intolerables—. Espero que seas lo bastante fuerte.

Ouyang fantaseó brevemente con arrebatarle el abanico y destrozarlo.

—Tu preocupación por mi sufrimiento es conmovedora. Pero si nuestros destinos están fijados, mi fuerza es irrelevante. Culpa al Cielo. Culpa a mis ancestros. Culpa a mis vidas pasadas. No tengo escapatoria. —Como no deseaba desnudarse más, y menos ante Shao, dijo con brusquedad—: Prepara el pedido del armamento y di a los comandantes de logística y comunicación que vengan a verme.

Shao se guardó el abanico en el cinturón, se levantó y se cuadró. Había algo reptando desagradablemente por su expresión, algo que se encontraba entre la diversión y el desprecio.

—Sí, general.

Ouyang no tenía más remedio que dejarlo pasar. Se necesitaban el uno al otro, y aunque tuviera que soportar desprecios por el camino, cuando alcanzaran su objetivo nada de eso importaría.

16

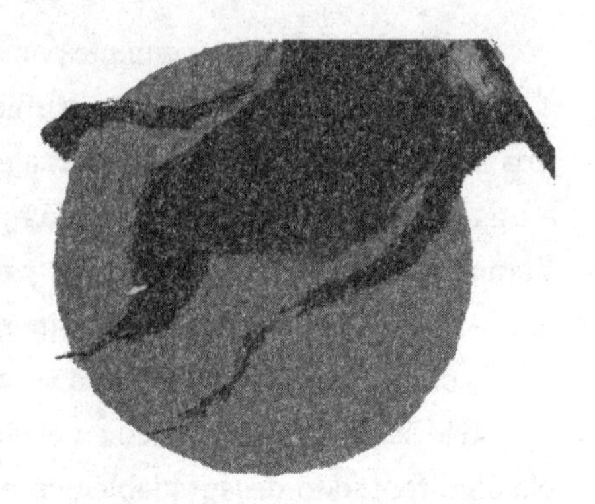

ANFENG, OCTAVO MES

Ni Ma ni nadie más en Anfeng se atrevió a guardarle luto al Pequeño Guo vistiéndose de blanco. Lo único para recordarlo fue la estela ancestral que Zhu colocó en el templo a petición de Ma, e incluso eso estaba oculto tras los nombres de los demás fallecidos. Los hombres del Pequeño Guo fueron entregados al recién designado comandante Yi. Sun Meng era el único comandante que quedaba en el bando del ministro derecho Guo, y Ma no había visto a ninguno de ellos en público desde la muerte del Pequeño Guo.

Era obvio que Chen estaba esperando a hacer su movimiento final para destruir la facción de Guo, y que los únicos que sobrevivirían serían los que se encontraran de su lado. Entonces no habría nadie que refrenara a Chen más que el paranoico y maleable primer ministro. Y, a diferencia del primer ministro Liu, el interés de Chen en derrotar al Yuan no sería por el bien de los nanren que habían puesto su fe en los Turbantes Rojos y en el Príncipe de la Luz, sino para crear su propio mundo de terror y crueldad.

La idea debería haber llenado a Ma de temor. La mayor parte del tiempo lo hacía. Pero aquella noche, cuando bajó los peldaños del templo con su vestido de novia rojo y su velo, descubrió que una nueva ligereza deslavaba sus preocupaciones. Se había pasado toda la vida anticipando su matrimonio como un deber, sin soñar nunca con un momento en el que pudiera ser una vía de escape. Pero alguien imposible le había dado algo que no debería existir. Su velo teñía el mundo de rojo, y por una vez el color le recordó a la buena suerte en lugar de a la sangre. A través de su velo, se sorprendió al ver la pequeña figura vestida de rojo que la conducía por los peldaños a través del pañuelo atado entre ellos. No tenía ni idea de qué le depararía el futuro... Solo sabía que su vida sería diferente.

Zhu llegó hasta el grupo de asistentes a los pies de la escalera y después se detuvo de repente y se inclinó. Ma, intentando distinguir los detalles a través del velo, se detuvo a su lado con la misma brusquedad.

—Maestro Zhu —lo saludó Chen, acercándose a través de la multitud. A ambos lados, los cuerpos se inclinaron hacia él como tallos con el viento—. O supongo que debería llamarte comandante Zhu, ya que ahora estás casado. ¡Apenas te reconozco sin esa túnica gris! Enhorabuena.

Sonriendo, entregó su regalo a Zhu.

—Y veo que tu esposa es la preciosa Ma Xiuying. —Incluso protegida por el velo, Ma se estremeció bajo el penetrante escrutinio de sus ojos de tigre. Le dijo, educadamente—: Me preguntaba si sería el comandante Sun sobre quién derramarías ahora el té caliente, ya que es un joven atractivo. Pero sabía que eras una chica lista. Buena elección.

Se giró hacia Zhu.

—El primer ministro te envía sus felicitaciones. Te tiene en buena consideración, comandante Zhu. A menudo menciona su deseo de que las tropas de los otros comandantes emulen la disciplina y la humildad de tus hombres. El comandante Yi, por ejemplo, ha heredado un contingente especialmente deficiente, debido a los defectos de su predecesor. —El tono de Chen resultaba relajado, pero su atención sobre Zhu le recordó a Ma al alfiler de un coleccionista preparado sobre un insecto—. Tu segundo al mando, el alto del cabello corto... ¿también era monje?

Si Zhu estaba tan preocupada como Ma, lo escondió bien.

—Ministro, el comandante segundo Xu también fue ordenado monje en el monasterio de Wuhuang.

—Perfecto —dijo Chen—. ¿Por qué no se lo cedes al comandante Yi durante el próximo mes? Debería ser tiempo suficiente para que pudiera ejercer en él una influencia positiva. Que le enseñe un par de sutras y las virtudes de la humildad. ¿Qué te parece?

El miedo de Ma regresó y borró todo rastro de la ligereza que había sentido momentos antes. Tomando como rehén al mejor amigo de Zhu,

Chen se estaba asegurando que esta no tuviera más remedio que apoyar sus planes contra la facción de Guo.

Zhu debía haberse dado cuenta, sin duda, pero hizo una reverencia. El sombrero negro de estilo erudito que había llevado durante la boda era como el de Chen, de modo que ambos parecían una imagen clásica de maestro y discípulo.

—Será un honor para este comandante indigno obedecer. Si el ministro tiene la generosidad de permitirlo, este siervo enviará a Xu Da después del banquete de boda.

Chen sonrió y las arrugas verticales de sus mejillas se profundizaron hasta parecer cortes de cuchillo.

—Por supuesto.

El nuevo hogar de Zhu y Ma como pareja casada era una sencilla habitación en los barracones, aunque Zhu descubrió que la habían decorado anárquicamente con serpentinas rojas que parecían haber sido parte, en una vida pasada, de un pendón militar. La luz del día atravesaba las grietas de las ásperas paredes de madera, dando al lugar el halo secreto de un escondite infantil en un bosque de bambú.

Ma se quitó el velo. Sus horquillas decoradas repiquetearon suavemente unas contra otras cuando se sentó junto a Zhu en la cama. Zhu se dio cuenta de que se había ubicado más lejos de lo que se habría sentado de otra mujer, pero más cerca que si fuera un hombre. Como si, en lugar de ser como Zhu Chongba, Zhu perteneciera a la misma categoría que el general eunuco: ni una cosa ni la otra. La idea le provocó un estremecimiento de inquietud. Había sabido que, al revelarle a Ma su secreto, su riesgo de ser reconocida como la injusta propietaria de aquel destino de grandeza se había incrementado en una proporción desconocida. Era ese desconocimiento lo que más la preocupaba. *El riesgo es solo riesgo,* se recordó. Si fuera una certeza, nunca lo habría hecho. Intentó no pensar en la ominosa sensación que la había sobrecogido después de Jiankang. *Es posible lidiar con los riesgos.*

Se obligó a abandonar esa línea de pensamiento y a asumir un semblante más alegre.

—Bueno, gracias a Chen Youliang, este no es el ambiente romántico que siempre soñé para mi boda.

Ma le golpeó el brazo. El rígido maquillaje blanco no le sentaba bien; Zhu echaba de menos la vivacidad de su rostro al natural.

—¿De qué estás hablando? Los monjes no sueñan con sus bodas.

—Tienes razón —dijo Zhu, fingiéndose pensativa—. Mira a Xu Da. Estoy seguro de que nunca se le ocurre esperar al matrimonio... Él va y lo hace directamente.

Una porción de piel sin empolvar a lo largo de la línea de nacimiento del cabello de Ma se volvió escarlata.

—¿Él y tú...?

Zhu tardó un momento en darse cuenta de qué era lo que le estaba preguntando.

—¡Buda nos guarde! —Sintió un momento de verdadero horror—. ¡Con mujeres! *No conmigo.*

—No me refería a eso —dijo Ma, airada, aunque por supuesto era así—. Pero él debe saberlo.

—Bueno, yo nunca se lo dije —contestó Zhu, ignorando la sensación de tabú al decirlo en voz alta—, pero él sabe más de mí que nadie. Es mi hermano. —Ante el destello de culpa en los ojos de Ma, añadió—: No es culpa tuya que Chen Youliang lo haya hecho prisionero. Puede que vengas de la casa de los Guo, pero Chen Youliang no cree que eso sea suficiente para cambiar mis lealtades. Solo está tomando precauciones. Es un hombre inteligente, y no quiere sorpresas a la hora de la verdad.

El rostro de Ma estaba inmóvil bajo su maquillaje.

—Lealtades. ¿Lo habrías ayudado de todos modos?

Zhu recordó la relación de Ma con Sun.

—Sé cómo te sientes, Ma Xiuying. A mí no me gusta Chen Youliang más que a ti. —Pero su lado frío y pragmático veía la fortaleza de su posición.

Grupos de hombres marchaban fuera, y sus sombras atravesaban las rendijas de la pared y caían sobre el suelo de tierra barrida. De la puerta contigua llegaban sonidos de borboteos y el intenso olor porcino de las asaduras hervidas.

—No lo hagas —dijo Ma de repente, en voz baja y desesperada—. No lo ayudes. Otorga tu alianza al ministro derecho Guo y a Sun Meng; haz que actúen antes de que tengas que ceder a Xu Da...

La esperanza de Ma era como ver el mundo a través del ala iridiscente de un insecto: una versión resplandeciente y de bordes suaves en la que el arco de la historia todavía podía decantarse por la amabilidad y la decencia. Ma siempre sentía *demasiado*, y con una intensidad tan desatinada y hermosa que ser testigo de sus emociones hacía que el paisaje interior de Zhu pareciera tan estéril como el resquebrajado lecho de un río. Con pesar, Zhu negó con la cabeza.

—Piensa. Aunque tuviera tiempo, ¿de cuántos hombres dispongo? No serían suficientes. Sun Meng tiene más que el resto de los comandantes individualmente, pero contra todos juntos...

Las lágrimas inundaron los ojos de Ma. Sin duda estaba recordando la muerte del Pequeño Guo e imaginando lo mismo para Sun Meng. Pero entonces sobresaltó a Zhu diciendo con ferocidad:

—No, piensa tú. Si te pones del lado de Chen Youliang y lo ayudas a terminar con el ministro derecho Guo y sus partidarios, estarás poniendo a tus hombres contra otros Turbantes Rojos. ¿Crees que tus tropas serán las mismas después de eso? Una cosa es matar a un soldado del Yuan, y otra totalmente distinta matar a otro rebelde. ¿Has pensado en eso?

Sus lágrimas no cayeron.

Zhu se detuvo. La victoria final de Chen sobre los Guo era tan obvia que ni siquiera había creído nunca que estuviera eligiendo un bando, sino tomando el único camino disponible. Y como era el único camino, siempre había pensado en sus repercusiones desagradables como algo con lo que tendría que lidiar lo mejor posible cuando llegara el momento. Nunca se le había ocurrido que pudieran ser inmanejables. Frunció el ceño.

—Es mejor tener hombres con la moral dañada que no tenerlos.

—Te siguen porque tú los reuniste... Porque te ganaste su confianza y su lealtad. ¡Pero si los obligas a volverse contra sus iguales las perderás! Te verán como lo que eres: no como su líder, sino como alguien que los está utilizando. Y, cuando eso ocurra, *solo* te seguirán por interés. Entonces,

¿cuánto tiempo crees que pasará antes de que Chen Youliang te los quite? Solo tendrá que hacerles una oferta. Igual que hizo con el Pequeño Guo —dijo Ma amargamente.

Desconcertada, Zhu recordó la jubilosa toma de poder del comandante Yi. Nadie, ni siquiera la propia Zhu, se había percatado de su monstruoso egoísmo. Pero Chen, sí.

—Yo...

—¡*Escucha!* —exclamó Ma—. ¿No es esa la razón por la que me querías, para que pudiera decirte lo que tú no ves? Si no quieres formar parte de un mundo en el que no haya nada más que crueldad, recelo y paranoia, entonces *busca otro camino.*

Zhu cerró la boca. Los monjes le habían enseñado que la empatía y la compasión eran buenas emociones, pero el maquillaje nupcial agrietado de Ma le recordaba más a los duros e implacables rostros de los omniscientes Reyes Guardianes del monasterio. La opinión de Ma puso una atenazante contracción en la boca de su estómago. La sensación la desequilibró: se sintió atravesada por la lástima más aguda que había sentido nunca, cargada simultáneamente de ternura y de un misterioso anhelo. Miró el rostro arrugado y desafiante de Ma, y el dolor se intensificó hasta que creyó que tendría que presionarse el puño contra el pecho para aliviarlo.

Si deseo encontrarlo, siempre habrá otro camino. ¿No había hallado un modo de tener éxito en el río Yao y en Lu, cuando los problemas eran mucho más difíciles? El olor del cocinado de la habitación contigua estaba dándole ya una idea tan insólita que el vello de la nuca se le erizó por la incredulidad de si se atrevería a intentarlo. Pero, al mismo tiempo, tenía la sensación de que saldría *bien*. Desde que se había convertido en Zhu Chongba, había un aspecto del mundo que solo ella podía ver y que siempre había considerado poco más que una rareza. Darse cuenta en ese momento de que era algo que podía usar fue tan satisfactorio como tomar una hoja y descubrirla perfectamente simétrica. Parecía un acto del destino.

Se movió sobre la abultada cama y presionó su rodilla envuelta en rojo contra la de Ma.

—No puedo ayudar a Sun Meng directamente. Lo que puedo hacer es mantenerme al margen de un modo que no despierte las sospechas de

Chen Youliang. Pero incluso así… Tienes que saber que Sun Meng no tiene casi ninguna posibilidad de ganar.

Ma la miró con una fiereza en la que apenas había gratitud, como si solo estuviera instigando en Zhu un acto de decencia básica que no tenía nada que ver con sus deseos personales.

—Al menos tendrá alguna posibilidad.

Las entrañas de Zhu se retorcieron al pensar que Ma iba a sentirse decepcionada por lo que ella consideraba decente.

—Puede que el resultado sea mejor pero, Yingzi, no hay soluciones amables para las situaciones difíciles —le advirtió.

Una ráfaga de viento frío y húmedo entró en el templo, portando consigo una carcajada incongruente: a pesar de la lluvia, los hombres de Zhu ya se habían reunido para esperar el banquete de boda. En el interior, Zhu se arrodilló ante la luz roja de los enormes velones. Las mechas encendidas habían cavado un túnel en el interior de las velas, de modo que sus llamas proyectaban siluetas danzantes dentro de sus caparazones de cera roja, como el sol visto a través de los párpados cerrados. A petición de Zhu, los cocineros ya habían llevado las cazuelas y cestas de comida al templo, aparentemente para protegerlas de la lluvia hasta que comenzara la celebración. Desde entonces, Zhu había trasladado una cuidadosa selección de platos a la parte delantera del templo y la había dejado sin cubrir ante un campo de varillas de incienso apagadas.

En ese momento, tomó una varilla de incienso y la encendió con una vela, y después la presionó contra el resto de las varillas una a una. Cuando todas estuvieron encendidas, Zhu las sopló para que sus extremos humeantes enviaran al techo sus finas estelas. A continuación, retrocedió y esperó.

Era el recuerdo de alguien que ya no existía. Zhu se evocó en la casa de madera de su familia, con la sangre seca de su padre bajo sus pies, mirando las dos semillas de calabaza en el altar de sus ancestros. La última comida que quedaba en el mundo. Recordó la desesperación con la que se había preguntado si lo que los aldeanos decían era cierto: que, si te comías las ofrendas de los fantasmas, enfermabas y te morías. Al final no se las comió, pero solo por miedo. No había sabido, entonces, cómo era ver a los fantasmas hambrientos acudir a por su comida. Pero la persona que era ahora, Zhu Chongba, lo sabía. Pensó en las incontables veces que había pasado junto a las ofrendas en el monasterio (montones de fruta, cuencos de cereal hervido), y había visto a los fantasmas encorvados, alimentándose. Los monjes siempre tiraban esa comida después. Puede que no pudieran ver a los fantasmas, como Zhu, pero los conocían.

Se oyó un murmullo que podría no haber sido nada más que el susurro del viento en la lluvia. Entonces, las volutas de humo de incienso se encorvaron hacia el lado y las ocultas llamas de las velas se inclinaron en el interior de sus columnas hasta que el calor hizo que la cera resplandeciera y sudara gotas rojas. Una brisa helada atravesó la puerta abierta, y con ella llegaron los fantasmas: un riachuelo de olvidados, con sus rostros blancos como la tiza fijos hacia delante. Su cabello suelto y sus ropas ajironadas pendían inmóviles a pesar del movimiento. Aunque estaba acostumbrada a los fantasmas, Zhu se estremeció. Se preguntó cómo sería para el general eunuco vivir toda su vida en su compañía. Quizás él nunca hubiera sentido el mundo sin la afectación de su frío.

Los fantasmas bajaron las cabezas sobre las ofrendas como animales dándose un banquete. Su creciente murmullo parecía el de unas abejas lejanas. Mientras Zhu los miraba, tuvo la sensación de que lo que se había convertido en algo ordinario recuperaba su mágica extrañeza. Se sentía emocionada. *Podía ver el mundo de los espíritus*. Podía ver la realidad oculta, la parte del mundo que hacía que el resto de las partes tuviera sentido, y era algo que solo ella podía hacer. Estaba usando el mundo espiritual como otros usaban el mundo físico, para su beneficio. Se sintió arder al darse cuenta de que su característica más extraña era un poder que la hacía más fuerte... Mejor. Más capaz de conseguir lo que quería.

Excitada por la satisfacción, apenas notó la incomodidad de sus rodillas. Normalmente tendría que pasar horas arrodillada antes de que el dolor la obligara a levantarse y moverse, pero a lo mejor esta vez se había movido sin darse cuenta.

Los fantasmas se giraron, más rápido de lo que podría haberlo hecho un humano. Su murmullo se detuvo tan rápidamente que el silencio hizo que Zhu se tambaleara. Sus rostros inhumanos se giraron hacia ella, la *miraron*, y la caricia de sus terribles ojos negros hizo explotar su deleite y su satisfacción en un horror que parecía agarrarle la garganta con unas manos frías como el hielo. Horrorizada, Zhu recordó el ominoso momento que había comenzado en Lu. La sensación de que una presión misteriosa se acrecentaba cada vez que se apartaba del camino de Zhu Chongba, y de que no dejaría de crecer hasta que ocurriera algo que la liberara. *Que devolviera el mundo al modo en el que se suponía que debía ser.* De repente temblaba incontrolablemente, arrodillada.

Los fantasmas, con sus ojos todavía clavados en ella, empezaron a murmurar de nuevo. Al principio, Zhu pensó que era su ininteligible susurro fantasma, pero después se dio cuenta de que estaban *hablando*. Hizo una mueca y se cubrió las orejas con las manos, pero la carne no era barrera para el sonido que emitían aquellas gargantas muertas:

¿Quién eres tú?

Las voces de los fantasmas se alzaron, se afilaron. Zhu se había congelado, y el sonido terrible de su acusación fue la nota del gong que la rompería en pedazos. Los fantasmas sabían que no era la persona que se suponía que debía ser, que el mundo pensaba que era. Su fe en que *era* Zhu Chongba había sido siempre su armadura, pero aquellas palabras la desarmaron. La desnudaron hasta su ser más esencial, la persona que nunca podría ser, y la expusieron ante el Cielo.

¿Quién eres tú? Lo oiría en sus sueños. Tenía una presión cegadora en el cráneo. Los fantasmas se acercaron a ella, y quizá fuera solo porque Zhu se encontraba entre ellos y la puerta, pero de repente le pareció insoportable seguir mirando su cabello inmóvil y sus rostros sin rostro. Se oyó emitir un horrible y ronco sonido. Aquel error había multiplicado estúpidamente, de la manera más tonta y en una cantidad astronómica, los riesgos que había acumulado al actuar de manera diferente a lo que habría hecho Zhu Chongba. Riesgos amontonados sobre riesgos, hasta que su camino al éxito fue tan estrecho como una aguja.

Se puso en pie, tambaleándose, y huyó.

El monje Zhu (el *comandante* Zhu) había organizado un banquete de boda bastante decente, pensó Chang Yuchun, examinando las tiendas adornadas con linternas que mantenían a los hombres del interior resguardados de la lluvia. Todos los soldados de Zhu estaban allí. Yuchun suponía que, si iba a casarse con una mujer tan guapa como Ma Xiuying, querría compartir su buena suerte. Pero, a pesar de la carne y de las linternas y del baile, no parecía una celebración. Se había extendido la noticia de que el segundo comandante, Xu, iba a ser retenido como rehén, la más reciente de una serie de señales de que algo muy aciago estaba a punto de ocurrir. Anfeng parecía tan peligroso como un hervidor con la tapa sellada. Por fortuna, además de la comida, Zhu les había proporcionado un suministro infinito de vino para apaciguar sus nervios. Yuchun y los demás bebieron hasta embotarse bajo las atentas y amables miradas de Zhu y Ma Xiuying desde el estrado, y todo mientras la lluvia caía sin parar encima de los toldos y dibujaba cortinas sobre la luna.

Al día siguiente, todos estaban resacosos y malhumorados. Sin el segundo comandante Xu, los entrenamientos no salieron bien, y por alguna razón Zhu no había señalado a nadie para reemplazarlo. Un día después, Zhu también los dejó solos. Normalmente habrían dado la bienvenida a los días libres, pero la resaca era extrañamente persistente. Se quedaron sentados, con dolor de cabeza y quejándose de la lluvia, que estaba convirtiendo Anfeng de nuevo en un pozo de barro. Algunos hombres habían comenzado a toser, pero Yuchun supuso que solo habían pillado frío.

La primera señal de que algo iba mal la tuvo cuando despertó en mitad de la noche con un retortijón desagradable en el estómago. Pasó sobre sus compañeros, por las prisas, y salió justo a tiempo para vomitar. Pero, en lugar de sentirse mejor, se vio abrumado por la violenta necesidad de cagar. Después, jadeando, se sintió tan flojo como un fideo demasiado cocinado. Mientras cojeaba de vuelta a los barracones, estuvo a punto de colisionar con otro que se dirigía corriendo a la letrina. El olor de la enfermedad impregnaba la habitación. Aunque debería haberle preocupado aquel giro de los acontecimientos, necesitó hasta la última de sus fuerzas para buscar su catre de nuevo. Se derrumbó y se desmayó.

Cuando volvió en sí, alguien estaba agachado junto a su cabeza con un cazo de agua. Era Zhu. El hedor del dormitorio casi lo hizo vomitar. Después del agua, Zhu lo alimentó con un par de cucharadas de gachas saladas, y a continuación le acarició la mano y se alejó. El tiempo pasó. Era vagamente consciente de los hombres que gemían a su alrededor, de la maraña aprisionadora de su manta empapada en sudor y después, por fin, de una sed feroz que lo condujo al exterior a cuatro patas. Para su sorpresa, era de día. Alguien había colocado un cubo de agua limpia justo al otro lado de la puerta. Bebió, atragantándose por la prisa y la debilidad, y después se derrumbó jadeando contra el marco de la puerta. Se sentía... Bueno, no *mejor*, pero despierto, lo que sin duda era una mejoría de algún tipo. Después de un rato, bebió un poco más y miró a su alrededor. Bajo el sol del mediodía, la calle estaba totalmente desierta. Las banderas se agitaban sobre su cabeza. No la bandera bien conocida de la rebelión, sino un grupo de cinco estandartes insólitos: verde, rojo, amarillo, negro y blanco, todos con un talismán protector pintado de rojo en su centro. Yuchun los miró durante mucho tiempo, con el cerebro embotado, hasta que se le ocurrió el significado.

Peste.

Yuchun fue uno de los primeros en enfermar, y el primero en recuperarse. No sabía si se debía a que era más joven y robusto que la media, o a si sus ancestros habían decidido por fin cuidar de él. Tras comenzar de un modo bastante contenido, la misteriosa enfermedad se desbocó: arrasó las tropas de Zhu, abatiendo a todos en su camino. La enfermedad (que según Jiao Yu estaba provocada por una profusión de yin en los órganos principales) se inició con tos, continuó con vómitos y diarreas incontrolables, y por último con una fiebre feroz que fundía la grasa del cuerpo de un hombre en pocos días. Después de eso, era cuestión de suerte si el gravemente disminuido yang de la fuerza vital de un hombre se recuperaba, o si era uno de los desafortunados cuyo desequilibrio empeoraba hasta que el qi dejaba de circular, y moría.

El comandante Yi, temiendo que la peste se extendiera entre sus hombres, envió de vuelta al comandante segundo Xu. El primer ministro ordenó que el templo entero se pusiera en cuarentena. Se construyeron puertas que se cerraron con cadenas, y un grupo de hombres de Yi se quedaron de guardia forzosa con los pulgares clavados en los puntos del qi de sus palmas con la esperanza de esquivar la infección. Las puertas solo se abrían para el suministro de comida. Incluso los muertos tuvieron que quedarse dentro, y fueron enterrados en deshonrosas fosas comunes.

Quizás uno de cada diez hombres, incluido el comandante Zhu, tuvieron la suerte de no enfermar. Yuchun creía que debían ser los que tenían yang en abundancia, pero cuando formuló esta teoría ante Jiao, el ingeniero resopló y señaló que el físico de gallina desplumada de Zhu difícilmente era el de alguien con *demasiada* energía masculina. Zhu, con la expresión culpable de quien sabe que no ha hecho nada para merecer su buena salud, dirigió los esfuerzos del resto de los supervivientes a la cocina y la limpieza. Durante dos semanas, se ocupó personalmente de consolar y atender a los enfermos. Después, un día desapareció: su esposa Ma había caído enferma. Tras eso, el comandante segundo Xu tomó el mando. Se había afeitado la cabeza antes de ponerse a las órdenes de Yi, al parecer con la esperanza de que una apariencia descaradamente religiosa le ofreciera protección contra «accidentes». Su cuero cabelludo calvo, combinado con las mejillas hundidas por la enfermedad, hacían que Yuchun recordara con incomodidad las historias sobre los fantasmas enfermos que vagaban por la campiña buscando los hígados de la gente.

Desde el interior de la verja de la peste, parecía que el resto de la vida de Anfeng seguía como siempre. De vez en cuando, Yuchun veía las tropas de los otros comandantes realizando sus entrenamientos y oía los tambores de las ceremonias cada vez más frecuentes del primer ministro en honor al Príncipe de la Luz. Pero llevaba por allí el tiempo suficiente como para saber que lo que veía (un Anfeng tranquilo, ordenado y sumiso) era solo la superficie.

Zhu se sentó junto al lecho de Ma. Su impotencia ante el sufrimiento de la muchacha la hacía sentirse desgraciada y culpable. Ma dormía por las mañanas; por las tardes y durante toda la noche, se revolvía por la fiebre y gritaba sobre fantasmas. No había nada que Zhu pudiera hacer más que ofrecerle agua y gachas y cambiarle las sábanas empapadas en sudor. A veces, durante los cuidados de Zhu, Ma se incorporaba y la golpeaba, con un miedo terrible en los ojos. Ese miedo le apuñalaba las entrañas: era miedo por *ella*, por si enfermaba al tocarla. Toda aquella situación era culpa suya; nunca se le había ocurrido que los que habían comido las ofrendas de los fantasmas podrían contagiar a los demás. Por descuido, había desatado mucho más de lo que había esperado, y Ma era su víctima. Pero incluso en los peores momentos de su enfermedad, la joven se preocupaba por el sufrimiento de Zhu.

Con el corazón dolorido, atrapó la mano frenética de Ma y la apretó con todo el consuelo que pudo reunir. Tenía un montón de preocupaciones, pero morirse por haber tenido contacto con los fantasmas no era una de ellas.

—No te preocupes, Yingzi —dijo con pesimismo—. Los fantasmas no me atraparán. Yo puedo verlos venir.

Puede que los fantasmas no la alcanzaran, pero los hombres muertos acosaban sus sueños. A pesar del horrible resultado de haber sido identificada por los fantasmas, Zhu no estaba segura de que aquel fuera el mejor modo. Habían muerto casi tantos de sus hombres como lo habrían hecho si hubiera respaldado el golpe de Chen. Suponía que al menos habían muerto con las manos limpias, lo que sería bueno para sus siguientes vidas. La única persona que tenía las manos manchadas de sangre era ella. Y el golpe de Estado ni siquiera se había producido todavía. Temía que sus hombres se recuperaran y que levantaran la cuarentena antes de que Guo y Sun hubieran hecho algún movimiento. ¿Y si había hecho todo aquello para nada?

Durante toda su vida, Zhu se había considerado lo bastante fuerte para soportar cualquier sufrimiento. Sin embargo, el sufrimiento que había imaginado siempre había sido el del cuerpo: hambre o dolor físico. Pero mientras estaba allí sentada, con la mano de Ma ardiendo en la suya, reconoció la posibilidad de un tipo de sufrimiento que jamás había concebido. *Perder a los que quiero.* Incluso un atisbo de ello parecía extraerle las entrañas. Xu Da se había recuperado, pero ¿y si Ma moría debido al error que había cometido?

Luchó consigo misma. Se le revolvió el estómago al sentir que su miedo más antiguo volvía a surgir: que, si rezaba, el Cielo oiría su voz y sabría que no era la correcta.

Con toda la fuerza que pudo reunir, apresó ese miedo y se lo tragó. *Yo soy Zhu Chongba.*

Se arrodilló y rezó al Cielo y a sus ancestros con mayor fervor que en mucho tiempo. Cuando por fin se incorporó, se sintió sorprendida y agradecida al descubrir que la frente de Ma estaba ya más fría. Su corazón alzó el vuelo, aliviado. *No se va a morir...*

E incluso mientras estaba allí, con la mano en la frente de Ma, oyó un bramido conocido en la distancia: el sonido de la batalla.

El intento de golpe de Guo y Sun duró un día y fue sofocado casi con la misma rapidez con la que comenzó. La ciudad estaba aún llena de humo cuando los hombres de Chen abrieron las puertas de la cuarentena y les entregaron las órdenes. Zhu, asimilando la escala de la destrucción mientras caminaban por las calles, pensó que Guo y Sun habían estado sorprendentemente cerca del éxito. Pero, por supuesto, una derrota era una derrota, por pequeño que fuera el margen. La sangre se mezclaba en todas partes con el lodo amarillo de Anfeng. Secciones enteras de la ciudad estaban ennegrecidas. Como Anfeng era una ciudad de madera, algunos hombres habrían dudado ante la idea de prender fuego a las barricadas de Sun. Pero Chen no era el tipo de persona que se preocupaba por cosas así.

En el centro de la ciudad, los cadáveres se amontonaban a los pies de la plataforma. Esta vez, tanto el primer ministro como el Príncipe de la Luz estaban ausentes. Aquel era el espectáculo de Chen. Los Turbantes

Rojos que quedaban, incluida Zhu y sus hombres, se reunieron en silencio. Zhu notó que, aunque las tropas de Yi estaban allí, él no estaba a la vista. Al parecer, alguien lo había matado. Esperaba que el espíritu del Pequeño Guo apreciara el gesto.

Después de un tiempo adecuado contemplando los cadáveres, los hombres de Chen trajeron a los líderes que habían sobrevivido al alzamiento. Zhu vio a Sun, al ministro derecho Guo y a tres de los capitanes de Sun. Los habían vestido de blanco y la sangre había empezado a traspasar sus ropajes. A Sun le faltaba un ojo y su hermoso rostro estaba casi irreconocible. Los miró en silencio, con los labios ennegrecidos por la sangre y apretados. Zhu tuvo la perturbadora sensación de que Chen le había hecho algo en la lengua para evitar arengas de última hora.

Los capitanes fueron los primeros en ser asesinados. Las ejecuciones fueron bastante humanitarias... Algo sorprendente, teniendo en cuenta que Chen estaba involucrado. El hombre observaba desde el escenario con la expresión de un experto en crueldad. La multitud se mantuvo en silencio. Con la montaña de cadáveres mirándolos a la cara, ni siquiera los hombres de Wu consiguieron mostrarse entusiasmados por el proceso. Sun se mantuvo estoico: un hombre mirando a su destino a los ojos, sabiendo que su única esperanza era que su siguiente vida fuera buena. Su muerte, cuando llegó, fue tan rápida como podría desearse en una situación así. Aun así, Zhu se alegró de que Ma no hubiera tenido que verlo.

Resultó que no era necesario que nadie recalibrara su opinión sobre la compasión de Chen: solo había estado ahorrando el dramatismo para el ministro derecho Guo. Delante de los Turbantes Rojos, el viejo Guo fue desollado vivo. Chen sin duda encontró alguna inspiración en los muchos años que había esperado la caída de su colega. Esa muerte tomó mucho tiempo.

Chen, que al parecer creía que los actos dicen más que las palabras, abandonó el escenario tan pronto como terminó. Al pasar junto a Zhu, se detuvo.

—Saludos, ministro izquierdo —dijo Zhu, sumisa, y se inclinó en una reverencia con un ángulo de noventa grados. Se tragó la náusea que amenazaba el contenido de su estómago. Aunque había sabido cuál sería el destino del ministro derecho Guo, era muy distinto a ser testigo del modo en el que había ocurrido. Tenía la triste sensación de que había subestimado la crueldad de Chen.

—Comandante Zhu. —Miró a sus hombres pálidos y vomitosos, y le dedicó una sonrisa ambigua—. Sentí enterarme de las recientes muertes entre tus filas. Un hecho realmente desafortunado.

Zhu se obligó a concentrarse en Chen en lugar de en los olores y sonidos que la rodeaban.

—Este siervo indigno acepta agradecido las condolencias del ministro.

—He mencionado antes lo impresionados que estamos el primer ministro y yo con la calidad y la dedicación de tus hombres. —A su espalda, el montón de cadáveres le miraban la nuca sin pestañear—. Bueno, comandante: como Yi no está, esta es tu oportunidad. Toma a sus hombres y conviértelos en la fuerza que necesitaremos para tomar Bianliang. —Apuñaló a Zhu con sus ojos negros—. Confío en que harás un buen trabajo.

—¡Este siervo agradece al ministro el honor y la oportunidad!

Zhu se postró y se mantuvo encorvada hasta que estuvo totalmente segura de que Chen se había marchado. Aunque no había sido lo que ella había pretendido, y sin duda no era lo que Ma había querido, se dio cuenta, irónicamente, de que después de todo había sido el mejor modo. Solo habían sobrevivido dos comandantes y Zhu era una de ellos; ahora controlaba a casi la mitad de la fuerza total de los Turbantes Rojos. Chen no tenía ninguna prueba de su deslealtad, aunque podría estar manteniendo su opinión en secreto, y sus hombres no sospechaban nada.

Pero mientras estaba delante del escenario ensangrentado con los gritos del ministro derecho Guo todavía resonando en sus oídos, Zhu se estremeció al recordar aquellas voces inhumanas. *¿Quién eres tú?*

Se descubrió buscando desesperadamente en su interior cualquier sensación extraña que pudiera albergar esa chispa roja: la semilla de la grandeza, presionada en su espíritu por el propio Cielo. Pero, para su desesperación, no había nada nuevo que encontrar. Solo estaba lo mismo que había estado allí siempre: el núcleo blanco de la determinación que la había mantenido con vida todos aquellos años, dándole la fuerza para seguir creyendo que era quien decía ser. No era lo que quería, pero era lo único que tenía.

Por un momento, sintió la vieja y vertiginosa atracción del destino. Pero ya se había lanzado en su búsqueda; no había marcha atrás. *No mires abajo mientras vuelas, o te darás cuenta de que es imposible y te caerás.*

17

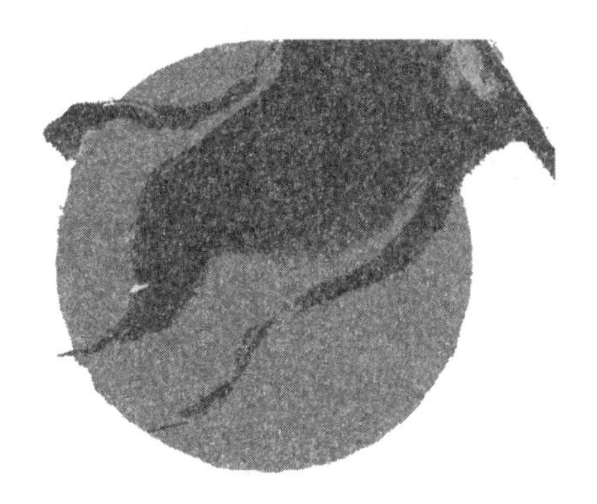

ANFENG, DÉCIMO MES

Estaba lloviendo fuera, y la sala del trono del primer ministro tenía goteras. Zhu se arrodilló en silencio junto al comandante Wu en el esponjado suelo de madera; su ropa absorbió el agua como una mecha. Wu, que no se había pasado la mayor parte de su juventud arrodillado durante horas, se movía y retorcía como un caballo con parásitos. El Príncipe de la Luz sonreía, inamovible, desde el estrado, con el primer ministro a su lado. Había un tercero de los suyos allí. Después de la muerte de Guo, Chen se había autonombrado Canciller de Estado y ascendido en consecuencia. Allá adonde planeara llegar, se llevaría a aquellos en los que confiara. *Pero no confía en mí por completo. Me mantuve al margen contra los Guo. Puede que no sospeche, pero tampoco le he demostrado mi lealtad,* pensó Zhu.

—Debemos mantener la cautela respecto a Bianliang —dijo Chen—. Su gobernador no comanda un ejército fuerte, pero tiene la ventaja estratégica. Aunque la muralla exterior está en ruinas, la interior todavía aguanta. Si le damos una oportunidad de asegurar esa muralla interior, sin duda conseguirá resistir hasta que lleguen los refuerzos del príncipe de Henan. El ejército del príncipe no es tan fuerte como en la campaña anterior, debido a la derrota del río Yao y a que ahora el tal Esen-Temur no estará en el campo de batalla. —Habían recibido noticias, aunque con retraso, de la muerte del viejo y duro Chaghan-Temur en un accidente de caza la primavera anterior—. Pero, si acude en defensa de Bianliang, nuestras probabilidades de éxito serán muy pequeñas.

—Entonces debemos tomar Bianliang con rapidez —replicó el primer ministro con brusquedad—, para que al gobernador no le dé tiempo a convertirlo en un asedio.

A diferencia de los mongoles, que estaban especializados en asedios, los Turbantes Rojos no estaban equipados para ello.

—Tendrá que ser por sorpresa. Así no estarán preparados, y el general eunuco no acudirá en su ayuda. Necesitaremos una distracción, un ataque de tal importancia para el Yuan que no tenga otra opción que enviar al eunuco a ocuparse de ello. El gran canal sería el mejor objetivo. —El canal, que enlazaba el norte con la sal y el cereal de la familia Zhang, era el alma de Dadu—. Mientras esté ocupado allí, lanzaremos un ataque sorpresa a Bianliang y la tomaremos rápido.

Al oír esto, Zhu se tensó. Notó que Wu también lo hacía. Aunque una misión de señuelo podía ser segura, esa seguridad dependía de una sincronización perfecta. La tropa de señuelo de los Turbantes Rojos tendría que enfrentarse al general eunuco en el gran canal hasta que Bianliang lo llamara en su defensa, aunque lo ideal sería que la rapidez del asalto hiciera caer la ciudad antes de que él llegara allí. Pero si las tropas de asalto se retrasaban al llegar o al atacar Bianliang, el comandante de la tropa de señuelo se descubriría rápidamente sin tácticas de demora, en una batalla muy real contra el enemigo. Era, Zhu lo sabía, una prueba de confianza.

La inquietud le revolvió el estómago. Era una reacción ante la idea de una misión tan claramente peligrosa... Pero su inquietud se convirtió en una vibrante desazón y, alarmada, tuvo la sensación de que unos ojos inhumanos se posaban en su espalda. Por un momento, la necesidad de girarse fue casi abrumadora. Zhu mantuvo los ojos clavados en el estrado y contó sus respiraciones superficiales. Le ardían los tendones por el esfuerzo de mantenerse inmóvil. La sensación se desvaneció gradualmente, hasta que no estuvo segura de si de verdad habían sido fantasmas o solo su paranoico recuerdo. Se relajó, pero todavía tenía la piel erizada.

Chen le echó una mirada amistosa que la hizo pensar que había visto su momento de miedo.

—Excelencia, la toma y posterior defensa de Bianliang no será una tarea fácil —le dijo Chen al primer ministro—. Por favor, confíale a este oficial indigno la misión de dirigir personalmente nuestras tropas a

Bianliang. —Miró a Zhu y a Wu, y fingió reflexionar. Al final, dijo, con amabilidad—: El comandante Wu me acompañará a Bianliang. —Sus ojos negros volvieron a posarse en Zhu. A pesar de la crueldad de la que lo sabía capaz, no fue crueldad lo que vio en su expresión, sino una curiosidad divertida—. Y el comandante Zhu guiará la misión de señuelo al gran canal.

Era justo lo que había esperado. Chen quería confiar en ella, porque reconocía su talento. Pero como era el hombre que era, haría que se lo demostrara. Zhu no sabía si seguir la estela de Chen mientras este se adueñaba del poder la conduciría a la grandeza o si solo sería un paso intermedio; pero, fuera lo que fuere, era el camino que tenía que tomar. Mantuvo la cabeza alta, en lugar de bajarla con su habitual deferencia, y dejó que él leyera su intención. *Voy a ganarme tu confianza.*

Chen sonrió en respuesta. Sus dientes pequeños y pulcros eran no obstante los de un depredador.

—No te preocupes, comandante. Como líder leal y competente que ha demostrado su valía ante los Turbantes Rojos una y otra vez, confío en que tendrás éxito.

Se marchó. Los demás lo siguieron; Wu, con expresión de evidente alivio. A él no lo habían lanzado al fuego. Zhu llegó la última, con la mente bullendo. Después se detuvo, sorprendida: el Príncipe de la Luz estaba en la puerta.

El niño la miró. Bajo la cascada inmóvil de cuentas de jade de su sombrero, sus mejillas redondas estaban tan suavemente sonrosadas como un melocotón de verano.

—¿Qué has hecho? —le preguntó.

Era la primera vez que Zhu lo oía hablar, excepto cuando hacía declaraciones públicas. Tan cerca, su voz tenía la leve vibración metálica de los carrillones de viento. Apresada por la repentina y terrible imagen de sus hombres muriendo por lo que ella les había hecho, Zhu replicó, con severidad:

—¿A qué te refieres?

Como si fuera algo totalmente normal, el niño contestó:

—Para que los muertos te vigilen.

Zhu lo miró con asombro antes de conseguir recuperar el control. La inquietud que había sentido era real: los fantasmas habían estado mirándola mientras se encontraba arrodillada. *Y él los ha visto.* Durante la década en la que había tenido su extraño don, nunca había conocido a nadie que diera el más mínimo indicio de ver lo que ella veía. Ni una mirada de soslayo, ni un sobresalto en la oscuridad. Nadie, en todos esos años, excepto aquel niño.

Y lo terrible era que en él tenía un sentido que nunca tuvo para ella. El Príncipe de la Luz era un ser divino reencarnado que recordaba sus vidas pasadas y que estaba iluminado por el poder del Mandato del Cielo. Que pudiera ver el mundo espiritual parecía lógico. Por el contrario, Zhu se había revelado como una impostora al instante siguiente de la única vez en la que se enorgulleció de su poder para ver a los fantasmas.

Un escalofrío le recorrió la piel, como la caricia de un millar de dedos espectrales. No se molestó en ocultar su desasosiego. Seguramente no era distinta de la reacción de cualquier persona normal después de que una deidad infantil le dijera que la estaban vigilando los fantasmas. Por debajo, sin embargo, su mente iba a toda velocidad. ¿Qué otro extraño conocimiento tendría el Príncipe de la Luz sobre el mundo? ¿Sabría, de algún modo, que ella tenía la misma habilidad que él?

De repente se sintió apresada por la terrible convicción de que el niño estaba a punto de preguntarle: «¿Quién eres tú?». El sudor brotó en sus palmas y en las plantas de sus pies. Tenía el cuerpo acalorado y frío en oleadas alternas de alarma y temor.

Pero el niño esperó, como si de verdad quisiera una respuesta a su pregunta. Al final, dos de los ayudantes del primer ministro aparecieron en la entrada y, mientras se postraban con gran respeto, de algún modo consiguieron expresar una actitud amonestadora. El Príncipe de la Luz sonrió a Zhu amablemente y se marchó.

—¿Qué? —Incluso bajo la luz de la única vela de su dormitorio en los barracones, Zhu pudo distinguir la expresión descorazonada de Ma—.

¿Vas a salir en una misión en la que lo único que te mantendrá con vida será Chen Youliang?

—Una misión de señuelo es seguramente más segura que ser parte de las tropas de asalto de Bianliang, siempre que no me exponga deliberadamente —dijo Zhu, sintiéndose muy consciente de la ironía de la situación—. Estoy casi segura de que no lo hará. Sabe que le será útil tenerme cerca en el futuro, siempre que pueda confiar en mí.

En el rostro de Ma, Zhu vio el recuerdo angustiado del Pequeño Guo y de Sun Meng, y del resto cuyas vidas habían caído en las manos de Chen.

—¿Y si ocurre algo que lo hace cambiar de idea cuando vaya de camino a Bianliang? —le preguntó Ma—. ¡Ni siquiera sabrás si ha decidido retrasarse un día o dos! No necesitaría nada más para aniquilar a tus tropas. Es demasiado arriesgado. *No puedes* hacerlo.

Zhu suspiró.

—¿Y qué hago, huir? ¿A dónde me conduciría eso? Nuestro movimiento obtiene su apoyo del Príncipe de la Luz. La gente cree que es nuestro verdadero líder, el que nos traerá la nueva era. Sin él, sin el apoyo popular, quizá podría ganar algunos fragmentos del sur por la fuerza, pero nunca sería nada más que un caudillo.

—¿Por qué no puede ser eso suficiente? —gritó Ma—. ¿Por qué otra cosa merece la pena arriesgar la vida?

Sus ojos, perfectas hojas de sauce, estaban abiertos por el miedo, y Zhu sintió de repente una punzada de ternura tan abrumadora que casi parecía dolor.

La tomó de la mano y entrelazó los dedos con los de ella. Por un momento, se vio a sí misma y a Ma como las vería el Cielo: dos espíritus humanos brevemente encarnados, acariciándose un instante durante el largo y oscuro viaje de sus vidas y sus muertes y sus vidas de nuevo.

—Una vez me preguntaste qué quería. ¿Recuerdas que te dije que quería mi destino? Quiero mi destino porque sé cuál es. Lo *siento* ahí fuera, y lo único que tengo que hacer es tomarlo. Voy a ser grande. Y no tendré una grandeza menor, sino el tipo de grandeza que la gente recuerda durante cien generaciones. La que está escrita por el propio Cielo.

Con esfuerzo, ignoró el viento que atravesaba las rendijas de la pared y que hacía que la vela siseara como un gato enfadado. Lo último que quería en ese momento era ver más fantasmas.

—He deseado y luchado y sufrido por ese destino durante toda mi vida. No voy a detenerme ahora.

Ma la miró sin expresión.

—No confías en Chen. ¿Vas a enfrentarte al general eunuco y a confiar en que el *destino* te mantenga con vida?

Zhu se vio golpeada de repente por el vívido recuerdo de la expresión asombrada del general eunuco en el río Yao, cuando se dio cuenta de lo que había hecho con su ejército. Zhu había ganado a costa de su derrota y humillación. Y sabía, tan claramente como si fuera la idea del general resonando en su cabeza, que estaría decidido a vengarse.

Aplastó el pensamiento.

—Ah, Yingzi, ¡no te quiebres la cabeza! Ni siquiera voy a enfrentarme a él. Voy a azuzarlo y a burlarme de él y a irritarlo, y a ponerlo tan furioso que se alegrará de que lo llamen a una batalla en condiciones. ¿No me dijiste la primera vez que nos vimos que suelo crear problemas? No te molestes en confiar en Chen o en el destino, si eso te parece demasiado difícil. Confía solo en tu primera impresión de mí.

Ma emitió una carcajada aguada que terminó con un sollozo.

—Tú *eres* un problema. Nunca he conocido a nadie más molesto que tú.

Cuando miró sus manos entrelazadas, su cabello cayó en dos brillantes sábanas alrededor de su rostro. A través, Zhu atisbó sus altos pómulos de nómada y las cejas flotantes que representaban una felicidad futura que cualquier madre querría que tuvieran sus hijas. Ma era siempre exquisitamente vulnerable cuando se preocupaba. Zhu sintió una tristeza magullada que era como la sombra de un arrepentimiento futuro, saber que la persecución de su deseo le causaría dolor. Más del que ya había causado.

—Me gusta que te preocupes —le dijo con amabilidad.

Ma levantó la cabeza, con los ojos inundados en lágrimas.

—¡Claro que me preocupo! No puedo no preocuparme. Ojalá pudiera. Pero me he preocupado por todos vosotros. Por el Pequeño Guo. Por Sun Meng. Por ti.

—¿Solo te gusto como ellos? ¿Igual que el *Pequeño Guo*? —se burló Zhu—. ¿No tengo ninguna consideración especial por ser tu marido?

Las lágrimas de Ma le provocaban un peculiar y anhelante dolor. Se las secó con el dorso de la mano. Después, con mucho cuidado, le tomó la mejilla, se inclinó y la besó. Una suave presión de los labios contra los labios. Un momento de complaciente calidez que generó algo infinitamente tierno y valioso, y tan frágil como el ala de una mariposa. No se parecía en nada a las irrefrenables y casi violentas pasiones del cuerpo que Xu Da le había descrito. Parecía algo nuevo, algo que habían inventado ellas. Algo que existía solo para ellas dos, en la sombra penumbrosa de su pequeño dormitorio, en el tiempo que duraba un único beso.

Después de un instante, Zhu se apartó.

—¿Alguna vez hizo esto el Pequeño Guo?

Ma abrió y cerró la boca. Sus labios descansaron con tanta suavidad el uno sobre el otro que parecía una invitación para más besos futuros. Tenía las mejillas rosadas, y miraba la boca de Zhu bajo sus pestañas. ¿Ella también lo ansiaba?

—No.

—¿Quién lo ha hecho?

—Tú —dijo Ma, y sonó como un suspiro—. Mi marido. Zhu Chongba.

Zhu sonrió y le apretó la mano.

—Así es. Zhu Chongba, cuya grandeza está escrita en el libro del destino del Cielo. Lo conseguiré, Yingzi. Créeme.

Pero, incluso mientras lo decía, Zhu recordó los fantasmas acusadores y la sensación de aquel horrible e incontrolable impulso: que, con cada elección y decisión, se estaba alejando más de la persona a la que pertenecía aquel destino.

Jining, su aparente objetivo en el gran canal, estaba a seiscientos li al norte de Anfeng, en el extremo norte del extenso lago que unía la ciudad con el límite sur del canal. Zhu los hizo ir despacio, tomándose su tiempo para vadear los humedales a lo largo de la orilla occidental del lago: quería darle al Yuan tanto tiempo como fuera posible para que viera a dónde iban. La población huía al verlos, así que parecía que siempre estaban viajando a través de un paisaje vacío en el que todos habían desaparecido durante la noche. Las minas de carbón, la industria de la región, estaban abandonadas, con las palas esparcidas en sus entradas. Los pueblos vacíos por los que pasaban resonaban inquietantemente con el sonido de los molinos todavía girando por el viento y el agua, hinchando los fuelles de las forjas frías. Un polvo negro cubría las casas y los árboles, y estaba en el aire que les soplaba la cara. Al otro lado de la llanura pantanosa, al oeste, ocultas en las sombras de la noche en la base de las montañas, estaban las guarniciones del Yuan en Henan. Y, en alguna parte entre un sitio y el otro, el general eunuco y su ejército.

Zhu estaba haciendo su ronda de la noche por el campamento cuando Yuchun apareció al galope. Había cambiado mucho desde el primer encuentro de Zhu con el joven ladrón. Resultó que tenía un extraordinario talento para las artes marciales, y había florecido bajo la tutela de Xu Da hasta convertirse en uno de los mejores capitanes de Zhu.

—Se ha producido un accidente —le dijo Yuchun.

Al contrario de lo que Zhu esperaba, era *de verdad* un accidente, en lugar del resultado de alguna pelea sobre el tipo de cosas por las que los hombres solían discutir. La víctima estaba en su tienda, siendo atendida por el ingeniero Jiao Yu, que tenía algunos conocimientos médicos obtenidos de los libros. Era una visión horrible incluso para alguien familiarizado con las heridas del campo de batalla. El rostro del hombre, en carne viva y con una película brillante, parecía el cerdo picado que se usaba para hacer las albóndigas que llamaban «boca de tigre».

Cuando Jiao terminó, salieron de la tienda.

—¿Qué ha pasado? —le preguntó Zhu.

Jiao se limpió la sangre de las manos y comenzó a caminar.

—Es interesante. Ven a ver.

Se alejaron un poco del campamento, evitando con cuidado uno de los grandes socavones que salpicaban la región. Cuando llegaron a un saliente rocoso, Zhu lo vio: una llama ardiendo en el interior de una pequeña cueva, saliendo de una grieta en la piedra desnuda.

—Ese idiota descerebrado quiso descubrir qué ocurriría si apagaba la llama y volvía a encenderla —dijo Jiao con severidad—. Explotó. ¿Ves esas rocas que cayeron por la explosión? Tiene suerte de estar vivo, pero perderá el ojo.

—¿Cómo funciona? —quiso saber Zhu.

—Supongo que no has estado nunca en el interior de una mina de carbón. No te gustaría. Hace calor y hay mucho polvo y humedad, y el aire es nocivo. Mete una antorcha ahí abajo y todo el lugar se incendiará.

—Entonces, ¿es el polvo del carbón lo que explota?

El proyecto que había encargado a Jiao para que fabricara cañones de mano más fiables la había hecho desarrollar un interés por las cosas que explotaban. Ningún ejército nanren conseguiría ser rival para los mongoles con arcos, pero le gustaba la idea de un arma que alguien con tan poco talento como un antiguo monje pudiera levantar y usar.

—No. No es polvo lo que sale de esas rocas, sino aire ponzoñoso. Si dejas que llene un espacio cerrado, como una mina… O incluso si hay tanto que puedes olerlo, explotará si lo prendes, como la pólvora. Pero, si se filtra como agua de un cubo, es más parecido al carbón encendido: solo hace una pequeña llama, como esta.

No parecía útil, pero Zhu almacenó esa información. Mientras caminaban de vuelta al campamento, dijo:

—Sé que estás trabajando mucho en esos cañones de mano. ¿Estás listo para probarlos contra el general eunuco? ¿O necesitas más tiempo?

Jiao le echó una larga mirada. Zhu siempre había tenido la impresión de que Jiao no confiaba de verdad en ella. Recordó cómo había abandonado al comandante Sun para unirse a sus tropas. Era una de esas personas que se aseguraban de unir su fortuna a la de aquel que creían que ganaría. Alguien que era totalmente leal… hasta que llegaba el día en el que no lo era. *Eligió correctamente entre Sun Meng y yo,* pensó Zhu, no totalmente cómoda. Suponía que era un voto de confianza que permaneciera aún con ella.

—Tendrás tu unidad de artillería —fue lo único que le dijo él al final—. Estaremos preparados.

—Si esperamos demasiado antes de presentar batalla, sospechará que solo somos un cebo —dijo Xu Da—. Pero, cuanto antes comencemos, más tendremos que aguantar hasta que reciba el mensaje de retirarse y acudir a Bianliang.

Estaban en la casa que Zhu había elegido como puesto de mando, en un pequeño pueblo a una docena de li al este de Jining. Cuando se subió al tejado, a Zhu la sorprendió y desconcertó ver Jining rodeado por la blanca extensión fúngica del ejército del general eunuco. No había estado allí el día anterior. La vibrante conexión entre ella y aquel distante oponente le revolvía el estómago como si fueran nervios.

—*Nosotros* no iniciaremos la batalla —dijo lentamente, sintiendo su camino en esa conexión.

Xu Da levantó las cejas.

—¿Vendrá él aquí?

—En su último encuentro con los Turbantes Rojos, lo humillamos. Seguro que sigue furioso. No querrá quedarse de brazos cruzados mientras espera a que vayamos hasta él, solo para luchar a la defensiva. —Esa verdad resonó en su interior como una uña contra el filo de una espada.

—Ah, bien —dijo Xu Da alegremente—. Eso reduce nuestras opciones, pero nos las apañaremos.

Como el resto de pueblos de la zona, el que ocupaban no estaba fortificado. Ni siquiera había árboles suficientes para que levantaran una empalizada temporal.

—Aguantaremos aquí tanto tiempo como podamos, y después nos retiraremos y lo conduciremos a una feliz persecución —continuó Xu Da.

Había un mapa en la mesa entre ellos. Zhu usó el dedo para trazar una línea desde su posición hasta un largo valle en el este, entre dos cordilleras cercanas.

—Esta es nuestra ruta.

La estrechez del valle obligaría a cualquier ejército perseguidor a ir en una única columna: una configuración que facilitaría que se enfrentaran a una pequeña primera línea, y que retrocedieran cuando comenzaran a sufrir bajas.

—Aunque él verá hacia dónde vamos y dividirá su ejército. Llevará su infantería al valle para perseguirnos y enviará a la caballería dando un rodeo hasta el otro extremo del valle para emboscarnos tan pronto como salgamos. Pero esto... —Zhu dio un golpecito al lago que se extendía a los pies de la cordillera más cercana—, los mantendrá entretenidos un tiempo.

Cualquier tropa que deseara llegar al extremo opuesto del valle necesitaría dar un rodeo de varios días por la orilla más alejada del lago.

—El asalto de Chen Youliang no empezará hasta dentro de otros tres días, y pasarán al menos dos días más antes de que el general eunuco reciba el mensaje en el que Bianliang le pide ayuda. Así que, si el general presenta batalla mañana, tendremos que mantenerlo ocupado durante cuatro días. Es factible. Podemos aguantar aquí al menos un día, dos si tenemos suerte, y después nos retiraremos al valle. El general eunuco recibirá el mensaje y se marchará antes de que su caballería consiga llegar al otro lado, así que no tendremos que preocuparnos por ella.

Zhu miró el mapa. La lógica le decía que confiara en Chen, pero no conseguía deshacerse de una profunda inquietud. Hablando del general eunuco, dijo:

—Él no sabe que esto es un señuelo. Va a atacar con todas sus fuerzas. Intentará hacernos sufrir.

—¡Que lo haga! —exclamó Xu Da, y su sonrisa de siempre llenó a Zhu de una intensa ternura. Bajo la curva descendente de sus cejas, su párpado derecho se arrugaba un poco más que el izquierdo. Su cabello, en la incómoda fase entre afeitado y lo bastante largo para recogerlo, le daba un aspecto desaliñado—. No temo un poco de sufrimiento. ¿No nos han llevado hasta tu lado, para apoyarte, diez mil años de vidas pasadas? Confío en ser lo bastante fuerte... En que todos seamos lo bastante fuertes.

La confianza de Xu Da en ella la emocionó, aunque sintió la punzada de un dolor futuro. Aquel era el precio de su deseo: pedir sufrimiento a aquellos que le importaban, una y otra vez, para que ella consiguiera lo que quería. Y, al mismo tiempo, supo que no se detendría. No *podía* detenerse. Si por un momento dejara de intentar alcanzar ese destino de grandeza...

—Gracias —dijo, recomponiéndose.

Xu Da sonrió, como si supiera todo lo que le había pasado por la cabeza. Quizá lo supiera. Rodeó la mesa y le dio una palmada en el hombro.

—Vamos, durmamos un poco. Si es tan guapo como dices, me vendrá bien levantarme descansado, para que a él también lo distraiga la impresionante belleza de nuestro bando.

—Allá van —dijo Shao cuando se acercó a Ouyang; su caballo pisoteó sin darse cuenta los dedos del cadáver de un Turbante Rojo tirado en mitad de la calle. El ejército de Ouyang había partido de Jining con la primera luz, y la posterior batalla contra los rebeldes (si podía llamarse «batalla») apenas había durado dos horas. Oh, la primera vez que Ouyang vio a una docena de sus hombres cayendo simultáneamente bajo el bombardeo de un cañón de mano, se sorprendió. Pero cuando tienes la ventaja numérica y la mayor parte de tus soldados han sido reclutados por la fuerza, ¿qué más te da? Solo tienes que enviar más hombres, y después más, y al final los rebeldes no consiguen recargar a tiempo o se quedan sin munición, y entonces están acabados.

Los rebeldes estaban huyendo hacia las colinas del este con una velocidad y una coordinación que sugerían que su retirada había estado planeada. Lo que por supuesto era así. *Una magnífica actuación*, pensó Ouyang con amargura. Los rebeldes estaban sin duda intentando distraerlo del inminente ataque a Bianliang. Y, si él no estuviera siguiéndoles el juego, no habría tardado ni dos horas en terminar el trabajo. Pero esa no habría sido una buena *actuación*. Aunque era necesario, lo odiaba. Lo hacía parecer estúpido. Y ahora, encima de todo, tenía que *perseguir* a los rebeldes, una perspectiva tan atractiva como la idea de meter la mano deliberadamente en un tronco podrido para que un escorpión pudiera picarle.

Solo un par de días más. Intentó no pensar en lo que vendría después.

—Envía a los batallones de caballería para que los embosquen al otro lado —ordenó—. Llevaremos a la infantería tras ellos.

Su malhumor solo empeoró cuando se adentraron en el valle. Era el lugar más extraño que había visto nunca, una estrecha franja entre dos altos despeñaderos. En contraste con el frío Jining, parecía un mundo totalmente distinto. El terreno estaba caliente al tacto, como si estuviera cerca de unas termas... Pero no había agua líquida a la vista. En lugar de eso, estaban atravesando un desierto insólito, cubierto de rocas y de tocones descoloridos. En el terreno había grietas que emitían volutas de vapor. Los hombres de Ouyang miraban a su alrededor con inquietud. El aire cargado de humedad atenuaba los sonidos de su avance; incluso el restallido de los látigos de los subcomandantes sobre los reclutas había perdido su brusquedad.

La noche era aún más extraña. El paisaje cobró vida con un centenar de puntos de luz roja, parpadeantes y mates, como ascuas bajo un fuelle lento. Los hombres que fueron a investigar informaron que la luz atravesaba las grietas en la roca del suelo del valle, como si la misma tierra estuviera en llamas. Todos durmieron mal, pues el valle chasqueaba y gemía a su alrededor.

Por la mañana, una capa de caliente niebla ralentizó aún más su avance. El calor era cada vez más intolerable, y el agua que encontraban sabía tan mal que apenas era un alivio. Shao se acercó cabalgando, tan miserable en su armadura como una langosta hervida.

—¿Dónde están? ¿Pretenden matarnos de fastidio?

Durante la hora anterior, Ouyang había tenido la sensación de que los rebeldes estaban manteniéndose justo fuera de su vista. Intentando ignorar su feroz dolor de cabeza, dijo con brusquedad:

—Supongo que están planeando una emboscada.

—¿Otra vez con esos cañones de mano? —se burló Shao—. ¿Para qué? ¿Para eliminar una capa de nuestra vanguardia? Deberían pensar algo mejor, si no quieren que esto termine en un día.

Ouyang tampoco quería que aquello terminara en un día; sería demasiado pronto. Frunció el ceño y se presionó el pulgar entre las cejas, lo que no hizo nada para aliviar su dolor de cabeza. El olor no ayudaba. Estaban atravesando una depresión cuya forma parecía atrapar el aire, y el lugar tenía un hedor cenagoso tan fuerte como las hojas de mostaza del invierno anterior.

Se oyó un grito de advertencia. Ouyang miró a través del arremolinado vapor, esperando ver la vanguardia de los rebeldes. En un primer momento, lo único que vio fue un saliente rocoso; tan bien camuflada estaba la pequeña silueta de armadura sencilla con una túnica gris de monje debajo.

El monje. Todo en el cuerpo de Ouyang quedó atrapado por un sorprendido reconocimiento. Su dolor de cabeza latió a pasodoble. Todo ese tiempo no había tenido ni idea de que el comandante rebelde al que se enfrentaba era el monje. El recuerdo del río Yao se alzó como una ola de furia pura. La última vez que vio a aquel monje, sus actos habían puesto a Ouyang en el camino de su destino. Cada día desde entonces, el general había sentido la agonía de ese destino como una herida mortal. Aunque le fuera imposible escapar de su futuro, *había sido aquel monje quien lo había puesto en movimiento.*

Casi le sorprendió que su ira no incinerara a aquella ligera figura al instante. Vengarse del monje no serviría para cambiar su futuro, pero sería un pago por todo lo que había sufrido desde el río Yao. La idea de que el monje padeciera lo que él mismo había sufrido le proporcionó un tétrico placer, como el ardor de un músculo que ha sido llevado al límite. Podía ser una última cosa que esperar, antes de que todo lo demás comenzara.

Acababa de abrir la boca para ordenar que avanzaran cuando el monje lanzó algo en dirección a la vanguardia de Ouyang. Golpeó el suelo con un golpe amortiguado. En el momento de desconcertado silencio que siguió, Ouyang lo oyó rodando pendiente abajo hacia ellos.

Después el mundo explotó.

La explosión tiró a Ouyang de su caballo. Cuerpos y rocas ardientes cayeron a su alrededor. Tenía un zumbido tan fuerte en los oídos que solo sabía que los hombres estaban gritando porque veía sus bocas abiertas. Cubiertos de ceniza, con los cuerpos antinaturalmente retorcidos, parecían demonios trastabillando a través del humo. Tosiendo, Ouyang se tambaleó en dirección a su vanguardia. No estaba allí. Solo había una extensa pira ardiente, tan profunda como una pagoda de diez plantas. Y a su alrededor, en una estela ennegrecida de horror, había una destrucción como la que Ouyang nunca había visto en sus muchos años de guerra. Había cuerpos humanos y animales destrozados y unidos. La tierra estaba salpicada de huesos calcinados, partes de armaduras, espadas retorcidas, y cascos abiertos como flores de metal. Se detuvo allí, con una mano presionada contra las costillas y los ojos furiosos, mirando los restos destruidos de su ejército.

Alguien se acercó cojeando. Era Shao. Shao seguramente sobreviviría al apocalipsis, como una cucaracha, pensó Ouyang con poca compasión. Suponía que debería sentirse agradecido.

—¿Qué demonios acaba de pasar? —dijo Shao, y por una vez, a Ouyang no le importó su tono, el hecho de que hablara han'er o de que se dirigiera a él como si ambos fueran soldados—. Eso no ha sido solo una granada de mano. *El aire se ha incendiado.*

—No importa —dijo Ouyang. Su voz sonó atenuada, como si llegara hasta él a través de los huesos de su cráneo en lugar de por sus oídos. La ira que había sentido hacia el monje apenas un momento antes había asumido una claridad perfecta. Reconoció su intención letal. Esperaba que el monje pudiera advertir su animadversión, incluso desde lejos, y que se sintiera atormentado por ella a cada instante hasta que Ouyang fuera a por él—. Cuenta a los muertos, envía a los heridos atrás y continúa.

Para sorpresa de absolutamente nadie, los rebeldes estaban esperándolos al otro lado del foso ardiente. Ouyang condujo la carga él mismo. Los cañones de mano escupieron su metralla, abatiendo a una oleada de hombres, pero después cayeron sobre los rebeldes de verdad. El apocalipsis del monje le había causado a Ouyang algunas bajas, pero era un general del Yuan: sabía lo difícil que era que un ejército perdiera su conciencia de ser un mastodonte. Sus hombres, en filas de diez con él en su centro, se lanzaron hacia delante como si siguieran siendo parte de una vanguardia de mil soldados. Y entonces llegó el caos del cuerpo a cuerpo. Los hombres trastabillaban y golpeaban frenéticamente; los caídos se retorcían y gritaban; los caballos se partían las patas en los agujeros. La sangre y los pañuelos rojos prestaban su vibrante color al monocromático paisaje.

Lucharon hasta que cayó la noche. Al día siguiente, cuando despertaron, los rebeldes habían retrocedido. Ouyang avanzó hasta que los encontró, perdiendo otra capa de su primera línea en el proceso, y lo hizo todo de nuevo. Día a día, estaba empujando a los rebeldes hacia su inevitable final: la llanura más allá de la desembocadura del valle donde, extremadamente pronto, la caballería estaría preparada y esperando para aplastarlos cuando abandonaran la protección del terreno irregular. Aunque Ouyang sabía que la persecución no era más que un glorioso ejercicio de pérdida de tiempo por su parte, a medida que pasaba el tiempo encontró una satisfacción genuina y salvaje en la creciente desesperación de los rebeldes. Su sufrimiento era un preludio para abrir el apetito del mucho mayor sufrimiento que causaría al cachorro de perro que tenían como líder.

La idea de *aquella* venganza, a diferencia de la otra, lo llenó de una agradable, sencilla y cruel anticipación. *No tengo que terminar contigo. Pero lo haré,* pensó, dirigiéndose al monje.

—Algo no va bien —dijo Xu Da—. Ya debería haber recibido el mensaje de Bianliang. ¿Por qué no se retira?

Zhu miró automáticamente la luna menguante, aunque la fecha parecía grabada en sus huesos: llevaban cuatro días en el valle, mucho más de lo que habían esperado estar, y ya habían pasado dos días completos desde la fecha en la que acordaron que comenzaría el ataque de Chen. Ella y Xu Da habían abandonado el campamento y estaban sentados en la cima de la cordillera derecha, aunque tan cerca de la boca del valle apenas era más que una suave colina. Ante ellos yacía la oscurecida llanura. Ligeramente a la derecha había un grupo de luces, como una nueva constelación: las fogatas de los batallones de caballería del general eunuco. Al día siguiente, esos batallones estarían justo ante ellos, esperando para recibirlos.

—Ha tenido que ser Chen Youliang —continuó Xu Da. En apenas unos días, su rostro se había afinado por el estrés de las crecientes pérdidas—. ¿Crees que quiere que muramos todos?

A pesar de su convicción, Zhu había empezado a preguntarse lo mismo. Se sentía enferma por el cansancio.

—Aunque quisiera librarse de mí, hay muchos modos en los que podría haberlo hecho sin perder también a mis hombres. —Suspiró—. Por extraño que parezca, confío en su creatividad para asesinar.

Se produjo movimiento a su espalda. Yuchun, casi invisible en su armadura oscura, subió a la cima y se dejó caer a su lado.

—Así que este es el final —anunció. Seguramente pretendía sonar despreocupado, pero a Zhu le pareció inusualmente pequeño y asustado.

Por un momento, ninguno de ellos dijo nada más. Zhu buscó en su interior y rozó esa extraña reverberación entre sí misma y el eunuco. Se recordó a los doce años, mirándolo desde el tejado del Salón del Dharma, y la misteriosa sensación de su propia sustancia conectando con otra igual. Y ahora, de algún modo, debido a esa conexión, la presencia del general marcaba todas las intersecciones críticas en el avance de Zhu hacia su destino. Él había destruido el monasterio y la había enviado con los Turbantes Rojos. Le había proporcionado su primera victoria. Y en ese momento...

Con el ojo de su mente, contempló el hermoso rostro que solo había visto de lejos. Y de inmediato supo qué tenía que hacer para seguir avanzando hacia su destino.

—No es el final —dijo—. Todavía no. Queda una última cosa que podemos hacer.

Xu Da y Yuchun giraron las cabezas hacia ella desde direcciones opuestas.

—*No* —dijo Xu Da.

—No creo que haya recibido el mensaje. Por eso no se ha retirado; ni siquiera sabe que en Bianliang necesitan su ayuda.

—¡Aunque ese fuera el caso! Incluso si te cree...

—Podría matarme de todos modos —dijo Zhu. Pero, si ella no creía en su destino, ¿qué más le quedaba?

—A ti, no. Debería hacerlo yo —dijo Xu Da, con expresión consternada.

—¿Hacer *qué*? —Yuchun casi gritó.

Zhu le sonrió.

—Desafiar al general eunuco a un duelo. Parece un tipo tradicional: aceptará el reto. Eso me dará al menos la oportunidad de hablar con él cara a cara. Le contaré lo que está ocurriendo en Bianliang. Entonces me creerá o no.

Después de una larga pausa, Yuchun dijo:

—Debería hacerlo yo. Para un duelo, soy el mejor hombre que tienes. Ese eunuco es mejor con la espada que vosotros dos, y yo también. ¡Tú lo sabes!

Su lealtad era reconfortante. *Confía en que somos lo bastante fuertes.*

—Lo sé —dijo con amabilidad—. Chang de los diez mil hombres.

Era un nuevo apodo que Yuchun había recibido por el camino, cuando los hombres se dieron cuenta de que era tan fuerte como diez mil hombres, aunque quizá no tantos. Zhu le dio una palmada en el hombro.

—Si ganar fuera el objetivo, sin duda te lo pediría a ti. —Se dirigió también a Xu Da—. Pero no se trata del duelo. Se trata de convencerlo. Así que debo ser yo.

A Xu Da se le escapó un sonido herido. Zhu extendió la mano y lo tomó por la nuca, esa parte vulnerable sobre el cuello de su armadura, y lo zarandeó con suavidad. Le proporcionó una sensación posesiva y protectora, como un leopardo sosteniendo a su cachorro en la boca. No tenía ni idea de si aquello era algo que Zhu Chongba podría haber sentido por Xu Da.

—Hermano mayor, cuento contigo para que dirijas nuestra huida tan pronto como sus hombres comiencen a retirarse.

Xu Da relajó la cabeza contra la mano de Zhu.

—¿Y si no lo hacen?

No tenía sentido alimentar el miedo y la duda pensando en lo que podía no ocurrir. En lo que no *podía* ocurrir, debido a la fuerza bruta de su fe y su deseo. En lugar de eso, se irguió tanto como pudo y les rodeó los hombros con los brazos, y juntos observaron la luna elevándose sobre las interminables hogueras encendidas del Yuan.

Las tropas se reunieron al alba en la llanura. El Cielo los miraba desde un pálido horizonte de invierno que parecía tan frágil como la piel del hielo.

Zhu miró a su pequeño ejército de Turbantes Rojos ante la enorme expansión de soldados del general eunuco, con su inquietante vanguardia de fantasmas. Había comprimido tanto su miedo y su incertidumbre que no eran más que un débil temblor en el agua bajo la superficie inmóvil de un lago profundo. Tomó aliento y buscó en su interior; tocó ese punto en el fondo de su estómago al que estaba anclado su destino, y dejó que tirara de ella hacia adelante.

El otro cabalgó hacia ella bajo su propia bandera. Zhu sintió el universo estremeciéndose a su alrededor mientras entraban en el espacio vacío entre los dos ejércitos. Eran dos criaturas de la misma sustancia y sus qi resonaron en armonía como dos cuerdas gemelas interconectadas por la acción y la reacción, de modo que estaban siempre empujando y tirando de la otra por el camino de sus vidas y hacia sus destinos individuales. Sabía que lo que fuera a ocurrir allí no sería el resultado de él actuando sobre ella, sino de cada uno de ellos actuando sobre el otro.

Desmontaron en el centro y se acercaron, sosteniendo sus espadas envainadas en la mano izquierda. Zhu se quedó asombrada de nuevo por la cristalina belleza del general eunuco. *Carne de hielo y huesos de jade,* pensó: la forma más exquisita de la belleza femenina. Pero, a pesar de ello, nadie lo confundiría con una mujer. Donde la suavidad debería haber sido maleable, solo había dureza: estaba en la tensión de su mandíbula, en la elevación arrogante de su barbilla. Su paso y su porte eran los de una persona que se movía con el amargo orgullo de saber que su distancia con los demás procedía de estar por *encima.*

La fría luz de la mañana arrancaba el color de lo que los rodeaba. Sus alientos se solidificaban.

—Por fin nos conocemos. —La voz ronca del eunuco le resultó inmediatamente familiar. Se había quedado grabada en su memoria con fuego y violencia. *La última vez que lo oí hablar, destruyó todo lo que tenía—.* Lo admito, tu desafío ha sido una sorpresa agradable. Después de tantas persecuciones y emboscadas, creí que nos obligarías a seguir así hasta el final. ¿Hay alguna razón concreta por la que estés tan decidido a convertir tu muerte en un espectáculo público?

—Sería un mal líder si no respondiera a la lealtad de mis hombres haciendo todo lo posible para cambiar la situación.

—¿Tan seguro estás de la posibilidad de cambio? A mí me parece que el resultado es inevitable.

—Podría ser. Pero ¿estás seguro de que será el resultado que esperas? Quizá necesites más información para ver con claridad —dijo Zhu. Bajo su tranquilidad, era vagamente consciente de que su incertidumbre reprimida estaba alcanzando su límite—. Por ejemplo, podría gustarte saber que este encuentro no es más que una distracción. ¿Creías que los Turbantes Rojos éramos tan pocos? Nuestro número ha crecido más de lo que crees. Mientras hablamos, nuestras tropas principales están asaltando Bianliang. Dudo de que me equivoque al pensar que la pérdida de Bianliang sería un fuerte golpe para el Gran Yuan.

Zhu estaba tan concentrada en su rostro como una enamorada, pero él no delató nada.

—Interesante, pero un hombre diría cualquier cosa para salvar el pellejo. De hecho, si lo que dices es cierto, ¿no estás traicionando a tu bando para que me retire y vaya corriendo a Bianliang? Así que eres un mentiroso o un cobarde. —Levantó las cejas—. Me pregunto qué será más probable.

—Me creas o no, ¿puedes arriesgarte a no actuar? Los mensajes se pierden. Si Bianliang pidió ayuda y cae por falta de asistencia, ¿a quién crees que culparán de su pérdida?

Una sombra cruzó el rostro de Ouyang.

—Difícilmente podría culparse al destinatario de un mensaje perdido —dijo con ironía.

Pero Zhu oyó lo que no había pronunciado: *Me culparán a mí*. El temblor de su interior remitió con alivio; estaba funcionando.

—Pero ahora lo sabes. Así que la pregunta es: ¿qué harás con esta información, general Ouyang? —Era la primera vez que decía su nombre y, al oírlo, sintió la vertiginosa atracción del destino con más fuerza que antes, como si él fuera un imán para su aguja. Tenía un sabor acre en la lengua, como el del aire antes de una tormenta—. ¿Te negarás a ir y después explicarás por qué no hiciste todo lo posible para evitar que el mayor símbolo del poder nanren cayera en manos rebeldes? Solo puedo imaginar lo descontentos que se mostraron contigo tus señores después de la derrota del río Yao. ¿Qué te harán por perder Bianliang?

Mientras el general consideraba la pregunta, una densa blancura atravesó su ejército, tan sutil como la bruma cayendo en cascada por una ladera. Fluyó sobre el terreno y los rodeó. Antes, sus fantasmas nunca le habían prestado más atención que el resto de los espectros. Pero, en ese momento, sus ojos negros y ausentes la observaron sobre el hombro del eunuco y Zhu sintió que el vello de su nuca se alzaba mientras las miradas ciegas se posaban en su espalda. Sus murmullos la llenaron de una entumecida sensación de temor. Sobre sus cabezas, los estandartes se sacudieron.

Al final, el general eunuco dijo:

—Ese fue un regreso a casa desagradable, sin duda. Parece que conoces bien la situación. Pero quizá sea mi turno de darte cierta información. Para que puedas ver el resultado con claridad.

Como eran arqueros, los mongoles no llevaban guantes. La mano cerrada que extendió entre ellos estaba desnuda. Como el resto de su ser, sus manos evocaban esa tensión de ser ambas cosas y ninguna: de huesos tan delicados como los de una mujer, pero marcada por las cicatrices del millar de pequeñas heridas de un guerrero. Abrió la mano con lentitud. Al principio, Zhu no supo qué estaba mirando. Después, al ver el papel doblado con su breve espiral de escritura mongol en su cara superior, sintió un violento estremecimiento interno y todas sus emociones contenidas se alzaron al unísono contra la barrera de su fuerza de voluntad. Podría haber gritado por el esfuerzo de mantenerlas contenidas.

Bianliang.

Había apostado todo a la esperanza de la retirada, pero en ese momento vio la verdad con claridad, justo como él le había prometido. Eso nunca había sido una posibilidad.

Instintivamente, aplastó con tanta fuerza como pudo la creciente masa de incredulidad y horror y miedo. La aplastó hasta que él no pudo ver nada más que una inexpresividad glacial igual a la suya. Zhu se había equivocado, pero estar equivocada no era un fracaso... Todavía no. *Y no lo será*. Siempre había otro modo de ganar.

Él la observó con vengativo placer, como si pudiera notar cuánto se estaba esforzando para mantener el control.

—Gracias por tu preocupación, pero sé lo de Bianliang. Este mensaje de su gobernador llegó ayer. Es, efectivamente, una desesperada súplica de ayuda.

Lo sabe y ha decidido no ir. Ni siquiera había considerado esa posibilidad.

—Pero, si te hubieras retirado cuando la recibiste, podrías haber llegado a tiempo.

—Oh, por favor —dijo el general—. Ambos sabemos que vuestro plan se basaba en asumir que, si yo me retiraba al recibir el mensaje, no conseguiría llegar a Bianliang a tiempo de evitar su caída. Lo que solo demuestra que no tenéis ni idea de mis capacidades. Tranquilo: si hubiera querido llegar a Bianliang antes de que cayera, lo habría hecho. —Entonces, en respuesta a la reacción controlada que vio en su rostro, añadió—: ¿Por qué no lo hice? Querido monje, ¿cómo iba a dejar pasar esta oportunidad de ajustar cuentas contigo?

Zhu pensó, con gran pesar, en los diez mil hombres ahogados. Aunque había sabido que él querría vengarse, no había comprendido lo profundo que había sido su dolor. La verdad vibró en la conexión entre ellos. Estaba dolido y actuaba en base a ello; aquel era el motivo detrás de todo lo que hacía, y su razón de ser. *Su dolor lo persigue.* Helada, dijo:

—¿Has dejado que Bianliang cayera para vengarte de mí?

—No te lo creas demasiado —dijo amargamente—. Bianliang tenía que caer. Pero me satisface que me hayáis dado esta oportunidad de terminar las cosas entre nosotros. —La caricia negra de sus ojos se clavó en ella con la promesa de asesinato—. Tú provocaste mi derrota en el río Yao, y con ella comenzaste algo que no tengo más remedio que terminar. A pesar de mis deseos personales, te tomaste la libertad de ponerme en mi camino hacia mi destino. —Su rostro delicado ardía con odio y pesar—. Así que deja que te devuelva la cortesía, y que te ayude a alcanzar el tuyo.

Desenvainó su espada. Cantó cuando salió de la funda, y atrapó la luz helada en su hoja recta.

En algún lugar en las comprimidas profundidades de las emociones de Zhu, hubo pánico. Pero, aunque aquel no parecía el camino a la victoria y a su destino, *tenía* que serlo. Se acercó y dejó que él la viera: impávida e indoblegable.

—¿Qué crees saber sobre mi destino? —le preguntó. Estaba hablándole al Cielo tanto como a él: enviando su creencia, mantenida con cada partícula de su voluntad, hacia el firmamento distante y frío como el jade—. Deja que te diga mi nombre: Zhu Chongba.

—¿Debería conocerlo? —replicó él con frialdad.

—Algún día lo harás —dijo Zhu, y desenvainó su espada.

En el instante antes de que alguno de ellos actuara, Zhu tuvo la extraña sensación de que su carne y su sangre se volvían inmateriales, como si, en ese único y resplandeciente momento, no fueran nada más que puro deseo.

Después Ouyang atacó.

Zhu se lanzó a un lado con un gemido. Él era más rápido de lo que había imaginado; más rápido de lo que había creído posible. Sintió su asombro aferrándose a la parte desesperada e inagotable de su ser que se negaba a renunciar a la identidad de Zhu Chongba. Ya se le había escapado de los dedos y podía *sentir* cómo se alejaba de ella, pero no podía hacer otra cosa que aguantar. *Tengo que seguir creyendo...*

Se retorció y oyó el chirrido de la espada del general al cortar el espacio donde ella había estado. Se agachó, levantando la funda en su mano izquierda para equilibrarse, y después corrió para atacar. Él la esquivó con facilidad, y después detuvo su siguiente golpe y lo mantuvo. Sus espadas cruzadas se deslizaron la una sobre la otra mientras empujaban. La entusiasta vibración la hizo rechinar los dientes. Le dolía la muñeca. Miró el precioso rostro de porcelana de Ouyang y vio la curva de una sonrisa en sus labios. Ella estaba luchando por su vida y él estaba *jugando.* Pero, por aterradora que fuera aquella idea, había esperanza en ella. *Si ya podría haber terminado conmigo y no lo ha hecho, entonces tengo una oportunidad...*

Pero, por más que lo intentó, no consiguió descubrir qué oportunidad sería. Si hubiera sido tan presumido y frágil como el Pequeño Guo, lo habría distraído con palabras hirientes. Pero ¿cómo se daña a alguien que no es nada más que dolor? Lo alejó de un empujón, jadeando. Requirió toda su fuerza.

—Eres nanren, ¿verdad? —le preguntó, forcejeando contra su creciente desesperación—. ¿Cómo puedes luchar por los hu, sabiendo que todos los actos contra tu pueblo hacen llorar a tus ancestros en los Manantiales Amarillos? Me pregunto si has dejado caer Bianliang porque, en lo más profundo de tu interior, sabes que la causa de los nanren es justa.

Se detuvo mientras él se abalanzaba sobre ella con una oleada de golpes de ataque. Lo combatió, oyendo el tono claro del acero sobre el acero alternando con el golpear de la espada contra su vaina. Volaron por el terreno, y Zhu giró y saltó hacia atrás con el corazón corriendo más rápido que sus pies. Arriba y abajo y arriba de nuevo, pero antes de que pudiera recuperarse del último corte, él la golpeó con crueldad en las costillas con la funda de su mano izquierda y después la empujó con el hombro. Zhu salió disparada y golpeó la tierra cuan larga era, y rodó justo antes de que él apuñalara el suelo donde había estado. Apenas consiguió volver a ponerse en pie antes de que Ouyang se lanzara de nuevo sobre ella.

Esta vez, esquivarlo fue más difícil. Todo terminaría bien, porque *tenía* que hacerlo, pero le ardían los pulmones y trastabillaba más que corría. Sentía que iba a explotarle el corazón. Una línea de fuego cobró vida en su brazo izquierdo cuando se separaron un instante y después volvieron a unirse. Los golpes de Ouyang se volvieron más rápidos y fuertes, y podía oír el desagradable resuello en su garganta mientras lo esquivaba y eludía y bloqueaba de nuevo…

Entonces giró hacia el lado equivocado y un golpe le arrebató el aliento.

Por qué no se mueve, pensó. En ese primer momento, no sintió nada. De repente, el general tenía las manos vacías. Lo miró, viendo las motas ámbar que hacían que sus ojos fueran más castaños que negros, y tanteó a ciegas entre sus cuerpos. Sus dedos se cerraron alrededor de la espada en la parte inferior de su torso y notó que sus bordes le cortaban los dedos y la palma, y de algún modo eso le dolió. Habría gritado, pero no tenía aire para hacerlo.

El olor de la sangre se alzó entre ellos mientras él se inclinaba. Sus labios casi le rozaron la mejilla al decir:

—Soy nanren, es cierto. Y lucho en el bando mongol. Pero te diré la verdad, pequeño monje. *Lo que yo quiero no tiene nada que ver con quién gane.*

Extrajo su espada y el mundo se convirtió en un chillido de dolor blanco. A Zhu la abandonaron las fuerzas, como el agua en un cubo de cuero agujereado. Se tambaleó. Él la observó sin expresión, con la espada bajada. Estaba cubierta de sangre. Zhu se miró, sintiendo una extraña distancia. *Un agujero tan pequeño*, pensó, mientras la mancha oscura se extendía bajo su coraza. De repente, tenía mucho frío. La agonía que irradiaba aquel horrible y nuevo centro parecía la atracción del destino magnificada un centenar de veces... un millar. Y, con horror, reconoció qué destino estaba sintiendo. No era el destino que había estado persiguiendo, el destino que creía que alcanzaría algún día. Era la *nada*. Bajo el dolor físico, sintió una agonía incluso más profunda, un dolor más intenso que nada que hubiera experimentado nunca. ¿Había tenido alguna vez la posibilidad de alcanzar ese destino de grandeza, o se había engañado todo el tiempo, pensando que podía ser Zhu Chongba y tener algo más que lo que se le había concedido?

Tenía más frío que nunca en su vida y los dientes le castañetearon mientras se le aflojaban las rodillas. El mundo giraba a su alrededor. Tras la cabeza de Ouyang vio las banderas que eran del color de las llamas azules y rojas, y el rostro vacío del Cielo. Miró el abismo y miró la nada que le correspondía reflejada en él.

La espada de Ouyang destelló.

El impacto hizo que Zhu se balanceara. El frío la tenía sujeta por la garganta. Nunca había imaginado que el frío pudiera ser tan doloroso. Con una sensación de confuso y abstracto interés, miró el sitio del impacto y vio la sangre manando en chorro de donde había estado su mano derecha. Había sido un corte limpio, sobre el guantelete. La sangre salía y salía, tan roja como el Mandato del Cielo, y se encharcó sobre la tierra sin penetrar en ella. Sus latidos resonaban en su cabeza. Intentó reunirlos, contarlos... Pero, cuanto más lo intentaba, más se dispersaban. Al final, un desfallecimiento tranquilo se instaló en ella, calmándola y alejando el terror del frío. La nada la estaba reclamando, y se sintió aliviada.

Miró a Ouyang. Vio su silueta recortada, su cabello negro y su armadura oscura contra el cielo nocturno. A su espalda estaban las tiznadas sombras de sus fantasmas y, tras ellas, las estrellas.

—Zhu Chongba —dijo el general eunuco desde muy lejos—. Tus hombres te eran leales antes. Veamos cuán leales te son ahora, cuando lo único que puedas inspirar en ellos sea desprecio y asco. Cuando no seas más que una criatura grotesca que será rehuida y temida. Entonces desearás que te hubiera matado con honor.

La sombra se la había tragado, y se estaba cayendo. Parecía que un coro inhumano de voces estaba hablando, pero al mismo tiempo, Zhu sabía que era solo él: el que la había llevado a su destino.

—Cada vez que el mundo te dé la espalda, recuerda que fue por mi culpa.

TERCERA PARTE

1355-1356

18

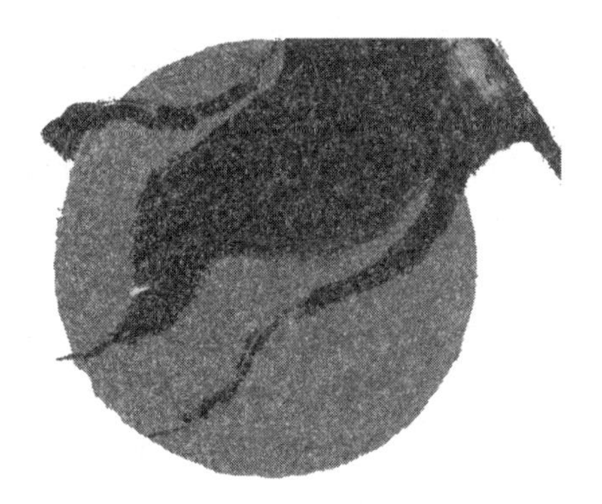

ANYANG, DECIMOPRIMER AÑO

Fue una tarde fría y gris cuando Ouyang regresó de Bianliang, adonde convenientemente había llegado apenas unos días demasiado tarde para evitar que cayera ante los rebeldes. No envió noticia de su próxima llegada, y entró solo en el patio de su residencia. Caía una ligera nevada que se fundía sobre los adoquines húmedos. Por un momento se detuvo allí, mirando el conocido grupo de edificios. Todavía parecía la residencia de Esen, no la suya, y la imagen de su inusual vacío lo atravesó con dolor... Como si Esen no se hubiera mudado al otro lado del palacio, sino que hubiera muerto.

Una criada que pasó bajo el alero vio a Ouyang allí y emitió un grito de sorpresa lo bastante alto para que él lo oyera desde el centro del patio. Un momento después estaba rodeado por sus criados, que trastabillan con las prisas para recibirlo. Como si su desgracia pudiera, de algún modo, aliviarse con sus reverencias. No era exactamente un acto de bondad. Había perdido Bianliang y, por mucho que lo compadecieran por los castigos que presumiblemente lo esperaban, sin duda temían más por sí mismos.

—General, ¿te gustaría enviar un mensaje al príncipe informándole de tu llegada? Pidió que se le avisara de inmediato de tu regreso —le dijo uno de ellos.

Por supuesto, Esen había sabido que Ouyang volvería sin anunciarse.

—No te molestes —contestó Ouyang con brusquedad—. Le presentaré mis respetos en persona. ¿Dónde está?

—General, está con la señora Borte. Si quieres que le enviemos un mensaje…

Imaginarse a Esen en los aposentos de su esposa llenó a Ouyang de un desagrado que conocía bien.

—No, iré yo mismo.

Sus criados no se habrían mostrado más asombrados si los hubiera abofeteado. *Aunque en realidad es más parecido a que yo mismo me propine una bofetada,* pensó con crueldad. Todos conocían la norma: ningún hombre excepto el príncipe de Henan podía entrar en los aposentos de sus mujeres. Era casi halagador que no se les hubiera ocurrido hasta aquel momento que, como Ouyang no era un hombre, podía ir adonde le placiera. *Un privilegio que nunca he querido.* Nunca antes había hecho uso de él; no tenía ningún interés en ver a Esen como un semental entre sus yeguas. Pero contuvo su desagrado y lo retorció hasta que escoció como una uña bajo una costra. No había modo de evitar aquel encuentro. Cuanto más furioso estuviera, más fácil le sería dar su siguiente paso. En su interior sabía que la razón por la que parecía tan difícil era que aquel constituía el verdadero punto de no retorno. Y saber que existía un punto de no retorno (que, si hubiera sido cualquier otra persona, podría haber decidido no continuar) era lo peor de todo.

Las habitaciones de las mujeres eran una tierra extranjera. Los colores y aromas e incluso el propio aire le eran tan ajenos que se le erizó la piel. Mientras atravesaba el pasillo, las sirvientas se sobresaltaron al ver su armadura y se relajaron tan pronto como le vieron la cara. Cada vez que ocurría, su sensación violenta se acrecentaba. Mujeres: criaturas parloteantes, perfumadas, inútiles. Deseó que su armadura, con sus bordes afilados y su olor metálico a sangre, pudiera hacerles daño de verdad. Pero, en lugar de eso, eran ellas quienes lo herían cuando lo miraban con aquella expresión comprensiva que insinuaba que él *pertenecía* allí, a aquel espacio femenino. Ardía por la humillación y la ira y la vergüenza.

Lo dirigieron a una antecámara donde pergaminos de sabiduría budista se enfrentaban a una asfixiante cantidad de sillas, mesas auxiliares y jarrones con el estilo actual, azul y blanco. Dos doncellas abrieron las puertas lacadas en negro del dormitorio de la señora Borte y Esen salió. Estaba totalmente vestido, pero tenía un aire relajado y las trenzas sueltas.

La armadura de Ouyang no consiguió protegerlo de la visión. Una cosa era saber que Esen tenía esposas y otra ver la prueba de esa otra vida, saber que hacía muy poco había tocado a alguien, y que lo habían tocado. En aquel territorio de mujeres y niños que siempre sería ajeno a Ouyang, Esen tenía toda una vida de placeres e intimidades y pequeñas tristezas. Las emociones de Ouyang estuvieron a punto de asfixiarlo: repulsión y desprecio y celos, tan enmarañados que no sabía dónde terminaba uno y comenzaba el otro. Bajo todo aquello había un deseo lacerante. No tenía ni idea de si era un deseo de *tener* o un deseo de *ser*, y la imposibilidad de ambas cosas le dolió más de lo que creía posible.

Bien. Sufre, pensó con crueldad.

Se arrodilló.

—Estimado príncipe, Bianliang se ha perdido. Este siervo indigno te ha fallado. Por favor, ¡castígame!

Esen lo miró. En su rostro había decepción y un montón de otras emociones que Ouyang no podía identificar. Aunque él albergaba una maraña, Esen también lo hacía. Era nueva en él, y a Ouyang le dolió saber que había sido quien la había puesto allí.

—No te arrodilles —le pidió Esen al final—. Yo no soy mi padre. No espero que te humilles ante mí por un error que yo mismo podría haber cometido. ¿No derrotaste al menos a sus tropas de señuelo? Hiciste todo lo que pudiste.

Pero Ouyang no había hecho todo lo que había podido. Ni siquiera lo había intentado. Podría haber contentado a Esen muy fácilmente, y había decidido no hacerlo. Para alejar la culpa, buscó la ira en su interior. *Hiciste todo lo que pudiste*. La comprensión de Esen terminó rápidamente con su orgullo. Él lo conocía mejor que nadie. ¿Cómo podía creer que de verdad había hecho todo lo posible? Lo único que demostraba eso era que Esen había olvidado lo más importante sobre él: que era nanren.

—En Khanbaliq no tolerarán que los Turbantes Rojos se queden con Bianliang. No tenemos más opción que recuperarla. Estimado príncipe, ¿tengo tu permiso para pedir ayuda a la familia Zhang de Yangzhou?

—Tenemos que recuperar Bianliang, es cierto, pero parece que yo tengo más confianza en tu capacidad que tú. No hay necesidad de arrastrarse ante esos malditos mercaderes —dijo Esen. Añadió, en voz más baja—: Sé lo que estás haciendo, evitándome por vergüenza. No hay necesidad. No te culpo.

Deberías culparme. A pesar de los esfuerzos que Ouyang estaba haciendo para mantenerse enfadado, el dolor y la culpabilidad amenazaban con desmontarlo. Tuvo que obligarse a hablar.

—Tuve la oportunidad de conocer a su general en Hichetu la pasada primavera. A pesar de la reputación de su hermano, el general Zhang es muy competente. Con su ayuda, no habrá duda de nuestra victoria.

—Por piedad, ¡levántate! No deberíamos hablar así. —Esen parecía incómodo.

A Ouyang le dolió el corazón. ¿Por qué no puedes ponérmelo más fácil para que te odie?

—Mi príncipe, deberías tratarme como merezco ser tratado.

—Y lo haría, si de verdad me hubieras deshonrado —replicó Esen—. Durante años, la gente me ha dicho que el simple acto de tenerte como mi general era vergonzoso. No lo creí entonces, y no lo creo ahora. Me niego a expulsar a mi general, a mi mejor amigo, por una derrota que puede ser remediada. *Así que levántate.* —Como Ouyang no se movió, dijo, más bajo—: ¿Me obligarás a ordenártelo?

La habitación estaba demasiado cargada de perfume. A Ouyang le daba vueltas la cabeza. Estaba atrapado en aquel espacio femenino de pesadilla, donde Esen era señor y rey. Y, como el resto de los moradores de aquel dominio, Ouyang también era de Esen; tenía dueño.

Como no se movió, Esen dijo en voz muy baja:

—General Ouyang, incorpórate. Te lo ordeno.

No fue un tirón de la correa, sino una caricia bajo la barbilla; las palabras de alguien que nunca había imaginado un rechazo. Y Ouyang obedeció. Se levantó y sintió una profunda corriente de placer bajo su furia. Era el placer de un esclavo que quiere complacer a su señor; el consuelo de un mundo caótico ordenándose de nuevo. Y en el mismo instante en el que Ouyang se dio cuenta de que lo que sentía era placer, este se ennegreció como un trozo de plátano y se convirtió en desagrado. Cerró los ojos a la verdad de que era el perro sumiso que siempre le habían dicho que era. Pero, incluso en la ciénaga de su desprecio propio, sabía que, si hubiera sido posible que siguieran así, lo habría hecho.

—Ven aquí —le dijo Esen.

Ouyang fue. Era consciente de las criadas que los observaban y de la reveladora rendija entre las puertas del dormitorio. Pensar en todos los que los veían lo hizo sentirse más humillado. Se detuvo delante de Esen, lo bastante cerca para tocarlo. El recuerdo de las yemas del señor sobre su rostro lo abrasó. Parte de él anhelaba la degradación de aquella caricia de nuevo, y una parte equivalente odiaba a Esen por provocarle placer y sumisión sin darse cuenta siquiera de lo que había hecho. Ambas partes le dolían. El dolor combinado lo aplastó.

Esen lo miró con una extraña intensidad.

—Ve a Yangzhou si crees que lo necesitas, pero deja de preocuparte por Bianliang. La recuperarás. Y después de hacerlo, después de que hayas ganado para mí esta guerra contra los rebeldes, el Gran Kan nos recompensará. Le pediré que te otorgue tierras y un hijo al que puedas adoptar para que lleve tu nombre. Ese será nuestro futuro, ¿no te das cuenta? Nuestros hijos dirigirán juntos las tropas del Gran Yuan. Tomarán Japón y Cham y Java por la gloria del imperio, y los hombres recordarán sus nombres como recuerdan a los grandes kanes. —Alzó la voz—. ¿No te gustaría? Entonces deja de culparte y permítete desearlo. *Yo te lo proporcionaré.*

Ouyang, mirando a Esen con consternación y angustia, descubrió que él realmente *creía* en aquella visión del futuro. Al final, dijo con voz ronca:

—Entonces ven conmigo a Bianliang, Esen. Cabalga conmigo como solíamos hacer. Recuperémosla juntos; terminemos con esto y avancemos hacia nuestro futuro.

Oyó el murmullo escandalizado de las criadas: por atreverse a dirigirse así al príncipe de Henan, por atreverse a pedirle más de lo que le correspondía por derecho. Como si el príncipe de Henan pudiera simplemente abandonar los deberes de su puesto y a sus esposas, que todavía competían por ese valioso hijo. Ouyang sintió el resentimiento de la señora Borte atravesando las puertas del dormitorio. *Elígeme a mí,* pensó, con los ojos fijos en el rostro de Esen, y se sintió enfermo.

Esen no respondió de inmediato. Movió la mano y Ouyang contuvo el aliento, pero después se recompuso y entrelazó los dedos a su espalda.

—¿Está nevando? —preguntó con brusquedad. Fue un cambio de tema tan repentino que Ouyang tardó un instante en darse cuenta de que todavía debía tener nieve en el cabello. Esen estaba mirándolo con una expresión reflexiva y abatida, como alguien lidiando con un dolor que nunca había esperado sentir—. Supongo que no puedes saberlo, ya que has estado de viaje. Es la primera nevada. Este año llega más tarde de lo habitual.

La primera nevada, esa que a los enamorados les gusta ver juntos. Todas las cosas que Ouyang nunca podría tener estaban demasiado presentes, como fantasmas acechadores. Aquella era la razón por la que había preferido estar furioso, para que la ira eclipsara el resto de sus emociones. Pero, en lugar de eso, fue su ira la que no llegó a ser lo bastante fuerte, y se extinguió.

—Si me quieres allí —dijo Esen, todavía con el extraño dolor en su rostro—, iré.

Siempre le había dado a Ouyang todo lo que había querido. El general se imaginó la nieve cayendo fuera, cubriéndolo todo con su fría y amortiguadora serenidad. Ojalá pudiera tomar ese vacío y envolver su corazón con él, para que nunca volviera a dolerle nada.

El despacho del señor Wang estaba más apagado de lo que Ouyang lo había visto nunca. Esen no había podido despojar a Wang de sus títulos, pero su aversión había caído con fuerza sobre él. A pesar de lo sucedido, Wang seguía en su escritorio, tan leal como siempre a su trabajo. O quizá solo estaba decidido a ejercer el único poder que le quedaba.

—Saludos, mi señor.

Ouyang hizo una reverencia y le entregó su petición de recursos para el próximo asedio a Bianliang. Ya había encargado a Shao los preparativos, así que estarían listos para partir tan pronto como Ouyang regresara de Yangzhou.

Wang Baoxiang examinó la lista con expresión irónica. Ouyang no había reparado en gastos.

—Te has superado, general. Primero pierdes a diez mil hombres en lo que debería haber sido una derrota aplastante. Ahora, tu error provoca que los rebeldes pongan al Príncipe de la Luz en el trono histórico de la última dinastía local para que su poder aumente en el norte. —Levantó sus ojos negros, inescrutable—. Como descendiente de un traidor, deberías tener cuidado y conseguir la victoria en tu siguiente misión, no vaya a ser que la gente comience a preguntarse si tus errores están provocados por algo más que la incompetencia.

Ouyang se dio cuenta de repente de que el señor Wang sentía tanta nostalgia del pasado como cualquier otro descendiente nanren. Si supiera que había dejado que Bianliang cayera...

Descartó la idea. Aquello no era más que su habitual discurso cargado de envidia.

—Para asegurar mi éxito, mi señor, solo tienes que aceptar mis peticiones sin discutir. ¿O preferirías que le pidiera al príncipe de Henan que se involucrara? Teniendo en cuenta el poco aprecio que te tiene, el resultado podría no ser a tu favor. ¿Cuánta tierra te queda? Sería una pena que decidiera arrebatarte el resto...

Wang se levantó, rodeó su mesa y golpeó a Ouyang en la cara, apenas tan fuerte como alguien esperaría de un erudito, pero aun así suficiente para hacerle girar la cabeza. Cuando volvió a mirarlo, Wang dijo con frialdad:

—Sé que crees que eres mejor que yo. A los ojos de mi hermano, sin duda lo eres. Pero todavía soy un señor, y todavía puedo hacer eso.

El castigo para un nanren que golpeara a un mongol era la muerte por asfixia. Pero, aunque no lo hubiera sido, Ouyang no le habría devuelto el golpe; la tristeza del señor Wang era demasiado evidente. Toda su vida estaba basada en la humillación y el conocimiento de su propia inutilidad. Ouyang vio un breve destello de otro rostro agotado, agónico: el del monje rebelde, mirando con incredulidad el muñón sangrante en el brazo que había sostenido su espada. El monje se enfrentaría a una vida tan llena de vergüenza e impotencia como la de Wang Baoxiang. Era un futuro que Ouyang conocía mejor que nadie. *El peor castigo es seguir con vida.*

—¿Así me agradeces que te haya salvado la vida?

—¿Por qué debería darte las gracias? —le espetó Wang amargamente—. Me salvaste solo para que mi hermano pudiera culparme de haber tirado a nuestro padre por un barranco.

Ouyang no se resistió a vengarse por la bofetada.

—Si hubieras sido más fuerte —*Si no hubieras sido un erudito inútil*—, podrías haberlo salvado.

El señor Wang palideció.

—Y nunca me lo han perdonado. —Se sentó de nuevo tras su escritorio. Sin levantar la mirada, dijo con brusquedad—: Toma lo que necesites. Haz con ello lo que te plazca.

Ouyang se marchó, pensando que había ido sorprendentemente bien. Si la venganza de Wang por su implicación en su humillación era una bofetada en la cara, entonces no había nada de qué preocuparse.

Pero, durante un momento de inquietud, recordó a Altan.

Anyang y Yangzhou estaban separadas por más de mil li. Mientras atravesaba el gran canal en dirección sur en un barco mercante abarrotado, Ouyang observó el cambio del paisaje. Las llanuras inundadas por el invierno, bajo sus brillantes aguas amarillas, dieron paso a un brioso bullicio de actividad humana: campesinos en los campos, mercados en los arcos de los puentes, industria. Y después, por fin, las colinas de brillante sal blanca, extendiéndose hasta donde el ojo podía ver. Era el extenso imperio mercantil de los Zhang, que tenía su capital en la gran ciudad amurallada de Yangzhou. El agua llevaba directamente allí. Los amplios canales condujeron a Ouyang junto a jardines de altos muros, bajo puentes de piedra, entre las famosas mansiones verdes y negras del barrio del placer. Cada calle era un espectáculo de riqueza. Los ciudadanos ordinarios vestían las llamativas sedas brocadas de la zona, llevaban el cabello recogido, sujeto y adornado, y bajaban de palanquines que parecían haber sido sumergidos en oro. Todo era espléndido.

Tras haber visto aquello en Yangzhou, Ouyang se creyó preparado para lo que encontraría en la residencia de la familia Zhang. Pero incluso él, que se había criado junto a la nobleza, quedó asombrado. Las cacerías del Gran Kan habían mostrado todo lo mejor de los cuatro kanatos, pero al final siempre prevalecía cierta simplicidad mongol. En contraste, el inútil de Zhang se había construido para sí mismo nada menos que un palacio imperial: el vulgar epítome de alguien de incalculable riqueza conseguida tras una tradición de siglos produciendo y consumiendo todos los lujos de un imperio.

En su salón lacado en negro y dorado, el hombre se sentaba en una silla que parecía un trono. En Yangzhou hacía más calor que en Anyang, pero eso no explicaba del todo la necesidad del grupo de doncellas que lo abanicaban. Sus ojos, posados en Ouyang, destellaron con codiciosa curiosidad.

Cuando el general terminó sus saludos, el bueno para nada de Zhang emitió una carcajada vulgar.

—¡Así que este es el eunuco del que mi hermano habla tan bien! Veo que olvidó mencionar algunos detalles importantes. Esperaba un hombre viejo y débil. —Recorrió a Ouyang de la cabeza a los pies con la mirada, evaluándolo como si juzgara el potencial de unas nuevas concubinas por la textura de su piel y el tamaño de sus pies—. Yo pensaba que los mongoles no tenían buen gusto. No sabía que ponían a sus posesiones más hermosas a la cabeza de sus tropas. ¿Qué ejército de hombres no querría proteger a un general así?

—Hermano mayor, he oído que el general Ouyang ha llegado de Henan… —El general Zhang entró—. Ah, has llegado bien —dijo al ver a Ouyang, y le dedicó una cálida sonrisa—. Ahora que has saludado a mi hermano, ¿me acompañas a la sala de visitas? Te hemos preparado una bienvenida.

—Ya me han dado la bienvenida —dijo Ouyang con voz tensa.

—Estoy seguro de ello —replicó el general Zhang mientras se retiraban—. ¿Por qué crees que he venido?

—Tu hermano me ha dicho que inspiro protección en mis hombres.

Había pensado en repetir el insulto para reírse, pero juzgó mal su capacidad para no ponerse furioso.

—Lo creas o no, lo compensa con algunas cualidades. Pero entiendo que en este momento no te sientas inclinado a darle el beneficio de la duda.

—Confío en el juicio de aquellos a los que respeto.

Zhang sonrió.

—No me respetes demasiado. Yo todavía no era un hombre cuando él consiguió sus primeras victorias. Como hermano menor, le debo mucho.

—La situación seguramente se ha equilibrado ahora con lo que él te debe a ti.

—Ojalá la familia y el destino se rigieran por las mismas normas que la contabilidad —dijo Zhang. Su rostro expresivo, bajo su atractiva y trágica frente, hizo una serie de expresiones que Ouyang no consiguió interpretar—. Pero vamos, relajémonos. ¿No estás en la capital del placer? Cuando viajo, siempre añoro sus encantos. Música, poesía, la belleza de las linternas reflejadas en el lago por las noches... Créeme: esa danza con cintas de Goryeo que les gusta en Dadu no es nada en comparación.

—Debo confesar que carezco de la educación necesaria para apreciar los entretenimientos más delicados —dijo Ouyang. A decir verdad, pensaba que el encanto de la mayoría de las artes estaba en ciertas características obvias de los artistas. Como aquellas características lo dejaban frío, las encontraba a todas igualmente tediosas.

—Ah, nuestras costumbres son distintas, sin duda. Pero recuerdo que ambos tenemos la bebida en común. Los mongoles quizá nos superan en su atención al vino, pero creo que podremos satisfacerte sin problema.

Llevó a Ouyang a un espacio íntimo donde habían preparado una mesa con una inmensa variedad de platos sobre frágil porcelana blanca. Incluso un soldado como Ouyang sabía que la calidad de la porcelana era tal que un único platillo valía más que todas sus posesiones juntas.

—Esperemos a... Oh, aquí viene.

El Zhang con cerebro de arroz entró en la estancia y ocupó la posición de honor. Un par de minutos después llegó una mujer con una bandeja con vasos y una jarra de vino. Las muchas capas de su ropa susurraron cuando se agachó para servirlos. Mientras vertía el vino, mantuvo la cabeza baja; lo único que Ouyang podía ver de ella era su enorme y escultural tocado, con alfileres de oro y coral, y la piel lechosa de su muñeca mientras se sostenía la manga para entregarle el vino.

Zhang la observó con patente orgullo.

—Es mi esposa —dijo con despreocupación—. La mujer más bella de esta ciudad de bellezas.

—Mi marido aprecia demasiado esta ciudad —murmuró la mujer. En su rostro bajado, empolvado y tan blanco como un jarrón iluminado por la luna, podía verse un atisbo de unos sonrientes labios escarlata—. Por favor, honorable invitado, bebe y ponte cómodo.

Se sentó junto al inútil de Zhang mientras este pedía sin ninguna necesidad las opiniones del resto de los presentes. Ouyang y el general Zhang se concentraron en la comida y el vino. Ouyang notó que los ojos del otro general se desviaban demasiado a menudo hacia la mujer que atendía a su marido. Cuando terminaron, el indolente Zhang eructó y dijo:

—Esposa mía, ¿no actuarás para nosotros? Un poema, o una canción.

La mujer se rio con coquetería tras su manga.

—He preparado otro entretenimiento para mi marido. Espero que te guste.

Dio unos golpecitos a la puerta y esta se abrió. Un riachuelo de chicas entró con ligereza, vestidas con trajes diáfanos de los colores pálidos de las cáscaras de huevo y de las polillas. Tenían los rostros maquillados; su perfume era insípido.

—¡Ah, conoces muy bien mis gustos! —exclamó Zhang con malicia—. Son las chicas de tu casa, ¿verdad? Veo que el nivel de su mercancía no ha bajado. —Miró a Ouyang y chasqueó la lengua—. Es una pena, general, que no puedas catar la verdadera riqueza y el talento de esta ciudad. Aunque he oído que a las mujeres de palacio les gustan los amantes eunucos; como no tienen necesidades propias, muestran con ellas una paciencia infinita. ¡Me resulta extraño imaginarlo!

Ouyang pensó que el general Zhang había sido muy listo al hacer que los criados se llevaran su espada con el resto de sus pertenencias.

—Por desgracia, la paciencia no es una de mis virtudes —dijo con tanta frialdad como pudo.

—Bien, porque yo nunca he tenido paciencia con los virtuosos —replicó él—. Con las mujeres virtuosas, quiero decir.

—Estoy segura de que sus ojos y oídos disfrutan como los de cualquier otro hombre —dijo la mujer—. Espero que nuestro invitado encuentre el entretenimiento de su gusto.

Ouyang le dedicó una abrupta mirada, pero la mujer ya se había levantado para retirarse con pasitos que hacían agitarse sus mangas.

Las chicas cantaron durante una hora interminable antes de que el inútil de Zhang dijera:

—Así que el Gran Yuan viene buscando mi apoyo para recuperar Bianliang.

El general Zhang se excusó, diciendo:

—Os dejaré para que discutáis los detalles.

—No será solo recuperar Bianliang, sino destruir el movimiento de los rebeldes por completo.

—Ah. —La atención de Zhang, que apenas se había posado en Ouyang, regresó con las chicas—. Entonces acepto. Espero que el Gran Yuan reconozca mi lealtad. Sin ella, creo que podría encontrarse en problemas.

—Por supuesto, tus contribuciones al Gran Yuan no podrán exagerarse.

—¡No! —Zhang se rio—. No, efectivamente. ¡Más vino! —gritó a las chicas, y varias de ellas lo rodearon como mariposas en una flor, sirviéndole vino y riéndose.

Ouyang se vio obligado a quedarse allí sentado, en un estado de exquisito desagrado, mientras el inútil de Zhang mimaba y satirizaba a las chicas que cantaban y recitaban poesía y le vertían copa tras copa. Después de lo que le pareció una eternidad, Zhang se excusó por fin y se levantó tambaleándose y apoyándose en las chicas que se lo llevaron entre risas.

Cuando Ouyang regresó a su dormitorio bien pasada la tercera ronda, encontró los largos pasillos en penumbras. En toda su longitud, los criados dormían sentados en taburetes ante la puerta de sus señores, con las velas extinguidas.

No lejos de las habitaciones de Ouyang había una única puerta entreabierta por la que se filtraba una tenue luz. El taburete de fuera estaba vacío. Cuando pasó, el movimiento del interior captó su atención. Miró con indiferencia, y entonces se detuvo.

En la cama, un hombre desnudo abrazaba a una mujer. El cabello del general Zhang, tan elegantemente masculino como en Hichetu, seguía recogido con su broche y sus alfileres dorados. Los músculos se movían en su espalda cuando él lo hacía, y la luz entraba y salía de los huecos en sus esbeltos flancos bronceados.

Debajo estaba la esposa del inútil de Zhang. Encuadrada por los resplandecientes ornamentos de su cabello, con copos de perla titilando en sus mejillas, su rostro mostraba una perezosa actuación. El hombre que buscaba su placer podría haber sido cualquiera. Para Ouyang, no parecía haber diferencia alguna entre sus sonrisas tímidas y los susurros cuidadosamente dirigidos al oído de su amante y los rostros de las putas con las que follaban sus soldados. Observó el rebote rítmico de su carne, la creciente película de sudor en la espalda del general Zhang, y sintió una oleada de desprecio.

El general Zhang terminó y se apartó. Se apoyó sobre un codo y miró a la mujer con desguarnecida ternura. El cuerpo revelado de ella era tan delicado como un pliego de seda blanca, acabada en unas diminutas zapatillas de noche escarlatas que atraparon los ojos de Ouyang con la violencia de la carne abierta. Echó al general Zhang una mirada tímida y le tomó la mano libre. Riéndose ligeramente, dijo algo y le golpeó el centro de la palma con una uña. El general Zhang se derritió aún más. Después, para sorpresa de Ouyang, la luz destelló entre sus cuerpos: el general Zhang sostenía una llama naranja en su palma. Había sido tan repentino como el truco de un ilusionista. La llama ardió con fuerza, firme, y su extraña luz naranja robó el color de la habitación hasta que sus pieles desnudas se volvieron grises y los labios maquillados de la mujer fueron tan negros como el carbón.

Ouyang recordó la débil llama azul entre los nudillos del Gran Kan. *El Mandato del Cielo.* Tenía sentido. Los mongoles estaban perdiendo el Mandato, así que otra persona tenía que ganarlo. Estaba claro lo que eso significaba para el futuro del Gran Yuan. Pero, aunque era un futuro, no era *su* futuro, así que su tristeza fue tan abstracta como impersonal, nada más que una sensación de final.

Se produjo un sonido y una doncella dobló la esquina en el pasillo con una palangana y una lámpara sobre una bandeja. Ouyang se apresuró. Sus pasos apenas sonaron, pero las velas del pasillo se encorvaron ligeramente mientras avanzaba.

Aunque era pleno invierno, los apagados andrajos del follaje del año anterior todavía colgaban de las ramas del huerto de los Zhang. Daban a los árboles una fealdad intermedia que a Ouyang le recordó las mudas de pelo de los animales. La vio no mucho después de la hora señalada, deslizándose lentamente por el sendero hacia él con sus inútiles pies diminutos y las mangas de seda flotando tras su cuerpo como pájaros al vuelo. Le resultó sorprendentemente difícil reconciliar la imagen con la idea de que era ella el verdadero poder tras el imperio; uno comercial, además. Podría haberle rodeado la garganta con las manos y terminado con ella en un instante.

—General Ouyang. —La señora Zhang inclinó la cabeza como saludo. Al ver su rostro de cerca por primera vez, Ouyang notó que sus pómulos bajos le daban a su apariencia una ligera carnosidad. El polvo facial blanco no conseguía esconder del todo las irregularidades que había debajo; su perfume era desagradablemente fuerte. En su boca lacada en rojo podía ver una mancha reflejada del sol—. Tenías fama de ser tan guapo como el príncipe de Lanling, e incluso más feroz en la batalla. A la luz del día, veo con claridad que lo primero, al menos, es cierto.

Se decía que el rostro del príncipe de Lanling había sido como el de una mujer hermosa, de modo que llevaba una máscara demoniaca a la batalla para instigar el miedo en los corazones de sus enemigos.

—¿Dudas de lo segundo? —le preguntó Ouyang.

La complicidad de su expresión lo llenó de desagrado.

—¿Es el general más efectivo aquel que lucha mejor?

—Puede que tú elijas a tus generales por su efectividad en otras arenas.

Sus cejas pintadas se arquearon hacia arriba.

—¡Me encanta que no decepciones! Los eunucos son de verdad tan mezquinos como se dice. Al general Zhang le entristecería oírte hablar así; te tiene cierto respeto.

—Si yo no lo respetara a él, no me habría reunido contigo.

—Se te dan mal estos juegos, general. Supongo que no soy la primera que te lo dice. Un hombre más inteligente haría menos evidente que las mujeres le desagradan.

—No creas que me conoces.

—Dime: ¿a quién deseaste mientras mirabas? ¿A él o a mí?

La vergüenza lo atravesó.

—Puta —dijo furiosamente.

Ella le echó una mirada evaluadora, como si fuera un reflexivo comprador de caballos.

—Es cierto que hay hombres afeminados que naturalmente prefieren a otros hombres; me preguntaba si ese sería tu caso. Pero... No. Creo que tú deseas a los hombres porque las mujeres te recuerdan todo lo que odias de ti mismo. Que, más allá de lo que hagas o de lo que puedas conseguir, siempre te verán más como una mujer que como un hombre. Débil. *Insuficiente.* —Se rio levemente— ¿No es cierto? Qué trágico.

Al oír su verdad privada en los labios de ella, por un momento se quedó paralizado. Cuando el dolor floreció por fin, se convirtió en un núcleo de su ira, como la imperfección en la base de una taza sobre la que se elevan las burbujas.

—Más trágico sería saber que incluso un niño medio estrangulado al nacer está mejor capacitado que tú para gobernar —siseó—. Que, más allá de lo que hagas o de lo que puedas conseguir, nunca recibirás el Mandato del Cielo *porque eres una mujer.*

La compostura de la señora Zhang se mantuvo tan inmaculada como el esmalte de un jarrón recién sacado del horno.

—El Mandato. ¿Sabes que el naranja es el color de la sal al quemarse? Esa es la razón por la que el verdadero color del fuego es naranja. Ni azul ni rojo. La sal es fuego, y la sal es vida, y sin ella, incluso un imperio puede caer y convertirse en nada. —El fracaso de Ouyang en producir una sola grieta en su compostura lo llenó de una violenta impotencia—. Puede que carezca de la capacidad para gobernar, pero lo único que necesito es un hombre que la tenga. Y, como has visto, ya lo he encontrado. —Cuando sonrió, resultó tan artera como una zorra al acecho—. Tengo todo lo que necesito. Mientras tú, general... Todavía me necesitas a mí.

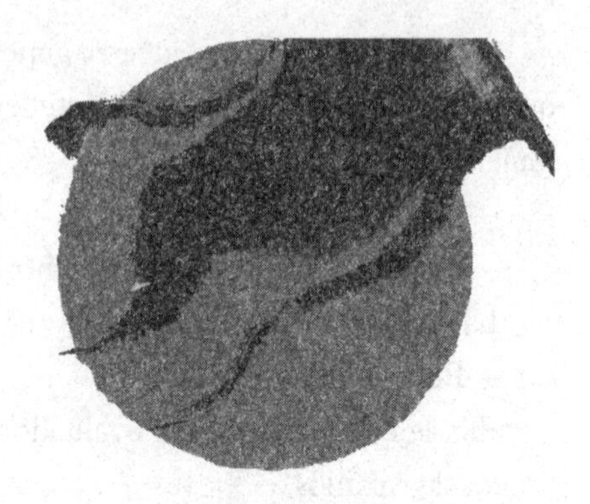

19

ANFENG, DECIMOPRIMER MES

Zhu volvió en sí. Ocurrió tan lenta y dolorosamente que tuvo la sensación de haber regresado de la nada. Incluso antes de darse cuenta de que estaba en Anfeng, en su propia cama, la sorprendió el milagro.

—Estoy *viva* —dijo, con la voz ronca por el dolor y el asombro.

Ma se inclinó sobre ella en un instante, con el rostro tan preocupado que parecía que no había dormido en un mes. Por lo que Zhu sabía, podía haber pasado ese tiempo y más desde lo ocurrido en el gran canal.

—¡Ma Xiuying! —exclamó, encantada—. Estoy viva.

Ma respondió a su afirmación con una mirada furiosa. Parecía tentada a estrangularla hasta su muerte.

—¡Con qué facilidad lo dices! ¿Tienes idea de lo cerca que has estado de no estar viva? ¿De lo que tuvimos que...? ¿De cuántas veces pensamos...?

Se detuvo, mirando a Zhu con enfado, antes de estallar en lágrimas, para su sorpresa.

—Lo siento —dijo, llorando—. Solo estoy cansada. Hemos estado muy preocupados. ¡Creímos que te ibas a morir! Puede que el general del Yuan perdonara a tu ejército, pero se ensañó contigo...

Ma tenía la expresión enfermiza y pálida de alguien a quien se le ha roto el corazón tras ver el sufrimiento de otro. A pesar del dolor de su cuerpo, durante un confuso momento, Zhu pensó: *Pero yo no estoy sufriendo.*

Los recuerdos se encharcaron en ella como cintas caídas. Momentos únicos que titilaron más y más rápido hasta que se unieron en una versión de pesadilla de la realidad. Vio la llanura y el oscuro bosque de lanzas del ejército del Yuan. El general Ouyang frente a ella, tan implacable como el jade y el hielo. El destello de luz de su espada; las banderolas congeladas contra la cúpula azul verdosa de aquel cielo de invierno. El impacto mudo, indoloro, seguido por el horror de bajar la mano y tantear el lugar donde se unían. Su mano cerrándose alrededor del filo de su espada, como si eso pudiera, de algún modo, evitar que se clavara en su interior. Su mano.

Cada vez que el mundo te dé la espalda, recuerda que fue por mi culpa.

Durante esos primeros segundos tras despertar, Zhu solo se había sentido contenta de estar viva. En ese instante, lenta y deliberadamente, detuvo su conciencia en su brazo derecho. Por un momento pensó que quizá lo había soñado, porque su mano seguía allí. Le dolía, y todo el dolor estaba en su brazo. Llevaba un guante de fuego líquido. Le había comido la piel, la carne, hasta que lo único que quedó de ella fueron los huesos, delineados en una agonía blanca y caliente.

Su brazo derecho estaba debajo de la manta. Extendió su mano izquierda sobre su cuerpo.

—¡No mires! —gritó Ma, lanzándose sobre ella.

Pero Zhu ya había apartado la manta. Miró tan desapasionadamente como pudo el muñón vendado una cuarta por debajo de su codo derecho. La imagen le pareció extrañamente familiar. La hizo pensar en cuando se desvestía en su almacén del monasterio, y cómo el cuerpo cambiado y amenazante que descubría siempre había parecido pertenecer a otra persona. Pero aquella agónica mano invisible era sin duda suya, y también el muñón. El general eunuco se había vengado. La había mutilado.

La cabeza le daba vueltas. En todos los años durante los que había vivido la vida de otra persona, había creído que ya estaba operando en las condiciones más difíciles, que se estaba esforzando tanto como era humanamente posible para sobrevivir. Nunca podría haber imaginado que iba a volverse más difícil aún. Le parecía que había subido una montaña solo para darse cuenta de que apenas había ascendido una pequeña parte y de que la auténtica cumbre estaba muy por encima. La idea la llenó de un cansancio tan profundo que, por un momento, le pareció desesperación.

Pero, mientras miraba las vendas del color del óxido, una idea se abrió camino hasta la superficie. *Por cansada que esté, por difícil que sea, sé que puedo seguir porque estoy viva.*

Viva. Se aferró a esa única verdad, el hecho más importante del mundo, y notó su calidez sacándola de su desesperación. *Me ha dejado vivir.*

¿Qué fue lo que le dijo, en ese horrible último momento? *Desearás que te hubiera matado con honor.* Él le había asestado el peor castigo que podía imaginar: la mutilación del valioso cuerpo que le habían otorgado sus ancestros y el conocimiento de que jamás volvería a sostener una espada o a conducir a los hombres en la batalla desde la vanguardia. No era nada menos que la total destrucción del orgullo y el honor que hacían que mereciera la pena vivir como un hombre. El general eunuco había empujado a Zhu Chongba a un destino que habría destruido todo lo que era, incluso más que la muerte. Lo habría convertido en nada.

Pero yo sigo aquí, pensó Zhu con lentitud.

El general eunuco no sabía que estaba actuando sobre el cuerpo de alguien que nunca había tenido que cargar con las expectativas ancestrales del orgullo o del honor. Zhu recordó esa terrible sensación, la conciencia de que se estaba alejando irremediablemente de Zhu Chongba, la persona que tenía que ser. Había tenido mucho miedo a lo que eso significaba: que no era Zhu Chongba y nunca lo sería, y que en el instante en el que el Cielo lo descubriera, la devolvería a la nada.

En ese momento, un descubrimiento que cambiaba todo lo que había creído sobre el mundo la hizo tambalearse.

He sobrevivido… porque no *soy Zhu Chongba.*

—¿Por qué sonríes? —le preguntó Ma, asombrada.

Durante la mitad de su vida, Zhu había creído que estaba persiguiendo el destino que pertenecía a Zhu Chongba. Había considerado sus éxitos como peldaños en un camino que solo él podía transitar, hacia un final de grandeza y supervivencia que solo él podía disfrutar. Pero ahora había tenido éxito, y por primera vez en su vida no había tenido nada que ver con Zhu Chongba.

Pensó en su misteriosa habilidad para ver el mundo espiritual, la habilidad que había tenido desde el momento en el que se detuvo ante la tumba de su familia y apresó por primera vez su deseo de sobrevivir. La capacidad que no compartía con nadie más en el mundo que con aquel niño sobrenatural, el Príncipe de la Luz. Lo que significaba que eran, de algún modo, *parecidos*.

Como había hecho tantas veces antes, dirigió su atención a su interior. Se sumergió en el cuerpo mutilado que no era el cuerpo de Zhu Chongba, sino el cuerpo de una persona distinta... poseedor de una sustancia totalmente diferente. Siempre había hecho aquella búsqueda de algo que le parecía *ajeno*, de esa semilla de grandeza que le había sido trasplantada bajo la falsa creencia de que era otra persona. Pero, en ese momento, cuando buscó, vio lo que había estado allí siempre, no la chispa roja de los antiguos emperadores Song sino su propia determinación... Su deseo. Aquel anhelo que era tan fuerte que sobrepasaba los límites de su forma física y se enredaba en el pulso y la vibración de todo lo que la rodeaba: tanto el mundo humano como el mundo espiritual. Era un deseo que ardía, blanco y caliente. Que *brillaba*. Resplandecía con su propia luz, pura e incesante, y aunque la conocía tan íntimamente como cualquier otra parte de sí misma, la alegría de su descubrimiento *fue* lo que le robó el aliento. Era una chispa blanca que se convertiría en una llama...

Y me pertenece a mí.

Zhu estaba sentada en la cama, bebiendo una de las sopas medicinales de Ma. Dejó a un lado la cuchara y bebió directamente del cuenco, equilibrado en su palma izquierda. Llamaron a la puerta y Xu Da entró. Se sentó en el taburete junto a la cama de Zhu y la miró; un alivio crudo cambió su expresión.

—Hermanito, tienes buen aspecto. Estaba preocupado por ti.

Zhu sacó la cara del cuenco y lo soltó, lo que fue muy difícil de hacer sin derramarlo. Le sonrió. Le debía la vida, pero eso se quedó sin decir.

—Ma Xiuying me dijo que, después de que el general eunuco se retirara, me llevaste tú mismo todo el camino hasta Anfeng.

—¿Que te *llevé*? ¿En brazos? Es una imagen muy romántica. Lo que hice fue sentarme en una carreta junto a tu cuerpo casi muerto durante seiscientos li, rezando para que siguieras respirando. Tienes suerte de que haya pasado todos mis años de formación rezando. —Habló con despreocupación, pero la tristeza se posó en su rostro: estaba recordando. Zhu se dio cuenta de lo duro que debió haber sido para él. Para él y para Ma Xiuying, las dos personas que la querían.

—¡Apenas estudiabas! —le dijo con severidad—. Es un milagro que el maestro del dharma dejara que te ordenases. Pero supongo que debiste hacer algo bien, si el Cielo no pudo negarse a tu petición.

—No fueron solo las oraciones las que te salvaron. —Como si fuera una confesión, le dijo—: Pensé que te morías.

—Parece que era una suposición razonable, por lo que todos me han dicho.

—Creí que podría ocuparme yo hasta que comenzaste a tener fiebre. Necesitaba ayuda…

—¿Quién? —le preguntó Zhu con tranquilidad.

—Jiao Yu. Y me ayudó: te llenó de agujas y te dio una medicina, y lo conseguiste —dijo Xu Da. Hizo una pausa—. Pero lo sabe. Lo tuyo.

Zhu se echó hacia atrás con cautela. Su dolor creció y latió.

—Vaya. Primero tú, después Ma Xiuying y ahora Jiao Yu. ¿No has oído que solo se necesita que tres personas hablen de un tigre antes de que todo el mundo lo crea?

Xu Da tenía el rostro ceniciento.

—Lo mataré, si necesitas que lo haga —le dijo en voz baja.

Zhu sabía que lo haría, igual que sabía que eso sería lo peor que había hecho nunca. El resto de las muertes sin duda tendría repercusiones en sus vidas futuras, pero la traición y el asesinato de uno de los suyos era algo que Zhu sabía que lo acosaría en aquella vida. Pensar en el sufrimiento de Xu Da envió una oleada de furioso instinto de protección a su interior.

—¿Sigue aquí?

—Lo estaba esta mañana.

—Entonces no ha huido, aunque sabe que mi secreto pone en riesgo su vida. Eso significa que es consciente de lo importante que es su silencio para que tenga éxito. Cree que eso será suficiente para protegerlo.

Aunque Jiao era valioso, su primer instinto fue terminar con él. Años antes había dudado sobre si hacerle lo mismo al prefecto Fang, pero eso fue antes de tener las manos manchadas de sangre. Podía matar a Jiao con facilidad, y dudaba de que eso la persiguiera.

Pero la situación era distinta de lo que había sido con el prefecto Fang. Oh, que Jiao lo supiera le ponía la piel de gallina; le parecía una violación. Que ese conocimiento se extendiera todavía podía cambiar su vida de modos que no conseguía imaginar. Pero ya no la amenazaba con el que había sido su mayor miedo: que el Cielo descubriera que no era Zhu Chongba y la convirtiera en nada. Ese miedo había desaparecido. Se había enfrentado a la nada y había sobrevivido, aunque Zhu Chongba habría resultado destruido. El Cielo la había visto como ella misma.

Eso significaba que lo que Jiao sabía era solo un asunto de la gente, en lugar de algo que concerniera al destino y al Cielo, y eso significaba que era algo que podía controlar.

—Déjamelo a mí —dijo con gravedad.

Aunque Zhu solo había recibido dos heridas (o tres, si se contaba el agujero de salida de la espada), el dolor parecía venir de todas y de ninguna parte. Lo peor era que el dolor nunca era el mismo: algunos días la roía, otros días latía y se retorcía. La única constante era su brazo. Siempre ardía. Con la mente, recorrió la abrasadora silueta de esa extremidad fantasma. Por alguna razón, todavía podía sentir sus dedos apretados alrededor de la espada de Ouyang. *Vive como si tu mano estuviera en llamas,* pensó con amargura.

Ma entró en el dormitorio con un cuenco de pasta medicinal y desenvolvió el muñón de Zhu. Sus manos eran cuidadosas, pero la pasta…

—¡Eso huele *fatal*! —exclamó Zhu, enfadada. La divertía darse cuenta de que Ma estaba canalizando todas sus preocupaciones y resquemores haciendo el proceso de curación tan incómodo como fuera posible. Era una sanción que tomaba la forma de ungüentos cada vez más malolientes, de sopas tóxicas y de píldoras tan grandes como canicas. Como eso hacía feliz a Ma, Zhu interpretaba su papel y se quejaba—. ¿Estás intentando matarme o curarme?

—Deberías darme las gracias por el tratamiento que estás recibiendo —dijo Ma con expresión satisfecha. Cuando terminó con el muñón, le cambió los empastes de papel de arroz que le cubrían las heridas del vientre y de la espalda. Milagrosamente, la espada la había atravesado sin dañar ninguno de sus órganos vitales. O quizá no había sido tan milagroso: después de todo, el general Ouyang había querido que Zhu Chongba viviera.

Ma le tomó el pulso en la muñeca izquierda.

—¿Sabes? Es un milagro que solo lo sepa Jiao Yu —refunfuñó—. Cualquiera que sepa tomar el pulso sabría que tienes cuerpo de mujer.

Era curioso, pensó Zhu, que debiera su supervivencia al mismo cuerpo que había sido la causa de tanto terror. Recordó la inexorabilidad de sus cambios adolescentes y la sensación enfermiza y desesperada al sentirse arrastrada hacia un destino que la destruiría. Había ansiado el perfecto cuerpo masculino con tanta intensidad que había soñado con él y despertado aplastada por la decepción. Y, aun así, al final, había sobrevivido a la destrucción precisamente *porque* el suyo no era un perfecto cuerpo masculino que su propietario creyera inservible en cuanto ya no fuera perfecto.

Zhu no tenía un cuerpo masculino... Pero no estaba segura de que Ma tuviera razón. ¿Cómo podía su cuerpo ser el cuerpo de una mujer, si no cobijaba a una mujer? Zhu no era la versión adulta de la niña destinada a la nada. Se habían separado en el momento en el que se convirtió en Zhu Chongba, y no había vuelta atrás. Pero ahora tampoco era Zhu Chongba. *Soy yo. Pero ¿quién soy yo?*, pensó con perplejidad.

Encorvado sobre su muñeca, el rostro de Ma irradiaba cuidado y concentración. A pesar de todo lo que había ocurrido, sus mejillas todavía conservaban un rastro de la redondez de la infancia. Sus cejas eran tan perfectas como si las hubiera trazado el dedo de su amante; sus labios suaves eran tan gruesos que su silueta era casi un círculo. Zhu se recordó besando aquellos labios. El recuerdo llegó acompañado de una dispersión de sensaciones: ternura, y docilidad y el reverente cuidado con el que se toca la curva cálida de un huevo de pájaro en el nido. La sorprendió el inusual deseo de sentirlos de nuevo, de verdad.

—Pero Yingzi —dijo, fingiendo seriedad—, hay modos mucho más fáciles de saberlo sin tener que tomarme el pulso.

Zhu solo lo vio porque estaba esperándolo: los ojos de Ma bajaron hasta la ligera curva de su pecho sin vendar. No habría significado nada si Ma no se hubiera sonrojado al mismo tiempo. *A ella le gusta este cuerpo,* pensó Zhu, con una extraña mezcla de diversión y ambivalencia. Tenía senos, lo sabía, y aun así, en cierto sentido, para ella nunca habían existido de verdad porque no *podían* existir. Era extraño que alguien los mirara, *dejar* que alguien los mirara, y saber que esa persona no estaba sintiendo horror sino atracción. *Deseo.* Eso la ancló a su cuerpo de un modo que no había sentido antes. No era una sensación cómoda, pero tampoco era totalmente insoportable, como lo habría sido antes de la intervención del general Ouyang. Parecía algo a lo que podría llegar a acostumbrarse, aunque no estaba segura de querer intentarlo.

Como si se percatara de repente de su propia lascivia, Ma soltó la muñeca de Zhu y tomó el libro más cercano.

—¿Los clásicos otra vez? —se quejó Zhu—. Cuando tu amado está en la cama, ¿no debes leerle poesía romántica en lugar de sermones morales?

—Te vendrá bien un poco de moral —dijo Ma, sonrojándose de un modo encantador ante la palabra «amado». A pesar de sus escrúpulos corporales, Zhu apenas consiguió resistir la tentación de besarla de nuevo para ver qué tono de rosa podía alcanzar—. ¿Y dónde esperas que encuentre poesía romántica en Anfeng? Aunque hubiera, a estas alturas ya estará toda en el forro de las armaduras. ¿Y cuál es el mejor uso? ¿Una armadura a prueba de flechas o unas palabras dulces susurradas al oído?

—Sin palabras dulces en las que creer, ¿quién se expondría a una lluvia de flechas? —señaló Zhu—. De todos modos, ni todo el papel del mundo podría haberme salvado de nuestro amigo, el general Ouyang.

Se dio cuenta con retraso de que había estropeado el ambiente.

—Al menos te dejó con vida —dijo Ma con expresión preocupada.

—No fue por piedad —contestó Zhu, conteniendo el aliento un poco cuando el dolor de su brazo se estrelló contra su conciencia—. Él cree que la vergüenza de estar tullido es peor que la muerte. Supongo que fue un hijo querido, de esos que crecen sabiendo que deben llevar honor a sus ancestros. Pero después lo mutilaron y lo obligaron a servir a aquellos que lo hicieron, y sabe que sus ancestros le escupirían antes que recibir sus ofrendas. —Después, lentamente, porque hablar de su infancia todavía la incomodaba, añadió—: Pero esa es la diferencia entre nosotros. Nadie esperaba nadie de mí. Nadie me quiso nunca.

Para su sorpresa, reconocerlo la hizo sentirse más ligera. Nunca se le había ocurrido cuánta energía estaba gastando en el esfuerzo de creer que era otra persona. Entonces se dio cuenta: *Me ha puesto el camino más difícil, pero sin saberlo me ha hecho más fuerte…*

—*Yo* te quiero —dijo Ma en voz baja, después de una larga pausa.

Zhu sonrió.

—Ni siquiera sé quién soy. El general Ouyang mató a Zhu Chongba, pero tampoco soy la persona que era cuando nací. ¿Cómo puedes saber a quién estás queriendo?

La lluvia tamborileaba sobre el tejado de paja. El olor a setas de la paja húmeda los envolvió con la intimidad de otro cuerpo caliente bajo las mantas.

—Puede que no conozca tu nombre —le dijo Ma, tomándole la mano—. Pero sé quién eres.

ANFENG, AÑO NUEVO, 1356

—Argh, hace mucho calor —se quejó Zhu, sentándose derecha en el borde de la cama. Estaba desnuda excepto por sus vendajes, y el sudor le picaba mientras goteaba bajo sus brazos y bajaba por su torso—. En toda la historia de nuestro pueblo, ¿crees que hubo alguna vez un guerrero herido que muriera porque se bañó sin estar rodeado de suficientes braseros para asar un trozo de cerdo? Dime la verdad, Yingzi. ¿Esto es solo una excusa para que me quite la ropa?

Ma la miró de mal humor desde donde estaba, quitándole los emplastos de papel de arroz de las heridas.

—Oh, ¿así que estoy haciendo esto para *mi* beneficio?

—Me preguntaba por qué me habías elegido en lugar de a Sun Meng, ya que soy mucho más fea de lo que lo era él, pero ahora sé la verdad: es porque tengo tetas —dijo Zhu. Había descubierto que, cuanto más repetía aquellas cosas, más fácil le resultaba decirlas—. Me echaste una mirada y supiste que era el hombre al que querías.

—Veo que has empezado a reírte de ello. ¿Pierdes una parte de tu cuerpo y de repente estás ansiosa por enseñar los extras con los que cuentas? —le preguntó Ma, sonrojándose, y tiró del emplasto.

Zhu aulló, como se esperaba que hiciera, pero fue todo una actuación. Después de casi dos meses de recuperación, lo único que había bajo los emplastos eran cicatrices de un rosa furioso, la de delante ligeramente más grande que la de la espalda. Era el mejor resultado que podrían haber esperado. Incluso el muñón estaba mejorando. No le daría tiempo de terminar de sanar, pensó Zhu con tristeza. El Año Nuevo y el Festival de las Linternas ya habían pasado, y no esperaba que el Yuan demorara mucho más antes de intentar recuperar Bianliang.

Mientras Ma limpiaba, Zhu se sentó en el taburete junto a la palangana para asearse. El acto, que en el pasado había sido rutinario, todavía le resultaba extraño. No solo usar la mano izquierda para hacer lo que había hecho un millar de veces con la derecha, sino la novedad de fijarse en sí misma. En su piel, en su forma. Por primera vez desde su adolescencia, miraba su cuerpo y no sentía aversión, solo reconocimiento.

No era la única que miraba su cuerpo. El vergonzoso y secreto interés de Ma por su desnudez parecía tan íntimo como una caricia. Aunque Zhu nunca había sentido demasiado interés por los asuntos carnales, le gustaba la escalofriante sensación de poder que le provocaba conocer el deseo de otra persona. La hacía sentirse protectora. Un poco traviesa.

—Yingzi... —dijo con tono lastimero.

—¿Qué?

—¿Podrías lavarme el codo izquierdo?

—¡Como si un codo necesitara una limpieza especial! —exclamó Ma, fingiéndose perpleja, aunque se acercó y tomó la toalla. Zhu extendió las piernas tanto como le fue posible, de modo que Ma se vio obligada a colocarse entre ellas para llegar. Tenía las mejillas sonrosadas; era muy consciente de dónde estaba y qué estaba haciendo. Sus pestañas se agitaban de vez en cuando, mientras dejaba escapar el aliento que estaba reteniendo.

La sensación de cariño de Zhu se intensificó. Sin pensar demasiado en lo que estaba haciendo, le quitó a Ma la toalla de la mano y la dejó caer. Después le tomó la mano derecha y la colocó sobre su pecho.

Ma abrió la boca en silencio. De no haber sido por el brillo de sus ojos, habría parecido afligida. Zhu siguió su mirada fija y vio que la mano de Ma descansaba en su pequeño seno, con el pezón marrón justo bajo su pulgar. Sorprendentemente, sintió algo al verlo. No era una sensación propia, sino una vibración: la emoción vicaria del interés y la excitación de Ma. Pero, de algún modo, tenía sentido que sintiera el placer de Ma, igual que sentía su sufrimiento, porque sus corazones latían como uno solo.

Sonriendo, le colocó la mano izquierda en la nuca y tiró de ella hasta que se sentó en su regazo mojado y húmedo y la besó. Mientras sentía la suavidad de sus labios y la tímida caricia de su lengua, Zhu notó que la emoción prestada se fortalecía hasta que ya no estuvo segura de que *no fuera* algo que quería para sí misma. Era deseo, pero el deseo de otra persona atravesando su cuerpo hasta que la dejó sin aliento, tanto como si fuera propio.

Después de un rato se apartó, sintiéndose ligeramente mareada. Ma la miró, aturdida. Sus labios fascinaron a Zhu más que nunca: ligeramente separados, con un brillo húmedo que debía pertenecer a su propia boca. A pesar de todo el dolor que había causado en otros cuerpos, aquello parecía lo más personal que había hecho nunca.

Tanteó la cintura de Ma buscando el nudo que cerraba su vestido. Solo necesitaría un tirón para deshacerlo, incluso una persona torpe solo con la mano izquierda.

—¿Sabes, Yingzi? —dijo con voz ronca—. Sé bastante bien cómo funciona el asunto, pero en realidad nunca lo he hecho. Supongo que podríamos descubrirlo juntas, si tú quisieras.

En respuesta, Ma puso su mano sobre la de Zhu y tiró, y su vestido se abrió. Debajo era preciosa, resplandeciente y sudorosa, y mientras ayudaba a Zhu a echarle el vestido sobre los hombros, dijo, sonriendo:

—Quiero.

—No puede ser verdad, que tuviera la intención de dejar que Bianliang cayera —dijo Xu Da mientras un camarero subía las escaleras de la taberna y dejaba unos cuencos con aperitivos delante de Zhu y de sus capitanes reunidos—. ¿Por qué iba a dejarnos el Yuan que convirtiéramos Bianliang en nuestra capital permanente? Sería lo mismo que admitir que su imperio está condenado. Cuando terminó contigo, se retiró de inmediato y se dirigió a Bianliang, aunque Chen Youliang ya había entrado cuando llegó. ¿No crees que te dijo eso porque lo avergonzaba haber sido engañado?

Era su primera reunión en público en lugar de en el interior del templo. Como ya no había otros líderes de los Turbantes Rojos en Anfeng, Zhu no le veía sentido a continuar fingiendo que era un monje sin ambición; y eso hacía que diera la útil impresión de que Anfeng era suya. En los días que había pasado desde que retomó su papel de líder, había notado una nueva tensión con sus capitanes. Apreciaban el sacrificio que había hecho por ellos, pero les disgustaba y asustaba su nueva incapacidad. Por el momento, su fe en ella prevalecía. La seguirían una vez más. Si ganaba, se mantendrían leales. Pero si perdía…

Me darán la espalda.

Y eso si Jiao y su conocimiento de la *otra* diferencia de Zhu no descompensaba aquel delicado equilibrio antes de que consiguiera llegar a la siguiente batalla. Le echó un vistazo, pero el rostro del hombre se mantuvo inexpresivo mientras planeaba con sus palillos sobre los aperitivos antes de elegir con cuidado un trozo de cerdo guisado. *Mientras, no puedo comer en público, porque ni siquiera puedo sostener el cuenco y los palillos a la vez.*

—Me dijo que lo que quiere no tiene nada que ver con qué lado gane —le recordó a Xu Da—. Pero nadie sabe qué tiene eso que ver con Bianliang. Podría tener múltiples razones para dejarla caer. Por lo que sabemos, quería culpar de la pérdida a un enemigo político y ahora planea retomarla y cubrirse de gloria.

Pero, incluso al decirlo, recordó cómo había hablado el general de su destino. *Comenzaste algo que no tengo más remedio que terminar.* Su ira había sido sorprendente. No sabía cuál era su destino, pero no estaba contento con él.

—¡Comandante Zhu! —Un hombre subió corriendo las escaleras, saludó y le ofreció uno de los pergaminos diminutos que usaban para los mensajes de las palomas—. Acaba de llegar, del Canciller de Estado.

Zhu casi tomó el mensaje de Chen antes de recordar que no podría mantener abierto un pergamino enrollado. Consciente de que sus capitanes estaban observándola, dijo con voz apacible:

—Comandante segundo Xu, léelo, por favor.

Xu Da examinó el mensaje. Su rostro se quedó paralizado. Después de un instante, dijo:

—El Canciller de Estado expresa su preocupación sobre el probable intento del general eunuco de recuperar Bianliang después del verano. Pide la ayuda del comandante Zhu para defender la ciudad hasta que el Yuan abandone de nuevo la campaña.

—¿Y? —preguntó Zhu.

—Y si consigue retener Bianliang hasta el verano... —Xu Da la miró—. Actuará contra el primer ministro, tomará al Príncipe de la Luz y reclamará Bianliang. Te está invitando a ayudarlo.

En la mesa tomaron aliento.

—Ah —dijo Zhu. El momento era tan emocionante como ver la última fracción de un mapa desplegándose, revelando exquisitos detalles que habían estado ocultos. Sonrió—. Así que con nuestro dolor y sufrimiento en el gran canal nos hemos ganado su confianza. ¡Un regalo raro y valioso, sin duda!

Por eso había dirigido el propio Chen el asalto a Bianliang en lugar de quedarse en Anfeng. Había querido mantener al Príncipe de la Luz a su alcance. Hasta aquel momento, todo había sido parte de una larga partida, y Chen acababa de hacer su primer movimiento para terminarla. Zhu sintió la chispa blanca crepitando en su interior: la futura grandeza que sería suya si su deseo no flaqueaba.

—Con Bianliang a nuestra espalda y todas las tropas de los Turbantes Rojos unidas, seríamos un auténtico desafío para el general eunuco... Si es que realmente acude —observó Xu Da—. y si logramos derrotarlo... ¿qué nos impediría tomar todo Henan durante el verano? Controlaríamos el centro y todo el sur del río Amarillo. Si Chen Youliang convierte Bianliang en su capital y el Príncipe de la Luz lo legitima a los ojos del pueblo... ya no será solo el líder de un movimiento rebelde.

En su mente, Zhu vio a Chen ensangrentado en el resplandor del Mandato del Príncipe de la Luz.

—Quiere que lo ayudemos a ser rey —dijo Zhu.

Todos los ojos se posaron en ella.

—¿Lo harás? —le preguntó Xu Da.

No había duda sobre ir a Bianliang. Allí era donde estaba el Príncipe de la Luz, y todavía era la clave de la legitimidad de su rebelión ante los ojos del pueblo. Con eso en mente, la pregunta de a quién apoyar se reducía a quién tenía más posibilidades de conservar al Príncipe de la Luz: Chen o el primer ministro. Y Chen ya había hecho su movimiento.

Era visceralmente consciente de Jiao, al otro lado de la mesa, armado con su granada de conocimiento ilícito. Aquella era la oportunidad por la que lo había hecho todo, pero estaba llena de incógnitas. Lo último que necesitaba era el cabo suelto de un capitán. Si tomaba una decisión con la que él no estuviera de acuerdo, o que lo hiciera dudar, quizá se cambiaría al bando que creyera que podía ganar. Se preguntó si su conocimiento había ya disminuido su percepción de ella. ¿La consideraba más débil que antes? Si era así, entonces el umbral de su actuación sería aún más bajo. Si quería ganar aquel juego y conseguir la grandeza, tendría que ocuparse de Jiao antes de marcharse.

Miró al otro lado de la mesa, captando las miradas de sus capitanes por turnos y permitiendo que vieran su determinación. *Seguidme una vez más*. Se detuvo en Jiao. Él le devolvió la mirada con frialdad. La perturbó reconocer una evaluación en su mirada, como si estuviera despojándola de su ropa y juzgándola basándose en su cuerpo físico. Nunca antes había sido objetivo de una mirada así, y el asombro la llenó de una ira con la que no estaba familiarizado. De repente, recordó a la mujer de Jiankang que se había lanzado sobre el Pequeño Guo con la loable intención de asesinarlo. *Hermana, debería haberte dejado hacerlo,* pensó Zhu con amargo humor.

Rompió el contacto visual con Jiao y ordenó:

—Preparaos. Tan pronto como estemos listos, cabalgaremos hacia Bianliang.

20

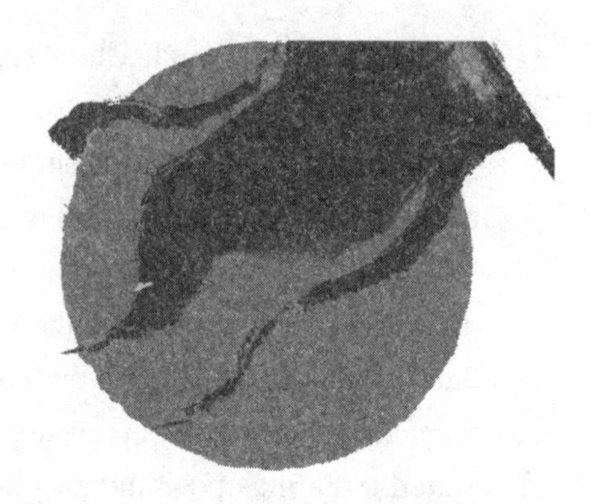

ANYANG, PRIMER MES

A pesar de su objetivamente extenso tamaño, el palacio del príncipe de Henan podía ser un lugar sorprendentemente pequeño; toparse con otra gente en los patios y pasillos era lo habitual. Lo peor de todo, pensaba Ouyang, era cuando veías a una persona a la que preferirías evitar al otro lado de uno de los puentes arcoíris del palacio y el encuentro era inevitable. Subió el puente con una mueca mental; el señor Wang hizo lo mismo desde el otro lado. Se encontraron en la clave, bajo el rocío de las primeras flores de los albaricoques.

—Saludos, señor Wang —dijo Ouyang, haciendo una mínima genuflexión.

El otro lo miró. Todavía parecía dolido, pero había una nueva dureza en su expresión. En ella había algo que parecía pertenecer a Ouyang, y eso lo inquietó.

—Así que has regresado de Yangzhou —dijo Wang—. He oído que has conseguido su ayuda. Un inusual logro diplomático para alguien sin un solo hueso diplomático en su cuerpo.

—Gracias por el halago, mi señor, pero no necesité persuadirlos. Son súbditos del Gran Yuan; acudirán de buena gana en su defensa.

—¡Qué adorable fantasía! Aunque estoy seguro de que mi pobre e ignorante hermano lo cree, no esperes lo mismo de mí. Tras decirte tan a menudo que soy un inútil, ¿has olvidado cuál es realmente mi territorio? Soy *administrador*. Conozco mucho mejor que tú la naturaleza de los negocios, y la de los mercaderes. Y sé que necesitan algo más que la promesa de un halago para que los convenzan de actuar. Así que, general, ¿qué le has ofrecido a cambio de esa ayuda? Tengo curiosidad.

Un par de pétalos cayeron y se alejaron, girando, bajo el puente. Si Ouyang no hubiera sabido cómo terminaría todo aquello (cómo *tenía* que terminar), el interés del señor Wang habría sido preocupante.

—Si mi señor está interesado, puede preguntarle al príncipe los detalles de las negociaciones —dijo con voz tensa.

Wang Baoxiang lo miró fijamente.

—Quizá lo haga.

Ouyang hizo una reverencia.

—Entonces, mi señor...

Antes de que Ouyang pudiera marcharse, Wang dijo en voz baja:

—Crees que me comprendes, general. Pero no olvides que eso funciona en ambas direcciones. Los iguales se reconocen; los iguales están conectados. Ambos hemos visto las humillaciones del otro. *Yo también te comprendo a ti.*

Ouyang se detuvo. A pesar de cuánto lo enfurecía que Esen no lo viera ni lo comprendiera, la idea de que Wang lo viera y lo comprendiera le parecía una violación.

—No somos iguales —dijo, con demasiado énfasis.

—Bueno, supongo que en algunos aspectos eres como mi hermano —susurró Wang—. Crees que las únicas cosas valiosas son las que tú valoras. ¿Existe el mundo más allá de tus propias preocupaciones, general?

—¡Me he pasado toda la vida luchando por el Gran Yuan! —A pesar de su esfuerzo, Ouyang no pudo evitar que la amargura se filtrara en su voz.

—Y, aun así, a mí me importa más que a ti, creo.

Bajo las flores de albaricoque, el señor Wang parecía alguien sacado de otro tiempo, uno de los elegantes aristócratas del viejo Lin'an imperial. Un erudito de un mundo que ya no existía. Con un escalofrío, Ouyang se dio cuenta de que Wang estaba acusándolo.

Tras pasar junto al señor y continuar su camino, este lo llamó:

—¡Oh, general! Debería decírtelo: he decidido acompañarte en tu pequeña expedición a Bianliang. Como son mis hombres y mi dinero los que estás usando, me parecía una pena que se malgastaran sin conseguir nada bueno.

La amargura de su voz era una copia exacta de la de Ouyang. *Los iguales se reconocen.*

Ouyang no se tomó al señor Wang totalmente en serio, pero la noticia se confirmó en el momento en el que entró en la residencia de Esen y lo encontró borracho y con aspecto sombrío.

—El señor Wang ha venido a verte —afirmó Ouyang. Ya asociaba aquel nuevo tipo de embriaguez amarga y miserable con un reciente encuentro con su hermano. Se tragó la idea de lo que ocurrió la última vez que Esen acudió a él borracho tras una pelea con Baoxiang.

—Me dijo que quería ir a Bianliang —le dijo Esen.

—No se lo permitas —replicó Ouyang de inmediato, sentándose frente a él—. Sabes que la única razón por la que quiere ir es para causar problemas.

No necesitó añadir: *Acuérdate de Hichetu.*

Esen hizo girar su copa.

—Quizá sea mejor que cause problemas donde podamos verlo, en lugar de dejarlo gobernando todo esto sin supervisión.

—Haces que suene como si lo peor de lo que es capaz fuera de hacer bromas infantiles.

—Podríamos regresar y descubrir que ha vendido las propiedades y se ha marchado para convertirse en un burócrata en la capital.

—Ese no sería el peor resultado. Pero no podría hacerlo; la familia de Bolud lo destruiría —dijo Ouyang con desprecio—. No necesitan una prueba de que él estuvo detrás del exilio de Altan. La sospecha será suficiente para ponerlos en su contra.

—Si hubiera que apostar sobre quién sobreviviría más tiempo en ese tarro de serpiente, yo apostaría por Wang Baoxiang contra Bolud-Temur —dijo Esen—. No, no *confío* en él. ¿Quién confiaría en él, después de lo que le hizo a mi padre? Pero sigue siendo mi hermano. Por mucho que lo desee, nada puede cambiar eso. —Reflexivo, emitió una carcajada brusca—. ¡Lo odio! Y, aun así, todavía lo quiero. Ojalá solo pudiera odiarlo. Sería más fácil.

—Las emociones puras son un lujo que solo pueden disfrutar los niños y los animales —dijo Ouyang, y sintió el terrible peso de sus propias y enredadas emociones.

—Pero puede que esto sea una oportunidad —murmuró Esen—. Para que compense y busque mi perdón. ¿Qué mejor lugar para ello que durante la campaña, como cuando éramos niños? ¡Yo quiero perdonarlo! ¿Por qué me lo pone tan difícil?

—Wang Baoxiang mató a tu padre. ¿Cómo podrías perdonarlo? —La pregunta sonó más brusca de lo que pretendía.

—Oh, ¡que te den! —En un arrebato de ira, Esen lanzó la jarra de vino al otro lado de la habitación, donde se rompió—. ¿Crees que no lo sé? Maldita sea tu mentalidad práctica. ¿Por qué no puedes dejarme fantasear solo un momento? Sé que no puede ser igual. Sé que no será igual. Sé que jamás lo perdonaré. Lo *sé*.

Como Ouyang no respondió, Esen añadió:

—No te has arrodillado.

Tanteó la mesa hasta encontrar otra jarra todavía con un poco de vino, y se sirvió de nuevo.

A Ouyang lo golpeó el recuerdo de su regreso de Bianliang. Se había arrodillado entonces solo porque había creído que eso lo pondría tan furioso como necesitaba estar. Pero, en aquel momento, no necesitaba enfadarse: todo estaba ya en movimiento y se desarrollaría independientemente de lo que él hiciera o sintiera. Si se arrodillaba, lo haría porque lo deseaba. La idea lo llenó de una vergüenza abrasadora.

—¿Quieres que lo haga? —le preguntó en voz baja.

La copa de vino de Esen rebosó sobre la mesa. Cuando miró de nuevo a Ouyang, lo hizo con una expresión enfermiza y hambrienta que se interpuso entre los dos como una conexión física. Ouyang oyó la voz del señor Wang: *Esen y tú sois dos cosas diferentes*. Iguales y diferentes: la yesca y la chispa.

Pero entonces la mirada de Esen se opacó, y miró de nuevo su vino.

—Lo siento. Te di libertad para que fueras sincero conmigo hace mucho tiempo.

Las agitadas emociones de Ouyang lo hacían sentirse como un marinero en un barco rodeado por un tifón, aferrándose a cada instante de vida aunque sabía que no había nada para él más allá de la oscuridad de las profundidades.

—Eres el príncipe de Henan —le dijo con incomodidad—. No te disculpes.

Esen apretó los labios.

—Sí, lo soy. —El vino derramado se extendió sobre la mesa entre ellos—. Vete. Duerme un poco. Prepárate para nuestra partida.

Ouyang se retiró y se dirigió a su propia residencia. Absorto en dolorosos pensamientos, fue una desagradable sorpresa levantar la mirada y encontrarse con Shao y con un puñado de comandantes esperándolo en su sala de estar.

—¿Qué pasa? —Habló en han'er, ya que todos los que lo esperaban allí eran nanren. El idioma siempre le parecía extraño en su lengua. Era solo otra cosa más que le habían arrebatado.

El comandante Zhao Man, cuyos zarcillos de filigrana otorgaban cierta delicadeza a una apariencia, por lo demás, de matón, dijo:

—General, ¿es cierto que el señor Wang nos acompañará?

—No he conseguido disuadir al príncipe de la idea.

—Nunca antes ha salido. ¿Por qué ahora?

—¿Quién sabe cómo funciona la mente del señor Wang? —preguntó Ouyang con impaciencia—. No puede hacerse nada; tendremos que adaptarnos a él.

—El señor Wang es peligroso —dijo Shao—. Lo que le ocurrió a Altan…

—No pasa nada —dijo Ouyang, manteniendo la mirada de Shao hasta que este apartó los ojos—. El príncipe lo ha despojado de casi todo su poder incluso aquí, en Anyang. Con respecto a las tropas, no tiene. ¿Qué amenaza podría ser para mí?

—El señor Wang no es tonto —murmuró alguien más.

—¡Basta! Tenerlo con nosotros no cambiará la situación —dijo Ouyang, frunciendo el ceño, y los dejó murmurando. No quería preocuparse por Wang. Lo único que tenía que hacer era seguir avanzando, dando el éxito por sentado. Pararse a pensar en lo que podría ocurrir, o en lo que podría haber sucedido, era el camino a la locura. Por un momento, pensó en Esen; no en un recuerdo concreto, sino en algo formado por todos los momentos que habían pasado juntos: la sensación de su cuerpo, su olor personal, su presencia. Era íntimo y totalmente falso, y era lo único que Ouyang tendría nunca.

Bianliang, en el umbral de la meseta norte del Yuan, estaba a apenas trescientos li al sur de Anyang. No había montañas en el camino, ni ríos traicioneros. Un mongol determinado con varios caballos podría cubrir esa distancia en un día. Incluso para un ejército debería ser un viaje directo. Ouyang examinó las carretas de provisiones del batallón atrapadas hasta el eje en el lodazal y pensó: *Voy a matarlo.*

—¡Esto ya ha durado demasiado! —gritó Esen cuando Ouyang se lo contó durante su parte nocturno. Escupió la cáscara de una pipa de calabaza tostada como si apuntara a la cabeza del señor Wang—. Oh, sé que me lo advertiste. Más tonto soy, por esperar contra toda esperanza un cambio en su naturaleza, que realmente intentara ser útil. ¡Mejor me habría ido deseando que cayeran caballos del cielo! Esto es solo lo que debería haber esperado: que intentara *matarme de irritación.* —Se puso en pie de un salto y se detuvo ante la plataforma sobre la que estaba la espada de su padre, que pedía a los sirvientes que colocaran cada noche al instalar su ger—. ¿Qué debería hacer?

No estaba del todo claro si se lo estaba preguntando a Ouyang o al espíritu de su padre. Ouyang, que no había nada que deseara menos que la opinión del espíritu de Chaghan, dijo con brusquedad:

—Castígalo.

Al decirlo, le sorprendió una sensación interna que fue como una campana resonando con la vibración de otra igual, muy lejana. Recordó haberse arrodillado ante Esen, esperando ser humillado para que su odio alimentara lo que necesitaba hacer. El único sentido que tenían las bromas de Wang era buscar su humillación a manos de Esen. Ouyang pensó con inquietud: *Pero si ese es el caso... ¿qué es lo que él necesita hacer?*

Esen se acercó a los guardias de su puerta y les dio instrucciones secas. Ouyang dejó a un lado su cuenco de sopa de fideos y cordero y se levantó, con la intención de marcharse, pero Esen regresó e hizo que se sentara de nuevo.

—Quédate. —Tenía una expresión inusualmente cruel. Otro habría pensado que era la mirada de alguien preparándose para la batalla, pero Ouyang, que había visto a Esen antes de una batalla de verdad, sabía que era peor. Había algo de Chaghan en su expresión, como si de verdad hubiera conseguido invocar al furioso espíritu del viejo—. Que te vea presenciar su humillación. ¿No es también tu ejército?

—No me lo agradecerá. —*Ambos hemos visto las humillaciones del otro.*

—A mí tampoco me agradecerá lo que estoy a punto de hacer.

El señor Wang llegó un par de minutos después. Dos semanas en la carretera habían vuelto su tez lechosa acostumbrada al interior del color de un lánguido brote de bambú. Se sentó sobre la alfombra de piel de tigre, echando a Ouyang una mirada venenosa al hacerlo, y después dijo, en un tono coqueto diseñado para enfurecer a Esen:

—Invítame a un trago, querido hermano. Eso aminorará el impacto de la espléndida reprimenda que veo que estás a punto de echarme. ¿O ya os lo habéis bebido todo tú y tu perrito faldero?

—Wang Baoxiang —dijo Esen con ferocidad.

—¡Hermano! —Wang aplaudió—. ¡Felicidades! Has imitado su tono a la perfección. Ah, es como oír al espíritu de nuestro padre. ¿Por qué lo hemos estado llorando, si está aquí, con nosotros? Mira, se me pone la piel de gallina.

—¿Este es el único motivo por el que estás aquí? ¿Para molestarme con tus tonterías?

Wang Baoxiang sonrió.

—No me gustaría decepcionar tus expectativas.

—Yo no... ¡Te has ganado a pulso mi desconfianza!

—Ah, claro, lo olvidaba. Como *tú* conseguiste ser el hijo perfecto, no había razón para que yo no lo fuera también. Qué egoísta y caprichoso por mi parte haberle negado a nuestro padre esa satisfacción. ¿No era toda mi maldad deliberada, porque disfrutaba viéndolo sufrir? ¡Cuánto debí desear su muerte!

Esen lo miró con frialdad.

—Wang Baoxiang, no toleraré tu interferencia en las operaciones de este ejército. Estás advertido. ¡Entrad! —llamó.

Entraron dos jóvenes guardias con los brazos cargados de libros. Sin cambiar de expresión, Esen tomó un tomo del guardia más cercano y lo lanzó al fuego. Los guardias comenzaron a arrojar los libros uno a uno. Las llamas de la hoguera sagrada se alzaron, con remolinos de ceniza, y el ger se llenó del olor del papel quemado. Ouyang vio que el rostro de Wang perdía su color. Fue una reacción tan drástica que le recordó la expresión sorprendida del primer hombre al que había matado.

—Veo que también posees la crueldad de nuestro padre —dijo Wang con severidad.

Un alboroto en el exterior los interrumpió, y un asistente entró rápidamente. Hizo una reverencia ansiosa y balbuceó:

—¡Príncipe! ¡Ven, por favor! Tu caballo favorito... Está...

Todavía con los labios blancos, Wang Baoxiang emitió una horrible carcajada.

—¡Su caballo! Oh, el pobre.

Esen, ya tomando su capa, echó una mirada cargada de recelo a su hermano.

—¡Si te has atrevido...!

—¿A qué, hermano? ¿A ser cruel yo también? Tenlo por seguro: si quisiera hacerte daño, lo sabrías.

Con una mueca de furia en el rostro, Esen se giró y atravesó la solapa del ger. Los guardias lo siguieron. Ouyang y el señor Wang se quedaron solos mientras los libros se deshacían lentamente entre las llamas, y el caballo relinchaba a lo lejos.

Ouyang observó la luz del fuego danzando por el rostro de Wang. Había una extraña y enfermiza satisfacción en él, como si Esen hubiera demostrado algo que quería que demostrara... Pero, al hacerlo, hubiera matado alguna otra parte que todavía mantuviera la esperanza.

—Márchate —siseó Wang.

Ouyang lo dejó viendo arder sus libros. Era una imagen lastimera, pero su pesar no tenía nada que ver con Wang. Era su traición la que había convertido el corazón puro de Esen en algo capaz de crueldad y recelo. Durante muchos años, había visto la despreocupada dicha con la que Esen vivía con envidia y admiración, con desprecio y ternura, y ahora había desparecido.

Había sido una mañana gris, y todos sabían que seguramente se detendrían el resto del día debido al malhumor del príncipe de Henan. El caballo había muerto (un intestino torcido), y Esen había pasado las horas posteriores furioso y afligido. A pesar de su desconfianza hacia el señor Wang, la enfermedad había sido certificada en la autopsia. Era sencillamente una de esas cosas que pasaban.

—¿Por qué debería llorar un hombre por un caballo? —preguntó Shao, haciendo girar una pieza negra de weiqi entre sus nudillos. Estaban en el ger de Ouyang. Fuera, acorde al ambiente, estaba lloviendo.

—Se lo regaló su padre —dijo Ouyang, colocando su ficha blanca. Odiaba hablar de Esen con Shao, como si Esen fuera solo un enemigo. Se obligaba a hacerlo de todos modos. Imaginaba que su relación con Esen era una fina tira metálica que estaba curvando hacia adelante y hacia atrás deliberadamente. Cada vez que se doblaba, le dolía. Quizá no le dolería cuando se rompiera del todo, pero no conseguía creerlo.

—¿Dónde están los demás? Llegan tarde.

Como si aquella fuera su entradilla, la solapa se levantó dando paso a una ráfaga de lluvia y al comandante Chu, que se agachó para ingresar. Sin preámbulos, dijo:

—General, Zhao Man ha desaparecido.

Ouyang levantó la mirada abruptamente.

—Detalles.

—Ninguno de sus hombres lo ha visto desde anoche. Parece que no ha dormido en su ger.

—¿Ha desertado? —preguntó Shao.

—Podría ser, señor. —Chu se sobresaltó cuando la solapa se abrió de nuevo para que entrara el resto de los comandantes. Se arrodillaron alrededor de la partida abandonada de weiqi, que Shao estaba ganando.

—General, ¿es posible que haya hablado? —preguntó el comandante Yan.

—¿Con quién y por qué? —le espetó Shao—. No es probable.

—Aun así, tenemos que considerar el peor escenario.

—Está claro que el peor escenario no ha ocurrido, si estamos aquí sentados hablando de ello —dijo Ouyang. Habló con rapidez, para convencerse a sí mismo tanto como a los demás—. ¿No se habla para ser recompensado? ¿Por qué se marcharía sin nada más que su ropa? No. Mañana descubriremos que se ha caído del caballo en alguna parte. Eso será todo.

—Continuemos —dijo Shao.

Los comandantes Chu y Geng asintieron, pero Yan y Bai intercambiaron una mirada. Después de un momento, Yan dijo:

—Con el debido respeto, general, no estoy convencido. Puede que tengas razón, pero me preocupa la incertidumbre. Cada vez hay más cosas que desconocemos de esta situación. ¿Cómo podríamos continuar con seguridad?

—Estoy de acuerdo con Yan —dijo el comandante Bai con voz ronca—. Deberíamos esperar.

—No, es demasiado tarde para eso —replicó Ouyang, notando las miradas que intercambiaron los otros cuando lo hizo. Era el cuidado con el que la gente trataba a alguien encabezonado en una idea hasta el punto de actuar más allá de toda racionalidad—. Los que no creáis con todo el corazón en el éxito de nuestro empeño, podéis abandonarlo. Si fracasamos, no seréis mencionados. Solo os pido silencio.

Yan y Bai se miraron de nuevo, y después Yan dijo:

—No nos beneficiaría hablar de ello.

—Entonces nos separamos —dijo Ouyang, regresando a la partida.

—Que todo salga bien y tengáis éxito —dijo Yan, levantándose y haciendo una reverencia—. Espero, por vuestro bien, que me equivoque.

Ouyang colocó otra pieza sin verla en realidad, y fue consciente de que Shao apretaba los labios, insatisfecho. Creyó que Shao discutiría con él, pero después de un momento colocó una pieza sin decir nada. Ouyang, mirando el tablero, sintió una asfixia progresiva. Las piezas negras de Shao estaban estrangulando a las blancas, rodeándolas en una espiral que no dejaba espacio para escapar.

Ouyang miró con furia los cuerpos. Yan y Bai habían sido descubiertos aquella mañana en el ger de Yan, tumbados en charcos de su propio vómito. A pesar de su enfado, mantuvo su expresión cuidadosamente inexpresiva. Era consciente de la presencia de Shao en la penumbra de su visión periférica.

—¿Qué ha causado esto? —exigió saber Esen, igualmente furioso. Las muertes de los hombres en el campo de batalla nunca le afectaban, pero la muerte en el interior de su propio campamento, después de una noche viendo agonizar a su querido caballo, lo destrozó. Echó una dura mirada al señor Wang, que se había acercado como un gerifalte al ver a su presa desde las alturas.

—Hemos perdido a algunos hombres últimamente tras una cepa de enfermedad especialmente virulenta contraída por comida en mal estado —dijo Ouyang, tranquilizándose—. Creíamos haber identificado la fuente, pero podría ser que todavía quedaran algunos productos dañados. El hecho de que Yan y Bai murieran juntos, después de comer y beber, sugiere una causa común.

Esen negó con la cabeza con impaciencia.

—¿Tan poco tiempo después de la desaparición del comandante Zhao? No puede ser una coincidencia. Llama al médico.

El médico llegó y se arrodilló junto a los cuerpos. Había reemplazado recientemente en su puesto a un hombre mayor, y Ouyang solo lo conocía de vista. Con el corazón abatido, vio que trabajaba metódicamente, lo que indicaba cierta experiencia. Shao, que no era ningún tonto, habría usado un veneno poco común, sabiendo que solo los médicos de la corte se especializaban en ese tema. Pero era una apuesta que Ouyang no habría hecho. Pensó, con desaliento, que solo había cambiado la incertidumbre del silencio de Yan y Bao por la incertidumbre de si sus cadáveres hablarían por ellos.

Cuando el médico terminó su examen, Ouyang sintió un escalofrío al ver al señor Wang observándolo con una mueca irónica en sus labios finos, como un hombre recibiendo la validación de algo que ya sabía aunque no deseaba.

—Estimado príncipe. —El médico hizo una reverencia ante Esen—. Tras examinarlos, creo que sus muertes fueron naturales.

Esen frunció el ceño. Bajo su máscara de control, Ouyang sintió un sorprendente alivio. Shao, a su lado, exhaló. Pero no de alivio. No, pensó Ouyang; lo hizo con la satisfacción de ver validadas sus temerarias conjeturas. Shao nunca había dudado de ello.

—No encuentro rastro de juego sucio, de violencia o de veneno —continuó el médico—. Podría ser lo que dice el general. Los síntomas encajan con una rápida enfermedad de las que normalmente provoca la comida en mal estado.

—¿Estás seguro?

—A primera vista, es parecido al envenenamiento, porque la comida en mal estado es en sí misma un tipo de veneno. Pero, tras el examen, la situación es sin duda distinta. —El médico se levantó—. Estimado príncipe, por favor, acepte mi opinión experta en el asunto.

El rostro de Esen seguía nublado, pero después de un instante, dijo:

—Muy bien. Llevad a cabo el entierro. Este asunto no debería interponerse en nuestros preparativos. Mañana haremos la distancia habitual. ¡Preparaos! —Se marchó abruptamente.

El señor Wang se acercó a Ouyang. Sus ojos felinos y satisfechos estaban bordeados de rojo, y a pesar de su inmaculado cabello y de su impecable atuendo, parecía atormentado, como si no hubiera dormido nada desde que Esen lo había reprendido dos noches antes.

—Qué descuidado. ¿Has perdido a tres comandantes justo antes de una batalla crítica? Yo me preocuparía por la moral de los hombres.

—Ahórrate tu preocupación para tu propia moral, mi señor —dijo Ouyang con brusquedad—. ¿Las llagas de la silla de montar te han hecho perder el sueño?

Wang le echó una mirada mordaz.

—Podría pensar que son mis pecados los que me acosan, pero después recuerdo cuántos pecados has cometido *tú* y eso no parece quitarte el sueño, ¿verdad?

Entonces, para asombro de Ouyang, sus ojos lo abandonaron y una amarga incredulidad presionó sus labios finos. La familiaridad de esa mirada heló a Ouyang. Lo que los animales podían ver, lo que hacía que las llamas de las velas brincaran en su presencia, estaba a su espalda. Y ahora, de algún modo, *Wang podía verlo*. A Ouyang se le erizó la piel, horrorizado. Sabía que no era algo de lo que simplemente no se hubiera dado cuenta en todos los años que había conocido a Wang. Aquello era nuevo. Algo en él había cambiado desde aquella noche en el ger de Esen, y no tenía ni idea de qué significaba.

Debió mostrar alguna reacción, porque Wang Baoxiang apretó más los labios.

—Es una pena, general, que los buenos comandantes sean tan escasos. Eran tres de tus mejores líderes, ¿no? Y con tan poco tiempo, imagino que te será difícil cultivar el tipo de confianza necesaria para este crucial encuentro.

—Tengo suficientes hombres en los que confío —dijo Ouyang con brusquedad. Un sudor frío reptó y hormigueó bajo su armadura.

—¿Sí? Eso espero, general, por tu bien. Muchas cosas dependen del resultado en Bianliang. Ya que de todos modos no duermo, quizá debería pasar algunas de esas horas rezando para obtener una victoria.

—Reza todo lo que quieras —dijo Ouyang—. No cambiará nada.

—Bueno, es obvio que *tus* oraciones no lo harían. ¿Qué deidad o ancestro escucharía a un sucio eunuco? Puede que me escuchen a mí. Pero es cierto: me siento más cómodo poniendo mi fe en el esfuerzo de mis propias manos. —La sonrisa sin humor del señor Wang tenía el borde afilado de una espada, y a Ouyang lo inquietaba no saber en qué sentido actuaba—. Planifícate bien, general. No me gustaría verte fracasar.

21

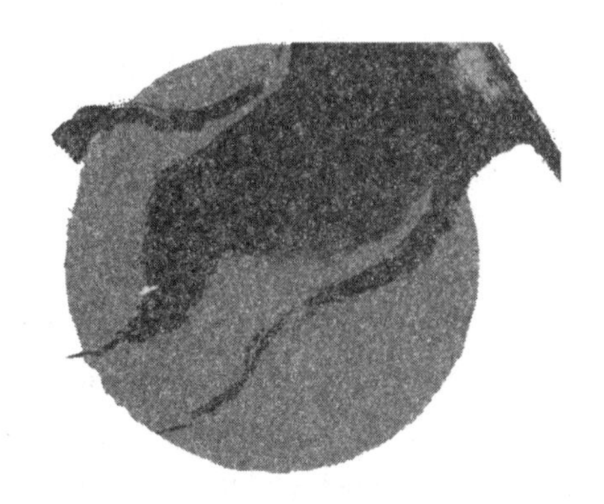

ANFENG, SEGUNDO MES

Ma estaba tumbada bajo la luz de la lámpara. La cabeza de Zhu estaba entre sus piernas. Habían estado haciéndolo tanto tiempo que la fricción había desaparecido hacía mucho; Zhu deslizaba los dedos en su interior con tanta facilidad que sus movimientos parecían invisibles.

—Más —dijo Ma, arqueándose—. Más…

De algún modo, supo que Zhu estaba sonriendo. Esta colocó los cinco dedos como una cuña y presionó en una penetración progresiva. Ma lo sintió. Le dolió. Era un placer devorador que le resultaba familiar y nuevo al mismo tiempo; lo era todo en el mundo. Oyó su propia voz, gimiendo.

—¿Paro?

—*No.*

Ma podía imaginar la sonrisa de Zhu, traviesa y decidida, con esa pizca de distante curiosidad que nunca desaparecía, ni siquiera en los momentos más íntimos. Zhu introdujo más la mano, hasta su parte más ancha. Se abrió paso con confianza, poco a poco, y Ma jadeó y gimió cuando llegó a los nudillos. Zhu se detuvo y Ma se dio cuenta de que había perdido la capacidad de formar pensamientos individuales. Eran solo sensaciones. Dolor y placer, placer y dolor. No tenía ni idea de cuánto tiempo duró la pausa antes de que Zhu se moviera de nuevo. Dentro, o quizá fuera, pero entonces sufrió un espasmo incontrolable alrededor de su mano. Estaba tan tensa que sus músculos aletearon en lugar de contraerse. Contuvo el aliento y se estremeció, sintiendo la pétrea solidez de Zhu en su interior.

—¿Todavía bien?

La voz de Zhu flotó hasta ella. Su lengua se deslizó con suavidad sobre su punto sensible, arrancándole un jadeo y otra ronda de sumisa agitación. Cuando los movimientos remitieron, Zhu presionó de nuevo y Ma gimió ante una sensación que era demasiado grande para contenerla; entonces Zhu empujó una última vez y se hundió hasta la muñeca. Ma se estremeció, escapando de sí misma en la estela de aquel hermoso y terrible dolor mientras los músculos de todo su cuerpo vibraban en una discordante secuencia, como el crujido del metal al enfriarse.

—Me siento como si, por mucho que me des, jamás pudiera tomarlo todo de ti. —Apenas reconocía su propia voz.

Zhu se rio.

—Ya lo has tomado.

Bajó la cabeza y Ma volvió a sentir su lengua deslizándose entre sus piernas. La lamió con suaves y repetitivas caricias, una y otra vez hasta que su temblor hipersensible se convirtió en un escalofrío y una exhausta reconstrucción. Lo único que pudo hacer fue retorcerse con debilidad contra la boca de Zhu, con el corazón latiendo en la fina piel extendida alrededor de la penetración de su mano. Había una emoción oculta en ello, como si pudiera acoger a Zhu en su interior y sostenerla en su cuerpo, como si fuera la única persona del mundo con ese peculiar poder.

Podría seguir así para siempre, pensó Ma, aterrada. ¿Qué podía ser aquello sino amor, aquella rendida sensación de su corazón latiendo contra la mano de Zhu? De Zhu, que podía hacerle daño pero que había decidido no hacerlo; que, al llenar su cuerpo, era tan íntima como era posible serlo, y que al mismo tiempo siempre se estaba alejando de ella en su búsqueda de su propia grandeza.

Zhu retiró la mano con un movimiento lento y giratorio. Ma gimió; la lengua de Zhu se movió más rápido sobre ella. Flotaba sobre una distante sensación de excitación; y después, sin darse cuenta de que había estado persiguiéndolo, llegó a la cima una última vez con un sollozo ahogado.

Zhu subió por la cama arrastrándose de un modo poco digno con un brazo y medio y se tumbó junto a Ma con una expresión de arrogante victoria. Ella nunca necesitaba nada de Ma a cambio, lo que la ponía un poco triste. No obstante, aunque Zhu hubiera querido, esta vez Ma no le habría sido de ninguna ayuda: estaba demasiado cansada hasta para girar la cabeza y darle un beso.

Más tarde, fue tenuemente consciente de que Zhu se levantaba (evitando los pantalones en favor de una túnica que podía ponerse sin necesidad de atarla) e iba a su mesa, donde practicaba haciendo cosas sencillas con la mano izquierda. El halo de la luz de la lámpara tras la cabeza encorvada de Zhu hizo que a Ma le dolieran los ojos. De repente, verla recortada por la luz la llenó de una insoportable punzada de distancia. Deseó correr hasta ella y tomarla en sus brazos, convertir de nuevo su silueta en una persona real. Pero, mientras la miraba, sus detalles se desvanecieron al retroceder contra aquella luz terrible e intensa...

Después Zhu estaba sentada en el borde de la cama y la luz era solo la habitual del día. Su mano izquierda estaba en el hombro de Ma, cálida.

—Hola, Yingzi. —Sonrió, sincera y cariñosa, con la tenue sorpresa que hacía que Ma sintiera su habitual punzada de dicha. Le encantaba que Zhu, siempre tan tranquila, pareciera todavía un poco desconcertada por su propia felicidad al encontrarla en su cama—. ¿Me ayudas a ponerme la armadura? Tengo que hacer una cosa.

La puerta del taller de Jiao estaba abierta de par en par, a pesar del viento brioso que atravesaba las calles. Zhu entró. De inmediato se zambulló en la penumbra: el cavernoso espacio carecía incluso de una vela, aunque estaba agradablemente caliente gracias a la forja contigua. Había un aroma abrumador a hierro forjado y a grasa vieja y pegajosa, atravesado por los olores más intensos de alguna alquimia misteriosa. A Zhu le dieron ganas de estornudar.

Jiao estaba sentado, encorvado sobre una mesa, pesando polvo en una balanza diminuta. Cuando Zhu bloqueó la luz de la entrada, levantó los ojos y la miró como una malencarada rata del bambú.

—Te quedarás ciego si sigues trabajando en la oscuridad. ¿Temes explotar si usas una lámpara? —le preguntó Zhu. Llevaba su combinación habitual de armadura sobre la vieja túnica gris, ahora con el brazo derecho delante, y se preguntó qué silueta extraña debía tener. Ni un guerrero ni un monje; ni alguien completo ni incapacitado. ¿Y qué más vería Jiao? ¿Un hombre o una mujer, o algo totalmente diferente?

Jiao se apartó de la mesa y se limpió las manos ennegrecidas con un trapo aún más negro.

—Me preguntaba cuándo ibas a aparecer.

Sus ojos se posaron en el sable curvo que Zhu había empezado a llevar en lugar de su espada normal. No es que fuera algo más que un elemento decorativo; no tenía ni la fuerza ni la coordinación para blandirlo con la mano izquierda, y sin duda Jiao lo sabría tan bien como ella. Su huraña superioridad siempre le había parecido divertida, pero ahora había algo en ella que la disgustaba: una superioridad que no estaba basada en sus conocimientos, algo que ella respetaba, sino en lo que era. *Un hombre.*

—Supongo que no has venido a matarme.

Zhu notó su confianza. Él sabía que, si matarlo hubiera sido su intención, lo habría hecho mucho antes. Y, como no lo había hecho, creía que le tenía miedo. Creía que él era más fuerte.

—¿Crees que no lo hago porque no puedo? —le preguntó Zhu—. ¿Por el brazo, o por lo que sabes sobre mí?

—Dímelo tú.

Había un cálculo despiadado en sus ojos. Estaba sopesándola, midiéndola en comparación con los demás: con Chen, con el primer ministro, con el general Ouyang. Y Zhu ya había mermado a sus ojos. Si se decidía a actuar contra ella, sabía que la sabotearía tanto como pudiera antes de marcharse. *Es lo que yo haría.*

El muñón de Zhu latía al ritmo de su corazón, tan constante como un reloj de agua.

—Crees que tienes poder sobre mí porque conoces mi secreto. Pero no es cierto.

—¿No es un secreto? —Jiao levantó las cejas.

—Es un secreto sin valor. Cuéntaselo a cualquiera que quiera escucharte, y aun así yo haré exactamente lo que planeo y conseguiré lo que quiero. ¿Crees que no superaré que me expongas, como he superado todo lo que se interponía en mi camino?

El general eunuco la había convertido en la persona que necesitaba ser... Y ahora nadie podría negarle su destino por quién o qué era, porque todo lo que necesitaba para conseguirlo estaba en su interior.

—No temo lo que sabes —le aseguró—. ¿Cómo podría algo así detenerme, destruirme, cuando ninguna otra cosa lo ha conseguido? —Tomó aliento profundamente y buscó la chispa blanca que era la semilla de su grandeza—. Mírame —le ordenó, y Jiao movió la barbilla y obedeció sin pensar—. Mírame y verás a la persona que ganará. *La persona que gobernará.*

Extendió su puño izquierdo y *deseó.* Sintió una desconcertante sensación de apertura, de conexión con el mundo y con todo lo que este contenía, vivo y muerto. Con todo lo que había bajo el Cielo. Contuvo el aliento mientras el poder la atravesaba. En un instante, la semilla del resplandor en su interior fue una llamarada que la despojó del resto de sus pensamientos y deseos hasta que lo único que quedó fue el cegador y eufórico dolor de mirar al sol. Estaba ardiendo; su fe en su propio y brillante futuro la estaba consumiendo. Era agonizante. Era glorioso. Abrió la mano.

La luz apareció, más rápida que el pensamiento, una implacable llamarada blanca que alejó todas las sombras, que rastrilló los polvorientos secretos de los huecos del taller de Jiao y que hizo que este retrocediera con un grito. La inflexible luz que emanaba la palma de Zhu le arrebató el color hasta que fue tan pálido como un fantasma. Su primera reacción fue de terror: vio una llama de verdad cuya explosión los llevaría a ambos a sus siguientes vidas. Con una oleada de satisfacción, Zhu observó su segunda reacción: el descubrimiento de que no era una llama de verdad, y la lucha siguiente contra la imposibilidad.

Después de un instante, todavía respirando con dificultad, Jiao se inclinó hacia delante con evidente esfuerzo y tomó su balanza. Esa fue la única capitulación que Zhu consiguió. Era demasiado arrogante para postrarse, aun derrotado. Bajando la cabeza sobre sus polvos, dijo, como si fuera un comentario informal:

—Ese no es el color del Mandato del Cielo de ninguna dinastía de la historia.

Zhu cerró la mano alrededor de la llama blanca. Imágenes residuales danzaron frente a sus ojos en la restaurada oscuridad. La energía vibraba en su cuerpo.

—No es un color —dijo, y sintió su verdad resonando como una promesa de futuro—. Es luz.

Las tropas de Zhu abandonaron Anfeng dos días después y llegaron a Bianliang al final de una tarde. Incluso Jiankang, el trono de los reyes, había sido más pequeña; la entintada masa de Bianliang se alzaba ante ellos como una tormenta reuniéndose. Y eso era solo la muralla interior. Zhu había instalado su campamento a cinco li al sur, pero incluso así estaba en el interior de las ruinas de la muralla exterior. La extensa área entre las dos murallas, e incluso a otros diez li de la muralla exterior, había estado en el pasado cubierta por las mansiones de la próspera capital imperial. Pero, desde entonces, el desenfrenado río Amarillo había inundado la zona tan a menudo que los edificios de madera se habían fundido con el suelo como si nunca hubieran existido. Ahora solo había una ciénaga estéril, fantasmas y los graznidos de las garzas.

Era un paisaje solitario, pero no estaban solos. Había sido una carrera más ajustada de lo que Zhu había esperado, teniendo en cuenta que ella partía de un punto mucho más lejano, pero aun así, el general Ouyang había ganado. Al este de la muralla interior, su campamento era una ciudad en sí misma. Sus antorchas proyectaban una luz dorada sobre los terraplenes de piedra de Bianliang. Una hilera de fundíbulos levantaba sus altas cabezas en silenciosa contemplación de la muralla que había entre ellos.

—Según Chen, llegó el sexto día de este mes —dijo Xu Da.

—Hace cuatro días, entonces.

Zhu había creído que estaba lo bastante recuperada, pero el cansancio del viaje la hacía sentirse tan débil como el papel. Le dolía el brazo derecho, atado sobre su pecho, y también la espalda, de cabalgar torcida. Su brazo volvería a serle útil algún día, sin duda, pero por el momento era como si hubiera perdido la extremidad entera. Su ausencia le daba la desconcertante sensación de estar ciega por el lado derecho. A menudo se descubría retorciéndose hacia la derecha, como para ver mejor.

—Todavía no ha usado sus máquinas de asedio, a pesar de tener un espacio tan limitado. ¿Por qué?

—Tuvo que traer los fundíbulos desmontados desde Anyang. Quizá no los han instalado todos todavía.

—Quizá —dijo Zhu, aunque no estaba convencida. Miró en su interior y buscó más allá del cansancio la tenue vibración de aquel distante igual. La titilante maraña de sus qi parecía tan íntima como el aliento compartido entre dos amantes. Y ahora que él la había ayudado a convertirse en quien necesitaba ser, estaban más enredados que nunca.

Él no estaba esperando por incompetencia, pensó. No; era otra cosa. Recordó el círculo de sus fantasmas vigilantes mientras luchaban. De toda la gente del mundo, él era el único al que había conocido que estuviera *rodeado* de fantasmas. ¿Quiénes eran, y qué querían de él? ¿Y por qué había tantos? Era como si toda una aldea hubiera sido aniquilada en un único acto…

Vagamente, recordó las palabras del primer ministro: *Bajo las antiguas leyes, la familia de un traidor era ejecutada hasta el noveno grado.*

El general Ouyang, un esclavo nanren al servicio de sus amos mongoles que parecía obtener su único placer de la venganza. Que le había contado una verdad sobre sí mismo cuando la atravesó con su espada: *Lo que yo quiero no tiene nada que ver con quién gane.*

De repente, sabía por qué estaba esperando.

Xu Da le echó una mirada paciente bajo sus cejas.

—Tienes una idea.

—La tengo. Y no va a gustarte. —A Zhu la sorprendió descubrir que estaba cubierta por un sudor frío. No tenía miedo, pero su cuerpo sí; recordaba el dolor. Se tragó un gemido mientras su mano fantasma estallaba en agonía—. Tengo que reunirme de nuevo con el general Ouyang.

Después de un instante, Xu Da dijo, con tono cauto:

—*Reunirte.*

—¡Solo para hablar con él! Esta vez, preferiblemente, sin que me ensarte. —Bajo su dolor sintió la presencia del general Ouyang en el lejano campamento del Yuan como un carbón en el corazón de una hoguera. *Que comprendas el fuego no significa que no puedas quemarte*—. Y tiene que ser ahora.

—La última vez tuviste que enfrentarte a él —protestó Xu Da. Había miedo en su rostro, y un recuerdo del dolor—. Esta vez tenemos otras opciones.

Zhu sonrió con cierto esfuerzo.

—¿Recuerdas lo que dijo el Buda? *Vive como si tu cabeza estuviera en llamas.*

Por instinto, sabía que su deseo nunca se vería satisfecho si seguía colgada de los tobillos de Chen mientras él ascendía. Si quería algo más que las migajas de poder que él pudiera lanzarle, tendría que saltar al fuego.

Apretó el hombro de Xu Da con cariño con la mano izquierda.

—No me destruyó la última vez, y eso es lo único que importa. Así que, más allá de lo que ocurra esta vez... —Tuvo la sensación de que aquello era lo correcto, y fue aún más dulce que la anticipación—. Merecerá la pena.

El problema del general Ouyang, reflexionó Zhu mientras atravesaba el oscuro espacio entre los dos ejércitos, era que carecía de la imaginación de Chen. *Si de verdad querías inutilizarme, deberías haberme cortado todas las extremidades y haberme metido en un tarro, como hizo la emperatriz Wu con sus enemigos.* Cuando estuvo dentro del perímetro del Yuan, no tardó nada en encontrar su tienda coronada por un estandarte, sola en el límite exterior del grupo de mando. Parecía propio de él que se mantuviera apartado, a pesar de los inconvenientes que causaba. *Y de la grieta de seguridad.*

Las redondas tiendas mongolas parecían grandes por fuera, pero por dentro era gigantescas. O quizá fuera el espacio vacío lo que daba esa impresión. Con excepción de los braseros (que, junto a la fogata central, lo hacían demasiado caluroso), y de las múltiples pieles extendidas unas sobre otras en el flexible suelo de madera, el espacio del general Ouyang era tan funcional como la habitación de Zhu en Anfeng. Había dos armaduras colocadas en soportes, junto a otro vacío que seguramente estaba preparado para la que vestía. En un montón de cajas rectangulares había arcos y flechas. Había un baúl con ropa, y otro con pequeñas herramientas y los trozos de piel que se guardaban para arreglar los aperos. Una mesa baja de patas arqueadas cubierta de papeles llenos de ágiles caracteres mongoles, con un casco sobre ellos a modo de pisapapeles enorme. Una palangana y un catre sencillo tapado por una manta de fieltro. A pesar de lo escueto que era el espacio, todavía tenía algo de él, lo que sorprendió a Zhu más de lo que debería. Aunque lo comprendía, en realidad nunca había pensado en él en los aspectos ordinarios: que era una persona que dormía y comía, y que tenía preferencias sobre la ropa.

Fuera se oyó un murmullo de fantasmas. Zhu se preparó mientras la solapa se apartaba y el general Ouyang pasaba sobre la tabla del umbral, sin casco y con la espada envainada relajada en la mano. Cuando la vio, se detuvo y se quedó muy quieto. Se había quitado el cabestrillo antes de ir. En ese momento, lenta y deliberadamente, extendió los brazos. Su mano izquierda, abierta y vacía. Su brazo derecho, terminado en un muñón vendado. Dejó que la mirara. Que viera lo que le había hecho.

Por un instante, Ouyang no se movió. Al siguiente, Zhu se encontró inmovilizada contra la pared de la tienda con la guarda tachonada de cuero del general Ouyang aplastándole la garganta. Se ahogó y pataleó. A pesar del pequeño tamaño de Ouyang, era como intentar liberarse de la mano de una estatua. La rasposa tela de la tienda se encorvó hacia afuera bajo sus pesos combinados. Ouyang se inclinó y le susurró al oído:

—¿Perder una mano no fue suficiente?

La soltó. Zhu intentó detener la caída… con una mano que no estaba allí. El mundo se tiñó de rojo cuando golpeó el suelo con la barbilla y emitió un grito estrangulado. Después de eso, solo pudo retorcerse y resollar. Así como el dolor convierte todo lo demás en cosas sin importancia, era vagamente consciente de que el general Ouyang estaba sobre ella. La punta de su espada le pinchó la mejilla.

—Quítame lo que quieras —le dijo, con los dientes apretados—. Se necesita más que eso para destruirme.

Ouyang se agachó junto a su cabeza con un crujido de su armadura.

—Admitiré que me sorprende que continúes estando aquí. Tus hombres deben ser lamentables, si siguen a un tullido a la batalla.

Había algo más bajo su crueldad. *Envidia*. Zhu recordó los látigos y la cruel facilidad con la que había sacrificado a sus soldados. Sus hombres lo despreciaban, y él los odiaba; seguramente siempre los había liderado a través del miedo, porque había tenido que hacerlo.

Ouyang le levantó el borde del casco y le alzó la cabeza para mirarla a los ojos. A pesar del dolor, la asombraron la oscura extensión de sus pestañas, y el delicado trazo de sus cejas. Como si tuviera alguna idea de sus pensamientos, murmuró:

—Al parecer, ser tan feo como una cucaracha te hace también tan resistente como ellas. Pero hay ciertas cosas de las que nadie se recupera. ¿Crees que deberíamos probarlas, una a una?

—¿Y ni siquiera vas a oír mi oferta primero? Seguramente sentirás curiosidad sobre el motivo de mi visita.

—¿Qué podrías tener que yo quisiera? Sobre todo ahora, que me has dado la oportunidad de matarte.

Una oportunidad a cambio de una oportunidad. Una agonía concreta subió por su brazo derecho; el dolor de su mano fantasma, todavía cortándose hasta el hueso alrededor de la espada de Ouyang. Se preguntó si alguna vez lo olvidaría.

—No has atacado todavía porque estás esperando a que lleguen los refuerzos. Pero, como dejaste caer Bianliang, tus refuerzos llegarán con un propósito que no sea tomarla.

Zhu miró sobre el hombro de Ouyang a los fantasmas reunidos. Todavía la miraban, pero eso ya no la asustaba. Llenaban la tienda, apiñándose como una susurrante audiencia antes del inicio de una obra. Él no sabía que estaban allí, pero al mismo tiempo lo *sabía*: ese conocimiento estaba en su propio tejido, porque todo lo que hacía era por ellos. Era un hombre en su propia prisión invisible, encerrado por los muertos.

—Un propósito que no tiene nada que ver con los Turbantes Rojos —terminó.

Ouyang se giró como si se sintiera obligado a seguir su mirada y se rio, horrorizado, cuando sus ojos no encontraron nada.

—¿Qué ves ahí, que te habla de mí? —Le soltó el casco y se echó hacia atrás en sus talones con expresión incrédula—. Pero es cierto. Tengo refuerzos de camino. Estarán aquí mañana por la mañana. Y, aunque no sean *para* ti, se ocuparán de ti muy bien. Ya que tú y tu pequeño y patético ejército habéis aparecido justo a tiempo para interponeros en mi camino.

—¿Y si te dijera que nuestros objetivos son compatibles? Deja que saque al primer ministro y al Príncipe de la Luz de la ciudad; entonces me llevaré a mi ejército y te dejaré hacer lo que planeas, sin interrupciones.

Él la miró.

—Supongo que te das cuenta de lo mucho que me desagradas. ¿No ha sido lo bastante claro que te haya dicho que quiero matarte?

—Pero hay algo más importante para ti que cualquier cosa que puedas sentir por mí. ¿No? —Zhu se levantó con un atenuado gruñido de dolor, se sacó el mensaje de la paloma de su armadura y se lo ofreció. Como él no hizo ademán de tomarlo, continuó—: ¿Sabes leerlo? Está escrito en caracteres.

—Por supuesto que puedo leer caracteres —dijo, tan indignado como un gato mojado.

—No estoy seguro de que puedas sostener un pergamino abierto y amenazarme con tu espada al mismo tiempo —observó Zhu—. Hay cosas que son difíciles de hacer con una sola mano, créeme.

Él la fulminó con la mirada mientras se incorporaba, envainaba su espada y tomaba el mensaje.

—Es de nuestro Canciller de Estado, Chen Youliang —le explicó Zhu—. Si consigo llevar este mensaje al primer ministro, sabrá que Chen Youliang pretende traicionarlo. Entonces saldrá de Bianliang por su propio pie. Tan pronto como él y el Príncipe de la Luz estén conmigo, me retiraré del campo de batalla. No tendrás que perder hombres ni energía luchando conmigo.

—¿Y si tu primer ministro recibe la carta pero decide ocuparse él mismo del asunto? Cuando mis refuerzos lleguen, tendré las manos atadas. Consigas o no lo que pretendes, si no te retiras, me veré obligado a atacar.

—Ese es un riesgo que debo asumir.

—Qué suerte tiene vuestro primer ministro de inspirar tanta lealtad. —Había amargura en su hermoso rostro.

—¿Lealtad? —Zhu sostuvo su mirada y sonrió—. Difícilmente, general.

Después de un momento, una mueca sombría cubrió su boca.

—Entiendo. Bueno, yo tampoco soy leal. Y, comparado con los tratos que he hecho últimamente, esto no es nada. —Le indicó que se levantara—. Si quieres enviar ese mensaje a Liu Futong, conozco un modo. Puede que no te guste.

—Lo oiré.

—Ese punto que ves sobre las murallas de la ciudad es la cima de la Torre Astronómica. Las últimas tres mañanas seguidas, tu primer ministro ha subido ahí para examinar mi campamento. Cuando suba a la torre mañana encontrará una flecha esperándolo con la carta de Chen. ¿No serviría eso?

Zhu pensó en ello.

—Así que alguien tendría que disparar una flecha al nivel superior de la Torre Astronómica. En la oscuridad. Desde fuera de la ciudad. Yo solo tengo una carta.

—Confía en que soy lo bastante mongol para hacerlo —dijo el general Ouyang sardónicamente.

Si fracasaba, la flecha caería en otro sitio de la ciudad. La encontrarían y la presentarían ante Chen, que sabría qué lado había elegido Zhu. Pero Zhu no sabría que Chen lo sabía. Estaría esperando en el campo de batalla frente al general Ouyang; el primer ministro nunca aparecería y entonces la matarían. Estaría arriesgando todo el potencial que contenía la luz blanca por una oportunidad de convertirlo en realidad. Todo o nada en aquella única posibilidad de derrotar a Chen.

Ya no temía a la nada, como antes, pero tampoco era algo hacia lo que quisiera correr. La anticipación le puso la piel de gallina.

—Hazlo.

—Ya sabía que eras imprudente, pero ¿de verdad vas a confiar tu vida a alguien que estuvo a punto de matarte?

—Tú no estuviste a punto de matarme —lo corrigió Zhu—. Tú me liberaste.

Se acercó a él, obligándolo a mirarla. A pesar de todo el dolor que le había causado, no lo odiaba. Tampoco le tenía lástima; simplemente lo comprendía.

—En nuestro último encuentro dijiste que yo te había puesto en tu camino hacia tu destino, y me prometiste que me entregarías el mío. Pero, al igual que tú conoces tu destino, yo conozco el mío. No me lo entregaste entonces porque no era el momento. *Este* es el momento. Así que *hazlo.*

Destino. Una mueca contorsionó el rostro de Ouyang como si la palabra lo hubiera golpeado. Zhu siempre había pensado que, fuera cual fuere su destino, él no lo quería. Pero en ese momento, sorprendida, descubrió la verdad: deseaba su destino tan desesperadamente como no lo quería, y como temía pensar en él.

Zhu pensó en el Zhu Chongba original, inmóvil en la cama mientras la esencia de la vida escapaba de él. Él tampoco había deseado su destino. *Había renunciado a él.* Sus ojos se deslizaron sobre el hombro del general Ouyang y se topó con las miradas de sus fantasmas. Antes se había preguntado qué los ataba a él. Pero era lo contrario: él se había atado a ellos. Aquella era su tragedia. No haber nacido con un destino terrible, sino ser incapaz de renunciar a él.

Y, solo durante ese momento, lo compadeció.

Como si notara su sentimiento, él apartó la cara. Se acercó a las cajas rectangulares y eligió un arco. Una única flecha. Mientras se marchaba, dijo con feroz sequedad:

—Si quieres tu destino, entonces quédate aquí.

Estuvo fuera mucho tiempo. Lo suficiente para acudir al príncipe de Henan y mostrarle el mensaje de Chen, o para hacer cualquier otra cosa. Quizá nunca había tenido la intención de disparar esa flecha. Cuanto más pensaba Zhu en ello, más imposible le parecía. La guardia terminó y, a pesar de sí misma, sintió que se le revolvía el estómago.

Entonces la solapa de la puerta se movió hacia adentro, sobresaltándola.

—Está hecho —dijo el general Ouyang con brusquedad. La mirada asesina que le echó le dijo que todavía la hacía parcialmente responsable de su destino y de los horrores personales que contenía—. Te daré hasta el mediodía de mañana para tomar a tus hombres y marcharte, con o sin vuestro primer ministro. Si sigues aquí después de eso, quién sabe qué sucederá. *Ahora lárgate de mi ger.*

Zhu montaba su caballo a la cabeza de su ejército a la espera. Para guardar las apariencias, llevaba el sable, que ni siquiera podía desenvainar en un movimiento limpio después de una práctica diligente. *Es como si volviera a ser un desventurado monje.* Se preguntó si sus capitanes se daban cuenta de lo incapaz que era en realidad. En aquel encuentro, todo era apariencia. El Mandato del Cielo del Príncipe de la Luz induciría al ejército a seguirlo, pero solo porque estaba fusionado con la creencia de que él era el heraldo de una nueva era. Su propio Mandato, que no estaba respaldado por ninguna creencia, no era más que una luz.

Todavía.

Para que fuera algo más que eso, tendría que superar aquel encuentro. Y aunque en aquel enfrentamiento todo era apariencia... al mismo tiempo era tan real como la vida y la muerte.

La niebla giraba sobre la llanura. Mientras se movía, podía distinguir formas geométricas muy lejos, como un atisbo del reino del Emperador de Jade en el cielo. El borde recto de las murallas, las cimas de las famosas Pagoda de Hierro y Torre Astronómica de Bianliang. Tanto el mundo de arriba como el mundo de abajo estaban totalmente en silencio.

Del río Amarillo se levantó una brisa. La niebla se movió y diluyó. Zhu observó los rostros pálidos y decididos de sus capitanes, mirando hacia el este a través de la bruma, en la dirección del campamento del Yuan. Gran parte de aquel momento dependía de su confianza en ella. Y la confianza de Zhu yacía en un peligroso montón de incógnitas. En que el general Ouyang hubiera hecho de verdad lo que había dicho que haría. En que hubiera conseguido ese lanzamiento imposible. En que el primer ministro hubiera encontrado la carta, y en su respuesta.

Solo necesito su confianza un poco más.

Se oyó un grito ronco y amortiguado.

—¡Comandante Zhu...!

La niebla se había levantado lo suficiente para que pudieran ver lo que los rodeaba. Al este estaba la esperada vista del campamento del Yuan, con un remolino de actividad. Al oeste...

A primera vista, podrían haber confundido las espinas de líneas verticales con un bosque de invierno. Pero no era un bosque de árboles. *Era un bosque de mástiles.* En mitad de la noche, una flota había subido el río Amarillo y su ejército todavía estaba desembarcando.

—Sí —dijo Zhu—. El Yuan pidió ayuda a la familia Zhang de Yangzhou.

Observó la consternación amaneciendo en sus rostros. Sabían lo que significaba: estaban atrapados entre el general eunuco al este y las tropas de Zhang al oeste. Sabían que, ahora, Chen no enviaría soldados al exterior. El primer ministro y él se resguardarían e intentarían soportar el asedio hasta el verano. Dejarían a Zhu fuera para que la masacraran.

Confiad en mí, pensó con urgencia.

Justo entonces se produjo un espasmo mecánico en el campamento del Yuan y un proyectil golpeó la muralla por el este. Después de un momento, oyeron un estruendo grave, como el de un trueno en la distancia, y una densa columna de humo negro se alzó sobre la muralla. No había sido una roca; era una *bomba.* Un segundo fundíbulo disparó, y después un tercero. Sus brazos de lanzamiento dibujaron arcos por el cielo como estrellas giratorias. Zhu sintió cada explosión en su vientre. Intentó imaginar qué estaría ocurriendo en la ciudad, entre Chen y el primer ministro. ¿Quién terminaría traicionando a quién, ahora que todo había cambiado?

La luz de las explosiones iluminó los rostros de sus capitanes.

—Esperad —les ordenó. Era como intentar retener a unos caballos inquietos. Notaba que empezaba a perder su control de ellos. Si uno solo se derrumbaba y huía, los demás lo seguirían.

No había sombras bajo aquel cielo despejado. La niebla de la mañana ya se había disipado cuando el ejército del general Ouyang emergió de su campamento y comenzó a reunirse en el extremo opuesto de la llanura. Las unidades de caballería ocuparon su posición en los flancos. *Te daré hasta mediodía,* le había dicho. Era casi mediodía, y todavía no había salido nadie de Bianliang. Impotente, Zhu observó a las distintas unidades del ejército de Ouyang, que se unieron en un bloque inmóvil y continuo. *Esperando.* Solo las banderolas azules se movían sobre sus cabezas. En el terrible y largo instante que siguió, Zhu creyó que podía oír las gotas del reloj de agua. Un goteo que cada vez era más lento, hasta que la última gota cayó y solo hubo un terrible silencio suspendido.

En ese silencio sintió un único latido. Un tambor, sonando como un corazón. Después otro se unió a su ritmo, y otro. Desde el oeste, como una cadencia en respuesta. Los ejércitos del Yuan y de Zhang estaban comunicándose. Preparándose.

Xu Da cabalgó hasta Zhu. Los otros capitanes giraron las cabezas para mirar. La de Jiao fue la más rápida. Mostrarle el Mandato lo había convencido de seguirla… Entonces. Pero eso había sido en la seguridad de Anfeng. En ese momento, ella recordó cómo los había abandonado en el río Yao; cómo, en los asuntos de vida o muerte, ponía su confianza en el liderazgo y en la ventaja numérica. Podía sentir su fe en ella pendiendo de un hilo.

—Ya es mediodía —dijo Xu Da, grave y urgente—. Tenemos que irnos.

Y, con un dolor que la golpeó directamente en el corazón, vio que él también dudaba.

Miró sobre el hombro de Xu Da al lejano ejército mongol. Estaba demasiado distante para que pudiera distinguir a sus individuos. ¿Era el general Ouyang esa mota brillante del centro de la vanguardia?

Y aún no había novedades de Bianliang.

La cadencia de los tambores se volvió frenética. Su ritmo cada vez más rápido generó una presión que la hizo apretar los dientes; en cualquier momento estallaría y derramaría dos ejércitos sobre ella. La aniquilarían. Pero no era la primera vez que Zhu era destruida. Lo había temido toda su vida, hasta que se convirtió en nada y consiguió regresar de ella.

Miró a Xu Da y forzó una sonrisa.

—Confía en mi destino, hermano mayor. ¿Cómo podría morir aquí, antes de que todo el mundo conociera mi nombre? No tengo miedo.

Pero él tenía miedo. Zhu vio la carga que estaba colocando sobre su amor y su confianza al pedirle que se quedara cuando debía parecer que todo estaba perdido. A pesar de su infancia compartida y de sus años de amistad, se dio cuenta de que no sabía qué decidiría él. Podía ver los tendones de su cuello, y su corazón aleteó. Entonces, después de un interminable momento, Xu Da dijo en voz baja:

—Es demasiado pedir que un hombre ordinario ponga toda su fe en el destino. Pero yo tengo fe en ti.

La siguió mientras cabalgaba ante sus filas. Cuando sus hombres giraron sus rostros pálidos hacia ella, los miró a los ojos. Dejó que vieran su seguridad, su brillante y arraigada confianza en sí misma y en su destino y en el esplendor de su futuro. Y, cuando habló, vio que esa confianza llegaba hasta ellos y los apresaba, hasta que se convirtieron en lo que ella necesitaba. En lo que ella quería.

—Esperad. *Esperad* —les dijo.

El rugido de los tambores era continuo, insoportable. Y entonces ocurrió. *Movimiento.* Los dos ejércitos comenzaron a reunirse: la infantería avanzó por el oeste, la caballería por el este. Al verlo, Zhu sintió que una peculiar serenidad descendía sobre ella. Era una muralla construida sin nada más que fe, y en su interior sabía que estaba necesitando cada jirón de su fuerza para mantenerse allí, entre sí misma y el horror que se aproximaba. Las formaciones de caballería del general Ouyang se desplegaron al avanzar, hasta que pareció que había hombres cabalgando hacia ellos sobre toda la amplitud del horizonte. Bajo un campo de ondeantes banderas, sus lanzas y espadas destellaban; eran una ola continuamente renovada desde atrás, hasta que formaron un océano oscuro que se dirigía hacia su posición. Incluso desde aquella distancia, su voz llegó hasta ellos: un creciente bramido de sonidos humanos y animales alzándose sobre el ritmo de los tambores.

Zhu cerró los ojos y escuchó. En ese instante, no solo oía el mundo, sino que lo *sentía*, las vibraciones de todas las cuerdas invisibles que conectaban cada cosa con otra y que empujaban a cada uno de ellos a su destino. Al destino que se les había otorgado y que habían aceptado… O que habían elegido para sí mismos, porque lo habían deseado.

Y oyó el momento en el que el sonido del mundo cambió.

Abrió los ojos. Los tambores del este asumieron un nuevo patrón y el oeste respondió. El ejército de Zhang giró en una gran curva, como golondrinas cambiando de dirección. Abandonaron la trayectoria que les habría llevado a colisionar con Zhu y acudieron a la muralla oeste de Bianliang, donde atravesaron una abertura con la rapidez del humo subiendo por una chimenea.

Y *allí*... Una única figura a caballo flotó por la llanura hacia ellos, escapando de una puerta que se había abierto al sur de la ciudad. Sus capitanes gritaron, sorprendidos, y una punzada de emoción penetró en el desapego de Zhu. Era diminuta pero dolorosa, porque su propia naturaleza admitía la posibilidad del fracaso.

Esperanza.

Mientras la figura de Bianliang se aproximaba, el ejército del general Ouyang seguía acercándose a ellos. A través de la decreciente distancia, Zhu apenas podía distinguir al jinete sobre el caballo negro que ocupaba el centro de la vanguardia, una brillante perla en un océano oscuro. La luz se reflejaba en su armadura de espejo. Zhu podía imaginar sus trenzas volando bajo su casco, y el acero desnudo en su mano.

No sabía quién llegaría hasta ellos primero. Había perdido su desapego sin darse cuenta, y ahora no era más que una vibrante mota de anticipación. El jinete de Bianliang parecía encorvado hacia delante, y Zhu no consiguió recordar la última vez que había respirado. Y entonces, *por fin*, se acercó lo bastante para que pudiera ver quién era. *Quiénes* eran. Zhu lo había *sabido*, y aun así el aire escapó de ella en un explosivo estallido de alivio.

Xu Da puso a su caballo al galope, se acercó al sudoroso caballo del primer ministro y levantó al Príncipe de la Luz de su borrén. Zhu lo oyó gritarle al primer ministro:

—¡Te sigo! Continúa... ¡Corre!

El ejército del general Ouyang se alzó ante ellos como una ola a punto de romper. Justo cuando Zhu hizo girar su caballo, vio un destello de su rostro hermoso y duro. La conexión entre ellos se agudizó. Como dos sustancias iguales que han tenido contacto, ella y el general eunuco estaban enredados... Y por mucho que se separaran, Zhu sabía que el mundo siempre intentaría unirlos de nuevo. Los iguales se pertenecían.

En qué circunstancias, no tenía ni idea, pero lo sabía: fuera cual fuere el destino que el general Ouyang temía y deseaba, todavía le quedaba suficiente camino por delante para que se encontraran de nuevo.

Adiós. Por ahora, pensó para él, y se preguntó si estaría lo bastante vivo por dentro para sentir ese pequeño mensaje.

A continuación, se giró hacia sus hombres y gritó:

—¡Retirada!

Zhu los obligó a continuar durante dos horas, y después ordenó el alto. El general Ouyang no los había perseguido, aunque podría haber alcanzado con facilidad a las unidades de infantería de la retaguardia. Era solo porque tenía cosas mejores que hacer, pero aun así le envió un pequeño pensamiento de gratitud.

Desmontó con torpeza y se acercó a Xu Da, que estaba bajando al Príncipe de la Luz de su caballo. Xu Da tenía una expresión inquieta que comprendía perfectamente. Había algo en el niño que provocaba incomodidad. Era como ver la rodilla de alguien doblada hacia el lado equivocado. A pesar de todo lo que había ocurrido dentro y fuera de Bianliang, el Príncipe de la Luz todavía mostraba la misma sonrisa gentil.

El primer ministro Liu se acercó a ella, cojeando por el cansancio. Tenía la túnica manchada y desaliñada y su cabello blanco se había soltado de su recogido alto. Parecía haber envejecido diez años desde que Zhu lo vio por última vez. Pensó con cierto humor: *Seguramente yo también.*

—Saludos, primer ministro —dijo.

—¡Comandante Zhu! Gracias a ti, ese traidor de Chen Youliang no me ha pillado desprevenido. —El primer ministro casi escupió el nombre de Chen—. Tan pronto como vi esos barcos, supe cuál era su intención: iba a traicionarme en ese mismo instante. ¡Iba a tomar al Príncipe de la Luz y a huir! Pero yo me adelanté. —Se rio con brusquedad—. Abrí yo mismo esas puertas y dejé a esa sediciosa mierda de perro para que se enfrentara a su destino. ¡Ojalá esos bastardos hu lo maten dolorosamente, para que pruebe la amargura en el infierno y en todas sus vidas futuras!

Zhu tuvo una nueva visión de la cara que debió poner Chen cuando se dio cuenta de que estaba solo en el interior de Bianliang con un ejército cayendo sobre él.

—Debió sorprenderle mucho.

—Pero tú… tú siempre has sido leal. —La mirada del primer ministro se posó en el brazo derecho de Zhu—. Ninguno de esos otros comandantes conocía el significado de la lealtad y el sacrificio, pero tú te sacrificaste ante el general eunuco para que nosotros pudiéramos tomar Bianliang. Y justo después, me esperaste. Ah, Zhu Chongba, ¿qué recompensa sería adecuada para una persona con tantas cualidades?

Zhu miró los ojos amargos y legañosos del primer ministro y sintió el peculiar impulso de absorber todos sus detalles. Se fijó en sus labios azulados y en la piel arrugada del anciano, en el escaso vello blanco de su barbilla, en sus uñas agrietadas y amarillentas. No era que le importara, pensó. Era solo un reflexivo reconocimiento de otra persona que también había deseado.

Pero a pesar de todo el sufrimiento que el deseo del primer ministro había provocado, al final había sido extrañamente frágil. Lo había abandonado casi sin darse cuenta.

Zhu se sacó el pequeño cuchillo de la cintura. Su mano izquierda resultaba inútil en el campo de batalla, pero era muy adecuada para el único golpe de revés con el que le cortó la garganta al primer ministro.

El anciano la miró, sorprendido. Su boca formó palabras inaudibles, y la sangre escarlata borboteó hasta que rebosó y bajó para unirse con el denso arroyo de su cuello.

—Tú nunca has visto lo que soy, Liu Futong —le dijo con tranquilidad—. Lo único que has visto es lo que querías ver: un monje útil, deseoso de sufrir por cualquier propósito hacia el que tú lo empujaras. Nunca te diste cuenta de que no era tu nombre el que iban a pronunciar, exhortándote a reinar durante diez mil años. —Cuando el primer ministro cayó de bruces sobre la tierra, añadió—: Era el mío.

22

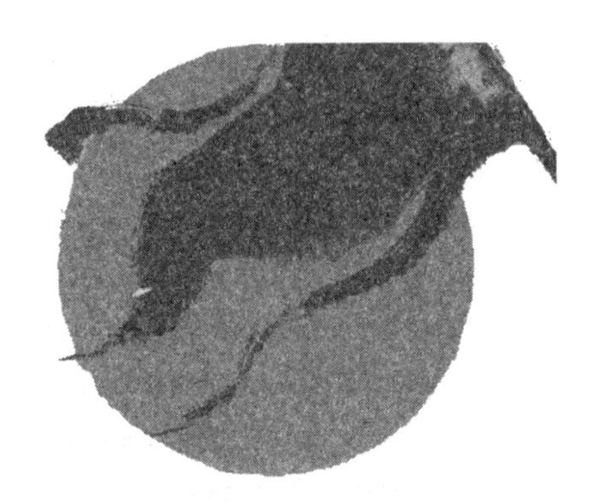

BIANLIANG

Ouyang condujo a su ejército de vuelta a Bianliang a paso relajado. Un negro palio de humo se cernía plomizo sobre la ciudad, y sus puertas estaban abiertas, en una perversa invitación para entrar. Cuando el mediodía pasó, Ouyang estuvo convencido de que el joven monje había fracasado, y no le sorprendió. Incluso con su ayuda, ¿qué posibilidades tenía un plan así? Solo podía suponer que su éxito había sido la misteriosa mano del Cielo otorgándole a Zhu Chongba su destino.

Un mensajero se encontró con ellos a mitad de camino.

—¡General! El general Zhang tiene Bianliang bajo control, pero el rebelde Chen Youliang ha escapado a través de una de las puertas del norte y está huyendo con varios cientos de hombres. El general Zhang pregunta si debería perseguirlos.

Ouyang se sentía de repente muy harto de todo. Era extraño cómo, después de haber luchado contra los rebeldes durante toda su vida adulta, solo había necesitado un instante para que dejaran de importarle.

—No hay necesidad. Dile que su prioridad ha de ser despejar y asegurar la ciudad.

Más tarde, cuando pasó junto a los guardias de Zhang en la puerta sur central, el trabajo de limpieza estaba muy avanzado. Encontró a los demás generales supervisando a sus tropas mientras atravesaban los montones de rebeldes moribundos, matándolos allí donde estaban.

—Ha sido más fácil de lo esperado —dijo Zhang, sonriendo al verlo—. ¿Sabes que abrieron esa puerta del oeste desde el interior?

—Tuve una pequeña conversación con uno de los comandantes rebeldes anoche, aunque no estaba seguro de que fuera a resultar como planeamos.

Zhang se rio.

—¿El monje armado a cargo de sus tropas exteriores? ¿Cómo consiguió influir en lo que ocurría en el interior?

—El Cielo le sonríe —dijo Ouyang amargamente.

—Ah, bueno, quizá se ha ganado la suerte a través de la oración y de las obras de caridad. Aunque… no puede ser un auténtico monje, ¿verdad?

—Oh, lo es. Yo destruí su monasterio.

—¡Ja! Y pensar que años después estaríais trabajando juntos. Nunca se sabe cuándo alguien puede ser de utilidad, ¿verdad? Tendré que decirle a la señora Zhang que lo mantenga vigilado en el futuro. Supongo que, si no nos hubieras llamado, habría preparado un ataque de flanco mientras te concentrabas en las tropas rebeldes fuera de Bianliang. En ese caso, el asedio podría haberse prolongado.

—Entonces debo darte las gracias por estar aquí. —Ouyang intentó sonreír, pero la sonrisa nació muerta—. Y todavía te necesito. —Puso su caballo en movimiento—. Vamos. No hagamos esperar al príncipe.

El gobernador del Yuan de Bianliang había hecho poco uso del antiguo palacio, que estaba en el interior de su propia muralla en el centro de la ciudad. Obsesionados con el simbolismo de ocupar su trono histórico, los rebeldes habían terminado ocupando solo ruinas. No había manera de recuperar el pasado, pensó Ouyang amargamente. Él lo sabía mejor que nadie.

La puerta del pasado, lacada en rojo, la única entrada para los emperadores durante siglos, colgaba de sus goznes como alas rotas. Ouyang y Zhang la atravesaron a caballo y miraron la tierra ennegrecida de los que habían sido unos magníficos jardines. La ancha avenida imperial se extendía ante ellos. En su extremo, flotando sobre las escaleras de mármol, se alzaba el pabellón del emperador. Incluso un siglo después de la partida de su último ocupante, la fachada lechosa tenía lustre y la curva de su tejado brillaba como el jade oscuro. En aquellos resplandecientes peldaños blancos, empequeñecido por la escala, estaba el príncipe de Henan. El rostro de Esen estaba sonrojado por el triunfo. El cálido aire de la primavera agitó su cabello suelto hacia un lado, como una bandera. Ante él, en la extensa plaza de armas, estaban reunidas las tropas de Henan, con los hombres de Zhang detrás. Juntos formaban una gran masa susurrante y victoriosa en el corazón de la antigua ciudad.

Tan pronto como vio que Ouyang se acercaba, Esen exclamó:

—¡General!

Ouyang desmontó y subió los peldaños. Cuando llegó a la cima, Esen lo agarró afectuosamente y lo hizo girarse para que juntos pudieran mirar a los soldados agrupados debajo.

—Mi general, mira lo que me has dado. ¡Esta ciudad es tuya!

Su alegría parecía extenderse más allá de los límites de su cuerpo, hasta el de Ouyang. El general se sintió atrapado por ella, vibrando sin poder evitarlo. En ese momento, Esen estaba abrumadoramente atractivo, tanto que Ouyang sintió el fuerte dolor de la incomprensión. Que alguien tan perfecto, tan vivo y lleno del placer del momento pudiera *existir* le dolía como un luto.

—Ven —dijo Esen, dirigiéndolo al salón—. Veamos por lo que estaban dispuestos a morir.

Juntos cruzaron el umbral hasta la cavernosa penumbra del Salón de la Gran Ceremonia. Una sombra se movió ante ellos: Shao. Frente a la entrada principal, otro juego de puertas se abrió hacia un luminoso cielo blanco. Sobre un tramo corto de escaleras, al final del salón y deslucido por las sombras, estaba el trono.

—¿Eso es? —preguntó Esen, desconcertado.

El trono de los emperadores, el símbolo que los Turbantes Rojos habían buscado con tanto desespero, no era más que una silla de madera cubierta de pan de oro y tan descamada como el pelaje de un perro sarnoso. Ouyang, mirando a Esen con dolor en el corazón, se dio cuenta de nuevo de que él nunca conseguiría comprender los valores que hacían que los mundos de otras personas fueran diferentes del suyo. Miraba, pero no podía ver.

La luz se atenuó en la puerta cuando el señor Wang entró. Su hermosa armadura labrada estaba tan inmaculada como si se hubiera pasado el día en su despacho, aunque, bajo su casco, su rostro delgado estaba más demacrado de lo habitual.

Como si oyera los pensamientos de Ouyang, dijo a su hermano con tono mordaz:

—Traicionas tu ignorancia en menos de una frase. ¿De verdad no puedes comprender el lugar que esta ciudad ocupa en su imaginación? ¡Inténtalo! Intenta imaginarla en su mejor momento. Capital del imperio; capital de la civilización. Una ciudad de un millón de personas, la ciudad más poderosa bajo el Cielo. Daliang, Bian, Dongjing, Bianjing, Bianliang; fuera cual fuere su nombre, fue una ciudad que contuvo los milagros del arte, la tecnología y el comercio de todo el mundo en el interior de estos muros que resistieron milenios.

—No nos resistieron a nosotros —dijo Esen.

A través de las puertas traseras, muy lejos y muy abajo, Ouyang creyó que podía ver el límite norte de la muralla exterior destrozada. Estaba tan lejos que era casi la línea donde las plateadas aguas de las inundaciones se funden con el cielo del mismo color. No conseguía imaginar una ciudad tan grande que llenara ese espacio, la expansión vacía entre aquellas murallas en ruinas.

El señor Wang curvó el labio.

—Sí —dijo—. Los yurchen llegaron, y después lo hicimos nosotros, y entre ambos lo destruimos todo.

—Entonces no debían tener nada que mereciera la pena conservar. —Esen le dio la espalda a su hermano, caminó hacia las puertas traseras y desapareció por las escaleras.

Wang todavía tenía una expresión fría y amarga. Parecía perdido en sus pensamientos. Aunque la mente del señor siguiera siendo una incógnita para Ouyang, sus emociones nunca lo eran. Seguramente era en lo único en lo que se parecía a su hermano. Pero mientras que Esen nunca le encontraba sentido a ocultar lo que sentía, era como si Wang Baoxiang sintiera tan intensamente que, a pesar de sus esfuerzos por esconderlas, sus emociones siempre consiguieran salir a la superficie.

El señor Wang levantó la mirada de repente. No hacia Ouyang, sino más allá; Shao se había sentado relajadamente en el trono.

El comandante los contempló con frialdad, con la daga desenvainada en la mano. Mientras lo miraban, raspó el descascarillado pan de oro. Aunque el movimiento fue casual, no apartó los ojos de ellos.

Un destello de desprecio cruzó el rostro del señor Wang. Después de un momento, se giró sin hacer ningún comentario y se dirigió a la escalera trasera, en la dirección que su hermano había tomado.

Tan pronto como Wang se marchó, Ouyang se dirigió a Shao.

—Levántate.

—¿No quieres saber qué se siente aquí sentado?

—No.

—Ah, lo olvidaba. —Shao habló tan categóricamente que su tono bordeó la insolencia. Parecía que, en aquel momento, estaba emergiendo su auténtica voz—. Nuestro puro general, desprovisto de los anhelos ordinarios de poder y riqueza. El que no tiene ninguno de los deseos de un hombre, excepto uno.

Se miraron con frialdad hasta que Shao guardó la daga, se levantó sin prisas y salió a través de las grandes puertas delanteras hacia la plaza de armas. Después de un largo momento, Ouyang lo siguió.

Esen se detuvo en el extremo roto de una pasarela elevada de mármol, mirando. Asumía que allí había habido un pabellón en el pasado, suspendido sobre el lago. Ya no había lago. Ni siquiera había agua. Ante él, el terreno ardía de un rojo tan puro como una linterna festiva. Una alfombra de extraña vegetación se extendía tan lejos como podía ver. La muralla del palacio estaba por allí, en alguna parte, oculta tras la neblina que aún permanecía, pero en lugar de terraplenes de piedra, Esen solo tenía la impresión de estar viendo algo muy brillante y muy lejano: la destellante llanura aluvial, o quizás el cielo.

—Es un tipo de arbusto que normalmente crece cerca del mar. —Wang Baoxiang se acercó a él. Por primera vez en mucho tiempo, Esen no se sintió furioso al verlo. Era como si estuvieran flotando en aquel extraño lugar y una marea de recuerdos se hubiera llevado su enemistad. Baoxiang siguió la mirada de Esen—. Estos fueron los jardines imperiales durante el reinado de los Song del norte, los jardines más hermosos de la historia. Las princesas y consortes imperiales vivían aquí, en pabellones de jade, rodeadas de perfección. Había lagos con puentes arqueados; árboles que se cubrían de flores tan blancas como la nieve en primavera y que se volvían tan dorados como las túnicas del emperador en otoño. Los yurchen destituyeron a los Song, pero al menos su dinastía Jin reconocía la belleza y la preservó. Después, el primer kan de nuestro Gran Yuan envió a su general Subotai a conquistar a los Jin. Subotai no apreciaba los jardines, así que drenó el lago y cortó los árboles con la idea de destinar los terrenos a pasturas. Pero la hierba no creció nunca. Se dice que las lágrimas de las princesas del Jin salaron la tierra, de modo que lo único que puede crecer aquí es esta planta roja.

Se quedaron allí, en silencio, durante un momento. Después Esen oyó los gritos.

Ya tenía su espada en la mano cuando Baoxiang le dijo:

—Es demasiado tarde.

Esen se detuvo en seco. Un terror frío le aplastó el pecho.

—*Qué has hecho.*

Baoxiang le dedicó una sonrisa torcida y sin humor, aunque por alguna razón parecía haber dolor en ella. Delineados contra el paisaje rojo como la sangre, los detalles plateados de su casco y de su armadura parecían bruñidos en escarlata.

—Los hombres que te eran leales están muertos.

La ira de Esen volvió en una oleada. Se abalanzó sobre su hermano y lo tiró contra la barandilla de mármol. La espalda de Baoxiang la golpeó con un crujido mientras Esen le empujaba la garganta con el antebrazo; el casco plateado se cayó por el borde.

Baoxiang tosió, con el rostro enrojecido, pero mantuvo la compostura.

—Oh, ¿crees que...? No, hermano. No he sido *yo* quien ha conjurado contra ti.

Esen se giró, confuso, y vio movimiento en el interior de las puertas del gran salón. Una figura descendió las escaleras, con la armadura cubierta de sangre y la espada en la mano.

—No —dijo Ouyang—. He sido yo.

Ouyang bajó los peldaños con Shao, Zhang y el resto de los comandantes nanren a su espalda. Dejó que rodearan y separaran a Esen y al señor Wang. Esen miró a Ouyang en un silencio aturdido mientras la espada de Shao amenazaba su garganta. Su pecho caía y se alzaba con rapidez. Ouyang sintió esas respiraciones como el martillar de un pico de hierro en su propio pecho: una agonía en su propia esencia. Cuando por fin apartó los ojos de Esen, fue como arrancarse un trozo de sí mismo.

El general Zhang retenía al señor Wang. Este, compuesto a pesar del frenético rubor que coloreaba sus mejillas, miró a Ouyang a los ojos con cautela. Una gota de sangre se acumuló en su cuello sobre la hoja de Zhang. Escarlata contra su piel pálida, captó la atención de Ouyang: vio el aleteo del pulso en el hueco azulado de la garganta, la oreja con su zarcillo colgante...

Wang sonrió con sarcasmo.

El zarcillo de filigrana de Zhao Man destelló en la oreja de Wang Baoxiang bajo la fuerte luz blanca. El comandante Zhao, que se había topado con alguien la noche en la que entró en el ger del príncipe de Henan para traicionarlos.

—*Tú lo sabías* —dijo Ouyang a la terrible quietud.

—Claro que lo sabía. —A pesar de su posición incómoda, Wang consiguió expresarle un desprecio de bordes tan afilados como el diamante—. ¿No me oíste cuando te dije que los iguales se reconocen? Te escondías tras esa hermosa máscara, pero yo *te veía*. Sabía lo que albergaba tu corazón mucho antes de ver tu... —Se tragó una palabra, y después continuó—: ¿Tan tonto eres como para creer que tu éxito se debía a la buena suerte y a tu habilidad? Ni siquiera puedes controlar a tus hombres. El comandante Zhao corrió a buscar a mi hermano para contarle tu traición, y si no lo consiguió fue porque yo estaba allí para detenerlo. Y, cuando envenenaste a tus propios comandantes, sin duda porque habían perdido la confianza en ti, ese médico habría dicho la verdad si yo no hubiera guiado su lengua. —Un espasmo de odio cruzó su rostro—. No, general. No fue suerte. Tu éxito me lo debes *a mí.*

A su lado, Esen emitió un sonido terrible y ahogado.

El color abandonó las mejillas de Wang. Pero dijo, con resolución:

—Yo no soy hijo de Chaghan. No tienes ninguna deuda de sangre contra mí.

Ouyang apretó la empuñadura de su espada.

—Quizá te quiera muerto de todos modos.

—¿Por el pecado de comprenderte? Aunque yo no sea él, deberías agradecer que haya una sola persona en todo el mundo que lo haga.

La agonía atravesó a Ouyang. Apartó la mirada primero, odiándose.

—Vete —dijo con brusquedad.

El señor Wang se zafó del general Zhang y se giró hacia Esen. Había una emoción cruda en esos extraños rasgos que eran una mezcla de mongol y de nanren. Y quizá había dicho la verdad cuando afirmó que era parecido a Ouyang, porque en aquel momento el eunuco comprendió esa emoción a la perfección. Era el autodesprecio propulsor y miserable de alguien decidido a transitar el camino que ha elegido, aun sabiendo que al final solo lo esperaba fealdad y destrucción.

Esen tenía la mandíbula apretada y los tendones sobresalían de su cuello, pero no se movió mientras su hermano se acercaba a él. La emoción que Ouyang había visto ya había desaparecido. En el tono de alguien alimentando el ansioso desprecio de su audiencia, Wang Baoxiang dijo:

—Oh, Esen. Cuántas veces imaginaste mi traición. Qué dispuesto parecías a pensar lo peor de mí. ¿Por qué no te alegras? Estoy siendo justo lo que siempre pensaste que era. Te estoy dando el final que esperabas. —Se detuvo un momento antes de apartarse—. Adiós, hermano.

—Dejad que el príncipe se marche —ordenó Ouyang tan pronto como el señor Wang se alejó. Miró el seco lago rojo y el resplandeciente misterio plateado más allá y sintió una marea arrastrándolo lejos de su dolor. Sin girarse, dijo con frialdad—: Siguieron siéndote leales más de los que pensaba.

Se produjo un largo silencio. Al final, Esen dijo, con la voz rota:

—¿Por qué estás haciendo esto?

Involuntariamente, como si el sonido desconocido de la voz de Esen invocara su respuesta, Ouyang lo miró. Y en ese instante vio la profundidad del dolor y de la traición en alguien a quien quería, y supo que jamás sobreviviría a aquello. El dolor volvió a él y fue tan grande que se sintió consumido por su candente fuego. Cuando intentó hablar, no consiguió decir nada.

—¿Por qué? —Esen dio un paso adelante, ignorando cómo se tensaban Shao y Zhang a cada lado, y de repente gritó, con una vehemencia que hizo que Ouyang se estremeciera—: ¿Por qué?

Ouyang se obligó a buscar su voz, y la encontró rota. Y cuando empezó a hablar no pudo parar; era el mismo y terrible impulso que alimentaba todo lo que había puesto en movimiento y que no habría podido detener aunque hubiera querido hacerlo.

—¿Por qué? ¿Quieres que te diga por qué? Llevo casi veinte años a tu lado, Esen, y durante todo ese tiempo has pensado que había olvidado cómo tu padre asesinó a mi familia, cómo sus hombres me caparon como a un animal y me convirtieron en vuestro esclavo. ¿Crees por un momento que lo he *olvidado*? ¿Creías que no era lo bastante hombre como para que me importara? ¿Creías que soy un cobarde que deshonraría a mi familia y a mis ancestros para seguir viviendo *así*? Puede que haya perdido todo lo que es importante para un hombre, puede que viva humillado, *pero sigo siendo un hijo*. Cumpliré con mi deber filial: vengaré a mis hermanos y a mis tíos y a mis primos, que murieron a manos de tu familia; vengaré la muerte de mi padre. Ahora me miras y ves a un traidor. Me desprecias como la forma más baja de ser humano. *Pero yo elegí el único camino que me queda.*

El rostro de Esen estaba lleno de dolor, abierto como una herida.

—Fuiste tú. Tú mataste a mi padre. Dejaste que creyera que fue Baoxiang.

—Hice lo que tenía que hacer.

—Y ahora me matarás a mí. No tengo hijos; el linaje de mi padre se extinguirá. Te habrás vengado.

La voz rota de Ouyang sonó como si perteneciera a otra persona.

—Nuestros destinos se sellaron hace mucho tiempo, en el momento en el que tu padre mató a mi familia. El momento, la causa de nuestras muertes, ha estado siempre fijado, y este es el tuyo.

—¿Por qué ahora? —El dolor en el rostro de Esen era la suma de todos sus recuerdos; era un palimpsesto de cada momento íntimo que habían compartido—. Podrías haberlo hecho en cualquier momento.

—Necesito un ejército que me acompañe a Khanbaliq.

Esen se quedó en silencio. Cuando por fin habló, su voz estaba cargada de tristeza.

—Morirás.

—Sí. —Esen intentó reírse. La carcajada se quedó atrapada en su garganta, como un salado erizo de mar—. Esta será tu muerte. Esa será la mía. Estamos predestinados, Esen. —La sal estaba ahogándolo—. Siempre lo hemos estado.

Esen estaba derrumbándose; estaba esparciendo dolor y agonía e ira, como la radiación invisible del sol.

—¿Y me matarás con expresión imperturbable, sin nada más que deber en tu corazón? ¡Yo te quería! Eras más importante para mí que mi propio hermano. ¡Te habría dado cualquier cosa! ¿No significo más para ti que los miles de hombres a los que te he visto matar en mi nombre?

Ouyang gritó. Sonó como el dolor de un desconocido.

—Entonces lucha conmigo, Esen. Lucha conmigo una última vez.

Esen miró su espada, que seguía donde Shao la había lanzado.

—Dadle su espada —dijo Ouyang con crueldad.

Shao la recogió, vacilante.

—¡Hazlo!

El comandante le entregó la espada a Esen, cuyo rostro estaba oculto tras la cortina de su cabello enredado.

—¡Lucha contra mí!

Esen levantó la cabeza y miró a Ouyang directamente. Sus ojos siempre habían sido bonitos, y su forma suave equilibraba los ángulos masculinos de su mandíbula. En su larga relación, Ouyang nunca había visto miedo en Esen. Tampoco lo tenía ahora. Los mechones de cabello se pegaban a la humedad de su rostro, como algas cubriendo a un ahogado. Lenta y deliberadamente, Esen levantó el brazo y dejó caer la espada.

—No.

Sin romper el contacto visual, se desató la coraza. Cuando se la desabrochó, se la quitó por la cabeza y la lanzó a un lado sin mirar dónde caía, y caminó hacia Ouyang.

Ouyang se encontró con él a mitad de camino. La espada atravesó directamente el pecho de Esen, manteniéndolos juntos. Mientras Esen se tambaleaba, Ouyang lo rodeó con su brazo libre para mantenerlo en pie. Se quedaron allí, pecho contra pecho, en aquella cruel parodia de un abrazo, mientras Esen contenía un sollozo. Cuando se le doblaron las rodillas, Ouyang descendió con él, acunándolo, apartándole el cabello de la sangre que manaba de su nariz y su boca.

Durante toda su vida Ouyang había creído que sufría, pero en ese instante supo la verdad: cada momento del pasado había sido como la llama de una vela comparado con aquella llamarada de dolor. Era un sufrimiento luminoso y sin sombras, lo más puro bajo el Cielo. Ya no era un ser pensante que pudiera maldecir al universo, o imaginar que las cosas podrían haber sido diferentes, sino una sola mota de agonía ciega que se prolongaría para siempre. Había hecho lo que tenía que hacer y, al hacerlo, había destruido el mundo.

Presionó la frente contra la de Esen y lloró. Bajo ellos se encharcó la sangre, que corrió por el puente de mármol y cayó por el borde sobre la tierra roja.

Ouyang se detuvo ante su ejército en los peldaños del palacio. Habían retirado los cuerpos, pero la piedra blanca de la plaza de armas seguía cubierta de sangre. Allí no había tierra que la camuflara: se extendía en grandes manchas y franjas, emborronada por las botas de los hombres. Sobre sus cabezas, el nublado cielo blanco era del mismo color que la piedra.

Ouyang estaba empapado en sangre. Tenía las mangas cargadas de ella, las manos cubiertas por unos guantes sanguinolentos. Se sentía desangrado, tan frío e inmóvil por dentro como el hielo.

—Hemos sido subyugados, esclavizados en nuestro propio país, obligados a mirar mientras nuestros amos bárbaros convertían nuestra gran civilización en ruinas —dijo a la muda multitud de adustos rostros nanren—. Pero ahora lucharemos por *nuestra* propia causa. ¡Que nuestras vidas sean la moneda con la que se vengará el honor de nuestro pueblo!

Era lo que querían oír; era lo único que los motivaría a seguir a alguien como él. Mientras les hablaba en han'er, se dio cuenta de que quizá no volvería a hablar mongol, pero su idioma nativo no le proporcionó ningún consuelo. Le parecía un frío guante de piel arrancado a un cadáver. Su yo mongol había muerto, pero no había ningún otro para ocupar su lugar, solo un fantasma hambriento con el singular propósito de la venganza y la inevitabilidad de su propia muerte.

—Marcharemos a Dadu para matar al emperador.

23

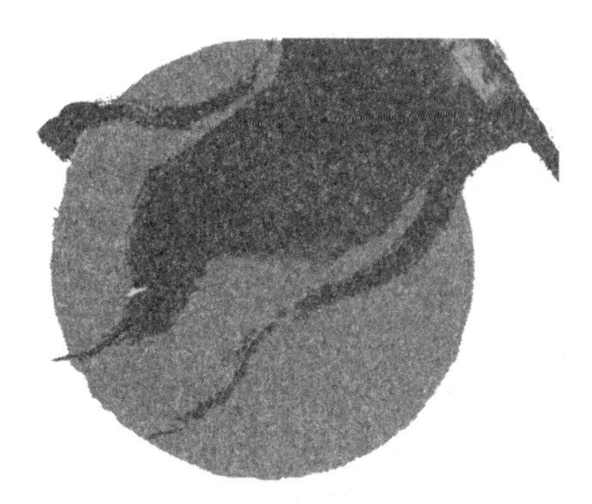

ANFENG, TERCER MES

Ma recibió las noticias sobre Bianliang en una carta de Zhu, pero escrita por la mano de Xu Da. La carta hablaba de la caída de Chen (lamentablemente derrotado por la superior combinación del ejército del general Ouyang del Yuan y de las tropas del mercader Zhang Shicheng) y de la muerte del primer ministro Liu (un desgraciado accidente mientras intentaba ponerse a salvo). Antes de su muerte, Liu había recibido la bendición del Buda por haber salvado al Príncipe de la Luz, que había pasado a estar bajo la protección de Zhu. Zhu confiaba en que su leal y honorable esposa, Ma Xiuying, hiciera los preparativos para la adecuada bienvenida del Príncipe de la Luz tras su inminente regreso a Anfeng.

Era la primera vez que Ma recibía una carta de Zhu. Su alivio ante su triunfo estuvo teñido de una peculiar tristeza. El lenguaje formal de las cartas no captaba nada de la voz de Zhu; podría haber sido escrita por un desconocido. Por cualquier hombre, dando instrucciones a su obediente esposa. Borrada por las frases escritas no solo estaba la verdad de lo que había ocurrido en Bianliang, sino parte de la verdad de la propia Zhu. A Ma nunca antes le había importado que la gente viera a Zhu como un hombre normal. ¿Qué otra cosa podía ser? Pero Zhu le había prometido que sería diferente, y la pérdida de esa diferencia en la correspondencia privada le dolió más de lo que podría haber anticipado. Le pareció una traición.

Ma hizo los preparativos. Obedientemente. Pero no sintió la necesidad de estar entre la multitud de toda la campiña que se apiñó en el centro de Anfeng para ver el regreso del Príncipe de la Luz. Se detuvo ante la ventana del piso superior de la mansión del primer ministro (la de Zhu, ahora), y miró aquella tierra que había visto tantas masacres. Estaba atardeciendo cuando el brillante palanquín del Príncipe de la Luz se acercó, flanqueado por Zhu y Xu Da. Ninguno de ellos parecía cambiado. Zhu todavía llevaba su armadura de siempre sobre la túnica de monje. Ma sabía muy bien para qué era aquella apariencia modesta: estaba poniendo mucho cuidado en no parecer una usurpadora. Aceptando el poder que le concedía el Príncipe de la Luz con elegancia y humildad, Zhu cimentaría ante el pueblo la impresión de que era el líder legítimo no solo de los Turbantes Rojos, sino de todo el movimiento nanren contra los mongoles.

El Príncipe de la Luz subió al escenario y ocupó su trono. Ma observó a Zhu, que se arrodilló para recibir la bendición de aquella pequeña mano extendida. La luz roja de su Mandato fluyó desde la punta de sus dedos sobre Zhu, consumiendo su figura arrodillada con una corona de fuego oscuro. Ma se estremeció. Durante un terrible momento, creyó que lo que el Príncipe de la Luz le estaba otorgando no era el liderazgo, sino una sentencia de muerte. En su mente, vio al primer ministro Liu envuelto por aquel mismo fuego. Como Zhu, había deseado y había sido ambicioso... Y, a pesar de su esfuerzo, no había sido capaz de mantener el control de ese poder sobrenatural que era la base de su liderazgo. ¿Cómo podría Zhu evitar el mismo destino?

Las hogueras y los tambores rugieron durante toda la noche. Era la voz del fin del mundo... O quizá del nuevo, ya de camino.

Llamaron a la puerta y Ma despertó de un sueño inquieto. Los tambores seguían sonando. Un halo rosado, más brillante que el Mandato, entraba por la ventana abierta: la luz del fuego reflejada en el vientre de las nubes bajas.

Xu Da estaba en el pasillo con el Príncipe de la Luz a su lado. Inclinó la cabeza ante Ma y dijo, con una extraña formalidad:

—El comandante Zhu solicita tu ayuda. —A su espalda, Ma vio otras figuras detenidas en la oscuridad. *Guardias*. Zhu nunca antes se había molestado en apostar guardias, ya que no creía interesar demasiado a nadie, pero la posesión del Príncipe de la Luz lo cambiaba todo. Vio que en los ojos de Xu Da había calidez, aunque mantuvo el decoro esperado—: Nos ocuparemos de que estés a salvo, así que por favor, descansa. El comandante vendrá cuando pueda.

El Príncipe de la Luz entró. Xu Da cerró la puerta y Ma lo oyó repartiendo órdenes fuera. Un arrastrar de pies resonó en respuesta. Estaban protegiendo un recurso, no a una persona. Por primera vez, Ma miró con atención al Príncipe de la Luz. Tenuemente iluminado por el resplandor que entraba a través de la ventana, su rostro de mejillas redondas tenía el aire sobrenatural de un bodhisattva: sereno y no totalmente presente. A Ma se le erizó la piel. Era la mirada de alguien que recordaba cada una de sus vidas pasadas, diez mil años o más de historia ininterrumpida. ¿Cómo podía alguien soportar todo ese dolor y sufrimiento? Incluso en aquella única vida, sin duda habría visto muchas cosas mientras estaba bajo la tutela del primer ministro.

Ma encontró unas pinzas y el tiesto de carbones para encender la lámpara. Mientras tomaba un carbón, el Príncipe de la Luz miró por la ventana y comentó:

—Hay muchos fantasmas esta noche.

Ma se sobresaltó y se le cayó el carbón. Oírlo hablar era tan inquietante como si una estatua se hubiera encorvado para tocarla mientras se arrodillaba ante ella.

—¿Qué?

—Han venido para la ceremonia.

Un dedo frío de temor le recorrió la columna. Se imaginó el espacio entre el escenario y la multitud lleno de fantasmas, sus ojos hambrientos clavados en Zhu mientras ardían.

La mirada mística del Príncipe de la Luz se posó de nuevo en ella. Como si supiera qué pregunta tenía en la lengua, le dijo:

—Los que tienen el Mandato del Cielo están más conectados que los demás con los hilos que relacionan todas las cosas y que forman el tejido del universo. —Palabras de adulto en la boca de un niño—. Los muertos que esperan renacer son tan parte de ese tejido como los vivos. Para nosotros, el mundo espiritual es tan visible como el mundo humano.

Nosotros. Debía referirse a sí mismo y al emperador… Pero, con asombro, Ma recordó algo que había descartado como parte de un sueño. La voz de Zhu, rota y distorsionada a través de la lente de la fiebre: *Puedo verlos venir.*

No consiguió lidiar con las implicaciones; eran demasiado grandes. Se sentía como si estuviera mirando el sol. En lugar de detenerse en ello, retomó las pinzas y consiguió encender la lámpara. El olor del aceite al calentarse se mezcló con el aroma a quemado y el sulfuro de los fuegos artificiales del exterior. El niño la observó mientras tapaba el carbón y lo guardaba debajo de la mesa. Con el mismo tono despreocupado con el que había hablado de cosas más allá de la comprensión normal, dijo:

—Liu Futong nunca iba a gobernar.

Ma se detuvo. Si lo que decía era cierto y podía ver el tejido del mundo, ¿podía leer sus destinos tan fácilmente como otra persona leería un libro?

—Entonces, ¿quién? —le preguntó, incómoda—. ¿Zhu Chongba? —Una oleada de presentimiento la hizo cambiar de idea—. No me respondas. No quiero saberlo.

El Príncipe de la Luz la miró.

—Incluso el futuro más brillante, si se desea, llevará sufrimiento en su corazón.

La llama de la lámpara recién encendida se encogió y se volvió azul, y después se ahogó en el pozo de su propio aceite. Era solo que la mecha había sido demasiado corta… Pero mientras miraba la voluta de humo que se elevaba en la oscuridad, se le erizó todo el vello de los brazos. Vio los rostros de todos los que había querido y perdido. ¿Cuánto más sufrimiento era posible?

Como aparentemente no tenía nada más que hacer, puso al niño en la cama y se tumbó a su lado. Cuando parecía haberse quedado dormido, lo miró. Le sorprendió descubrir que su serenidad se había transformado en la dulzura totalmente ordinaria de un niño dormido. Miró sus mejillas redondas y sus pequeños labios separados, y sintió la inesperada opresión de la ternura. Había olvidado que, a pesar de ser un bodhisattva, seguía siendo humano.

No creía que se hubiera quedado dormida, pero entonces alguien se inclinó sobre ella en la oscuridad.

—Hazme un sitio —le pidió Zhu. La familiaridad de su voz se deslizó sobre Ma, tan cálida como una manta—. ¿No hay espacio para mí? Vosotros dos estáis ocupando toda la cama.

Ma despertó con la luz del día atravesando la ventana de papel. El Príncipe de la Luz, en apariencia un niño normal, seguía dormido en el lado de la cama de Ma. Al otro lado, Zhu dormitaba con la cabeza sobre el brazo de la joven. En algún momento en el camino de vuelta de Bianliang, había dejado de afeitarse la cabeza. Su espeso cabello crecido la hacía parecer sorprendentemente joven. Sus puntas se ondularon suavemente contra las puntas de los dedos de Ma. Se las acarició de nuevo, sintiéndose calmada. En el espacio entre aquellos dos cuerpos conocidos, los bordes del mundo parecían cálidos y redondeados.

—Hum —dijo Zhu—. No creo que nadie me haya hecho eso nunca. —Se espabiló y frotó la cabeza contra los dedos de Ma—. Es agradable. Cuando mi cabello sea más largo, tendrás que recogérmelo. —Su muñón, con un vendaje nuevo, estaba sobre la colcha.

—¿Te faltan caricias? —se burló Ma. Era inusual en ella; Zhu siempre parecía tan independiente como una geoda—. ¿Me estás diciendo que no has tomado ninguna concubina por el camino para que te diera placer?

—Compartía tienda… —Zhu se giró sobre su espalda y se estiró.

—Con Xu Da —replicó Ma—. El más aficionado a las mujeres de toda la provincia. Seguramente te habría ayudado y animado. Habría buscado una chica que pudierais compartir.

Después de un momento mirando con anhelo la curva de los senos cubiertos de Zhu, los acarició con una sensación ligeramente culpable. Aunque Zhu afirmaba que no le importaba que la tocara, Ma siempre pensaba que estaba haciendo un esfuerzo consciente para no tensarse. Pero en ese momento, para su sorpresa, Zhu aceptó la caricia sin dejar de parecer relajada. Estaba cómoda con su cuerpo, por primera vez desde que Ma la conocía. Algo había cambiado en ella.

—A pesar de la envidia que me tiene todo el mundo porque yo he visto a Xu Da desnudo —dijo Zhu, divertida—, me alegraré si es algo que nunca vuelve a ocurrir. Pero, aun así, yo no lo haría; a ti te importaría.

—Puedes hacer lo que quieras.

Zhu le dedicó una sonrisa cómplice.

—No te preocupes, Yingzi. Si alguna vez tomo a una concubina, te preguntaré primero.

—Oh, ¿así que planeas hacerlo?

—Quizá te gustaría. Así tendrías alguien más con quien dormir. Alguien nuevo.

—Yo no quiero dormir con tu concubina —dijo Ma, negándose a explorar por qué le resultaba tan desagradable la idea.

—Ah, es cierto; ella seguramente preferiría a los hombres. Supongo que siempre podría buscarse un amante. —Zhu giró la cabeza para sonreír a Ma—. ¿Sabes, Yingzi? Yo no planeaba casarme. Tú fuiste un accidente. Pero resulta… que me alegro.

Zhu le tomó la mano, izquierda con izquierda, con recato debido al niño.

Después de un rato, le soltó la mano y le dijo:

—Solo para que lo sepas, no voy a estar aquí mucho tiempo. Quiero recuperar Jiankang.

Ni siquiera había pasado medio día. Qué rápido se había permitido Ma regresar a la consoladora ilusión de la intimidad. En ese momento se arrepintió.

—¿No te quedarás un tiempo?

—Esta es mi oportunidad. —Zhu sonaba realmente pesarosa—. Tengo el liderazgo incontestado de los Turbantes Rojos y el apoyo popular gracias a la bendición del Príncipe de la Luz. Tengo Anfeng. Lo siguiente tiene que ser Jiankang. El Pequeño Guo no se equivocaba: la necesitamos, si queremos controlar el sur. Y, si no la tomamos, lo hará la señora Zhang. —Zhu hizo una mueca—. ¿Ahora no debería llamarla la Reina de la Sal? Qué título tan extraño: la Reina de la Sal. Supongo que tendré que acostumbrarme. Reina de la Sal.

—¡Deja de decir Reina de la Sal! —exclamó Ma, desesperada—. ¿A qué te refieres con eso de Reina de la Sal?

Zhu se rio.

—Ahora eres tú quien lo dice. Supongo que no te has enterado. La familia Zhang... La señora Zhang, en otras palabras, apoyó el movimiento del general Ouyang contra el príncipe de Henan. Quería dar un golpe incapacitante al Yuan antes de escindirse de él. —Zhu agitó los brazos melodramáticamente, lo que hizo que su abreviado brazo derecho sobresaliera como el ala de una gallina hervida—. Y *vaya* golpe. El poder militar Henan está totalmente destruido. Ahora, la familia Zhang ha declarado su soberanía sobre toda la costa este, y el inútil de su patriarca dice ser el fundador del Reino de la Sal.

—Entonces el Yuan...

—De la noche a la mañana ha perdido el acceso a la sal, al grano, a la seda y a todo lo demás que viaja por el gran canal. Deben estar *furiosos* —dijo Zhu alegremente—. Tendrán que enviar al ejército central desde Dadu para intentar derrotar a la señora Zhang. Será una dura rival. Sobre todo, porque ella es mucho más rica.

—¿Y el general eunuco?

—Escondido en Bianliang, pero quién sabe durante cuánto más, teniendo en cuenta el tamaño de su resentimiento hacia el Yuan. Al parecer, no perdona las circunstancias en las que perdió su... Bueno, ya sabes. —Una inesperada empatía atravesó el rostro de Zhu—. Yo no lo consideraría una *persona agradable* con la que estar, pero me ayudó. Le debo mucho.

Mai le dio un golpe.

—Te cortó la mano.

Zhu sonrió ante su indignación.

—¿Por qué debería guardarle rencor por eso, si al final ambos conseguimos lo que queríamos? Aunque eso signifique que vas a tener que arreglarme el cabello y abrocharme la ropa y lavarme el codo izquierdo durante el resto de nuestras vidas.

—¿Tan poco valoras la mano que te dieron tus ancestros? Si querías intercambiarla —dijo Ma con aspereza—, al menos podrías haber metido en el trato que matara a Chen Youliang.

—Ah, bueno, no puede tenerse todo —replicó Zhu con tranquilidad.

Ambos habían recibido noticias de Chen Youliang. Había terminado en Wuchang, subiendo el río Yangzi, con los pocos hombres que lo acompañaron tras el fiasco de Bianliang y un nuevo odio hacia los monjes y los eunucos. Sin el nombre de los Turbantes Rojos ni el apoyo popular, apenas era más que el líder de unos bandidos. Pero todo el mundo sabía que era peligroso subestimar a Chen.

Al otro lado de la cama, el Príncipe de la Luz sonrió en sueños. Casi involuntariamente, Ma extendió la mano para rozarle la mejilla, suave y caliente. Había pasado mucho tiempo desde la última vez que había dormido en la misma cama que un niño; la sorprendió el deseo de sostener su pequeño cuerpecito.

—¿Ya le tienes cariño? —le preguntó Zhu—. Tiene que venir conmigo a Jiankang.

Ma rodeó al niño con los brazos, disfrutando de la suave sensación de su piel contra la de ella.

—Después de eso, deja que vuelva a cuidar de él.

—Me alegro de que al menos tú tengas instinto maternal —le dijo Zhu, y sonrió con amargura.

—¡Jiankang! —dijo Xu Da. Zhu y él estaban en sus caballos, mirando la ciudad en la orilla opuesta del Yangzi. La colina que habían subido era parte de una plantación de té, con manzanos esparcidos aquí y allá entre las hileras. El olor de los arbustos no era exactamente el del té, sino un primo lejano: desconocido, pero que de algún modo te hacía recordarlo.

—El lugar donde el dragón se enrosca y el tigre se agacha —dijo Zhu, evocando las lecciones de historia antigua—. El trono de reyes y emperadores…

En el extremo opuesto de Jiankang, las áridas cumbres amarillas rompían la bruma de la tarde como islas. Era las extensas tierras orientales de la señora Zhang. Allí, invisibles en la distancia, estaban sus campos fértiles, sus canales, ríos y lagos; las brillantes montañas de sal, barcos con sus velas estriadas como linternas abiertas y después, por fin, el propio mar. Como nunca había visto el mar, Zhu pensaba que sería como un río infinito: sus suaves aguas doradas se extenderían hacia el horizonte, con tormentas y lanzas de luz solar corriendo por su superficie. Al norte estaban Goryeo y Japón; al sur, los piratas, Cham y Java. Y eso era solo un extremo del mundo, una fracción de las tierras misteriosas que ocupaban el espacio entre los cuatro océanos y que quizás algún día conocería.

—Este no es el final, ¿verdad? —le preguntó Xu Da—. Cuando tomemos Jiankang.

—¿Quieres parar?

Los pétalos de las flores de manzano cayeron plácidamente a su alrededor. Río abajo, los veleros se deslizaban con tanta suavidad como hojas flotantes.

—No. Te seguiré tan lejos como quieras ir.

Zhu miró Jiankang y recordó cuando había estado con el abad en aquella alta terraza, mirando con fascinación y miedo el mundo exterior. Lo que había visto le había parecido tan extenso que le resultó extraño pensar que solo era la llanura de Huai. Incluso la persona que había estado allí era distinta: no la persona que era ahora, sino alguien viviendo a la sombra de ese fantasma hambriento, Zhu Chongba. Al mirar atrás, se veía como un pollito en el interior de un huevo, todavía sin eclosionar.

En algún lugar lejos, se oyeron las señales. Sonó como la voz del mismo cielo.

—Hermano mayor, esto es solo el principio.

En su interior sintió la gloriosa y creciente sensación del futuro y de todas sus posibilidades, una confianza en su destino que se hizo cada vez más brillante, hasta que la luz resquebrajó las grietas más oscuras de su ser y no quedó en su interior más que aquel resplandor que era puro deseo.

No solo quería grandeza. Quería el mundo.

El aliento que tomó le supo a dicha. Sonriendo con aquella emoción, anunció:

—Voy a ser emperador.

El crepúsculo cayó mientras las tropas de Zhu estaban todavía bajando la escarpada carretera hacia el río Yangzi. Zhu cabalgaba a la cabeza y, cuando miró atrás, vio la oscura pared del acantilado veteada por la parpadeante luz de las linternas. Quizá fuera eso lo que sus vidas parecían desde el Cielo: diminutas motas de luz, continuamente extinguiéndose y reapareciendo en el infinito y oscuro flujo del universo.

—Ven, hermanito —le dijo al Príncipe de la Luz, que estaba sentado en silencio a su lado, en su poni. Incluso después de días de viaje, su piel parecía resplandecer. Nada lo sorprendía o inquietaba, por lo que Zhu sabía, aunque a veces una sutil contemplación atravesaba su rostro como una descarga de lluvia vista desde lejos.

Cabalgaron un poco más, hasta donde un grupo de sauces llorones se inclinaba sobre el agua. Zhu desmontó y miró Jiankang, brillante en la orilla opuesta.

—Ah, hermanito. Después de generaciones de enfrentamientos, por fin estamos en la cúspide del cambio. Tu llegada prometió el inicio de una nueva era, y aquí, en Jiankang... será donde ocurrirá.

El niño bajó de su poni y se detuvo en silencio a su lado, en medio del crepúsculo.

—Le dijiste a mi esposa, a Ma Xiuying, que el primer ministro nunca estuvo destinado a gobernar.

—Sí.

—Liu Futong creía que lo conseguiría solo porque te tenía —le dijo Zhu—. Tomó prestado tu poder para ganarse la lealtad de la gente y creyó que eso lo conduciría a la grandeza. Pero, al final, no lo deseaba lo suficiente. —Los grillos cantaron en la cada vez mayor oscuridad debajo de los árboles—. No creo que Liu Futong naciera con grandeza en su interior, pero eso no debería haber importado. Si quieres un destino que no es el que el Cielo te ha otorgado, tienes que *querer* otro destino. Tienes que luchar por él, sufrir por él. Liu Futong nunca hizo nada por sí mismo, y por eso, cuando te traje conmigo, se quedó sin nada. Se convirtió en nada.

El niño se mantuvo en silencio.

—Yo tampoco nací con una promesa de grandeza —continuó Zhu—, pero ahora la tengo. El Cielo me la dio porque la quise. Porque soy fuerte, porque he luchado y sufrido para convertirme en la persona que tengo que ser, porque hago lo que hay que hacer.

Mientras hablaba, rodeó con la mano la empuñadura de su sable. Tenía que hacerlo; eso lo sabía. Cuando había dos Mandatos del Cielo en el mundo, el más antiguo estaba destinado a terminar para que una nueva era pudiera nacer.

Y aun así...

Mientras estaba allí, en la oscuridad, pensó en Ma sosteniendo al niño, en su rostro impregnado de cuidado por aquella pequeña vida. Ma, que siempre le había pedido que buscara otro modo.

Pero este es el único modo. La luz de las lejanas antorchas de Jiankang doraba las olas del río que se acercaban a la orilla con movimientos lentos y regulares. *Es el único modo de conseguir lo que quiero.*

Durante mucho tiempo, había perseguido la grandeza solo para sobrevivir. Pero, sin Zhu Chongba, esa razón ya no existía. Con el temor de dragar algo que no quería mirar, pensó con lentitud: *No tengo que hacer esto. Puedo marcharme, ir a cualquier sitio y ser cualquier cosa, y aun así sobrevivir...*

Pero, incluso mientras lo pensaba, sabía que no renunciaría a la grandeza. No por la vida de un niño, y ni siquiera para evitar el sufrimiento de la gente a la que quería, y que la quería a ella.

Porque aquello era lo que deseaba.

La luna iluminó el perfil del Príncipe de la Luz mientras miraba el agua. Estaba sonriendo. El momento fue como una inhalación, una quietud que contenía la inevitabilidad de la exhalación.

Esto es lo que elijo.

Con los ojos todavía fijos en esa orilla distante, el Príncipe de la Luz dijo, con su tono agudo y sobrenatural:

—Liu Futong no estaba destinado a gobernar. Pero tampoco lo hará Zhu Chongba.

Se produjo un susurro entre los sauces y Zhu supo que, si miraba, vería al fantasma hambriento que había sido su hermano. Había pasado todos aquellos años olvidado, porque su nombre había sido usurpado por alguien que todavía vivía.

—No —asintió. Desenvainó su sable y oyó el familiar sonido de la hoja deslizándose con suavidad contra la vaina. Su mano izquierda era más fuerte ahora, y no le tembló. Cuando el niño comenzó a girarse, le dijo en voz baja—: Sigue mirando la luna, hermanito. Será mejor así. Y, cuando renazcas, dentro de algunos siglos, asegúrate de recordar mi nombre. El mundo entero lo conocerá.

JIANKANG, QUINTO MES

Casi dos meses después de la segunda y menos azarosa toma de Jiankang por los Turbantes Rojos, Ma recibió el mensaje de que debía reunirse con Zhu allí. Si no eras un ejército, se trataba de un viaje a caballo de apenas unos días desde Anfeng. Tras cruzar el perezoso flujo del Yangzi en verano, Ma se quedó asombrada al ver una ciudad llena de verde follaje, con sus calles rebosantes de industria. Solo de vez en cuando se topaba con los edificios quemados del primer intento de ocupación del Pequeño Guo. De eso parecía haber pasado una vida. El sol era abrasador mientras ella y Chang Yuchun, su escolta, cabalgaban junto a las vibrantes almazaras y junto a los talleres de seda de camino al centro. Un grupo de modestos edificios de madera rodeando la plaza de armas era la única evidencia restante de las antiguas dinastías cuyos gobernantes subieron al trono allí. Yuchun echó a los edificios una mirada cínica y dijo:

—El comandante Zhu está planeando construir otro palacio. Algo más adecuado, con una bonita muralla de piedra y todo eso.

—Adecuado… ¿para el Príncipe de la Luz? —le preguntó Ma.

Una expresión incómoda atravesó el rostro de Yuchun.

—Mmm.

—¿Qué?

—Hubo un acci… Bueno, como sea, el periodo de luto ha terminado. Se prolongó durante un mes. Por… Pero ya no lo llamamos «el Príncipe de la Luz». El comandante Zhu le puso un nombre de templo adecuado. A mí se me ha olvidado; tendrás que preguntarle a él. —Al ver la cara de Ma, el joven pareció alarmarse—. ¿Qué pasa?

La profundidad de su dolor y de su ira la sorprendió. Aunque el Príncipe de la Luz aparecía en algunos de sus peores recuerdos, solo acudió a ella el más reciente: el instinto protector que sintió cuando sostuvo ese pequeño cuerpo caliente contra el suyo. La idea de que llevara muerto tanto tiempo, sin que ella lo supiera, solo lo empeoraba.

Siguió a Yuchun, aturdida, hasta un salón donde Zhu estaba con un grupo de hombres. Después todos se marcharon y Zhu se quedó sola ante ella con expresión seria. Al parecer, sabía que no debía tocarla en ese momento, porque se quedó allí, con los brazos en los costados y la mano izquierda abierta. ¿Qué era aquel gesto? ¿Una súplica de perdón, o solo un reconocimiento de su dolor?

Sin testigos, a Ma se le escaparon las lágrimas.

—Lo asesinaste. —Zhu se quedó en silencio. Ma, leyendo su rostro, exclamó—: ¡Ni siquiera lo niegas!

Después de un momento, Zhu suspiró.

—Cumplió con su propósito.

—¡Propósito! —Sin haber unido las piezas conscientemente, Ma se dio cuenta de que ya tenía la imagen completa—. Solo lo necesitabas para que te entregara el poder. Tenías que asegurarte de que la gente te aceptara como su líder legítimo. Después de eso… cualquier otro habría necesitado su Mandato para gobernar, pero tú no, ¿verdad? Porque tú también tienes el Mandato.

Sintió una bofetada de satisfacción ante la sorpresa de Zhu.

—¿Cómo lo has…?

—¡Me lo dijo él! Me dijo que la gente con el Mandato puede ver el mundo espiritual. Y ya sé que tú puedes ver a los fantasmas. —Le lanzó las palabras a Zhu—. ¿Qué hiciste? ¿Lo lanzaste al río como un gatito no deseado?

—Fue rápido, si eso te hace sentir mejor —dijo Zhu con mucho control.

—¡No me hace sentir mejor! —Pensó en el breve momento de alegría doméstica que había sentido aquella mañana en su cama con Zhu y el niño. Ni siquiera eso había sido real, porque Zhu había sabido siempre lo que planeaba hacer. Dijo, dolida—: ¿Por qué es esto mejor que cualquier cosa que Chen Youliang hubiera hecho? Dijiste que contigo sería diferente. Me *mentiste.*

—Tenía que…

—¡Lo sé! —gritó Ma—. ¡Lo sé, lo sé! Sé por qué. —Sintió un brusco dolor interno: su corazón retorciéndose en un millar de bucles—. Me dijiste que me querías por mis sentimientos, por mi empatía. Pero, cuando hiciste esto, ¿te detuviste siquiera a pensar cómo me haría sentir ser testigo de lo que tú crees que está justificado? ¿O lo sabías y no te importó ser cruel?

—No pretendía ser cruel —dijo Zhu—. En eso, al menos, no me parezco a Chen Youliang. Pero quiero lo que quiero, y a veces voy a tener que hacer ciertas cosas para conseguirlo. —La luz desigual del interior daba a los montes y hendiduras de su rostro la exageración de la máscara de un actor. Había pesar allí, pero no era por el niño... sino por Ma—. Te prometí sinceridad, Ma Xiuying, así que seré sincera contigo. No voy a detenerme hasta gobernar, y no voy a dejar que nadie me detenga, así que tienes dos opciones. Puedes alzarte conmigo, que es lo que me gustaría. O, si no quieres lo mismo que yo, puedes marcharte.

Ma la miró, angustiada. En aquel cuerpo feo y ordinario había un deseo tan feroz que abrasaba y ampollaba a aquellos que se le acercaban, y Ma supo que el dolor era algo que tendría que soportar una y otra vez por el pecado de haber amado y elegido a Zhu. Era el precio de su deseo.

A Zhu le merecía la pena causarle dolor.

Pero ¿me merece la pena a mí?

Las banderas doradas bajaron por las elegantes avenidas de Jiankang, uniéndose en ese resplandeciente y vibrante punto de luz en el corazón de la ciudad. La plaza de armas del palacio brillaba dorada bajo el sol que golpeaba implacablemente a la vitoreante y estrepitosa multitud.

Envuelta en una armadura dorada, Zhu subió los peldaños del palacio. La visión de sus súbditos la llenó de una expansiva ternura, como la del hombre que mira el mundo desde una montaña y siente suspendida en su interior la fragilidad y el potencial de todo lo que yace debajo. Además, la acompañaba la conciencia de todo el sufrimiento y los sacrificios que la habían llevado hasta allí. No había sido nada, y lo había perdido todo, y se había convertido en una persona diferente. Pero ahora ya no tenía nada que temer, y lo único que había ante ella era su destellante destino, y la dicha.

He renacido y vuelvo a ser yo misma, pensó.

Esta vez, cuando buscó la luz en su interior, surgió tan naturalmente como respirar. El resplandor escapó de ella, una llama incandescente que ardió en su cuerpo y en su armadura, como si se hubiera transformado en un ser vivo de fuego. Cuando se miró, la recibió la extraña visión de su desaparecida mano derecha envuelta en un guantelete de fuego blanco. Al parecer, la llama seguía la silueta de lo que ella pensaba que era su cuerpo, y su mano fantasma se hizo visible al arder con el fuego blanco y el blanco dolor. Parecía adecuado.

Sobre las cabezas de la multitud, las banderas doradas portaban el nuevo nombre de la ciudad: Yingtian, un nombre que reclamaba la conexión con el Cielo. Y la propia Zhu estaba haciendo aquella reclamación con su nuevo nombre, el nombre de alguien a quien le habían negado otro futuro que no fuera aquel en el que pasaría a la historia, el nombre de alguien que lo cambiaría todo. El mayor presagio del futuro de una nación.

Al dirigirse a aquellos rostros expectantes, oyó su propia voz resonando casi como la de un desconocido.

—Contempladme como Zhu Yuanzhang, el Rey Luminoso. ¡Contempladme como aquel que devastará el imperio del Gran Yuan, que expulsará a los mongoles de la tierra de nuestros ancestros y que reinará en un esplendor sin fin!

Recordadme, y aclamad mi nombre durante diez mil años.

—¡Contemplad al Rey Luminoso! —fue la atronadora respuesta, y mientras los ecos se desvanecían, la multitud cayó de rodillas con el largo suspiro de los cuerpos plegándose sobre sí mismos.

De aquella extensa quietud humana, se alzó una sola persona. Un estremecimiento trémulo atravesó la multitud. Zhu contuvo el aliento, sorprendida. *Ma Xiuying.* No había visto a Ma desde aquella terrible conversación, días antes, en la que Zhu le había dado el ultimátum. Zhu no había querido preguntar por ella después, por si acaso era cierto que aquella había sido su despedida y que Ma ya se había marchado.

Iba vestida de rojo, el color que había terminado para que Zhu pudiera construir algo nuevo. Parecía un regaño: *No olvides.* Sus mangas bordadas en oro llegaban casi hasta el suelo. Su cabello recogido, alto sobre su cabeza, estaba coronado de cintas de seda colgantes y de hilos dorados que se balanceaban mientras caminaba. En silencio, se abrió paso entre los cuerpos postrados sobre la piedra. Su falda fluía tras ella como un río de sangre.

A los pies de la escalera, Ma se arrodilló. Era todo suavidad y delicadeza, en el charco de su seda teñida de rojo, pero bajo aquella superficie contaba con su propia fuerza: una compasión tan implacable como una estatua de hierro de la Diosa de la Misericordia. Zhu miró la línea desnuda de su cuello inclinado y su pecho se llenó de un alivio y una gratitud extrañamente intensos. Le dolió, como duele la belleza pura. Le había dicho a Ma lo que prefería, pero no se había dado cuenta de cuánto lo *quería.*

—Esta mujer se dirige al Rey Luminoso. —Ma habló lo bastante fuerte para que todo el mundo la oyera. Para que el mismo Cielo la oyera—. Prometo estar junto a mi marido durante cada paso de su viaje, aunque este se extienda diez años y diez mil li. Y, a su término, cuando comience su reinado como el emperador fundador de nuestra nueva dinastía, seré su emperatriz.

Zhu oyó la inquebrantable demanda en la voz de Ma con la que le exigía lealtad, honestidad y diferencia. Mientras la miraba, vio cómo sería su viaje: su deseo las impulsaría cada vez más alto, hasta que no quedara nada más por encima que la deslumbrante bóveda del Cielo. Y, para Ma, cada momento de esa ascensión estaría cargado de compromiso y angustia y de la gradual erosión de su creencia de que siempre había un modo más amable. Ese era el precio que Ma pagaría, no solo por el deseo de Zhu, sino por su propio deseo. Porque estaba enamorada de Zhu, y quería verla gobernando el mundo.

A Zhu le dolió el corazón. *Haré que merezca la pena para ambas.*

Miró a los reunidos e hizo un esfuerzo por grabarlos en su memoria, para no perderlos: Ma, y Xu Da; sus capitanes y, tras ellos, las docenas de miles de personas que la seguirían y morirían por ella hasta que consiguiera lo que deseaba.

—Mi futura emperatriz —dijo, y las palabras la hicieron palpitar con el dulce potencial de lo que estaba por venir—. Mi comandante, hermano. Mis capitanes. Todos mis leales súbditos. El mundo nos está esperando.

Levantó los brazos y dejó que la pura luz blanca manara de ella hasta que sus cuerpos postrados quedaron bañados por un resplandor que rivalizaba con el del sol. Desde el interior de la fulgurante aura de su propia luminosidad, el espectáculo fue una visión del futuro. Era lo más hermoso que Zhu había visto nunca.

—*Levantaos* —dijo con felicidad.

AGRADECIMIENTOS

Este libro comenzó su existencia durante una serie de sesiones de lluvia de ideas con amigos en las que todos decidimos escribir los libros que desearíamos leer pero que nunca conseguíamos encontrar. No estoy segura de que alguno de nosotros fuera consciente entonces de lo largo que sería ese camino, pero, chicos: *lo conseguimos*. A aquellos que estuvieron allí desde el principio, gracias desde lo más profundo de mi corazón. A Vanessa Len, por caminar conmigo cada paso de la ruta hasta la línea de meta, y por comprender las frustraciones de ser un miembro mestizo de la diáspora asiática. No puedo expresar cuánto me entusiasma que vayamos a debutar juntas en 2021. A C. S. Pacat, por motivarnos a excavar hondo para encontrar nuestras historias; por tu infinito apoyo y consejo, y por tu incapacidad para mentir sobre el arte. A Beatrix Bae, por celebrar aquella primera sesión y por dar comienzo, por tanto, a la guerra de comida que nos dejó a los demás mentalmente rotos, aunque después nos acogieras para darnos a probar tu deliciosa sopa.

A Anna Cowan, ¡qué buena amiga he encontrado! Gracias por ser mi compañera de chillidos mientras veíamos series coreanas durante el infernal año de ese primer borrador, y por tu concisa opinión sobre los personajes. Nunca volveré a pensar del mismo modo en la espada de Ouyang.

A mi infatigable animadora con el cerebro tan grande como un planeta, a mi agente Laura Rennert: no hay gracias suficientes para ti. Como un maestro de artes marciales en una sesión de entrenamiento, me decías: «¡Otra vez! ¡Pero mejor!», incluso cuando pensaba que estaba demasiado agotada para continuar (aunque, a diferencia de un auténtico *sifu*, tú siempre lo dijiste del modo más agradable posible). Este libro es inconmensurablemente mejor gracias a ti. Gracias también a tu fantástico equipo: a Paige Terlip, a Laura Schoeffel, a Victoria Piontek y al resto de la agencia literaria de Andrea Brown.

A mi primera editora en Tor, Diana Gill: gracias por tu entusiasmo y tu incansable apoyo a este libro. Todavía no me creo del todo que el logotipo de Tor, que veo en mis más queridos libros en rústica de fantasía, vaya a estar en el lomo de algo que yo he escrito. A Will Hinton, a Devi Pillai y a todo el equipo de Tor, y también a los *freelancers*: gracias por vuestros gloriosos esfuerzos, incluyendo los muchos que son invisibles para mí, para llevar este libro al mundo.

A Bella Pagan y a todo el equipo de Pan Macmillan: muchas gracias por vuestra cálida bienvenida al mundo editorial y por vuestro trabajo entusiasta y dedicado para llevar mi libro a la Commonwealth y, sobre todo, a Australia.

Gracias al Otherwise Award: la beca de 2017 me dio el ánimo que necesitaba cuando todavía tenía muchos kilómetros por delante.

Gracias a la deliciosa Ying Fan Wang por ayudarme con los nombres y las pronunciaciones. (Cualquier desafortunado error es, por supuesto, mío).

A Cindy Pon, Jeannie Lin, Courtney Milan y Zen Cho, cuyos libros de género con protagonistas asiáticos me hicieron creer que era posible que el mío fuera publicado.

A los autores del grupo de chat, que respondieron a mis preguntas y compartieron las penas y las alegrías de este largo viaje hacia la publicación, gracias por vuestra bienvenida y vuestra paciencia.

A mi madre, que siempre me animaba a escribir.

Y gracias a mis dos más íntimos y queridos: a John, por tus años de inquebrantable apoyo a pesar de mis negativas a dejarte leer el manuscrito y por aducir que al menos *uno* de los caracteres masculinos debía ser un ser humano decente; y a Erica, por compartir tiempo y atención con una hermana mayor que resultó ser un libro.

Por último, me gustaría reconocer al pueblo wurundjeri, custodio ancestral de las tierras en las que escribí los últimos borradores de este libro.